目录

诡门军师

诡门军师

上

GUIMEN
JUNSHI

袁丁 著

江苏凤凰文艺出版社
JIANGSU PHOENIX LITERATURE AND ART PUBLISHING

图书在版编目（CIP）数据

诡门军师：全2册 / 袁丁著.—南京：江苏凤凰文艺出版社，2021.4
ISBN 978-7-5594-5656-4

Ⅰ.①诡… Ⅱ.①袁… Ⅲ.①长篇历史小说－中国－当代 Ⅳ.①I247.5

中国版本图书馆CIP数据核字（2021）第020824号

诡门军师：全2册

袁 丁 著

责任编辑 刘洲原
策 划 崔云彩
责任印制 刘 巍
出版发行 江苏凤凰文艺出版社
南京市中央路165号，邮编：210009
网 址 http://www.jswenyi.com
印 刷 北京金特印刷有限责任公司
开 本 710毫米×1000毫米 1/16
字 数 800千字
印 张 41
版 次 2021年4月第1版
印 次 2021年4月第1次印刷
书 号 ISBN 978-7-5594-5656-4
定 价 64.00元

引子　山中高人

啾！一声尖锐但略显稚嫩的叫声在悬崖顶端响起，一只雏鹰蹒跚而起，从悬崖一跃而下，在扑面而来的疾风之中拍打翅膀，终于得以展翅翱翔。

雏鹰一边得意地鸣叫，一边从半空中俯视下方，悬崖下是一处山谷，谷中雾气翻腾，也不知有多深多远。一块巨石耸立在谷口，铁画银钩写着一个硕大的“鬼”字。

此时已临近黄昏，夕阳斜照，几道金光透过重重密林洒在谷中蒸腾的雾气上，浓雾染上了金黄，一如天上宫阙，似乎随时都会有神仙破雾而出，来到这尘世之间。

只是在不似人间的景色外面，却是死一般的寂静，一群人站在谷口，顶盔掼甲的武士手扶刀柄，众星捧月一般簇拥着一个人。此人衣衫华贵，面容坚毅，微闭双眼，垂手而立，肩头已被雾气打湿，华丽的衣衫上沾染着浓浓的水渍，也不知在那里站了多久。

此人身边的甲士满脸崇敬，却又忧心忡忡，有心想要向前劝上两句，可是想到此人的威严与身份，张了张嘴，终究还是憋了回去。

那高贵之人微微睁开眼睛，向山谷之中看了一眼，然后又失望地合上。在这里，他已经等了许久，可始终未能见到谷中主人。他心中并无气馁，或者说，在他心中根本就没有“气馁”这两个字存在。他是天生的王者，从意识到自己身份的那一刻起，他便已明白，王者要能为常人所不能为，也要能忍常人之不能忍。达到目的才是一切的根本，其他的并不重要。

不知过去多久，一阵清脆的铃铛声从山谷之中传了出来。

听到这声音，原本微闭双目之人精神一振，猛地抬起头来，一双锐目直视谷中。

浓稠的雾气从中间破开，一个捧着托盘的垂髫童子从雾气之中走了出来，他脚踝之上缠着两串铃铛，行走之间，铃铛就丁零丁零响个不停，这声音可以穿透雾气，传出很远。

看到这童子，那高贵之人却微一皱眉，来的这人并非自己之所想，他有些许失望。

不过他非是凡人，片刻便回过神儿来，看向了那童子手中的托盘。在托盘之上，是一顶白色帽子，帽子下面鼓鼓囊囊，不知藏着何物。

高贵之人稳了稳心神，向前一步，脸上带着自然而然、温文尔雅的笑容。他抱拳行了一礼："敢问童子，此间主人……"

"不敢受殿下一礼。"那童子慌忙躲向一边，脚下铃铛丁零一响。

"谷主说了，他知晋王至此何意，只是谷主山野粗人，不敢惊扰贵人，却又不能负了晋王诚心，因此派我来为王上献宝。"说着，童子将托盘放到了一边。

他先拿起托盘之上的白帽，踮起脚来戴在了晋王头上。

"此乃谷主献与晋王的第一件宝物。"童子老老实实说道，"其他两件还请晋王任选其一。"只是不知为何，这童子说话之时言辞闪烁，目光飘忽，似有几分不安。

不过晋王并未留意，他的心思已全被那托盘中的物件吸引。在托盘上还留有两样东西，一颗松果，还有一块无瑕的美玉。

晋王也不知谷中之人送来此物是何寓意。既然让他任选其一，他犹豫片刻，终于将那美玉拿了起来，这玉石入手温润，洁白无瑕，当真是难得的佳品。

他把玩着手中美玉，却不知那童子看他选了玉石，微微松了口气。

接着，那童子躬身行了一礼："殿下所求，就在其中，童儿告辞了。"

说罢，童子端起托盘，退回浓雾之中。

晋王把玩了一阵手中玉石，又将那顶白色帽子摘下来托在手上，仔细看了一会儿，突然心中一动，似乎想到了什么，犹豫片刻，他将两样物件塞入怀中，回身说一声"下山"，迈步便走。

他身后的甲士哗啦一声，分开左右，护着他渐行渐远。

山谷深处，一间石室，一位老者手持龟甲，轻摇两下，向下一叩，倒出几枚铜钱来，他微一皱眉：坤卦，六四，无咎无誉。

一阵铃铛声响，那童子拿着托盘走了进来，只是托盘上的那颗松果已经不见了。

"谷主，宝物已经献与晋王。"

老者微微点头："嗯，喊你师兄来。"

童子答应一声，转身出去。没过多久，一名年轻人走了进来，向老者行了一礼。

"见过师尊。"

"想下山否？"老者注视良久，突然问了一句。

年轻人拱手肃立，沉默不语。"不许。"老者淡淡说道。

"遵命。"年轻人恭恭敬敬回答了一声，退出石室。

那童子就等在石室外面，一见这年轻人出来便抱怨道："二哥，你非让我在盘子上放颗松果，吓死我了。"

那年轻人笑着摸了摸他的头："是二哥不对，回头给你摘几个果子算作赔罪。"

冬去春来，转眼又是几年。

这一日清晨，年轻人按照常例向老人问安。

老者并未回话，拿起身边的拐杖，慢慢地走出石室。

正午时分，谷中三人在一间石室中同桌用饭，三人都低头不语，默默吃饭。

突然，老者拿起饭碗，对那童子说了一声："童儿，添饭。"

年轻人手上微微一停，抬头看了老者一眼。

直到晚上，老者再无一言，对年轻人视而不见。天色将晚，老者回到了自己的石室。

石室之外，那年轻人注视着关闭的门户，神色复杂。

"二哥，你可是有什么事惹恼了谷主？今日一天，谷主都未曾与你说话。"那童子拉着他的袖子，好心问道。

那年轻人含笑："童儿不必担心，我晓得厉害。"

如此这般过了三天。

第三日晚上，年轻人跪在石室外恭恭敬敬地磕了三个响头，转身回房，开始收拾行囊。

童子和他居于一室，见状有些莫名其妙，忍不住问道："二哥，收拾行囊做什么？"

年轻人伸手拍了拍童子肩膀："明日一早，我便下山了，此一去，不知何日归山，我走之后，帮我照看师父。"

童子一听，顿时一惊："下山？师父可曾知否？"

年轻人一笑："三日来，师尊早晚不言，只是午时开口让你添饭，就是已经许了我下山。"

说着，年轻人环顾四周，仔细地看了一遍这间石室。自从上山之后，已经十余年了，他在这里长大，在这里读书，在这里学了一身本事。这里留下了自己太多的记忆，最好的，和最难以磨灭的记忆。如今，自己要从这个蛋壳中破壳而出，看看外面的世界了。

在此之前，已经有人在他之先，走出了这一步。

次日清晨，老者盘膝坐在榻上，在清水盆中净了净手，点燃了三支线香。

此时，童子急匆匆地闯了进来："谷主，二哥下山了。"

持香的手微微一颤，老者还是把香插进了香炉，又拿起一边的龟甲轻晃了几下，倒出几枚铜钱：

坤卦，上六，龙战于野，其血玄黄。

老人闭上眼睛："童儿，封闭谷口，以待来者吧。"

序章　皇朝霸业

巍峨深远的皇城之中，琉璃聚顶，皇气冉冉，房檐上的神兽朝风庄严肃穆，凝视远方。

皇城之中，禁军顶盔掼甲，肃立各处。

一处宫室之外，一群太监宫女跪伏于地，神色悲戚。

宫室之中，大周皇帝郭威躺在卧榻之上。这位一代帝王，此时脸色灰败，眼眶深陷，已然油尽灯枯。

“儿啊。”他用尽所有气力喊了一声，但声音仍然低得可怜。

“父皇，儿臣在此。”在床榻旁，晋王柴荣跪伏于地，声音哽咽。

“朕要走了。”郭威虚弱地说道。

“父皇您春秋鼎盛……”

“都到了这个时候，自欺欺人还有何用？”郭威惨然一笑，“朕戎马一生，死于榻上，也算善终了。”

柴荣心中悲痛，虎目含泪，沉默不语。

“回想当年，朕不过一军将而已，一心想要匡扶圣主，平定天下。可惜圣主难寻，阴差阳错之下坐上此位。罢了，既然世间无明主，那朕就自己来平定天下。”郭威喃喃说道，“可惜，如今即将离去，天下分崩依旧。朕终究还是未能如愿。”

“父皇放心，儿臣必不负父皇之志。”柴荣沉声说道。

“好，你有此心，也有此能，我志未泯，终有后来者。”郭威终于露出一丝笑容，“只是孤掌难鸣，这世间之事繁杂多变，一人之力不足以平之。然则世间尚有高人，得他们相助，天下可定。”

“诡门？”柴荣眸子闪动，低声问道。

“不错！盛世平门起，乱世诡门兴。当今天下四分五裂，正是诡门一派幕人大展身手之时。”郭威急促地喘息了几下，继续说道，“朕所言之事，你要牢记，诡门之人，起于微末，得明主而侍。而其中翘楚，当属鬼谷一脉，诡门之名，便因鬼谷而起，最强之人也在鬼谷。之前你不负朕望，带回一人。只是，还不够！每一代鬼谷弟子都有两人，传言这两人皆有神鬼之能，得一人可安天下。现在，二者已得其一，还有一人……”

郭威突然死死抓住柴荣的手，垂死的大周皇帝竟然从床榻之上猛地坐了起来，瞪大了眼睛，死死盯着柴荣，用尽气力大声道：“寻到此人。能用则用之，不用则诛之！不可落于外人之手。不然，朕死难瞑目！”

“父皇，儿臣必不负……”柴荣伸手扶住郭威想要说话，却发现郭威已然气绝，只是虎目圆睁，未曾合上。

“父皇！”柴荣悲从中来，号啕大哭。

柴荣从房间出来，已是一个时辰之后。

一名年轻人就守在外面，见到他出来，连忙躬身行礼。

“父皇去了。”柴荣满脸悲色。

那年轻人身子微微一颤，张嘴想要说话，却一个字也说不出来。

柴荣深深地看了他一眼，淡淡说道：“屋内之人皆追随父皇一同去了，你安排一下吧。”

“遵命。”年轻人答应一声，垂下头来。

柴荣回望一眼，幽幽的宫殿一片死寂，在那里，一个悲伤勇敢的时代已经终结，在自己脚下，似乎是旧时的延续，抑或全新的诞生。

第一章　既见幕城

初一、十五，正午时分，阳气最盛之时，宜上香，祭祀。

袁松表情虔诚地打开随身包袱，几件衣物下面露出一个包得很讲究的干净布包，里三层外三层地打开，最里面是一尊彩瓷塑像。

这是一尊随便在哪个杂货铺里都能买到的姜太公像，它面容严肃、威仪，一根钓竿扛在肩头，竿上挂着一个直钩。当年，就是这个直钩钩住了一代帝王，成就了姜尚。

袁松轻拭神像，将它请上神台，后退一步整理一下衣服，对着神像拜了三拜，明明一旁的包袱里放着线香，他却没有点。袁松希望祖师保佑自己有所成就，这一拜，拜的是祖师，是规矩，这不上香，也是规矩。

轰隆隆，远处响起一阵惊雷之声，袁松站直了身子向声响处张望，只见一道黄烟冲天而起，应是大队人马驰骋而过扬起的沙尘。这场面在边寨并不少见，也未有多么稀奇，稀落的几个路人背着包袱，急匆匆加快了脚步，心中暗道：倘若在此处遇到那些军爷可绝非好事。

那满身灰土的孩童回头看上两眼，便被大人拉着拖着匆忙离开。

“乱世之时，多事之秋。”袁松淡淡说了一句，恭恭敬敬请回神像，仔细包好。

袁松上山学艺十数年，学的是幕学，要做的是幕僚，而他现在只是一名准幕僚。这是一个古老的职业，最早的时候，幕僚可能只是个出主意的人，随着时间的推移，幕僚变得越来越系统化，越来越职业化，称呼也变得多种多样，门客、军师、谋士……归根结底，都可以统一称为幕僚。

幕僚一词源自周王之官“幕人”。可千百年这样传承下来，幕僚自然而然有了门户，也立了规矩。

袁松拜的姜尚被幕僚尊为祖师爷，因他辅佐一代明君成就盛世，为很多幕僚所向往，最早的规矩就是从他老人家那里传下来的。

这拜祭的时候也不能随便纳头便拜，有一整套的规矩。幕僚从官，官府中规矩森严，幕僚之中也是如此。没有入幕认主的幕僚，拜祖师爷的时候不需要上香，求的是功成名就，即使老迈也要寻求明主。认了主人了幕的，拜的就不是祖师了，而是另有一套讲究。

拜过祖师爷，收拾好简单的行李，袁松把包袱在肩头紧了紧继续赶路。边关之所，地广人稀，如果想在天黑之前到达下一个宿头，他必须快一点才行。

从唐末以来，整个天下便刀兵四起，尤其是北方，更是走马灯似的换皇帝。几年前郭威反了大汉，建了大周，而河东节度使刘崇则割据了河东十二州称帝，仍称大汉，两国仇深似海，在这边界之处兵戈相向，冲突杀伐总是不断。

因此这里危机四伏，吃死人吃得眼睛发红的野狼四处出没，流寇、乱兵、盗贼更是猖狂，大白天就敢出来行劫。除非不要命，否则绝不能在野外露宿。

周围农田荒芜，树木都被砍来做了攻城器械，袁松站在大路中间，一阵黄风无遮无拦地吹过来，寒冷刺透人骨。他心中哀叹，当真是天下兴乱有定数，世间无人悯黎民。只是感慨又能如何？他一个未入幕的幕人，又能做得了什么？不过，这一番景象倒是让他心中那信念坚定了几分。

定乱世，是一名诡门幕僚终身的追求，生于斯世，是福也是祸。想到此处，袁松的心中更热了几分，他把包袱向上提了提，从怀里掏出一块焐热的饼子啃了一口，继续赶路。

然而，未等手里的干饼吃完，袁松就不得不停了下来。

在他正前方的大道中间，一个怪人挡住了去路。这人四五十岁，闭着眼睛席地而坐，身上穿一件洗得发灰的长衫，上面满是尘土和破口，不知是否因为赶路太急，他脸色有些憔悴，胸口一上一下地起伏着，在他身下垫着一块青色麻布，身前则堆着土块石头，依稀搭成城墙的模样，把他挡在后方。

袁松打量几眼，低头想从一边绕过去。

“朋友，”那人却在此时突然睁开眼睛冲他喊道，“既已至此，为何绕城而走？”

如果换成别人，必然以为这人是个疯子，可是袁松却停下来，摇头苦笑：“不是绕城而走，只是看到这幕城平地而起，心中不免有几分惶恐。”

这所谓的幕城，是幕人中彼此相认的一种特殊方式，在幕人的规矩中也叫疯见，这规矩并不常见，因为大道边上突然出现这么个东西，拦住来人一场诘问，搞不好就要被人当成疯子，或者泄露某些东西。可一旦有人摆出这场面来，就说明事情紧急，有求于人，十有八九非常麻烦。

袁松不想惹麻烦，所以想绕过去。他现在孤身只影，前途未明，实不愿招惹这般麻烦。

那人却微微一笑："朋友，在下适才见你参拜祖师，便知你我乃是同门。现今你既已见了幕城，就应该知道规矩。"

袁松无奈地叹了口气，道一声："既然见了我拜的祖师爷，当知道我现在乃是白身，不过，罢了。"

他随手捡起一根树枝，在地上先画了个圈，又画了个方，双脚开立占满圆圈，昂首挺胸，同时伸出一只手翻转一次。

那人一见，顿时惊诧莫名："诡门中人？"

袁松这一番做派自有讲究，涉及幕僚的划分，幕僚之中分成平诡两门，按幕人中的说法叫作"盛世平门起，乱世诡门兴"。

平门幕人善术，讲究四平八稳，擅长处理公务来往，各种琐事，让主家无后顾之忧。他们通常不好奇计，不愿冒险，无论择主还是行事，都以平稳为主，一步一个脚印慢慢提升自己的地位。在和平时期，平门就是主家的影子，不彰显名声，但是无处不在，主家进则幕人进，主家退则幕人退。

而诡门幕人善谋，此类幕人多好奇计，长于谋略，长于揣摩人心，往往不按常理出牌。他们在乱世这个需要彰显能力的时期，最易出类拔萃，是乱世之中的谋士军师，一言一行可决定乱世之走向，最后往往能以白衣之身出将入相。但在太平时日，好弄险出奇的诡门之人，成就一般不如平门幕人。

幕人之间相认讲究众多，有的是古时候传下来的，有的是后面演化而来的。幕人本身没有立场，一般都讲究客随主便，跟什么人，上什么山，跟什么神，拜什么佛。但幕人做的都是比较重要比较隐私的事，保密对他们来说是必须遵守的职业底线。虽各为其主又彼此沟通，久而久之就繁衍出这么一套不用说话就能相认的讲究来。

这拦路人在路上起了一座城，叫作幕城，也有叫幕府的，这讲究出自"小儿辩日"的典故，由孔子出游遇小儿造土城阻拦引申而来，在幕人中的意思就是不以年纪分先后，只以本事论高低，幕中之人要下车马自报名号。他往中间一坐，青麻布就是幕，意思就是坐幕。

袁松的应对也不简单，上面一个圆，下面一个方，意思是天圆地方，也就是代表天地，他站在两个图形之间，叫作"天圆地方，我占中央"，也有纵横天地，定鼎天下的意思，翻手则是翻手为云覆手为雨的意思。在幕人之中，只有诡门一脉才有这样的气魄。所以只看了一眼，那人便知道袁松的来历。

袁松行了一礼，口中言道：“有言不危，临危则言！见过前辈。”

那人含笑回礼，回一句：“无言不评，评也无言！客气。”

两个人行礼的动作也有些特别，抱拳之时抱住其他几指，食中两指却外露。

这两句是两个字谜，分别代表了两个人的身份。

“有言不危，临危则言”都是“诡”字，也意味着关键时刻，诡门就会开口。

“无言不评，评也无言”则是个“平”字，意思是平门不会乱说，只会按部就班地做事。

而抱拳的手势也是幕人之中独有的，叫作“食君之禄，忠（中）君之事”。

“天圆地方，任你纵横。”平门幕人感慨一声，“果然只有诡门才有如此雄心壮志！”

“家师教导，心有多大，看得便有多远。”袁松笑道。

那人点了点头：“诡门生而为天下，此言果然不虚。来吧，既然已经相认，就不要在这里挡人去路了。”

两人移步道左，不过那平门幕人脚步略有蹒跚，袁松眉头不由得微微一皱。

两人在石头上坐好，那平门幕人开口就问：“要去哪里？”

袁松答道：“大周。”

幕人问道：“为何要去大周？”

听他话中似有考校之意，袁松心中自有韬略，当然不惧，当下微微一笑，言道：“天下形势，略似汉末，孟蜀困守蜀中，如当年蜀汉，虽有奋进之势，不据山河之利，自陷困地，守户之犬而已。李唐偏安江南，便如东吴，金陵纸醉金迷，秦淮畔莺歌燕舞，早已褪了皇气，换为脂粉之气。此二国尚且如此，南国余者无须再提。旷古以来，天下大势向来由北及南，刘汉认贼作父，局面困顿，仰人鼻息才得苟活。唯有大周，安抚民心，兵精甲利，势如魏晋，天下思定久矣，正需一明主，执鞭逐鹿，定鼎天下。”

他深吸一口气，语气激昂：“况且大周陛下崇尚节俭，蠲除苛政，仁爱百姓，传闻他曾说：‘我本穷人，有幸为帝，岂敢厚自奉养以病百姓乎？’有这样的人在，大周焉能不强？”

平门幕人抚膝大笑：“然也！”

袁松表情一肃：“由其一事，更知陛下腹内自有乾坤！此前陛下祭文庙、尊圣人，广纳士子，遍寻贤才，为何？盖因天下不仅要在马上取，还要在书上取。取天下与治天下本为一体两面，无法治之，如何取之？此乃安天下之本也！”

最后袁松一笑：“大势如此，鸿鹄不往，岂就燕雀？”

“好！好！好！”平门幕人连道了三声，“不愧是诡门中人，势略术三道，观势之道唯有诡门。有此本领，天下大可去得。我有一物，当为你所有。”

说罢，他拿出一双皮靴，塞进袁松怀里。

袁松手捧皮靴问道："您与我盘桓许久，只为赠我皮靴，方便我远行？"

"你如此聪明，何不猜猜？"平门之人道。

不消他说，袁松已将皮靴捧在手里仔细摩挲了。未过多久，他便从皮靴底下抠出一根带着花纹的竹管来，竹管上有火漆封口，周身遍布古怪的花纹。可是袁松并没有去看火漆，他只是看了一眼竹管表面的花纹，顿时色变："阴符？"

"你知道此物？"那人一惊，随后一笑，"也难怪，诡门中人精通军略，认识此物也不足为奇。"

"非也，只是在下师承和此物有点关系。"袁松的手指在那竹管上轻轻摩挲。

所谓阴符，最早传承自幕人始祖姜尚。某次姜尚遇险，情急之下，将手里的钓竿一折三段，派人送与周王，周王看到钓竿大惊失色，知道姜尚身处危难，所以立刻发兵来救，解了他的困险。从那以后，阴符就成了军队中传递消息的一种方式，用木棍的长短来代表兵力多少、地理位置等消息。

但这只是一般的阴符，袁松有师门密授《阴符经》的传承，知道阴符其实还有表里之分，一般阴符属于"表阴符"，而他手里这个是"里阴符"，此乃军中机密。其实就是一种独特的"阴文"，用来传递绝密情报。通常一式三份，每一份的内容都不太一样，三份合一才是一份完整的情报，接收人即使最后只拿到一份，那一份上面的消息也大有用处。

这根竹管上的火漆封口只是一个陷阱，让人以为情报在竹管内部，其实真正有用的是竹管表面的这些花纹，也就是"阴文"，不知内情的人只要打开封口，整份情报就会被破坏。

袁松轻轻摩挲着这些阴文，仔细看了片刻，脸色变得有些凝重。

突然，他抬起头来看着那人，说道："大周陛下驾崩了？"

那人浑身一颤，险些从石头上摔下："小子无状！陛下春秋鼎盛，怎会驾崩？"

其实那幕人心中很是震惊，他也是刚刚得到内部消息，郭威确已病逝，只是大周建立时间太短，内部略有不稳，这个消息还属于机密。新皇准备一切都安排好了再向外公布，没想到袁松只是看了几眼阴符就已经猜到了，这让他如何不惊。

"前辈既然以阴符相试，便应知我诡门手段。"袁松掂掂手里的阴符，"这份阴符虽然不全，但是却记录了'粮草、契丹'这两件事。能与契丹勾结者唯有刘汉，以刘汉之羸弱，能守土不失，苟延残喘就已不易，哪还能有什么其他动作？可现在不但调动粮草，还求到了契丹，只说明一件事，战事将起。大周之前尚在理清内政，两处叛乱刚平息不久，按情理怕要休养一两年才能有所作为。那么既有战事，将从刘汉而起。刘汉要动，必是剑指大周。若非大周出了大事，刘汉安能有如此胆量？而事大莫过于帝崩。先皇年事已高，又遇全家殉难这般惨事，驾崩也不足为奇。”

袁松娓娓道来，从一件小事慢慢推敲出如此大事，倒把那平门幕人听了个目瞪口呆。过了许久，他才苦笑一声：“若论心机诡诈，料事之准，无人出诡门之右。不错，确是如此！这三份阴符是细作冒死窃取的北汉兵力调动、粮草运送，以及与契丹往来的机密。这一份你可以拿走，送去开封交与一人，此物便是你的进身之阶。”

袁松闭上眼睛权衡了一番利弊，睁开眼睛问道：“给谁？”

那人貌似早已料定袁松的反应，开口说道：“中书舍人姚谦。”

袁松神色一动：“谁？”

“姚谦。”那人凝视袁松，“不过，此事极险，你可敢去？”

袁松垂下眼帘看了一眼那阴符，随后傲然一笑，把手中之物收好。最后，他看了看那平门幕人，眼中似有一丝不忍，但随即长身而起，毕恭毕敬向此人行了一礼：“多谢前辈，前辈珍重。”

平门幕人坦然受了他一礼，只回了一句：“诸事小心。”

袁松微微点头，转身离开了此处。

远处的天际黄沙弥漫，在遮天蔽日的黄沙之中，隐隐约约透出一轮如血般的残阳。一阵黄风吹过，带起了路边几茎枯草。

道路前方隐约可见一处黑黝黝的建筑群。在这边关左近，两国冲突不断，盗匪流贼乱兵多如牛毛，为了自保，这里的居民往往结堡而居，俗称坞堡。一处坞堡往往也是一处小镇。

前方这一处叫作离人镇。

整个离人镇有两千多人，在这样的边关已经算是大镇了。袁松踏入离人镇时天色已晚，整个镇子只有十字街口有一家客栈，又兼作饭馆，想要投宿就只能去那儿。

当袁松进去的时候，大堂里已经坐了三五桌客人。袁松站在门口好半天也没人过来招呼。他只好自己去了柜台，结果发现客栈的伙计趴在那里正睡得舒服，隐隐还能听到打呼声。

“伙计！伙计！”袁松连喊了两声，又伸手推了推。

“干什么啊？”那伙计睡眼惺忪地抬起头来，不过言辞之间很不客气，完全没有个伙计应有的模样。

袁松皱了一下眉头：“有房吗？”

伙计打了个哈欠，懒洋洋地回了一句：“废话，没有房间算是客栈吗？”

袁松一愣，他还是头一次遇到这么横的伙计。

就在此时，从后面一溜烟跑来一个人，一边用一双油乎乎的手在发黑的围裙上蹭着，一边在脸上堆起一个和气的笑容，对着袁松连连弯腰，语气比那伙计客气多了："客官，对不住，您要住店是吧？"

"对，有便宜房吗？"袁松点点头。

"有！有！"那人满脸笑容地说道，"来！您这边请，我带您去看看房。"

说着，他回过头来对那伙计招呼了一句："三儿啊，有客人就帮着招呼一句。"

"知道了。"伙计不耐烦地回了一句。

那人无奈地摇了摇头，带着袁松向楼上走去。

"您是老板吧？"袁松低声问道。

"对，这客栈是我的。"

"有意思了。"袁松一笑，"你们这里的伙计好像比你这老板还要厉害。"

老板满脸苦笑："您别和他一般见识。不瞒您说，我拿他也没什么办法。"

"怎么说？"

"实不相瞒，这伙计是本地地头蛇塞过来的。"老板叹了口气，"如果我不用他，这客栈也开不起来。"

"哦，明白了。"袁松恍然大悟。

"因为他，耽误了我不少生意。"老板无奈说道。

"可是也因为他，这里只有你一家生意。"袁松意味深长地说道。

"客官，您是明白人。"老板一竖大拇指。

这时已到了楼上，老板引着袁松穿过走廊，打开了一间房门："就是这间，咱这儿是个小店，条件有限，还请您多多担待。"

袁松看了一圈，说道："不错，挺干净的。"

"您满意就好。"老板笑道，"您要吃饭的话，去楼下大堂，要热水什么的，知会我一声就行。"

"多谢了。"袁松道。

等老板离开，袁松简单收拾了一下行囊便下去吃饭。

他中午只吃了一个饼子，赶了一下午的路，肚子里早就空空如也，到了下面随便找了桌子，把伙计喊来，叫了一碗便宜的汤面。

伙计还是那副爱答不理的模样，不过袁松也不计较了。他端起汤面喝了一口，顿时觉得一股热气从口里暖到腹中，舒服得差点儿哼出声来。

大门口光线一暗，又有人走了客栈进来。袁松抬头看了一眼，进来的是一个游方道士。他手持拂尘，戴着道冠，一身道袍沾满尘土，也不知赶了多久的路，不过模样倒是一派道骨仙风，颇有几分出尘之气。

“无量天尊！”走进店里，道士一抖拂尘，喊了一声，“店家。”

“什么事啊？”老板在后厨忙活，迎客的还是那伙计。

“敢问店家，这里可有房间？”

“有啊，没房间还叫客栈吗？要几间？”

这道士眉头一皱，还是说道：“出家人出门在外，哪里有那么多讲究，有个通铺就可。”

“通铺？”那伙计顿时更没精神了，指了指边门，“从那儿出门左转。”

道士点点头，转身便走。

伙计向地上呸了一口，骂了一句“穷酸”，声音不大不小，刚好让那道士听到。

道士头也没回，直接进了后院。

袁松看了这一幕，摇摇头继续吃面，谁知此时又有人进了客栈，只见这人身穿僧袍，脚踩靸鞋，竟然是一位和尚。

“阿弥陀佛！”和尚双手合十，向那伙计行了一礼，“这位施主，请问可有通铺？”

“晦气，又来一个通铺。”伙计嘟囔了一句，伸手一指，“那个门出去左拐。”

也不知是不是袁松吃面照顾了这里的生意，和尚刚走，又进来一位。这位一身皮袄，满脸络腮胡子，身材高大，身板笔直，进来之后他先伸手拍了拍身上的灰，跺了跺脚，然后扯着嗓子喊了一声：“伙计！”

这一声好像一个炸雷一样响起，把袁松吓了一跳。

“乱喊什么啊？”那伙计没好气地走过来，“又是通铺是吧？出那个门左转！”

“放屁！”那人瞪着眼睛吼了一嗓子，“谁说老子要住通铺？给老子开一间最好的上房！还有，赶了那么长时间的路，有什么好吃好喝的都给我端上来！记住喽，要最好的！别以为老子没钱给你们这穷酸店！”

那伙计这才知道来了财神爷，马上换了一副笑脸，点头哈腰地说道：“这位客官，实在是对不住！您这边请。是我瞎了眼，一看您这气派，就和那些死穷酸不一样啊！来，这边请，我这就带您去这儿最好的房间。”

伙计一边一个劲儿地说好话，一边把这人带上了楼，前倨后恭的模样让人看着好笑。

袁松嗤笑了一声，这人果然不是当伙计的料，刚才那位一身皮货，脚下的皮靴都要值上个一贯钱，他竟然把财神爷当成了穷酸户，怪不得客栈老板抱怨连连。

没多久，伙计便满脸带笑地从楼上下来，看那模样十有八九是得了赏钱。刚才那位估计是老跑边关的皮货商，知道怎么对付这样的小人，几个小钱换来伙计殷勤伺候，图的就是个舒服。

不知为何这阵子客栈生意这么好，片刻工夫，又从外面闯进来一团火。

火红劲装，腰间挎着一把弯刀，发黑如瀑，肤白如雪，进来的这位竟然是一个在边关极少见到的绝色美人。也不知道她有何妙法，在这风沙漫天的边寨，竟然浑身上下干净利落，连一点灰尘都没沾上。

这女子一进店里，便四处打量起来，一双眸子转来转去，十分好奇，似乎看什么都新鲜。不过，她的一只手一直搭在象牙刀柄上，角度微妙，随时能在第一时间拔出刀来。袁松只看了一眼就低下头来，这位绝不好惹。

整个大堂里除了袁松和那一僧一道，其他人的目光仿佛黏在这女子身上一般。

那伙计尤其不知道好歹，一看来的是美人，眼睛顿时发亮，收起之前对其他人那种爱答不理的神情，一溜小跑来到那女子身边，殷勤问道："这位姑娘是要住店吗？"

女子点头说道："住店，一间上房！"声音清脆悦耳，简短有力。

"有，有，您这边请。"那伙计笑道，"我来帮您拿行李。"

说着伸手就要去拿女子肩头的包袱，只是看他目光闪烁，分明不是帮忙拿行李那么简单，而是想趁机占人家便宜。

呛！一声脆响，一道闪电在客栈中炸开，那伙计只觉得眼前一花，手腕一凉，弯刀的刀刃就已经贴在他的手腕上。

"你的爪子再敢向前伸一下，就不用要了！"那女子虽然一身火红，可声音比冰还冷。

伙计脸色顿时一白，僵在那里。

"客官息怒，息怒！"那老板不知道从什么地方跑了出来，冲到这女子身边，一个劲儿地赔不是，"他不懂事，您高抬贵手，饶了他吧！"

"呛！"又是一响，弯刀归鞘。

"一间上房！"女子冷冷说道。

"有，有！"那老板忙说道，"这边请，我带您去房间。"说罢，他引着这女子就上了楼。

那伙计呆呆地站在原地，禁不住打了个寒战才回过神儿来。他低声嘟囔了一句，老老实实干活儿去了，再不复刚才那般可恨的模样。

大堂里其他几个客人幸灾乐祸地欣赏了一阵，诸人刚才没少被他冷言冷语对待，都憋着一肚子火气，此时自然乐得看他笑话。

袁松倒是没多看，吃完面要了一壶热水，慢慢喝着消食。旁边门帘一挑，刚才要住通铺的那道士走了出来，脸色阴沉，低声骂了一句："不可理喻！"

骂完之后，道士气哼哼地找了一张空桌子，要了一壶热水，取出一包粗茶来，准备泡茶。

此时门帘又是一挑，那和尚也跟了出来，脸色同样阴沉难看，正好和那老道来了个对脸，两个人的脸色更加阴郁了几分。

“哼！”两人重重冷哼一声，低声骂了一句。

“秃驴！”

“杂毛！”

袁松莞尔一笑，这天下战乱不休，世道艰难，僧道两门都靠化缘为生，可是连百姓都没什么余粮，哪儿还有多余的给他们，给的人少了，等着分的人还那么多，相互之间有些冲突龌龊也就难免了。碰到一起的，好多都是这样鼻子不是鼻子，眼不是眼的。

那僧人像是赌气一般，坐到了正对着那道士的一张桌子边，要了一碗斋面，看一眼道士，狠狠吃一口面，看一眼道士，吃一口面，就好像用那道士下面似的。

那道士泡茶倒也讲究，用一只茶刷在粗碗里逆刷三下，顺刷三下，最后横着一抹，清茶末轻轻撒在碗底，用热水一冲，端起茶杯来晃了三下，吹了一口气，这才抿了一口，脸上一松，满脸舒爽。

袁松静静地看完他泡茶喝茶，然后端起桌上的一碗水一口喝完，转身上楼休息去了。

夜色降临，一只鸽子扑着翅膀落在屋檐之下，一人伸出一只手将鸽子抓起来，在它腿上摘下一个竹管。

拿着竹管的人看了一眼，立刻急匆匆走向后面。这一片屋后竹林沙沙，小溪湍湍，美景如画，这人却无心欣赏，沿着那蜿蜒小路走到尽头。在竹林深处现出一座小楼来，微风吹过竹林沙沙作响，悠扬的琴声从小楼中传出，弹的正是一曲《梅花三弄》。这人来到楼前却不敢进，只是站在外面恭敬说道：“启禀歌主，鸽四十二有消息到。”

楼内琴声一停，响起一个有些慵懒的声音：“说的什么？”

“捕猎已捉，未曾寻到。”来人答道。

“果然，想是那人将东西转移了。”那个慵懒的声音淡淡地说道，“按时间来算，那东西此刻应已进了离人镇吧？”

“是。”

“你可知打草惊蛇否？”沉默了片刻，那慵懒的声音突然响起。

“略知一二。”

“蛇伏于草，难觅其踪，若欲得蛇必先击草。”那人缓缓说道。

“传我号令，让飞鹰兵围离人镇。”慵懒的声音变得异常凌厉，“让夜枭啼呜，既然我等不知是谁，那便击草而寻，逼蛇出洞！”

“遵命！”外面那人抱拳拱手应了一声，转身离开。

“值此乱世，性命几何？”楼内轻轻一叹，“众生若怨，就怨生于斯世，人如草芥吧。”

片刻之后，琴声再起，只不过曲子铿锵有力，已经换成了《十面埋伏》。

某个不知名的山谷中，篝火似星点，一群表情冷肃的汉子围着火堆席地而坐，默默吃着东西，闪亮的马刀横于膝上，一有情况，众人便可暴起厮杀。

不远处，一群马匹在啃食青草，偶尔打个鼻音，警觉地抬起头来看看周围，发现没有问题，便又低头吃草。

在人群和马匹的中间，一个大汉单独守着一堆篝火，手里抓着一只羊腿，狠狠地撕下一块带着血丝的肉，默默地嚼着。他的肩头文着一只振翅翱翔的雄鹰，他身边则插着一把暗红色的大刀。

此时一个人穿过山谷，疾跑到他面前单膝跪着，大声道：“首领，歌主传令！”说罢，那人双手奉上一根竹管。

那大汉随即抛开羊腿，接过竹管，从里面抽出一张字条，看了一眼便扔进火堆，伸手一拔，抽出长刀向天一指。

“歌主有令！”

所有骑士不管正在做什么，皆单膝跪着，齐声大喊：“属下听令！”

“兵围离人镇！”

“遵令！”

没多久，如雷般的马蹄声响起，一群骑士冲出山谷，踏着夜色疾奔而去。

第二章　匪围离人镇

床榻上，袁松紧了紧身上的被子，他睡得很不踏实，总有一种古怪的感觉在心头萦绕，在这客栈之中，似乎有什么事情将要发生。

“啊！”

突然，一声刺耳的惨叫声传遍了整个客栈。

紧接着，满是恐惧的声音在门外响起：“鬼啊！”

袁松猛地睁开眼睛，一道绿色火焰从他门前悠悠飘过。他翻身坐起，揉了揉眼睛，再看门口仍然是一片黑暗，刚才一霎，也不知是梦境还是现实。

可是客栈里已经炸开锅了。

“怎么了？”

“出什么事了？”

走廊里乱哄哄的，一片嘈杂声。

袁松披上衣服走出来，发现貌似整个客栈的人都聚在了走廊，在他们中间，一个大男人瘫在地上，脸色煞白，瑟瑟发抖，嘴里反复嘟囔：“鬼，有鬼啊！”

“怎么了？大半夜不睡觉闹腾什么？”店伙计扯着嗓子嚷道，从人群外面挤了进来。

“鬼，有鬼！”那男人这时脸上才恢复了几分血色，结结巴巴地说道。

“屁！”伙计骂道，“有什么鬼？哪里有鬼？”

老板披着衣服也挤了进来：“到底出了什么事？”

“没事。”伙计一摆手，“这厮大半夜发了噩梦，胡乱叫喊。”

“不是。”那男人大吼一声，“我当真看到了，一道绿光，映着半空中飘着的一张青面獠牙的鬼脸。”

“说得跟真的似的。”伙计冷笑一声，“既然如此，那这鬼现在在哪儿呢？”

“突然就不见了。”

“胡扯，分明就是你做了噩梦，自己受了惊吓，又来吓唬别人。”伙计打了个哈欠，“老子不听你胡说八道了。睡觉！你要是再闹，小心我不客气！”

说罢，伙计大摇大摆地走了。

其他客人也议论纷纷地散去。

袁松看了一眼那男人，他还在地上瘫坐着发愣，不知道自己究竟真见了鬼，还是在做梦。

次日清晨，袁松下来时发现，昨晚那个男人已经坐在大堂正中间，旁边的店伙计一脸鄙视地看着他。

老板发现袁松也盯着那男人看，迎过来苦笑道：“也不知这位客官究竟看到了什么，从昨晚一直坐到现在。”

“出门在外，什么事都算不得稀奇。”袁松笑了笑，“劳烦来碗粥。”

等老板把粥端上来，袁松发现那人已经走了。

袁松喝了两口粥，昨天那美女便如一团火焰般从楼上直烧了下来。

“老板！”她往那儿一坐，敲了敲桌子，“一碗粥，一碟小菜！昨晚出了何事，外面如此喧闹？”

“姑娘，昨晚不过是一个胆小鬼发了噩梦，搅得四邻不安，实在……”那伙计不知死活又凑了过来。

“我没问你。”那女子一看是他，脸色一沉，冷冰冰说道。

伙计看了一眼她腰间的弯刀，灰溜溜地走了。

当那女子从老板那儿听完昨晚的事情，嗤笑一声：“男子汉大丈夫，竟然被这莫须有的东西吓成这样，当真是丢人！”

袁松并没有在意这件事，对他来说快点离开这里，将那东西带到开封才是首要之事。低头三两口喝完粥，买了点干粮，袁松就背着包袱走出了客栈。

在离人镇借宿一夜的人很多，为了不错过宿头，大家也都早早出了门。所以越是接近离人镇大门，街上的人流就越密，等到了大门附近，不知为何直接彻底停住走不动了。

袁松探头看了一眼，发现有几辆马车从镇子外面缓缓进入，车子上是堆成小山一般的尸体。他心中轻叹一声，退到路边让开了大路。

这是送尸的，边境之处兵荒马乱，多有死于非命的，冻死的，饿死的，遇到野狼、流寇袭击的，每天都有那么几个人惨死在外面。所以边关小镇就有这么个规矩，凡是在镇子附近的尸体一般要收回来，检查一下集中掩埋，防止散落镇外引起瘟疫，或者引来大群的野狼造成危险。

每当这时，大家都主动回避，没人会和尸体抢路。

可是，这一次却有点不同。不知为何，送尸马车缓缓经过时，周围人群稍微有些骚动，等马车从袁松身边经过，他向车上看了一眼，顿时一惊。

马车里的几具尸体，他竟然认识一个，正是那平门前辈。

他的尸体被放在最上面，两眼圆睁，失神地望着天空，五道可怕的伤口从左肩的位置一直切到了右腰，伤口极深，已经发白，并且露出了白骨内脏，就好像被一只巨大的爪子狠抓了一下，将他瞬间开膛破肚。

因为死状实在是太过凄惨恐怖，周围人对此议论纷纷。

“五鬼！”猛然间人群中有人大喊了一声，“这是五鬼！”

袁松回头，发现在自己身后，有一个衣衫简朴、行商打扮的人。

只是此时，这位行商脸上表情狰狞，仿佛看到了什么可怕的事情一般。

“这是五鬼做的！五鬼到了离人镇了！”他看着那名平门之人的尸体，颤巍巍说道，“瘟爪五道，破腹夺魂，五鬼索命了，他们来找我们了。”

虽然天色还早，可是听他这么一喊，所有人都觉得后背生寒，禁不住打了个哆嗦。

袁松微一皱眉，所谓五鬼，又被称为五瘟使者，分别为春瘟张元伯，夏瘟刘元达，秋瘟赵公明，冬瘟钟士贵，以及总管中瘟史文业。这五位的确是凶神恶煞，可是五瘟杀人，从来用的都是瘟疫，没听说用过什么瘟爪。

不过被那人一吓，谁都不愿意在此久留，等送尸的离开，人潮再次向着寨子外面拥去。

突然，走在前面的人停了下来。远方一条黑线出现在地平线处，并且向这里迅速逼近，紧接着，一阵轰隆隆闷雷般的声音传进众人的耳朵。

没多久，好多人疯了一样向着离人镇跑回来，都是刚刚出镇的人。

这些人一边跑一边歇斯底里地大叫：“快关门！飞鹰盗！飞鹰盗来了！”

镇子里的人也看到了，疾奔而来的是一队骑兵，在队伍中央，有人高举着一面大旗，大旗上是一只振翅翱翔的飞鹰。

“飞鹰盗，快关门！”镇子里的人也开始慌张起来，跟着大喊。

几名守着寨门的壮丁惊慌地推动大门，将它关上，挂上铸铁门闩。

“砰砰！”砸门声响得急促，几个没能进来的人在外面用力拍门，苦苦哀求，大声咒骂。

如雷的马蹄声越来越近，寨门外面的人喊不开门，只好四散奔逃，但是很快，求饶声和惨叫声此起彼伏地响起，片刻之后就彻底平静下来。

殷红的血液顺着寨门的门缝流了进来，一股浓郁的血腥味迅速扩散开来。

“踏平离人镇！”镇子外面蹄声如雷，伴随着一群人的大声咆哮，杀气冲天。

袁松立刻转身回客栈，沿途一队队民壮拿着武器与他擦肩而过，表情凝重地上了寨墙。

看到袁松回来，守在门口的老板顿时一愣：“客官，怎么回来了？可是忘了东西？”

“走不了了。”袁松苦笑了一声，“马贼围住了镇子。”

“什么？”客栈老板惊呼了一声。

整个大堂刹那间变得落针可闻。

“马，马贼！”那伙计脸色发白，“当真是马贼？”

“对，叫什么飞鹰盗。”

“飞鹰盗！”大堂里惊呼声此起彼伏。

“太好了！”此时有人极不和谐地欢呼了一声，“竟然有不知死活的马贼！看我怎么收拾他们！”

紧接着，一道红影便冲出了客栈。

“疯婆子！”伙计低声嘟囔了一句。

袁松一把拉住客栈老板：“老板，还住昨天那间。”

盗匪围镇，按规矩很快就要戒严，如果到时候还在外面闲晃，搞不好就要被人当成盗匪内应，到时候叫天不应叫地无门那才糟糕呢。

果然，很快梆子声响起，整个离人镇开始戒严，早晨出去的客人纷纷跑了回来，没回来的就是再也回不来了。

“身处乱世，人如草芥。”袁松感叹了一声，随便要了点吃食吃了几口就回房间了。

这一天，客栈里都能隐约听到镇子外面冲天而起的喊杀声。

客栈老板在不停地安慰店里的客人：“各位放心，最近的驻军距此不过一天半的路程，这些盗匪必不敢久留，只要挺过今晚就没事了。”

可是听着那隐隐传来的喊杀声，所有人都揪着一颗心：老板说得没错，可是谁知道这些民壮能不能守住寨子，如果有个万一，到时怎么办？

不过总算老天保佑，漫长的白天过去了，传回来的消息说寨门几次危机，盗匪险些攻进寨子，还好被顶了回去，算是有惊无险。现在盗匪的攻势已经缓和，可是还围着不走，大概是不太死心，可如果今晚还是毫无进展的话，除非想被一网打尽，否则明天晌午之前，他们必须退兵。

袁松留神听了一下，这些客人已经不像早晨那么慌张了，不少人都在议论。那红衣女子早晨离开再没回来，不知道是去守城了，还是被人当成奸细扣押了。

那伙计也不像之前那样心惊胆战了，重新变得神气活现：“一群蟊贼，还想攻我们离人镇！他们若是进来，爷爷我一人就能杀得他们片甲不留！”

飞鹰盗虽说没冲进离人镇，不过客人们还是心事重重，没人听他聒噪，纷纷回去睡了。不过，这一晚上就算睡也没几个人能睡踏实。

倒是那一僧一道一直在互相瞪眼，一股子剑拔弩张的气势，好像随时就要打在一起一样。旁边有客人猜测，可能死了不少人，搞不好有人会做法事，估摸这两人是要抢生意呢。

夜色渐深，围墙也没了响动，大家慢慢也就放下心来。很快，客栈里便响起此起彼伏的呼噜声。

“救命啊！”一声尖叫划破夜空。

“出什么事了？飞鹰盗打进来了？”本来就笼罩在紧张气氛下的客栈，如同在油锅里泼了冷水，炸了。

原本睡得昏昏沉沉的袁松，瞬间被惊醒，那一声惨叫仿佛就在门外，他下意识地向外看了一眼，身子一颤，冷汗就顺着额角流了下来。

隔着房门，在绿色的火光照耀下，一道狰狞的黑影高高举起足有一尺多长的利爪，狠狠地向下劈了下去。

“啊！”一声凄厉绝望的惨叫声响起。

绿火熄灭，门外一黑，再无声音。

袁松翻身下床，冲过去打开房门。

刚一开门，一股浓郁的血腥味就扑面而来，袁松忍不住后退了半步。

“嘻嘻！”走廊中传来一声阴森的怪笑，又是绿光一闪。

袁松抬头一看，顿时后背生寒，只见几朵冷幽幽的绿火在半空中跳动，照亮了天花板下一张青面獠牙的脸，脸上冷气森森的一双赤红眸子，正死死地盯着自己。一股杀机在走廊中弥漫开来。

“鬼啊！”一声惊呼从袁松身后传来。

噗，绿火湮灭，那张脸也随之消失。

袁松脸色发白，走廊里的血腥味浓郁得都散不开了。

“怎么了？”越来越多的人赶了过来，有人拿着灯烛，走廊里变得亮堂许多。

“啊！死人！”惊恐声不断传来。

地下倒着一具尸体，正是那伙计。

他大睁着眼睛躺在那里，身上五道巨大的伤口，从左肩开膛破肚一直到右腰，暗红色的内脏和白色的骨头都翻了出来，殷红温热的鲜血泉水一般涌出，将周围染成了一片血泊。

“出人命了！”一群客人惊呼了一声，纷纷后退。

“是鬼，我看到了！”一名客人惊慌失措地说道，“鬼火，一个鬼就在那里飘着！肯定是猛鬼索命来了。”他一边讲话一边哆嗦，裤子上湿了一大片，夹杂着一股臊臭味。

“五鬼！是五鬼来了！”有人喃喃说道。

袁松一转头，看到那个行商也在人群中。他看着伙计的尸体脸色发白：“瘟爪五道，破腹夺魂，五鬼索命来了！”

他的声音不大，却正好让所有人都能听到。他的话仿佛在这走廊里刮过一阵阴风，让所有人身上一凉。

“怎么了？”店老板也分开人群挤了进来，一看到地上伙计的尸体，脸色瞬间白了，“这，这是怎么了？”

“五鬼索命！这是五鬼索命来了！”那行商一把抓住店老板的衣领，大声吼道。他用的力气实在太大，竟然把那老板掐得脸色发紫，喘不过气来。

一群客人七手八脚地拉开那行商，这才把客栈老板救了下来。

大堂里，招魂铃响个不停，哆哆的木鱼声也一声紧过一声。

客栈里的一僧一道终于派上了用场，他们当场就在大堂里做起了法事。

虽然乱世人命如草，可这伙计死得太惨，众人心再大也睡不着了，围着那僧道看他们安魂。只有那行商坐在大堂一角，脸色发白，显然神志已经失常，正在碎碎念着五鬼索命的话。

客栈老板出去找人了，就算镇子局势紧张，可是出了命案也不能不报，而且越是在这种时候越要报。出去没多久，他便带着几个人回了客栈。

袁松也坐在大堂里，听到脚步声抬头看了一眼，顿时一愣，进来的几人中，领头的赫然是那道红影。

女子还是那身火红的打扮，身上连尘土都没沾上多少，一只手扶着弯刀，身后还跟着三四个壮丁。在她身边的，正是态度恭敬的客栈老板。

袁松立刻就意识到这个女子的身份不简单。在这种边关重地，她一个外来人，竟然能在短时间内取得信任，并且有资格带领乡勇，这可不是一般人能做到的。

那红衣女子走进房间，看都没看周围的人，只问了一句：“尸体在哪儿？”

“在楼上。”店老板说道。

女子直奔楼上，没多久又下来了，站在楼梯那儿大声问道：“刚才出事的时候，谁第一个看到的？”

“我。”袁松站了起来。

“你？来一下。”女子招手喊道，语气不是很客气。

袁松皱了下眉头，不过还是走了过去。

“你刚才看到了什么？”女子直接问道。

“鬼火，还有鬼影。”袁松说道。

“胡扯！”女子压根儿不信，“什么鬼影鬼火的？你当这是神怪故事？”

“我只是就事论事。”袁松看了她一眼，面色不变地淡淡说道，“就算有鬼影也不见得是真鬼影，有鬼火也不见得是真鬼火。”

“你乱七八糟在说些什么？”女子眉头一皱，不满道。

“是真的！我看到了！”有人站起来大声说道，“那么大一个鬼面就在半空飘着，还有一团绿油油的鬼火飘来飘去的。”

“没错！”又有几个人站起来附和，也不管是真看到的还是听说的。

“这是五鬼！”那个神神道道的行商突然大喊一声站了起来，“五鬼索命来了！”

“休要胡说！”女子厉声喝道。

“我们带着他们要的东西！不给他们，他们就要索命，大家都要死了！死了！”那人两眼失神，大声吼道，“我不要被五鬼杀了，不要！”

说着，他突然疯疯癫癫地向后院冲去。

当他从袁松身边经过，一股特别的味道钻进了袁松的鼻子。

袁松先是眉头一皱，随即脸色一变，大喊一声：“拦住他！”

之后，袁松跟着那行商冲进了后院。

等袁松和另外几人随后冲进后院之时，那人已经站在院中，手里拿着一只点燃的火折子：“东西在我这里，可你杀不了我的，能杀我的就只有我自己！只有我自己！哈哈哈……”

他放声大笑，状若疯癫，然后用手里的火折子往身上一戳，就引燃了身上的衣服，火势很快就蔓延至他的全身。

“你要干什么？”那女子也冲了进来，看到这场面顿时大惊。

“我们都跑不掉的，他们知道东西在我们身上！”那人大声吼道。

“灭火！把他拖过来！”那女子大声吼道。几个乡勇就要冲过去灭火。

“别过来，别过来！”那人疯狂地大叫，转身冲进了旁边的一间小木屋。

他身上的火焰点着了小屋，天干物燥，火势很快开始蔓延，没多久整个小木屋都笼罩在熊熊烈焰之中，从屋里传出那人凄厉的大笑声，很快便没了动静。

等一群人七手八脚把火熄灭，只从木屋里拖出一具焦尸，烧得都不成人形了。

“疯子，疯了！”那女子喃喃地说道。

“这，这……”客栈老板脸色惨白，不知所措地站在一边看着。

“无量天尊！”“阿弥陀佛！”那一僧一道在一边轻轻叹气，一起念诵起经文来。

唯有袁松蹲下来，仔细察看了一下死尸。

“喂！”那女子满面疑惑，“你在看什么？”

“没什么。”袁松摇摇头，站起身来拍了拍手。

“你会验尸？”女子问。

“不！”袁松摇头。

“哼！不会就莫要乱动。”女子冷笑道。

袁松看了她一眼，微微一笑，从容退到一边。

虽然觉得袁松的模样有几分故作高深，让人心生厌恶，可是现在又出了命案，那女子已经顾不得其他了。

“把这里清理干净，尸体抬走。”她表情严肃地说道，“无关人等都回去。”

几名民壮过来抬起尸体。这时，一样东西从尸体后背掉落地上。

“留步！”袁松喊了一声，过去把东西捡了起来，借着周围的火光仔细端详。

这是一枚铁箭一样的徽章。

“这是何物？”那女子问道。

“貌似某种徽记。”袁松说道，“不知有何用处。”

“既然你不知这是何物，就莫要拿着不放。”那女子一把抢过徽章。袁松微微一皱眉头，想要说什么，可还是忍住了。

那女子回头喊道：“好了，不要在此围观了，都回去。从现在开始，谁也不许随便离开客栈。走，都走！”

在她的驱赶下，所有人老老实实地回了客栈大堂。

此时，漫漫长夜堪堪过半，只是不幸之事接二连三，再也没人能安然入睡。

那道士干脆起了一个简单的法坛，丁零丁零地开始做法驱鬼了，这样一来，场面就比那和尚念经要热闹许多。大家心里害怕，慢慢向那道士靠过去，把那和尚气得满脸通红。

袁松坐的位置不远不近，他看起来也没有什么不妥，尚有闲心要来一壶水喝着润喉。

只是不多时，红影一闪，香风扑面，那红衣女子已坐到了他对面。

袁松一愣，抬头问道：“姑娘何事找我？”

红衣女子一如既往的直接泼辣：“没事难道就不能坐在此处？”

“当然可以。”袁松一笑，“我以为姑娘尚有公务要忙。”

“有什么公务？左右就是让我带壮丁戒严巡夜，不让上城抗击盗匪，闷也闷死人了！”那女子嘟囔道。

“盗匪不过疥癣之患，姑娘出手岂不是牛刀杀鸡？”袁松笑道，提起水壶给她倒了一碗，“请用。”

“不喝。”那女子烦躁地一摆手，问道，“我问你，为何会发生此事？”

“何事？”

“五鬼杀人啊！还能是何事？”那女子皱眉说道，“短短时间内，两人一死一自焚，现今这客栈中人心惶惶，不就因为此事吗？”

“为何问我？”袁松手拿茶杯，神色如常。

“你与别人不同。”那女子目视袁松道，“我看得出来。”

袁松一愣，看了她一眼，放下手中茶杯，笑道：“姑娘你如此肯定？”

那女子重重点头：“我看人很准。”

袁松轻笑了一声，终于开口说道：“这事的确蹊跷。五鬼乃是瘟疫之鬼，司掌瘟疫，杀人也是用瘟，安能用刀剑？况且那具焦尸也有问题。”

“有何问题？”那女子一愣。

“我的意思是——”

“别，别过来！救命啊！”楼上响起一声惊叫。

那女子第一个反应过来，拿着弯刀，冲了上去，袁松紧随其后，两人恰好在楼梯边，第一时间冲上二楼。

“嘿嘿！”刚上楼，袁松就听到一声似曾相识的怪笑。他猛地抬起头来，果然走廊中绿光游弋，天花板下，那张狰狞的脸双目赤红，死死地盯着冲上来的女子。

“什么东西！”那女子惊呼一声。她也胆大，竟不似寻常女子般害怕，反而挥刀向着那张脸砍了过去，但刀锋划过，却轻飘飘砍在空处，无功而返。

“小心！”袁松在她身后大喊一声。

此时只见那鬼面一张嘴，一股绿火喷了出来，直奔女子面门。情急之下，袁松一把把那女子扑倒在地。绿火擦着两人烧了过去，未曾伤到皮肉，只点着了袁松的衣服。

袁松连忙把衣服脱掉，甩在一边，很快衣服就被绿火吞噬化为灰烬。“嘿嘿”一声鬼叫，半空中绿芒熄灭，那张鬼面骤然消失不见。

这时楼梯上响起一阵脚步声，几名乡勇壮着胆子，举着火把跑了上来。

“姑娘，你没事吧？”

“我没事。”那女子脸色发白，从地上爬起来，只觉得喉咙发干，心跳得厉害，回头要向袁松道谢。

有人突然惊恐地喊了一声：“又，又死了一个！”

袁松立刻从地上爬起来。果然，走廊上倒着一具尸体，正是那名皮货行商，还是同样的伤口，从左肩开始，一直破开直到右腰，开膛破肚，惨不忍睹。

他没管这些，冲到尸体边翻找起来。

“你在找什么？”那女子问道。

袁松没说话，从已经被鲜血浸湿的衣服里摸出一块箭形的牌子来。

“又是此物！”那女子脸色一变。

袁松脸色十分难看，低声说了一句：“糟了！”

他从怀里掏出一个小竹管来看了一眼，转身冲进自己的卧室。

那女子也跟着冲了进去：“喂，你到底在做什么？你肯定知道什么对不对？”

“我什么都不知道。”袁松脸色惊慌，摇头道。

“不对，你在藏什么东西？”女子追问道。她分明看到袁松把什么东西塞进了床铺下面。

“没有。”袁松说道，过来一把拉住那女子的手。

“你要干什么？”女子脸色一变，厉声喝道。

“走！”袁松也不理她，径直把她拉出了房间，“这客栈有鬼怪作祟，不宜久留！”

外面乱哄哄地收拾尸体。闹了一阵，二楼终于再次静了下来，所有人都去了大堂，没有人还敢留在楼上。

噗！走廊上绿光一亮，那个鬼面再次出现。这一次，它慢慢地飘到了袁松的房间门外。

咔嚓，挂在门上的锁被它轻易打开，绿芒慢慢地飘了进去，一直来到床边，伸手在床下摸了摸，从里面掏出一样东西来。鬼怪借着那绿火看了一眼，竟然是一截筷子。

“怎会如此？”鬼面下传出一声惊呼。

“是不是很失望？”突然响起另外一个声音，接着几支火把照亮了房间。

“谁？”那鬼面惊呼了一声，猛地转过头来，只见袁松就站在房门处，在他身边是那红衣女子和几名乡勇，这些人把房门堵得严严实实，密不透风。

借着火把的光亮，大家终于看清了这个鬼影，只见他足有三丈高，头几乎顶到了天花板，一块黑布从头垂到脚，一只罩着黑布戴着黑手套的手从黑布里伸出来，拿着一根不知用什么做成，燃烧着绿色火苗的蜡烛。

“你们怎么会在这里？”那黑布里有人说道。

“因为我知道你要来找这个东西。”袁松指了指他手上。

“这是你安排的陷阱？”

“对。”袁松毫不否认，“我猜你们是在找这个，看来确实如此。”

“你！”闻言，鬼怪怒吼一声。

“我劝你最好别动。”袁松后退了一步，死死地盯着那人，“你的花招儿在这儿没用。”

那女子已经猛地冲过去，一刀砍在那块布上，黑布应声破开，里面是一个谁都没想到的人。

“你，你怎么还活着？”女子惊呼一声，连退了两步。

在那黑布下面，赫然就是那个已经自焚了的行商。此刻他脸色狰狞可怕，身后背着一根竹竿，竹竿顶端顶着的就是那个恐怖的鬼面。

“所以刚才他不惧刀砍。”袁松冷冷地说道，“因为你砍到的只是布匹竹竿！”

“你早知是他？”女子问道。

“略有怀疑。”袁松说道，“此前在他从我身边跑过之时，我闻到一股特别的味道，后来想起那味道是樟脑。”

“樟脑？”

“对，他衣服中藏有樟脑。”袁松说道，“这样点着火之后，不会很快烧坏衣服，又能造成燃烧的效果。只是必须要尽快躲起来，不然樟脑烧光就会烧到衣服了。”

“还有这个说法？”女子惊讶地说道。

“恰好知道一点门道。”袁松说道，“所以他冲进那屋子里，就是为了避开我们的眼睛，而后来烧烂的那具尸体不是他本人，那是早就已经安排好的焦尸。我猜，可能是昨晚被吓到，早早离开的那个人。”

“那他是怎么从那屋子里离开的？”

“带他出来。”袁松一摆手，几名乡勇压着那人，从屋里走了出来。袁松来到走廊尽头，用火光一照，一群人这才看到，墙上赫然有一个黑黝黝的洞口。

“暗道？”那女子问道。

“对。”袁松点点头，“那屋中也有暗道，隐藏得十分巧妙。再加上房子被烧，大家都以为他被烧死了，根本不会想到他其实已经逃了。”

“他为什么这么做？”

“制造紧张气氛。”袁松说道，“同时，要把人诈出来。”

“诈谁出来？”

“那个皮货商。他手里有他们要的东西。”袁松说道，“那具尸体下面的箭形铁牌就是一种信物和标志，那皮货商也有一块。我们可以假定，皮货商和某些人是一个组织的，只是彼此之间并不认识，这时有一个人突然疯了，点火自焚，死之前大喊有人知道了他们的身份，要来杀他们，最后留下这个徽记，你会如何做？”

“我会害怕。”女子脱口而出，继而恍然大悟，“我明白了！”

袁松点点头：“就是这样，皮货商害怕，所以举止表情有了变化，被这个人隐藏在人群中的同伙捕捉到了，所以皮货商死了。”

“同伙是谁？”

“客栈老板！除了他，谁能在客栈里布置夹层和暗道？”

“那个伙计呢？他为什么死？还有那个被吓到的人呢？他为什么也被杀？难道

他们都是一伙的？”

“不！”袁松摇头，“那个伙计，很可能只是看到了不该看的东西，比如正好看到他从夹墙中出来。”

“是个意外？”

“不算，他们已经计划好了用人命来乱局，所以只能说是倒霉。”袁松苦笑。

那女子沉默了一下，忍不住又问道：“那个男人呢？为什么死？”

“在找到东西之前，不能有任何人离开客栈，谁离开得早，谁死得就快。”袁松轻轻一叹，“那个男人是在飞鹰盗围镇之前离开的，所以他必须死。”

“飞鹰盗和他们乃是同谋？”

“不错。”袁松点了点头，“飞鹰盗围镇，就是不让东西离开，此人和老板则负责把东西找出来。”

“如果遍寻不到呢？”

“那就杀人！”袁松说道，“如若可以，就一个一个杀，杀到无人为止。可惜，他们时间有限，离人镇又无法轻易攻陷，所以他们只能用这种办法诈人出来。不过，他们成功了，有一个人已经遭了他们的毒手。”

说着，袁松伸手在这人身上翻了几下，找出一节竹管来，正是还没来得及销毁的阴符。

那人满脸怨毒，可是有乡勇押着，他毫无办法，只能眼睁睁地看着东西被袁松拿走。

“这是——”看到袁松手上的东西，那女子瞳孔一缩，立刻回头对那几名乡勇说道，“你们把他押下去！”

等几名乡勇离开，女子一转身，脸色一肃：“这东西你必须交给我！”

“姑娘居然知道这阴符。”袁松一笑。

“你知道这是阴符？”

“当然！”袁松从怀里掏出了另外一节阴符，“因为我也有一份。”

“你也是其中之一？”女子惊讶地问道。

“不错，三份阴符，我现在有了两份。”袁松说道，“另外一份，也在这里！”

“谁拿着？”

“姑娘，”袁松答非所问，“劳烦你将那一僧一道请上来，就说楼上死了人，需要做法事抚慰亡灵。”

“你故弄什么玄虚？”女子眉头一皱。

“稍后便知。”

“好吧。”女子转身向楼下走去，可是在楼梯口停了下来，回头装作不经意地说道："我叫赵凝，你叫什么名字？"

"在下袁松。"袁松道，"姑娘顺便让人送壶热水上来，我要泡茶。"

"袁松。"女子把这名字念了两遍，点点头，这才走下楼去。

等到那一僧一道上来之后，袁松已经在房间里摆开一张桌子，桌上摆着一套茶具。

一只茶壶，四只茶杯，茶壶放在桌子靠北的位置，一只茶杯贴在茶壶边，居侧后，其他三只茶杯放在桌子靠南的位置，茶壶、茶杯之间横着一只茶叶罐。袁松侧对茶壶而坐。

看到那一僧一道上来，袁松在桌子上连敲三下，这才站了起来。他对着来人抱拳行礼，抱拳时抱住其他几指，食中两指外露，正是幕人中的见礼方式。

那和尚也就罢了，那道士看到这架势一愣，然后意味深长地一笑，抱拳还礼，竟然也是幕人中的见礼方式。

"请！"袁松一伸手。

道士侧对着那茶壶坐下，然后拿起一只茶杯来，也放在茶壶侧后，伸手在桌上咄咄咄敲了三下。

两个人相视一笑。

"果然是同门。"袁松重新见礼，"有言不危，临危则言，袁松见过前辈。"

"有言不危，临危则言，赵普见过同门。"那道士哈哈一笑。

"原来也是'言'字的师兄！"袁松惊讶道。所谓"言"字师兄，意为诡门同宗，因为"诡"字、"危"字都不吉利，所以诡门中人都只取一个"言"字偏旁，互称"言"字。

"我也意外，竟在此遇到同门。"赵普笑道，"你是如何认出我的？还摆下这茶阵。"

刚刚袁松在桌上摆的茶壶、茶杯，在诡门之中叫作茶阵。茶壶位处北方，八卦中位于坤位，壶嘴向南，向着乾位，意为坐北朝南为主君。一只茶杯贴着放在茶壶边侧后，意为出谋划策，也就是诡门幕人的作用。一只茶杯，意为有一位诡门中人在场，如果是平门师爷，则要把茶杯放在茶壶嘴侧前方，因为他们的作用不是出谋划策，而是做"顺水文章"。

中间放茶叶罐，另外一侧摆茶杯，在讲究中叫径垒分明，用手在桌上敲三下，幕人中叫作三叩首，意为叩拜天地人，也是暗指幕人中的势略术。

赵普拿起茶杯放在侧后，意为他也是诡门中人，两个人坐在茶壶侧向，因为在茶阵中，茶壶代表幕主，身为幕僚，当然不能和幕主平起平坐。

"师兄虽然装扮毫无破绽，可是喝的却是告安茶，所以昨晚我就对师兄有所猜测。"袁松道。

“我不过心中苦闷，喝了一碗告安茶，竟然被人撞破。”赵普哭笑不得。

所谓的告安茶，是幕人中的一种饮茶方式。茶刷在茶杯中逆转三下，意为人有一时逆境；正转三下，意为必有一时顺境；横扫一下，意为顺逆也罢；茶叶均匀撒落底部，意为沉下性子；用水冲开，是必然顺势而上的意思；端起茶碗晃三下，茶叶在茶杯中上下起伏，意为起起伏伏；吹一口水汽，意为叹罢浮云，最后再饮尽甘露。

茶叶先苦后甘，正好符合这种意境，幕人起起伏伏算是常事，失落之时喝一碗告安茶，正是幕人自我激励的一种手段，有时幕人在顺势之时也要喝一碗告安茶，提醒自己物极必反，要小心谨慎。

“师兄之所以出现在此，是否因为此物？”袁松把那两份阴符拿出来，往桌上一放。

“阿弥陀佛。”赵普还未说话，一边的和尚倒念了一声佛号，“原来此物在公子手里。”

“原来大师才是正主？”袁松抬起头，惊讶地看着那和尚。

“不错。”赵普在一边道，“我只是恰逢其会，和大师是好友，一路上互相照应，防止出事。”

“高明。”袁松一想就明白了，哈哈一笑，“两位演一对冤家，果然不容易被人怀疑。”

“施主。”那和尚说道，“据我所知，这阴符应该一式三份，三人携带，你有两份……”

“阿弥陀佛。”和尚的神色黯淡下来，“看来另外一人已遭遇不测。”

“大师，不是一人遇难，而是两人都已遇难。”袁松轻轻叹气，“我这一份也是受人所托，那人已死。另外一份便是那皮货行商的。这客栈是个局，要把我们都困死在这里。”

“阿弥陀佛。”和尚轻叹一声，低声念了几句往生咒。

“不过，总归还好，凶手已经被擒，东西也都还在，足以告慰他们的在天之灵。”袁松叹了口气，“只是我鲁莽撞破了这五鬼局，幕后之人怕是要着飞鹰盗来硬抢了。”

“不会，飞鹰盗不日即退。”一直没有说话的赵凝突然开口说道。

袁松和赵普一愣，一起抬头看着她。

第三章　同门相见易生妒

果然就如赵凝所说那般，救兵来得很快。天还未亮，离人镇外的飞鹰盗就匆匆撤离，未过多久，一队兵马开进离人镇。其中一部分顶替乡勇，守住围墙。

另外一小队人马在一个年轻军官的带领下直奔客栈，一到就把客栈围了个水泄不通。领头的军官大步走进去，边走边喊："小妹！你在何处？"

"在这儿，三哥，别喊了！吵死人了！"赵凝一阵风般跑出去，笑吟吟地对那军官说道。

"就你胆子大。"军官说道，"说什么要到边关来查看军情，二哥也由着你的性子来。这下好了，遇上马贼了吧？如果不是我星夜带人来救你，恐怕早就被抢走当压寨夫人了。"

"哪个敢让我当压寨夫人，我一刀砍死他。"赵凝噘着嘴说道，"哼！我找的夫君，必定是顶天立地的英雄，不然我就不嫁！"

"行了，这话你从小到大都说了不知多少遍了，看来你是嫁不出去了，还不如让人抢走当个压寨夫人。"军官摇头说道，"走吧。"

"去哪儿？"

"当然是回开封，你在外面野了这么久也够了，母亲甚是想念你，赶紧回去，别再滞留了。"军官说道，"况且现在情况有变，二哥来信了，让你快点回家。"

"哦！"赵凝点点头，"那正好，我有个朋友也要去开封。"

"朋友？"军官一愣。

"袁松。"赵凝回头招了招手。

袁松向前几步，躬身行礼："见过大人。"

“什么大人，”那军官笑道，“我不过是一个小小的都头罢了。”

接着，他仔细打量了袁松几眼，笑问：“你是小妹的朋友？”

“不敢，在下其实和令妹相识不久。”袁松答道。

“那你姓甚名谁？多大年纪？家住哪里？可曾婚配？”

袁松一愣，完全不知该如何回答，这一番话问得不像是结识，倒有些像相亲。

“三哥！”赵凝在一边狠狠一跺脚，红着脸喊了一声。

“哟，难得见你脸红。”军官哈哈大笑，向着袁松行了一礼，“在下赵光义，见过兄台！”

“在下袁松。”袁松还礼。

“三哥，袁公子手里有一份重要东西，正好一起送回开封。”赵凝把赵光义拉到一边，在他耳边嘀咕了几句。

赵光义脸色登时凝重，向袁松问道：“袁公子，东西在你这里？”

“我这里有两份。”袁松点点头。

“三份！”这时，那和尚走到他身边，将最后那节阴符向他怀里一塞，“这一份也劳烦公子了。此去开封路途遥远，您和这位姑娘同行，沿途有人保护，会安全许多。”

袁松一脸苦笑，赵光义脸上格外凝重：“这东西可耽误不得！袁公子，我这就派一队人马，护送你和小妹一起回去。”

很快，一队兵马就离开离人镇，直奔开封。

“歌主，飞鹰来报，任务失败。”竹林深处，小楼之外，有人说道。

“为何？”落在纸上的笔微微一顿。

“有人破了五鬼局，夜枭失手被捉，对头的援兵来得太快，飞鹰们只得提早撤离。”

“破了五鬼局？是谁？”

“还未知晓。”

“罢了，此事已成定局，多说无益！”毛笔再次轻轻落在纸上，寥寥几笔，一丛墨竹跃然纸上，“那两个离群的夜枭，让他们去了吧。”

“遵命！”

此时开封已是北方当之无愧的第一大城，街头人来人往，摩肩接踵，只是家家户户门前都挂着白幡，满街白幡为繁华中添了几分冷肃。

不远处的军营里正在操练，喊杀声震天，同时响起的还有阵阵刀兵之声。

这时，一队骑兵跃马进城，并未引起太多关注。

“这是——”赵凝骑在马上，看着周围的白幡，神色黯然，“陛下果然驾崩了。”

“现在要称先皇。”袁松落后她半个马身，淡淡说道。

赵凝复杂地看了袁松一眼，在路上他就预言了先皇驾崩，此刻到了开封，果然家家挂孝。

“你住哪里？”赵凝问道。

“我要先把东西交了。”袁松拍了拍自己的胸口，“再说吧。”

说到这里，袁松就觉得有几分牙酸，开封物价腾贵，自己的盘缠也用得差不多了，只能把东西送去之后再做计较，说不定要厚着脸皮在师兄府上逗留几日了。

“要不先去我家住，我家地方大，人口少。我娘又喜欢热闹，你这人嘴巧会说话，她一定会喜欢的。”大概是到家了，赵凝格外开心，叽叽喳喳说个不停。

“可能东西交完，我要在师兄那里叨扰几天。”袁松道。

“你有师兄在开封？”赵凝奇道，“谁啊？”

袁松笑道：“中书舍人姚谦。”

“姚谦？姚弄玉？”赵凝惊讶道，“他是你师兄！”

“不错。”袁松点头。

“那好吧，到时我再去找你。”赵凝只好作罢，安排了一名家将送袁松去中书舍人府上。

看着袁松走远，不知为何，赵凝心里有些失落，不过片刻之后，她便一夹马腹，带着剩下的人向自己家奔去。

赵凝未看到，几名家将在她身后互视了一眼，露出一丝意味深长的笑容。

中书舍人虽然官职不高，但是职权很重，是皇帝的近臣。姚谦的府邸距离皇宫大内也不远，方便皇帝随时传召。

等到了舍人府大门口，那名家将告辞而去。袁松抬头看了一眼姚府正门，朱漆大门，斗拱飞檐，两座石狮分列左右。姚家起于吴兴姚氏，相传为舜帝之后，自汉以来一直都是名门望族。近些年虽略有式微，但在几年前，正是有了姚家策应，先帝郭威才能打开这开封大门。姚家因此飞黄腾达，姚谦本身又为中书舍人，门脸自然也有一套威仪。

几名站在门外的家丁护院目不斜视，身板挺得笔直，着装打扮既不花哨显眼，也不过于陈旧，应答得体，骄而不躁，从里到外透着一股新生权贵家门中该有的精气神。

袁松问过门口的家丁，姚谦正好在府中。

“还请禀告姚舍人，就说当年山中学艺故人来访。如有问起，就说山高雾深，雏鹰稚鸣，他便知我是何人了。”袁松道。

不多时，宅院中有人带着几名家人匆匆赶来，只见这人面如冠玉，风度翩翩，远远看到袁松便脚步放缓，一直走到门口停了下来，站在那里仔细打量袁松。

“筹万类之始终，达人心之至理。”袁松向前一步，躬身行礼，“见过师兄。”

“观阴阳之开阖，知存亡之门户。”出来那人躬身还礼。

“受教了。”袁松说了一句。

两人说的是在山中藏经堂前的一副对联，袁松说的是下联，另外一人说的是上联，意为长者先幼者后。两人在山中学艺之时，每一次藏经堂前听课之时，都要先把这对联念上一遍。这也成了两个人互认的标记。

“果然是师弟。”来者正是姚谦。他满脸喜色，伸手一把拉住袁松说道，“刚才家人来报，我就知是你，唯有你知我当年留在山上这一句玩笑话。来得好，你我多年未见，正好叙叙旧情。”

“师兄且慢，话先不着急说。”袁松道，“我这有几样紧要之物，有人托我转交师兄。”

“是何物？”姚谦一愣。

“这个。”袁松把那三节阴符在手上一晃。

姚谦脸色一变：“此处不是说话之处，师弟随我来。”

说罢，姚谦拉着袁松来到姚府内的一间屋外。这房间从外表看来平平常常，似无甚出奇之处，但是在门口却站着两名甲士，甲士身穿重甲，腰佩长剑，身材高大，理应英武不凡，却用黑纱挡住面孔，让人看不清他们的长相。看到有人来，两名甲士立刻手握剑柄，直到发现来的人是姚谦，这才慢慢松开。

姚谦对他们点点头，推门带袁松进到屋里。原来这是一间书房，分别安坐之后，姚谦这才仔细地把三份阴符看了一遍。看完他眉头一皱，回首在墙上某处轻轻一按，墙上一只兽头慢慢张开嘴巴，露出黑黝黝的一个洞口。姚谦把三份阴符依次放入，听到里面咚咚闷响，阴符就不知被送到哪儿去了。

“师弟见笑了。”忙完了这些，姚谦这才一笑，“些许俗事总要处理完了才会安心。”

“正该如此。”袁松微微点头，“如果师兄因私谊而忘公务，我反而要惶恐了。”

“师弟客气了。”姚谦道，“既然师弟送阴符来，那阴符上的内容，你必然已经知晓。”

袁松笑而不答。

“不知师弟怎么看？”

“无非是契丹刘汉想趁新皇登基，一切不稳之时，趁势发难而已。”袁松淡淡说道。

“不错，如果是师弟你，该如何应对？”姚谦又问。

“师兄，正所谓不在其位，不谋其政，关于此事，我也不知。”袁松道。

“师弟，你我师出同门，还有何话不可说？”

“师兄见谅，初来乍到，确实不知。”袁松拱手一礼道。

姚谦一愣，随即哈哈大笑：“也是，是我心急了。师弟初来乍到，应先接风洗尘再说其他，拉你说这些公事做什么。师弟随我来，我们分别良久，正好一叙别情。”

未过多久，宴席布下，姚谦拉着袁松入席。有仆人斟上美酒，姚谦举杯道：“师弟一路辛苦，这一杯为你接风洗尘。”

“多谢师兄。”袁松笑道，举起酒杯，一饮而尽。

“痛快！”姚谦喝罢了酒，大笑一声，“真是好久未曾如此痛快了！自从拜别师尊下山以来，已有数个年头了。现今想来，当年山上之事，仍如昨日。不知师尊可好？”

“师尊身体安康。”袁松道，“师兄放心好了。”

“如此便好！”姚谦道，举杯再敬。

两个人连喝了几杯，都有了几分醉意。

“可惜师弟来得不是时候。”姚谦轻叹一声，“换个时间，为兄一定与你彻夜畅饮，把酒言欢，只可惜现在诸事繁杂，不敢太过。”

“师兄乃陛下近臣，诸事忙碌也是应该的。”袁松说道，脸上已经醉意十足。

“近臣不敢当，只是陛下初登大宝，就有外敌蠢蠢欲动，愚兄我当真是片刻都不敢怠慢。”姚谦唏嘘道。

“师兄所忧，可是那刘汉之事？”

“正是。”姚谦点头道。

“那，师兄有何打算？”袁松举杯一饮而尽。

“唉，国事艰难，先皇新丧，基业不稳，之前连年征战，百姓苦累，刚刚休养生息未久。再加上外有刘汉契丹虎视眈眈，内有几处重镇兵将蠢蠢欲动。南唐似乎也有所动作。我的意思是，能否先据城而守，层层御敌，不与敌交战，时间久了，刘汉自然退去。待国本稳固，陛下理清内政，再一战而定刘汉，此乃稳妥之举！”姚谦缓缓说道。

“师兄，”袁松吐了一口酒气，把玩着酒杯说道，“这次我来开封，见到一件趣事。”

“我离开离人镇时，路遇一户人家养犬。此犬高大威猛，牙尖爪利，咆哮声如雷。那户人家对此犬十分爱惜，所以就专门打造了笼子，关住这条猛犬，为的是保护它不要受到伤害。”袁松娓娓道来，“可是，那天我看到另一条犬远不如它，却因为这猛犬被困在笼中，所以敢对它大声咆哮，肆意戏弄。猛犬欲出笼报复，却不得其门，最后师兄猜如何？”

“如何？”姚谦问道。

“那猛犬被激得气恨如狂，开始疯狂地撕咬笼子，把那坚木所做之笼啃得满地碎屑。”袁松深吸了一口气，“以笼囚犬，本是好意，但那犬却迁怒于保护了它的笼子，这是为何呢？”

“外有敌人挑衅，猛犬不得而出，自然咬笼泄愤。”姚谦答道，接着若有所悟，“不过，我朝终不类恶犬，刘汉也未必就远不如我朝。”

袁松一笑，从桌上拿过来三样东西，一只酒杯，一只碟子，一把汤勺，他先把酒杯平放最下方，上面放上碟子，最后放上汤勺。

接着，他又小心翼翼地将酒杯放倒，碟子放于酒杯之上，最后想要把汤勺放在碟子上，可还没放，碟子就已摇摇欲坠。

“师弟，倒了。”姚谦冷笑一声。

“师兄，”袁松一笑，指着桌上的三物，“这酒杯，是本朝立国之本，是武力；这碟子，是本朝的社稷和百姓；这最上面的汤匙，则是朝堂上的文武百官。当今陛下初登大宝，首先要做的，就是这样——”

他把碟子放平，说道：“尽收兵马武将之心，让他们能扶保江山社稷。值此乱世，有武力才有一切。未到天下平定之时，就不该马放南山。凶犬受人挑衅才会暴躁，如无外敌，只需囚笼而养，饥而食，倦则眠，不出三五年，只是一摇尾乞怜之犬尔。”

姚谦寻思了片刻，突然哈哈大笑：“师弟，当初在山上之时，就觉得你虽略有不足，但聪慧过人，料定来日必有成就，现在看来，果然如此。亏我下山之时尚且还有几分自傲，现如今终究不如师弟你看得明白。”

听到此言，袁松身子一颤，再看周围，刚才身边的仆役已然不知去向，房中只有他和姚谦两人，他顿时冷汗直冒，知道自己才喝了几杯，一时有些忘形了。

“师兄谬赞，我只是信口胡言几句罢了。”

“什么胡说，如果你这算胡说，那我又算什么？师弟你才学过人，直如孔明再世啊！”姚谦大笑道。

袁松汗湿后襟，连忙低下头来，同时死死地攥住手中沉重的酒壶，眼中闪过一丝冷意。

“今日听师弟一言，果然不同凡俗。”姚谦举起酒杯来，“来，请酒！”

“师兄——”袁松再抬起头来时，已是醉眼迷离，“你何等小气？”

“咦？”姚谦一愣，“为何有此说？”

“世间华宴，自当钟鼎而食，美人助兴，观美人饮琼浆才是一大乐事。师兄，我已在此呆坐半晌，美食有了，可为何不见美人？”袁松说道，“莫非师兄以为我自山中来，欣赏不得歌舞吗？”

“疏忽了，疏忽了。”姚谦拍了拍额头，“师弟说得对，既有美食，岂能没有妙音？来啊，奏乐！”

姚谦对外高喊了一声，不多时，一阵瑶琴声悠然响起，声音悠扬清雅，正是一曲《春江花月夜》。

几名歌姬身着彩衣，翩翩而至，挥袖起舞，边舞边唱：“春江潮水连海平，海上明月共潮生……”

一时间，厅中莺声婉转，彩袖挥舞，暗香四溢。

姚谦举起一杯酒来道：“师弟，请酒！”

“师兄，请酒！”袁松含糊答应一声，举起酒杯喝酒，可是一双眼却死死地盯着舞姬，仿佛已被她们的舞姿彻底迷住了心神。

“师弟，”姚谦目光一闪，放下酒杯问道，“我这舞姬舞姿如何？”

“美艳动人，摇曳生姿，不可方物。”袁松喃喃说道，端起酒杯来灌了一口，“醇酒美人，这才是荣华富贵应有的模样！”

“师弟，你在山上待得久了，没见过如此美人吧？”姚谦道。

袁松似乎没有听到姚谦的话，只管一边灌酒，一边盯着美人看。

“师弟，陛下最重人才，来日我奏明陛下，以你之才，必然飞黄腾达，位极人臣！”姚谦手拿酒杯，笑吟吟看着袁松说道。

“位极人臣？”袁松似乎已经喝醉，死死盯着舞姬，随口答道，“此生只愿常伴花丛，求一个荣华富贵！”

“不好吧。”姚谦笑道，“师弟你有管仲、乐毅之才，诸葛丞相之能，以你的本领，匡扶陛下，定鼎天下为易事尔！”

“定鼎天下之后有醇酒美人吗？”袁松醉眼惺忪地问道。

“醇酒美人何处没有？为何要等定鼎天下？”

“那就够了，那就够了！”袁松喃喃说道，眯着眼，似乎随时都要醉倒一般。

看着袁松的模样，姚谦微微眯起眼睛，把玩着手中的酒杯，眼神飘忽，似有些拿不定主意。

酒到意浓时，袁松突然长身而起，摇摇晃晃来到舞姬中间，一边挥舞衣袖，随着音乐翩翩起舞，一边大声唱道：“关关雎鸠，在河之洲。窈窕淑女，君子好逑。参差荇菜，左右流之。窈窕淑女，寤寐求之……”

唱了几句后，袁松猛地甩掉衣衫，袒胸露背而舞，放浪形骸之极。

看着袁松的模样，姚谦微微一笑，将杯中酒一饮而尽。

就在这时，管家从外面走了进来。

“何事？”姚谦问道。

“老爷，赵府来人，请一位袁公子。”管家答道。

“赵府？”姚谦一愣，“哪个赵府？”

“马直军使，赵匡胤赵大人府上。”

“赵匡胤？”姚谦奇道，“他怎么和赵匡胤扯上了关系？”

“赵府？”谁知袁松听到这名字，喊了一声，“美人，凝儿，等我！”

说着，他摇摇晃晃就要往外走。

姚谦原本想拦，却又缩回手来，心中暗道：照他方才所说的，陛下登基，必先重军马，赵匡胤是陛下旧人，日后必会重用，倒是不方便拦他。随即他鄙夷地看了袁松一眼：“听说赵家二女赵凝如花似玉，看他这模样，必然是和那女子有了往来。呵呵，罢了罢了，暂且观之。”

想到这里，姚谦站起身来，哈哈一笑：“本来还想留师弟住些日子，可是美人恩重，不敢耽误。来，我送师弟出去。”

“不错！美人恩重乎？恩重矣！”袁松脚步踉跄，低声嘟囔。

姚谦伸手一把扶住袁松：“师弟，我送你出去。”

说罢，姚谦搀着袁松，一直将他送到门外，果然见到一辆赵家的马车停在那里。等袁松坐上马车，车夫打马离去。

姚谦背负双手站在那里，微微眯着眼睛看着马车离开。

“老爷。”管家向前喊了一声。

“回去吧。”姚谦轻叹一声，“此一别，如纵虎归山。”

赵家是大周出名的武将世家，家主赵宏殷为马军副指挥使，长子早亡，次子赵匡胤为开封府马直军使，算是从龙之臣，虽然资历不足，但深受陛下信任，三子赵光义也在军中为都头，虽官职低微，可前途无量。

只是这赵府的女主人——赵匡胤之母杜氏，一直有一桩心病。她有三个女儿，长女已经嫁作人妇，次女赵凝生性好动，不喜女红，只爱练武，从小就跟父兄学了一身本领，等闲七八个壮汉近不得身。杜氏原本想着，天下纷乱，学点武艺傍身也没什么不好。可这赵凝学了武艺之后，就立志要成为像父兄那样的领军大将，整日里在外面到处跑得见不到人，眼看到了要成亲的年纪还是这样，说了几家亲事都没有结果。

杜氏每每想起此事就忍不住长吁短叹，愁眉不展。这次，听说自家女儿是和一个男子一同回来的，她连忙召集随行的几名家将相问。几名家将把这事添油加醋地说了一番，就好像两人已经郎情妾意似的。杜氏顿时大喜过望，忙和赵宏殷说起此事。

赵宏殷听说袁松乃是姚谦师弟，就有了几分兴趣，架不住杜氏的劝说，也就答应以报答救命之恩的名义，把袁松请来住几天。杜氏这才派了马车，把袁松接了回来。

谁承想接回来一个醉鬼。

“罢了。”杜氏苦笑，“是我考虑不周，人家与师兄见面，吃几杯酒也是人之常情。先请他去厢房休息吧。”

等下人把袁松扶下马车，送到厢房时，杜氏特意打量了袁松几眼，满意地点点头，吩咐道：“和小姐说一声，就说她的救命恩人到了，让她照看着点，不要再像之前那样四处疯跑，哪有一点大家闺秀的样子。”

下人把醉醺醺的袁松送进客房之后退出去，袁松翻身坐起，脸上哪还有一丝醉意，只是脸色白得吓人，身子还在轻轻抖动。

他苦笑一声，只觉得冷汗已经把前襟后背浸透，凉风一吹，冷飕飕的，很是难受。

这时房门一开，赵凝一团火一样冲了进来。这位赵家二小姐喜欢一身红衣，做事也是风风火火，她冲进来看到袁松坐在床边，惊讶问道：“怪哉，本来听说你醉了，还想来看看你如何了，怎么就自己坐起来了？”

“烦劳给我倒杯水。”袁松的语气透着说不尽的疲惫。

“啊？好。”赵凝连忙倒了杯水递过去。

袁松一杯接一杯，连喝了三杯水，这才觉得心情平复些许。

“出什么事了？”赵凝看袁松情况不对，低声问道。

“师兄要杀我。”袁松抬头苦笑着说道。

“啊！”赵凝手一颤，手里的水壶掉落地上，啪地摔个粉碎。

“小姐，怎么了？”有仆人在外面问道。

“别让人进来。”袁松急促地说道。

“没事。”赵凝回头喊道，“没有我的吩咐，任何人不准进来！”

“到底怎么回事？”赵凝回头问道。

袁松摇头：“怪我多饮了几杯，说了不该说的话。我师兄当初在山上就孤高自傲，对自己极有自信。我一时忘形，驳了他的面子。”

“就因为此事？”

“你不懂。”袁松说道，“我们一门，谋的是天下，可谋的也是权柄、主家的信重。他和我说，我之才可比拟蜀汉诸葛丞相。”

“这是好话啊。”赵凝奇道。

“蜀汉诸葛丞相虽然惊才绝艳，但是权力欲极重。他在时，事无巨细，一一过问，整个蜀汉权柄集于一身。”袁松叹了口气，“师兄心中，其实就是担心我日后权柄极重，抢了他的东西。”

“啊！”

“听我言语之后，他在席间对我百般试探，先问我有何志向，又要向陛下引荐，授我高官。”袁松倒了一杯水一饮而尽，“现今之世已不类春秋，岂闻无功而得高位者？说出此话，无非试我罢了。当时情势，其实凶险万分，他心中已有杀意，亏我以醇酒美人掩饰，暂安其心，倘若说错半句，今日恐难出姚府大门。”

“真，真的如此凶险？”赵凝问道。

“我所说，不及当时凶险之万一！”袁松苦笑道，“看似醇酒美人，其实刀光剑影。幕人之斗，凶险之处，尤胜战场。战场之上，杀人用的是兵器，幕人之间，杀人只用一条舌头就够了！”

“那以后，你要如何自处？”赵凝犹豫道。

“我无权无势，想要自保，唯有两条路可走。”袁松道，“其一，我立刻离开开封，可是此时逃遁，师兄必然知晓我已窥破他的心思，以他之能，我未出大周，便要死于道左。”

“另外一条呢？”

“说来惭愧。”袁松苦笑，“赵姑娘，你能否让我在这儿寄宿几日？”

“这，这自然无甚不可。”赵凝俏脸一红，点了点头。

“多谢姑娘了。”袁松一躬到地。

“不必行此大礼。”赵凝连忙躲开，“之前在客栈你救了我的性命，说起来我该谢你才对。”

“当初不过举手之劳，此刻却要让姑娘收留我这落魄之人。”袁松满脸苦涩，心中也不知是何滋味。

“无妨，公子愿住多久都可以。”

袁松微微点头，说道：“多谢赵姑娘，此时可容我独处片刻？”

“好。”赵凝微微点头，“公子请便，如果有什么事，招呼门外的仆人即可。”

“还有，刚才我之所说，还请不要让旁人知晓。”袁松犹豫一下，又说了一句。

赵凝点点头，退出了房间。

袁松坐在桌前，呆呆地看着桌上的油灯，喃喃自语：“师父，当初您不放我下山，就是看到今日之事吗？只是——”

他死死攥紧拳头，冷笑一声：“您教我们学艺，已经酿成了今日之局，到了此时，一切都来不及了。”

袁松一夜未睡，天刚亮，他推开房门，来到外面。

赵家在大周是相当不俗的武勋世家，不过先皇厉行节俭，权贵们也有样学样，这宅子也不是很大，袁松住的客房外面只有一个不大的院落。不过这院落有树有花，还放了石桌石椅，看起来倒是不俗。

袁松在院子里随便活动了几下手脚，振奋了一下精神。

“你就是二妹带回来的人？”这时，身侧有人突然开口说了一句。

袁松一回头，只见在院子拱门处站着一人，虎背熊腰，相貌堂堂，看到袁松转过头来，他微微一笑，抱拳道：“这位朋友，在下赵匡胤，字元朗！”

袁松早就听过赵凝的这位二哥，连忙抱拳还礼，喊了一声：“见过兄长！”

“不必多礼。”赵匡胤哈哈一笑，走过来一把抓住袁松的手臂，仔细打量了一番，“昨晚当值，今早一回来就听说，我那向来心高气傲的二妹带回一个人，我忍不住过来看看。敢问能饮酒否？”

“能。”袁松苦笑点头。

“能饮酒就好。”赵匡胤笑道，“走，陪我喝上两杯去。”

“香娃儿！你又要做什么？”袁松刚被赵匡胤拉出拱门，有人就大喝了一声。

赵匡胤回头一看，立刻低下头来。

只见一位老妇人手持拐杖，在几名丫鬟的簇拥下走了过来。

等这老妇人走近，赵匡胤恭敬地喊了一声：“母亲！”

“哼！我若不来，是不是又要带人去吃酒？”老妇人扫了赵匡胤一眼道。

“不敢。”赵匡胤畏缩道。

“你还有什么不敢的？这几日难得看你回来一趟，好不容易回来了，又不安生。”说完，老妇人白了他一眼，不再理他，反而仔细地打量了袁松一番，边看边点头，“一表人才。”

“见过夫人。”袁松不敢怠慢，连忙行礼。

“不必多礼。”老妇人笑道，“凝儿和我说了，你初来乍到，没有住处，又不愿劳烦你师兄。不错，男子汉大丈夫，顶天立地，功名自有出处。你先在这里住下，你是凝儿的救命恩人，别人也不会有什么闲话。”

“多谢夫人。”

“老身年纪大了，多说几句就有些乏累。”老妇人对赵匡胤说道，“香娃儿，你好生招待人家，莫要怠慢了。”

“娘亲放心，孩儿晓得。”赵匡胤恭敬地答应下来。

老妇人又仔细打量了袁松一番，含笑点头，这才转身离开。

“看来娘亲很喜欢你。”等老妇人走后，赵匡胤放松了些，对袁松笑道，“走，和我一起吃酒，难得小妹把你夸得花一样，说你是个有本事的人。一定要和你好好聊聊。”

和昨日姚谦府上大操大办不同，赵匡胤不拘小节，随便让家人整了几样小菜出来，自己先抄起筷子塞了几口肉，一边嚼着，一边含含糊糊地说道：“昨日值守了一天一夜，可把我饿惨了，你姓袁是吧？一起吃点，空着肚子可不好饮酒说话。”

看他这德行，袁松也饿了，也不用筷子，直接用手拿起一块肥肉来丢进嘴里，吃得满嘴流油。

“哟！”赵匡胤一看顿时笑了，“本来还以为你是咬文嚼字的酸文人，现在一看，还真看走了眼。”

“进什么庙，烧什么香！”袁松笑道，“难道你要我食不言寝不语，摆出一副臭架子来吃酒？我吃得难受，你看着也糟心！”

“不错，这话在理。”赵匡胤一拍大腿，“难得二妹找了一个看得过眼的人来，喝酒！”

两个人彻底放开，喝酒吃肉，闲聊中赵匡胤和袁松说起一些军中琐事，往往他刚说几句，袁松就能点评一番，预判后果，竟然八九不离十。

“你果然如二妹所说，有两下子。”赵匡胤奇道。

“还好，小道而已。”袁松一笑，“不过兄长今后执掌禁军怕是要更疲累些。”

“啪嗒！”赵匡胤手中的筷子落在盘上，他忙重新捡起，面色凝重地看着袁松，“是谁告诉你的？二妹？不会！她刚刚回来，这事我谁都没说过，你是如何知道的？”

接着，赵匡胤面带疑惑地看着袁松：“陛下确有意更换禁军将领，只是你为何知道此事？且断定是我呢？”

“简单。”袁松一笑，“来开封路上，赵姑娘向我说过赵府的事情，你是陛下潜龙之时的旧人，陛下对你十分信重。再则，兄长既长于军务，想必擅骑术，然否？”

“然也。”赵匡胤点头。

“我尝闻若有千里良马，须得称手鞍辔。今圣上新登大宝，一如宝马易主，自然是要更换新的鞍辔，”袁松道，“军兵如烈马，你们便是陛下的缰绳。”

“确有此事。”赵匡胤点头，“听闻陛下确有此念，只是我年纪尚轻，资历不足，我听闻有几人都有意此位，以我之能，未必能入陛下之眼。”

“二哥错了。”袁松摇头，“陛下要驾驭军马，看的不是这缰绳有多华丽名贵，要的只是称手而已。只要你有一颗忠心，那便够了。”

赵匡胤深吸了一口气，仔细地打量了袁松几眼。

“到时我该如何做？”

袁松一笑，举杯一敬，一饮而尽：“你之生死荣辱全在陛下，你只知誓死报效陛下，不知其他，一切全听陛下圣裁而已。你想什么并不重要。”

赵匡胤和袁松在那里喝酒吃肉，而皇宫之中，柴荣负手而立，静静地看着墙壁上悬挂的一幅地图。

这是一幅盛唐时的疆域地图，柴荣凝视良久，沉默不语，面对这幅地图，他有时能看上一两个时辰。

几名内侍站在两侧，看似和木头人一般毫无生气，可实际上一个个的心思都放在了这位九五之尊身上，随时准备满足他的任何需求。

人影一晃，一名内侍蹑手蹑脚地走了进来，在柴荣身后躬身行礼，低声道：“陛下！”

“何事？”柴荣问道。

“姚舍人求见。”

“让他进来。”说了一句，柴荣转身坐回到桌案后面。

不久，姚谦跟随内侍走了进来，行了一礼，站到一旁。

柴荣一只手扶着桌案，一只手放在膝上，背后就是那张大唐疆域图，他眯着眼睛仔细看了姚谦一阵，才开口问道：“姚舍人此来何事？”

“箭卫密报，近日刘汉与契丹动作频频，囤积粮草，臣等推测，可能要对我朝不利。”

“哼！”柴荣冷笑一声，“刘崇！罢了，如果换成是朕，也该在此时举兵。这刘崇总算还有几分进取之心。可惜，认契丹为叔皇帝，此举未免太过下作了点。”

“陛下英明！”姚谦说道。

“姚舍人，你认为朕应该举兵相抗，还是据城而守？”柴荣问道。

“臣以为，陛下应举兵相抗。”

“哦？”柴荣神色一动，指尖轻敲两下，“为何如此说？不少官员都劝我此时应厘清政治，休养生息，不宜兴兵。”

“陛下，大周与别处不同。”姚谦说道，“南唐、孟蜀已经传位两三代，励精图治十余年，国内早已安定，政令通达，百姓安居，如有外敌，上下一心，可据城而守。但大周到陛下不过传位两代，先皇代汉不过数年，不服者众，黎民百姓也未曾安定。如果我是刘汉，陛下据城而守正合我愿。我可以纵兵抢粮，毁坏农田，肆意妄为，这样一来，百姓受难，必然怨怼，与陛下越发离心离德，民心不稳，则有机可乘。刘汉可趁机联络各处遗老，煽动百姓，到时必然烽火处处，无以为继！”

说到这里，姚谦的声音骤然慷慨激昂：“况且，先皇戎马一生，从未怕过谁，有此地位皆因将士用命。所以大周的根基是在武上，以武立国，以文治世，这是天道循环之理。陛下初登大宝，虽然民心不稳，可是如果因此避战，恐寒了将士之心，到时势必会背上一个怯敌畏战之名，所以这一仗必须要战！一战而振陛下天威！”

“说得有几分道理。”柴荣目光闪烁，深深看了姚谦一眼，微微点头，“你之心意，朕已知晓，先下去吧。”

“微臣告退。”姚谦答应一声，慢慢退下。

待姚谦离开，柴荣沉默片刻，突然喊了一声：“来人！”

“陛下！”一名内侍站了出来。

“去查，姚谦最近见过什么人。”柴荣淡淡说道。

“遵命！”

待那人离去，柴荣心中暗自思量，按姚谦此前言语，他本不该支持与刘汉力战的，如今突然改变心意，其中必有蹊跷。

“不过，不管他是如何改变心意的，但却说对了一点，据城而守，看似毫无风险，却不知这样一来，守住了城池，却失去了军心，得不偿失。”柴荣低声沉吟道，“军心……”

柴荣抽过一张纸来，在上面写下了“禁军”二字。

次日一早，赵匡胤整理一下戎装，迈步走出了府门。

看了一眼远处的宫墙，他深吸了一口气，翻身上马，直奔皇宫参加早朝，可骑在马上，赵匡胤的心里就像是一团乱麻，患得患失，连自己都不知道在想些什么了。

大殿之上仍是那般金碧辉煌。柴荣端坐在龙椅之上，目光从下面众臣身上扫过，被他看到的臣子，头垂得更低了，不过仍有几个人泰然自若，神色如常。

“有事早奏，无事退朝！”一名内侍高声唱喝。

众臣按部就班地商议了几件国事之后，端坐在上面的柴荣终于开了金口。

“诸位爱卿，禁军宿卫将军江离因病归家荣养，宿卫将军一职，诸位觉得谁该当此重任？”柴荣问道。

“陛下！”一名大臣出班，“臣举荐禁军都虞候苏荣，苏荣将军功勋卓著，忠勇果敢。”

“陛下！”又一名大臣越众而出，“臣举荐……”

几名官员接二连三出班，或举荐，或赞同，朝堂上顿时热闹起来，这禁军将领乃是要职，竞争可谓十分激烈。

姚谦站在朝臣中，偷眼看了看柴荣，见他默不作声，也未有任何表情，偷偷把自己的一份本章收了回来。

等这些大臣说完，柴荣才开口道：“朕倒是有意让马直军使赵匡胤出任此职，诸位意下如何？”

“陛下！”一名大臣出班，“赵将军从军时日尚短，年纪轻轻就升至宿卫将军，恐有不妥。”

柴荣不置可否：“赵将军，你怎么看？”

赵匡胤出班说道："陛下，末将生死荣辱全在陛下，臣只知誓死报效陛下，不知其他，一切请陛下圣裁！"

柴荣微微点头，满意道："此事就这么定了。"

"谢陛下！"赵匡胤答应一声，退回去之后，心中兴奋的同时，却又多了几分冷意。

在赵府，袁松倒是挺悠闲自在。他要了点黄酒烫热了，又要了几样小菜，在院子的石桌上摆上，边吃边低声哼着不知名的小曲。

为幕人者，死生之道矣。这是一门徘徊在生死之间的学问，诡门中人学的就是如何从绝境之中求得一条生路。之前他已经察觉到姚谦的杀意，这时无论进退，都有性命之忧。袁松若想自保，就只能求一处能护住自己的靠山，所以他选择了赵匡胤，选了赵家。

这是一步险棋，也是袁松现在唯一可走的路，认赵家为主，为赵家谋划，以赵家来保住自己的性命。不过袁松有弄险的资本，孑然一身之人，最容易冒险，也容易下定决心，因为身上背负的东西少了，就不用考虑太多，事情再坏，又能如何？

此时，一阵急促的脚步声响起，赵匡胤顶盔掼甲冲进小院，看到袁松，二话没说，呛啷一声长刀出鞘，冰冷的刀锋架在了袁松的脖子上。

袁松只觉得一股凉意贴着自己的脖子，低头看了一眼长刀："赵二哥，这是何意啊？"

"今日我进宫参加朝会，按照你的意思说与陛下听，陛下果然十分满意，当场就让我担任宿卫将军。"赵匡胤冷冷说道。

"理固亦然。"

"可是，你为何助我？"赵匡胤说道，"你与我相识时间不长，可交浅言深，你对我说了这许多，究竟有何目的？"

此刻，一道红影从外面冲进来，一把抓住了赵匡胤的胳膊，正是赵凝。她抱着赵匡胤的手臂，大声喊道："二哥，你这是要干什么啊？干吗要如此对他？"

"二妹，你别管！"赵匡胤冷声说道，"我今天必须问清楚，此人实在让人心中难安。"

"世人所惧者，非是勇冠天下，而是多智近妖者也。"袁松小声嘟囔了一句。接着，他微微一笑："非我助你，只是顺势而为罢了。"

"何意？"

"此职陛下本就属意于你。陛下心智坚韧，如无非同寻常的因由，别人说得再多，也改不了他的心意。"袁松淡笑道。

"仅此而已？"赵匡胤道。

"仅此而已。不过，若你犹豫了，陛下便不会予你此职。我教你表忠心便是为了打消陛下心中的猜忌。”袁松举杯抿了一口黄酒，道，“一如我助你，也是为了打消大兄心中疑虑一样。”

袁松笑道：“因为我需大兄为我挡得一时风雨。”

“似你多智，还有畏惧之事？”赵匡胤仍紧握长刀冷声问道。

“我所畏者，出师未捷身先死也！”袁松叹道，“我在山中苦读，学了一身本领，还未曾彰显世间，便遭师兄嫉妒，想要置我于死地。我平生所学，绝不能就这般湮灭无形，所以我要助你。”

“你师兄要杀你？”赵匡胤冷笑一声，“所以你要助我？”

“不错，你会因为一个无用之人，开罪陛下近臣中书舍人吗？”袁松问道。

“呛！”长刀归鞘，赵匡胤仔细打量袁松几眼，突然哈哈大笑，“你若百般狡辩，我反而不信，你说得这般直截了当，我倒是放心了许多。”

“恭喜宿卫将军！”袁松行礼道。

“客气。”赵匡胤一笑，回头对赵凝说道，“二妹，这次你倒是带回来一个有趣的人。”

“将军也未曾让我失望。”袁松笑道。

“怎么说？”

“如果你这次升迁之后，回来满脸喜色，而不是先来向我质问，我倒是要看轻将军几分。遇事则迷者，岂敢尽心托付？”袁松说道，“所以将军察我，我也察将军。”

“果然有趣。”赵匡胤笑得更加欢畅，“二妹，吩咐厨房，多置办几个酒菜，我要与先生多饮几杯。”

赵凝也不知赵匡胤和袁松之间究竟有什么门道，但是看两个人好像并没有什么不妥，于是兴冲冲地去布置酒菜了。

“记住了，多拿些酒来。”赵匡胤对着她的背影喊了一声。

袁松苦笑着摇了摇头。

直到周围再无其他人，赵匡胤才问道：“接下来，我该如何？”

“接下来，将军只需要忠心耿耿便够了。”袁松淡笑道。

“仅此而已？”赵匡胤一皱眉头。

“将军乃是武将，立功授爵全在战场。眼看大战将至，何愁没有功劳？”

“不错！功名自当马上取。”赵匡胤笑道，“我现在越发想与你喝上几杯了。”

第四章　情生奈何狼烟起

“想不到，我这师弟真有几分造化。”书房之中，姚谦淡笑着说道。

“大兄。”一名少年伫立一旁，疑惑地问道，“您这位师弟，真有这般厉害？”

“你未入此门，自然不知。这天下幕人分平诡两门，诡门之称就来自鬼谷。当初我和这位小师弟在鬼谷学艺，我离开时，他年纪尚幼，但是鬼谷出来的，哪有庸人？”姚谦说道，“看他初来乍到，对大局就有如此把握，我这师弟的才华绝非凡俗。可惜那天……”

“可惜什么？”那少年问道。

“无事。”姚谦摆摆手，“既然他押上了赵家，那就暂时不要动他。我们现在要关心的是另一件事。”

姚谦继续说道：“眼看大战将至，乱世之中，首重军功，我等也不能落了人后。让穆令均去潞州吧。我会和昭义节度使打个招呼，让他多加照拂的。”

“潞州？”

“这次箭卫传回密信，看刘汉的兵力调动，十有八九是要先取潞、泽二州。穆令均去潞州，只要稳扎稳打，就少不了一份功劳，对他大有好处。”姚谦说道，“本来我打算将他送入禁军，但今日朝堂之上，我见陛下似乎另有打算，就没提此事。穆令均此人性格略有些暴躁，不过好在李筠性格沉稳，应该能压得住他。”

“是，大兄，我会知会他的。”

周朝新皇继位，原本就乱纷纷的天下，再次变得紧张起来。

开封人来人往的大街上，有一人提着酒壶，穿过熙熙攘攘的人群，走进了街边的一家酒庄，把酒壶往桌上一放。

“老于！给我打一斤春烧。”他大声喊道。

“哟，刘管家，您又来打酒了。”酒庄老板笑吟吟地过来接过酒壶。

“就喜欢你这一口。”来人笑着说道，“口味纯正，好！”

“那是，我们这春烧在整个开封都是有名的。”酒庄老板把酒壶递了过去，“您拿好。”

“好好！”等那人离开时，老板手里已经多了一张字条。

竹林深处，小楼之上，酒庄老板先前拿着的字条正摆在桌上。有人神情专注地看着字条。

“果然不出我所料！”片刻后，她展颜一笑，“赵匡胤、张永德晋升宿卫将军，李重进调为马直军使。柴荣的这一番动作，分明是要收拢军权。”

“歌主预判之事，已一一应验。”一名手下恭敬说道。

“义父和陛下那里，已经准备妥当了？”歌主问道。

“大军已经齐聚，正在等待国师推演出兵的黄道吉日。”

“如此大事，不看天时地利人和，反而去问鬼神。”歌主嗤笑一声，“罢了，还有什么消息？拿来我看。”

“歌主，这是最近伪朝的调动情况。”属下又递过一份资料。

歌主惊奇道：“这个穆令均调往潞州，在李筠帐下听用？这是何时传来的消息？”

“刚刚才送至。”

“把这个穆令均的资料给我找来。”

没多久，一份资料就送到了她手上，这人翻看了几页，微微一笑：“天助我也，这个穆令均虽然有几分勇力，可惜骄狂贪功，目中无人。给义父传信，就说攻打泽州之时，若要用计，这穆令均是个可用之人。”

“遵命！”

大周调动连连，刘汉也风起云涌。

刘汉皇宫之中，有一座高台高耸入云，号称接天台。

刘汉之主刘崇此刻正垂首侍立于台下。在接天台上，一人身穿道袍，披发跣足，手舞宝剑，口中念念有词。

刘崇向来对鬼神之事深信不疑，自从建立刘汉之后，皇宫内院中就建起了这座接天台，台高九丈，称可听天音，每有重大事宜，他就在此祭祀苍天，从不敢怠慢。

“疾！”台上那人大喊一声，一阵狂风吹过，卷得旗帜猎猎作响，台下刘崇头垂得更低了。

台上那人抄起一张符纸，随手一晃，符纸就已经点燃，然后往空中一丢，符纸随风而上，直冲天空，最后化为灰烬，散落下来。

良久之后，台上那人收了架势，只见他身形不动，仿佛有一股无形的力量将他慢慢地从台上送了下来。

“国师，”刘崇不敢怠慢，连忙向前几步，恭敬问道，“天意如何？”

“恭喜陛下！”下来那人相貌雄奇，卓尔不凡，言语之间自有一番气概。他对刘崇一笑：“此时出兵，必有捷报传来！”

“好！”闻言，刘崇大喜过望，“这次，朕要御驾亲征，为先皇报仇雪恨！”

“陛下，郭威已死，柴荣小儿刚刚继位，正是朝政混乱之时，陛下此时出兵……”那道士一甩拂尘，淡然一笑，仙风道骨不同凡俗，“焉有不胜之理！”

“国师所言甚是！”刘崇咬牙说道，“这次，一定要尽诛郭氏满门，让他知道背弃故主的厉害。”

道士含笑点头，不再说话。

祭天仪式结束之后，刘崇回宫不提，那道士上了一辆马车，驶出宫门。马车虽平凡无奇，拉车的却是三匹雪白的骏马，驾车的则是一名身穿道袍的道童。沿途人等不管身居何职，看到这辆马车，都要退让两旁，躬身施礼。

等马车回府之后，那道士缓缓下车，只见一个人已经等在大门左侧。道士对他微微点头，带着他一直走进了宅邸中的一间丹室。

“什么事？说吧。”道士一甩拂尘，淡淡问道。

“国师，乌夜啼传来消息。”那人躬身一礼，递上了一封信件。

道士接过来看了几眼：“穆令均？”

“是。”那人恭声回答道，“歌主言道，这穆令均虽然颇有勇力，只是性子暴躁狂傲，而且初来乍到，和李筠未必相容，可以用计。”

“好！”道士含笑点头，“做得不错！果然没有辜负我的期望，来日马踏开封，她必然立大功一件！”

大周皇宫之中，柴荣坐在桌案后面，他面前放着一张纸，纸上赫然是袁松的名字和最近所做之事，记录得非常详细。

“姚谦就是和这人见面之后才有所变化的？”宫殿之中，柴荣敲了敲桌上的这张纸，淡淡问道。

“正是。”一名内侍说道，“属下查到，这人进了姚谦府邸，和姚谦饮宴，席间说了什么却无人知晓。但是之后，姚舍人就向陛下进言了。”

“那之后，他去了哪里？”柴荣问道，“是否留在姚谦府上？”

“不曾留在舍人府上，去了赵家。”

柴荣一愣：“为何去了赵家？”

“属下听说，此人是与赵家二妹一起来的开封。”

“和赵家二妹一起来的开封？”柴荣哈哈一笑，“那疯丫头竟然也遇到了良人。”

笑了片刻，柴荣摆手道：“这个人，先不要惊动他，派人盯住就是了。去吧。”

“是。”内侍答应一声，退了出去。

“姚谦的师弟？另外一人终于现身了。”柴荣微微闭上眼睛，“如若此人真有本领，朕自然不吝高官显爵，不过总要见上一面才好。”

赵家是武将世家，全家上下都是武职，所以赵家的宅子可以不奢华，但是一定要有个习武场。

此刻，赵家后院的习武场上，马蹄声如雷声滚滚，赵凝纵马驰骋，就像一团火焰在马背上燃烧一样。

“喝！”一声娇喝，刀光一闪，一根碗口粗的木桩应声而断。

看到这场面，袁松觉得头皮发麻，忍不住向后退了半步。早就知道这二小姐绝不是花架子，腰上的弯刀是真的能杀人，可是知道是一回事，真的看到她纵马演武，还是让袁松有点不寒而栗，就连他自己都说不上来为何会这样。

“无聊死了！”赵凝砍断木桩，收刀归鞘，利索地翻身下马，拍了拍马身，“整日里不让出去，二哥也不见人影。府里只有你这个死木头。”

袁松苦笑，大概是这位二小姐之前到处惹是生非，赵家主母因此下了禁足令，不让她出门，这几天算是把活泼好动的赵凝憋坏了，看什么都不顺眼。

最近赵匡胤也不常回来，就算回来，也是待不了多久就走。袁松知道，现在正是紧要时刻，诸事繁杂，军务繁重，久久不归也属正常。只是到头来苦了自己，找不到别人，他就被赵凝当成了出气筒。

“你这丫头，莫非我让你在家里待着，委屈你了不成？”就在这时，杜氏带着几名丫鬟婆子走了过来。

一看到杜氏，赵凝顿时就变了个模样，乖巧地一站，甜甜地喊了一声：“娘亲。”

“我就知道你这野丫头闲不住。”杜氏瞪了她一眼，“罢了，正好我要出门，一起来吧。”

“娘亲要出门？去哪里？”

“还能去哪儿？”杜氏瞪了她一眼，“今天十五，当然是去大相国寺进香祈福。”

“啊？”

“啊什么啊？”杜氏伸手戳了一下赵凝的额头，“正好用佛法去去你身上这股子疯劲。姑娘家家的没个稳当劲。”

袁松在一边几乎要笑出声来，就凭赵家二小姐这刁蛮任性的劲头，就算把佛压在她身上，估计也洗不掉那一身的疯劲了。

“袁公子，”杜氏回头对袁松笑道，“如若无事，与我同去如何？”

“夫人有请，敢不从命！”袁松连忙说道。他来到这开封也有些日子了，除了去过姚谦府上，其他时间都留在这赵府之中，开封的景致完全没有看过，的确应该去欣赏一番。

杜氏含笑点头。她对袁松的印象一直不错，之前是因为赵凝，但是这几日，她发现二儿子赵匡胤与袁松走得颇近，而且看他的模样，对袁松也十分敬重。

杜氏不是一个简单的人物，其中的缘由她也猜出了几分，所以对袁松更多了些许亲近。

未过多久，一队车驾出了赵府，向大相国寺方向驶去。

大相国寺是这开封一景，虽然屡次被毁，但是屡次重建，挂在寺门的那块“大相国寺”的牌匾，还是当初唐睿宗钦赐的，可是物是人非，盛唐已经是过眼云烟，一去不复返了。

不过开封虽然换了主人，可是寺内住的还是和尚，走进大相国寺，便听到禅声阵阵，香烟缭绕，一副佛门的恢宏气派。

知客僧将赵家一行人迎进来，杜氏对袁松笑道：“袁公子，我去正殿上香，你是第一次到这大相国寺来吧，不如你自己去转转，这里的风景还是挺不错的。尤其是大相国寺后院，那里幽静恬淡，最对你们这些读书人的胃口了。”

“我也去。”赵凝嚷道。

“不许。”杜氏一把把赵凝拉到身边，“你和我去正殿上香。”

“哦。”赵凝顿时如被霜打了的茄子，被杜氏拖着，去了正殿。

袁松看着觉得好笑，不过这位二小姐不在身边，倒是轻松了不少。难得从赵家出来一趟，他对这里的景致还是很有几分兴趣的。

大相国寺占地面积极大，袁松负手而行，从前殿一直转到了后院，不知不觉就迈步走进一处小院。

一进小院，袁松顿时一愣，这里庭院深深，有池塘小溪，亭台楼阁与外面佛家气派截然不同，而且这院子有人已经捷足先登了。

只见院子正中一棵迎客松，有两个人端坐树下，正在下棋，其中一人身穿一身月白色僧衣，长发披肩，虽神色冰冷，然而眉目如画，是一名带发修行的女尼。她每每举子落下之时都是从容不迫，如同清风扑面，自然而然的舒服。

另外一人则是一个中年人，身材挺拔，面容不怒而威，一举一动都透着一股特别的气势。举子落子也是大开大合，虽只是下棋，但也给人如泰山压顶一般的压迫感。

几名侍卫就站在拱门旁守卫，看到袁松进来，立刻迎上来将他挡住。侍卫们也是身材魁梧，面目冷峻，一只手从不离刀柄，浑身上下带着一股掩饰不住的杀气，一看就知是上过战场见过血的狠角色。

袁松一看，知道这里必是贵客，转身就要离开。谁知那中年人听到动静，回头看了一眼，开口说道："放他进来吧。"

几名侍卫这才站立两侧，让开一条路，只是仍然死死盯着袁松，手握刀柄，没有丝毫松懈。

"贵客恕罪。"袁松拱手说道，"在下只是偶然路过，不敢惊扰了贵客的雅兴。两位请继续。"说着，他转身就想离开。

"慢着！"一名侍卫拦住了袁松，"我家主上让你过去。"

袁松脸色微微一变。

"这位朋友，相逢不如偶遇，既然在此相逢，那就过来聊聊。"那中年人站起身来，含笑说道，"怕我吃了你不成？"

眼看侍卫没有退开的意思，袁松只好轻轻叹气，转过头来。

"阿弥陀佛！"那女尼念了一声佛号，抓了一把棋子撒在棋盘上，"施主之心已不在棋盘上，这棋再下也无趣了。贫尼先行告退。"

说完，她竟站起身来，飘然而去。

"这位朋友莫怪，慧音师太就是如此，朕……真是拿她毫无办法。"那男子说道。

"世外高人，自然有些世外的脾气。"袁松一笑。

"哈哈，说得好。"那男子笑道，"既然来了，与我对弈一盘如何？"

"贵人恕罪，在下并非是一人来的。"袁松行礼道，"不好让人久候。"

"知道，有美同行。"那男子一笑，"一局棋的时间的确长了点，让佳人久候可是罪过。不过，一杯茶总能喝吧？"

"贵人有请，不敢辞。"袁松深揖一礼，在男子对面坐下。

旁边有人送来煮好的茶，一人倒了一杯。

袁松喝了一口，当真是唇齿留香，不由得说了一声："好茶！"

"是好茶，不过也要有人来品才行。"说着，那人拿起茶杯一饮而尽，然后把茶杯放在茶壶侧后，用手在桌上轻敲了三下。

袁松一惊："您怎么懂得门中暗语？"

说着，他也把茶杯往茶壶侧后一放，摆了个双星伴月的局。

"不必惊慌，我只不过懂点规矩罢了。"那人道，"你果然是诡门中人。我听说你现寄居赵府？"

“是。”袁松想不到此人对自己竟如此了解，点头说道。

“有趣了。”那人又道，“你们诡门不是于乱世中择明主而保吗？一身本领为何不卖与帝王家，反而留在了赵府。”

袁松从容一笑：“贵人知虎否？”

“怎么说？”

“山中之王，可令百兽降服，可这母虎生育小虎之后，雄虎总是徘徊窥视，伺机咬死小虎。”

“为何如此？”那人奇道。

“只因一山难容二虎，小虎总要长大，他们也许天生就是敌人。”袁松慨叹一声说道。

那人若有所思地点了点头：“只是，你诡门出身，身份敏感，难道不怕为赵家招祸吗？”

“幕人没有立场之分，跟什么人拜什么神，进什么庙烧什么香。”袁松一笑，“昔有汉高祖杀韩信事，而后听闻有幕僚劝韩信反，遂捕幕僚。幕僚答曰：‘我所为着，不过为幕主尽责罢了。’高祖听闻便将他放了。如心有疑虑，则天下无人可用。君王之道，首在御下，幕僚所作所为，只是为了幕主，与其问幕僚，不若问幕主。”

“好！”中年人轻轻鼓掌，“说得好！好一个与其问幕僚，不如问幕主。”

“那我问你，幕人同在朝中，如何相处？”中年人笑问道。

“两虎在山，牙尖爪利者胜之；两幕在朝，技高一筹者胜之。”袁松淡淡答道。

“若是互相攻伐，祸乱朝政，又该如何？”

“诡门之人择明主而事，如果真是明主的话，又怎会御下无术？”袁松笑道。

中年人深深地看了袁松一眼，长叹一声，长身而起，说了一句：“尽兴了！”

接着他对着袁松点了点头，迈步便向外走去，几名侍卫紧随其后，护送着他离开。

袁松坐在那里，手中捧着茶杯，一阵凉风吹过，他不禁打了个寒战，这才发现，冷汗已经打湿了后背，只有直面这人，才能感觉到那股凌厉的气势。

他喝了一口手里的茶，这才慢慢缓了过来。

一个人影走过来，坐在了他对面，袁松一抬头，发现来的正是刚刚那个女尼。

女尼仔细打量了他几眼，口念佛号：“阿弥陀佛。施主面生，可是从北方而来？”

“正是。”袁松点了点头。

“最近才到的开封？”

“没错。”

“既然如此，贫尼不送了，施主慢走。”女尼说了一句，收拾好棋子，飘然而去。

袁松在那小院里待了片刻，发现园中除了自己，再没有其他人了。除了那水流湍湍流动的声音，也没了其他动静。

他感觉今天在这后院里的遭遇有些莫名其妙，自嘲般苦笑了一下，站起来走了出去。

等袁松从后面绕回前殿，远远就看到杜氏和赵凝等在那里，显然已经等了许久了。杜氏倒是还好，赵凝则焦躁地走来走去。

远远看到袁松过来，赵凝几步过去，毫不客气地问道，“喂！你跑到哪里去了？怎么到处找都找不到你。”

“凝儿，”杜氏呵斥了一句，“怎么说话的？没有规矩。”

“夫人见谅。”袁松连忙向前行礼，“这寺庙景色迷人，不知不觉就多看了几眼，劳夫人久等了。”

“袁公子不必客气，这大相国寺雄伟壮丽，来了多看几眼也是应该的。”杜氏笑道，“我看到你从后面过来，可曾看到寺中的慧音师太？”

“慧音师太？”袁松一愣，那个月白僧袍的女尼形象，在脑海中一闪而过。

“正是。”杜氏点头说道，“慧音师太佛法高深，不少人都愿意听她讲法。不过她一直住在开封城外的庵堂，偶尔才会到这大相国寺坐坐。”

“可惜了，没有看到。”袁松道，“以后有缘的话，一定要拜访一下。”

“哼！人家是佛法精深的高人，可不是你想拜访就能拜访的。”赵凝说道。

“就你话多！”杜氏瞪了她一眼。赵凝吐了吐舌头，不敢再说话了。

接着，杜氏带着袁松和赵凝在大相国寺里用了斋饭，准备离开的时候，已经是傍晚时分。

就在马车向赵府驶去的时候，街面上突然一阵喧闹，紧接着马车靠向路边停下，让出了中间的大道。

一阵急促的马蹄声响起，远远地顺着大道跑来一人一骑，这人背后插着一块木牌，木牌朱漆染底，上面写着一个大大的金黄色“急”字，疾驰如飞，快如闪电，唰的一下就从袁松的马车边跑了过去。

袁松皱着眉头放下了车帘，刚才过去的就是所谓的金牌快脚，日行四百里，传递的只有紧急军情。所到之处，无论官民，不得阻挡。

与此同时，柴荣车驾，顺着大道缓缓而行。

柴荣坐在车里，闭目静思今天所见所闻，嘴角一勾，露出一丝笑容。

不远处，一座楼宇上有人正静静看着下面的街道，身形妖娆，如风摆杨柳。

眼看柴荣车驾经过，那人影转身离开窗前，不多时，一阵凄厉的箫音从窗口传了出来。

远处一座高楼之上，站着一名壮汉，听到箫音，他立刻抓起身边一只巨大铁锥，用力转了几圈之后，猛地一甩，铁锥呼啸而出，直奔柴荣车驾而去。

轰隆！一声巨响，马车被铁锥砸个粉碎，拉车的马匹哀鸣一声，被铁锥扫倒，砸得血肉模糊。但马车中却空空荡荡的，连半个人影都没有。

“有刺客！”随行的护卫大声吼道，“护驾！”

大街上迅速乱成了一团，那大汉远远望见空空如也的马车，冷哼了一声，纵身从高楼上跃下，轰然落地，然后毫发无伤地狂奔而走，迅若奔马，转眼就没了影子。

在另外一辆马车中，柴荣脸色铁青。

“陛下！”一名侍卫在外面说道，“情况紧急，恐有刺客在周遭徘徊，还请陛下回宫。”

“回宫！”柴荣点头，“彻查此事！”

“遵命！”

一直到天都黑了，赵匡胤才急匆匆地从外面回来，只是神色肃穆，眉头紧锁。

他同时带回来两个消息，柴荣于街上遇刺，所幸误中副车，柴荣并无损伤。另外就是北汉刘崇，终于动手了。

契丹派出大将杨衮，带马步军抵达晋阳，刘崇派出大将刘元徽领兵与他会合，两家合兵一处，号称拥兵十五万，兵锋直逼泽潞二州。

随着赵匡胤归家，赵府也忙起来了，府里的家将开始擦拭盔甲武器，准备战马。赵匡胤的夫人贺氏也忙忙碌碌地收拾东西，为赵匡胤做好出征的准备。

不过现在正是乱世，战乱频繁，虽然事情比较多，倒也有条不紊，进行得井然有序。

赵匡胤回来得晚，厨娘特地做了几样菜肴，只是他心中思虑太多，抓着个馒头啃了两口就吃不下去了。

“香娃儿，这次陛下遇刺，究竟是怎么回事？”杜氏坐在一边紧张地问道。

“娘亲，具体因由，我也不知。”赵匡胤苦笑，“陛下回宫之后闭口不再言及此事，只是宫中禁卫枕戈待旦，戒备更加森严了。我回来稍歇一阵，明天一早还要去当值。”

杜氏轻叹一声：“多事之秋！本来就有外敌来袭，偏偏又出了这般事情。”

赵匡胤也叹了一声，抓着馒头，吃不下去了。

“二哥，这次你会出征吗？”赵凝趴在桌边，突然眨着眼睛问道。

“我也不知。”赵匡胤脸上有几分茫然，“外敌入侵，陛下遇袭，局势一片混沌，我看不清楚。”

“刚刚安稳了没两年，又乱了。”杜氏叹了一口气，说道。

“娘亲，咱们是武勋世家，打仗，咱们不怕，只是——”赵匡胤张了张嘴，也不知该说什么才好。

“罢了。”最后，他又叹了一声，“诸般事宜，自有肉食者谋之，且有陛下定夺，我听令就是了。”

“可终归让人有些不放心。”杜氏眼珠转了转，“香娃儿，我看那袁先生是个有本事的人，要不，你去请教他如何？”

“娘亲，”赵匡胤犹豫了一下，“这人有点奇怪，我们还没有完全摸清他的底细，这种军国大事和他说，好吗？”

“这种事情你不说，他难道就不知道了？”杜氏说道，“用不了多久，刘汉犯边的事情，整个开封都会知道的。陛下遇刺是在大街上，明天就会传得沸沸扬扬。你怎么瞒他？”

“这个——”赵匡胤犹豫了一下，终于还是点了点头，“娘亲说得是，这种事没什么可忌讳的。”

随便吃了几口之后，天已经黑了，赵匡胤抹了抹嘴，向后院走去。

袁松的小屋亮着灯，赵匡胤走到门前，伸手拍门。

“兄长请进。”袁松在屋里喊了句。

赵匡胤推门进屋，发现袁松正襟危坐，仿佛在等着自己到来。

一见赵匡胤进来，袁松起身一揖到底，说道：“兄长得偿所愿，即将马上封侯，松为兄长贺！”

“先生是说我会出征？可是，我乃是陛下禁卫，”赵匡胤一惊，“难道说——”

“对，陛下会亲征。”袁松干脆地说道，“陛下初登大宝，正如雏虎占山，正需要虎啸山林，震慑百兽。刘汉来攻，正是给了陛下立威之机。”

“我懂了。”赵匡胤恍然大悟道。

“只是——”赵匡胤犹豫片刻，“今日陛下于长街遇袭，此事是否会有变数？”

“陛下遇袭？何时之事？”袁松一惊。他只见到金牌快脚疾驰而过，并未听说遇袭之事。

“就在今日，有人刺杀陛下。幸而误中副车，陛下无恙。”赵匡胤说道。

袁松眉头一皱，轻叹一声：“好高明的手段！如此一来，此事要横生波折了。”

“袁兄意思，陛下不会亲征了？”

“非也，陛下心智坚韧，亲征已成定局，只是出现刺杀一事，朝臣便有了阻止陛下出征的借口。”袁松轻轻拍了拍腿，“做此事者，谋算颇深啊！如若成功，连崩两帝，大周必然内乱；若是失败，也为刘汉攻伐争取了时间。”

“不过……”袁松最后说道，“陛下心志甚坚，此事无法移陛下之志，稚虎啸林，为期不远！兄长早做准备便是！”

“好。”赵匡胤若有所思点头道。

“兄长谨记，刚才的话，出得我口，入得你耳，切不要大肆宣扬。府中做准备的时候，也要悄悄进行。”袁松说道。

“为什么？”

“当初有门中前辈杨修，因为一句‘鸡肋’掉了脑袋，此乃前车之鉴。”袁松意味深长地说道。

赵匡胤一愣，微微点头：“我明白了。”

虽然柴荣和先皇郭威一样尚节俭，可是皇宫就是皇宫，这地方天生就比别处多了几分威仪雄壮，多了几分贵气。

哪怕是夜深人静的时候，这里也透着一股说不清道不明的气息。

在一间寝宫之外，几名宫娥内侍垂手侍立，连呼吸都刻意压低，偶尔有巡夜的太监经过，也要把脚步放轻，一点一点摸过去，生怕惊扰了宫中的贵人。

“啊！”寝宫之内，突然传出一声惊呼。

柴荣猛地从床上坐了起来，满头大汗。

“皇上，”一边的符皇后被柴荣惊醒，抓着他的手轻声问道，“您怎么了？”

外面的宫娥内侍也被惊动，在寝宫中跪倒一地。

“没事了。”柴荣轻轻拭去汗水，一挥衣袖，“都下去吧。”

等内侍宫娥离开，他才轻轻拍了拍符皇后的手：“皇后，刚才朕做了一个梦。”

“什么梦？”

“朕梦到有妖魔鬼怪张牙舞爪地向朕扑来，朕奋力反抗，然则力不从心。恰在此时，一金甲天神从天而降，挡在朕的身前，为朕挡住了妖魔鬼怪。朕就醒了。”柴荣勉强笑道，“是否我今日遇刺，日有所思夜有所梦，才会做此怪梦？”

“皇上，这哪是什么怪梦啊。”符皇后笑道，“这分明是上天降下预兆，必有贤能辅佐大周江山，千秋万代！”

“当真如此？”

“当然！想必是皇上励精图治，感动了上天，这才有所预兆。”符皇后笑道，“臣妾听闻，近日刘汉犯境，这岂不就是妖魔鬼怪，到时必有人相助陛下，诛除这些跳梁小丑。今日陛下化险为夷，岂不是先兆？”

“听皇后这么一说，朕放心多了。”柴荣点点头，“睡吧。”

两人重新躺下，皇宫中再次陷入沉静。

在赵府中，赵匡胤却有些头痛。

“二哥，为何我不能去？”赵凝瞪着眼睛看着赵匡胤问道。

“你去做什么？”赵匡胤说道，“兵战凶危，你一个女孩子，去那里做什么？”

“兵战凶危又如何？古有花木兰代父从军，她去得，难道我就去不得？”

“不许就是不许！人家花木兰有勇有谋，你有什么？脑子一热，就要从军征战。军国大事，岂能儿戏！这件事，没商量。”

“哼！”赵凝哼了一声，转身走了。

“这丫头。”看着她的背影，赵匡胤无可奈何地摇了摇头。

第二天，赵匡胤照常上朝，傍晚回家的时候，发现杜氏一脸焦急地等在门口。

一看到赵匡胤回来，杜氏紧走两步一把抓住他的马缰绳：“香娃儿，你可算回来了。”

“娘亲，”赵匡胤忙翻身下马，“出什么事了？”

“赵凝那个丫头，今天早晨说是要出去游玩，带着几个家将就走了，到现在还未回来。”

“那丫头疯惯了，又去哪里了？”

“夫君，”赵匡胤的夫人贺氏也迎了出来，“有家将回来禀报，说是有人看到小姑出城往北去了。”

“什么！”赵匡胤脸色一变，“往北去了？坏了，坏了！这丫头肯定是往边关去了，她孤身一人，怎么得了啊！”

贺氏说道：“夫君，小姑不是孤身一人，她带了七八名家将。另外，她还绑走了一个人。”

远去边关的路上，一行人纵马驰骋。

“赵姑娘，都已经离开开封这么远了，你把我放开吧。”袁松挣扎了一下，可是双手绑得很紧，根本挣脱不开。

“放开你可以，但是你不能逃走。”赵凝看着他说道。

“都跑出来这么远了，我如何逃跑？”袁松苦笑道。

“你知道就好。”赵凝得意一笑，抽出弯刀，割断了袁松手腕上的绳子。

袁松活动了一下酸麻的手腕：“赵姑娘，你走便是了，何苦带上我？”

“我二哥说了，花木兰智勇双全才上了战场。既然如此，我就带上你。你有智，我有勇，我们两个一起，也抵得上一个花木兰了。”

“勇？谋？”袁松哭笑不得，指着赵凝身后的骑士说道，“赵姑娘，你该不会就要用这七八人去参战吧？那还不如给我一刀比较痛快。”

“我是勇，可我不傻！”赵凝不屑道，“泽潞节度使李筠是我爹的好友，他自然会对我们多加照应。”

“我看他会把你送回来。”

“如何不让他把我送回来，就是你的事了。”赵凝笑道，“不然，我为何要带你出来？”

“这——”袁松顿时没话说了。

汉周边境之处，长长的队伍顺着大路一字长蛇，一路向前。几匹马儿离开大队，跑上了路边的土坡，马上武将手搭凉棚，向着远处观看。

一望无边的军阵席卷而去，骑兵在前，步兵在后，数万人马脚踏土地，卷起的烟尘冲天而起，遮天蔽日，仿佛一条席卷天地的黄龙蜿蜒向前。

马上的人用手里的马鞭轻轻敲了敲马鞍，得意道：“以此威势进攻伪周，想那柴荣小儿，要尿裤子了吧？”

“将军所言甚是！”几名部下在一边凑趣道。

这时，一匹黑色战马冲上土坡，马上的骑士不等马匹停稳便翻身下马，用手一敲胸甲，行了一礼。

这骑士和一般的骑兵不同，周身上下穿的是藏青色铁甲，铁甲上画的似乎是一团弥漫的云雾。他脸上则戴着一张黑色鬼脸面具，眉心的位置上有一只绿色的眼睛，也不知是用什么画成的，在阳光下闪烁着不祥的光芒。

这骑士身上有着一股说不清道不明的气息，看到他出现，几名偏将不由自主地向后退开半步，下意识拉开了和骑士之间的距离。

那主将看到这人也是微微一皱眉头，问道：“何事？”

“将军。”骑士开口，语气阴森，声音难听，“国师传信！”

说着，骑士从怀中取出一只黑色竹筒奉上前去。

有人把竹筒接过，打开，把里面的东西呈上。

主将接过看了一眼，面露喜色：“好，有了这个，我军必然旗开得胜！替我多谢国师！”

“遵命！”那骑士答应一声，翻身上马，纵马离开。

“这些诡眼凶兵，好生张狂！”有偏将低声嘟囔道。

“不要胡说！这种话是你能说的吗？”那主将瞪了他一眼。

那名偏将立刻低下头来。

“不过，国师这次确实送来了好消息。”主将一带马缰绳，“吩咐下去，准备作战！”

“得令！”众军将齐应一声，随着主将，纵马归阵。

“砰！”潞州城中，一只大手狠狠地砸在桌上。

“大人，”一名雄壮大汉大声说道，“敌军远道而来，我们正好一鼓而下，您为何犹豫至今？”

端坐在案后的昭义节度使李筠微微眯起眼睛，冷冷地看着大汉：“穆将军，刘汉来势汹汹，兵多将广，我们贸然出击未必稳妥，还是从长计议为好。”

“将军此言差矣！”穆令均声大如雷，“那刘汉小儿早已经被咱们打怕了，仗着有契丹狗才敢与咱们对阵，现在契丹人还没来，只有刘汉小儿率军前来。我们不趁此机会杀杀他们的威风，更待何时？”

接着，他冷笑一声：“莫非，将军不但怕那契丹狗贼，连刘汉小儿也怕了？”

“你！——”李筠勃然大怒，猛地站起身来。

“大人，”旁边一名副将连忙说道，“现在敌军初来乍到，我们要是不做出应对的话，朝中恐怕有人非议啊！”

李筠眼珠转了转：“好吧，传我将领，出城迎敌。”

“早该如此！”穆令均冷笑一声，转身大摇大摆地离开了。

“这个穆令均，太过猖狂！”李筠冷冷说道。

“大人，他毕竟是姚谦的人。”

李筠点点头，不动声色地说道：“出兵！”

李筠手下大军浩浩荡荡开出潞州城，黑压压地向前压去。在潞州城外几十里处，一匹快马奔驰而至，来到李筠面前。

“大人！”来的正是军中斥候，看到李筠，他便翻身下马，单膝跪倒，“前方十里处，有刘汉人马数千向我方逼近。”

“数千人马？”李筠一皱眉头。

“正是。”

“哪位将军前去迎敌？”李筠抬头问道。

“大人，末将愿往！”穆令均第一个站了出来，高大的身躯铁塔一般往那儿一戳。

“你？”李筠看了他一眼，“好。既然穆将军有此决心，带着本部两千人马迎敌去吧。”

“遵命！”

没多久，大军向两侧一分，两千人马踏着步走出了军阵。

穆令均耀武扬威地纵马在阵前绕了两圈，用手中的马鞭一指：“将士们，与我杀敌！”

说罢，他带着手下军马纵马而去，直奔刘汉的军阵。

“大人，”一名偏将对着李筠一抱拳，“我等该当如何？”

“坐等将军旗开得胜！”李筠冷笑一声，“或者，马革裹尸。”

穆令均带领前锋，很快便遭遇刘汉军阵。

刘汉军阵中高高竖着一面大旗，上写一个大大的“张”字。

“这是何人？”穆令均问道。

“看旗号，似乎是刘汉前锋，都指挥使、武宁节度使张元徽。”

“张元徽！”穆令均顿时大喜，“好，立功受赏之时到了！”

他把手中大刀一挥，咆哮一声：“儿郎们，建功立业就在今朝！冲啊！”

喊罢，穆令均率先跃马而出，向着刘汉军杀了过去。

周军只是稍微停了一下，便随着穆令均掩杀了过去，一时间喊声马嘶声声震旷野，大周军队气势如虹。

“果然有几分勇力！”刘汉军中，张元徽看着掩杀过来的敌军，冷笑一声，“迎击！”

“将军有令，迎敌！”传令官纵马高呼，大旗摇动，刘汉军将士怒喝一声，迎面而上。

两股洪流在旷野中狠狠地撞到了一起。

怒吼声、兵器的撞击声、惨叫声混杂在一起，刘周两军的厮杀一时之间难解难分。

不过大周军士异常悍勇，穆令均武力不俗，手中的长刀上下翻飞，几十颗人头就已落地，凭自己一人就杀得刘汉人仰马翻。

见到将军如此神勇，大周士兵士气大振，狠命冲杀，杀得北汉大军节节败退。

数千人绞杀在一起，这里顷刻变成了修罗场。

不远处的一条小路上，赵凝突然住马，仔细凝听前方动静：“你们听到什么没有？”

“好像是厮杀声！”袁松微一皱眉，低声说道。

第五章　驰援退敌守孤城

为了躲避赵家可能的追寻，赵凝一行人选择了走小路，结果意外地遇到了这场厮杀。

“没错！”和寻常女子不同，赵凝听到这厮杀声，非但不怕，反而满脸喜色，“是喊杀声！儿郎们，随我冲啊！”说着，她抽出弯刀，向前一指，纵马向厮杀声传来的方向冲去。

几名家将害怕赵凝有失，连忙跟了上去。

“哎！别急！”袁松顿时大急，跟着一起冲了过去。

赵凝带队冲上一座土坡，只见土坡下两军已经厮杀了好一阵了，不过大周显然技高一筹，虽然人数较少，却已经压得敌人节节败退，眼看兵锋已经逼近对方帅旗。

“我军要胜了。”赵凝一看，顿时大喜过望，“快随我杀敌。”

说着，她就要纵马冲下去。

“你疯了！”袁松一把抓住她的缰绳，“你这样冲过去，我军不知是敌是友，先给你一通乱箭，你有几条命都死绝了，而且死了也是白死。”

“你放开我，我当然知道。”赵凝急了，“我自然有办法让他们知道我是谁。”

在赵凝和袁松说话之时，战斗已经变得白热化了。

“啊！”张元徽一抖长枪，刺入一名周兵的胸膛。

这周兵惨叫一声，却一把抓住张元徽的枪杆，挣扎着还要向他举刀。

他满脸血污，形如厉鬼，张元徽不禁打了个寒战，用力一甩，将这周兵甩到一边。

张元徽一甩枪头鲜血，放眼望去，战场上厮杀连天，周兵士气高涨，勇猛向前，杀得自己手下将士连连败退。

“哼！周兵倒是悍勇。”张元徽冷笑一声，“只可惜要做冤死鬼了。撤！”

说话间帅旗倒转，鸣锣声响，他转身便走。

几千名刘汉军早已抵挡不住，跟着一起败了下去。

“啊哈！”穆令均杀得兴起，浑身鲜血，手中大刀向前一指，“将士们，立功受赏之时到了！追，莫要跑了敌军主帅！”

大周将士齐声呐喊，挥舞着手里的武器就追了下去。

“看到没有？”赵凝也急了，“敌军已败，现今正是乘胜追击之时，建功立业就在今朝！我等难道在此虚耗？”

“别动！”袁松脸色有些阴沉，“不对劲！”

“哪里不对劲？”赵凝急了，“分明是我军大胜，有什么不对劲？”

“敌军脚步散而不乱，帅旗压而不倒，这分明是在引领众军撤离。”袁松脸色越发难看了，“这绝不是败退。”

“什么意思？”

“诈败！”袁松道，“敌军此去必有埋伏！”

“什么？”赵凝吓了一跳，“休要胡说！”

“这个时候，我胡说什么？”袁松苦笑道。

赵凝一听，纵马就要下山。

“你要干什么？”袁松紧紧拉住她的马缰绳问道。

“当然是去禀报领军将领，让他多加小心！”赵凝说道。

“没用的。”袁松摇头道，“这名将领的帅旗在前，紧追敌人不放，显然是求胜心切，想要争功。你就算去了，也找不到他，找到他，他也不会听你的。军阵散乱成这般，哪还有收拢的机会？现在，当务之急是立刻向后，这是前锋，之后必有我军的中军压阵，我们必须要将此处战况禀报中军将领。不然敌军杀败前锋，趁势回杀，搞不好就要冲乱了中军，那时才是真的回天乏术。”

“不行，我必须要去提醒他！”赵凝脸色涨红，大声说道。

“回来！”袁松大吼一声。

赵凝顿时吓得一愣，自从认识袁松，他说话从来都是温文尔雅，还是首次见他如此激动。那一声大吼，彻底将她吓住了。

“你以为这是何处？”袁松脸色铁青，吼道，“此乃战场，这是作战！一将无能累死千军。只知一时利害，不懂审时度势，轻则性命堪忧，重则全局崩塌，不可收拾！兵者乃国之大事，不能由着你的性子胡来。来人！”

袁松回头大吼一声，几名家将被他的声势所慑，连忙抱拳行礼。

“把你家小姐架走。”袁松道，“不要让她捣乱！”

“是！”几名家将答应一声，上来架起赵凝就走。

赵凝也被袁松骂愣了，被几名家将架着，懵懵懂懂地离开了。

袁松回头看了一眼已经追下去的大周军队，轻轻叹了口气，追着赵凝和家将迅速离开。

“冲，冲啊！”此时，穆令均已经杀红了眼。他高举着沾满鲜血的大刀，带着手下，拼命追杀。胜利如此之近，近到唾手可得。穆令均仿佛已经看到自己阵斩敌方大将，载誉而归，立功受赏的场面。

可是一切美好的想法，总是容易在最关键的时刻被打破。

咴啾啾，一声凄厉的马嘶声，冲杀在前的几名骑兵突然人仰马翻。地面上不知何时被扔下了铁刺，马儿跑上去直接就被刺穿了马蹄，惨叫倒地。

“放！”只听有人大喊一声。

“呼！”大周军只觉得头顶一暗，两面箭雨腾空而起，遮天蔽日，狠狠地扎进了大周军中。

“啊啊啊！”惨叫声此起彼伏，本来士气正旺的大周军顿时被打了个措手不及。

“杀啊！”这时战鼓声隆隆响起，树林土坡后面杀出无数敌军，刚才落荒而逃的“败军”也拿着兵器反杀回来。

大周军正处于追击途中，队形早已散乱得不成样子，遭到突袭，顿时乱成一片。

“稳住！不要慌！”大好的局面变成了这副模样，穆令均意识到自己中计了，他两眼发红，极力想要稳住局面。

丁零，丁零！一阵古怪的铃铛声突然响起，哪怕是周围厮杀声震天，这铃铛声仍然诡异清楚地传进了穆令均的耳朵。

不知何时，四匹黑色骏马已经从东西南北四个方位把他包围在中间。

四匹马的马颈上都挂着一只黑色骷髅形铃铛，那铃铛声就是从那里传出来的。

马背上，四名骑士身穿黑色玄甲，脸上戴着鬼脸面具，在眉心位置有一只狰狞的绿色诡眼。他们身后背着四个足有半人高的铁皮葫芦，周身上下似乎带着一股挥之不去的阴秽之气。

这四名骑士如此阴森，让穆令均立刻意识到了危险。

他下意识地举起手中大刀，就要出手。

与此同时，四名骑士同时伸手一拍背后的铁皮葫芦，从葫芦嘴里喷出四股黑色的、夹杂着火星的浓烟。浓烟散得极快，转眼间就将穆令均和这四名骑士包住，让人看不清。

“啊！呃！”黑烟中声嘶力竭的惨叫声刚喊了一半就停了。紧接着，四名诡眼骑士跃马而出，其中一名一马当先，手中提着一颗尚在滴血的人头。

四名骑士一走，黑烟迅速消散，露出一具端坐在马上的无头尸体来。这具尸体手持大刀，周身上下燃烧着绿色的火焰，那匹马似乎被这绿火炙烧得疼痛难忍，拼命挣扎跳跃，却毫无用处，一群人马很快统统变成绿色的火炬，最后化为焦炭。

这诡异的一幕被周围的大周军兵看得清清楚楚，本来就士气大跌的他们瞬间崩溃，惊呼着四散而逃。

“诡眼凶兵，名不虚传！”张元徽在不远处把这一幕看得清清楚楚，“传令下去，放残兵离开，追在后面，冲击伪周中军！”

“得令！”

在另一处，袁松已经带着赵凝，快马加鞭冲到了李筠的中军，远远地就被几名斥候挡了下来。

“快领我去见你家节度使。”不等袁松说话，赵凝就大声说道，“我乃检校司徒、天水县开国男赵弘殷之女，我兄乃是陛下帐前宿卫将军赵匡胤，都与节度使相熟。我等有紧急军情要奏与大人。这是禁军令牌。”说着，赵凝从怀中掏出一块金色令牌，上书篆体“禁军”二字。

斥候不敢怠慢，忙领着袁松赵凝回归中军。没多久两人就见到了李筠。

“咦，侄女，果然是你。”看到赵凝，李筠一惊，“你怎会在此处？”

“叔父，”赵凝连忙行礼，“先别说这个，有紧急军情奏报。”

说着，她一把拉过袁松：“你来说。”

“大人。”袁松也不客气，抱拳说道，“赶紧起军，速速退兵，回潞州城。”

“为何？”李筠一惊。

“大人，您的前锋要败了。”袁松表情凝重。

“胡说！”李筠脸色一沉，“刚才接到斥候奏报，说是前锋已经冲垮了敌军，正在乘胜追击，怎么会败了？”

“大人，”袁松抱拳道，“前锋中了敌人的诱敌之计，我当时就在一边，敌人虽败，可部众聚而不散，帅旗压而不倒，有条有理。而我军追击时却队形散乱，领军将官一马当先，只顾冲杀，没有收拢人马。这绝对是中了诱敌之计。”

“你是何人？”李筠问道。

“在下虽然只是一介草民，但是所说之话句句属实。如有差错，将军大可以取我项上人头。”袁松道，“大人，如果现在不走，敌军驱赶败军，冲击大营，又该如何是好？”

“叔父，”赵凝向前一步，“我为他作保，如有差错，您就拿我们二人是问！”

“大人！”有部将向前一步，“军情如火，如果穆将军确实中计，此地无险可守，对我军极为不利，我军若败，潞州城休矣！”

“这位将军所言甚是。”袁松道，“大人，当务之急，是要保证潞州城的安危。如果潞州城失守，敌军以潞州为中心，顺势直取泽州，战况将对大周极为不利。还请大人三思！”

李筠神色一动，看了袁松一眼：“言之有理，陛下以潞州托付与我，那重中之重便是守住潞州。传令下去，起军，退回潞州城！另外，多派斥候，打探前方消息。”

“遵命！”部将答应一声，四散而去。

不多时，大军拔营而起，向潞州城退去，同时侦骑四出，向前打探消息。

没过多久，果然有斥候快马来报，前锋中了刘汉埋伏，被杀得大败。前锋官穆令均已然阵亡，刘汉驱赶败军，向着中军掩杀而来。

李筠暗道一声好险，立刻吩咐加速撤离。

终于，在日落之前，全军撤回了潞州城，没过多久，漫山遍野的败军就跑了回来。刘汉步骑紧随其后，穷追不舍。城门处只接应进来几十名败军，就匆忙关闭了城门，楼上箭雨倾覆而下，挡住了刘汉的追兵。

“哼！”张元徽看着屹立远方的潞州城，冷哼一声，“让李筠逃过一劫！传令下去，那些败军已然无用，射杀了吧。”

“是！”

刘汉骑军立刻出动，马蹄如雷，尾随追杀奔逃的大周军，一时间旷野上惨叫哭号声连天，直追到城头一箭之地才停下来。

这些骑士高举兵器，对着城头耀武扬威一番，这才纵马离去。

城头垂下几十根绳索，把城下寥寥无几的败军拉了上去。这些败军上了城头，纷纷坐倒在地号啕大哭，声音无比凄惨。

“大人，”袁松表情冷肃，“莫要乱了军心。”

李筠一惊，连忙吩咐人把这些人带走，单独看管。

两千前锋，逃回来的不到百人，剩下的连同前锋官穆令均一起，做了奈何桥上的新鬼。

站在城头望着远处开始建营的刘汉军，李筠脸色冷肃，回头勉强对袁松笑了一下：“多亏先生及时来报，不然的话，我军骤然遭遇袭击，恐怕会损失惨重，这潞州城可能也要危险了。”

“在下不过倚仗口舌罢了，若非将军当机立断，哪有这般容易脱险。”袁松行了一礼。

“先生客气了。”李锈苦笑一声。敌情紧急，他也没心思和袁松互相恭维，让人带袁松和赵凝去休息，自己安排手下准备守城。

“呼，好险！”赵凝长出一口气，伸手拍了袁松一下，“你小子，果然有点本事。”

“哎哟！”袁松痛得一咧嘴。

“就是这身子骨太弱。”赵凝一撇嘴，“不过好歹脑子有点用处。”

接着，她轻轻咬了一下嘴唇，犹豫着问道：“你觉得，这潞州城能守住吗？”

“这……”袁松停下来，回头看了一眼远处的城头，“如果刘汉不杀那前锋，这潞州城能否守住，只有三成的把握。可是刘汉杀了前锋，这潞州城要守住，就有了八成的把握。”

“这是何意？”赵凝一愣，“我军损失大将，士气受挫，怎么守城的把握反而大了？”

“赵姑娘，你刚才听到了吗？李大人说，斥候来报，说前锋已经攻破敌阵，正在追击，而不是前锋军派人来报。”

“这有什么问题？”

“问题大了。”袁松一笑，“走吧，赶路辛苦，难得能好好睡一觉。我要草堂高卧，不到日上三竿，千万不要叫我起来。”

“唉。”一处竹楼之上，有人轻叹一声。

“义父这次有些操之过急了。”叹罢，那人幽幽说道。

“歌主为何这般说？诡眼凶兵斩杀了穆令均，挫败了伪周士气，如此功劳应当高兴才对。”一人问道。

“穆令均其实是一颗很好的棋子。”歌主手指在桌案上敲了敲，“他被人送去潞州，代表的是一方利益，自有倚仗，再加上此人生性桀骜不驯，和李锈关系不睦。如果打败他之后，却不杀他，而是放他入城，他必然会和李锈发生冲突。将帅不和，乃是军中大忌，为了挽回自己的颜面，穆令均必然立功心切，势必会做出更加激进的反应，这就是我军的机会。”

说到这里，歌主又轻声叹：“现在，李锈退回了潞州，整个潞州上下，他的命令畅达，众志成城之下，潞州城势必更加难以攻伐。”

“歌主，要不要把您的话传回去？”

“不必了，事已至此，多说无用。”歌主表情肃穆，“去禀报义父，我会竭尽所能，拖延伪周出兵的时间。他们还需尽快拿下潞州。”

“遵命！”

潞州城下，杀声震天，尸横遍野，刘汉携大胜之威，发起了如潮水一般的攻势。

只是潞州城地处前沿，城高墙厚，物资充足，绝不是那么容易就能被打下来的。

“床弩，打掉井栏！”李筠站在城楼上，大声吼道，声音已经有些嘶哑。

几支弩箭从城墙上飞出，射中远处的井栏，井栏立柱登时被摧毁，发出一声咯吱怪响之后，轰然倒塌。十几名士兵惨叫着从高处掉了下去。

一架架云梯搭在城头，刘汉士兵口含利刃，顺着云梯向上爬去。

“放！”城头有人大喊一声，一只被铁链捆住的雷石从天而降，云梯上的士兵被砸得头破血流，惨叫着掉了下去。

这时有人手持利斧，砍断了云梯上的铁钩，几只搭钩伸了过来，搭住云梯，几个人喊着号子奋力一推。云梯便被竖了起来，向外慢慢倒下去。还留在云梯上的士兵发出一阵绝望的惨叫，从高处摔落地面。

“火油！”城头又有人大喊。

已经被烧热沸腾的火油被人从城头倒了下去，城下顿时惨叫连天，空气中飘起一股炸肉的香味，几支火把扔了下去，城下又变成了漫天火海，惨叫声霎时间变得无比凄厉，渐渐地，又了无声息。

刘汉的人马如潮水一般冲向城头，可是潞州城就像岩石，任你如何冲刷，仍然屹立不倒。

张元徽脸色肃穆，在远处看着这场攻城血战。潞州城守军远比他想象中的坚韧得多，原本因为一场大胜积攒下来的士气，也在这惨烈的攻城战中消失殆尽。

眼看天色已晚，张元徽脸颊微微有些抽搐：“传令，鸣金收兵！”

“得令！”几名部将听到这话，微微松了口气，大声应道。

没多久，锣声响遍战场，刘汉的士兵迅速撤了下来。战场上只剩下无人救治的伤兵在痛苦地哀号惨叫，声音越来越小。

看到刘汉撤兵，李筠心中稍稍松了一口气，这种连续的攻势也给他带来了巨大的压力。

“大人，您看！”就在这时，部将指着远处惊呼道。

李筠一愣，扶住垛口向远处看去，只见天际一道黑线伴随着隆隆的雷声，卷起漫天黄尘，迅速向潞州城逼了过来。

李筠心中一惊，这般威势，只有大股人马进军时才会出现。

果然，那道黑线越来越近，先是一群骑兵纵马而来，在刘汉军扎营处缓缓停了下来。接着，大群士兵迈步逼近，脚步落地声恍若惊雷，震得那地面都微微有些发颤。军阵中，各色旗帜迎风招展，遮天蔽日，一眼望不到边。

在军队中，有两处最为显眼，其中一处用高竿竖着一面大旗，上写一个斗大的“杨”字。在这旗帜周围遍布铁骑，马蹄声轰鸣由远及近海浪一般奔涌而来。

另一处则是一群身着重甲、身材几乎一样高大的士兵，阳光照在他们的盔甲上，好像钢浇铁铸一般。这些士兵将一匹白马团团围住，缓缓前行，在那白马后面是黄罗伞盖，竖着一面金黄色的大旗，上写一个斗大的“刘”字。那大旗上显然绣着金线，在阳光下闪着金光。

“这是，”李筠猛地抓紧垛口，“刘汉国主，亲征了！”

此时在潞州城中，赵凝推开一扇门，发现袁松正在里面，在他对面坐着一名士兵，正是前锋被击败后逃回来的那些士兵中的一个。

“你在做什么？”赵凝问道。

“我听说了一些有趣的事，你也来听听。”袁松说了一句，对那士兵问道：“你把你刚才说的话再说一遍，穆将军是怎么死的？”

“是鬼！”那士兵仿佛一下子就陷入了极大的恐惧中，身子微微颤抖。

“鬼？”赵凝一愣，“胡说八道！”

袁松一摆手，对那士兵说道：“你继续说，当时是怎样的情形？”

“当时我们突然遇袭，穆将军试图收拢队伍。可，可是……”士兵脸色发白，“几名身着黑衣、骑着黑马、长着一只诡眼的骑士突然出现，他们放出一团黑烟困住了穆将军，我们只听到一声惨叫，诡眼骑士就提着穆将军的人头离开了。黑烟散去，只有穆将军和战马的尸体被绿色的火焰灼烧，最后彻底烧成了焦炭。”

“胡说！这世上哪有这么多鬼怪？分明是你们战败，推脱责任。”赵凝不屑道。

“是真的！”那士兵突然变得歇斯底里，“真的是鬼！”

“安静，安静。”袁松说道，“我信你。真的有鬼，有的。”

“真的是鬼，真的啊！”士兵脸色发白，喃喃说道。

袁松让人把士兵带走，又问赵凝：“你怎么看？”

“无稽之谈！”赵凝不屑一顾。

“未必。”袁松摇头道。

“难道你信他说的话？”赵凝惊讶道。

袁松所答非所问：“你有没有觉得这一幕似曾相识？鬼怪杀人，绿火……”

“你的意思是，离人镇？”赵凝猛地一惊，离人镇那一幕幕让她记忆犹新。

“对。”袁松背着手站起来，“如果我未猜错，此乃诡兵！”

“那是什么东西？”

“这是我们诡门中一个特别门派训练出的特殊精锐。”袁松说道，“相传最早起源于战国时四强军中的齐击士，当初齐庄公设立勇士爵位，只要在战场上作战勇猛，就可以获得勇士爵位，同时他经常组织百姓训练，齐国单兵战力极强，齐击士名噪一时。只是，齐击士虽单兵作战能力过强，却不懂配合，小规模作战中战无不胜，却不适应大规模战争，以致险些被燕国灭国。当时，诡门中的一个门派得到了齐击士的操练之法，融合门中秘法，训练出一批特别的精锐。这支队伍小而精，手段诡诈多变，其他门派称之为诡兵。在汉末，他们就曾经出现过一次。”

“啊？”

“那时，他们隶属太平道张角麾下，名为黄巾力士。”袁松表情肃穆，“甚至连后来魏武帝麾下的青州兵中也有他们的影子。这也是青州兵能够与虎豹骑并列为魏武帝麾下两大精锐的缘故。此后，历朝历代都有他们的影子。现在看来，可能又有人练出了这样一支诡兵。”

“真有这样的事情？”赵凝惊讶道，“如果刘汉用这样的诡兵攻城，又该如何应对？”

“这世上万事万物都有破绽。”袁松一笑，“若这诡兵当真天下无敌，当初焉有张角之败？况且这些诡兵的训练，我也略知一二。诡兵天性属阴，五行当中属水木，水涨木生，附以金铁，攻伐之时无往不利。要想克制住他们，只需要将水木中的一项击垮便可，到时孤阴难长，自然就败了。”

赵凝呆呆地看着袁松：“虽然我一句也没听懂，但是貌似很有道理。你就说吧，要如何做？”

“这件事要你来办。”

“我？”赵凝一脸错愕。

刘汉大军已经扎下营寨，连营十数里，军阵肃穆整齐，隐隐有一股杀气冲天而起。

“末将参见陛下！”中军帐中，张元徽单膝跪倒，向上而拜。

“起来。”刘崇端坐正座，表情肃穆，“张元徽，我来问你，你连日攻城，可曾拿下潞州？”

张元徽脸色发苦：“回禀陛下，潞州城高，易守难攻，末将未能攻下。”

“废物！”刘崇脸色一黑，骂了一句。

“陛下！”有人在帐中说了一句，从帐中阴影处走了出来，“张将军乃是前锋，为大军逢山开路，遇水搭桥，先胜一仗，已是大大的吉兆。只是他手中兵力不足，急切下奈何不得潞州，也在情理之中。”

刘崇连忙说道：“国师所言正是。”

接着他回头来怒哼了一声：“总归有点功劳，不然必治你罪！”

张元徽连忙谢恩，退了下来。

“国师，”刘崇回头笑道，“且看我明日破了这潞州城！”

“陛下勇武！”国师拂尘一扫，颔首而笑。

次日清晨，李筠站在城楼顶端，向外观望，脸色格外凝重。

清晨薄雾之中，刘汉连营如一条恶龙盘桓在潞州城外。军营中旌旗招展，杀气腾腾。

猛然间，一阵牛角号声响起，一群落在军营外的飞鸟被惊得腾空而起。

片刻之后，军营营门一开，一队队士兵手持武器，破开薄雾，开出了军营，在潞州城外列下军阵。

远远望去，城外旌旗招展，兵甲森严，好一派肃杀场面！

最后，黄罗伞盖之下，刘崇纵马而出，四下登时山呼万岁，震得山野中野鸟齐飞，野兽齐奔。

刘崇在黄罗伞下张望远处的潞州城，看了半晌，不屑地一笑，他用马鞭指着远处城墙笑道：“区区潞州小城，一鼓可下！”

在他身侧，有一名彪形大汉，正是契丹派来的助战大将杨衮。

“陛下，”听了刘崇的话，他在马上行了半礼，“潞州城高，士气虽有小挫，但是不可轻敌啊！”

刘崇在兴头上被人泼了一盆冷水，脸色微变，讪笑了一声：“将军所言甚是！确实不可轻敌！”

接着，刘崇用马鞭一指前方，大声问道：“谁人为我斩将夺城？”

“末将愿往！”一将军越众而出，大声应道。

此人身材魁梧，面色黝黑，名为方彪。他性情残暴，武艺高强，是刘崇麾下数得着的猛将。

“好！”刘崇顿时大喜，“有方将军在，何愁潞州不下？拿酒来！”

一名内侍捧了两只酒碗，奉在马前。

刘崇端起一碗酒来：“方将军，来！与朕满饮此杯，祝你旗开得胜！”

“陛下不必！”方彪哈哈笑道，“这酒暂且存着，待我斩将夺城之后，回来再叩谢皇恩，满饮此杯！”

“将军豪气！”刘崇大喜道，“好！既然如此，那我就等将军得胜归来，再与将军畅饮！”

方彪抱拳一拜，转身大吼：“儿郎们，随我杀敌！”说罢，他纵马而去。

没多久，方彪本部人马调动完毕，做好了攻城的准备。

“擂鼓！”刘崇大声说道，“为将军助威！”

隆隆的战鼓声响起，方彪本部人马呐喊一声，向着潞州城席卷而去。

几架高大的井栏伴随着队伍慢慢地向着潞州城靠拢，井栏上方弓箭手已做好准备，用箭矢压制城头。伴随前进的还有冲车，只等着到位之后撞击城门。

“床弩！”李筠表情肃穆，却并不慌张。他乃是军中宿将，见多识广，这种攻势还不足以让他动容。

几支床弩从墙头飞射出去，粗大的箭头摧毁了井栏的支柱，整个井栏慢慢崩塌，上面的人惨叫着掉落在地上，砸翻了自家的人马，随即被冲过去的人群踩成了肉泥。

“放！”

一片箭雨腾空而起，在半空画了一条弧线，重重地落在地上。攻城的刘汉军中立刻出现了一个缺口。鲜血迸射，惨叫连连。

城外很快就被染成了血色，但这仅仅是个开始。

张元徽在此之前已经把护城河填平，攻城人马得以长驱直入，直抵城下。几架云梯竖了起来，云梯顶端的搭钩牢牢钩住了城头，刘汉精兵蜂拥而上，蚁附攻城。

城头，大周军队在各级军官的带领下奋起反击。

“放！”城头有人大喊一声，一根被铁链捆住的滚木从天而降，云梯上的士兵被砸得头破血流，惨叫着摔了下去。

城楼上几名士兵手持利斧一拥而上，砍断了云梯上的铁钩，几只搭钩伸了过来，搭住云梯，几个人奋力一推。云梯被竖了起来，稍微停了一下，慢慢倒下去，还留在云梯上的士兵发出一声绝望的惨叫。

“火油！”

士兵把沸腾的火油从城头倒了下去，城下惨叫连天，又扔了几支火把下去，城下变成了漫天火海……

这一幕幕如同张元徽攻城的翻版，但比之更加惨烈几分。

远处的刘崇脸色逐渐阴沉，城下的惨叫声隐隐约约传进他的耳朵，原以为潞州城一鼓可下，现在他发现，潞州城的抵抗远超自己的想象。

周围侍卫见他脸色难看，也变得谨慎小心，生怕被迁怒。

“陛下快看！”一名侍卫突然惊呼，“方将军，方将军冲上去了。”

刘崇顿时一惊，连忙向前张望，虽然因为太远，看得不太真切，可是也能看到一架云梯上有一人与众不同。

方彪不愧为军中悍将，他身披重甲，口含利刃，一只手抓着云梯，另一只手紧握一面盾牌，顺着云梯向上攀爬，速度极快。

砰的一声，一块雷石被人从上面扔下来。

“喝！”方彪大喝一声，一举盾牌，奋力向外一拨，雷石竟被他拨到一边。

“将军威武！”远处的刘崇隐约看到，顿时大喜，“快，擂鼓！为将军助威！”

轰隆隆的鼓声穿过整个战场，一直传到前方，方彪借势又向上蹿了几步，眼看就要冲到城头。

“热油！热油！”城头大周士兵大声呼喝，煮开的热油很快端了过来。

闻到热油的味道，方彪大惊失色，热油泼下来无孔不入，任你武功再高也抵挡不住。

他大喝一声，不等上面动手，奋力向上一蹬，几下就蹿上了城头。几名小兵正端着热油要倒下去，方彪抬起一脚将热油踢翻，飞溅的热油将这些小兵烫得大声哭号。

“上去了！”远处的刘崇面现喜色，“方将军不愧是悍将，斩将夺城，还有何人能敌？”

“杀！”几名周兵手持长矛、朴刀，试图将方彪赶下城头。

方彪着实悍勇，大吼一声，不退反进，竟然靠着一己之力，杀得周兵连连败退。在他身后，刘汉士兵蜂拥而至，在方彪的引导下，想要打开城头缺口。

李筠在城头看得真切，眼角微微一跳。

“拿弓来！”手一伸，一名亲兵递上弓箭，李筠弯弓搭箭，对着方彪就是一箭。

方彪杀得兴起，突然听到恶风扑面，顿知不好，连忙一躲，却没躲开，这一箭正中肩窝。

“啊！”方彪惨叫一声，略一分神，几支长矛便趁势捅了过来。

“噗噗！”长矛入体，然后众人一起发力，将方彪从城头推了下去。

一个人影重重地跌落地面，惨叫声顿时停止。

城头刘汉军士气大挫，再次被大周驱赶了下去。

刘崇脸黑如铁。

周围诸将皆默不作声，没人敢在这时触霉头。

“呵呵。”杨衮在一边轻笑两声，“陛下，这潞州城，一鼓难下。”

“你！”刘崇猛地转头，恶狠狠地瞪着杨衮。

杨衮怡然自得，浑然不觉，他乃是辽军大将，怎会怕这个儿皇帝！

刘崇一咬牙，回头吼道：“传令下去，率先破城者赏万金，官升三级！”

“陛下有诏！率先破城者赏万金，官升三级！”一名骑士纵马而出，将皇命传至四方。

不多时，刘汉军中便欢呼声四起，攻势越发猛烈！

李筠却不为所动，严守城防，一举一动有条不紊。这一仗从午时杀到夕阳西垂，潞州城不动如山，别说破城，连登城的都没有几个，刘汉军之前因为重赏暴增的气势再次低落，连喊杀声都不再嘹亮。

拱卫在刘崇身侧的刘汉将领面面相觑，知道这时再攻城已经没什么意义了，可是再看刘崇，仍然咬牙切齿，死死瞪着城墙。这模样，没人敢劝他退兵。

丁零，丁零！一阵銮铃声响，从身后营寨中慢慢走出一头白牛，白牛背上那人身穿道袍，手持拂尘，相貌雄奇，正是那位刘汉国师。

白牛漫步来到刘崇身边，国师一甩拂尘，淡笑道："陛下，天色已晚，何不收兵回朝？"

"国师不必再讲。"刘崇咬牙切齿道，"不扫平潞州城，誓不收兵！"

"潞州自然势在必得。不过，今日天色已晚，将士疲惫，不若先行退兵，歇息两日，多多打造攻城器械，待将士重振精神再行攻城，自然可一举破敌！"

"这……"刘崇心中其实早有退意，只是之前被杨衮挤兑得太狠，让他拉不下脸面，这时听国师开口，正好顺坡下驴，答应下来。

"也罢，就如国师所言，让他们多活几日便是。"刘崇恼恨道，"传令下去，退兵！"

说完，他一拨马头，先回了营帐。

没多久，战场上铜锣声响，城墙下的刘汉士兵如蒙大赦，潮水般退了下来。潞州城下，喊杀声渐止。

看着退去的刘汉军，李筠冷笑一声："传令下去，让将士们轮番休息，严加防备，莫要让刘家狗贼钻了空子。"

"遵命！"

第六章　诡门传承破奇招

啪！刘崇把战报狠狠地摔在地上，一张脸漆黑如墨。

此次攻城可谓损失惨重，自方彪以下，六员战将殒命，士卒伤亡近两千人，攻城器械也几乎损失殆尽。付出如此之多，可潞州城仍岿然不动。

这还罢了，让刘崇尤其无法接受的是，自己战前夸下海口，结果损失巨大，却没有丝毫所获，平白让契丹盟军看了笑话，他心中羞愤难当。

就在此时，营帐一挑，有人走了进来。

刘崇满腹怒气无处发泄，看也没看那人，大吼一声："滚出去！"

"陛下为何如此盛怒？"那人非但没有出去，反而笑吟吟问道。

刘崇抬头一看，只见国师手持拂尘，站在自己面前。

"啊，国师。"刘崇语气缓和许多，"刚才心中愤怒，怠慢了国师，还请国师勿要见怪。"

"无妨。"国师一笑，"陛下之怒，可是因今日战事而发？"

"不错。"刘崇愤愤不平道，"只恨那些无用之人，让契丹小儿白白看了笑话。"

国师道："陛下不必如此。区区潞州小城，若要一举破之，易如反掌。"

"国师有良策？"刘崇猛地站起身来，惊喜问道。

"陛下，暂且让大军休整两日，贫道择良辰吉日祭起诡兵，为陛下夺下此城。"国师一扫拂尘，笑容中满是自信。

接连两日，刘汉大军按兵不动，每日只是操练巡视，同时将潞州城围了个水泄不通。

三天之后，刘汉军中不知何时搭起了一座高台，台上设置香案，几面杏黄旗迎风招展。

李筠站在城头远远望见那高台，心里顿时一突，他心知刘汉必有动作，却不知这动作究竟为何。

城墙下，赵凝焦躁不安地来回踱步。在她周围，是一群同样有些紧张的壮丁，除了这些人之外，周围还摆着大量的各种物资。

这些壮丁被组织起来随时准备支援城头，都归赵凝统领。

所有人中，唯一还能保持镇静的就只有袁松了。他手里摆弄着一块孔明锁，迅速地将它拆开，再装回去，反反复复，乐此不疲。

“这东西有什么好玩的？”赵凝终于忍不住问道。

“子非鱼，安知鱼之乐？”袁松不理她，仍然低头摆弄那孔明锁。

“你让我向叔父请兵，领一群民壮支援城头，到底打的什么主意？还有，之前两天，你带他们鬼鬼祟祟的，究竟在练什么？”

“到时便知。”

“别玩了。”赵凝过来一把抢过孔明锁，“你今日必须说清楚，何时才是到时？”

“如果我所料不差，就在今日。”袁松叹了口气，站起来拍了拍身上的尘土，仰望城头。

刘汉军中，国师身披八卦袍，手持七星剑，披散发髻，慢慢步上高台。

在高台上站定，他随手一扫，两朵火苗从袖中飞出，将香炉两侧烛火点燃。之后，国师抄起一张符纸，迎风一晃，符纸无火自燃，再随手一丢，燃烧的符纸便从高台上缓缓飘落。

这一下如同一声号令，一股黑烟从高台下喷出，在整个高台前弥漫开来，等烟雾散去，高台前不知何时已经多出了四十九名诡眼凶兵。

这些诡眼凶兵身背葫芦，手持兵刃，周身缠绕锁链，那只诡眼闪烁着绿幽幽的凶光。

“去！”高台之上，国师手中七星剑向潞州城一指，大喝一声。

原本木雕泥塑一般的诡眼凶兵伸手一拍身后的铁皮葫芦，动了，一股夹杂火星的黑烟滚滚而出。四十九名诡眼凶兵裹挟黑烟，化作四十九道黑线向着潞州城头冲杀过去。

这场面实在太过诡异，眼见那黑线越逼越近，城头上的大周军兵开始慌乱起来。

“肃静，肃静！”几名军官大声吼道，只是声音发颤，举止也有些无措。

这般场面，哪怕是身经百战之人也未曾见过，焉能不慌？

李筠未料到敌人会有如此奇招儿，脸色肃穆，他深知如果此时再不出面稳定军心，则潞州城危在旦夕。

“放箭！”他向前一步，大吼一声。

随着一声令下，弓箭手本能地弯弓搭箭，向那黑烟一阵攒射。

可密密麻麻的箭矢射入黑烟，却仿佛石沉大海，黑烟连停顿都没有，仍直奔城下而来。

“万胜！”见此情景，刘汉军中响起一阵排山倒海的欢呼声。

“好，好！”刘崇紧握双拳，“冲上去了！”

杨衮脸色阴沉，看着那诡眼凶兵，眼中颇有几分忌惮。

这群诡眼凶兵一路冲到城墙下，几条铁链从黑烟中飙射而出，铁链顶端有抓钩，咔嗒一声便钩住了城墙垛口。

四十九道黑烟顺着铁链，一路向上攀爬，速度奇快。

“快，快！”潞州城头一片慌乱，军官大声叫嚷，“放箭，滚木，雷石！”

几名士兵壮着胆子冲过去，试图投掷滚木雷石，同时砍断铁链。

从黑烟之中，突然喷出几道绿火，正中几名大周士兵。

“啊！”几名士兵瞬间被绿火点燃，化为人形火炬，他们一边声嘶力竭地惨叫，一边满地翻滚，其状惨不忍睹。

“鬼火，鬼火！”有人惊恐地大叫，其他人再也不敢靠过去，反而齐齐向后退了一步。

趁着大周军畏缩的工夫，四十九名诡眼凶兵已经顺着铁链翻上了城头。

“啊！”一名身强力壮的战士自恃悍勇，挥刀在面前的黑烟中乱砍。

当的一声轻响，他手中的刀似乎砍中了什么，他脸上刚露出一丝喜色，一把镰刀一样的兵器从黑烟中钻了出来，一下子将他的头颅削落在地，不等那飙射鲜血的无头尸体落地，这股黑烟已向另外一处席卷而去。

远远望去，潞州城头黑烟弥漫，诡眼凶兵裹挟着黑烟，发出尖厉叫声，在城头疯狂砍杀，只杀得大周军血流成河，不住败退。惨叫声和厮杀声连成一片，殷红的鲜血四处飞溅，将城头染得血红。

杀戮中的诡眼凶兵疯狂大笑，眼看就要控制住这一片城墙了。

“陛下！”刘汉国师一甩袍袖，从高台上缓缓走下，“此刻，可趁势攻城！”

“好！国师神通果然不凡！”刘崇哈哈大笑，“传令下去，攻城！”

未过多久，一队刘汉军兵杀出军阵，直奔潞州城。眼看城头诡眼凶兵已占上风，这一队刘汉军士气大振，喊杀声冲天而起。

潞州城中，原本席地而坐的袁松长身而起，抬头凝视着混乱的城头。

“城头出事了！”赵凝面色凝重。

“终于来了。”袁松冷笑一声，回头大吼道，“上城头！”

“挡住他们！”城头上，战事几近颓败。李筠心急如焚，这些诡兵不但战法诡异，而且不畏刀剑，仓促之间根本无法抵挡。眼看城头士兵节节败退，他却束手无策，只能大声叫嚷，恨不得冲上前去与之搏命，几名亲兵死死拦住，这才没有让他只身犯险。

恰在此时，刘汉军阵战鼓声响，大批人马蜂拥而出，向着城头杀来，喊杀声震天。

看到这一幕，李筠心中绝望无比，只觉得今日潞州城绝无幸免。

就在这时，一阵急促的脚步声传来，一群人顺着楼梯跑上城墙。

赵凝一马当先，袁松紧随其后，在两人身后跟着几十名青壮，手里提着木桶水瓢。

“快！”一上城楼，看到那些肆虐的诡兵，袁松大喊一声，“快泼！”

说完，他一把抢过一只水瓢，从水桶中舀起一瓢液体，没头没脑地朝着附近的一名诡兵泼了过去。

哗啦一下，那诡兵顿时被浇了个满头满脸，连周围的烟气似乎都散了一些。

袁松带头，其他人有样学样，青壮们纷纷拿起水瓢，泼向那些诡兵。

刀枪好躲，可这些液体铺天盖地落下来，当真是无处躲避，诡兵们顿时被洒得满脸满身都是。

不仅如此，这液体还带着一股古怪的味道，绝不是普通的水。一名诡兵闻了闻，脸色顿时大变：“不好，是火油！”

已经晚了，从铁皮葫芦中喷出来的火星引燃了火油，几名诡兵被点燃，发出声凄厉的惨叫声，统统被烧成了人烛。

“上！”袁松大喊一声，又有一群人冲了出来，正是之前那一百多名溃卒。他们每人手持一根长挠钩，用力顶住一名燃烧的诡眼凶兵，一起发力，向城墙边顶过去。

诡眼凶兵周身上下已被火油点燃，惨叫连连，哪还有力气反抗，轻易就被挠钩从城头掀了下去。

“啊！”几团火焰惨叫着从城头跌落，重重摔在地上，惨叫声才戛然而止。

“糟了！”刘崇远远看到这一幕，脸色铁青，连连催促，“快，快冲过去！冲上城头！”

国师嘴角抽搐，面沉似水，他本想让麾下这支精锐建功，凸显自己的本事，所以开始只有四十九人攻城。谁承想对方有人破了诡眼凶兵，局势顷刻扭转。眼看自己的心血即将全军覆没，他心里只觉得一阵阵揪心般的疼痛。

潞州城头，有几个悍勇的诡眼凶兵还想抵抗，可身边的黑烟已被火油烈焰驱散，再难隐藏踪迹。其他士卒眼看诡眼凶兵周身烈焰燃烧，惨叫连连，知道他们是人非鬼，也不再恐惧了。士卒们抓起几根长矛穿刺而来，就算刺不透诡眼凶兵身上的厚甲，也将他们顶得不断后退，最终从城头摔下去。

诡眼凶兵之厉害就在一个“惊”字，吓得人惊恐连连，所以才屡屡得手，这时褪去了这一层东西，人数其实并不占优势，而且后继无力，没用多长时间就被周军清理干净。

刘汉的后续军队才刚刚冲到潞州城下，还未架起云梯，最后一名诡兵已经燃烧着从城头跌落，摔成了一摊燃烧的烂泥。

刘汉军本来高涨的士气顿时一落千丈。

“快！滚木，雷石！”大周军重新抢回了城头，滚木雷石雨点一般落了下来。

这下苦了城下的刘汉军，他们只是想趁势攻城，捡个便宜，除了云梯，根本就没带攻城器械。眼看诡眼凶兵死伤殆尽，他们心里那点士气早已跌落谷底，再被这么一砸，不等鸣金，就急急忙忙地又退了回来。结果被大周军趁势在城头一通射杀，死伤惨重。

打退了敌军，城头危机解除，所有人这才松了一口气。

李筠不顾体面坐倒在地，勉强对赵凝笑笑，烟熏火燎的脸上露出一口白牙。

“贤侄女，”李筠说道，“这次多亏你来，不然潞州就城破了。”

“不关我事，”赵凝俏脸一红，一指身边的袁松，“是他的主意。”

“哦？”李筠哈哈大笑，对着袁松一竖拇指，“果然是自古英雄出少年！好本事。”

“将军谬赞。”袁松连忙行礼。

“言出肺腑，哪是什么谬赞！”李筠摆了摆手，“我见你早有准备，想必早知那些是什么鬼东西了。”

“在下也是首次见到。”袁松说道，“不过，师门对此有所了解。”

袁松将这诡眼凶兵的来历说了一番。

“诡兵历史上曾数次出现，汉末黄巾力士便是此类，隋末薛举也以此大破唐军。只是训练困难，规模难大，之前他们用的就是五行遁法中的烟火遁术，诡兵真身身穿厚甲，藏身烟气之中，刀枪难伤，却可用火油破之。”

“好！”李筠哈哈大笑，“如此便足够了。既然是人，不是鬼物，那何惧之有？我这就让人多备火油长矛，再有来犯，必然让他来得去不得！”

“正该如此，这类诡兵性属五行，行为做派占住八卦一个‘惊’字。只要处变不惊，则这诡兵再无可惧之处。”

“只要有先生在此，何惧这雕虫小技！”许是打退了诡兵保住了城池，李筠心情舒畅，嘴上也没了遮拦。

“多谢将军夸奖。”袁松一笑。

“非是夸奖，而是言出肺腑。”李筠一摆手，“今后潞州城防就要仰仗先生了。”

“不敢。”袁松应了一声，“学生必当尽心竭力！”

说罢，他回头张望远处的刘汉连营，尤其看了一眼那高台的位置。猛然间，袁松脸色一沉，一只手死死抓住垛口，抓得手指发红。

旁人倒还罢了，一直站在袁松身边的赵凝一愣，疑惑地看了他一眼。

袁松下了城头，整个人却越发严肃，周遭气氛就像凝固了一般。

"喂！"赵凝看到袁松的模样，忍不住开口问道，"你这是什么模样？我们胜了那诡兵，你理应高兴才对，怎么我看你好像并不开心？"

"今日太过凶险了。"袁松深吸了一口气，"用诡兵之人不识兵法，如果之前让诡兵驱前，大军随后进击，此刻这潞州城就危险了。我猜用诡兵之人存心卖弄，这才有了这次失误，让我们化险为夷。"

"这不是很好吗？"赵凝满不在乎道，"只要赢了就好，管他呢。"

"好是很好，可惜，这只是初阵。"袁松表情凝重，"我心中其实还有一丝担忧……"

"是什么？"

"现在还不好说，需要再去推演一番。"袁松低声说道。说罢，他便急匆匆地下了城楼。

"装模作样！"赵凝嘟囔一句，然后喊道，"喂，别走那么快，等等我啊。"

说着，她跟着追了下去。

袁松也不理她，眉头紧锁，快步向住处走去。

他借住在节度使府上的一个跨院，刚迈步进院，还未进屋，突然一阵狂风卷起，房檐上的一块瓦片竟然松动脱落，啪的一声摔在他脚前，险些砸中脑袋。

"呀！"一直在他身后的赵凝惊呼一声，伸手一把拉住袁松，"你没事吧？"

左右看了袁松几眼，发现确实没伤到，赵凝这才松了口气。她看看地上的瓦片，又看看屋顶。

"怪了，这风怎么会把瓦片吹了下来？"她一脸疑惑。

"风吹瓦片……"袁松表情更加凝重，皱眉嘟囔一句，"这是征兆！"

"什么征兆？"赵凝奇怪地问道。

"莫要问了。"袁松摆了摆手，"我肯定是漏了什么东西。赵姑娘，我去推演一番，莫要让闲杂人等进来扰我！"

"喂，你这是什么意思？"赵凝一愣，可袁松早已不管不顾，走进房间，回手把门关上了。

"这个死人！"赵凝气呼呼地跺了一下脚，"整天就知道神神秘秘，装神弄鬼！"

袁松这一进去，一直到傍晚日落都没有再出来。赵凝不停地在院子里踱步，眼看房内已经掌灯，袁松还没有出来的迹象。

一名丫鬟走进了院子，对赵凝行了一礼："小姐，请问何时用饭？"

"把饭菜送来吧。"赵凝不耐烦地说道。

"是。"那丫鬟答应一声，转身出去。未过多时，便有下人送来饭菜。

"拿来给我。"赵凝从下人手里抢接过食盒，摆了摆手，"这里交给我了，你先下去吧。"

赶走下人之后，赵凝拿着食盒，小心地来到门前，轻轻叩门。

屋里寂静无声，仿佛没有人一样。

“喂，”赵凝喊了一声，“吃饭了。”

连喊了几声，屋里都没人答话，赵凝犹豫片刻，轻轻推开房门走了进去。

屋里点着油灯，袁松端坐在桌案之后，面前摆着一块棋盘，棋盘之上，黑白子摆出一个古怪的形状。袁松微微皱着眉头，出神地盯着棋盘。

赵凝小心地把饭菜放在一边，走过去看了半天，也没看明白这棋盘上的黑白子有什么玄妙。

终于，她忍不住了，开口喊了一声：“喂，你在看什么？”

“啊？”袁松这才回过神儿来，惊讶地看着赵凝，“赵姑娘，你何时来的？”

“我进来有一阵了，你却未发现，只知道死死盯着这棋盘看。”赵凝嗔道，“也不知这些死物有什么可看的。”

“虽是死物，却性命攸关。”袁松轻叹一声，“下城之后，我推演良久，对这诡兵，我还是略有疏忽了。”

“这是何意？今日我们大破诡兵，难道错了？”

“破诡兵未错，只是这诡兵，还没破全。”袁松盯着棋盘低声说道，“这类诡兵脱胎自齐击士，性属五行，善用五行遁法，在奇门中占了惊门、杜门，以及……”

袁松犹豫了一下：“伤门！”

“伤门？”赵凝一惊，“这是什么名堂？”

“幕人讲究势略术三道。”袁松说道，“我们诡门长于观势造势应势，讲究方略人略，而术是三道之末，平诡两门都有精通的术，但是势略两道博大精深，有时穷其一生也难得寸进。所以，有许多人就在这术上下功夫，势略术三位一体，互为表里，术精则侵略，略重则造势……”

“你说这些，我越听越糊涂了。”赵凝说道，“你到底想说什么？”

“奇门遁甲，”袁松深吸一口气，指着棋盘说道，“术之大道也。分为奇、门、遁甲三个部分。这桌上棋子，白子为大周，黑子为刘汉，他们的诡兵阴卒就是奇门之用，休生伤杜景死惊开，杜主隐藏，诡兵背后的烟气就是五行遁法，也是杜门的妙用。惊门主惊恐，诡兵鬼面鬼影，鬼雾鬼行，都属惊门之用，造成混乱和恐慌。最后一个，就是伤门，伤门主血光之灾，所以诡兵一出，则血光四射，必有伤亡！”

“那又怎样？”赵凝说道，“这次攻城，也是见到血光了呀，适才你难道没看到？杀得多么凄惨，城头到处都是血迹……”

说到这里，赵凝突然身子一颤，脸色微变，沉默下来。

“不错，城头之战确实惨烈。只是今日我在城头观阵，发现刘汉军阵中的法台，却在伤杜之间，似伤非伤，似杜非杜……”袁松凝视棋盘，自言自语道，手开始不自觉地在棋盘摆弄。只见那棋盘之上，黑白两子不断交错，似是两条大龙缠斗，看似围棋，实则暗合奇门之数。不多时，便见黑子长龙中伸出一支指向东南。

“杜伤之间！六合太阴太常君，三辰元是地私门。血光之灾犹在，但又隐而不发，看不见的……血光之灾？”

“哈？”

“奇门千变万化，妙用无方，杜门伤门二合为一，就是另一种厉害的术。”袁松声音越来越低，“看不见的血光之灾，又是何物？”

赵凝听不懂袁松所言，只好看着他，等他说出答案。

“隐藏的血光，便是病疫啊！”袁松轻叹一声。

赵凝一呆：“病疫？”

“正是！”袁松点头，“之前在离人镇时，遇到的那杀人的五鬼，他们所做的玄虚，似乎与这诡兵一脉相承。而他们所说的五鬼杀人，着实让我心中惶恐。五鬼者，就是五瘟使者，这其中是不是暗有所指？”

“这东西要如何作恶？”赵凝惊讶道。

“人心之险，胜过刀山！”袁松苦笑道，“这世上只有想不到的事，绝没有做不到的事。”

“那要尽快将此事告知将军。”赵凝急道。

“不可！”袁松微微摇头，“奇门遁甲推演，实在过于玄虚，将军未必肯信，说多了，反而有惑乱军心的罪责。”

“那该如何是好？”赵凝问道。

“为今之计，只有以不变应万变了。”袁松似乎想通了什么，微微一笑，“有些事，看破了，也就破了。”

接着，他回头一看，看到桌上的菜肴，揉了揉肚子：“此刻，祭拜一下我的五脏庙才是当务之急。”

刘汉营中虽然依旧肃然，但时不时传来伤兵的惨号声，让肃然的气氛多了几分悲凉。

“国师！今日一败，为何至此？”军帐之中，刘崇脸色很不好看。

“陛下！”那国师不慌不忙，从容应对，“今日本已胜券在握，可惜贫道也未想到，竟然另有道友在潞州城中，破了贫道的法门。”

“潞州城中莫非也有高人？”

“正是！”国师一笑，“今日一阵，是贫道未曾防备，着了他的道。陛下不必着急，贫道另有法门，潞州城指日可破！”

“既然如此，有劳国师了。”刘崇表情肃穆道。

“不敢。”

和刘崇说了几句，国师走出军帐，原本仙风道骨、从容不迫的一张面容，瞬间变得阴沉起来。

国师急匆匆地回到自己帐中，抄起桌上的铃铛摇了几下。

“仙君！”一名黑衣黑甲的士兵走入帐中，抱拳拱手。

“去，给乌夜啼去信，问问他们歌主，潞州城中究竟是什么人，竟然坏了我的法门。”

“是！”那士兵答应一声，退出营帐。

未过多久，一只信鸽从营帐中冲天而起。

竹林深处，小楼之外，一个人匆匆赶来，在楼外忽然停下，垂手而立。

“何事？”小楼内有人慵懒地问了一句。

“启禀歌主，国师有信传到。”来人说着，楼外之人双手捧着一根竹管送进小楼。

楼内沉默片刻，楼内之人突然惊讶道：“潞州城竟然还屹立不倒，逼得义父连诡眼凶兵都用上了！”

又等了一阵，楼内之人开口问道：“最近朝堂之上可有动静？是否有人去了潞州？”

“未有。”楼外来人忙答，“歌主计策高明，那次刺杀虽未除掉伪帝，却让开封局势动荡，哪怕我大军压境，开封城中仍然纷争不休，理不出头绪来，尚无人能挂帅出征。”

“那就奇了，李筠手下不曾听说有这般能人。”楼内人低声说道，突然心念一动，“我问你，几天之前，赵弘殷家女郎是否离城了？”

“是，赵家因此还乱了一阵。”

“去了何处？李筠那里？”

“正是！”

“查！”歌主表情肃穆，“看看还有何人和她一同去的，然后告与我知。”

“遵命！”来人答应一声，转身离开。

“赵家……”歌主如雪般手指轻轻扫了一下桌上瑶琴，脸上有了几分迷惑，自言自语道，“当真是他们？”

潞州城下，血战仍未结束。

只是自从那次诡眼凶兵攻城失败之后，刘汉军攻城的力度就弱了许多。即便这样，城下也是尸骸遍布，各种古怪的味道四处弥漫。

“一鼓作气，再而衰，三而竭。”袁松站在城头，遥望远方刘汉联营，“强攻为第一鼓，诡兵为第二鼓，这第三鼓来自何处？”

“受益。”有人喊了一声袁松的表字。

袁松连忙回头，李筠已来到他身边，问道：“最近几日，刘汉军攻城似有后继无力之势，你看呢？”

“能练出诡兵之人，绝非凡俗。”袁松轻叹一声，“这类人物就算在幕人中也属超凡一等。现在所作所为，不过是做个样子，我料不用许久，这刘汉便会卷土重来。”

李筠点了点头，继而森然一笑：“来便来吧，我还怕他不成！前次未能破城，这次难道还能破了？”

就在此时，刘汉军营帐中鼓声大作，接着寨门大开，一队队士兵列队出城。

李筠本没有在意，只是随着刘汉那边出阵队伍越来越多，他的脸色也越来越凝重。

“来了。”袁松表情严肃，低声说了一句。

“准备！”有军官已大声喊道，“都准备好了！火油、长矛，有我无敌，誓死守城！”

一队队士兵严阵以待，等着刘汉军攻城。

“疾！”刘汉军中，国师已登上法台，七星剑一指，一张黄符从半空中缓缓下落，顷刻间法台下方浓烟滚滚，几十名诡眼凶兵冲出浓烟，一拍背后铁皮葫芦，黑烟滚滚直奔潞州城头冲去！

“跟上，杀啊！”刘汉军几名将军骑在马上，高举兵器大声呼喝，带领手下军马跟在诡兵身后直扑潞州城。

这一次，刘汉军似乎吸取了教训，不再由诡眼凶兵单独攻城，而是出动了大军随行。

只是诡眼凶兵占的就是一个“惊”字，没了对诡眼凶兵的恐惧，城头士兵面色从容，看着那几道直奔城头的黑烟，没有丝毫慌张。

“放！”城头军官大喊一声。

床弩已从城头飞射出去，知道诡眼凶兵目标小，而且有烟遁护体，所以这床弩直接对准后面的刘汉军。

粗长的床弩在军阵中划出了几道血路，上百人惨叫着被床弩穿成了一串，但这些人在漫无边际的军阵之中仿佛沧海一粟，很快就被人群淹没，再无声息。

诡眼凶兵速度极快，短短时间已冲到城下。几道铁链腾空而起钩住了城头，诡眼凶兵抓住铁链，几十道黑烟再次向城头涌去。

“准备！”李筠顶盔掼甲，手持长剑矗立城头，“火油！长矛！”

早已准备好的军兵手持长矛，另有一些手持小号陶罐，站在城头严阵以待。

几道黑烟猛地蹿了起来，落在城头。

大周军向前一步，手中陶罐向着这些诡眼凶兵没头没脑地泼了过去。

当场就有几人立刻变成人形火炬，歇斯底里的惨叫声开始在城头传开。

不过，诡眼凶兵不愧为精心训练的精锐，其他人竟然不为所动，仍旧挥舞手里的兵器，疯狂冲杀向前。

可既然知道这些也是人，也会流血也会死，不是杀不死砍不坏的鬼物，大周军早就没了之前的畏惧。他们分工明确，一部分人手持长矛不停地前刺，拉开和这些诡眼凶兵的距离，另外一部分手持火油，泼向这些诡眼凶兵。时不时就有一两个诡眼凶兵被引燃，惨叫着摔下城去。

刘汉国师站在高台之上，每当看到一名诡眼凶兵惨叫着跌落城头，嘴角就是一抽，这些诡眼凶兵耗费了他大量的心血，每损失一个，都让他心头滴血。

可为了攻下潞州城，惨烈的牺牲也是必要的，如何取舍也是幕人必修的功课。

此时，后续刘汉军也已经冲到城下。他们支起了云梯，迅速向城头攀爬，试图通过诡眼凶兵造成的突破口攻陷城池。大周军则严阵以待，用弩箭、长矛、火油组成了严密阵势，死死地压制住对方。城头一时浓烟滚滚，喊杀声冲天，场面十分混乱。

在这混乱的场面中，根本就没人注意到几名诡眼凶兵突然就地一滚，滚出了黑烟之外，他们身上没有诡眼凶兵那身诡异的盔甲，而是穿着一身大周军的军服，摇身一变，就变成了守军。这些人手持兵器，向着刘汉军大肆砍杀，出手绝不留情，反而对刘汉军造成了更大的伤亡。

很快，残存的诡眼凶兵支撑不住，呼哨一声，退了下来。

大周军呐喊一声，一个反冲，勉强攻上城头的刘汉军又被硬生生逼了下去。

接着，早就准备好的滚木雷石倾泻而下，潞州城下再次响起一片惨叫声。

刘汉国师目光深邃，抿着嘴唇死死盯着败退回来的诡眼凶兵。几名诡眼凶兵回到军阵之前，周身的黑烟散去，单膝跪地，向着高台之上的国师行了一礼。

看到这一幕，刘汉国师脸上露出一丝笑容。

接着，他慢慢踱下高台。刘崇就在高台之下，见他下来，一把抓住了他的衣袖。

“国师，战况不妙！该当如何？”

“陛下少安毋躁。”刘汉国师轻轻拍了拍刘崇，“陛下，鸣金收兵吧！”

“鸣金收兵？”刘崇一愣，“可是……”

“陛下不必惊慌。”刘汉国师笑道，“贫道已有安排，潞州城不日可破！”

“国师，此话当真？”刘崇连忙问道。

“不敢欺瞒陛下。”国师一笑，凑到刘崇耳边，低声说道，“陛下，贫道本部行瘟使者已经入城，不需几日，潞州城便成死域，届时潞州不攻自破。”

“好！”刘崇大喜过望，“有劳国师了！”

“分内之事。”国师含笑点头，“还请陛下鸣金收兵，以免将士再增伤亡。”

刘崇点头，回头吩咐道：“传令下去！鸣金收兵！”

没过多久，铜锣声响遍战场，久攻无果的刘汉军再次潮水般退了下去。

潞州城头响起一片欢呼。

听到隐隐传来的欢呼，正要回营的刘崇回过头来，恨恨地对着潞州城头骂了一句：“看尔等还能嚣张几时！”

说罢，他纵马回营。

潞州城头，那几名潜入的诡眼凶兵在城头欢呼之时，已不动声色地后退两步，闪入城楼阴影处。只是眨眼工夫，待他们再出来时，已经褪去了一身大周军兵衣甲，摇身一变，变成了协助守城的民壮。一身的烟熏火燎，一脸劫后余生的表情，几可乱真。

城楼里，被亲兵护在中间的李筠看看天色，微微松了口气：“今日天色已晚，刘汉不会再攻了。让所有人轮番休息。”

一直站在李筠身边的袁松突然微皱眉头，向城楼右侧看去，那里只有几名民壮和士兵，坐在地上大口喘着粗气，貌似没有什么异常。

可就在刚才，袁松明明感觉到有一股不怀好意的目光，一直盯在李筠身上。

还没等袁松仔细查看，一边的李筠说道：“受益，你也下去休息吧。今日辛苦了，刘汉狗贼猖狂，连累你这样的读书人与我等军汉一同受累。”

“将军言重了，这是学生分内之事。既然如此，学生先行告退。”袁松躬身施礼，他与赵凝带着部分民壮下了城头，另外一部分民壮则留在城头巡逻，以便让士兵多作休息。

只是走下城头时，赵凝的脸色似乎有点不对。

“赵姑娘，你没事吧？”袁松问道。

“没，没事……”赵凝勉强一笑，说了一句，似乎不愿意多说。

袁松张了张嘴，也没再问。

混在民壮队伍中的几个人，借着昏暗的天色，闪进了附近的街道。

随着战事吃紧，紧张的气氛也在潞州城中弥漫开来，没人知道这一场攻城战会持续到什么时候，在结果出来之前，所有人都躲在家里，不敢随便外出。

一队队巡逻的士兵民壮穿街过巷，有一点风吹草动，就会引起他们的警觉。

吱呀，一扇门慢慢打开一条缝隙，一个人趴着向外张望。

这是一个四十岁左右的中年人，满脸风霜，和普通人没什么两样。

在屋内，还有一名身穿粗布裙的女人。她在这男人身后低声问道：“当家的，外面怎么样了？”

“城头没动静了，应该是又退了。”男人说道。

“呼，还好。”那女人轻轻拍了拍胸口，“虽然咱们……”

“闭嘴！”那男人骂了一句。

“呃！”那女人连忙闭上嘴巴，不敢再说。

男人轻轻将门关严，这才对女人怒目横眉：“当不得大事！”

女人讪笑一声，不再说话了。

就在此时，房门突然被人轻轻叩响，声音很有节奏，三短一长，接着三长一短。

听到这声音，屋中男女脸色同时一变，男人打了个手势，那女人慢慢退回屋里，男子则顺手抄起墙边的一把砍柴刀，站在门边问道：“谁啊？”

“九天之外霜寒鸟！”门外人低声说道。

“振翅甩翎觅归巢！”那男人回了一句，“从哪里来？到何处去？”

“从山外来，到山中去！”

听到切口无误，男人才松了一口气，他小心打开房门，一个人影快速闪进屋内，回身关好房门。

进来这人似乎天生带着一股冷气，屋内男人禁不住打了个寒战，看了一眼来人，发现他虽相貌普通，却让人有一种很奇怪的感觉，似乎看久了会浑身不舒服。

男主人不敢多看，连忙抱拳行礼：“乌夜啼，雀甲申七十八，见过大人。”

“有吃的吗？”进来那人直接问道。

“有！”男主人连忙点头，回头对屋里低声喊道，“出来吧，自己人。”

那妇人连忙走了出来：“乌夜啼，雀甲戊六十六，见过大人。”

“不要多说，准备点吃的。”男主人说道。

“是。”妇人答应一声转身出去，没多久，几样吃食便摆在了桌子上。

“大人，没什么好招待的，都是一些粗茶淡饭。”男主人歉意地说道。

“嗯。”来人似乎不愿多说，只是点点头，坐在桌边闷头吃喝。

男主人也不说话，只坐在一边安静地陪着。

吃饱喝足之后，来人抹了抹嘴：“我此次来，身负机密要事，给我安排住处，不得泄露！”

“遵命！”男主人微微点头。

城外刘汉围城，城中全面戒严，天色刚刚变暗，潞州城中已然鸦雀无声。所有人都已早早睡下，希望在睡梦之中躲避现实，也许明日一早醒来，战乱已经平息，面前又是一个太平时日也说不定。

子夜时分，夜幕最浓之时，一直躺在床上的来客猛地睁开眼睛，翻身下床，推开窗户，幽灵一样飘出了屋外。

当，当，当！一阵梆子响，有人大声喊道：“天干物燥，小心火烛！”

夜深人静时，这声音顺着大街传出好远。

突然，大街尽头，火光一闪。

打更人顿时警觉起来，现在正是二月，刚刚开春，还是天干物燥之时，一点火星都能引起一场大火，尤其现在潞州城被围，正是最紧张的时候。

可还未等他发声，远处那火星已经变成一团燃烧的绿色火苗，这火苗并不在地面燃烧，反而飘浮半空，摇摇曳曳，绿油油的火苗在大街尽头飘来荡去。

“这，这是……”看到这绿火，打更人顿时腿软，“鬼，鬼火！”

远处，那绿油油的鬼火越烧越大，渐渐变成几个火团，照亮了被鬼火围着的东西。

只见在几团鬼火之中，一个人影飘浮在半空之中，离地有三丈多高，身穿一身黄色长袍，手中抓着一只冒着绿火的壶，再看他的面孔，赫然是一张幽绿色骷髅头，从七窍之中喷出熊熊绿焰，在半空中缓缓燃烧。

那空洞的眼神似乎捕捉到了这打更人，骷髅的嘴巴慢慢张开，露出一个森冷的笑意。

“嘿嘿嘿嘿……”一阵阴森森的怪笑声在夜空中回荡。

“这，这是……”打更人手中的更鼓啪的一声掉在地上，脸色惨白，“鬼，鬼啊！”

狂呼着落荒而逃。

“嘿嘿嘿，哈哈哈哈……”在他身后，那鬼笑声更加恣意张狂，异常恐怖。

第二天清晨，袁松从房间里出来，简单活动了一下手脚。因为赵凝之父赵弘殷与李筠的关系，以及为潞州报信之功，他住进了李筠的节度使府。随着与赵凝在城头上大破诡眼凶兵后，袁松受到李筠的信重，在府里的地位也节节攀升。还没等袁松活动完，赵凝神色匆匆地赶了过来，看到他便说道：“快来！出事了！”

“何事？”袁松表情一凝。

“来了便知，我也说不清楚。”说着，赵凝拉着袁松，急匆匆走了出去。

来到一间厅里，袁松发现有几个衣着普通之人正畏畏缩缩地站着。看到袁松赵凝进来，这几人连忙一躬到地，齐声说了一句：“见过大人！”

“这些人是……？”袁松疑惑地看向赵凝。

“他们是城里的更夫。”赵凝说道，“昨晚他们看到了不寻常的东西，我想应该让你听听。”

“哦？”袁松连忙问道，“你们看到什么了？”

“我们，我们……”几名更夫互相看了一眼，脸上露出了难以掩饰的恐惧。

“鬼，我，我们看到了鬼！”

“看到了鬼？”袁松又问，“那鬼是什么模样？”

“可吓人了！”一名更夫脸色发白，“穿着一身黄袍，手里拿着一个往外冒绿火的壶，一张脸不是人脸，是一个骷髅头！”

“错了！”另外一名更夫道，“分明是身穿青袍，手里拿着一个勺子和一个罐子，脸的确是个骷髅。”

“不，应该是身穿红袍，手里提着一把剑和一个皮袋！”

几名更夫你一句我一句，险些吵起来。

“好了，几位，少安毋躁！”袁松说道，“慢慢说。”

更夫们七嘴八舌把自己所见都说了出来，袁松记录完毕，才把他们请了出去。

“他们说的是什么？难道这世上真有鬼怪作祟？”这些人一走，赵凝立刻问道。

“未必有鬼怪作祟，但却未必没有人装神弄鬼！”袁松冷笑一声，“记得当初在离人镇吗？”

“记得。”

“刘汉的细作搞了一出五鬼杀人，我就对此留意了。”袁松说道，“这些更夫看到的身穿黄袍、手持火壶的是总管中瘟史文业。身穿青袍手持勺子和罐子的，分明是春瘟神张元伯……”

袁松一个一个说下去，这几名更夫看到的，赫然就是这五个瘟神形象。

“果然不出我所料！”袁松冷冷一笑，“刘汉中的那位前辈又出手了。”

“那人果然能操纵瘟疫？”赵凝惊道。

“什么瘟疫，”袁松嗤笑一声，“应该是用毒。”

“毒？”赵凝一愣。

袁松点头：“瘟疫时病，乃是天成，岂是人力可驱使？若强要逆天而行，反而伤及自身，智者不为之，所以诡兵用的是毒。那所谓五瘟使者，不过是装神弄鬼，造成恐慌罢了。”

“是什么毒？”赵凝追问道。

“可能会用上一种慢性毒药。”袁松答道，“看似与瘟疫相若，引发惶恐。其实与瘟疫不同，并不会像瘟疫那般传播。这些都是我的猜测，究竟如何，要看看再说了。”

“赵姑娘，”说到此处，袁松抬头看着赵凝道，“立刻派出人手，在全城巡视，一旦发现有人情况不对，疑似感染病疫，请立刻通知我。此事十万火急，请务必尽快行事！”

“明白。”赵凝点头，转身就要离开。

“等一下。”袁松喊住她，“另外，通知节度使府上人等，这段时日取水饮用，务必让牲畜先饮。”

“好。”

第七章　奇门推演御强敌

在潞州城西，几户人家排着队从井中取水。

虽然潞州城被围，可是人总是要吃饭喝水的，每天清晨，大家还是按照规矩提着水桶，到街头的水井取水，开始一天的生活。

一位须发皆白的老人坐在门口，望着城头，长吁短叹。生逢乱世，兵灾乃是常事，活了这把年纪，生离死别见得多了，能有这个寿数已是老天眷顾，格外开恩。

他回头看看院里打闹的孙儿，小儿不知愁滋味，正嘻嘻哈哈玩得开心。不知潞州城这次能否安然无恙，他自己年老体衰，死不足惜，可不要害了孙儿性命。

“阿爹，喝粥。”一位粗布衣裙的少妇恭敬地递来一碗热粥，粥水中漂着的米粒不多，可还是散发着清甜的米香。

“嗯。”老人搓了搓粗糙的手掌，从儿媳手里接过热粥喝了两口，舒服地吐出一口热气。他默不作声地琢磨着这次围城又要多少时日，潞州城能否挡得住兵灾，儿子上城协助守城，又能否平安归来。

想着想着，老人突然胸口一闷，脑子一晕，身子一歪，迷迷糊糊地倒了下去，手中的粗瓷碗也摔在地上，啪的一声摔成了几块。

在昏迷前的最后一刻，老人隐约听到儿媳的惊呼声：“阿爹！”

赵凝手下人马散了出去，很快，全城的消息汇总过来。

袁松双手扶案，案上是一张硕大的潞州城地图，上面清楚标示了潞州城所有的坊区街道，这本是军中机密，不过他现在已经颇得李筠信任，一幅地图自然不算什么。

“最新送来的消息，城西如意坊有两名老人四肢抽搐，口吐白沫，昏迷不醒，几名小儿则周身发热，呕吐不止。”赵凝在袁松身边说道。

袁松用朱砂在地图上如意坊的位置上画了一个圆圈。

在这张图上，已经有大大小小十数个圆，遍布整个潞州城六成的区域。

“还有吗？”袁松问道。

“没了。”赵凝摇头。

“高明！”袁松轻轻敲着地图，“几处地方都是平民所居之处，人口密集，监管不严，只要随后散播谣言，就可引起恐慌，动摇军心民心。”

“别光说别人厉害，有什么办法快使出来。”赵凝急道，“城外刘汉军虎视眈眈，城内再一乱，潞州就危险了。”

“莫慌。”袁松一笑，“如果是真的疫病，当然十分棘手，毕竟天灾无力为之。可如果是人祸，便有办法可想。当务之急我们要立刻将此事禀报节度使，当下潞州城首先要稳定的是军心。军心一稳，此事翻不上天去。”

不久之后，两人就一起出现在李筠面前。

“你说什么？有人在城中下毒？”听闻此事，李筠脸色一变，“此话当真？”

“如此大事，怎敢戏言。”袁松道。

“该死！”李筠脸色凝重，“如今刘汉围城，形势危急，又出现这般事情……”

“大人不必担忧。”袁松说道，“当下最重要的是稳定军心士气，否则流言四起，军心涣散，潞州城恐不攻自破。”

“本该如此，只是这并非长久之计。”李筠微微摇头，“防得了一时，防不了一世。城内细作不除，任由他们四处散播流言，终究还是会让潞州城人心惶惶。我这就传令下去，全城戒严，搜捕细作。”

“人人如此未必有效。”袁松摇了摇头，“这批细作不同往昔，这般手段应是与那些诡兵一脉相承，如此兴师动众反而打草惊蛇。再者，这些人手法诡诈，不知还有什么名堂，不如暂且由他，引蛇出洞……”

“不妥！”李筠摇头道，“如果是平时，这么做也就罢了，可现今刘汉围城，局势危急，我等如若放纵，到时外有敌军，内有扰乱，局势将一发而不可收。”

“大人，不必担心。”袁松摆摆手，“学生想请一支军令，请大人将此事全权交给学生，三日之内，学生必会给大人一个交代。”

“此言当真？”李筠眉头一皱问道。

“军中无戏言。”袁松表情肃穆道，“学生敢立军令状。如若不成，愿领军法！”

“好，信你一次。”李筠重重点头，“我将我属下亲兵交付于你，城中之事也由你全权负责，如有差池，”他冷冷地注视袁松，“你也不必再来见我了！”

“必不辱命！”袁松抱拳道。

“另外，”袁松放下手来，微微一笑，“学生还有一事，想请将军帮忙。”

李筠一愣：“何事？”

袁松在他耳边低声说了几句。

李筠深深看了他一眼，微微点头：“此事好办，你放心好了。”

“多谢大人。”

等袁松和赵凝两人离开府衙时，身后已多出百人甲兵。这些人都是李筠麾下亲兵，战斗力惊人。

“最后你和李叔叔说了什么？”赵凝看着袁松说道。

“闲话而已。”袁松一笑。

“不对。”赵凝摇头，“绝不是闲话那么简单。”

“不错，的确不是闲话。”袁松从容道，“那位前辈既然送来如此大礼，不收岂是待客之道？”

“我就知道，你另有打算。”赵凝一笑，“说吧，要怎么做？”

“当然要先看看他们是如何下手的。”袁松冷笑一声，“赵姑娘，我们去昨日那些更夫遇鬼之处看看。”

此时，潞州城几处院落之内，隐隐传出哭泣之声。

其中一间宅院里，一名小孩躺在床上，脸色青白，昏迷不醒。一名年轻妇人在一边看着孩子，轻轻抽泣。

虽然现在是围城时期，街上戒严，但还是有几个街坊邻居悄悄过来探望。

“请大夫了吗？”一邻居低声问道。

“请了，”那妇人抽泣着点头道，“只是大夫也看不出个所以然来。”

“这可是奇了，昨日还好好的。”几个人七嘴八舌地低声嘀咕。

“这有什么奇怪？”一名妇人道，“这分明是有鬼怪在潞州城中作祟。”

一般小民妇人最好的就是这类鬼怪传说，一听这话，立刻有人问道：“你怎知道？”

“我如何不知？”那妇人道，“昨夜有更夫看到鬼怪，这事都传开了。你若不信，自去寻他问问便知。”

在场妇人听到这话，就都留了心，准备去询问一番。

这传话的妇人接着道：“这潞州城局势不稳，也不知来的是何处鬼怪，要闹到何时。”

其他人纷纷点头，七嘴八舌地议论着。

唯独这妇人传了话之后，悄悄地离开了。不多时，她又出现在另外一家院中。

她也不多说，只是挑起个话头就走，让在场众人去想。没多久，有人就从几名更夫那里打探归来。五瘟使者到了潞州城里的消息，以极快的速度传播开来。很快，许多地方都已知晓这件事了。

袁松和赵凝带着李筠亲卫从街上走过，时常能看到周围窃窃私语、低声嘀咕的百姓，几人一来，这些人立刻闭口不谈，只是看向他们的眼神，却满是惶恐和悲观。

“你为何不让我将那几名更夫关起来？”赵凝不满道，“哪怕是让他们闭嘴也好。”

“那位前辈既然出手，这流言就绝不会轻易被我等压下去。”袁松冷笑一声，“与其这样，还不如让他去做，做得多了，自然就有破绽，我们也才有揭穿的机会。”

闻言，赵凝微微点头。

不多时，一行两人就来到了巷口，此处有一棵参天古树。

“两位大人，小的昨夜就是在这里看到那鬼物的。”一名随行的更夫远远地停了下来，说什么也不敢向前，战战兢兢地说道。他脸上的表情仍有几分恐惧，显然是又想起了昨晚那一幕。

赵凝冷哼一声：“胆小如鼠！”

“不必怪他。”袁松一笑，摆了摆手，从袖口抽出两条丝巾来，把其中一条递给了赵凝。

“你，你这是做什么？”

“用这个挡住口鼻。”说着，袁松把丝巾绑好，这才小心地走到那棵树下。赵凝跟在他身后。

两人围着树绕了一圈，袁松突然停了下来，仔细地看着地面。

“果然是有人装神弄鬼。”袁松指了指地面，“你看这个。”

赵凝仔细一看，地上有东西烧焦所留下的痕迹。

“这就是昨晚那人留下来的。”说着，袁松站直了身子，向头顶张望，现在刚刚开春，树叶还没长出来，树枝上都是嫩芽。

看了几眼后，袁松向上一指：“将那节树枝为我取来。”

身后有人手脚麻利地爬上树，挥刀砍断树枝。

袁松拿着树枝仔细看了一阵，指着上面一道深深的痕迹对赵凝说道：“你看这里，这么明显的痕迹，分明是有人在上面挂了重物。装神弄鬼，不过如此！”

“你早已知道这是装神弄鬼，倒是拿出个办法来。”赵凝道。

“办法，自然是有的。”袁松一笑，“当务之急是找到这些人是如何散布这毒的。”

袁松一边说，一边站在树下向四周张望。此处是个路口，两侧都有街坊，隐隐约约都有哭声传出。

看着看着，袁松神色一动，对身后人说道：“去问问这里有几家出现病人？”

手下领命而去，没多久就得到回报，这里两条街坊，北面的有四五家出现病人，东面的只有两三家，而且都集中在街口。

袁松皱着眉头寻思了一阵，眼睛越来越亮。

“我明白了。”他轻轻一拍手，低声说道。

“你明白了何事？”赵凝不满道，“我还糊涂着呢。”

“回去再说。”袁松摆了摆手，带着一干人等，回到了府衙。

刚一回去，赵凝就一把抓住袁松质问道：“快说，你到底明白什么了？”

“我明白了那些诡兵是如何散毒的。”袁松笑道。

“如何做的？”

“用风！”袁松低声道，“今日我们去遇鬼的那几处地方看了，都位于街口，现在刚刚开春，还有北风，那几处地方也正好在风口处，用火点燃那毒药，毒药化为烟气，被风一吹，就会送进家宅之中。”

袁松微微一笑：“至于那鬼怪、绿火，不过是障眼法，遮掩燃烧药物的火光，顺便造成恐慌罢了。”

“真的？”

“当然。”

“那该如何防范？”赵凝连忙问道。

“简单。”袁松一笑，“此法虽诡异，但却麻烦，首先要借用风向，药物燃烧也需要时间。只要派出人手，在夜间风口处多加巡视，遇到明火，立刻扑灭即可。另外多带刀枪火把，如遇昨晚那种鬼物，举着火把冲过去便可。这障眼法是见不得人的。”

“明白了。”赵凝微微点头，“如果能一举擒获那些细作就更妙了。”

“莫想太多。”袁松微微摇头，“那位前辈训练的诡兵狡诈诡异，绝不会硬拼。我估计，今晚巡视人多，这诡兵搞不好会偃旗息鼓，潜伏一晚，等待时机。”

“那该如何是好？”赵凝急道。

“敌退我进，一步一步逼出他们。”袁松冷笑一声，“诡兵的可怖之处在于不知其根底，现在既然知道了，又有何惧？明日你便看好戏吧。”

当天夜晚，潞州城中增加了巡视人数。赵凝将手下的壮丁集中起来，携带刀枪棍棒，在风口处多加巡逻，他们人人打着火把，所过之处亮如白昼。

一个黑影潜伏在暗处，仔细地观察这些巡视的壮丁，想要趁机下手，却始终不得机会，最终无奈退去。

等他回到一处民房，此处男主人立刻迎了上来，低声问道：“大人，事情如何？”

“不妙！”来人微微摇头，“不知是否是伪周之人察觉出什么了，今夜巡视的人手增加了。我那法门恐怕用不得了。”

“大人，伪周之人怎能窥破这仙家法门？”男主人不可思议道，“莫非是另有原因。”

“就算另有原因，今夜也不宜再动。”来人低声道，“明日你夫妇二人继续出去散播消息，就说这潞州城中不久将有瘟疫横行，坐困城中，死路一条。”

“遵命！”那男主人答应一声。

第二天天刚蒙蒙亮，潞州城中诡异的宁静就被街头巷尾的梆子声打破了。

有人一边敲着梆子，一边扯着嗓子大声吆喝着，穿过大街小巷：“父老乡亲们！近日城中有瘟疫鬼怪横行，节度使大人为此特地请了天师作法，除妖去瘟，大家都去看啊！”

这声音伴着梆子声越传越远，许多人家都探出头来，好奇地向外张望。

有那相熟的忍不住向敲梆子的人问一句详情。

那人就带着三分骄傲，大声说道：“节度使大人爱民如子，今日听闻城中有鬼物出没，又有病疫流行，心中十分焦急。恰好在围城之前有天师造访，在节度使府中做客，听闻此事，怜悯我等百姓，这才挺身而出，施展法力，救助百姓。大家如若不信，可自行去看，就在午时阳气最盛之时，天师便要施法了。”

“当真如此？”

“那是自然！”那人说道，“不过大人有令，现在刘汉围城，每家只能去一人观看。如有违者，严惩不贷！”说罢，他敲着梆子离开了。

正午时分，传说中的天师施法之处已经人满为患，潞州百姓密密麻麻地围着法台。

“天师驾到！”

太阳最烈之时，随着一声吆喝，那法师终于出场。他身披八卦袍，手持七星剑，腰间挂着一面八卦镜，身边左右各有一名小童，一名小童手捧葫芦，另一名小童捧着拂尘。有一队手持兵刃、身披盔甲的精锐甲兵护卫两侧。在甲兵的护卫之下，这法师从容分开人群，慢慢登上法台。

法台之上，天师先点了天地人三支香，祭拜了天地，这才手持七星剑掐了个剑诀，高声说道：“潞州城有鬼物作祟，散播瘟疫，李将军请贫道降妖捉怪，保一方平安。”

说罢，他紧闭两眼，口中念念有词。片刻工夫，天师突然大喝一声：“起！”

与此同时，他手中长剑比画几下，似乎在半空中刺杀着什么东西。

“妖孽，哪里走！”

随着一声厉喝，天师手中长剑猛地向下一戳，将一张黄纸戳在剑尖之上。

“妖孽，现原形！”天师大喝一声，端起桌上的白瓷碗，喝了一口清水，噗的一下喷在那符纸上。

“好！”有离得近的百姓齐声惊呼。只见那黄纸之上，一张血红的脸慢慢浮现，表情狰狞，仿佛真有鬼怪被穿在剑尖上一般。

“疾！”天师大喝一声，手中黄纸在香炉上一晃，顿时就被点燃，转眼化为灰烬。他伸手接住飘落的香灰，在手里一搓，张嘴吹了口气。

做完之后，他掌心向外，面向台下众人。

只见他掌心之中有一张同样狰狞的鬼脸，就好像刚刚的鬼脸已经被他抓在掌中一样。

“此鬼物乃是瘟神使者，现已被我捉拿！”天师大声说道。

“多谢天师！”站在前面的百姓看得清清楚楚，这般场面早已超出了他们的想象，百姓们不由自主地跪在地上，向上叩拜。

“莫急！”天师大声道，“鬼物虽已被我擒获，只是这五瘟使者非寻常鬼物可比，早已聚天地灵气，成就神躯，贫道无法让他形神俱灭。”

“啊？”台下百姓惊慌失措，“这般如何是好？”

“不必惊慌！”那天师大声道，“贫道既然来此，自然就有把握！此等妖物，虽不得灭，却可以镇。拿上来！”

天师一声令下，有人送上来大量木桩，每一根都有三尺多长。

这天师把手在清水中一洗，手中鬼脸便消失不见，然后再用这清水研墨，最后他提起笔来，在木桩截面上写了一个硕大的“镇”字。

写完之后，天师将这木桩向台下一丢：“诸位乡亲，此乃用妖物精魂写就的镇魂桩。精魂入桩，入木三尺，钉于地上，直入地下，定可镇住这些鬼物邪祟。”

有亲兵已经拿起那根木桩，一手持木桩，一手持利斧，用力一砍，便砍掉一截，将断口处给人观看。

果然如天师所说，那“镇”字已经深入木中，亲兵又连砍几下，不论砍了多少，都能看到木中有“镇”字。

围观者无不啧啧称奇，有人已跪倒在地，对着那木桩磕头。

天师从高台上走下，一名童子在他身后手捧托盘，托盘之上放置砚台。旁边有亲兵捧过木桩，天师持笔在木桩截面上写上一个“镇”字。那亲兵手捧木桩离开，去了指定的位置。有人早已在那儿等待，见这亲兵来了，就把那木桩钉在土中。

一连写了十几根木桩之后，天师停下笔：“各位乡亲，贫道已书就一十八根镇魂桩，钉在潞州各处。节度使将派兵丁看守镇魂桩，自此之后，潞州鬼祟邪物再不敢造次。”

说罢，天师一甩手中拂尘，背负七星剑，洒然而去。潞州百姓欢声雷动，在他身后跪拜了一地。

可一回到节度使府，这天师就去掉脸上胡须，脱了法袍，恢复成袁松本来的模样。

赵凝从他身后凑过来，围着袁松转了一圈，口中啧啧有声。

“看不出来，你还有如此法力，”赵凝笑道，“竟然还能镇妖除魔？”

“什么法力，不过是些障眼法罢了。”袁松一笑，“说穿了不值一提。”

“障眼法？”赵凝一愣，“你那剑穿鬼物、掌中捉邪、镇魂入桩都是障眼法？”

“怎么这时就有了这么多好听的名头？”袁松一愣。

“你离开之时，就已经有很多人在说了。”赵凝说道，“现在那些百姓恐怕已经传遍整个潞州城了。”

“说白了一钱不值，那鬼脸其实是用姜黄水画出，那清水中有碱面，喷上去自然就有了血红色鬼脸。”袁松笑道。

“那烧符捉鬼呢？”

“我早在手心中用蜜糖画了鬼面，用手一搓，纸灰粘在手上，就成了鬼脸。”

“入木三尺的镇字呢？”赵凝不甘心地问道。

“墨汁中掺了龟尿，用此墨写字，莫说是木头，便是石头也能渗进去一尺多。”袁松道，“说白了，不过是故弄玄虚的小法门而已。”

“原来如此。”赵凝有些泄气，“我还道你真有什么神通哩。”

“神通？天知地知，你知我知，旁人不知，便是神通。”袁松笑道。

“那你故弄玄虚做这些又有何用？”

“第一，安民心。”袁松伸出一根手指，“他用鬼神乱民心，我便用鬼神定民心。”

接着，袁松又伸出一根手指：“第二，逼他们出手。现如今，他们若还想乱我民心，就只有一个办法。”

“何法？”

“铤而走险，再次出手，证明我这天师其实无力护佑潞州全城百姓。”袁松目光闪烁，低声说道。

有了天师作法，潞州城中人心渐渐安定，尤其当场看过天师作法的百姓，一传十十传百，把那天师的做派法力传得神乎其神。还有人专程去看了那镇魂桩，那守着镇魂桩的卫兵并不阻拦，反而砍断桩子，任由他们观看。果然那“镇”字入木三分，似乎直入地下。

有了这一幕，人心更加安定，潞州城街头巷尾的流言渐渐消失。

“大人！”一间屋中，男主人面带愧色，“我等无能，这流言实在散播不出去了。”

“大人！”女主人脸色也颇有些无奈，“奴家只是说了几句闲话，便被人怒目而视，险些暴露了身份。”

“此事不怪尔等。”屋内诡兵脸色阴沉地说道，“这段时间尔等做事还算得力。”

尽管是夸奖，这诡兵的语气却没有丝毫温度，就像向外喷冰碴儿一般。

两夫妇不敢说话，只在一边垂手而立。

“只是主上未曾料到，这潞州城中还有同道高人。”诡兵继续道，“哼！真是好手段，翻掌之间便定了潞州民心。”

“大人，眼下该当如何？”男主人忍不住问道。

“此事尔等不必担心。”诡兵冷冷道，“我自有主张。”

“遵命！”

“早点休息，这潞州城早晚是我等的天下。”最后说了一句，诡兵转身回到房间。

夫妇二人这才微微松一口气，抹了一把早被汗水浸透的额头。

夜色再次降临，城中一切如常，就连城门处的众将士，也因为这几日刘汉围而不攻，而显得颇为轻松。

一队手持兵器、打着火把的兵丁列队走过街巷。虽有天师作法镇住了瘟神，可城中入夜之后，戒备更加森严。几名冒险出门的，被立刻抓走。

这队军兵离开之后，一堵矮墙下的阴影突然变得扭曲、拉长，一个人仿佛从影子中分离出来，借着暗影，迅速向街尾疾驰。

到了街尾，他重新潜伏暗中，仔细观察周围的动静，确认没有危险之后，便疾速地跑向路口的水井，摸出一颗药丸，投进水井之中。

此时，远处又有巡视兵丁的脚步声传来，他身子一矮，借助夜色，迅速离开。

次日清晨，袁松手持一卷，懒洋洋地靠在院中假山之下，随手翻阅。一名侍女端坐一旁，面前一只小炉烧着茶壶，里面飘出淡淡的茶香。

这时，外面传来一阵急促的脚步声，一名下人跑了进来，看到袁松就喊：“袁先生，出事了。”

袁松心中一动，已经猜到了几分。他放下书卷问道：“何事？”

“之前您吩咐那事……”

“且慢！”袁松不等下人把话说完便伸手拦住了他，回头向侍女说道，“去请赵姑娘到厨房，有要事。”

说完之后，袁松站起身来，说了一声：“去看看。”

两人匆匆离开，一路去了厨房。

此时，厨房外已经有几人站在那里，李锜府上总管就在其中。看到袁松过来，那总管连忙迎上来。

“袁先生，出事了。”总管低声说道。

“莫慌。”袁松道，“说说出了何事。”

“之前您让我们每次打水回来，先要给厨房的大黄试试，今天大黄喝完水之后有点不对劲。”总管说道。

“大黄在何处？带我看看。”袁松跟着那总管一起到了厨房外面。

在厨房空地上，一只大黄狗吐着舌头，有气无力地瘫在地上。

“先生您看，”李锜府上的伙夫哭丧着脸对袁松说道，“大黄也不知怎么了，本来还好好的，喝完水之后也没事，可是就这么一会儿工夫，便口吐白沫，站也站不稳了。”

袁松摆摆手示意他莫要着急，这才蹲下来仔细观察这大黄狗。

“水是从哪里打来的？”良久后，他抬头问了一句。

“就是节度使府外的水井。下人和洗浴用的都是那里的水。”伙夫脸色发白地说道，“每天早晨，我早早就出门去那儿打水进来。”

“怎么了？出了何事？”这时，赵凝跟着一名丫鬟匆匆赶来。

袁松看了一眼赵凝：“脸色不好，病了？”

“无妨。”赵凝勉强摇头，“先说说这是怎么了。”

“不出我所料，对方出手了。”袁松站起来说道。

“他们果然动手了？”赵凝连忙问道。

“是的。”袁松摆了摆手，对伙夫和下人说道，“这水先不要用了，府上还有别的水吗？”

“有之前存下的雪水和雨水，原本要用来给大人泡茶的。”总管低声说道。

“先用这些。”袁松说道，“我会向李大人解释的。”

“是。”管家连忙答应下来。

“到底出了何事？”赵凝问道。

袁松把赵凝拉到一边，低声说道：“之前我便说了，那日作法安定了民心，他们若想搅弄风雨，就只能继续出手。果然，今日对方出招儿了。”

“你是说这井水？”赵凝立刻明白了。

袁松微微点头：“散毒散毒，先有散，而后才有中毒。想要散毒，无非风、水两种方式见效最快。此前用风，已被我破了，我在风口之处钉了所谓的镇魂桩，并派兵丁把守，那些人无法下手，便只能用水了。井水下毒，可以在短时间牵连众人，一两天后，井水中的毒素被地河带走，再无痕迹，想查也无从查起。”

“好狠！”赵凝咬牙道，然后古怪地看了袁松一眼，“不过，你神态自如，应该有破解之法吧？”

“自然是有。”袁松一笑，“对付这般诡兵，最头痛的便是无迹可寻，既然他们露了行迹，那还有何可怕！”

“莫要装神弄鬼，故弄玄虚。”赵凝一皱眉头，“快说，要怎么做？”

袁松也不生气，轻笑摇头：“诡兵乃是邪祟之物，既然如此，就要用破邪的手段。”

“难道你又要作法？”

“哪有那么多法可作？”袁松苦笑道，“那些手段不过是迷人眼罢了，要除掉那些诡兵，这些小手段是不管用的。”

“那要怎样？”

“我已说过，要请来破邪之物。”袁松笑道，“来，带进来吧。”

外面有人应了一声，不多时响起一阵犬吠，有人牵了一条大黑狗进来。

这黑狗毛色发亮，足有半人高，龇牙低吠，看上去十分凶悍。

“这就是你的破邪之法？”赵凝惊讶地问道。

“正是。”袁松点头，“黑狗破邪，用此物正好合适。”

随后，他看着那牵狗进来的亲兵问道：“都安排好了？”

“是，已按照先生安排，在水井周围撒下略有味道的药物。这几日戒严，打水限定时辰，除了先生要找的人，再无人到过井台。”那亲兵答道。

“好！”袁松说道，“开始吧。”

“遵命！”亲兵答应一声，把一块带有特殊味道的布条给这狗闻了闻，然后牵着吠叫不止的黑狗跑了出去。

“就这样？”赵凝问道。

“不然如何？”袁松一笑，“正所谓大道至简，这诡兵乃是天下一等一的精锐凶兵，不过只要得法，哪怕是乡野村夫也能从容应对。如果这诡兵真的天下无敌，那当年盛极一时的黄巾贼今又何在？”

接着，袁松脸色一肃：“要破诡兵，今日正是时候，召集人手，我们来个瓮中捉鳖。”

潞州城中，那条大黑狗带着一队人马，顺着街道向前狂奔，没过多久，便在一户人家门外停下，对着院门狂吠不止。

“先生，就是这里了。”

“好！围住这里。”袁松冷笑一声，“莫要让他跑了。”

一声令下，身边的军兵立刻上前，刀枪出鞘，弓弩上弦，将这院子团团围住。

外面的动静早已惊醒屋内之人，男女主人慌忙起身，扒着门缝向外看了一眼，只见外面人影晃动，到处是闪烁着不祥光芒的兵器。

“这，这是怎么回事？”女主人脸色发白，“官兵怎么找到这里的？”

“这，这……”男主人也是一脸惊容，他回过头来，看着身后那位客人。

那诡兵脸色却毫无变化，仿佛外面的一切都与他无关。

“我等已被发现，各位为乌夜啼死忠吧！”他只冷冷地说了一句，话音一落，屋内刀光一闪。

扑通扑通！两具尸体倒入血泊之中，全是喉头一抹嫣红，分毫不差。

“天绝地灭，阴阳随我！”诡兵高呼一声，用手在身上一抹。

绿色火苗一跳，他周身上下已燃起绿焰，瞬间变成了一团绿色的火把……

轰隆一声，房门被一根粗木撞破，几名士兵刚冲进房间，就被这一幕惊得骇然变色，匆忙又退了出去。

“啊！”火焰中传出凄厉无比的惨叫，不似人声。

隔着房门远远看到这一幕，以及房内的两具尸体，袁松眉头紧锁，轻轻叹了口气：“世间惨剧，莫过于此！”

“这，这人为何……”赵凝不知该说什么。

“诡兵乃是死士，既然已被撞破，有决死之志并不奇怪。”袁松轻叹一声，“我原本就未想活捉他们，死便死了吧。”

几个时辰之后，袁松已得到消息，城中诡兵一共五人，全部伏诛。

“先生，您看这个。”一名军官双手将一个葫芦呈上。

袁松接过葫芦轻轻一晃，有东西在里面哗啦作响，打开之后，从里面倒出一颗药丸，药丸呈绿色，有股刺鼻的药香味。

“从哪儿来的？”袁松问道。

“围捕一名细作时发现的。他本想自焚，可身上的引火之物不知为何失效，最后他虽然自尽而亡，尸体却还完整，这东西就是从他身上搜来的。”那军官答道。

“好！”袁松一喜，“本来还以为诡兵自焚，这药只能另想办法，现在看来，果然是天助我也！”

“你要如何？”赵凝在一旁问道。

“来而不往非礼也！”袁松冷笑一声，“这些日子总是刘汉出招儿，现在也该轮到我等回敬了。”

第八章　瞒天过海祛异心

不久之后，袁松和赵凝带着战报出现在李锜面前。

“大人，幸不辱命，三日时间，已尽除刘汉奸细。”袁松抱拳对李锜淡淡说道，仿佛只是做了一件微不足道的小事一般。

“先生果然是信人！”李锜满脸激赏地看着袁松，“既然先生抓住了奸细，那李某也不会失信于人。先生之前说的，我已有所准备。”

“哦？”袁松眉毛一挑，“敢问将军，所选何人？”

“此人名叫魏昕。”李锜手捻长髯，低声道，“先生和我说过此事之后，我考虑良久，最终选定了此人。具体事宜，我帐下周先生会与先生详细道来。”

说罢，李锜向旁边一让，一名中年男子从他身后迈步而出，向着袁松躬身行了一礼。

“在下周平，见过先生。”

“不敢。”袁松连忙回礼，行礼之时，他食、中两指外露，只抱住其他手指，做了个幕人礼。

看到这幕人礼，周平脸上笑容更深，微微点头。

“既然如此，两位先行定计，计策成了，告与我知便成。去吧。”李锜道。

“是。”周平和袁松两人应了一声，一起退出府衙。

“有言不危，临危则言！末学后辈，见过前辈。”出来之后，袁松不敢怠慢，连忙重新见礼。

“有言不危，无言不平！”周平笑着回了一句，“你我乃是一路人，不必如此客气。”

袁松惊讶道：“前辈身负两家之长，晚辈佩服！”

“有言不危，无言不平”，乃是幕人表明身份的两个前半句，一般会如此说的，都是既有平门本领，又多少涉及一些诡门学问的幕人。这类幕人并不常见。

“两家之长？说得好听罢了。”周平摇头，“某资质平庸，还算不得诡门的入室弟子，习得点皮毛罢了，还是学平门多一些。”

接着，周平长叹一声，感慨地看着袁松说道：“值此乱世，正是你们诡门中人建功立业的大好时机，我这般上下不靠的就难过多了。”

“前辈此言差矣，我见节度使对前辈颇多信重，可想而知，先生必有过人之处。”袁松笑道，“所以说打铁还要自身硬，只要有本事，诡门如何？平门又如何？”

“虽然知道你这是恭维，但也高兴。”周平哈哈笑道，“不过此时还是先办正事，随我来。”

周平招招手，将袁松带进旁边的一间房间。

房间不大，却有一个大书架，几只大木箱，一张书桌，书架上摆的都是大大小小的书册，书桌上也满是各种摊开的文案，乱七八糟。

“有些杂乱，见笑了。”周平道，不过脸上却从容淡然，未有丝毫不好意思的模样。

“都是如此，案牍劳形，不外如是。”袁松道。

“哈哈！不错，无论平诡，终究躲不开这些。来，坐。”周平笑道，和袁松在屋内落座。

“你要求的事情，大人一直都在考量，其后交由我来安排。”坐下之后，周平面上一肃，“大人帮你选定的人，刚才已经说了，叫魏昕。”

说着，他从桌上拿起一张纸来，递给袁松。

“这个魏昕，原本是穆令均穆将军的部下？”袁松仔细看了几眼，抬头问道。

“不错。”周平含笑点头。

“大人好算计啊。”袁松微微一笑，将手中那张纸放回桌上。

“一箭双雕而已。”周平笑道，“再者说，此人也的确合适。”

“穆将军阵亡，想必他多有不满吧？”

“嗯。”周平点点头，“穆将军出阵迎敌，此人正好在城中值守，所以未曾带他出去，他已心存不满。此后，此人觉得将军未曾发兵去救，才致穆将军阵亡，私下里颇多怨言，虽未违反军令，却也是一个十足的隐患。此人先生满意否？”

“合适。”袁松一笑。

周平将纸丢入地上火盆，纸张很快点燃，化为灰烬。

“这几日守城，将军未曾用他……”说到此处，周平见袁松脸上笑容意味深长，苦笑一声，改口道，“好吧！将军不敢用他，只留在军营中作为后队。前日你和将军提起此事，将军就已经明白你的意思，这两三日已经刻意封锁消息，不让他与外界接触。其军中士卒已有怨言，不知合你意否？”

“好！”袁松轻轻一拍手掌，“正合我意！”

“且慢！”周平伸手，一把按住袁松手臂，“先生，你的打算我家大人已经猜到几分，大人问此事你究竟有几成把握？”

“只有五成把握。”袁松一笑。

“五成？”周平一皱眉头，“此计格外凶险，稍有不慎，恐怕……”

“前辈，潞州城危如累卵，此计若成，则可化险为夷。”袁松看着周平，一字一顿说道，“若刘汉中了此计，在下保证，潞州城之围便不足为虑了。”

“当真？”周平问道。

袁松微微点头。

“罢了。”周平松开袁松手臂，长叹一声，“信你一次。说吧，你要如何用计？”

“只需前辈稍加配合便可。”袁松低声道。

潞州城中，军营之内一片肃杀，巡逻士兵戒备森严，来来往往。

砰！一根羊骨被人随意地扔在桌上，油乎乎的大手在身上蹭了几蹭。

魏昕嚼着羊肉，不耐烦地问道：“怎么去了那么久？弄点酒而已。”

“将军，”一名亲兵为难道，“节度使有令，战事紧张，因此封锁军营，严禁随意出入，所以……”

魏昕怒哼一声：“什么战事紧张，不过是装模作样罢了。当初他故意不救穆将军，现在如此对我们，因为何事，大家心中有数。”

“将军，慎言。”

“呸，这里都是我的兄弟，连军帐中说话都要小心提防，那还有什么意思？”魏昕骂道。

就在此时，一人急匆匆地走进了军帐：“大人！”

“为何这时才回来？”魏昕一见那人，立刻吼道，“酒呢？”

“大人，出大事了。”来人压低声音说道。

“大事？”魏昕一愣，这才发现来人脸色发白，表情满是惊恐。

“究竟出了何事？”魏昕忙问道，同时吩咐身边的亲兵把门关好。

“大人，城中瘟疫肆虐，死伤惨重啊！”那人说道。

“什么？”魏昕一惊，猛地站起身来，伸手一把抓住那人衣领，将他整个人提了起来。

“你再说一遍！”

“大，大人，城中瘟疫肆虐，死伤，死伤惨重啊！”那人结结巴巴说道，“节度使封锁军营，并，并不是战事紧张，只是，只是为了封锁消息，怕引起哗变啊！”

“当真？”

“不，不敢欺瞒将军。”那人挣扎道。

“说！”魏昕将此人狠狠摔在地上，“把事情说清楚。”

“将军……”那人揉着脖子，艰难说道，“刚刚您让我出去找酒，我偷偷溜出军营，结果大街上空无一人，有几人正从一间房子里向外搬死人。我偷偷打听才知道，这城中瘟疫肆虐，死了很多人。有些军营也受到波及，潞州城中已经死伤无数了。”

“难怪了！”魏昕目光呆滞，慢慢坐下，“难怪这几天突然门禁森严，严加戒备，不让我等出营，原来如此，原来如此啊！”

“将军，我等该如何是好？”一名亲兵满脸惧色地问道。

兵战倒也罢了，这瘟疫可是天灾，任你有一身本领，染上瘟疫，也得去见阎王。

“容我想想，容我想想。”魏昕也不知如何是好，只是一个劲儿地摇头摆手，脸色阴沉。

恰在此时，脚步声响起，一名军官跑了进来，见到魏昕便说道：“大人，不好了，军中有几名军士突发急症，昏过去了。”

“什么？”魏昕一惊，“当真？”

“不敢欺瞒大人。”那军官说道，“这几名军士本来好好的，可不知为何，突然就昏厥倒地，口吐白沫。”

“快，向节度使禀报！”魏昕大声说道，“把那几人与众人分开关押，不许其他人接触。”

接着，他伸手一指报信人：“还有此人，一并关押。”

“将军！”报信人满脸惊恐，“我，我……”

“不必废话！”魏昕冷笑一声，“如有不从者，斩！快快将他赶出去。”

几名亲兵过来，手中提着军棍，将那人乱棍打了出去。

“瘟疫，瘟疫肆虐！竟然有瘟疫肆虐！”魏昕面色凝重，“这该如何是好？如何是好啊？”

营中有人染病的消息传出没多久，几名军中医官便带着人匆匆赶来，来人脸上用厚布蒙面，一个个表情严肃，看到那几名士兵也不说话，立刻让人将他们抬了出去。

从头到尾，医官没有任何交代。

整个营中的军士都感觉到了周遭紧张的气氛，连说话声都小了许多。

魏昕的脸色更加阴沉。傍晚时分，节度使府有人来传令，让魏昕派几人出去做事，搬运阵亡将士。

“此事不该由民夫来做吗？”魏昕奇道。

“此乃节度使下令，将军如有疑惑，可自去节度使府上询问。”传令使者面无表情道。

“得令。”魏昕犹豫片刻，终于点头答应。

等使者离开，魏昕犹豫片刻，对帐内亲兵低声吩咐道：“把魏松找来。”

不多时，一名年轻军官走入军帐。

“大人，您找我？”

“不错。”魏昕招手道，“来，我有一事说与你听。”

接着，他低声将运尸之事讲了一遍。

“这事怪了。”魏松疑惑道，“搬运阵亡将士的尸体，一直都是民夫来做，为何今日找上我们？而且，这几日城头并未有战事，哪里来的尸体，需要我等去搬运？”

“我也觉得此事颇多蹊跷。”魏昕微微点头，“我担心可能和近日的传言有关。”

“大人，您的意思是，瘟疫？”魏松一惊，低声问道。

魏昕脸色凝重：“你是我信重之人，所以我想让你去查看一番，你敢吗？”

“有何不敢？”魏松道，“属下多蒙将军信重，早已将生死置之度外，只愿粉身碎骨，以报将军！”

“好汉子！那一切都拜托你了。”魏昕感慨一声，伸手在他肩膀上轻拍了几下。

魏松一抱拳，出了军帐。

不多时，魏松带队，一共二十名士兵被带出军营。来领人的军官面色阴沉，一路默不作声。空气中气氛凝重，其他人也不敢说话，只是低头走路。

未走多远，一行人就到了一处义庄，军官在庄外停下，指着堆放在门外的一团团白布道：“每人一条，缠住口鼻。”

说罢，他自己先拿起一条来，将口鼻缠住。

“大人……”魏松拿起白布，“这是……”

“莫要多问！”那军官瞪了他一眼，“若想保命，让你如何做，跟着做就是了。”

“哦。”魏松答应一声，学着军官的模样，将口鼻捂住。

军官见几人都这般做了，这才带他们进了义庄。

义庄之中已经摆满了尸体，密密麻麻，触目惊心。

“两人一具，抬到后面去！”那军官口鼻被布缠住，说话有些含糊，但语气异常冰冷。

魏松和另外一人走到一具尸体边，死者年纪不大，脸色已经青白，身上被白布盖住，看不到有何伤口。

魏松趁那军官不备，悄悄掀开白布看了一眼，只见此人心口要害处有一道刀伤，不论是谁，伤在此处就绝无活命的可能。可魏松是多年的老行伍，一眼就看出这伤口周遭肌肉发白，流血不多，分明是死后很久才补了一刀上去。

他还想细看，却被那军官发现。

“喂！”那军官大喊一声，“干什么呢？”

魏松一惊，忙将布盖好：“在下只是，只是……”

“不该管的闲事，别管！”不等他说完，军官冷冰冰地开口道。

魏松只觉得脖子发凉，分明是这军官正在找该在何处下刀。

他连忙低下头来，和另外一人抬起尸体，直奔义庄后面。

在义庄后面用木材搭起一个架子，上面摆满了尸体。

“火化！”魏松心中一惊，不敢多看，匆忙将尸体往上面一扔，又去干活儿了。

不多时，大火冲天而起，众多尸体随着那烈焰化作了飞灰。

这边不停运尸，外面还不停有尸体送进来，魏松几人一直忙到傍晚，烧了三次，这才歇下来。

“好了。”带他们来的那军官道，“今天就到这里，你们可以休息了。”

“是。”一群军士有气无力地答应一声，转身欲走。

“回来！”军官喝了一声，“你们去哪里？”

“大人……”魏松答道，“当然是回营休息。”

“不必了！”那军官冷冷说道，“你们另有安排，不必回营了。”

魏松也不敢多话，只是垂下头来，一双眼睛乱转。

军营之中，魏昕背着双手，在营帐中来回踱步，显得焦躁不安。

“大人。”营帐一挑，进来一人。

“可是魏松回来了？”魏昕猛地回头，急切问道。

“不是。”

“那是何事？”魏昕咆哮道，“些许琐事，不要烦我！”

“大人。”来人惶恐道，“刚才又有两人莫名昏厥，不知原因。”

“什么？”魏昕一惊，“当真？”

“不敢欺瞒大人。”

魏昕沉默片刻，开口道：“禀报节度使大人！”

不多时，营中又来了两名包裹得严严实实的医官，将病人带走。从头到尾，医官没有交代一句话。

看着两名医官离开，魏昕脸色越发阴沉，低声与身边亲兵交代：“魏松回来，速报我知！”

“遵命！”

夜幕渐渐降临，魏松心急如焚，想要将今日所见所闻回报魏昕。只是他们这些军兵单独居住在一处民居，四周都有军兵看守，寸步不离，根本没有逃走的机会。

夜色渐深，魏松躺在床上，翻来覆去睡不着。终于，他翻身从床上坐起，小心翼翼地溜出房间，向后院摸去，想看看有什么办法溜出去。

借着月色，他一路向后摸去，一直摸到了后院茅厕附近，就在他准备离开时，隐隐听到茅厕中有人说话。

魏松心中一动，停了下来，缩在阴影中听着里面的动静。

有人说道：“今日不知又死了多少。”

“唉，这种时候，能多活一天都是赚了。”另一人说道，“听说有坊市整条街都死绝了，不知这一队抬死人的又能活多久。”

“刘汉围城已经够险了，现在又闹了瘟疫。我听说守城兵丁都有些不足了，难道当真是天不佑我潞州？”

“未必是天不佑我潞州，我倒是听说这场瘟疫来得蹊跷，似乎是刘汉有高人在城中作法散播瘟疫。”

“啊！还有此事？”其中有人惊呼一声。

“嘘！大呼小叫的，你不要脑袋了！”

接着，两人声音放低，嘀嘀咕咕再也听不清了。

听了这些，魏松脑中嗡嗡作响，原本他只道城中可能暴发瘟疫，未承想这瘟疫暴发似乎另有隐情。

一想到这里，他心中越发焦急，左右看了几眼，突然发现在角落位置似乎有一个狗洞。魏松顿时大喜，从狗洞中小心爬了出去，凭着经验，躲过周围巡视的军兵，向着魏昕的营帐摸了过去。

魏松离开后不久，那茅厕中便走出两个人来，原来是袁松和周平。

“终于走了。”袁松深吸了一口气，对周平道，“诓住了此人，算是功德圆满。”

“功德圆满倒也罢了，终于不用在那茅厕中受活罪了。”周平苦笑道，“再有这事，休想让我帮你。”

“事急从权嘛，不会再有了。”袁松也是苦笑，“赶紧回去，准备热水，好好梳洗一番，不然无法见人了。”

“受益，”周平犹豫片刻问道，“你觉得那魏昕会中计吗？”

“尽人事，听天命。”袁松一笑，“世上没有十全的计策，也没有十全的完人，只有将正确的计策，用在对的人身上才能见效。如果魏昕不派此人出营，此事我也没有几分把握，现在既然魏昕派出此人，此事当有七分把握了。”

最后，袁松回头道：“前辈，明日，就可依计行事了。”

说罢，袁松一转身，洒然而去。

此时在魏昕营中，他的脸色就没有如此从容了。

“此话当真？”魏昕脸色发白，嘴角轻颤，声音都有些微微发抖。

魏松远远站着，不敢靠近魏昕，只是苦笑点头：“大人，我亲耳听到的，而且那尸体我也查过，确实是死后补了一刀。”

“难道城中果真已经暴发瘟疫，潞州在劫难逃了？”魏昕道。

“大人，我还听闻这次的瘟疫不是天灾，而是人祸。”

“人祸？”

“不错，似乎是刘汉营中有高人作法，散播瘟疫。”魏松低声道。

“竟有此事？”魏昕低呼一声。

“那二人确实如此说的。”魏松又说道，“大人，如果那高人能散播瘟疫，是否也能救治？”

“不错。”魏昕眼睛一亮，微微点头，“既然可散播瘟疫，未必没有驱瘟之法。”

“大人，属下不敢在此地久留，那里防范严密，属下还是先回去的好，以防打草惊蛇。”魏松抱拳道，“还有，不管如何，还请大人早做准备。”

“去吧。”魏昕叹一口气，轻轻摆手。

等魏松离开，魏昕一皱眉头，喊道：“来人！屋里的东西都拿出去烧了。”

第二日中午时分，节度使府突然有军令传到魏昕营中。

传令官飞驰而来，面容冷肃，就说了一句：“请大人接令！”

说罢，他留下军令，转身就走，没有丝毫停留。

魏昕连忙打开军令火封，仔细看了一遍，皱起眉头。

节度使军令，命他带部下登城，镇守南门。

犹豫片刻，他大喊一声：“来人，整军，去南门换防！”

不多时，魏昕一营军兵整装待发，列队出了营门，准备接管南门城防。

这一路上经过几处营房，魏昕多了个心眼儿，仔细观察了一番，只见军营里虽然有人往来巡逻，但内里人数稀少，偶尔有几个人出现，也是脸色苍白，无精打采，就如同游魂一般。这场面让他心中更是一沉。

等到了南门，换防下来的队伍虽然看似一切还好，可是人数不多，远远不足以应付战事。和魏昕交接完毕之后便匆匆离开，走得很急。

在城头布防完毕之后，魏昕把几名亲信叫进了城楼。

“去！”魏昕吩咐一名亲兵，“到门口守着，没有我的命令，不得让人进出！”

等那亲兵出去，魏昕这才环视在场人等一眼，低声说道：“诸位，今日节度使突然让我等换防南门，你们怎么看？”

“大人，这事颇多蹊跷啊！”一名亲信言道，“来时许多军营里空空荡荡的，最近没有什么大战，那些军兵都哪儿去了？”

“对。”另一人说道，“我还隐隐约约听到帐篷中传出呻吟声，好像痛苦不堪。”

“大人，前两日我们营中也有军士病倒，听说城里似乎不太平啊！”

“不错！”魏昕沉声道，“我今日和你们交个底，李筠一直都在欺瞒我等，城中其实早已瘟疫肆虐。昨日让我等出人搬运死尸，我派魏松去了，魏松回报说，死尸都是死后补刀，不是战死的。而且他听到有人隐约提过，城中病疫肆虐，军中染上瘟疫之人甚多。今日调我们换防南门，恐怕是守城的人手已经不足了。”

几名亲信虽然在此之前早有猜测，可是真正得到魏昕的确认，他们仍然惊恐莫名，颇有几分手足无措。

“慌什么！”这时，一名亲信大喊一声。

此人叫胡伦，在营中颇有威望，大喊一声镇住众人之后，他说道：“我等精忠报国，本来就已将生死置之度外，除非我等死绝，绝不让刘汉狗贼得手，让全城百姓遭殃就是了。”

魏昕一笑：“好汉子，说得好，无非一死罢了，战场之上一刀也是死了，这瘟疫又能怎样？各位，我等军汉听令行事就好，其他的无须担心。不过，此事先不要让下面的军士知道，以免扰乱军心。”

“是！”

“张光，刘毅，你们二人留下，等一下帮我去巡查一遍守城器材，其他人散去吧。”魏昕面带微笑，摆了摆手。

众人抱拳告辞，纷纷散去，等所有人离开，魏昕脸上笑容一收，冷冰冰地看着留下的两人。

“大人！”那两人身子一抖，忙低下头。

“我可信你们二人否？”魏昕轻声问道。

“愿为大人肝脑涂地！”

“好！”魏昕微微点头。张光、刘毅、魏松这三人是他的铁杆心腹，最为亲信的手下。魏松现在生死不知，营中他信得过的只有这两人了。

“张光，”魏昕低声道，“你带人手，盯紧胡伦，等我命令！去吧。”

“是！”张光答应一声，并不问原因，转身出了城楼。

“刘毅。”

“大人！”

“我真能信你？”魏昕微微眯起眼睛。

“属下愿发毒誓，如若背叛大人，乱刃加身，五雷轰顶而死，死后入地狱，永世不得超生！”刘毅大声说道。

“好！”魏昕点点头，“既然如此，我有件要事让你去办。如果出了差错，你便不用回来了。”

“请大人下令！”

此时已是申时末，远处天边渐起暮色。

刘汉军中，刘崇走入一顶军帐，脸色阴沉，这军帐的模样和其他军帐的并无不同，只是在帐帘上有一大大的八卦图案。

军帐之中，刘汉国师盘膝而坐，手持拂尘，两眼微闭，面前摆着一只香炉，帐中弥漫着一股浓郁的檀香味道。

“国师！”入帐之后，刘崇唤了一声。

国师缓缓睁开眼睛，微微一笑：“陛下面带愁容，可是那契丹将军又大放厥词了？”

“那狗贼！”刘崇咬牙道，“朕好心好意设宴招待他，结果他不但不知感激，多饮几杯就冷嘲热讽，仿佛全天下只有他才会打仗似的。”

“化外之地，蛮夷之人，陛下不必放在心上。”国师含笑说道。

“朕也知道。”刘崇冷哼一声，“可是终究见不得他那副嘴脸。敢问国师，潞州城何时可下？”

“就在这几日便有结果。”国师一笑，“陛下，请随我来。”

说罢，他便领着刘崇走到了军帐外，遥指远处的潞州城问道：“陛下，可看出此城有何变化吗？”

“变化？”刘崇仔细看了一阵，“似乎更加安静了。”

“您再看那城上，是否有鸟雀盘旋飞舞？”国师问道。

“是了，是了！”刘崇立刻点头，“潞州城头上多了那么多鸟雀，这是什么道理？”

“陛下，我那行瘟使者已经在潞州城中得手了。”国师道。

“当真？”刘崇惊喜道。

“当然，潞州城中军民聚集，寻常情况怎么会有这么多鸟雀？”国师道，“现在鸟雀在潞州城上徘徊不去，就说明那里已经没什么人了。短短时日，城中就少了那么多人，除了我那行瘟使者，谁还有此能耐？”

刘崇哈哈大笑：“国师所言极是！那这么说来，这潞州城已经是朕的囊中之物了？”

“正是！”

“那朕立刻传令诸将，准备攻城！”刘崇道。

“陛下且慢。”国师说道，“现在行瘟使者进入潞州城的时间不长，伪周那边早晚也必然会有动作，现在攻城，虽然可以攻下，但是却难免会有伤亡。何不再等两天，等到这潞州城内死伤惨重，我们再趁势登城，到时士卒伤亡轻微，应付伪周随后而来的援兵也会更加游刃有余。”

“不错，还是国师思虑周全，佩服佩服。此次如若拿下潞州城，国师当为首功。”刘崇道，“待朕摆下酒宴，和国师一醉。”

刘汉国师一摆手中拂尘，三绺长髯随风轻动，微微一笑，尽显一代高人气派，应了一声：“贫道多谢陛下！”

夜幕渐渐降临，刘汉国师的营帐之中，隐隐传来一阵欢笑声。

刘崇与国师两人推杯换盏，低声谈笑，十分欢愉。

刘崇心中畅快，有国师出手，潞州城眼看已是囊中之物。另外，此处没了那聒噪的契丹将军，也让他的心情也改善了许多。

他将酒杯放在案上，冷哼一声，“这次拿下潞州城，朕必然要让那契丹来的莽夫，见识朕的厉害！”

“报！”就在此时，营帐外有小校高声喊道。

刘崇一皱眉头，感觉被这喊声扰了酒兴，不耐烦地问道：“何事？”

“启禀陛下！”帐外小校高声答道，“从潞州城出来一人，试图靠近我军营帐，现已被我等拿获。”

“潞州城的人？”刘崇一愣，国师也放下了手中酒杯。

“正是，那人要拜见陛下，说是有机密要事禀报。”

“机密要事？”刘崇一皱眉头，“带进来！”

“是！”

没过多久，一人被五花大绑，押进军帐。

这人身穿一身便装，高大威武，肌肉虬结，虎口处有很厚的老茧，一看就是常年舞枪弄棒留下的痕迹。

来人进来之后，先不说话，左右看看，扑通一声，跪倒在地，向着端坐上首的刘崇说道：“小人刘毅见过陛下！”

“你是何人？”刘崇微微眯起眼睛，把玩着手中酒杯问道。

“回禀陛下，小人乃是大周军中魏昕魏军主帐下亲兵。”

“胡说！”刘崇用力一拍桌面，大喝一声，“什么大周？分明是伪周！”

“是！”刘毅身子一颤，头垂得更低了，脑门儿也隐约冒出了冷汗，“小人乃是伪周军主魏昕帐下亲兵！”

一旁的刘汉国师含笑摆手：“陛下少安毋躁，且听他说完。刘毅，我来问你，你到此来有何事？”

“这位大人……”刘毅低头说道，“小人奉我家军主之命求见陛下，愿向陛下进献潞州城。”

“什么？”刘崇惊呼一声。

国师却摆了摆手，示意他不要如此。

刘崇也意识到刚才之举有失身份，脸色一下沉了下来。

刘汉国师一扫拂尘，淡然一笑：“此话倒是有趣，你家军主不过是一个小小的军主，就敢大言不惭说要将潞州城献与我家陛下？”

“正是！”刘崇冷笑一声，“他有何能耐，敢如此大放厥词？”

“我家军主料定陛下不信，但这确实属实。”刘毅连忙说道，“陛下有所不知，现在潞州城中早已经乱了，瘟疫肆虐，伤亡惨重。我家军主原本隶属前锋穆令均将军麾下，前些时日穆将军战败身亡，我家军主在军中备受排挤，一直被困在后营，没想到因祸得福，城中瘟疫肆虐，连军营之中也惨遭荼毒，偏偏我家军主一部驻守后军，病患不多。现在潞州城因为那瘟疫已经兵力不足，我等便被派上了城墙，正好驻守在南门。只要陛下有心，我家军主愿意与陛下里应外合，献上潞州城。”

“嗯，瘟疫？”刘崇面色古怪，隐约带着一点笑意，看了一眼身边高深莫测的刘汉国师。

“正是。”刘毅大声说道，“城中瘟疫肆虐，节度使不闻不问，放任不管，还请陛下救我等一命啊！”

“哈哈哈……”刘崇哈哈大笑。

“呵呵，你说得倒还不错。”国师在一边笑道，“可是，空口白牙，我怎么敢信？”

“大人，我家军主之心，天地可鉴。”刘毅急了，“还请大人莫要错失良机啊！”

“既然你家军主之心天地可鉴，那好，让你家军主亲自来和我家陛下说吧。”

国师微微眯起眼睛，淡淡说道。

“这……”刘毅略一犹豫。

“怎么，他不敢？”

“明白。”刘毅一咬牙，“在下立刻回去禀报军主。”

国师一摆手：“去吧。”

待刘毅离开之后，刘崇满脸笑容，向国师一拱手：“国师果然好手段！”

“陛下过奖了。如此看来，这事情已有七成把握。”国师笑道，“说不定后日此时，我就要在城中与陛下庆功了。”

两个人说笑了几句，刘崇喜滋滋地告辞离开。

刘汉国师在军帐中沉思了片刻，开口喊道：“童儿。”

“师父。”一名童子走入军帐。

“去，把月椟申甲五十六取来。”

“是。”那童子走出营帐，没多久，就抱回一本卷宗。

刘汉国师接过卷宗，翻到一页，低声念道：“魏昕，三十有五，开封人氏，原穆令均部将，军中军主，相貌……”

第九章　瓮城难捉鳖

潞州城头，三步一岗五步一哨，戒备森严。城楼外，几名顶盔掼甲的亲兵手握刀枪，神色冷峻地察看每一个经过的人。

在城楼之中，刘毅满脸汗水，身上的衣服皱皱巴巴，满是灰尘，他单膝跪倒在魏昕面前，把在刘汉营中发生的事情详细地说了一遍。

“那刘汉国师让我去一趟？”魏昕问道。

刘毅点头：“那国师的意思是，军主不去，不足以表露诚心。”

“这个……”魏昕站起身来，在城楼中来回走了几圈，突然问道，“你觉得某家该如何去做？”

“大哥，属下觉得去一次也无妨。”刘毅说道，“事关重大，人家这点要求不算过分。”

“罢了。”魏昕深吸一口气，“富贵险中求，如此大事，我亲自去一趟也是应该。安排一下，今晚我便去面见刘汉国主。”

“好。”

此时，在潞州城的军营里，军士们接到了一个古怪的命令，所有人待在营帐之中不许出来。没过多久，大帅府亲卫来人，将一些碎米谷物抛撒在军营校场上就离开了。

军营中没人，地上又有谷物碎米，很快就引来了雀鸟争相啄食，在上空久久徘徊不去。

袁松站在远处，静静地看着这一幕。

“酸书生，”赵凝在他身侧皱着眉头说道，“你在搞什么鬼？城中虽然还有不少余粮，可是也不能任你这般挥霍啊。好好的粮食就喂了鸟雀？”

袁松淡淡一笑，说道：“莫慌，我自有安排。这粮食浪费不了。”

就在这时，一阵脚步声响起，一个人跑到了袁松身边，在他耳边低声说了几句。

袁松眼睛一亮，微微点头。

赵凝看得清楚，来的这人也是节度使亲卫，不过身上却穿着普通军兵的衣服，而且看他和袁松的模样，两个人之间必定有什么不可告人的秘密。

等那人说完离开之后，赵凝忍不住问道：“酸书生，你到底在搞什么鬼？”

袁松看了她一眼：“昨夜，有人做了点事情，正合我意。”

说罢，他转身慢慢走远。

“问你什么，都是这么一副装神弄鬼的模样。”赵凝低声嘟囔了一句，跟着袁松一起离开。

潞州城外，刘汉大营沉寂得有些异乎寻常，似乎正在酝酿着什么，随时都要爆发似的。

中军帐里，刘崇端坐正中，国师居左，在两人下首，单膝跪倒一人，正是魏昕。

“魏将军能够弃暗投明，朕心甚慰啊！”刘崇面带微笑，微微点头。

“回禀陛下，那李筠冥顽不灵，抗拒天军，当真愚蠢至极！现下城中瘟疫横行，军兵多有病倒，人人自危，惶惶不可终日！在下愿弃暗投明，为陛下打开城门，将潞州城献与陛下！”魏昕大声说道。

刘崇和那国师互看一眼，屋中烛光摇曳，刘崇面有喜色，国师颔首而笑。

魏昕跪在下面，不敢抬头，更不敢说话，心里一个劲儿地打鼓，不住盘算自己刚才说的那番话到底有没有说错的地方。

“魏军主，”终于，刘崇开口道，“伪周无道，天数已尽，你现在弃暗投明正是时候。等到朕攻下开封，活捉柴荣，你便是大功一件。到时封妻荫子，魏军主定然不会后悔今日所为。”

魏昕脸上一喜，连忙跪倒向上叩头：“多谢陛下，多谢国师！”

“魏军主，”这时，一边的国师淡淡开口，“你进驻这潞州城也有月余了吧？”

魏昕不知这国师为何问起这个，不敢乱说，只是点头称是。

“贫道恭喜军主了！”国师突然开口笑道。

魏昕一愣，迷茫地看着国师：“国师，何喜之有啊？”

刘汉国师淡淡道：“军主离家之时，妻子有孕在身，已经待产了吧？就在半月之前，她为将军产下一子，足有六斤六两，母子平安。眼看将军不但添丁进口，如今还要立下大功，这难道不是大喜之事吗？”

听完这话，魏昕脸色一白，自己不过是穆令均手下一名军主，这国师竟然对自己的家事了如指掌，这添丁之事他还不知道呢，这国师便已清清楚楚，简直犹如鬼神。一想到自己的一切已经全被人家掌握，魏昕只觉一股寒气直冲天灵盖，不禁打了个寒战。

国师满意地看着魏昕连连变化的脸色，开口说道：“魏军主，如果这一次立下大功，你这孩儿日后可就有福了。劝你莫要自误！”

“不敢！”魏昕立刻垂下头来，“小人必当竭尽全力，为陛下效力！”

“甚好。”刘崇一笑，“军主帐外稍等片刻，我与国师商量一二。”

等那魏昕退出了中军帐，刘崇看着一边的国师问道：“如何？”

“心慌而不惧，色厉又胆大，决然而狠辣，再看之前其人其行，应当是真心实意。”国师淡然说道。

“如此说来，此人可信？”刘崇面露喜色。

“可信。”国师微微点头，“乌夜啼来报，他们会尽力拖延伪周出兵时间，不过不知还能争取多久。陛下，虽然这潞州城早晚可下，但是早进潞州总好过晚进。”

“国师所言极是！”刘崇赞同道，“既然如此，把那魏昕召回来，商量何时动手吧。”

一个时辰之后，魏昕回到了潞州城头，张光、刘毅两名亲信在城楼中已经等候多时。

“军主，如何了？”一见魏昕回来，刘毅连忙问道。

“明日三更时分，我等开城恭迎陛下进城。”魏昕低声说道，“事成之后，我与尔等共享富贵！”

下面两人面现喜色，连忙抱拳行礼：“誓死追随军主！”

“好！”魏昕微微点头，“胡伦那厮如何了？”

“回禀军主，我一直盯着呢，未曾发现有异常。”张光说道。

“盯紧他，不得懈怠，不得已时……”魏昕立掌为刀，做了个“切”的手势。

“明白！”

“好！”魏昕深吸了一口气，“加官晋爵，得享富贵，就在明日！”

显德元年正月二十，子时三刻。

夜色如水，潞州城外一片漆黑，除了远远能看到刘汉军中有隐隐约约的火光之外，再没有其他光亮。

潞州城头，几个垛口上竖着火把，守城士兵紧握兵器，精神紧绷，周围任何细小的变化都会引起他们的警觉。虽然一切如常，可是兵丁们的心中却隐隐有些不安，就仿佛有什么大事将要发生一般。

魏昕站在城头，死死地盯着城外的旷野，他与刘崇约定，丑时三刻打开城门。眼看时间就要到了，魏昕脑门儿微微出了一层薄汗，本是沙场老将的他，竟然莫名有些紧张。今日之成败，事关日后之富贵，他冒着天大的风险走出这一步，容不得半点儿闪失。

就在这时，刘毅急匆匆地走了过来，喊了一声："军主！"

"何事？"魏昕皱眉问道。

"巡城人马来了。"刘毅低声说道。

所谓巡城人马，乃是节度使李筠手下亲兵担任，一队人马每日定时巡视，防止有人偷懒懈怠，尤其是在这种大战期间，巡城人马几乎每个时辰都要来一次。

"怎么这时来了？"魏昕一愣，"早了一刻啊！"

"军主，这巡城人马时早时晚，哪里有个准儿的。"刘毅低声说道，"要不要现在就……"

"不行，不能打草惊蛇！"魏昕说道，"我回城楼，放他们过去。"

"是！"

魏昕回到城楼，未过多久，刘毅急匆匆地跑了进来。

"什么事？"魏昕皱着眉头问道。

"军主，那队巡城人马抓到咱们兄弟一个犯错，正在那儿闹呢。"刘毅愤愤不平地说道，"再这样闹下去，搞不好会坏了咱们的事，您要不要过去看一下？"

这时，已经有争吵声从外面传进城楼。

"这些杂碎，今日事成，我一定要将他们斩尽杀绝！"魏昕忍不住骂了一句，"走，去看看。"

等魏昕来到外面，城头已经围了不少人了，争吵声就是从那里传出来的。

"什么事？"魏昕板起脸来，大声问了一句，迈步走了过去。

"军主，您来了！"人群中有人喜道，"这群人不讲道理，您要为小人做主啊！"

魏昕冷哼一声："我倒要看看，大战将近，谁能拿我的部下如何？"

谁知，他刚走到那人群旁边，围在那里的兵丁突然散开，紧接着，有人猛地冲过来，将他扑倒在地，一把明晃晃的钢刀已经架在了他的脖子上。

"啊！"魏昕惊呼一声，可是，一只手迅速伸过来，捂住了他的嘴巴。

眼看军主被人制住，周围的官兵顿时乱了。

"不要惊慌！"一名军官越众而出，大声说道，"我乃是节度使帐下军主李芳！所有人不要乱动，魏昕勾结刘汉，阴谋献城，现已被我等捉拿。我等只诛首恶，余者不问，如有妄动，与其同罪！”

一听这话，魏昕眼睛顿时红了，他拼命想要挣扎，却被人死死按在地上，堵住嘴巴。

再看那军官身后，是一脸冷笑的胡伦，而张光满脸灰白，早被捆在一边。魏昕绝望地闭上了眼睛，他知道大势已去。

显德元年正月二十，丑时二刻。

黑暗之中，一片黑压压的人马铺满了城外的战场，借着夜色，人衔枚马裹蹄，慢慢地接近潞州城。

刘崇望了一眼黑夜中的潞州城头，回头问道：“国师，什么时辰了？”

刘汉国师低声说道：“回禀陛下，快到时间了。”

“已经这般时辰了，为何这城头还没有动静？”

“陛下莫急，我们再……”

未等国师把话说完，旁边一名将军已低声说道：“陛下，国师，来暗号了！”

两个人连忙向城头看去，果然，一支火把在城头出现，先是左晃了三圈，然后右晃了三圈。

“果然来了！”刘崇喜道，“给他回话！”

旁边有人连忙点起一支火把来，在半空晃了几晃。

没过多久，城门慢慢打开，露出黑洞洞的洞口。

“好，这城终于开了！”刘崇喜道，“传令下去，大军进城。”

“遵命！”那名将军答应一声，转身调动军兵。未过多久，刘汉大军开始动了起来。

一支兵马直奔城门，试图先行控制那里，为后续大军开路。

“陛下！”就在这时，刘崇身后的国师突然喊了一声。

“国师？”刘崇一愣，回过头来。

“陛下，贫道觉得这潞州城似乎有些不对。”国师微微眯着眼睛，仔细地看着潞州城头。

猛然间，他意识到了问题出在哪里。安静，城头实在是太安静了，没有任何声音传出来。魏昕如果突然发难，控制城头，城头怎会如此安静？难道他的部下都是铁板一块？没有人在这个时候反抗？而且，魏昕呢？他在什么地方？这个牵头献城的人为什么没有出现？在这个时候迎接陛下进城，岂不是他表现自己的最好机会？

“不好！”国师低呼了一声，“陛下，快点鸣金，收回兵马！”

刘崇一惊：“国师，出什么事了？”

刘汉国师大声说道：“陛下，我等中计了！快，收回兵马！”

“啊，好！”刘崇不知国师为何这样说，但是出于信任，他连忙答应了一声，对身边的将领大声喊道，“收兵，快，鸣金！”

与此同时，潞州城头，袁松、赵凝还有李筠三人站在角落里，默默地注视着城外。

一阵急促的脚步声响起，城外野地里一片黑影，迅速向着城门冲了过来。

李筠轻笑一声，对身边的袁松说道：“看来先生的谋划成功了，这刘汉上钩了。”

“是啊！”赵凝在一边笑道，“李叔叔，您可要把瓮城守好了，万一让刘汉贼人冲出去，咱们可就前功尽弃了。”

“这个你放心，你李叔叔我戎马一生，这种事情怎么会做不好？”大概是看到获胜的希望，李筠心情也格外舒畅，难得开起了玩笑。

三人之中，唯有袁松皱着眉头看着城下那片越来越近的黑影。

“喂，你为何这副模样？”赵凝奇怪地问道，“刘汉贼人不是都已经上钩了吗？”

“不，还没有。”袁松摇头道，“不到最后一刻，绝不能松懈。此局至关重要，我们……”

他的话还未说完，远处的野地里突然响起一阵铜锣声。

已经冲到城墙附近的刘汉军兵听到铜锣声踌躇地停下脚步，有点茫然地回身看去，搞不明白为何眼看就要进城之时，竟然会鸣金收兵。

而城头上的几人听到这铜锣声，脸色同时一变。

袁松惊呼一声：“不好，敌军已经识破我等计谋。节度使，快让人放箭！”

“放箭！”李筠大声吼道。

一群军兵手持弓箭冲到垛口后面，对着下方的刘汉军兵就是一阵箭雨，黑暗中顿时传来一阵阵惨叫声。

可惜，刘汉军刚刚到城墙附近就停了下来，铜锣声连响，他们已经开始后撤，这一阵箭雨杀伤力非常有限，反而让刘汉军撤离的速度更快了几分。

一阵乱哄哄的脚步声响，刘汉军很快就撤了个干净，只有城下偶尔传来几声低沉的呻吟惨叫，显然是中了箭的伤兵正在挣扎。

“该死！”袁松狠狠拍了一下城垛，脸上的表情异常失望，“怎么会这样？明明已经算计好了的。”

他已经算计好了一切，用粮食引来鸟雀，让刘汉军误以为自己的计谋得逞，然后用假象逼魏昕投降，为的就是将刘汉引入瓮城，来一场畅快淋漓的大胜，为自己谋得立身之本。

谁承想，如此周密的计谋，到了最后竟然功败垂成。袁松想不明白为何会失败，他费尽心机的布局，似乎一下子成了笑话。袁松觉得脑海有一丝眩晕，什么算无遗策，什么建功立业，什么遇明主匡扶天下，似乎都离自己很远很远，他突然有了一种心灰意冷的感觉。

“喂，酸书生！”这时，身边有人猛地推了他一下。

“啊？”袁松有些茫然地转过头。赵家二小姐眉头紧锁，站在他身边。

“喂，酸书生！你为何一副死了爹娘一般的模样？”赵凝道，“我们也没有败啊，只不过敌人跑了而已。”

“你不懂。”袁松苦笑一声，“幕人用计，被人识破，这就是败了。”

“那又如何？”赵凝撇撇嘴，“我爹常说胜败乃是兵家常事。就算你觉得败了，可刘汉那边用阴招儿，不也被你识破了吗？我就看不得你小小年纪偏偏要摆出一副老成模样。哼！真不知道你急些什么。守城而已，守住了城，不就行了吗？”

赵凝的话如同一道霹雳一般划过袁松的脑海，袁松身子微微一颤，脸色变得有些茫然。

“没错，我究竟在急什么？我为什么要着急？”袁松心中有个声音在大声咆哮。

自己一腔热血，要以平生所学匡扶天下，兴冲冲而来，遇到的却是师兄的阴谋设计，险些丢了性命。所以自己着急了？自己急于证明自己，急于表现自己的不凡，急于压过那位薄情寡义的师兄，所以自己急了？

想想从姚府出来之后，自己一直都在做什么，先是行险拉拢赵家，贸然为赵匡胤出谋划策，然后跟着赵家二小姐离开开封城。虽然表面上自己是被赵家小姐绑出来的，可袁松自己知道，如果他想的话，有无数的办法可以轻松回到开封城，可他还是出来了。

为什么？未尝不是因为这一场大战，未尝不是因为想要借助这战事来个一鸣惊人。到了战场之后，自己仍然在弄险。先是没有通知主帅，秘密训练了一支对付诡兵的队伍，然后又弄险逼出诡兵，弄险逼反魏昕。这其中只要有一个环节出现一个差错，后果便不堪设想。

然后现在自己急了，就因为一个计策没有奏效，因为计策被人识破，自己就急了。可这计策真的那么重要吗？自己的目的是要守住这潞州城，这计策成功与否，根本动摇不了潞州的根本。

“势略术乃是幕人三用，首重用势，其次用略，最劣用术！世人往往重于术略，轻于顺势，重术略者可得一时之顺，然未必能得长久之治。何为势？势乃万般迷雾中天地之至理，繁杂世事间人心之向背，得其势者，不困一时之成败，不计一时之得失，只因势之所向不可挡矣，大势成时，得其势者已立于不败之地，失其势者则万劫不复，纵然孔明复生，仲达再世，也回天乏术！”恍惚间，师尊的教导再次在袁松耳边响起。

袁松苦笑一声，急切之间，自己终究落了下乘。不过，现在醒悟，为时未晚。

想到这里，他整理了一下衣袍，对着赵凝恭恭敬敬，一躬到地。

“呀！”赵凝被他这举动吓了一跳，“酸书生，你，你这是干什么？”

“多谢赵小姐当头棒喝。”袁松站直身子，表情肃穆，“时至今日，袁某方知错在何处。”

“哼！”赵凝俏皮地皱了皱鼻子，“你终于知道本小姐的厉害了吧？”

说罢，这丫头围着袁松转了一圈：“咦，奇怪了，感觉你的确是和之前有所不同了。”

袁松一笑，难得地对她做了个鬼脸。

赵凝扑哧一笑，突然觉得不妥，连忙伸手捂住嘴巴，紧张地左右看了看，发现周围都在警戒城下官兵，无人注意到自己，这才松了口气，狠狠地瞪了袁松一眼。

就在这时，不远处突然亮起几支火把，有人大声说道：“城楼之上有人否？”

袁松一愣，扶着城头向外望去，只见一箭之地外，几名骑士簇拥着一名道士，声音就是从那里传来的。

“喂，老道，什么事？”城头有军士大声喊道。

“呵呵！”那老道轻笑两声。明明离得很远，可是这笑声大家却听得清清楚楚，袁松心里一紧，观其行径，就知道这道士绝对不俗。

“今日既然有人布下此局，想必贫道那诡眼凶兵已然身遭不测。”道士说道，“贫道郭无为，不知是何方高人在此，能否出来与贫道见上一面？”

“喂，酸书生，他要见你。”赵凝用胳膊肘碰了碰袁松。

袁松微微摇头。

等了一阵，见无人回答，那道士有些失望地说：“难道事到如今，高人还吝啬一见吗？罢了，罢了。既然如此，那贫道便告辞了。今后你来我往，刀兵相向，总有相会之时。”

说罢，道士掉转马头，带着几名亲兵离开了。

“郭无为？”袁松眉头一皱，低声念道。

“郭无为！”赵凝嘟囔了一句。

“你认识？”袁松问道。

“听说过。”赵凝点点头，“好像当初投奔过先皇，和我二兄也有点交情，不过后来不知怎么又投了刘汉。听说当了刘汉国师，很受刘崇器重。”

“刘汉国师？”袁松心中一动，想到他一身道士打扮，又想到那玄之又玄的诡眼凶兵，“果然是黑绶吗？”

“你说什么？”赵凝奇怪地问道。

“没什么。”袁松一笑，“赵小姐，准备一下吧。”

“准备什么？”

“收拾东西，我们去向节度使辞行。”袁松伸了个懒腰说道。

“什么？”赵凝一惊，“辞行？”

袁松点点头：“现在这潞州城已经坚守半月有余，刘汉手段用尽却毫无进展，恐怕他们已经有了绕城而走的心思，不然在坚城之下直面大周雄兵，乃是取死之道。至此，潞州城算是守住了。你我在这里也无用了，正好今日小挫刘汉，我们趁乱离开，回奔开封。”

“回去？”赵凝脸色一沉，“能不回去吗？”

“赵姑娘，你可想好了。”袁松笑道，“这潞州城此后可没有什么仗打了，倒是陛下那里势必要出兵迎击，说不定另有一番热闹。”

袁松本来以为赵凝会欢呼雀跃，恨不得立刻回去，谁承想她只是轻轻咬了一下嘴唇：“那，我二兄也要出征吗？”

“这是自然。”袁松诧异地看了她一眼，点头说道，“二兄他乃是宿卫将军，是陛下手中的精锐，如此大战怎么躲得过去？”

“那好，我与你一同回去。我们这就去找李叔叔辞行。”

显德元年正月二十，寅时三刻，几根绳索顺下城墙，几个人顺着城墙滑了下来，然后趁黑向外跑去。

虽然刘汉将这潞州城团团围住，可是能拦得住大股军兵，却拦不住这三三两两的几个人，再加上今日受挫，刘汉大军有些混乱，一个时辰之后，袁松一行就已经跑出了刘汉军的包围圈。

此时，天已蒙蒙亮了，袁松回头遥望着远处黑洞洞的潞州城，以及围在潞州城外的军营，微微一笑，转身跟着赵凝等人离开了。

显德元年正月二十，申时三刻，一只信鸽在一片楼宇上徘徊良久，慢慢落了下来。

有人从这信鸽的脚上摘下一个竹管，急匆匆地向后走去，不多久，一张纸就放在了小楼的桌案之上。

乌夜啼歌主静静地看完字条上的所述，纤细如玉的手指在桌子上轻轻敲了几下。

她缓缓开口说道：“诡眼凶兵在潞州城损失惨重，潜入潞州城的行瘟使者疑似被人一网打尽，并且趁机设下圈套，险些让陛下吃了大亏。”

接着，歌主轻声一笑：“这当真是有趣得很！”

“歌主，如果这些事败于一人之手，此人相当不凡啊！”房间里响起另一个人的声音。

“不错，此人的确不凡。”歌主道，“所以义父发来消息，希望乌夜啼摸清此人底细。我问你，对于此人，你有何看法？”

“属下并无看法，属下只知道歌主一声令下，属下唯有尽心竭力，以报歌主。”

“呵呵。”歌主轻笑一声，“这话说得倒是圆滑，不显山不露水，不贪功不冒进，当真是一点把柄都让人拿捏不住。”

“不敢。”那人连忙低下头来。

“放心，我未有怪你的意思。”歌主一只手轻轻地摇着一把团扇，“不过，此人倒的确应该关注一下。还好他虽然智谋百出，可惜仍稍显稚嫩，用力过猛，尤其是最后这诈降之计，虽然精妙，却险之又险……”

“不错，如果那魏昕稍有不慎，泄露机密，这计策就是笑话而已。”

“你以为魏昕真是诈降？”歌主笑道。

“难道不是？”

“依我看，这魏昕未必是诈降，倒是真有献城之意，只是平白被人利用了而已。”歌主嗤笑一声，“一颗棋子罢了，或生或死，一旦被摆上棋盘，就由不得他了。算了，不管计策如何，总归是过去了，这件事以后再说。”

“歌主，国师的意思是让我等查出此人身份啊！”

“现在首要任务不在这人身上，而在这伪周的朝堂之上。一国兴衰在于兵锋，也在于朝堂，只要我们这边做好了，这次南征即使不能夺下东京开封，也要让这伪周元气大伤。”那歌主淡淡说道。

五天之后，袁松一行人疲惫地进了开封城。

潞州城距离开封说远不远，说近也不近。如果是步行，恐怕要走好久。好在赵凝带出来的都是赵家的亲兵精锐，趁乱抢了几匹刘汉斥候的战马，一路快马加鞭赶回了开封城。

和之前比起来，开封现在可谓戒备森严，城墙上的官兵多了一倍，对来往行人的盘查也严密了许多。守城的将官手扶刀柄，目光锐利，就好像每一个从他面前经过的人都是敌人一般。

赵家在开封也是名门，所以袁松一行人进城时没有被盘查太久，很轻松就进了开封。

不过，越是接近开封城，赵凝越是踌躇，等进了开封城，她一拉缰绳停了下来。

“为何停下来？”袁松看着她问道。

“要不我们先找个客栈落脚，过几天再回家好吗？”赵凝咬了一下嘴唇，看着袁松问道。

袁松看她的模样，顿时觉得十分有趣，难得看到天不怕地不怕的赵家二小姐脸上出现这样的表情。

“赵姑娘，”袁松笑呵呵地说道，“不管如何，总要回去见人的，你放心好了，有我在，定然不让你吃亏。”

“当真？”赵凝忙问道。

“嗯，看在我的面子上，老妇人揍你的时候，搞不好会少揍你几下。”袁松笑吟吟地说道。

“都什么时候了，你还在拿这个开玩笑。”赵凝气呼呼道。说罢，她一扯马缰绳就要开溜。

“好了，好了。”袁松忙一把拉住缰绳，“几句玩笑话罢了，莫要当真。放心好了，你我已经平平安安回来了，见到夫人，你撒个娇，说几句软话，自然也就大事化小，小事化了。老夫人难道真能把你如何了？”

赵凝眼珠转了转，问了一句：“当真？”

“那是自然，你可是老夫人亲生的。”袁松笑道。

“那好，”赵凝道，“如果到时有什么事情，我就推到你身上，你帮我解决。驾！”

说罢，也不等袁松说话，赵凝一拉缰绳，纵马直奔赵府去了。

“喂！”袁松脸色一变，喊了一声，可是哪里喊得回来，赵凝一溜烟就没了影子。

旁边几名家将想笑不敢笑，挤眉弄眼忍得十分辛苦。

袁松哭笑不得，却实在拿这赵凝没办法，只得苦笑一声，一带缰绳，带着余下众人，回了赵府。

到了赵府门口，赵府管家已经等着了。看到袁松过来，他笑着迎了上来。

“公子回来了。”

“是。”袁松点点头，“二小姐呢？”

“已经回来一阵了。”管家笑道，“老夫人让我在这里等您，回来就让您去见他。”

袁松犹豫了一下，还是忍不住问道：“赵姑娘回来时说了什么？”

管家好笑地看着袁松：“二小姐把责任一股脑儿推到了公子身上，说是公子非要带她去的。”

“这……”袁松听了哭笑不得，不过这倒的确像是赵凝的作风。

“公子，莫要担心。”那管家道，“二小姐是什么性子，我们家老夫人可是知道得再清楚不过了，根本不会把这话往心里去。不过，老夫人也说了，委屈公子过去听两句呵斥，让二小姐有个台阶下。”

“我晓得了。”袁松无奈地点了点头。

果然，等袁松过去，赵二小姐已经抱着赵老夫人撒起娇来，赵老夫人被逗得笑逐颜开，随意说了几句，这件事就算是揭过去不再提了。

“不过，凝儿！”赵老夫人脸色一肃，“这件事可以算了，可是你以后莫要如此冒险了，不要再让为娘担心了！”

“知道了，娘亲。”赵二小姐笑道，“凝儿不敢了。”

“哼！你要是不敢才怪！”

眼看气氛有所缓和，袁松这才开口问道：“敢问夫人，二兄现在何处？”

“最近局势紧张，你二兄一直在宫中执勤，我也有些时日没见到他了。”赵老夫人说道，“怎么，找他有事？”

袁松表情肃穆，轻轻颔首：“我和二小姐刚从潞州回来。”

“什么！”一听这话，赵老夫人猛地站了起来，满面惊容，她只道赵凝和袁松跑出去转了一圈，远远看了战场就回来了，哪知道竟然去了潞州。

“潞州？潞州不是已经被围了吗？”

袁松点头道：“潞州城被围半月有余，我和二小姐带回来的是第一手的消息，其中详情必须面见二兄说与他听。”

“好！”赵老夫人嫁入将门，与一般女子截然不同，一听此言，立刻知晓此事事关重大，“我立即差人将他唤回来，你和凝儿稍等片刻。”

“麻烦夫人了。”袁松客套一声。不过他也知道，这件事赵匡胤只不过是一传话之人，潞州城中详情，有人更想知晓。

没过多久，门外传来一阵脚步声，只听赵匡胤在外面大声喊道：“小妹呢？袁先生呢？听说他们从潞州城回来了，人在什么地方？”

接着，一个人影匆匆冲进了客厅。

来的正是赵匡胤，只见他顶盔掼甲，气喘吁吁，额头上还满是汗水。

进来之后，一眼看到坐在一边的袁松与赵凝，赵匡胤几步走过去，一把拉住袁松的手，问道：“袁先生，你说你们从潞州城回来？”

“正是。五天之前，刚离开潞州。”袁松微微点头。

接着，他从怀中掏出一封书信：“节度使李筠大人的信笺在此，可证明我们二人的确是从潞州回到开封。信中还有潞州城相关消息。”

“太好了！”赵匡胤顿时喜形于色，“潞州的消息早已断绝，派出的探子也靠近不得，开封城中早已是望眼欲穿。”

说着，赵匡胤伸出手来，想要拿走那封信。

“且慢！”袁松把手中的信收了回来，表情严肃地看着赵匡胤，“二兄，你心中急切，我是知道的。可是，这封信可不是给你看的。”

“啊？”赵匡胤顿时一愣。

“蠢笨的小子。”一边的赵老夫人忍不住站起来骂道，“现今开封城中有多少人对潞州城中的消息望眼欲穿，哪一个不比你位高权重？你这小子何德何能，先于诸位大人看这封信？”

听到赵老夫人的话，赵匡胤禁不住打了个寒战，他用手一拍额头：“是了，是了！娘亲教训得对，这事确实是孩儿逾矩了。不过正好，近几日陛下也因为潞州城之事忧心，走走走，和我进宫，将这潞州城的消息报与陛下知晓。”

说着，赵匡胤不由分说拉着袁松就向外走，袁松猝不及防，被他扯着离开座位，踉跄了两步，险些摔倒，最后一直被赵匡胤拖出了客厅。

“喂，香娃儿，你慢些！袁先生可没有你这一身皮肉，不要伤到人家。”赵老夫人连忙追出来喊了两声。可是赵匡胤已经带着袁松走得没了影子。

“这个香娃儿！多大年纪了，还是如此毛躁！”赵老夫人无奈地埋怨了一句，回头瞪了赵凝一眼，“还有你，莫要以为这次可以侥幸逃过。哼！如果不是有袁先生在一旁，你这女娃恐怕连尸首都凉透了。”

“娘亲，明明是他……”赵凝还想狡辩两句。

“胡说！”赵老夫人瞪了她一眼，“我岂能不知你的脾性，也就是袁先生脾气好，换了旁人，看你如何。”

赵凝噘了噘嘴，却不敢再说什么了。

第十章　揣摩圣意

赵匡胤乃是宿卫将军，称得上是皇帝近臣，再加上来的是满朝上下望眼欲穿的潞州消息，所以赵匡胤将袁松拉进皇宫没多久，就被直接带进了皇宫书房。

书房中几名内侍垂手侍立，柴荣大马金刀，坐在一张大椅上。

“陛下！”赵匡胤进来抱拳行礼，“臣已将袁先生带来了。”

袁松向前一步，躬身施礼：“草民，见过陛下！”

“免了。”柴荣看着下面的袁松，古怪一笑，“你我乃是旧识，这些客套就免了吧。”

“旧识？”袁松闻言，顿时一愣，柴荣的声音在他有几分耳熟，刚才出于礼仪，没有看到柴荣的相貌，直到这时他才抬头看了一眼。

等看清桌案后的柴荣，他顿时愣住了。

这位大周天子，果然是自己的旧识，赫然就是那日在大相国寺见过的那位气势不凡的大人物。

袁松只是惊愕了片刻，连忙低下头来，心中苦笑不已，暗骂自己愚钝。那天见过这人之后，他其实就对其身份有所猜测，其人气势逼人，锐利如刀，有一股堂皇贵胄之气，这样的人物，整个开封城里除了这位新晋陛下，哪里还能找到第二个？只是当时袁松初来乍到，到现在也不过是个在赵家庇护之下的小人物，哪怕他谋略不俗，也想不到竟然会那么快就引起当朝天子的注意。

柴荣倒是对袁松的反应很感兴趣，就如同孩童遇到了自己喜欢的玩具一般。他笑着问道：“怎么，这时反而不敢说话了？朕记得，在大相国寺之时，你可是滔滔不绝，口舌如簧啊。”

"那时草民不知陛下身份，口出妄言，还请陛下恕罪。"袁松苦笑道。

"哈哈，不知者无罪！"柴荣摆手道，"再说，那日我也不想让你知晓身份，就是想听听你的肺腑之言。免礼，收起这许多客套吧。朕问你……"

柴荣脸色一肃："我听元朗说你刚从潞州城回来。"

"不错。"

柴荣脸上的表情急切了几分："那潞州城现下如何？是否失守？"

"回禀陛下！"袁松正色道，"潞州城并未失守，全城军民同仇敌忾，死守不退。臣离开之时，刘汉已然后继乏力，如不出意外，不用多时，刘汉便要绕城别走。"

"当真？"柴荣面现喜色，大声问道。

"不敢欺瞒陛下。"袁松将书信拿出，双手呈了上去，"此乃是泽潞节度使李筠李大人亲笔所书信笺，呈与陛下御览。"

旁边早有亲信内侍走了过来，接过书信转呈柴荣。

柴荣接过信件，迫不及待地打开，仔细看了一遍，然后眉头微微一皱："刘崇那怕死鬼竟然亲征了？"

"正是。"袁松点头应道。

"哼！这倒好，朕还怕他缩在晋阳不出来呢。"柴荣冷笑一声。随后他面色和煦，对袁松说道："不过，你这一来，倒是为朕解决一件大事。"

柴荣还欲说话，一名内侍走了进来，躬身行礼。

柴荣一皱眉："何事？"

"启禀陛下，冯宰辅奉诏觐见。"内侍答道。

"宣！"

"是！"内侍应了一声，退了出去。

"既然陛下有事，我等先行告退。"袁松在一边说道。

"且慢！"柴荣摆了摆手，稍一踌躇，吩咐道，"来人，取屏风来，你二人躲在屏风之后，不许作声。"

袁松和赵匡胤诧异地看了柴荣一眼，不得要领，却也不敢违旨，只得听从安排藏于屏风之后。

两人藏好没多久，一阵脚步声传来，紧接着，一个苍老的声音在书房中响起。

"臣冯道见过陛下！"

"宰辅不必多礼。来人，快请宰辅入座。"柴荣的声音如春风拂面，透着说不出的亲切。

"谢陛下。"冯道答谢一声。

"宰辅，可知今日朕让你来所为何事？"柴荣问道。

“回禀陛下，军兵已经集结，粮草军械也筹集完毕，只等陛下一声令下，将士们必将让那不知好歹的刘汉小儿尝到苦果。”

“朕相信宰辅之能，这些事情必然已安排妥当。”柴荣道，“只是，这统兵之人……”

“陛下手下猛将如云，谋臣如雨，德高望重可带兵者不知凡几。只要陛下一声令下，自然有知兵之人为陛下横扫六合八方。”冯道淡淡说道。

“宰辅……”柴荣犹豫片刻，“如果朕欲御驾亲征……”

“陛下不可！”一听此言，冯道的声音顿时提高了许多，“陛下乃是万金之躯，岂能轻易涉险？”

“哦？朕麾下将帅能做，难道朕就不能做吗？”柴荣的声音乍听之下似乎平静依旧，但是已经隐隐有了几分薄怒。

“陛下不同于他人！”冯道说道，“其他人败得，陛下败不得啊！”

“宰辅，你认为朕会败？”柴荣微微眯起眼睛，看着面前的老者。

“不敢！”冯道从容不迫，淡淡说道。

“宰辅，今日朕刚刚得到消息。”柴荣的手指轻轻敲击桌案，“此次刘汉犯境，领军的就是刘崇。”

冯道顿时一惊：“陛下从何处得来的消息？”

“宰辅，有人从潞州城带回了消息。”柴荣意味深长地说道。

“潞州未破？”

“还在！”柴荣说道。

“此乃天佑我大周啊！”冯道赞叹道。

“宰辅，此乃前方将士用命，军民一心才守住了潞州，与天佑无关。”不等冯道说话，柴荣便继续说道，“不过，此番刘崇既然率军亲征，我若不去，岂不是被他小瞧了？”

“陛下为何要与那不智之辈相比？”冯道不以为然道，“刘崇小儿，色厉胆薄，不信苍生，独敬鬼神。此次出征，想必是又得了什么所谓天意，这才有此举措。陛下与他去比，平白拉低了身份。”

柴荣闻听此言，面色略有不甘，可依然勉强道：“宰辅所言甚是，刘崇小儿的确不智，此事容我考虑一二！”

“是！”冯道应了一声。

此后，两人闲聊了几句，冯道告辞离去。

袁松和赵匡胤在屏风后面又等了片刻，屋中一片寂静，仿佛没有人在一般，就在两人以为柴荣已将他二人忘记的时候，柴荣的声音终于响起：“你们两个出来吧。”

袁松和赵匡胤从屏风后走了出来。袁松留心看了一眼，柴荣面无表情，看似寻常，只是一只手死死地扣住桌面，用力之猛，连手上的青筋都隐约可见。

看到二人走出来，柴荣深吸了一口气：“你们二人听到了，如之奈何？”

袁松、赵匡胤二人微微点头。

“冯宰辅劝朕不要御驾亲征，你们有何看法？”柴荣问道。

“陛下……”赵匡胤犹豫了一下，想开口劝慰。他觉得冯道说的乃是老成持重之言，有几分道理，柴荣乃是一国之君，随随便便就御驾亲征，略显夸张了。

可是话还未说，赵匡胤的手肘被袁松轻轻碰了一下，他一愣，斜着眼睛看了袁松一眼，袁松对他微微摇了摇头。

赵匡胤把到了嘴边的话硬生生咽了回去：“陛下，臣乃是武将，不知别的，只知陛下刀锋所向，臣必然一往无前，为陛下扫平一切。”

“嗯。”柴荣点头，又看向袁松，“受益是吧，你怎么看？”

袁松踌躇一下，开口说道：“草民以为陛下应该御驾亲征。”

“哦？”柴荣手扶桌案，向前探出身来，感兴趣地问道，“为何如此说？满朝文武都不赞同朕御驾亲征，却在你这儿听到了如此回答。说说看，为何朕应该御驾亲征呢？”

“回禀陛下，草民支持陛下出征，只因陛下需要立威。”袁松坦然说道。

“立威？详细说说。”柴荣嘴角一勾，露出一个古怪的笑意来。

“是。”袁松微微点头，“我大周传至陛下，不过两代三年而已。如果先皇在位二十年以上，以先皇之文韬武略，必能建立一个铁打的江山，陛下做一守成之主就够了，那时朝野上下，维稳为主，遇到战事，自然不需要陛下亲自出马，自有文臣武将为陛下分忧。”

顿了顿，袁松继续道：“然则，先皇在位仅仅三年，大周看似强盛，其实占据刘汉旧地，隐患颇多，天下也未一统，仍然分崩离析。因此，陛下做不得守成之主，只能做那开拓之君。何为开拓之君？以一己之力锐意进取，以一己之力聚拢民心士气，以一己之力匡扶天下。苍龙升天，遨游九霄之外，百兽俯首，盖因虎啸山林。苍生敬服，天命之子，不外乎是！此次御驾亲征，应当不鸣则已，一鸣惊人，方显陛下手段！”

柴荣目光闪烁，仔细打量了袁松一番，突然仰天大笑，笑声极为欢畅。

良久之后，他慢慢收住笑声，静静地看着袁松：“不错，不愧是名门所出之人，目光长远，看得明白。”

“多谢陛下夸奖。”袁松一躬到地说道。

“既然如此，这件事便交给你办。”

说罢，柴荣长身而起，负手身后：“满朝文武都不同意朕亲征，可正如你所说，朕御驾亲征，势在必行。所以，朕要看看你的本事，为朕铺出一条路来。你能否促成此事？”

袁松没有丝毫犹豫：“愿为陛下分忧！”

柴荣满意点头：“下去吧。”

等到内侍将袁松和赵匡胤两人领出去，柴荣慢慢坐下，微微一笑：“鬼谷门人，诡门幕人，只要你有本事，朕为何不敢用？”

赵匡胤和袁松出了宫门，一直等到离开好远，赵匡胤才长出一口气，伸手抹了一把额头上的冷汗。

“受益，你刚才为何要那样说？”他看着袁松问道。

“哪样？”袁松一愣，然后恍然大悟，“二兄，你不赞同陛下御驾亲征？”

“陛下英武是好事。”赵匡胤一皱眉头，“只是冯宰辅说得不错，陛下乃是万金之躯，贸然涉险，恐非好事啊！”

袁松摇头：“二兄，你只知其一，不知其二。”

赵匡胤一愣：“莫非这其中另有隐情？”

“自然另有隐情。”袁松微微点头，“你当陛下只是头脑一热，为了那个开拓之主的名头就贸然涉险吗？”

“难道不是？”

“不全是。”袁松一笑。说罢，他左右看了看，发现左近无人，离他们最近的侍卫也在远处，这才压低声音说道：“其实，这次陛下要御驾亲征，也是经过深思熟虑的。或者说，如果不是满朝文武反对，陛下未必会如此坚定。”

赵匡胤吃惊道：“这是何意？难道陛下有意与满朝文武作对？”

“不是陛下有意与满朝文武作对，而是陛下根基太浅，不得不如此做。”袁松低声道，“二兄，先皇当初不过是朝中一员大将，后来被刘汉逼反，立国又只有三年，这些文武大臣都是当初追随先皇从刘汉自立而来的。这些人历经两国三朝，在朝中势力早已根深蒂固，如果先皇仍在，自然可以恩威并施，分化瓦解，留下一个大好的局面。可惜，先皇家人全部死于非命，以至于先皇在位仅仅三年就因伤心过度而驾崩。先皇驾崩，留下的大周看似强大，其实是一个烂摊子。”

袁松叹了一口气：“二兄，我且问你，大周现在最大的困难是什么？”

“这……”赵匡胤略一犹豫，“是否是休养民力？”

“错！”袁松摇头道，“大周现在最大的困难，其实是如何收拢人心。百业萧条，可以恢复；民生凋零，可以养民。可如果这心散了，便是神仙来了也救不得。陛下初登大宝，看似威风，其实在这一潭水下却是暗潮涌动。那些文官历经两国三朝，盘根错节，只想握紧手中权力死死不放。而武将呢？我曾听闻，当初先皇率军围攻开封，久攻不下，曾许下诺言，攻下开封之后大索三日！后来终于在我那师兄的帮助之下，攻进开封，城中顿时化作一片血海。先皇也因此警觉，知道武将势大难治，骄横不法。这三年来，先皇有所动作，积极削弱兵权，只可惜壮志未酬便故去，留下这烂摊子给当今陛下。而这次出兵讨伐刘汉，正是这些身处高位之军将垂涎的机会，只要借此机会控制兵权，立下战功，则高枕无忧矣！”

说到此处，袁松深吸一口气：“你以为陛下这次御驾亲征为的什么？虚荣表功？耀武扬威？错！为的不过是收拢权柄，整合人心。为人君者，首要立威。值此乱世，最重武功，如若此次大胜，则陛下声势大涨，顺势而为，长治久安便不再是一厢情愿的虚妄之想。也正因如此，无论文武，齐声反对，或许其中有人真是为了陛下安危，但若说没有其他想法，我却不信。”

听完袁松的话，赵匡胤不禁打了个寒战。之前只道群臣是为了陛下安危才阻止御驾亲征，现在听袁松抽丝剥茧一般缓缓道来，赵匡胤这才知道此事没有那么单纯。

“既然如此，我等必须要力挺陛下！”赵匡胤皱着眉说道，“我等荣辱全系陛下，想陛下之所想，为陛下尽忠，乃是我辈本分！”

袁松一脸欣慰地看着赵匡胤，这位年轻将军脑筋转得很快，事情也看得清楚明白。陛下面对今天这局面，其实早就在慢慢布局，其中重要的一点正是这些年轻军官。这些军官乃是他一手提拔，陛下兴则他们兴，陛下衰，他们的前程也未必光明。这些人的生死荣辱全系于陛下，必然也是他最坚定的支持者。

“受益，”赵匡胤看着袁松，“你说吧，我该如何做？”

“不必着急。”袁松一笑，摆了摆手，“尔等乃是陛下最锋利的刀剑，只需藏于鞘中，随时为陛下出鞘便可。其实，现今陛下亲征之意已决，缺乏的不过是一个契机。只需要有德高望重之人出一言支持，诸事定矣。”

“我真的什么都不用做？”赵匡胤不甘心道。

袁松看了他一眼：“你现在只需要做一件事，加紧操练手下军兵，准备为陛下效死。”

“落轿！”伴随着吆喝声，一顶轿子在一扇大门前慢慢停下。

朱漆的大门高大气派，大门正上方，“冯府”两个镏金大字熠熠生辉。

几名挺胸叠肚的家丁站在门口，看到这马车来了，原本很有几分傲气的他们立刻变了个模样，弯腰堆笑。

一名管事急急忙忙地从大门里出来，挑起轿子帘，在一边躬身肃立：“恭迎老爷回府。”

冯道迈步从轿子上下来，随意嗯了一声，然后看着那些家丁，眉头一皱：“回头知会一声，让下人收敛一些，莫要摆出那副高高在上的模样来，平白遭人厌恶。”

“老爷放心，”那管事连忙答应一声，“老奴这就吩咐下去，让他们收敛，莫要辱没了您的脸面。”

冯道点点头，一边往里走，一边漫不经心地问道：“这段时间可有人来？”

“回禀老爷，来了几个无关紧要的人物，都被老奴打发走了。”管事说道，“不过此刻吴公子正在府上。”

“他来了？”冯道一听，眼睛顿时一亮，刚才满脸的肃容不翼而飞，反多了几分笑意，“是不是在后花园参悟那残局？”

“老爷一猜就中，吴公子正是在院子里参悟那残局呢！”管事笑吟吟说道。

“哈哈！”冯道大笑，“令中不同凡俗，对棋艺甚是沉迷。上次那残局未能解开，我就料到他必然心有不甘，果不其然，这才一日，他就上门来了。”

“老爷神机妙算！”

“莫要奉承了，我去看看令中。”说罢，冯道走进大门，直奔后院。

此时刚刚正月左右，天气尚冷，冯道的后院虽然楼台水榭，美轮美奂，可是花草枯败，多了几分凄凉，少了几分雅致，所以冯道进了后院也没停留，直奔一座暖亭。暖亭里烧着火盆，摆着一张桌子，一眉清目秀的年轻人坐在桌旁，死死盯着桌子上的一局残局，连有人进来都没有发现。

在一旁侍奉的仆人一看冯道进来，连忙要行礼，可是冯道却轻轻一摆手，面带笑容，慢慢走到了那年轻人的身边。

过了一会儿，那年轻人终于察觉到身边多了什么，一抬头，这才看到冯道就在身边。

“冯老！”他也不起身，坐在那里笑道，“您几时回来的？我竟未曾察觉。”

“令中你心思俱在棋中，哪里还能放到他处？”冯道也笑道，“如何？这棋局你可参悟透了？”

说到此处，冯道手捻胡须，略有几分得意道：“此乃老夫花费重金收集来的古谱残局，今日终于难住了这开封城中的痴公子。”

“冯老，这可未必。”那吴公子微微一笑。

“怎么？莫非你已有所得？”冯道惊讶道。

吴公子也不说话，将一颗黑子落在盘中。

冯道一看，哑然失笑：“堂堂痴公子也有失手之时，这一子落下，满盘皆输啊！”

吴公子含笑不语，作势一请。

冯道也不客气，与那吴公子手谈起来。开始冯道还满面笑容，可几手过后，他脸上的笑容便渐渐敛去，转为满面肃容。再看那棋盘之上，黑棋局势已然大变，虽然痛失一条大龙，却引导了局势，又过几手，冯道长叹一声，抓一把棋子撒到棋盘之上。

“罢了，罢了，这棋局竟然被你盘活了！”冯道说道，“不愧是开封城中的痴公子，老夫不如你多矣。”

“微末小道而已，冯老您只是俗事缠身，未把这精神放到棋上，不然小子必不是对手。”吴公子说道。

“哈哈，老夫毕竟是红尘中奔波之人，做不到令中这般洒脱。”说到此处，冯道轻轻一叹，“再说，现如今新皇继位，国事缠身，不仅如此，当今陛下年少，孟浪了些许，不及先皇稳重，就说这次吧，竟然和我提什么御驾亲征。一国之君，自然应该坐镇后方，哪能……”

他的话还未说完，那吴公子就已经摆手：“莫讲，莫讲！好好的一局棋，平白被这俗事污了。”

“令中，”冯道苦笑道，“我知你足智多谋，每有所言往往发人深省。老夫倒是想听你两句，此事该如何？”

“冯老心中早有计较，问我何用？”吴公子一笑，“大周立国三年，政令通达，休生养民，已有兴起之势，这是谁的功劳？说句诛心的话，新皇初一登基就如此孟浪，非明君之相啊。”

“嗯……”冯道闻言，微微点头。

这吴公子在这冯府又叨扰了一个时辰，拒绝了冯道的挽留，大步出了冯府去了另外一场宴会。

吴公子姓吴名楠，字令中，也是这开封城中一位风流人物，才学不凡，琴棋书画样样精通，样样痴迷，所以自称痴公子。虽没有入仕，可他在开封城中名头极大，经常出入高官显贵府中，与之讨论琴棋书画之道，诸多酒宴之中也不乏他的身影。

这次宴会也是一些高官显贵子弟组织的，这吴公子乃是此处常客，多饮了几杯之后，豪兴大发，亲自下场操琴，为诸位公子助兴。只是吴公子今日可能是多饮了几杯，初时尚能摸准调门，随后却弹得毫无章法，周围的公子们大声哄笑，吴公子根本不为所动，仍然不着边际地弹了两遍，这才趴在桌上沉沉睡去。

楼上的诸位公子并不知道，在不远处的一座楼中，一人盘坐在一张桌案之前，一边仔细地聆听那琴声，一边在桌上奋笔疾书，很快就写好了一张字条。写完之后，这人迅速收拾好东西离开了。

未过多久，这字条就出现在了那座小楼之内。

“不错！”歌主看完含笑点头，“夜莺做得好。这下那位陛下的手脚要被困住喽！”

“请歌主自重！”有人在她身边轻声说道，“那乃是伪周伪帝，怎当得‘陛下’二字？”

“当不当得，不必你来教我。”歌主微微一笑，“我心中自然有数。”

那人脸色一变，却不知该如何接口。

在这人身边还有一人，眼见场面尴尬，他连忙开口说道：“歌主神机妙算，我等自然是晓得。只是属下有一事不明……”

“你想问我为何不让那位陛下御驾亲征？”

“正是！那伪帝刚刚窃取大统，心高气傲，说不定是个眼高手低之辈，我大汉对上他，岂不是比对上那些沙场老将要强上许多？”

“糊涂！”歌主轻笑一声，“这也难怪，尔等未曾见过那人，自然不知那人厉害，依我看，此人睿智果决，志向高远，实乃是我大汉的一位劲敌！”

“歌主，您这话未免太长别人志气，灭自家威风了吧？”第一人皱眉说道。

“呵呵，我不管是不是长别人志气，我只是就事论事，行就是行，不行就是不行。”歌主双手背在背后，鹅黄色的裙角一扬，在屋中带起一股淡淡的幽香。

“乌夜啼求的是情报消息，要对大汉和陛下负责，我可不会为了一点颜面就肆意贬低对手，你现在贬低一句，搞不好军中就对他轻视一分，这一分轻视，到时便要用将士们的鲜血来偿的。”

第二人连忙向前一步，挡住了同伴，恭敬地行了一礼：“歌主恕罪，我等确实不及歌主深谋远虑。”

“罢了，我只说一次，这位陛下乃是雄鹰，如若放归蓝天，则必然乘风而起，无可限量。可如若将其困在开封城，磨其志，销其骨，拖在这重重叠叠的争权夺利之中，鹏鸟也就变作了蝇虫。”

第二人轻叹一声：“歌主高智，我等不及。”

“既然明白了，就退下去吧，做好尔等该做之事。”歌主淡淡说道。

那二人行了一礼，退出这座小楼。

“唉……”等他二人离开，歌主摘掉了挡住面孔的轻纱，软软地坐倒在一旁的软榻之上，双眼直勾勾地盯着房顶，喃喃自语道，“义父终究还是信不过我啊……”

等袁松和赵匡胤回到赵府，天已经漆黑了。

一进府，赵匡胤就吩咐置办酒菜，说是要和袁松秉烛夜谈，吩咐完，两人便进入后院小屋，开始商量对策。

“二兄，”和赵匡胤相比，袁松从容许多，“和我详细说说这开封城中的人物，我初来乍到，对此不熟。”

知道袁松皇命在身，赵匡胤不敢怠慢，仔细和袁松说起开封中的种种人事。他久居京中，自然说得头头是道。可刚说了没两句，房门一开，有人像一团火一般跑了进来。

赵匡胤和袁松一惊，同时抬头，待看清来人之后，两人才松了口气。

“二妹！”赵匡胤嗔怒道，“你也老大不小了，怎么还是这般毛躁！”

“哼！人家好心好意给你们送吃送喝，你们不心存感激也就罢了，还这般埋怨我，当真是好心当成了驴肝肺！”赵凝噘着嘴，把手里的托盘往桌上一放。托盘上摆着几样精致小菜，香气四溢。

“怎么是你来送？下人呢？”赵匡胤惊讶道。

“看你们二人那鬼鬼祟祟的模样，我就知道你们要聊些见不得人的事，所以我亲自把酒菜送来喽。”赵凝说道。

“咦，你当真是我二妹？”赵匡胤惊讶道，“你何时变得如此有心了？”

赵凝红着脸啐了一口：“不理你了！哼，好心没好报！”

说罢，赵凝一转身就跑了出去，还不忘回手将房门关上。

“这丫头！”赵匡胤轻笑了两声，看着袁松说道，“去了一趟潞州，倒是乖巧了许多，还是你有办法。”

袁松苦笑一声，也不知该如何说。

好在赵匡胤没有纠缠此事，和袁松一边继续吃酒，一边继续聊了下去。

赵匡胤足足用了半个多时辰，才把这开封城中的主要人物说了一遍，桌上的饭菜都冷掉了。

袁松微微闭眼，仔细回想了一遍，然后睁开眼睛，低声道：“看来想要破局，唯有说动一人。”

“何人？”

“中书侍郎、平章事王溥。”

“他？”

“不错。”袁松微微点头，“王溥乃是两代老臣，先皇在刘汉为臣之时，王溥就是先皇麾下从事，与先皇相交莫逆。先皇在病危之时，将王平章提拔为中书侍郎，道一句‘朕无忧矣’方才去世，可见王平章在先皇心中地位之重。只要说动了他，以王平章的资历、地位，足以为陛下张目。”

“话虽不错，”赵匡胤把玩着手中酒杯，皱眉道，“只是我听说王平章闭口不谈此事，游移不定，大部分人都摸不透他的想法。让他出面支持陛下，难——”

袁松深吸一口气，说道：“可我等仍有机会，先皇虽然是武将，但是用人眼光独到。王平章处事妥帖且忠心，最擅长查漏补缺。当初先皇在刘汉平叛功成，缴获大量通敌文书，王平章谏言：‘魑魅魍魉之辈，趁夜而出，日出则灭，请焚此物，安君王左右之心！’先皇听他之言烧了书信，这才赢得了人心。其后，先皇围攻开封，其中就有这些人暗中相助。所以，王平章看得清楚，也看得明白。这样的人，我不信他看不透这时局。所以，我需要找个机会和他好好谈谈。”

“话虽如此，可是你要如何与王平章见面？”赵匡胤道，“你现在无官无职，我虽然是禁军宿卫将军，但正值非常时期，我武将之身，不宜与你同去……”

“天色晚了。”袁松从容一笑，“今日辛苦，你我还是早点歇息吧。”

“喂！”赵匡胤脸色难看，喊了一声，可袁松不理不睬，倒在床上，未过多久，呼噜声就已经均匀地响了起来。

袁松虽然睡了，可是在这开封城中，还有许多人未睡着，因为刘汉犯境，新皇登基，以前许多压着的、埋着的、见不得人的事情如同沼泽下面的污水一般翻了上来。

中书舍人府中，姚谦将手中的一张纸轻轻放在桌上。

“我这个小师弟果真有两下子。”姚谦轻叹一声，“竟然从潞州城回来了。不仅如此，还帮着李筠立下了大功。可惜啊。”

姚谦摇了摇头：“当初他初来乍到之时，略一犹豫未下狠手，让他逃了出去。可惜了！”

说这话时，他满脸惋惜，语气柔和，似乎并不是在说一件要人性命的凶案，而是在说一件家长里短的小事一般。

“果然如大兄所说，您这位师弟的确不同凡响。”在姚谦身边，一年轻人目露凶光，低声道，“不如我等现在动手，为时未晚。”

“为时未晚？”姚谦嗤笑一声，“已然晚了。”

“啊？”

“当初他乃是一无名小子，可现如今他已入了陛下法眼，还和赵家搅在了一起，如何能动？”姚谦又是一声轻叹，接着他嘴角一勾，露出一丝古怪笑容，“不过，这也未必是坏事。我们姚家虽然帮助先皇拿下开封城，立下了功劳，我也颇得陛下信任，只是站在我们上面的人还是太多了，我等如果想要获得陛下信任，更进一步，就要将站在上面的那些人推下去才好。我这位小师弟正在做的就是这件事。”

他拿起桌上那信笺又看了一遍：“所以不必管他，随他去吧，必要之时还可以助他一臂之力。我们现在要做的，是对付我们的老对手，如果他们现在不出来搅风搅雨，那就怪了。”

姚谦脸上的笑容慢慢收敛，连语气都冷得像冰一般。

第十一章　诡门幕人妙算朝堂

第二天是个晴天。春风和煦，城外的树上已经冒出了嫩芽，迫不及待地想要舒展一下被寒风吹了一冬的筋骨，几只燕儿衔着泥巴送到屋檐之下，修补着未来几个月要住的家。

这本来应该是一个春意盎然、生机勃勃的日子，可是开封城中却似乎笼罩着一层挥之不去的阴霾，这阴霾看不清，找不到，但是所有人都知道它就在那儿。

刘汉犯境已有半月，大周这边军队粮草早就调拨妥当，可是朝廷却迟迟不见动静，衮衮诸公似乎都在等着什么，朝野上下有一股让人压抑的沉默。

开封城中，一辆马车顺着大道缓缓驶来，最后停在了当朝中书侍郎、平章事王溥的府门前。

接着，车夫挑起门帘，一名年轻公子施施然从马车上走了下来，他抬头看了一眼王平章那朱红色的大门，迈步走了过去。

刚到门口，一名仆役就迎了上来，未曾说话先施了一礼。

“这位公子，请问有何贵干？”这仆役说话时面带笑容，举止动作不卑不亢，仅凭做派，足见王平章平日里管教有方。

“这位小哥，”袁松微微躬身回了一礼，“请禀报王平章，就说同门来访，请见平章一面。”

“请这位公子见谅，家主特地吩咐过了，这段时间不见客。”那仆役说道。

袁松先是一愣，这才明白王溥这位位高权重的先皇故旧的门前为何如此冷清。

不过，袁松倒也不慌，从怀中掏出一张信笺，递给那名仆役：“这位小哥，那劳烦你将这信笺呈与王平章，可否？”

“这……”那仆役略一踌躇。

“小哥，王平章不欲见客，可未曾说过不见书信吧？我和王平章乃是同门，这封信就是和王平章叙一叙同门之谊。”袁松道。

“既然如此，请公子稍候片刻。”仆役点点头，接过书信，跑入王府。

未过多久，书信就送到了王溥手中。

“来的是什么人？”王溥接过信来并未看，而是先问了一句。

“回禀老爷，来的是一位年轻公子，说是老爷的同门。”那仆役说道。

“同门？”王溥一愣，打开了信笺。

信笺中是白纸一张，只字未有，只在纸的正中间留有一个三角形的红色印记。这印记歪歪斜斜，而且模糊不清，看起来就像是用一块石头戳上去的一般。

换成任何一人看到这印记，恐怕只会以为是小儿涂鸦，可是王溥看到这印记，脸色却微微一变。

他把信笺扣在桌上，看着那仆役问道：“这人现在哪里？”

“就在门外。”

王溥沉吟片刻，开口说道：“请进来。”

袁松被仆役引入书房后，发现王溥早已端坐在书案后面，目光炯炯有神地盯着走进来的自己，在桌案之上，摆着一副文房四宝。

袁松一笑，也不说话，径自走到书案前面，先把桌上的笔架拿起，同时抽出一张白纸，本来横放的笔架被他竖了过来，压在了那张纸上。

这在幕人中有个讲究，叫“顺水文章”，算是自报家门，别人看不懂，只有同为幕人，才能看得明白。

看到这个，王溥脸上露出一丝浅笑，微微点头。

“见过前辈。”袁松对着王溥一抱拳。

王溥仔细打量了他几眼，突然把桌上的文房四宝一字排开，对着袁松一笑，指了指桌子：“请吧。”

“见笑了……”袁松一点头，先从那笔架上取下一支紫毫笔，往那白纸上一搭，然后把桌子上的砚台压在那张白纸的东南角，最后拿起一支墨条，放在了那砚台的右手边。

看到这一幕，王溥长出一口气：“果然是同门。诡门出身？”

袁松躬身行礼：“有言不危，临危则言，见过前辈。”

这一整套在幕人中有个名目，叫作“四宝阵”，用来作为幕人之间彼此相认的标记，也是确定对方是否同为幕人的方法。

首先毛笔用来自报家门，不同的毛笔组合代表幕人的不同分工。紫毫笔的笔头是以兔毛制成，因为色泽紫黑光亮而得名。这种笔挺拔尖锐锋利，弹性非常好。在幕人的四宝阵里，只有一种人可以用紫毫笔来代表身份，就是诡门出身的幕人。

诡门幕人好奇计，善于弄险，最擅长在乱世中出谋划策，说一句在针尖上跳舞都毫不夸张，所以这种笔代表诡门幕人最为合适。

砚台压在纸张的东南，意思是师出东南，而墨条摆在砚台的右侧，表示这名幕人还没有认主，属于未入幕。已经认主的幕人，则会把墨条搭在砚台里。而把墨条放在砚台左侧，则代表这幕人曾经认过主，但是现在已经离职。

这一套章程下来，必须要有模有样，有先有后才行，先动什么后动什么都有讲究，乱动一样都算是乱了章法。样样都是幕人中隐秘的规矩。

王溥一笑，把那张信笺又拿了出来，托在手上："能用到玉转，就不是一般的幕人。"

"此乃当年师尊所赠，未承想今日终于用上。"袁松自嘲一笑。

"这没什么。"王溥一笑，"谁没有年轻过？当年我也一腔热血，试图以自己的本事闯出一个大好前程来，谁承想拼搏至今，土埋了半截，也不过才有了今日成就。"

他抖了抖手中信纸："幕人之间本来就应守望相助，有这玉转在手，不用岂不可惜？我今日能见到少年英杰，也是托了这玉转的福啊！"

"前辈谬赞了。"袁松笑道。

"非是谬赞。"王溥一摆手，"罢了，本来今日应该请你吃酒的，奈何老夫年事已高，不胜酒力，不似你们年轻人精力充沛，不如以茶代酒，请你品茶吧。"

说罢，他轻轻击掌，房门打开，一名仆役走了进来，躬身行礼："请老爷吩咐。"

"去将我那套洒金取来，再把琼娘喊来，我要烹茶待客。"

听闻此言，那仆役顿时一愣，诧异地看了袁松一眼，他知道那套洒金乃是老爷心爱之物，不是至交好友，根本见不到，这年轻人究竟何德何能，竟然能让老爷用这洒金奉茶？

"还愣着做什么，"王溥脸色一沉，呵斥道，"莫非你想慢待贵客？"

那仆役连忙出去，没过多久，双手捧着一只木盒进了屋。

袁松一看木盒就吓了一跳，这木盒用整块沉香木雕琢而成，上面是一整套竹林七贤的浮雕，惟妙惟肖，木盒的几个角包着金箔，光是这盒子恐怕就价值万金，真不知这盒子里装的是何等宝贝。

那仆人小心地将盒子放在桌上，退了下去。没过多久，一名身着彩裙的美艳女子带人进来，在桌边放下火炉、铜罄、水壶几样东西。铜罄中是一汪清水。女子坐下之后，用铜勺舀了几勺水到水壶中，用小蒲扇轻扇炉火，烧起水来。

未过多久，眼看那水快要烧开，王溥这才小心翼翼打开木盒，从里面取出两只茶杯。

这茶杯黝黑发亮，可偏偏在黑中有点点的金色，就像被撒了一片金粉一般，在那杯底还有一圈隐隐的蓝色。一看就知这茶杯不是凡物。

“如何？”王溥手托茶杯，炫耀似的问道。

袁松双手捧过茶杯，用手一扣一摸，感慨道：“温润如玉，细腻如肤，色正胎薄，难得的是这细碎的金色。当真是极品中的极品，以晚辈来看，此乃魏晋之物吧？”

听到这话，王溥哈哈大笑，笑容畅快至极：“不错，不错，不愧是诡门出来的英才，竟然对此物也有研究。这的确是魏晋之物，你可知它的来历？”

“不知。”袁松摇头道。

“这可是老夫手中的珍品。”王溥手捻胡须，得意道，“此物大有来历，乃是当年书圣所制。”

这次袁松当真是惊讶：“此物是书圣所留？”

王溥点头笑道：“都知王书圣好酒，其实他也好茶，此乃是当年他专门制作的一套茶具，辗转多年，最终得入我手。今日小友既然来了，便与我一起品茶聊天儿如何？”

“如此宝物，自然要试试。”袁松道。

这时，旁边火炉上的水已沸腾，那美人琼娘开始煮茶。

王溥又道：“这是我存下的雪水，用的是友人赠我的吓煞人香，原本我不好茶道，但是自从得了这套茶具，没事品尝一番，倒是别有一番滋味。只是我喝惯了清茶，不知你可习惯？”

茶已煮好，琼娘为两人各倒了一杯，退到了一边。

袁松举起茶杯，还未入口，便已觉茶香扑鼻，饮了一口，顿时口齿留香。

“如何？”王溥问道。

“果然是好茶，风味与众不同。”袁松感慨道。

王溥一笑，说道：“好了，言归正传。今日你来拜访，连玉转都用上了，所为何事？”

“前辈！”袁松闻言，把手中茶杯放下，“实不相瞒，晚辈从潞州回来，昨日才到开封。”

“潞州？”王溥一惊，“你从潞州回来？”

“正是。”袁松点头，“不过前辈不必焦急，潞州仍在我军手中，刘汉已经无力攻取，以晚辈看来，刘汉既然无法速取潞州，必然会留下少量精锐围困潞州，其他大部南下泽州，直奔开封而来。”

王溥冷哼一声：“这个刘崇！”

接着，他又看了袁松一眼："早晚我大周与他必有一战。小子，你来我处，当不是就为了和我说这闲话的吧？"

"自然不是。"袁松摇头，"晚辈昨日已经将战报禀报陛下，今日是陛下让我到此处来的。"

"陛下让你来的？"王溥把玩着手中的洒金茶杯问道，"你是为陛下当说客的？"

"正是！"袁松说道，"前辈应知，陛下欲御驾亲征，奈何朝中无人赞同。"

"小子，"王溥盯着手里的洒金茶杯，就好像这茶杯已经将他的眼球吸住了一般，"我不信以你的能耐，看不出这其中的利益纠缠。果真看不出的话，你这诡门中人的名头就有点名不副实了。"

袁松微微一笑："晚辈的确是看出来了，不然的话，晚辈为何会来叨扰前辈呢？"

"那你可是来错地方了。"王溥说道，"老夫现在身份特别，虽然不愿意和那些老家伙同流合污，可毕竟同殿为臣，有些事情也不愿管。再者说，他们说的也未尝没有道理，之前开封城中就出现了一起针对陛下的刺杀，虽然误中副车，陛下安然无恙，可有一就有二。刘崇虽然本事不大，可手下确有一批丧心病狂的凶徒，恐对陛下不利。陛下身为一国之君，干系重大，绝不能亲身涉险。小子，所以老夫也不甚支持陛下亲征之举。"

听着王溥的话，袁松的眉头慢慢锁紧。这一番话当是王溥的肺腑之言，只是却太过想当然了点。

再看王溥，说话时漫不经心，他全部的心思都放在了手中的那只洒金茶杯上，就好像世上除了这东西，再无什么能引起他注意的了，就如同那些知足常乐、再无进取之心的寻常老人一样。

袁松犹豫了片刻，突然站起身来，高高举起手中的洒金茶杯，看了一眼一脸愕然的王溥，冷笑一声，将洒金茶杯用力地往地上一摔。

"啪！"一声脆响，茶杯摔在地上，碎成了几块。

"啊！"一边奉茶的琼娘惊呼一声。

"我的洒金茶杯！"王溥大叫一声，猛地冲过来，将地上的茶杯捧在手里。

只是这茶杯已经碎成了几块，无法复原。

"这是何意？"王溥转过头狠狠地瞪着袁松，"我好心用这洒金茶杯招待你饮茶，你不感谢也就罢了，为何还要毁了它？"

"前辈，"袁松长身而起，从容不迫道，"洒金茶杯的确名贵，可与其最后让此宝蒙尘，落于他人之手，还不若现在就毁了它，前辈百年之后，说不准还能见它一面。"

王溥面色阴沉如水：“此话何意？”

“前辈，您当真以为自己看得清楚明白？”袁松说道，“依我看，您不过是一个耳不清、目不明的昏庸老者罢了。此等见识，如何配保有宝物？莫说宝物，说不定连子嗣后代也享不了什么恩泽！”

袁松这话可谓恶毒无比，已经等于指着王溥的鼻子骂他，说他昏庸无能了。

听了这话，王溥沉默下来，一双眼阴沉地看着袁松，良久之后，才开口问道：“你何出此言？”

“前辈！晚辈知道您摆出这茶具来给晚辈看的意思。”袁松道，“无非就是告诉晚辈，您愿意安享富贵，不愿卷入这里面的利益纠缠。但以晚辈来看，此举大错特错！前辈当真以为退一步便能海阔天空吗？”

不待王溥说话，袁松接着道：“前辈千万莫要忘了自己的身份！当初您乃是先皇麾下从事，在文官中，您乃是少有的几名先皇挚友。先皇更是在病危之时委以重任，然后才含笑九泉。如此信重，除前辈之外，有第二人否？在文武百官，不，在天下人眼中，前辈早已是陛下的人了！此次如果陛下失势，虽然一时无忧，可长久之后该当如何？在那些人眼里，谁又是陛下马前之卒？前辈，垂髫童子都知道先剪羽翼，再攻其身的道理。试问当今朝堂，谁可为陛下羽翼？”

听到袁松的话，王溥脸色渐渐变了，变得阴晴不定。

看到他这般模样，袁松便知自己所说的话已然有了成效，于是继续说道：“前辈，新皇继位，根基不稳，最是需要树立威信，借此理清朝堂。如今不是太平年月，天下四分五裂，征战不断，朝堂中人心惶惶，各有打算。陛下要做的乃是子继父业，如当年初唐的太宗皇帝一般的开拓之主，而不是守成之君。此时若要退上一步，便是沟堑！陛下若倒，敢问谁可为前辈撑腰？前辈若退，敢问谁可为陛下张目？其他大臣今为周臣，明日便可为汉臣，如此世道，蛇鼠两端并不稀奇。可前辈与陛下，早已是一体两面，唇齿相依，他日若有事来，除了陛下，谁还敢用前辈？至此，前辈难道还要执迷不悟下去吗？”

顿了顿，袁松又说道：“再者，陛下自幼便与前辈相熟，他之所作所为，前辈早已看在眼里，究竟是否为明君之相？能否渡过难关？难道以前辈之能，还看不明白吗？”

王溥脸上的表情变幻莫测。他死死地盯着袁松看了一阵，又低头看了一眼手上的洒金茶杯，最后轻轻叹了一口气，将手里的茶杯随意往地上一丢。

“你这小子，倒是有些意思。”随后，王溥微微一笑，站起身来，“行了，今日尽兴了，你可以走了。”

“啊？”袁松一愣。

“不走，难道还惦记着老夫另外一只洒金茶杯吗？”王溥嗔怒地道了一句。

“呃，不敢。”袁松连忙行了一礼，“那在下告辞了。”

说罢，他便离开了这里。

“这小子，有点意思。”等袁松离开，王溥一笑，回过头来看着身后一脸迷惘的琼娘，淡淡说道，“今日之事，你不可向任何人说起。罢了，来人。”

一名仆役走了进来。

“送琼娘去西跨院居住。”王溥说道，“这两日未经我许可，不许她踏出院子半步。”

袁松走出王溥家大门时，一辆小马车在门外已久候多时。看到袁松出来，轿夫赶忙挑开帘子，让他钻了进去。

“喂，事情怎么样了？”刚刚钻进车篷，他就听到有人问了一声。

“啊！”袁松被吓了一跳，转头一看，就看到赵匡胤满脸期盼地坐在马车里。

“原来是二兄，”袁松苦笑一声，“你何时来的？”

“早就来了。”赵匡胤摆摆手，“你吩咐的那些事情根本就不成问题，军中能与我谈得来的，自然是肝胆相照，不需多说。和我谈不来的，那就是老死不相往来，和他们没什么说的。倒是你，进展得如何？王平章同意了吗？”

“虽未说话，但是十有八九。”袁松一笑，说道。

赵匡胤顿时眉飞色舞：“这么说，陛下的事情咱们办成了？”

“不谈这些了，”袁松满脸倦色，“带我回家吧，从潞州回来就未曾好好休息，这次可要好好歇歇，缓一口气。”

“这就完了？”赵匡胤有些不安地问道。

“不然如何？世间之事，尽人事，听天命而已。”袁松洒脱一笑，“我已做了十成，之后如何，就看明日大朝会了。”

第二日，太阳缓缓升起，文武百官依次上殿参加朝会。原本只是一次寻常的觐见，只是今日似乎有一种让人压抑的气氛笼罩在众人头上。

上朝的文武百官彼此之间虽然并未言语，但是眼神交流不断，同时用隐蔽的动作打着手势，一切都预示着有些看不见的东西在人群中酝酿。

所有人里，只有王溥和冯道两个人神态自若。

冯道身为宰相，走在文臣最前列，昂首挺胸，眉目之间神采飞扬。王溥面色如常，脚步沉稳，只是偶尔微微抬起头来，看一眼走在前面的冯道，总是要露出一丝意义不明的古怪笑意。

很快，随着内侍太监一声响亮的“上朝”声，身穿龙袍的柴荣出现在大殿之中。

进入大殿后，他脚步稍停了片刻，一双眼睛缓缓地从下面的文武百官身上扫过，看着那一张张面孔，他冷笑一声，最后才慢慢地走到正中间的御座坐下。

等他落座，群臣躬身施礼：“吾皇万岁万岁万万岁！”

“诸位平身！”柴荣没有任何客套，开门见山道，“诸位，今日其他国事暂停，先议一件。刘汉犯境久矣，前方战事吃紧，朝廷上下却迟迟拿不出个办法来，这是何缘故？”

诸位大臣显然未料到柴荣如此直接地提起这事，不过好在大家早就有了腹案，所以愣了片刻之后，一名大臣迈步向前。

“启禀陛下，现今敌势不明，微臣以为应该先派探马打探消息。兵法有云，知己知彼方能百战不殆……”

“派出探马？”柴荣轻声一笑，“之前派出的探马不知凡几，可曾有人带回有用的消息？我等在此高谈阔论不要紧，朕等得，诸位爱卿也等得，可是前方的将士却等不得。现如今，一寸光阴便是一寸鲜血，尔等莫非要等到前方将士死尽死绝，才能拿出办法来吗！”

听闻此言，那大臣唯唯诺诺，好半晌才憋出一句话：“可，前方敌情不明，如此贸然行事……”

“敌情不明？不，敌情现在已经明了。”柴荣冷冷说道，“我已得到由忠义之士带回的李节度使手书，信中言道潞州城现今仍在大周手中，全城军民奋勇抵抗，刘汉猛攻半月未得寸进。”

听到这消息，除了王溥和冯道几个知道内情的人，其他大臣顿时哗然。自从刘汉围城，潞州城已许久未有消息，是陷落还是仍存，始终不得而知，现今得到确切消息，得知潞州仍存，多少有点振奋人心。

柴荣向身边一名内侍使了一个眼色，那内侍顿时心领神会，向前一步高声喝道：“肃静！不得君前失仪！”

这一声喊又高又亮，群臣这才意识到身在大殿，连忙躬身向柴荣请罪。

“不必了。”柴荣摆摆手，“如此大事，诧异也是应当的，朕初闻此事，也是振奋不已。既然潞州城仍在我手，那刘汉便失却了步步为营的机会，以朕看来，刘汉只能绕过潞州直取泽州。我军立即出发，当可与刘汉一战！”

下面的群臣精神为之一振，可还未等到他们开口，柴荣继续说道：“还有一事，此次率领刘汉贼军的不是旁人，正是那刘汉伪帝刘崇是也！这贼人当年被先皇大败，竟不知好歹，仍敢来犯境。这一次，必让他来得去不得！”

说到此处，柴荣站起身来，大声说道：“既然他刘崇敢率军亲来，那朕若不去，岂不是被他小瞧？朕继承先皇遗志，贼寇入境，焉能避而不战？朕意已决，将亲率大军与他一战！”

听到这一番话，下面的文武百官顿时哗然，声势比之前还要厉害。所有人都从柴荣的语气中听到了决然的意思。

“陛下不可啊！”一名大臣出班，大声说道，“敢问陛下，这消息来源可真实？”

“怎么？”柴荣轻笑一声，“莫非你质疑忠义之士？”

“不敢。”那大臣忙低下头，“微臣只是觉得，刘崇自平阳一战败于先皇之手，势蹙气沮，狼狈逃窜，哪还有胆子再来犯境？臣唯恐是此人误判了潞州局势，不知从何处得来所谓消息，谎称刘崇率军进犯……”

“住口！”柴荣面色阴沉如水，“此人带来的是李筠李节度使的亲笔书信，其上有节度使的密印，岂能有假？”

“这……”那大臣还想再说。

“朕说了，莫要让忠义之士寒心！”不等他开口，柴荣便冷冷说道。

那大臣不敢再说，慢慢退下。

“陛下！”此人刚退下去，又有一位大臣出班奏报，“即使刘崇亲自率军而来，陛下也不宜轻动。陛下刚刚即位，山陵有日，人心易摇，加之前次陛下出巡，突然遇袭，显然刘汉乃是不择手段的小人。因此，陛下应当稳守开封，命一大将迎击刘汉即可！”

柴荣冷哼一声：“刘崇趁我大周大丧，欺朕年少，趁势而来，有吞并大周之心，我若不去，以此胆怯之心，何以治平天下？”

那大臣被柴荣压得说不出话来，求助似的看向一旁的冯道。

冯道心中暗骂一声。他身为宰相，是百官中的领袖人物，此时百官声势已有被柴荣压过的势头，他不得不站出来为之张目。

“陛下！”于是，冯道出班奏报。

端坐在御座之上的柴荣眼角一跳，勉强笑了笑：“冯宰辅，你有话说？”

“正是。”冯道大声道，“臣以为陛下刚刚即位，军心不稳，民心易动，此时陛下正应该稳坐开封，纵观全局，怎能亲身涉险，不以天下为重呢？”

“朕要御驾亲征，正是以天下为重！”柴荣道，“此番刘汉进犯，民心惶惶，如若朕不亲往，稳定军心，提振士气，趁势击败刘崇，则天下百姓岂能心安？”

“明明择一大将可做之事，岂能由陛下亲临？”

“将士尚可迎敌，朕又有何不敢？”柴荣说道，“昔日唐太宗以万金之躯征战杀伐，定鼎天下，朕岂能输他？”

冯道看了柴荣一眼，幽幽说道：“尚不知陛下能为唐太宗否？”

柴荣怒哼一声：“刘崇不过一跳梁小丑，以吾兵力之强，破刘崇如山压卵耳！”

冯道又说了一句：“尚不知陛下能为山否？”

“你！”闻听此言，柴荣勃然大怒，几乎要拍案而去，可是他却硬生生将火气压了下来，从御座之上向下看去，群臣一个个低头拱手，竟然无一人出言质疑冯道，支持自己。虽然明知道这些人中，有些人的确是在担心自己的安危，可柴荣还是感觉到一股悲凉与无奈。他仿佛从冯道的脸上，捕捉到了一丝不易察觉的得意之色。

就在此时，朝臣中有人站了出来，向上行了一礼："陛下，臣有事上奏！"

"嗯？"柴荣一愣，发现站出来的正是中书侍郎、平章事王溥。

这是先皇留给自己的老臣，乃是先皇的至交好友，更是先皇在病危之时提拔为中书侍郎、平章事的，乃是先皇托孤之人！

此人行事低调，此时却突然出来说话。莫名地，柴荣心中燃起了一丝希望。

"王爱卿。"柴荣连说话的语气都柔和了几分，"有事请讲。"

王溥看了一眼冯道，淡淡说道："陛下。臣以为冯宰辅所言差矣！"

冯道完全没料到王溥竟然在此时站了出来。王溥无论从资历还是从权柄上来说，都足以与自己分庭抗礼，尤其他乃是先皇托孤之人，在大义上已经占足了名分，现在他突然站出来反驳自己，顿时让冯道有些难办。

可王溥完全不理会冯道，自顾自说道："陛下，宝剑锋自磨砺出，梅花香自苦寒来！宝剑不予磨砺，哪来的锐气逼人？梅花不受苦寒，哪来的香满人间？陛下刚刚即位，正是应该立威于天下之时，而刘汉丑类恰在此时进犯，正好给陛下立威！"

"你！"冯道怎么也没料到半路竟然杀出这么一位来，原本以为大好的局势已经出现了一丝破绽，他一时间竟不知该说什么。

王溥却没给他任何说话的机会，他对着端坐御座上的柴荣躬身一礼："启奏陛下，微臣以为，陛下御驾亲征，正当此时！"

"王溥！"冯道大吼一声，"你竟然让陛下亲身赴险，这岂是臣子之道？"

"赴险？"身为老臣，王溥丝毫不惧冯道，"哪来的险？依老臣看来，如果朝廷大军尚不能保陛下之安危，那困坐在这开封城中，也未必有多安全！"

"你……"冯道一时语塞。

这时，端坐在上的柴荣长身而起，虽举止威严，却掩不住那眉宇之间的喜色："两位爱卿，不必再争了。朕以为王爱卿所言极是，传朕旨意，整备三军，筹备物资，后日午时誓师出征，朕亲领麾下将士与那刘崇一战！"

闻听此言，冯道脸色大变："陛下不可啊！"

"有何不可？"柴荣看着冯道笑问道，"冯爱卿还在担心朕的安危？就如王爱卿所说，如若朕麾下的将士尚不能保护朕的安全，深居宫中又如何能保证朕的安危？"

说罢，柴荣一挥手："此事就这么定了！"

“陛下！”冯道嘴角轻轻一抽，接着狠狠地咬了咬牙，对着上面的柴荣行了一礼，“老臣认为陛下所为甚为不妥，老臣心忧陛下安危，如陛下一意孤行，必要亲征，还请陛下念臣老迈，请准臣告老！”

冯道这番话说出来之后，大殿瞬间安静了下来。

所有人都诧异地看着冯道，他的这一举动，彻底把自己摆在了与陛下对立的台上，用自己的相位对陛下苦苦相逼，称得上是孤注一掷了。

唯有王溥在一边冷笑一声，他知冯道心意，无非是以退为进，逼陛下服软罢了。冯道必然以为，陛下初登大宝，根基不稳，正是需要他们这些老臣辅佐之时，他这般做派不但能逼得陛下服软，而且还能卖好文武百官，只要陛下服软，他的声望将一时无两。

王溥心中嗤笑一声，只可惜冯道猜错了这位陛下的心思，也低估了他的手段。

柴荣站在御座前方，冷冷地盯着冯道，良久之后，他才开口问道：“宰辅，何至如此？”

“陛下！”冯道低头道，“良药虽苦口，却利于病。忠言虽逆耳，但利于行。微臣坚持己见，为陛下之安危，请陛下不要一意孤行！”

柴荣轻叹一声：“宰辅乃是当朝元老，功勋卓著，贤名鼎盛，奈何如此逼朕？”

“陛下，臣不敢，臣只是就事论事罢了。”冯道淡淡说道。

“就事论事？”柴荣一笑，“可惜，你有你的事，朕也有朕的事！”

说罢，不等冯道再开口，他便一甩袍袖道：“宰辅之请，朕不准！不过宰辅所言极是，您年高气虚，不宜过多操劳，朕知您与先皇同殿为臣，交情莫逆，现今先皇新丧，却有刘汉进犯，朕不得已，只能率军出征。然则为人子者，无法为先皇尽孝，心中未免悲切。朕今日便任命宰辅为先皇山陵使，主持先皇丧事，代朕尽孝！”

冯道一听此言，低呼一声，身子一晃，险些栽倒在地。所谓山陵使，不过就是守灵之人，转任这一职位，等于剥夺了他身上的一切权柄，将他架空。虽然明面上未曾把他一撸到底，实际上与将他一撸到底毫无差别。

“臣……”冯道张了张嘴，想要说话，却觉得喉咙发干，口中发涩，一句话也说不出口。柴荣锐利的目光刺在他身上，刺得他隐隐作痛。

他有心想要不认，可最近柴荣先是一连串动作，在禁军中大力提拔年轻将领，已经紧紧地握住了禁军的军权。冯道原想借众臣之势力压柴荣，可王溥的出现打乱了他的计划，有王溥在，群臣已经产生了分裂，无法成为他的助力，再加上刚才自己那以退为进之举，终究将自己逼到了这一步。

良久之后，冯道终于低下头来，干涩地说了一句：“臣领旨！”

“辛苦了。”柴荣脸上终于露出一丝笑意。他环顾四周，群臣低下头来，无人敢与他对视。

“诸位！”柴荣大声问道，“后日午时，朕率军出征，可有异议？”

所有大臣沉默片刻，齐声答道：“臣等领旨！祝陛下旗开得胜！”

散朝之后，柴荣慢慢地走回了书房，回想起今天这一幕幕，他在心中不由得叹了一声侥幸，如果不是王溥关键之时出面为他张目，分化了朝臣，分散了他的压力，那么今日在冯道与群臣的空前压力下，自己将无法下台。

“呼！好险！”柴荣长出了一口气，然后嘴角一勾，露出了一个舒心的笑容。

“来人。”他喊了一声。

“陛下！”一名内侍从黑影中走出，躬身施礼。

“查！”柴荣微微闭上眼睛，靠在椅背上，“昨日可有人去过王溥王平章的府邸。”

“遵命！”那名内侍答应一声，退了出去。

柴荣有一种预感，这一次王溥出面，很可能和鬼谷出来的那个年轻人有关。

第十二章　御驾亲征座上宾

小楼之中，轻纱遮面的乌夜啼歌主神色凝重地端坐在一张椅子上。

“消息已经确认？”她沉声问道。

“禀歌主，消息已经确认。”在她面前，一人垂手而立，“今日伪周中书侍郎、平章事王溥在朝中支持伪帝御驾亲征，分裂朝臣，最终伪帝一意孤行，决定御驾亲征，同时将宰相冯道贬为山陵使，操办伪帝郭威丧事。”

“厉害啊！雷霆手段，当断则断，没有丝毫犹豫。”歌主苦笑一声，“我果然没有看错，这位陛下不是一般人。”

接着，她深吸一口气，说道：“不过，如果没有王溥支持，这位陛下就算一意孤行，也会与朝臣间造成巨大裂痕。正是王溥出现，对他鼎力支持，这才导致朝臣左右摇摆，不知所措。这事怪了！”

歌主轻轻敲了敲桌子：“王溥虽然被郭威托孤，但这段时间韬光养晦，以他老奸巨猾的本性，不会看不出这其中的局面，按理说不应贸然蹚这潭浑水。为何他突然转了性子，站出来为这位陛下张目了？”

“查！”歌主语气突然一冷，“查查这两天王溥见过何人。另外，查查究竟是何人从潞州城归来，为这位陛下带来了消息。”

“遵命！”

此时，姚谦的心情却十分不错。在姚府的一间密室之中，他斜靠在榻上，面前的桌板上摆着两三样精致小菜，还有一壶美酒。

在他对面，端坐着一个年轻人，面前桌案上同样是美食。

这屋里，除了他二人，再无别人。

“我那师弟果然做得不错！”姚谦举起酒杯，将杯中美酒一饮而尽，“这次的事情办得漂亮！没想到他竟然说动了王平章出面支持陛下御驾亲征。他竟然看出破局的关键，陛下御驾亲征之心已决，缺的不过是一个有分量的人出面支持他罢了。这步棋走得好！”

“大兄，此人着实可怕！”那年轻人说道，“他才来开封几日，就将这局势看得如此清楚明白，就算有那赵家帮衬，也实在是太厉害了点。”

姚谦微微一笑，放下手中酒杯：“你以为鬼谷一脉是浪得虚名之辈？诡门幕人一脉，势略术三道，最擅长的就是这势。鬼谷门人更是观势、造势、弄势的高手。他看清了这开封的势，借了大势，成就了陛下的夙愿。我何尝不是借了他的势，扳倒了冯道？如此而已。”

“大兄，”那年轻人表情狠辣，低声道，“既然此人了得，我等是否当机立断？”

姚谦看了年轻人一眼，然后低下头来，静静地看着杯中美酒：“止方，你在我身边足有两年了吧？”

“是。”那年轻人不知他要说什么，微微点头道。

“两年时间可以做很多事了。”姚谦看着酒杯，似乎陷入回忆之中，“我在鬼谷之中也不过待了十年。”

“大兄天纵英才……”

“不！”姚谦轻轻摆手，“我在鬼谷之中明白了一个道理，这世上众人，人人都有才干，只看你能不能找到。止方，从现在开始，我会教给你一些东西，能学到多少，就看你自己的悟性了。”

“多谢大兄！”那年轻人喜形于色，连忙说道。

姚谦点了点头：“这次，我可以告诉你，你刚才说的话我就当作没听到，因为太过愚蠢了。”

“啊？”

姚谦冷哼一声：“我那师弟如果未曾入局，将他一脚踢开，倒也无妨。可现在他已经入局，想要踢开，绝非易事。未入局者不过是一浮尘耳，扫落即可。可一旦入局，就不同了，它从一粒可有可无的灰尘变成了一枚棋子。在这棋盘之上，我也为一枚棋子。你可知棋子如何吃掉棋子吗？靠的是谋略、智慧，需要的是思前想后、你进我退，最后绝地一杀。贸然出招儿，非但不能吃掉对方，反而会被踢出棋局。”

姚谦长叹一声：“现今他已入了陛下之眼，而且又立下了如此功劳，我们如何还能动他？止方，他的根基在于陛下，我等的根基也在于陛下。动了他，绝无益处！”

说到此处，姚谦抬起头来死死盯着年轻人道：“止方，我这般说与你听，怕的就是你轻举妄动，这样未必能毁了他，却很有可能毁了我等！要知道，陛下初登大宝，有我那师弟在，对我等未必是坏事，一切等到大局稳定之后，我自然会与他分个高低上下。”

说罢，姚谦将杯中残酒一饮而尽：“明白了吗？”

“是。”那年轻人应了一声。

“不过，”姚谦微微一笑，“虽然我那师弟动他不得，可是有件事却可以做一下。”

“大兄，何事？”

“冯道！”姚谦用手轻轻一弹桌面，“这老匹夫历经四朝十代皇帝，门生故吏遍布天下，对陛下形成了相当大的掣肘。今日朝堂之上，他俨然已为群臣之表率。他动，则群臣动；他静，则群臣喑。如果不是王溥站出来力挺陛下，局面将很难收拾。陛下心中早已对他有了忌惮之心。这次借助刘汉犯境之势，暂时将他压了下去。可等陛下归来之后，又该如何面对这老匹夫？所以，我等当为陛下谋。”

他又看了一眼那年轻人道：“这老匹夫今年七十有四了，有道是人过七十古来稀，已经活得够了。”

“明白了！”那人说道，“我这就吩咐下去，将那老匹夫……”

“蠢材！”姚谦用力一拍桌子，冷冰冰地看着他，“不许动用箭卫，我敢肯定，箭卫之中必然有陛下的耳目。这件事陛下虽然乐见其成，可并不代表他就会忍下来。所以，这件事你必须亲自去办。记住，要办得滴水不漏。”

“明白！”

姚谦微微点头：“后日我将随陛下亲征，等我回来，要听到好消息。”

朝堂上的一幕，牵动了整个开封城，不管台面上的还是台面下的，每人都竭尽所能收集消息，试图在这次亲征中分一杯羹。

在赵家，袁松却接到了一封信。

信中只有四个字：大相国寺。

“这是今日陛下亲手交与我的。让我务必交到你手，吩咐你明日一早就到此处去。”赵匡胤满脸羡慕地对袁松道。

袁松轻轻吐出一口气，将那书信收好，微微点头：“我已知晓，明日一早，我就赴约。”

次日清晨，天刚亮，袁松就乘着一辆马车离开赵家，向大相国寺驶去。赵二小姐死活要跟着同去，赵老夫人说如果再闹，就将她禁足。一句话，彻底让这位二小姐没了脾气，老老实实地留在了府里。

等袁松来到大相国寺时，寺门已然大开，几名僧人一边清扫台阶上的灰尘，一边泼洒清水。香客们在大相国寺门前不断进出，大都是家中有从军之人，来这里祈求平安的。

袁松进了寺门，顺着青石路向着寺院后方的那个小院走去。自己就是在这里第一次见到柴荣，他也相信，柴荣是要在这里见他一面的。

就在路过一处树林之时，突然有黑影向着袁松扑了过来。

袁松顿时一惊，可还未等回过神儿来，黑影已经停到了他的肩头——赫然是一只虎皮猫。这猫显然有着很好的照顾，周身皮毛顺滑发亮，脖子上挂着一个琉璃铃铛，正蹲在袁松肩头悠闲地舔着爪子。

“赛虎。”只听有人轻声呼唤，接着一名妙龄少女从树林中跑了出来。

这女子正值十六七岁芳华，最好的年纪，一身粉色衣裙，眉目如画，肌肤似雪，一头青丝盘在脑后，粉嫩的耳垂上两个翡翠耳环随着她的动作轻轻摇晃。这是个极出色的美人，媚而不妖，艳而不俗，让人眼前一亮。

这女子显然没有料到会遇见袁松，看到他站在外面，吓了一跳，惊呼出声。

“小姐，小姐！”她身后有人焦急地喊道，“怎么了？出什么事了？”

接着，一名身着绿纱裙的丫鬟风风火火地从树林中闯了出来，看到袁松在那儿，这丫鬟也惊呼了一声，然后一脸警惕地挡在那女子的身前，看着袁松问道：“你，你是何人？”

“两位姑娘，在下不过是一普通路人罢了。”袁松道。

“那可未必！”那丫鬟不依不饶，“这世上哪有坏人说自己是坏人的？”

“无论如何，我也不像坏人吧？”袁松两手一摊，“怎么？莫非连从此处经过也成了罪过？”

“既然是路人，那你为何不走？”丫鬟问道。

“这可是你让我走的，莫要后悔。”袁松一笑，就要离开，那只虎皮猫还蹲在他肩头，悠闲地舔着爪子。

“别！”那位美人低呼一声。

“如何？”袁松停下来，笑吟吟问道，“刚才停你们不让，现在走你们也不让了？”

“请公子见谅！”那美人施了一礼，“悦儿不懂事，冲撞了公子，还请公子莫怪。公子将赛虎还与我可好？”

“这是自然。”袁松一笑，“本来就是姑娘的猫，自然应当完璧归赵。”

他只是和两人开个玩笑，并没有留下这猫的意思，因此他伸手抓着那猫，想要将它从肩头抱下来。

谁知那猫似乎极不情愿离开袁松，四只爪子死死钩住他的衣服，袁松稍一用力，刺啦一声轻响，肩膀上的衣服被撕开了一道小小的口子。

“呀！”那美人惊道，“公子，您的衣服？”

“无妨。”袁松毫不在意，将手中的猫递了过去，“不过是破了一点点罢了。”

那美人从袁松手中接过猫，红着脸轻轻拍了它的脑袋一下：“赛虎，你不乖哦！”她满脸歉意地看着袁松：“这位公子，多谢您将赛虎送回来，如果您不嫌弃的话，可否将衣服给我，我帮您把衣服缝好。或者您随我来，为您换一件新衣？”

“不必了。”袁松摇头，“不过是衣衫略有破损罢了，也不是什么大事。倒是小姐，带着猫快走吧，免得它再跑了，惊扰了别人。”说罢，他顺着路离开了这里。

“公子！”那女子喊了一声，可是袁松走得飞快，眨眼就没了踪影。

“小姐……”等袁松离开，那侍女小心翼翼地喊了一声。

那美人脸色阴沉，一只手轻轻抚弄着那只虎皮猫：“哼！罢了，今日算是认识一下，早晚有机会的。我们走！”

等袁松来到那座小院外面，拱门处已经有两名侍卫守在那里。应该是得到了吩咐，看到袁松来了，对他点点头，就让他进去了。

小院里，柴荣就坐在那天与他喝茶的石桌边。

袁松走过去行了一礼：“陛下……”

“免了。”柴荣抬手摆了摆，“朕让你到此处来，就是想要免了那些繁文缛节，不然累也累死了，坐吧。”

袁松点点头，坐到一边。

这时，柴荣也注意到了他肩头衣服上的口子。

袁松苦笑一声：“发生了一点小意外，陛下莫要治我君前失仪之罪。”

柴荣一愣：“怎么回事？”

这时，一名内侍走了过来，在柴荣耳边低声说了几句。

“哈哈！”柴荣爽朗大笑，“你这小子的桃花运果然不错。方侍郎的女儿可是开封城中有名的美人，求亲之人数不胜数，多少人千方百计、费尽心机就是想要见她一面。你倒好，来见朕一面，竟然遇到了。要不要朕帮忙撮合一下？”

“陛下。”袁松满脸苦笑。

“好了，好了，朕已知道，你与元朗家的那个野丫头可是好得很。朕好歹是一国之君，做不来那种棒打鸳鸯的事情。”柴荣调笑道。

“陛下！”袁松脸上的苦笑更甚。

“这才像个样子。”柴荣哈哈大笑，“不然你老是摆出那么一副运筹帷幄之中，决胜千里之外的模样，让朕可是不舒服得很！”

说着，他摆了摆手：“不说了，玩笑几句罢了。”

这时，几名内侍已经奉上了茶具，只留下一名老宦官烹水煮茶，剩下的都远远地退开，不敢靠近。

“王溥王爱卿是你说动的？”柴荣沉默了片刻，开口问道。

袁松早料到柴荣会问这个，他连自己刚刚在路上偶遇一名女子的消息都能极快地获知，怎么可能不知道这些？

袁松微微点头：“王平章只是一时被蒙蔽，一旦他看清看明，自然就知该如何做了。”

柴荣微微点头道：“这世道，人心思变，忠义之心淡漠，人人都抱着蛇鼠两端的心思在世上厮混。今日是我大周臣子，明日便不一定是何家之人了。唯有王爱卿这样的人，早已与朕息息相关，他站出来是最为合适的。”

“陛下所言极是。”袁松微微点头。

柴荣犹豫片刻，忍不住开口问道：“那，朕问你，这次出征……胜负如何？”

袁松看了柴荣一眼，只见他直视前方的院墙，眼中透出一股迷茫之色。虽然这位陛下誓言旦旦要亲征，以山压卵之势消灭刘汉契丹联军，可是他心中未尝没有迷茫和踌躇。

这一场仗，柴荣也是在赌，赌上自己的威信，甚至是大周国运。胜了，柴荣功勋无量，地位无比稳固，自然可以大展宏图。可如若败了，损兵折将倒也罢了，对他的威信将是巨大的打击，帝皇之位虽然未必会如何，可是手中权柄势必会被手下文臣武将瓜分。在这个换皇帝比换衣服还快的年代，大周搞不好就败在他手里了。

“陛下不必担心。”袁松说道，“以草民看来，陛下此次出征，刘汉必败，我军必胜无疑。”

“哦？”柴荣饶有兴趣地看了他一眼，“连朕都心中忐忑，你为何如此确信？”

“陛下莫要忘了，臣乃是从潞州回来的。”袁松道，“那刘汉军阵，我可是看得多了。”

“不错，倒是把这个忘了。”柴荣哈哈大笑，“你不但是从潞州回来，而且还身负绝学。那你给朕说说，为何刘汉必败，我军必胜？”

“回禀陛下，”袁松说道，“以草民看来，刘汉必败，无非几点。首先，刘崇虽然兵多将广，奈何此人狂傲嚣张，势大则张扬，遇挫则踌躇，初抵潞州时，攻伐不断，可几次不下，就锐气尽失，只想着旁门左道，却用不了堂堂正正之师。如此起伏不定，徒乱人心耳。”

袁松这一刻仿佛打开了话匣子，继续道：“其次，刘汉与契丹联军，看似势大，可两军之间龃龉久矣，契丹人看不起刘汉，刘汉人又不服契丹。如此一来，行军时看似声势浩大，其实一旦战事起时，则必然指挥紊乱，无法协作。”

袁松从容一笑："陛下乃是知兵之人，应当知道如此一来，会当如何？"

柴荣面带笑意，微微点头。

"最后……"袁松深吸一口气，"此战乃是在我大周境内，而我大周又强过刘汉百倍，天时地利人和俱在我方。因此，草民料定此战必胜。"

柴荣静静地看着袁松，突然仰天大笑："哈哈哈，好！"

他伸出手，用力在袁松肩头拍了两下："别人如此说，我未必会信，但是你如此说，我信！因为你值得朕信任！刘崇小儿，如果是他自己来挑衅朕，倒是能让朕高看几分，可带着契丹人来壮胆，这又有何惧？"

说罢，长身而起，低头看着袁松道："朕命你为禁军宿卫从事，明日兴兵，不要迟到。"

"遵旨！"袁松似乎早已料到这些，站起身来，抱拳行了一礼。

柴荣目视远方，幽幽说道："明日，就要开始征战杀伐了，你趁着现在这难得的时间好好休息下。大相国寺景色不错，值得一看。"

说罢，柴荣转身，前呼后拥地离开了这个小小的院落。

等他离开，袁松这才长出一口气。虽然刚刚自己的一举一动没有丝毫失礼之处，可面对这一代帝王那滔天的气势，袁松哪里轻松得起来，等柴荣离开，他提着的一颗心才放了下来，开始有闲暇观赏周围的景色。

大相国寺不愧是开封的著名古刹，风景优美，令人陶醉。尤其是这小小的院子，虽然不大，但是格外清静，曲径通幽，松柏翠绿，一步一景，让人心旷神怡。

袁松走走停停，慢慢绕过一条小径，面前豁然开朗，一片池塘出现在面前。这池塘不大，不过池水上满是荷叶荷花，几只青蛙停在荷叶之上，低声鸣唱。

一名女子站在池塘的一角，一身月白色的袈裟一尘不染，一头青丝垂在肩头，如落入凡尘的观音大士，默默地看着面前的池塘。正是之前袁松见过的那位与柴荣对弈的慧音师太。

此时她默然独立池塘边，仿佛在参悟什么一般，袁松不敢打扰对方清修，转身欲小心离开。

谁知，一只荷叶上的青蛙似受到了惊吓，扑通一声跳进水里，一下子惊醒了沉思中的慧音师太，师太正好看到了想要悄悄离开的袁松。

"施主，"慧音师太淡淡的声音响起，"既然来了，就如此走了？"

"师太，"袁松转过身来，躬身一礼，"在下无意至此，打扰了师太您的清修，还请师太见谅。"

"清修？"慧音师太轻笑一声，缓缓摇头，"心中清明才叫清修，贫尼这般，应该叫发愣。"

袁松一愣，道："师太玩笑了。"

慧音师太一笑，也不接话，缓缓走到袁松身边，看着面前的池塘，突然开口问道：“施主，红尘是什么？”

袁松未料到这位慧音师太会有如此一问，不过稍愣片刻，他指着那池塘道：“师太，在下听闻佛门有云，一花一世界，一叶一如来，可有此说？”

慧音师太微微点头：“桥跨虎溪，三教三源流，三人三笑语；莲开僧舍，一花一世界，一叶一如来。”

“既然一花为一世界，那一花也为一红尘，对否？”袁松又问。

“对。”慧音师太微微点头，可还是搞不懂袁松想要说什么。

袁松一笑：“既然如此，有人愿意活在这红尘里历红尘洗礼，有人如师太这般跳出红尘，看万千变化，也有人……”他弯腰采下一朵莲花，“愿意这般将红尘握于掌中。所以，红尘为何，皆看红尘中人如何，或随波逐流，或冷眼旁观，或奋激向上，有千万人，便有千万种红尘。”

听到袁松的话，慧音师太若有所悟，缓缓点头：“施主所言，极富禅机。”

她双手合十，抬起头来看着袁松，好奇道：“那，施主您呢？您的红尘为何？”

袁松一笑，将手中莲花插入池塘边的淤泥里，转身离开。“随手采莲子，撒子池塘中。因爱莲花美，愿做种莲人。”慧音师太耳边传来袁松的声音。

“因爱莲花美，愿做种莲人。”慧音师太轻轻念了一遍，脸上露出一丝笑意，双手合十，念了一声，“阿弥陀佛，多谢施主，贫尼受教了！”

第二日，正当午时。此时阳气最盛，宜杀生，也宜出兵。

开封城的精锐禁军整装待发，粮草兵器也已拨付，只因那场争执才拖延至今。这场久拖不下的争执，在冯道败下阵来之后，终于尘埃落定。

誓师祭旗之后，柴荣雄跨战马之上，望着面前威武雄壮的将士，万千话语积于胸口。最终，他却一个字都未说，只是举起手中马鞭，用力一挥，大喝一声：“出发！”

“陛下有令！出发！”传令官纵马驰骋，同时大声高呼。很快，一队队的军兵开拔，奔赴前线。

赵匡胤骑在马上，领着手下禁军护卫着柴荣一同出发。在军伍之中，袁松端坐马上，遥望了柴荣的队列一眼，发现姚谦赫然在列。他似乎感觉到了自己的目光，回过头来对着袁松一笑，拱了拱手。

袁松也是一笑，一提缰绳，跟随着大军，一路向前。

开封城中，几人站在那小楼之中，面对着那位神秘的歌主。

“启禀歌主，伪周军已经出发了。”有人说道。

“歌主，”又有人开口问道，“那伪帝已经离开开封，正是我等行刺的大好机会……”

“行刺？”歌主低笑一声，“开封城中尚且无法行刺，人家现在在大军包围之中，这该如何行刺？”

“可那也不能放任这伪帝……”第一个讲话者有些不满地嘟囔了一句。

“如果你觉得你有更好的办法，这个歌主，你可以来做！”歌主冷冷说道。

“属下不敢。”第一个讲话者连忙躬身行礼。

歌主死死盯着她，片刻之后才移开了目光：“既然不敢，就不要乱说。”

第一个讲话者身子微微一颤，只觉得汗水已经打湿了后背。

“放心，”歌主冷笑道，“我也不会放过那位陛下！”

“是。”

就在柴荣誓师出征之时，潞州城下的气氛也有点沉闷。把潞州城围得水泄不通的刘汉大军，此刻看来，似乎少了点什么。

几杆刘汉的大旗高高扬起，没精打采地左摇右晃，军营里一些士兵四处闲逛打闹，偶尔经过的巡逻队也是无精打采，不少人打着哈欠。

“陛下，不能这样下去了。”张元徽面色凝重，“现在营中士气低落，长此以往，末将恐军无战心，不战自危啊！”

“不错。”一名将军附和道，“陛下，潞州城坚，一时难下，再这样下去，等伪周大军一到，与潞州城里应外合，恐怕我军无法抵挡。”

“这……”刘崇犹豫片刻，看了一眼在一边闭目不语的国师，最后一咬牙，“罢了，潞州城高大坚固，一时难下，我等再困于坚城之下毫无意义。传我旨意，明日一早，拔营起寨，绕过潞州，南下泽州，直扑开封！”

“得令！”众将一听，心中顿时松了一口气。

虽然心有不甘，可这潞州城实在难以攻下，多次攻城，只是白白送了许多将士性命，连国师手中精锐也损失惨重。如此下去，兵力损失过多，如何再与周军决战？绕城而走，直扑开封，总好过在这里困守。

等众将离开大帐，刘崇深吸一口气，向国师问道：“国师，此战胜负如何？”

国师微微一笑：“陛下，箭在弦上，不得不发了。”

“不错！”刘崇死死握住自己的御座，“老东西身死，柴荣小儿立足未稳，如此良机，岂能错过？”

次日清晨，李筠按照惯例登上城头观望敌营，只看了几眼就愣住了，只见敌营之中，旌旗招展，军帐如云，一列列刘汉兵马已经出来列队，整装待发。

“大人！”有人忧心忡忡地问道，“我等是否做好准备，刘汉如此架势，怕是又要攻城了！”

“攻城？”李筠冷笑一声，微微摇头，“不会了！你看，出营列阵的只是汉军一部，摆出的架势也是守而不攻。这哪里是要攻城，这分明是在防备我们出城攻击。如果不出我之所料，刘汉要退兵了。”

“退兵？”旁边部下惊喜道，“难道刘汉被我们打退了？”

“不会！”李筠摇头，“刘汉是要退兵，可未必是退回刘汉。恐怕是要绕过潞州，直扑开封。”

“啊？”周围军士一片哗然。

“啊什么？”李筠不满道，“刘汉连我潞州城都攻不下来，哪有本事拿下开封？尔等不必惊慌，各司其职，不得有误。”

“得令！”众将凛然，答应了一声。

“各位，尔等也不必如此做派！”李筠突然一笑，悠然说道，“反正潞州之围已解，我等已经立下了功劳。等到战事结束，朝廷自然论功行赏。”

众人听闻此言，顿时一片欢腾。

“啪！”军帐之中，一只手狠狠地拍在桌案之上。

站在桌案前的那人，身子微微一颤，恨不得将头塞进地缝之中，躲避面前九五之尊的冲天怒气。

“你再说一遍！”柴荣死死盯着面前的通事舍人郑好谦，虽然他衣衫上沾了一点灰尘，比平时略显狼狈，可那一代帝王的气势还是压得人喘不过气来。

“陛，陛下……”郑好谦脸色发白，语无伦次。

“说！”柴荣大吼一声。

“是！”郑好谦身子一软，跪倒在地，“臣，臣是说，贼兵势头正猛，不易对付，应该徐徐而进，挫其锐气，然后战而胜之。”

柴荣怒哼了一声：“你怎么会说出这种话来，肯定是别人教给你的。说，到底是谁教你这么说的？说出来饶你不死，不说的话，乱我军心，定斩不饶！”

“陛，陛下饶命！”郑好谦跪在地上，瑟瑟发抖，“是，是虎捷右厢都指挥使，赵，赵晁说与臣听的。”

“赵晁！”柴荣冷笑一声，“乱我军心，其罪当诛！奈何现在大战在即，杀之不吉。来人啊！”

“在！”一名侍卫走了进来。

“传我旨意，将虎捷右厢都指挥使赵晁拿下，押往怀州大牢。”柴荣冷冷说道。

“遵旨！”那名侍卫领命而去。

柴荣冷冷盯着郑好谦看了良久，只看得后者脊背发麻，浑身微颤，这才开口说了一句：“起来吧。”

听到这三个字，郑好谦如蒙大赦，说了一句“谢陛下”后挣扎着从地上爬了起来。

“记住，管好自己的嘴巴。”柴荣道，“否则，朕唯你是问！”

“是，微臣明白，微臣明白！”郑好谦脸色灰白地退了下去，一直走出好远，才长出一口气，脚上一软，险些摔倒。

“郑大人。”有人在他身后幽幽地喊了一声。

“啊！”郑好谦浑身一颤，还是坐倒在地上。

一只冰冷的手搭在了他的肩头：“郑大人，何事如此惊慌啊？”

郑好谦猛地回过头来，看到姚谦就站在他身后，笑吟吟地看着自己。

“姚大人，你，你可当真是吓死我了！”郑好谦满脸苦笑道，“刚才我已面见陛下。”

“我知道。”姚谦点了点头，“刚才我得到消息，赵晁已经被下了怀州大牢，这还要多谢郑大人帮忙哦。”

“这种事情下次别再找我了。”郑好谦挣扎着从地上爬了起来，“陛下的雷霆之怒，谁能担得起啊！”

“这雷霆之怒也不是冲着您的，不然下大牢的可就是您了。”姚谦微微一笑，“郑大人放心，此事本来就是那赵晁胡言乱语惹出的乱子，与您何干？我已备好了礼物为郑大人压惊，就在大人帐中。还请郑大人笑纳。”

听到这话，郑好谦脸上终于露出一丝笑意，假惺惺地说道：“这如何好意思呢。”

“这是郑大人您应得的。”姚谦道，“以后有空，一定找郑大人您饮酒聊天儿。”

“那我必扫榻相迎。”郑好谦笑道。

两人又聊了两句，郑好谦受了惊吓，又想看看姚谦送了什么东西，急匆匆告辞走了。

等郑好谦离开，不远处的黑影中走出一个人，站到了姚谦身后。

“事情成了！”姚谦丝毫没有因为这人的出现而惊讶，“赵晁被下狱，他的位置，你是最有希望顶上去的。”

说罢，他转过身来，在那人肩头拍了拍：“此次大战乃是陛下御驾亲征，好好做，莫要让我失望。”

“是！”那人连忙答应了一句。

“吁！”赵匡胤拉住战马缰绳，胯下坐骑乖巧地停了下来，他低头看着一队队将士从自己身边走过，眉头微微一皱。

赵匡胤年纪虽然不大，但出身将门，久经战阵，经验自然十分丰富。他看得出来，从自己身边走过的这些士兵，虽然一个个精神尚算不错，可是难掩一身的风尘，脸上也隐约带上了几分倦色。

“二兄，”袁松纵马来到了赵匡胤身边，低声问道，“在为行军之事发愁？”

赵匡胤面带忧色："陛下进军太急，将士们已多有倦色。这般下去，我恐遇见敌军之后会有麻烦。"

"不错！"袁松认同地说道，"不过现在陛下锐气正盛，急于求战，恐怕就算劝，陛下也不会听的。"

"是啊！"赵匡胤苦笑一声，"之前赵晁通过郑好谦向陛下进言，现在已经下了大牢了。"

袁松轻轻一叹："其实，陛下如此做也是不得已而为之。"

赵匡胤神色一动："怎么说？"

"无他，之前拖得太久。"袁松道，"因为是否御驾亲征，以及收集潞州的消息，花了太长时间，而且陛下现在又顶着群臣的压力御驾亲征，他急于证明自己的能力，也要给百姓军兵一些信心，缓缓而进倒是不错。可陛下御驾亲征，却又迟迟不胜，久恐生变，岂能安心？"

"原来如此，"赵匡胤这才明白，"因此陛下才欲速战速决。"

袁松点头。

"可敌势凶猛……"赵匡胤有些担心道。

"二兄，你们皆被刘汉契丹联军唬住了，他们并未如尔等所想的那般强盛！"袁松说道，"陛下看得清楚明白，这一番作为，绝非轻敌冒进。"

赵匡胤低声问道："怎么说？"

"你当那刘汉军兵真的士气正盛吗？"袁松轻笑一声，"不过兵多罢了，可人马虽多，却在潞州城下久攻不克，早已失了锐气。况且契丹与刘汉之间互不统属，早生龃龉。如此军势，也只剩兵多了。"

"有理。"赵匡胤笑道，"兵法有云，一鼓作气，再而衰，三而竭。刘汉久攻潞州而不下，出兵之时的锐气早已没了。"

袁松微微点头："况且，平阳一战刘崇被先皇打得狼狈遁走，虽然这次他欺负陛下刚刚登基，兴兵来犯，但他手下的将兵还是当年被先皇横扫的将兵。表面看来倒是振奋，可实际上这些人心中早就对我大周畏惧了几分，凭着一股锐气尚能坚持，久则必然生变。因此，此次用兵，陛下胜面很大。若陛下能激扬士气，那……"

袁松话还未说完，一阵急促的马蹄声响起，紧接着，一名身背令旗的传令兵纵马疾冲到袁松面前。

"袁从事，"这人并未下马，对着袁松抱拳一礼，"陛下相召，请随我来！"

袁松不敢怠慢，说了一句"有劳了"的同时向一边的赵匡胤使了个眼色，跟着那传令兵疾驰而去。

第十三章　国运之争谍影现

不多时，两人就来到了一处高岗上。

柴荣跨着战马站在高岗之上，背后的黄罗伞盖为他遮住阳光，这位陛下默默注视着下面如长龙般的军兵，不知在想些什么。

袁松到了近前，跳下马鞍，拱手施礼：“微臣见过陛下。”

“来了？”柴荣一愣，回头对袁松一笑，“来得倒快！”

“陛下有召，微臣不敢怠慢。”袁松恭敬道。

柴荣点点头，翻身下马，对周围侍卫挥了挥手。

等侍卫们退开，柴荣才道：“朕这次召你来，是有事相商。”

“请陛下吩咐。”

“看！”柴荣用手中马鞭向着长长的队伍点了点，“下面就是我麾下百战猛士，我大周之开山利斧，依你看，他们如何？”

“动而不乱，行而不语，数十里路下来，仍然凝神静气，毫不松懈，不愧是百战之精兵！”袁松感慨道。

“不错，他们是精兵。”柴荣骄傲一笑，“可是，他们也是人。”

袁松突然有点明白柴荣想要做什么了：“陛下，您的意思是……”

“长途跋涉，日夜兼程，将士们虽然还算精神，可依朕看来，他们的气势已略有不足。”柴荣有几分担忧道，“朕想问你，有什么办法可以提振士气？”

袁松寻思了一下，道：“有。”

柴荣脸上顿时有了喜色：“朕就知道，你不会让朕失望。说说，有何妙计？”

“远在天边，近在眼前，臣的妙计正是陛下您。”袁松道。

“朕？”柴荣愣住了。

“不错！”袁松道，“陛下，何为御驾亲征？不但是您要证明自己的勇气，更是要向您的臣子，您的士兵证明，陛下是一个英勇敢战之人，是值得让他们效死之人！陛下，以现在的速度，傍晚我军便可抵达晋州。届时，陛下以帝王之姿出现在众将士面前，众将便知，陛下不但勇武，而且敢战，不论何时，在众将士身后，陛下与众人同在！”

“不错！”柴荣的眼睛顿时亮了，“朕与他们同在！”

他深吸一口气，对着袁松点了点头：“你言之有理。朕御驾亲征，就是要证明朕的勇武，这世上还有比在朕的将士面前证明自己更合适的吗？”

“陛下英明！”袁松躬身施礼，“此战必胜！”

傍晚时分，浩浩荡荡的队伍来到晋州。

此时，晋州俨然已经变成了一座巨大的军营，军需府库与管理院已经准备妥当，一应官员忙忙碌碌地调配物资军械。

城外已经布置好大量军帐，只等各路兵马会集时便可派上用场。

此时，已经有几处兵马到此，住在军营之中。

傍晚时分，天还未黑，正准备用饭的周军将士突然一阵骚动。军营中有人喧哗，开始喧哗声还不大，渐渐地，喧哗声越发激昂起来。远远地，一匹骏马从军营中穿过，在那骏马后面是高举的黄罗伞盖和皇帝仪仗。

柴荣高居马上，一边在军营中四处巡视，一边向周遭将士挥手致意。

这如同在人群中点燃了一个炮仗，在周军将士中轰然炸开。

皇帝，那是高高在上，贵不可言的人物！绝大多数人一辈子也无法见上一次。这次虽然听说是御驾亲征，可周军将士也未敢奢望能见陛下一面。可现在，在黄罗伞盖之下，骏马之上，当朝天子纵马而来，就在他们中间。

人群顷刻之间沸腾了，将士们从四面八方拥了过来，高举双手，对着骏马之上的柴荣大声欢呼，声震四野，群鸟惊飞。有人更拿来大周旗帜，向着柴荣用力摇晃。

看着面前那一张张或惊喜、或狂热的面孔，柴荣志得意满，突然感觉到从未有过的充实。

“军心向朕，天下还有何物可让朕畏惧？”柴荣心中莫名澎湃。

“陛下！”一名侍卫紧张地注视着四周，落后柴荣半个马身，紧张道，“此处人多杂乱，请陛下务必小心，万一有贼人趁势作乱……”

“你说什么！”柴荣猛地回过头来，目光冷肃。

那侍卫只觉得冲天气势扑面而来，顷刻间冷汗就流了下来：“陛，陛下……”

“哼！”柴荣用马鞭遥指前方，“此乃我大周军中，周围都是赤胆忠心的将士，此乃天下间最安全的地方，朕问你，有他们在，还有什么可怕的？”

“陛下，陛下所言极是。”那名侍卫道。

“驾！”柴荣轻碰马腹，“继续巡营！在将士身侧，朕无所畏惧！”

不远处，袁松与赵匡胤站在营帐之外，看着远处纵马向前的柴荣，周围是山呼海啸一般的欢呼声，两人不由得微微色变。

赵匡胤一张面孔有些发红，他紧紧地攥住拳头，死死盯着柴荣。

袁松轻叹一声：“此战必胜！”

“师弟。”正在此时，有人喊了一声。

袁松脸色一沉，回过头来，只见姚谦带着一名随从，背着手面带微笑缓缓走来。

“见过师兄。”袁松拱了拱手。

“师弟免礼。”姚谦轻笑一声，“自你到了开封城，也有二十余日了吧？怎么不见师弟去我那里喝酒叙旧？”

“不敢叨扰师兄。”袁松笑了笑，“师兄那里美酒虽好，奈何代价昂贵，去不起，去不起啊！”

“师弟说笑了。”

“师兄明鉴，我的确是在说笑。”

两人相视一笑。虽然他们面色和善，可一边的赵匡胤却觉得，这一刻，两人视线之中似乎隐隐有电光闪现。

姚谦转过头来，看着远处的柴荣，说道：“陛下英武天成，受到将士如此爱戴。太宗皇帝亦不外如是！”

袁松也转过头去：“陛下的确是英主。”

“只是，如此巡营，似有不妥。万一遇到贼人如开封那般行刺……”姚谦微一皱眉，“师弟，听说此计是你出的？”

“贼人？”袁松笑了，“军营之中，到处是热血敢死、对陛下忠心耿耿的将士，什么贼人敢藏于此处对陛下不利？再说，陛下既然已经亲征，此处难道比沙场之上更加凶险不成？”

姚谦脸色微微一变：“师弟所言极是。愚兄还有些许公务，先失陪了。”

“师兄慢走。”袁松笑道。

“不送。”姚谦带着随从离开了。

“袁先生，你们两人之间……”等姚谦离开，赵匡胤满脸疑惑地问道，“似乎有所不妥啊？姚舍人果真是你师兄？”

“自然是师兄。”袁松微微点头，“二兄不必多想，师兄与我无甚不妥。”

就在刚才，赵匡胤似乎看到袁松脸上有一股煞气一闪而过，但是再看时，袁松脸上已经恢复如初。他不由得怀疑刚才看到的是否只是错觉。

就在此时，一阵马蹄声响，赵匡胤抬头一看，发现柴荣已经纵马而归。

到了营帐前，柴荣勒缰住马，甩镫离鞍，伸手拍拍跑得一身是汗的马，爽朗大笑："好，今日方知我军将士之忠勇！来人啊，今晚赐肉，明日一早，朕与将士北上迎敌。"

等传令官将旨意传下去，军营中，惊天动地的欢呼声再次响起。

春日的阳光暖暖地照在树梢上，几只鸟儿轻轻落下，扇扇翅膀，还未等鸣唱两声，就吓得一飞冲天，没了影子。不远处的大道上，一支兵马顺着大道浩浩荡荡一路南下，军士们整齐地迈步向前，扬起的黄土遮天蔽日。远处，一队骑军奔腾而来，雷鸣般的马蹄声一掠而过。

刘崇坐在硕大的马车之上，掀开车帘，向外张望了几眼，志得意满地点了点头，之前在潞州城下的颓势已然消失不见。

"如此雄军，踏破区区开封城，如反掌观纹尔！"他得意道，"想那姓柴的小儿，此刻正在开封城中瑟瑟发抖吧？"

"陛下之威，无人能敌！"国师郭无为端坐一旁，手中拂尘一扫，淡笑道。

"那是自然！"刘崇哈哈大笑，笑得十分欢畅。

笑了一阵，他收拢笑容："算算时间，前军应该已经进入泽州了吧？"

"差不多了。"

"国师，如有捷报，速速报与朕听！"

"遵旨！"

泽州高平城南，一阵隆隆的声响，一支两千余人的骑军由北向南，迅速开进。军中一杆大旗之上，斗大的"汉"字随风飘扬。这是刘汉前锋，因与契丹交好，刘汉军中并不缺马，这支骑军仗着速度，已经先行进入了泽州境内。

"来人！"领军的将军一扯缰绳，停住战马。

"将军有何吩咐？"

"去问问，这是何处。"那将军大声道。

未过多久，出去打探消息之人就已回来："回禀将军，此处乃是泽州境内，不远处就是高平城。"

那将军点点头："吩咐下去，我们……"

他话还未说完，一阵隆隆的鼓声打断了他的话。

"战鼓？"这将军脸色一变，纵马飞奔向前。

前面的骑军缓缓停下。在不远处，一支周军已经在前方列阵，军阵厚重，层层叠叠，透着一股冲天的杀气。

眼看这支敌军停了下来，军阵中的第一排士兵将手中的巨盾用力向下一砸。

砰的一声巨响，大地似乎都颤了几颤。

“喝！”军阵中周军齐声喊了一句，一股杀气冲天而起。

刘汉军领军的将军面色凝重，如此军势，绝非弱旅。他们自己远道而来，未必能占便宜。

可是遇见敌军，若不试上一试，着实说不过去。

“传令下去！准备进攻！”刘汉军中，传来了一声大吼。

刘汉军快速换阵，待阵形列好，有人高喝一声，马蹄声便轰隆隆响起，刘汉前军如潮水般奔腾向前，狠狠地和自己的对手撞到了一起。

“报！”随着一声喊，一匹快马冲到周军行军的队伍前方。

“来骑止步！”领军的军主大喊了一声，在他身后已经有弓箭手蓄势待发，只要此人再向前一步，就会被乱箭射成刺猬。

来骑显然也懂规矩，远远地一带马匹，横过马身，在弓箭射程之外停了下来。

“紧急军情！”那人大声喊道，同时抽出一杆红色小旗在手中摇晃了几下。

“戒备！”那军主大声命令道。等弓箭手垂下箭矢，他才对那名传令兵喊道：“近前说话。”

不多时，传令兵被军主领到柴荣驾前，他翻身下马，单膝跪倒：“见过陛下！”

“免礼！”柴荣说道，“何事来报？”

“启禀陛下！”那传令兵大声说道，“我军前锋遭遇刘汉前锋，两军已然交战！”

“什么？”柴荣微微一愣，面色一肃，“战况如何？”

“我军初战获胜，已将刘汉前锋逼退。”

柴荣点头：“下去休息吧。”

“遵命！”有人领那人下去。柴荣面上变了几变，突然大声喊道：“来人！”

“陛下！”一名传令官走上前来。

“传我旨意！我军前锋遭遇敌军，初阵获胜，全军现在立刻全速疾行，莫让胆小如鼠的刘汉狗贼跑了。”柴荣大声说道。

“遵旨！”传令官高声应道，纵马转身传令去了。

“刘崇狗贼！”柴荣目光冰冷，看向北方，“今日你我便见个高低上下！”

不多时，行军队伍速度陡然加快，向着北方杀了过去。

“什么？”与此同时，那辆豪华马车上，刘崇也听到了前方战报。

“你说遭遇伪周前锋？”

“是！”传令官应道。

“战况如何？”刘崇有些心急地问道。

“回禀陛下，敌军早有防备，遭遇我军之时已列军阵，前锋冲击不果，被敌军逼退。”那传令官说道。

“废物！”刘崇脸色一变，骂了一声。

“陛下不必恼怒！”郭无为淡淡说道，“敌军早有防备，我军缓缓退却也无不可。既然遭遇敌军前锋，想必敌军大队就在后方。陛下，我等应该立刻列阵迎敌，以我军之军势，当可战而胜之！”

“国师所言极是！”刘崇点头道，“前面是何处？”

“前方便是高平城！”有人答道。

“何处适合大军列阵？”

“不远处便是巴公原，地势开阔，适合列阵迎敌。”

“好！”刘崇点头道，“众将何在？”

“末将在！”

“传我旨意，全军在巴公原列阵迎击，张元徽将军率军在东方列阵，请契丹杨衮杨将军麾下骑兵在西方策应。我亲领中军，迎击伪周！”

“得令！”

不久，数匹快马疾驰而去。很快，刘汉契丹联军缓缓散开，列阵进入巴公原。

就在刘汉列阵之后不久，远处黄烟冲天而起，地平线边一道黑线，向着刘汉军阵快速逼近。大周军到了。

在周军进入巴公原的同时，开封城也并不安分。

新皇御驾亲征，率军离开都城，开封城中被压制的东西，慢慢浮出水面。

还是那栋小楼，几个人肃然而立。

“事情筹备得如何了？”轻纱遮面的乌夜啼歌主淡然问道。

“按照歌主吩咐，属下接触了开封城中的几人，只是这些人并未有明确答复。”一人说道。

“那是自然！”歌主轻笑一声，“这些人都是老谋深算的狐狸，怎会轻易松口？他们在等。那位陛下刚刚出征，他们在等前方战事的消息。战事一旦不顺，那才是说动他们的时机。”

“不过，”歌主柳眉一竖，冷笑道，“他们等得，我们却等不得。吩咐下去，乌夜啼在汴梁城的力量都动起来，做好准备。只要前方交战，战事一有胶着之势，我们就在这开封城中烧上一把火，让那位陛下首尾不得兼顾。”

“是！”在场几人同时答应一声，脸上的神情跃跃欲试，兴奋至极。

“汉之兴亡或许就在此一战了。”歌主低声道，只是周围几人情绪激动，全然没有听到她说的话。

巴公原上，黑压压的是兵卒，亮闪闪的是军械，灰蒙蒙的则是冲天的杀气。

巴公原上的一片野草已经被这杀气齐齐压低了，几只夹在中间的雀鸟惊慌飞起，拼命地向高空展翅，原上的野兔狐鼠则东奔西跑，慌不择路，缩在洞中瑟瑟发抖。

唯有几个影子在高空缓缓盘旋，久久不去，那是几只正在等待机会的秃鹫。

“止步！止步！”周军中各级军官已经看到了远处严阵以待的汉军，在他们的组织下，大周的军阵慢慢停下。

远处的刘汉军军阵足足比周军的大了一倍，那庞大的阵容让周军士兵隐隐有些骚动，不过很快就被各级军官压制下来。可是，士兵们脸上仍然带着掩饰不住的踌躇之色。

“陛下！”侍卫马军都军主纵马向前，在柴荣身后低声说道，“我军前进过快，河阳节度使刘词刘大人的右军落在后面，局势对我等不利啊！”

“慌什么？”柴荣淡淡看了他一眼，“兵来将挡，水来土掩。刘崇不过欺世盗名之辈，有何惧之？白重赞、李重进何在？”

“末将在！”两员战将跃马向前。

“朕命尔等统率左军，在西侧迎敌！”

“得令！”

“樊爱能，何徽！”

“末将在！”

“统率右军向东！”

“得令！”

“向训，史彦超！你二人率领麾下精骑在中间列阵！”

“得令！”

“张永德！”柴荣大喊一声，眼中似有一团火焰在燃烧。

“末将在！”

“为朕披挂，带着禁军，随扈朕之左右！”

“遵旨！”张永德大声应道。

不多时，柴荣已经全身披挂完毕，他一带缰绳，跃马向前。

“陛下！”张永德大惊失色，“您要向何处去？”

“还能去何处？”柴荣一笑，“两军对垒，当然要去阵前督战。”

“陛下，不可啊！”张永德惊呼道。

“有何不可？”柴荣用马鞭狠挥了一下，“两虎相争，牙尖爪利者胜之！朕麾下将士就是朕之爪牙！值此大战之际，朕正应当阵前督战，磨砺爪牙，斩将夺旗！让开！”

说罢，他纵马向前，身后黄罗伞盖随扈前行。

“诸君！朕与尔等同战！”柴荣一边纵马在阵前掠过，一边大声喊道，“大胜之后，朕与诸位庆功！”

大周军兵顿时欢声雷动，吾皇万岁之声不绝于耳。

赵匡胤带着麾下禁军，在军中列阵。袁松就在他身边，不过此时，袁松早就没了之前的潇洒从容，反而一身尘土，呼吸急促，满脸倦色。这一阵急行军，对他这样的文人幕僚来说，委实太过辛苦些。

赵匡胤满脸肃穆，仔细看了对面的刘汉军一阵子，低声问道：“敌众我寡，你有何良策？”

“我能有何良策？”袁松苦笑，“我等幕僚的本事在于料敌先机，筹划谋略，临战之时靠的是你们这些战将。我们如果有那么大的本事，还要你们做什么？”

“这倒是。”赵匡胤嘿嘿一笑，上下打量了袁松几眼，“就你这身子骨，能跟着我们疾行已经很难得了。等一下照顾好自己，别枉送了性命。”

“生死有命，成败在天！”袁松呼吸略微平缓了一些，低声道，“不过，倒真有句话送与你听。”

“什么？”

“此时乃是绝好时机！敌众我寡，方显战将本事。只需死战，不必管其他。”袁松看着远处的刘汉军阵道，“我军疲乏，刘汉远道而来，只会比我们更累。只要我们比他们狠，那就赢了！”

“这种事情还用你教？”赵匡胤嗤笑一声，“某家四五岁的时候就已明白了。”

袁松满脸苦笑，不住摇头。

不远处的刘汉军中，也在观察周军。

之前在晋阳大败于大周不过三年，许多刘汉老兵记忆深刻。此时看到周军旗号，顿时有些骚乱。不过有军官弹压，再加上他们很快便发现，周军来的兵马并不太多，也就渐渐地安静了下来。

刘崇坐在马车之上，仔细观望良久，突然哈哈大笑：“天助我也！”

说罢，他走下马车，刘汉诸位将军已在等候命令。

“诸位都看到了吗？伪周小儿竟然也来了！”刘崇道，“这小儿莫不是寻死来的？”

周围将领齐声大笑。

“不过这伪周小儿果然无能之极！”刘崇笑道，“兵微将寡，就敢来与我大汉争锋，当真是不知死活！这点人马，我们自己就可将之击溃！诸君，今日一战，务必打出我大汉的威风来，不但要一举打败周军，还要让那些契丹人见识见识，让他们也看看我大汉的赫赫武功！”

“陛下所言极是！”周围军将七嘴八舌地应和道。

这契丹军虽是友军，可整日里耀武扬威，对汉军诸多瞧不上。诸位将军平日里没少受他们的鸟气，肚子里早就憋着一股火，只是碍于契丹势大，不敢挑衅，今日一战，一定要让他们瞧瞧厉害。

“陛下！”就在这时，有人喊了一声。

诸将回头，都是一愣，当真是说曹操，曹操就到，契丹领军大将杨衮带着几名亲随走了过来。

“原来是杨将军。”刘崇看到杨衮，勉强一笑，“你来寻朕，所为何事？”

“大敌当前，当然是为了战事！”杨衮毫不客气道，语气冷硬，让刘崇脸色一变。

杨衮就像没看到刘崇脸色变化一般，直接说道：“陛下，适才我在阵前观望周军，见周军阵势完备，调动迅速。调动期间军阵不乱，军士肃立，不动如林，只看周军威势，就知乃是强军无疑，我等不应贸然进攻，应先行试探，再做打算。”

自始至终，杨衮始终与刘崇一人说话，根本没把其他人放在眼中。

刘崇脸色发黑，冷哼一声：“机不可失，时不再来！伪周兵微将寡，那柴荣小儿轻身赴险，此乃天赐我刘汉良机也！将军不必多言，且看我等如何破敌制胜便好。”

杨衮听闻此言，脸色一沉，微微点头：“如此说来，那便祝陛下旗开得胜！”

说罢，杨衮转身走了。

“呸！”刘汉军中有人对着杨衮的背影啐了一口。

“哼，目中无人！”刘崇也冷哼一声。

刘崇抬头看看翻卷的旗帜，向副枢密使王延嗣问道：“国师何在？”

“启禀陛下，国师之前说有要事处理，落在后面，还未到达。”

“这该如何是好？”刘崇道，“正要请国师祭天，问问该何时进攻，国师却在此时不在。”

“陛下！”王延嗣心中一动，“微臣不才，对紫微斗数、星象八卦也有些许研究，不知可为陛下解惑否？”

“当真？”

“不敢欺瞒陛下！”王延嗣说道。

“好，你速起法台，代朕祭天。”

“遵旨！”

不多时，王延嗣便已身穿八卦袍，手握七星剑，像模像样地摆开了架势。

他的心腹、司天监李义就在他身边：“大人，果真要祭天？”

“那是自然！”王延嗣冷笑一声，“那郭无为不过是个游方道士，因为会这么几手花样，就被陛下信重。我等如不投陛下之所好，如何位极人臣？”

“可这战事……”

“战事又如何？”王延嗣不以为然道，“我军兵多将广，伪周兵微将寡，不用交战就知我军必胜，陛下不过是讨个吉利罢了。不必多言，如想富贵，便听我的。”

李义点点头，不再说话。王延嗣舞起七星剑，口中念念有词，开始祭天。

此时，两军对阵，如同一根绷紧的弓弦，双方将士紧握兵器，向对面怒目而视，随时准备厮杀。

就在周军右军阵中，两名军主对视一眼，微微点头。

其中一人转过身来，对身前主将说道：“将军，敌军势大，我军能胜吗？”

“暂且看看！”那将军脸色难看，低声说道，“这次出兵，陛下过于草率，敌军势大，不步步为营也就罢了，反而轻敌冒进。现今敌众我寡，此战难胜啊！传我将令！”

“请将军吩咐！”那军主说道。

“随时待命，听本将吩咐！”

“是！”

巴公原之上，肃杀之气冲天而起，疾风呼啸，吹得战旗猎猎作响。突然，原本强烈的东北风转了风势，变为南风。

手持七星剑，摆开桌案祭天的王延嗣猛然睁开眼睛，对身边的司天监李义说道：“速去禀报陛下，疾风转向，此乃天佑我大汉之兆！请陛下立刻出击！”

“是！”李义答应一声，匆匆走了。

刘崇听到此言，喜道：“果然是吉兆？”

“王大人得苍天示吉，当在此时进攻，不然的话，为何那东北风突然转向？”李义道。

“此乃天佑我大汉之兆！”刘崇满意道，“传我旨意……”

“陛下，不可啊！”有人突然开口道。

刘崇一皱眉，不满地回头看了一眼，只见枢密直学士王得中正站在他身边，满面肃穆。

“何事？”

“陛下！战阵乃军国大事，为何要问鬼神？”王得中大声道，“此时南风正盛，风向对我军不利，实不宜贸然出击。”

“你懂什么？”刘崇冷哼一声，“此乃天意，天意在我，伪周焉能获胜？速速退到一边，不要扰我军心！”

“陛下！”王得中顿时大急，“此乃军国大事……”

“聒噪！”刘崇脸色一沉，“来人，将他拖下去！”

几名侍卫上前，抓住王得中，连拉带扯地拖了下去。

“诸君！”刘崇满脸肃容道，“莫要听那匹夫胡言，天意在我，此战必胜！传我将令，命东侧先攻，务必一举败敌！”

“得令！”

不久，东军便接到将令。

“诸君听令！”东军主将张元徽表情威严肃穆，目视麾下诸将，“陛下有令，命我等进军，务必一举破敌！诸位，破敌立功，就在今朝！传军令，起军！”

“得令！”众将呼啸而去。不久之后，东军缓缓前进，铁甲叮当，步声如雷，向着大周右军杀了过去。

几只乌鸦大概是嗅到了死亡的味道，在半空中慢慢盘旋。

“放箭！”刘汉军中一声高喊。

嗡一声响，黑压压的一片箭雨冲天而起，几只乌鸦躲闪不及，惨叫着被穿在箭矢之上，逼得其他乌鸦不得不向高处亡命飞翔。

“竖盾，竖盾！”周军中，有军官大声喊道。

前排重盾被用力掼在地上，同时后队盾牌举过头顶，遮住了上方。

咄咄咄！一阵急促的响声，羽箭密密麻麻地插在盾牌之上，如同一片死亡丛林。

一阵呻吟声在盾牌下响起，这是一些倒霉的士卒被透过盾牌缝隙的箭矢杀伤。死了的就死了，那些受伤的，却死命咬紧牙关，实在坚持不住，才会发出一两声呻吟。周军精锐敢死，由此可见一斑。

“放箭！”

嗡！随着一声喊，一片箭矢从周军后队腾空而起，向着逼近的刘汉军落下。

虽然周军兵少，可是这箭矢仍然在刘汉军中削下一大块来。惨叫声混杂在沉重的呼吸声和脚步声中，很快就听不见了。鲜血渗入泥土之中，迅速地被一只只大脚踩成了黑红色的烂泥。

“啊！”不知是因为恐惧还是别的，刘汉军中开始声嘶力竭地大吼，这吼声就如同会传染一般在阵中传开，大吼的人越来越多，整个巴公原都回荡着刘汉军的嘶吼声。

中央军阵之中，柴荣死死握紧剑柄，盯着右军方向。刘汉军的吼声传了过来，不少军兵已经觉得手心冒汗，心跳得厉害。

“来人！”柴荣突然喊道。

一名侍卫向前拱手。

“传我旨意，让樊爱能、何徽给我顶住！”柴荣说道，“敌军吼声嘶哑，似威实怯，只要顶住一时，敌军必然……”

柴荣话音未落，一阵雷鸣般的马蹄声在右军方向响起。

柴荣脸色一变，猛地转过头来，只见一支千人左右的精锐骑军已经越众而出，卷起漫天烟尘，直奔周军右翼。骑军中一员大将顶盔掼甲，手握长刀，在他身边，一名护旗卫士高举战旗，上写一个斗大的“张”字！

“张元徽！”柴荣眼角一跳，咬牙念出这名字。

张元徽不愧为刘汉名将，他率领精骑一直隐藏在阵后，直到此时才率众冲锋。

虽然这骑军只有千人左右，可甲具精良、马匹矫健，是张元徽手中精锐中的精锐，冲锋起来当真如一条黑龙，直扑周军右翼。

挡在这支骑军前面的周军士兵，只觉得耳边嗡嗡作响，似乎全是漫天遍野的马蹄声，眼前则是闪烁成一片的刀剑光芒，让人根本睁不开眼睛。

砰！那支精锐骑兵重重地撞在周军盾阵之上，顷刻间就将那盾阵撕开了一个巨大的口子，冲入周军阵中，领军的张元徽手持大刀，疯狂砍杀，周军军士被杀得鲜血横飞，惨叫连连。很快军阵缺口就被张元徽扯得越来越大。

“完，完了！”看着在自己军阵中狠命厮杀、如入无人之境的张元徽，樊爱能满脸惧色，他非但未有整军迎击的举动，反而下意识地带着胯下战马后退了半步。

身边那名军主一看，顿时明白了他的意思，低声道：“将军，敌军势大，不可力敌，不如我等先行撤离，再做打算！”

“撤走？”樊爱能身子一抖，惊恐地看着这名军主，“陛下亲自督战，交战不久我军便撤，到时追究起来，此乃十恶不赦之罪啊！”

“将军！”那军主冷笑一声，“此时不走，便没有以后了。”

“啊！”一声凄厉的惨叫传进樊爱能的耳朵，他猛地一转头，正好看到自己手下的一名亲信军主跌落下马。张元徽的大刀刚刚从他身上掠过，几乎将他整个人斜劈两半，鲜血喷涌而出，迅速染红了大地。

而张元徽全身盔甲也已被鲜血染红，宛如嗜血恶魔，看得樊爱能禁不住打了个寒战。

“将军！”那军主急切道，“此时不走就来不及了！”

“可，可是陛下……”樊爱能脸上表情扭曲挣扎。

“将军！”那军主脸上的表情十分诡异，“末将说一句大不敬的话，此战过后，陛下能否治将军的罪尚未可知。陛下不听劝阻，一意孤行，导致后军未至，只有我等面对汉军。原本就是敌众我寡，此战想胜殊为不易。末将以为此战过后大周未必就能守得住开封。到时，不管是要投奔刘汉，还是留在大周，将军手下的兵勇才是您的本钱，所以将军早下决定啊！”

“这……”樊爱能犹豫片刻，眼中闪过一丝狠色，“不错！只要有兵在手，自然就好周旋！撤！”

说罢，他一马当先，转身就跑。

“敌将逃了！”张元徽久经战阵，经验丰富，一眼就看到樊爱能和何徽的大旗向后撤走，他立刻明白敌军主帅已经逃走，一甩大刀砍翻一名敌军，同时大声高呼，扰乱周军士气。

不仅仅是张元徽，他身边那些将士也齐声欢呼，大声叫喊。

还在抵抗的周军回头一看，果然发现己方帅旗正在逃离战场，顷刻间右路军士气大跌，将士们再无战心，彻底崩溃，在刘汉军的屠刀下争相逃命，狼狈逃窜。

更有上千步兵在一名军主的带领下，直接跪地向刘汉军投降。

张元徽横刀立马，哈哈大笑，志得意满之极：“什么大周劲旅，不过如此，在某家面前不过土鸡瓦狗尔！”

就在此时，一名军主来到他身边，在他耳边低声嘀咕了几句。

张元徽一惊：“当真有信物？”

“不敢欺瞒将军，属下已经验过那信物，确实没错。”那军主低声道。

“带他过来。”张元徽说道。

未过多久，一名身穿周军战袍的军主被押了过来。

此人来到张元徽面前，立刻双膝跪倒。

“东西呢？”张元徽看了他几眼，冷冷问道。

“就在此处！”那军主双手举起，手心上是一只黑色的木牌。

立刻有人将木牌呈给张元徽，木牌上是一幅百鸟入林图。

张元徽眼角一跳，作为刘汉有数的大将，他当然知道这牌子的意义，那是掌握在刘汉陛下和国师手中的秘谍组织乌夜啼的信物。

张元徽打了个手势，他手下的亲兵散开，将两人围在中间。张元徽看着那人沉声问道：“你是何人？”

“回禀将军！”那军主道，“小人乃是乌夜啼麾下秘间，代号喜鹊三十二。”

“你为何在此出现？”

“将军！”那人说道，“小人是奉歌主之命，协助我大汉击败伪周。”

第十四章　定鼎之战

“哦？”张元徽眉毛一挑，“你做了何事？”

“禀将军！”那人道，“歌主早已察觉樊爱能、何徽两人似忠实奸，似勇实怯。虽表面忠勇，实则打了首尾两端的主意，因此派属下等潜入两人身边伺机策动。果不其然，今日大战赖将军神威，两人已心生惧意。在我等策动之下，二人抛弃伪帝，逃离战场。今伪周右翼已然崩溃，属下恭喜将军旗开得胜！”

张元徽一惊：“那两人是因尔等而走的？”

“属下不敢贪功！”那人道，“全赖将军神勇，这两人心生胆怯这才逃走。我与乌夜啼兄弟同时潜伏在两人身边，我那兄弟已经随两人逃走，以备战后策应。属下留下来向将军报信。”

“好！”张元徽大喜过望，重重点头，“干得好！如若不然，这里还要厮杀一阵，哪里能如此迅速就获得全胜？如今看来，伪周天数已尽，我军必然大胜！见到国主，本将必然为尔等请功！”

“多谢将军！”那人喜不自胜，连忙道谢。

刘汉军欢欣鼓舞，而周军则岌岌可危。

柴荣远远看到樊爱能和何徽两人退出战场，落荒而逃，整个大周右翼土崩瓦解，身子在马上一晃，险些落下马来。

幸好身边的张永德眼疾手快，一把将他扶住。

“樊爱能！何徽！匹夫！”柴荣咬牙切齿骂道，“尔等万死难辞其咎！”

更糟糕的还不止如此，就在张元徽发动进攻之时，中央的刘汉军也缓缓向周军逼近。此时见张元徽冲散了周军右翼，刘汉军顿时欢呼一声，向着周军疾冲而来。

轰！两支军队狠狠地撞在了一起，惨叫声、金属撞击声、声嘶力竭的吼叫声，还有一些其他乱七八糟的声音交织在一起，一下充斥了整个战场。一股血腥味开始在空气中弥漫。

糟糕的是，右翼崩溃，周军军心受挫严重，士气几近崩溃。中军竟然在刘汉军的压制下，缓缓地开始后退。

“好！”远处的刘崇满脸喜色，“果然天意在我！伪周必败无疑！”

“恭喜陛下！贺喜陛下！”旁边有臣子已经开始争相道贺，“今日一战，扬我大汉国威！伪周小儿怎是我大汉天军的对手！”

“哈哈哈……”刘崇仰天大笑，志得意满，仿佛已经得胜而归一般。

“陛下，情况危急！”指挥使张永德满脸焦急，在柴荣身边大声说道，“请陛下后退，末将愿为陛下断后！”

“走开！”柴荣两眼血红，用力一把将张永德推到一边，“这是朕的江山，也是朕的战场！此战许胜不许败，大周可以有死社稷的皇帝，绝没有弃将士于不顾的君王！既然大将逃了，那朕就亲自上阵杀敌！”

“来人！”柴荣大吼一声，“给朕擂鼓！左右，准备随朕冲杀！我大周勇士岂能被刘汉这等豚犬之辈吓倒？”

赵匡胤身为宿卫将军，就站在柴荣身后不远，听闻此言，他只觉得热血上涌，浑身似有使不完的力量，急于发泄出来。

“二兄！”袁松满面通红，站在赵匡胤身边说道，“逞男儿志气，就在此时！”

“明白了！”赵匡胤抽出长刀，“我必定护住陛下安全。”

“此言差矣！”袁松肃然道，“此时陛下心中所想唯胜尔，自身安危反而放在一旁。二兄，您身为陛下麾下战将，当为陛下披荆斩棘，杀敌求胜，唯此而已！”

“可是陛下……”

“二兄！”不等赵匡胤说完，袁松一把拉住他的手臂，“此战若胜，陛下无忧，此战若败，后患无穷！只要胜了，陛下自然转危为安。所以，二兄莫要瞻前顾后，此时你是战将，不应是侍卫。”

赵匡胤犹豫片刻，重重点头：“不错，此时我当是战将，不是侍卫。至此时刻，唯死战尔！”

说罢，他用力握了一下袁松的手，掉转马头，来到指挥使张永德身边。

“张大哥，”赵匡胤说道，“陛下已然奋勇向前，我等下属安能惜命？张大哥，您麾下多为善射之人，到时我们二人各领麾下将士，我从右翼出击，你从左翼出击，为陛下血战，国家兴亡，在此一举！”

张永德微微一愣，不过此话被不远处的柴荣听得一清二楚，他回头道一声：“元朗所言正合我意！”

说罢，他抽出佩剑高高举起：“擂鼓！”

隆隆的鼓声响起，传遍了整个战场。

“诸位将士！”柴荣高举长剑，大声吼道，“建功立业，就在今朝，杀狗贼！”

说罢，他跃马向前冲去。

“杀狗贼！”他身边侍卫齐声高呼，跟随在柴荣身后冲了出去。

赵匡胤与张永德互相一点头，抽出长刀大喊一声：“将士们，建功立业就在今朝！随我来！”

张永德与赵匡胤一左一右，率领亲兵，从两翼杀出，直向刘汉军扑去。

乱箭带着啸音从柴荣身边飞掠而过，可柴荣却恍若未觉，挥舞长剑，带手下侍卫奋力冲杀。身为一国之主，他胯下的战马速度极快，只是一个纵跃，就已冲到一名汉军面前，柴荣举起宝剑，手起剑落，将那名汉军斩落马下，冲天而起的鲜血洒了他满身，非但没有让他显得狼狈，反而让这一代帝王身上更多了几分煞气与威严。

在他身后，喊杀声大作，张永德与赵匡胤一左一右也杀进敌阵。

主将悍勇，将士们自然也无所畏惧，拼死力战，再加上大周天子亲冒矢石，冲杀在前，顿时赋予了他们无与伦比的勇气。他们一个个两眼冒火，奋勇杀敌，无不以一当百，直杀得刘汉兵节节败退。

就在此时，有一股悍勇的汉军逆势杀出，向着柴荣迅速逼近。

可还没等柴荣应对，几支箭矢就从他身后射出，将这几名不知死活的汉将射杀。

紧接着，就听到有人大声吼道：“陛下，末将也来助陛下一臂之力！”

原来，大周内殿直马仁禹也率领麾下将士冲杀过来。马仁禹本领高强，尤善射术，在马上弯弓搭箭，连珠箭一连串地射出来，连毙数十敌军。见此场面，汉军气势顿时一弱，而大周军兵士气更加高涨，喊杀声声震四野。

与此同时，大周殿前右番行首马全义也率领几百名骑兵向前猛攻，大周军在柴荣的带领下一扫颓势，开始扭转局势，反倒把刘汉军兵压得节节败退。

“该死！”刘崇在远处阵中看得真切，见到自己的手下节节败退，他愤恨地大骂一声，“伪周小儿安敢如此欺我？来人！”

一名传令官疾至他身前站定。

“传我旨意，张元徽将军杀敌有功，特此嘉奖，告诉他，朕必不忘张将军之勇武，战后必论功行赏！”刘崇大声说道，“令他乘胜追击，直攻伪周侧肋，务必将伪周一举击败！再给朕传令下去，不论是谁，只要能抓到伪周小儿，不论死活，朕不吝封爵之赏！”

“得令！”那传令兵答应一声，纵马离去。

未过多久，张元徽就接到了军令。很快，他的人马整队出发，开始向着大周军的侧肋逼了过来。

柴荣麾下勇将都在前方拼杀，唯有袁松这些文官和几个低级军官留在后方压阵。

一阵鼓点般的马蹄声响，一支骑军纵马而来，杀向周军侧翼。他们手中仍然沾染着血迹的刀柄寒光四射，杀气腾腾，一杆“张”字大旗飘扬在前，一名刘汉大将跃马扬刀，冲杀在前，正是刘汉猛将张元徽。

这支骑军乘胜而来，士气正旺，侧翼的周军在这支骑军压来之时，已经有几分慌乱。

袁松眼中闪过一丝寒芒，在他身后，大周中军剩下的弓箭手都集中在他身侧，前面柴荣领军，再加上其他几员猛将，早已经和刘汉军打成了一团，弓箭手已然失去了作用。袁松便以宿卫从事的名义将他们集中在一起，等的就是这一刻。

眼看张元徽跃马扬刀冲在最前，袁松高举双手，猛地向下一挥，大吼一声：“放！”

无数箭矢冲天而起，向着张元徽所部射了过去。

张元徽完全没有料到中军已经混战成一团，竟然还有弓箭手待命，不过他不愧是刘汉军中有名的悍将，眼看箭矢飞来，他举起手中大刀，奋力拨打雕翎。随着一阵叮当声响，当空落下来的箭矢已经被他磕得四处纷飞。

张元徽虽然挡住了这箭矢，可他胯下的战马却没这等本事。

咴咴！随着一声哀鸣，张元徽胯下战马连中数箭，身子一歪，马失前蹄，摔在地上。

张元徽措手不及，被狠狠地甩了出去，一下子就摔进了大周阵中。

周围顿时拥上来七八名周军，手中兵器向着张元徽就砍了下去。

“啊！”张元徽大吼一声，手中长刀横扫，砍翻了几名攻过来的周军士兵，他手一撑地，想要从地上翻身站起。

就在此时，一柄长枪如毒蛇一般从人群中刺了出来，正中张元徽胸口。

噗的一声，张元徽整个人如遭雷击，一支枪尖一枪穿心，从后背穿了出来。

几名周军士兵趁此良机，一拥而上，乱刀齐下。可怜一代刘汉名将，就此气绝身亡，死于非命！

看到这一幕，袁松伸手一把拉过身边一名士兵，大声吼道：“快，快喊！就喊我军大胜，阵斩敌酋张元徽！”

“啊？”那士兵先是一愣，然后大喜过望，张元徽乃是刘汉名将，在周军中也是名声响亮，刚才他亲自率军击溃大周右翼，更是险些导致大周兵败。此时听说张元徽身亡，那士兵哪有不高兴的道理。

于是，他扯着嗓子大声喊道：“赢了，赢了，我军阵斩张元徽，赢了！”

开始，只是他一人在喊，之后喊的人越来越多，整个战场都能听到有人在高呼张元徽已然授首。刘汉军早已被大周压得喘不过气来，听到张元徽身死，虽不知真假，但已有些慌乱。

趁此良机，赵匡胤纵马出击，一刀砍死手持张元徽大旗的刘汉兵，将那杆大旗一下子砍倒。

“倒了，倒了！张将军死了！”看到大旗倒下，刘汉军更加混乱，士气低落到极点。

恰在此时，南风越来越大，大周将士趁着南风，猛烈进攻，将刘汉军杀得节节败退，崩溃就在眼前。

“为何如此？为何如此啊？”在中军，刘崇已然傻了。

原本张元徽击溃周军右翼，整个周军岌岌可危，仿佛在下一刻就会土崩瓦解，四散奔逃。刘崇从未感觉到距离胜利如此近过。

可就在片刻之后，形势却急转直下，柴荣率众杀出，力挽狂澜，就连张元徽都死于乱军之中。大将阵亡，刘汉军已然乱成一锅粥，这一次随时可能崩溃的，是他自己部下的军队。

“不，这不可能！”刘崇大声咆哮道，“天意在朕！朕乃是真命天子！来人，擂鼓，为将士们鼓劲！”

轰隆隆的鼓声响起，刘崇亲自举起军旗，奋力挥动，为手下军兵呐喊助威。

可惜为时已晚，原本大周军在柴荣的率领下猛攻不止，刘汉军已经有些抵挡不住，此时张元徽身死，刘汉军更如同被抽掉了脊椎一般，士气大跌。哪怕是刘崇亲自舞旗也阻止不了刘汉军的溃败，没多久，刘汉军就抵挡不住了，全军溃败。

在刘汉军身后，大周军兵大声怒吼，趁势追杀，喊杀声几欲冲破天际。不远处的杨衮脸色阴沉地看着这一幕。

“将军！”一名军主请示道，“我等是否上前救援汉军？”

“救援？”杨衮骂了一句，“周军勇猛，汉军已然溃败，我军上去不但无法救援，反而要被那些蠢蛋汉军冲垮了队伍，平添了周军战功。”

接着，他冷哼一声：“再说，这刘崇不是觉得自己麾下大军所向披靡，不需要咱们帮手吗？既然如此，我们还救援他做什么？传我命令！退兵！”

“将军，退兵？退往何处？”

“走，退出去，回契丹！”杨衮冷笑道，“刘汉军回天乏术，我们犯不上给他们陪葬。”

此时，刘崇的脸色比白纸也强不了几分，眼看着战场上汉军兵败如山倒，身边手下已经催促几次了，可是他仍然不愿离开。在他心中，尚存一丝希望，希望抓住最后一根救命稻草。

一名军主匆匆跑过来，满脸惊慌之色：“陛下，大事不好了，杨将军不辞而别，已经率军北返了！”

“什么？”仿佛晴天一个霹雳狠狠地劈到了身上一般，刘崇险些从马车上摔下来。他猛地回头向契丹的军阵方向张望，果然那一杆“杨”字大旗，正掉头向北脱离战场，迅速撤退。

“狗贼！”刘崇大骂了一声。

“陛下！”枢密直学士王得中大声吼道，“快退，快退，不然便来不及了！”

“对，对！”刘崇一个激灵，抬头再看，只见大周军追着汉军已经杀了过来。

“快走，快走！”刘崇顿时也顾不得许多了，大声高呼着，从马车上连滚带爬地下来，换乘骏马，掉转马头亡命奔逃。

刚跑了不远，只见前面旌旗招展，有一支千人左右的队伍在山涧后面列阵，收拢刘汉败军。

一看那队伍中高高竖起的八卦旗，刘崇顿时大喜：“国师，是国师！果然是患难见真情！国师不负我！快，快，过去，过去！”

那条山涧之后，郭无为看着兵败如山倒的刘汉溃兵，脸色阴沉。原本按照他的计划并不准备参与这场大战，他手下的诡眼凶兵虽然精锐，但是人数太少，不适合战阵杀敌。况且，他在刘崇身边久矣，早已熟知刘崇的性格习惯，知道在大战之前他必然会祭天祷告，求一个天意。

郭无为并不想蹚这浑水，这其中看似荣耀，其实风险极大。胜了，未必会让自己现今的权势更上一层，但若败了，搞不好就会让自己灰头土脸，进退失据。因此，他借口有事留在后队，并未跟在刘崇身边。

刘汉军败了，只是连郭无为都未曾想到，刘汉军竟然会败得如此凄惨，看着那漫山遍野慌不择路的溃兵，他眉头紧锁。

“将他们招过来，重新整军！”他大声吩咐手下，“陛下呢？陛下在何处，速速将陛下寻来。”

不多时，一身黄袍、狼狈不堪的刘崇带着身边寥寥无几的亲卫，出现在郭无为面前。

“今日多亏国师相助，不然寡人险些丧命于此。”刘崇心有余悸道。

“陛下不必客气，可是我军何至于此啊？”郭无为问道。

“哼！”刘崇脸色一沉，“还不是王延嗣那狗贼，他自称会五行八卦，代替国师祭天，结果不知怎么就胡乱传了一个天意与朕。朕错信了他的话，这才有此惨败。”

郭无为心中冷笑，面上却淡淡一笑：“陛下不必担心，吉人自有天相，今日当是有惊无险之局。不过，有小人作祟，陛下应当小心才是。”

“朕明白。”刘崇咬着牙，重重点头。

正带领部众追击刘汉军的柴荣，眼看刘汉军越过山涧，重新稳住阵脚，他一拉马缰，止住了战马的脚步。

赵匡胤和张永德二人率众聚集到柴荣身后。两人已经浑身浴血，满面灰尘，身上血腥味浓得吓人。

可在此时，在战场上，这些再正常不过。

赵匡胤一抹脸上的鲜血，大声说道："陛下，刘汉军隔涧列阵，我军军力不足，将士疲累，再攻下去恐怕力有不逮。"

"可恶！"柴荣死死攥紧拳头，眼看只差一步便能将这刘汉军彻底击溃，可因为兵力不足，这一步就是迈不出去。他是大周的皇帝，是英雄，绝不是一个蠢货，对手早有防备，靠着这单薄的兵力和散乱的军阵贸然上前，好不容易获得的战果，搞不好就要付诸东流。

一想到此处，柴荣对临阵脱逃的樊爱能、何徽等人就越发恨之入骨，此时此刻，哪怕再多一点兵力也是好的。

"唉，当真是天不绝刘汉！"柴荣叹了一口气，"传令下去，我们……"

可他话音还未落，在大周军阵之后就响起了一阵马蹄声。

柴荣等人回头一看，顿时大喜过望。

跑！快跑！

樊爱能脑海之中现在已经被这个字填满了，从前方战场溃逃之后，他就带着余下的部众亡命奔逃，仿佛有吃人的恶鬼在身后穷追不舍一般。

战阵之上，张元徽杀人如切菜一般的凶残彻底吓到他了，他感觉如果自己刚才慢一步，就要丧命于那个杀神手中。

恐惧之后，是铺天盖地一般的羞耻感。因为恐惧，他竟然背主而逃，抛下在前方浴血厮杀的柴荣与同袍，不知廉耻地逃了。

羞耻之后，又是莫名的恐惧，这次他犯的可是死罪，哪怕是再大度的君主，也绝无可能给他第二次机会。如果将来柴荣追究起来，自己该如何是好？樊爱能的脑海中已经乱成了一团糨糊。

"将军！"就在这时，一直跟在他身边劝他逃走的那名军主低声道，"我等该往何处？"

"该往何处？"樊爱能一脸茫然，放慢了战马的速度，他也不知该往何处。

"将军……"那军主左右看看，见周围都是樊爱能的亲信，这才又低声道，"此战，我军绝不能胜啊！"

"啊！"樊爱能一惊，猛地回过头来，死死盯着这军主。

"将军！"那军主被樊爱能的眼神吓了一跳，稳了稳心神说道，"将军，事已至此，此战若陛下胜了，则后患无穷。今日，陛下绝不能胜，不但不能胜，最好陛下身死当场，这才最为稳妥。"

"你，你……"樊爱能看着这人，张口结舌，说不出话来。

"将军！"那军主抱拳道，"属下所言，虽为大逆不道，可句句语出真诚，此举虽对陛下不忠，可对将军却问心无愧！将军，当断不断，反受其乱啊！”

“对！”樊爱能咬牙点头，仿佛要劝服自己一般说道，“你说得在理，在理……”

就在此时，右路军另一名主将何徽纵马过来，喊了一声樊大哥。

樊爱能身子一颤，勉强一笑，问道：“贤弟，有何事？”

“大哥，”何徽吞了口口水，低声道，“兄弟们之前一直鏖战，然后便是奔逃，早已饥肠辘辘了，可刚才走得匆忙，无粮无水，再这般下去，兄弟们的心就要散了。”

“这……”樊爱能一时愁眉不展，不知该如何是好，他又不是大罗神仙，凭空能变出粮草和水来。

那军主突然一脸喜色，对樊爱能道：“将军快看，我等有救了！”

樊爱能一愣，顺着这军主手指的方向看去，只见一长串大车正顺着大路缓缓而来。在大车上，斗大的“周”字迎风飘扬。

“大哥，”何徽低声说道，“是咱们的辎重。可是，没有陛下在此，辎重官未必肯给我们粮草。”

“蠢货！”樊爱能低声骂道，“他不给，咱们就不能自己动手吗？”

“大哥！”何徽惊呼一声，“抢劫辎重，这可是重罪啊！”

“重罪？”樊爱能冷笑一声，“罪过再大，能大过临阵脱逃？咱们以后立足，靠的就是麾下这些人马，如果人心散了，那你我二人还管用？”

说着，他死死盯着越来越近的马车，咬牙道：“吩咐弟兄们，给我上！抢去吧！吃饱喝足，咱们离这鬼地方越远越好。”

这大周的辎重由一小队官军护送，缓缓前行。突然，一阵急促的马蹄声与兵器撞击声传来。这些护卫辎重的兵丁立刻停了下来，举起手中武器，满脸戒备。

接着，领头的军官远远看到樊爱能几人打着大周旗帜，穿着大周盔甲，顿时松了口气，回过头来，大声说道：“不必惊慌！自己人！”

很快，樊爱能率众逼了过来，那军官上前一步，向樊爱能行礼：“属下见过将军。”

樊爱能目光阴冷，微微点头：“你这辎重是要送往前方的？”

“正是。”

“正好，我等是奉陛下之命来接收辎重的。”樊爱能道，“尔等把辎重留下，走吧。”

“将军。”那军官一愣，“这不合规矩！”

“什么规矩不规矩？在这儿老子就是规矩！”樊爱能终于原形毕露，狞笑一声，一挥手，“弟兄们，让他知道知道规矩！”

他身后的溃兵早就按捺不住了，呼啦一下冲进辎重队伍，放手开抢。

辎重队中的兵勇顿时乱成一团，有些人有心反抗，可这些溃兵早就无所顾忌，几声惨叫之后，地上多了几具尸体，其他人再也不敢乱动。

“将军。”那辎重官脸色发白，“这，这……”

“滚一边去！陛下都死了，我军大败，你竟然还要去送死！老子是在救你！”樊爱能大吼一声，将那辎重官赶到一边，“弟兄们，今日大家辛苦，这里有吃有喝，大家尽管拿，吃饱喝足咱们继续赶路。”

“好！”一群溃兵乱哄哄地答应道，跟着樊爱能继续劫掠这本该属于自己的辎重队。

那辎重官早已顾不上这些了，他站在路边，浑身发颤，口中喃喃道：“陛下，陛下战死，我军溃败了？”

又过了足足半个多时辰，这群溃兵才呼啸而去，人人马上都装着大量的东西，只留下那名辎重官在原地看着被糟蹋得不成样子的辎重车发愣。

可是，樊爱能这群溃兵未能跑出去多远就再次停了下来。

樊爱能脸色发白，目视前方，一支队伍浩浩荡荡地出现在视线里。

“这，这是河阳节度使刘词的后军，大哥……”何徽来到樊爱能身边，脸色发青地低声说道。

“慌什么？”樊爱能回过神儿来，强自镇定道，“就按照之前说的，告诉他们，陛下阵亡，我军溃败，让他不要前去送死了！”

“大哥，这……”

“这什么这！”樊爱能低声咆哮，“你我临阵脱逃，陛下如果无恙，你我会是什么下场，难道你不知道？”

“明白了。”何徽脸上闪过一丝狠色。

这时，后军也发现了这群溃兵，一名轻骑越众而出，来到樊爱能前方一箭之地停稳，仔细打量了半天，开口问道：“来者可是樊爱能樊将军？”

“正是。”樊爱能点点头。

“樊将军，您怎么会在此处？”那骑兵惊讶道，“您不是随陛下在前方征战吗？”

“请容我面见节度使，有要事禀报。”樊爱能说道。

“请将军随我来。”

两人一前一后，进了后军军阵。

樊爱能见到跨坐在战马之上的刘词，不等满脸惊讶的刘词开口，他就已经扑通一声跪倒在地号啕大哭，泪水把脸上的泥灰冲出两道沟壑。

“将军！”刘词顿时愣住了，连忙翻身下马，将他搀扶起来，“您这是做什么？”

“大人！”樊爱能大声哭道，“陛下轻敌冒进，我军在巴公原遭遇汉军主力，我军兵力不足，已然大败了。”

“什么？”刘词脸色为之一变，“我军败了？”

樊爱能连忙点头说道：“那悍将张元徽率军攻陷我军右翼，牵一发而动全身，我军被打得大败！”

“陛下呢？”就在此时一人跑了出来，站在刘词身边大声问道，“陛下现在何处？”

樊爱能一看，发现来的这人正是中书舍人姚谦。

只见姚谦两眼满是血丝，脸色发青，本来英俊潇洒的一张面孔，此时犹如厉鬼一般，吓得心中有鬼的樊爱能一颤，连忙低下头。

“樊将军！”姚谦咬着牙说道，“我问你，陛下呢？陛下现在何处？”

“姚舍人，末将也不知陛下身在何处……”樊爱能低着头回答道，“末将引兵退走之时，只见陛下被敌军包围，恐怕，恐怕已经驾崩了！”

“什么？”刘词惊呼了一声。

相反，倒是姚谦脸色平静了些，他仔细打量了那樊爱能几眼。

“大人，末将所言句句属实。”樊爱能大声说道，“陛下已然驾崩，我军大败。大人，您不能再向前了，请大人立刻回军，固守城池方是上策！”

“不可！”姚谦突然在一边开口说道，“陛下是否驾崩，还未有定论。”

他向刘词说道：“节度使，我等应继续向前，如陛下果然兵败，我等可以接应陛下及败退下来的我军将士。那刘汉就算胜了，也已战了一天，我等乃是生力军，未必怕了他们。”

“说得不错。”刘词点头道，“传令，继续向前，前往巴公原！”

“节度使大人！”樊爱能惊呼一声。

“樊将军不必担心！”姚谦笑眯眯说道，“你先到安全的地方休息，等我们回来。”

没过多久，大军浩浩荡荡地再次出发。不，应该说是加速出发，樊爱能的消息，反而让刘词心急如焚，他催促大军前进，速度比之前还快了几分。

樊爱能脸色铁青地看着后军快速向巴公原挺进，却不敢阻拦，他手中只有千八百名早已吓破胆子的败兵，哪里敢拦这支生力军。

“大哥！”何徽脸色难看地问道，“我们该如何是好？”

“走！”樊爱能一咬牙，“这些蠢材愿意送死，那是他们的事情。我们走！”

没过多久，樊爱能带着手下溃兵，再次向后方逃走。

而在军阵中，刘词满脸疑惑地向姚谦问道：“姚舍人，刚才您为何示意我继续进军？”

“我怀疑樊爱能有诈。”姚谦冷冷说道。

“啊！”刘词惊道，“为何如此说？”

姚谦冷笑一声：“那樊爱能自称血战之后不敌，这才败下阵来。可他以及那些兵丁甲上无损，刃上无血，只有周身上下一层灰尘。节度使大人，您也是久经战阵之人，见过哪支军队浴血拼杀之后还能这般模样？”

刘词一惊，若有所思地微微点头。

“这还不算。”姚谦冷笑道，“那樊爱能虽然口口声声说我军溃败，可他手下的人马兵甲齐全，什么样的败兵在败逃之时还能带着这些？还有，樊爱能手下人等几近千人，这样规模的败逃，十有八九会引来汉军追杀，不可能轻松逃掉。从来见到的都是散兵游勇败逃，这般大队人马逃走的可真少见。”

姚谦深吸一口气：“最后，既然是我军崩溃，陛下驾崩，那我军的溃兵呢？为何只有他们这些人马？敌人的追兵呢？这里距离巴公原并不算远，汉军如果一战击溃我军，必然敌骑四出，追捕逃敌，我等在此处应该看到敌军侦骑了。可是这些全无影子，只有樊爱能、何徽一支孤军向后逃亡，所以在下以为此事必有蹊跷。节度使大人，我等就此向前，如果我军败了，陛下还在，那我等应想方设法救出陛下。如果陛下确实驾崩了，那我等应结阵慢慢后撤。刘汉激战一天，早已疲惫不堪，不能拿我军如何。不管怎样，这巴公原我等都是要去看看的！”

刘词面容冷肃：“无论如何，都要去看上一眼。”

就在大周后军迅速逼近巴公原之时，刘汉军已经隔着山涧列阵，刘崇手下的将军努力收拢着逃散的士兵，终于勉强聚集了万余人左右，好歹稳住了阵形。

而刘崇却顾不上这些，目光阴冷地看着脚下。

脚下跪着一人，正是那位代国师祭天的副枢密使王延嗣。

此时的王延嗣早已没了先前的威风，癞蛤蟆一样伏在地上，周身轻轻颤抖。

“狗贼！”刘崇咬牙切齿道，“你还有何话说？”

“陛，陛下……”王延嗣挣扎着还想开口。

“住嘴！”刘崇大吼一声，“朕不想听你的胡言乱语，就因为你，朕才遭此大败，还折损了一员猛将。如果不是国师在后接应，朕的大军就要土崩瓦解了。”

“陛下，这不怪微臣啊！真的不怪微臣啊！”王延嗣大声惨号道。郭无为一双阴冷的眼睛死死地盯着他，虽然面无表情，可是眼神深处却充满了嘲弄和讥笑。

王延嗣一下子明白了，为何郭无为那时不在刘崇身边，这根本就不是什么天赐良机，而是这位国师不愿蹚这浑水。

可是就算明白了又能如何？这世上可没有后悔药可用。

“住口！”刘崇狠狠一脚踢在王延嗣身上，将他踢得栽了个跟头。

“狗贼！”刘崇大声骂道，“就因为你胡乱揣测天意，方有今日之败。狗贼，你今日万死难辞其咎！”

“陛下息怒。”国师郭无为劝道，“王大人虽然误解天意，可也是一片好心。以贫道之见，不如让王大人戴罪立功，如何？”

“戴罪立功？”刘崇一愣。

“陛下，王大人也是勇武之人，以贫道看，不如让他指挥一军，反攻伪周。王大人戴罪立功，不敢惜命，决死之下，那伪周必然难以抵挡。说不定，就是我军转败为胜的契机。”郭无为幽幽说道。

王延嗣听到这话，顿时浑身冰凉，汉军兵败如山倒，军兵们早就因为之前的败阵而吓破了胆。现如今，隔涧而守已然不易，郭无为竟然还让自己带人反攻，这分明是要将自己往死路上逼啊！

“有理。”刘崇微微点头，厌恶地看了王延嗣一眼，“今日国师求情，朕就饶你一命，半个时辰之后，与你一支兵马反攻周军，如若立下战功，朕就不追究你今日之罪。可如果你败了，那就二罪并罚，朕要让你生不如死！”

刘崇话音刚落，大周那边突然响起了一阵惊天动地的欢呼声。

刘崇与郭无为同时一惊，向着大周军阵看去，只见在大周军阵后方，一支军队正在缓缓开进战场。

在这一瞬，他们两个都闻到了绝望的味道。

而此时此刻，大周军兵的士气已经攀升到了极点。

原本他们士气虽然高涨，然则激战了一天，强弩之末不能穿缟，面对严防死守的汉军，周军已经有些力不从心。

虽然周军上下人等都觉得颇有遗憾，却也无可奈何。本以为今日战事已经结束，只能来日再战。谁承想后军恰在此时抵达战场，有了这支生力军加入，大胜已然不是那般遥不可及。

“参见陛下！”此时，刘词和麾下众将出现，“臣等来迟，罪该万死！”

“不迟！”柴荣哈哈大笑，一把扶起刘词，“来得正是时候！”

他用手中马鞭一指山涧对面的汉军：“刘崇已然被朕击溃，只是他尚不死心，妄图隔涧与我等对峙！之前朕兵力不足，而且麾下将士鏖战一日，早已疲乏，正好尔等前来，立刻整军，与朕击破汉军！”

“遵旨！”

第十五章　乱世重典立圣威

隆隆的战鼓声再次响起，得到了后军支援的周军，很快就组织了进攻。

“杀！”充斥天地的喊杀声中，赵匡胤一马当先，率领麾下将士直奔汉军冲杀过去。

那条山涧水深仅及膝，也不宽，大周军马迅速地冲了过去，直扑刘汉军阵。

刘汉军早已在之前的战斗中吓破了胆，再加上立足未稳，水米未进，早就疲惫不堪，士气低迷。此时面对得到增援、呼啸而来的大周军兵，哪里还敢抵抗，不少士兵把手中的武器往地上一扔，转身就跑。

先是几个人，然后是几十人，接着几百人，到最后整条战线已然溃散，根本就没有几人敢于抵抗周军。

“顶住，顶住！不要跑，不要跑！”王延嗣手持兵器，绝望地大声吼道。

就在大周再次发动攻击的时候，刘崇果断地将王延嗣扔出来“戴罪立功”，让他来阻挡大周的攻势。

奈何此时整个刘汉军已然崩溃，再也无法组织起有效的抵抗，王延嗣只能绝望地吼叫，甚至还抽刀亲手砍死了几名逃兵。即便如此，仍是无济于事。兵败如山倒，说的就是此时。

“陛下逃了！”就在此时，有人惊呼了一声，王延嗣一惊，猛地回过头来。果然，远处一匹黄色的快马绝尘而去，这快马乃是契丹人赠予刘崇的宝马，名叫黄骝。这样的宝马用来逃跑，倒是绝配。

“完了！”看着身边好不容易聚拢起来的几名士兵一哄而散，王延嗣绝望地面对着呼啸而来的大周骑兵，一支枪尖在他的视线中变得越来越大，越来越大……

面对大周摧枯拉朽一般的冲击，刘汉的溃败比想象中来得还要快。黄昏之时大周发起进攻，天还未黑就已结束。大周军从巴公原一直追杀过了高平城才鸣金收兵，这一仗当真杀得尸横遍野，血流成河。漫山遍野跑的都是刘汉溃兵，刘崇只带着百余名溃兵逃走。旌旗兵器扔得满地都是，各种辎重大车随处可见，牲畜更是不计其数。

整个战场上除了刘汉的散兵游勇，就是一队队打扫战场的大周将士，这些将士虽然激战了一天，可看上去仍显得精神抖擞。

当夜幕降临之时，高平城北野次第搭起了军帐。空地上生起篝火，空气中弥漫着一股食物的香气。周军围着篝火席地而坐，前军的将士大谈之前如何随陛下杀贼，后军的将士则满脸羡慕地听着，为没能赶上那场浴血厮杀而遗憾。

在不远处的大帐中，柴荣坐在主座，满面笑容，下面列坐的将领们也是欢声笑语不断。

“好了！”柴荣说道。

大帐中顿时鸦雀无声，柴荣嘴角一勾，露出了一丝不易察觉的笑容。毫无疑问，他已经用一场胜利在诸将心中确立了地位和威信，此时此刻诸将对他心悦诚服，不仅仅因为他是皇帝，还因为他带给他们的胜利。

“诸位将军！”柴荣开口说道，“今日大胜，全赖诸君奋勇向前，将士用命，这才使那刘崇狼狈逃窜。不过，现在大战还未结束，来日再与诸君欢饮！”

“谢陛下！”诸将齐声答道。

“好了，诸位莫要紧张！”柴荣脸上终于露出笑容，“说说吧，今日只顾得杀敌了，虽然知道我军大胜，可究竟如何大胜，朕还不知呢！”

“出璋。”柴荣喊了一声。

姚谦连忙离席，在柴荣面前拱手行礼：“臣在！”

“说说看，此番大胜，战果如何？”柴荣笑问道。

“恭喜陛下！”姚谦抱拳赞叹道，“此番乃前所未有之大胜！刘汉军几近全军覆没。有降兵告知臣下，仅有刘崇带百余骑遁走，余众除向我军投诚外，尽皆溃散，缴获辎重兵器、骡马物资不计其数。另外……”

说到此处，姚谦微微一顿，脸上的神色有一丝为难。

“怎么了？”柴荣心情极好，笑问道，“朕的中书舍人，我军如此大胜，难不成还有让你觉得难办的事情？”

“陛下，”姚谦轻轻叹了口气，“另外有千余降兵，臣下不知该如何处置。”

“不知如何处置？”柴荣一愣，“为何如此？”

“启禀陛下，这千余降兵身穿我军军服。”姚谦犹豫了一下，终于还是说道，“臣下询问过了，他们乃是樊爱能和何徽手下军兵。在我军右翼崩溃，樊爱能和何徽两人逃走之后，他们向刘汉请降。可刘汉还未对他们做出安排就已大败，这些军士又被我军俘获……”

说到此处，整个军帐之中鸦雀无声，人人目光诡异，看着坐在正中的柴荣。

柴荣面色阴沉，刚才那大胜之后的好心情，似乎被这个消息一扫而空。

他足足坐了半晌，这才开口，一说话就杀气四溢，让人不寒而栗。

“哼！遇敌不战而降，现如今又转回我军，当真是打得好算盘！”柴荣冷笑一声，“如此不忠不义之人，朕不敢要！全部就地处斩，以儆效尤。”

“啊！”姚谦身子一颤，连忙低下头。

周围的将军们更是噤若寒蝉，连话都不敢说，一股寒气瞬间在这军帐之中弥漫开来，吹得人瑟瑟发抖。

“陛下……”有人忍不住了，小声道，“这些人虽有大错，但好歹也是我军士兵。陛下何不给他们一个机会，哪怕是送入前锋营，作为敢死之士来用也好啊！”

“机会？”柴荣脸上怒容一闪而逝，“之前在战场上，我军浴血杀敌，他们却一触即溃，那时他们可曾给过朕机会？之前在战场上，朕带领麾下侍卫出生入死，他们却跪在那里，对着刘崇山呼万岁，那时他们又可曾想起给朕什么机会？”

说到此处，柴荣已然愤怒之极。他站起身来，背着手在原地转了两圈：“既然他们不给朕机会，那朕为何要给他们机会？他们做的事太过下作，如果朕这次放过他们，难保他们下次不会变本加厉，难保别人不会有样学样。所以，全部处斩，决不轻饶！”

柴荣的声音越来越大，最后几近咆哮。此时，军帐中没有人还敢坐着，诸将已经都站起身来，垂手而立。

“陛下所言极是！”张永德越众而出，大声应和道，“绝不能姑息养奸！”

“没错！”军帐中其余诸将顿时七嘴八舌地应和，这些将军都是一步步砍杀出来的，没有一个心慈面软。一千多降兵，说多不多，说少不少，拿出来立个规矩倒也合适。

很快，命令就被传达了出去，并且立刻执行。很快，那些降兵的咒骂声和哀求声就传遍了军营，可这没有什么用。很快，一颗颗血淋淋的脑袋就被悬挂起来，在夜风之中轻轻摇晃。

原本欢声笑语的大营之中，突然有了一种压抑的微妙气氛。

因为此事，柴荣似乎也没了说话的兴致，他随意和诸将交代了几句就散了会，带着几名侍卫走出了军帐。

现在还是三月，夜风略有几分凉意，不过吹在脸上倒也舒服。被夜风这么一吹，柴荣顿时精神了许多，也畅快了一些。风中还有一股淡淡的血腥味，但也影响不到柴荣了。

柴荣在军营中转了几圈，突然停了下来，看到在不远处的一个火堆旁边，袁松静静地坐着，专心致志地烤着一块饼子。

柴荣向身后的侍卫摆了摆手，独自一人走了过去，在袁松身边坐下。

烤饼子的味道很香，袁松烤得很认真。不过，他还是察觉到有人来到了身边，回头一看，顿时一愣，连忙要站起身来。

“坐下，坐下。”柴荣用手压住他的肩膀，笑道，“此处又不是朝堂，不必见礼了。”

“是。”

“烤饼分一半，”柴荣指了指袁松手中的饼子，“朕要尝尝你的手艺。”

一块饼被分成两半，两人各拿一块，柴荣咬了一口，饼子烤得脆香。

“嗯，火候恰到好处。”柴荣喝了一口侍卫递过来的水，一边咀嚼，一边看着袁松问道，“对了，之前在军帐中，怎么未曾看到你的影子？”

“陛下，臣下只是一个小小的从事，还未有资格进军帐。”袁松道。

“哦，对了！”柴荣一拍额头。

“不过，虽然未能入军帐与陛下议事，臣还是要恭喜陛下。”

“恭喜？”柴荣一笑，“恭喜什么？”

“恭喜陛下尽收人心。”袁松认真道。

“哈哈哈！”柴荣畅快一笑，“你倒是看得清楚明白，不过……”

柴荣笑容一收，看着袁松道：“朕收的人心中，可有你的？”

“陛下，”袁松一笑，所答非所问道，“您对幕人多有了解，当知道幕人之中讲究势略术三道。”

“不错，略有耳闻。”柴荣微微点头，“而且朕还听闻你们诡门幕人最擅长的就是势略两道。”

袁松点头：“可是，陛下可知诡门之中还有一套认主的规矩——观人？”

“观人？”柴荣一愣。

“不错，主择臣，而臣亦择主。”袁松一笑，“良臣得遇明主，则扶摇直上；良臣若遇暗主，则怀才不遇，甚至有性命之忧。”

“哦？”柴荣一笑，“依你看，朕是明主还是暗主？”

“明主。”袁松直截了当。

“哈哈……”柴荣畅快大笑，“只因我是皇帝？”

“非也！”袁松微微摇头，“天下江山共奉一君，而君王又分上中下三种。下等的是昏庸之君，昏君在位，虽有名臣难以扶天下，虽有猛将难以匡社稷，江河日下，前途暗淡；中等之君乃是守成之君，虽无大功，也无大错，忠臣可用，良将可为，然则千篇一律，志气消沉，虽无消散之忧，亦无上进之力；最上等的，便是明君……”

袁松看着柴荣，目光闪烁：“有为之君，如初升之红日，缓而坚定，红日普照之下，万物欣欣向荣，文臣武将信心百倍，麾下百姓精神振奋，不计一时之得失，因其知前途远大，必然照耀四方！陛下，臣刚刚虽不在帐内，但看到诸君入帐议事之时毕恭毕敬，小心谨慎，唯恐触怒陛下，出帐之时则神色激动，满面红光。皆因他们知其前程远大，愿与陛下共进退。众人兴衰祸福，皆由陛下一言而定。”

“朕可不知你们鬼谷一派还有如此巧舌。”柴荣虽然口中调笑，但是内心显然极其高兴。

“陛下，臣非是奉承。”袁松含笑摇头，左右看了看，发现侍卫围在周围，并未靠近，这才低声说道，“今日这话，臣只说一次，换作旁人，臣必然不会说出口，如有逾越之处，还请陛下恕罪。”

“哦？”柴荣饶有兴致地看着袁松道，“有趣，朕倒要看看你这鬼谷门人要对朕说些什么。”

“陛下，”袁松说道，“天下熙熙皆为利来，天下攘攘皆为利往。何为利？利可为伦理道德，利可为礼义廉耻，利可为金钱财货，世间之人皆有所求，未听闻脱离这个‘利’字的，无非所求之利不同罢了。众人依附于陛下，只因陛下能使诸位大人获利。臣之所以要恭喜陛下，是因为陛下经过此一战，已经彻底地把握住了利之所在。天下大势之权柄，终归陛下所有。”

袁松说得无比坦然，柴荣听得不动声色。这一番话说完之后，两人陷入了久久的沉默。

终于，柴荣轻笑一声：“朕是大周皇帝，你竟然敢对朕说出这番话来。”

“正因为陛下是大周皇帝，微臣才敢说出此番言论。”袁松一笑道，“因为陛下懂我，我亦懂陛下！”

“有趣。”柴荣岔开了这个话题，“说说吧，今日朕将那些投降刘汉之人全部处斩，你有何看法？”

“臣虽略有不忍，然则此事在情理之中。”

“说说。”柴荣感兴趣道。

“乱世当用重典！”袁松脸色肃穆道，“重典不仅治民，更要治军！值此乱世，手中将士乃是根基，而治下百姓则是血脉！天下定则施以仁政，天下乱则要行霸道，开疆扩土，守卫百姓靠的就是陛下手中的百战之师。可惜，这些军兵承自前朝，积习难改，称得上是骄兵，却未必是悍将。今日有大将临阵脱逃，有士兵临阵投降，就是因为他们觉得大周赢不了，倒不如换一家主子继续卖命。此般人物如何能为陛下夺取天下？所以，臣以为陛下所作所为并无不妥。”

柴荣重重点头：“朕如此做，就是要让那些人明白，不要心存侥幸，三心二意，临阵而降尚能留下性命，这让那些浴血杀敌的将士该作何想？”

袁松微微点头，却未说话，有些话点到即止就好，莫要说得太多太明。不过他相信，以柴荣的秉性，绝不会放任不管，那千余条性命只是个开始罢了。

就在此时，一名侍卫急匆匆过来，只见他面色古怪，见到柴荣之后欲言又止。

“吞吞吐吐的，成何体统？”柴荣脸色一沉，“到底何事，如此惊慌？”

借此大战，柴荣的威势已不同往日，此时横眉立目的一声冷哼，顿时让那侍卫身子一颤。

这侍卫连忙躬身道：“陛下，刚才有人来报，说是，说是有将士归营了。”

“将士归营？”柴荣一愣。他知道这侍卫没有要紧事绝不会随便打扰自己，却不知道这将士归营算什么要紧事。

“谁回来了？”柴荣问道。

“陛下，是，是樊爱能将军和何徽将军，他二人率军归来。”

“什么？”柴荣脸色骤变，这位刚刚获得一场大胜的帝王，所有的好心情似乎都被这句话掀翻在地。

“好！好啊！”柴荣冷笑，“他二人竟然还敢归来？当真以为朕的刀锋不利吗？”

“陛下，”一直在柴荣身后的袁松突然开口，“少安毋躁！”

“怎么？”柴荣猛地回过头来，冷冰冰地看着他，“莫非你以为这二人杀不得？”

“陛下息怒！”袁松低声道，“此二人死有余辜！不过，他二人乃是先皇旧臣，陛下登基未久，根基不稳，虽然大胜一场，可这一战只是开始，之后未必没有大战。此二人必杀，但是要想好怎么杀，才能杀得毫无后患。”

柴荣冷静下来，眉毛一挑，对那侍卫摆了摆手。

等那侍卫退开之后，柴荣低声问道：“依你之见，该如何杀？”

“陛下，您携大胜之威，威望已经足够了。可这两位毕竟是老人，而且是我军大将，如何杀还需谋划一番。”袁松道，“除了陛下之外，尚需有德高望重之人出面为陛下张目才行。”

柴荣微微眯起眼睛，微微点头。

“陛下！”此时，袁松后退一步，向着柴荣一躬到地。

柴荣一愣：“你这是何意？”

“陛下，此战大胜，首功当为陛下，陛下临危不乱，奋勇杀敌，这才有此战之胜！”袁松道，“可除了陛下之外，尚有将士们的浴血杀敌，死战不退，他们在陛下的率领之下，这才将刘汉一举击溃。所以，臣恳请为将士们请功！”

“为将士们请功？这自然是应有之意，可是此时……咦？”柴荣微微一愣，紧锁眉头思考了片刻，这才满脸笑意说道，“不错，此战全赖将士们奋勇杀敌，这才击败刘汉。有功必赏，有过必罚，此乃军中铁律！袁松。”

“臣在！”

“朕任命你为军中主簿，负责记录将士功勋，莫要让朕的将士们心寒！”柴荣看着他说道。

“臣遵旨！”

而在柴荣和袁松两人说话之时，樊爱能与何徽二人则惴惴不安地待在自己的营房之中。

他们是在后军过后不久得到的消息，知道大周非但未败，反而大获全胜。两人立刻意识到情况不妙。如果大周败了，两人倒是方便浑水摸鱼。可此时大周竟然胜了，还是大胜，两人突然发现，不知该逃往何处去了。

柴荣仍在，大周大胜，境内未曾大乱，两人领着这残兵败将无论去何处都不好安身。最后，两人商量了良久，这才做出这么一个有几分冒险的决定——回到大周军营。

“大哥，这事情，没事吧？”军帐之中，何徽低声向樊爱能问道。

此时，两人营帐周围已经被人包围，等于被软禁起来。不过，这倒是在二人预料之中。只是他们一直未见到柴荣，所以心中始终有些忐忑。

“放心！”樊爱能虽然心中也有几许慌乱，不过还是故作镇定道，“那个小娃娃刚刚登基，正好今日大胜，你我二人到时认个错，找个借口，说几句好话，他一高兴事情就过去了。最多找几个军主为我们背锅罢了。大不了，你我解甲归田，不给他卖命了。”

“大哥，那位可不好对付啊。”何徽忧心忡忡地说道。

“怕他做什么？”樊爱能脸上已经多了几分光彩，似乎连自己都被自己说服了，“咱们可是先皇老人，追随先皇征战多年，军中有的是咱们的故旧。他就算要杀我等，难道就不担心军心不稳吗？等着吧！这事绝对雷声大，雨点小，只要咱俩认个错，就算过去了。”

说罢，他翻出两根荆条来，递给何徽一根：“这个你拿着。”

“这是做什么？”

“这叫作负荆请罪！”樊爱能得意扬扬道，“咱们这是在仿古啊，兄弟。”

两名主将正在讨论如何保下自己的性命，而在一座偏小的帐篷里，一个人正惴惴不安地待着，他一会儿站起来，一会儿坐下，脸上的表情十分紧张。

这人就是那名跟在樊爱能身边的军主，乌夜啼的喜鹊。

战场之上，他一手策动了樊爱能逃跑，为刘汉立下了天大的功劳。只可惜，这喜鹊也没想到，在右翼溃散的情况下，这大周竟然反败为胜，一举击溃了刘汉，他之前所做的努力一下付诸东流。

而樊爱能和何徽无处可去，不得不再次回到军中。与这两位主将莫名其妙的乐观不太一样，这喜鹊有一种强烈的危机感，似乎有什么不好的事情将要发生。

突然，帐篷的帘子轻轻晃了晃，紧接着帐篷里豆大的油灯摇曳了几下。

这喜鹊微微一愣，猛然间，他感觉到了一种极度危险的气氛，可是已然来不及了，一个黑影游鱼一样从帐篷角落的阴影里蹿了出来，还未等他做出反应，咽喉位置微微一凉。

"既然无法归巢，那就为乌夜啼尽忠吧。"一个声音在他耳边轻轻说道。

"夜，夜枭！"喜鹊艰难地吐出这两个字，之后就再也说不下去了，殷红的鲜血顺着他的咽喉流了出来，他身子一软，栽倒在地上。

那个黑影动作麻利地抽出喜鹊的钢刀，将它塞进喜鹊的手里，伪装成一个自杀现场，然后就像无声无息出现那样，又无声无息地消失不见。

营帐之中，只有一具尸体死不瞑目地盯着帐篷顶端。

这一夜，注定格外漫长。

大帐之中，柴荣仍未睡着，他在床榻上辗转反侧，似有心事。

侍立在一边的是张永德，张永德乃是朝中老臣，大周未立之前就已追随先皇，屡立战功，而且还娶了先皇第四女寿安公主为妻，是正宗的皇亲国戚，他在军中的威望也极高，绝对称得上国之栋梁。

此时，他看着翻来覆去睡不着的柴荣，心中略有些奇怪，搞不清楚陛下究竟怎么了，明明是一场酣畅淋漓的大胜，为何仍然愁眉不展。

这时，柴荣翻身从床榻上坐了起来，轻轻叹了口气，喊了一声："妹婿。"

张永德娶了寿安公主，柴荣则是先皇义子，这一声妹婿喊得不算错。

可是张永德听了这话却微微一愣，现在正在军中，柴荣却不喊他名字，而是以亲戚称之，他知道柴荣必然有一些话想说与自己听。

"陛下。"张永德连忙答应了一声。

"抱一，莫要如此客气。"柴荣轻笑一声，指了指旁边的椅子，"来，坐。白日里你我分属君臣，但此时你只是我的妹婿。"

"谢陛下。"张永德规规矩矩地在一边坐好。

"抱一，刚才我辗转反侧，无法入眠，你可都看到了？"柴荣问道。

"属下都看到了，只是不知陛下为何烦恼？"

"只因一件事。"柴荣说道，"你可知道，樊爱能和何徽二人已经回来了。"

"什么？"一听这话，张永德猛地站起身来，"陛下，此话当真？"

"抱一，坐，坐下！"

"陛下，微臣失态了。"张永德满面怒容，"这两狗贼竟然还有脸回来？此前战事就因为此二人临阵脱逃，险些导致我军惨败。溃逃之后，他们不但劫掠了我军后续辎重，听刘节度使说此二人还捏造谣言，说我军败北，阻止刘节度使增援。其心何其毒也！臣恨不能手刃此二人，以解心头之恨！”

柴荣重重怒哼一声，咬牙说道：“朕何尝不知？此二人临阵脱逃，惑乱军心，其心可诛！然则他们二人乃是军中老人，朕又欲挥军北上，征伐刘汉，此时阵斩大将，唯恐诸将心寒啊！”

“陛下不必担忧！”张永德大声道，“樊爱能等军将素无大功，只靠累时钻营才窃居此位，然则忝冒节钺，望敌先逃，万死难辞其咎！陛下胸怀大志，意欲削平四海，令天下归心！可如不整肃军法，用以律军，则虽有熊罴之士，百万之众，又能如何？如此这般望风而逃的匹夫，如何能为陛下扬志？”

“说得好！”柴荣将床上的枕头狠狠掷落于地，“抱一这番话，说得好啊！这是第二人如此劝我了。”

“哦？”张永德一愣，“还有人劝诫陛下？”

“不说此事，”柴荣一摆手，“有抱一这番话足矣！现在什么时辰？”

“已过丑时。”

“与抱一一语，心中烦闷尽去！朕先睡下，明日辰时再与这两人计较。”柴荣翻身躺倒，没多久便沉沉睡去。

辰时一刻，一阵急促的鼓声在军营中响起，鼓乃聚将鼓，营中诸将三通鼓声而不至者，定斩不饶。

听到鼓声，各级将领向中军帐聚集，到了军帐外面，都被跪在军帐外的两个人吸引了视线。

这二人上身赤裸，背负荆条，低头跪在中军帐外，正是临阵脱逃的樊爱能和何徽。

看到这二人，众将脸色或古怪，或不屑，但没有一人与他俩说话，而是急匆匆走入中军帐中。

两通鼓响罢，众将已然聚齐。

中书舍人姚谦跟着人流走进军帐，目光顿时一凝，只见柴荣端坐在正中主位之上，在他右手侧有一张书案，袁松坐在书案后，手中持笔正准备做笔录。察觉到姚谦来了，袁松抬起头来，与他对视了一眼，微微一笑，又低下头，盯着自己的桌板。

姚谦眉头一皱，走入自己的位置站好，暗道：袁松已经开始引起柴荣的瞩目，这可不是什么好兆头。

此时，柴荣看到人已聚齐，轻轻咳嗽一声，军帐之中顿时鸦雀无声，他冷笑一声，向左右问道：“诸将，帐外之人都看到了吧？”

在场众人皆低头不语。

柴荣也不以为意，轻笑一声，继续说道："这两人本是朕的股肱之臣，朕倚为柱石！此前大战，朕将右翼大军交付他二人之手，奈何他二人愧对了朕啊！"

帐中众人听到这话，更是不敢开口，人人都听出柴荣语气中那难以掩饰的恨意。

"来人，"柴荣轻轻说道，"请二位将军进来吧。"

有人立刻领命出去，未过多久，樊爱能和何徽两人踉踉跄跄地走进了军帐，扑通一声跪倒在地上。

"罪臣见过陛下！"

"樊将军，何将军！"柴荣嘴角一勾，露出一丝浅笑，只是这笑意之中带着一股透彻心扉的阴冷，"朕与二位只一日不见，为何朕此时觉得如隔了三秋呢？"

两名将军似乎从柴荣的话里听到了某种让他们不安的东西，不由得将头垂得更低了。

"陛，陛下！"樊爱能开口说道，"末将等罪该万死，不该怯战而逃……"

"怯战而逃？不不不！"柴荣微微摇头，"你们可不是怯战而逃，你二人乃是军中宿将，久经战阵，岂能怯战？无非是看汉军势大，意欲以朕为奇货，向刘崇卖个好价钱罢了。"

樊爱能与何徽二人一听此言，脸色顿时变得惨白。

"陛下何出此言？"樊爱能惊呼道，"我二人绝无此心！"

"绝无此心？"柴荣冷笑一声，举起手来，一掌拍在面前桌案之上，那砰的一声巨响，让众将心中微微一颤。

"可你二人就是这般行事的！"柴荣大声怒吼道，"如不是这次将士用命，三军奋勇，朕此时已为刘汉阶下之囚矣！"

"陛下，是臣等错了！"何徽号啕大哭，"臣等愿意戴罪立功！"

"立功？尔等这般功劳，朕可不敢等。"

"陛下，臣等愿意解甲归田，解甲归田啊，陛下！"樊爱能大声道。

"樊将军倒是打得好主意！"柴荣不为所动，"犯了如此大罪，就想着解甲归田，回家做你的富家翁，颐养天年吗？抱一！"

"陛下！"一旁的张永德站了出来。

"朕问你，临阵脱逃，哄抢辎重，扰乱军心，该当何罪？"柴荣冷冷地问道。

"如此恶徒当斩之！"张永德冷哼一声，瞪着跪在那里的二人答道。

"二位将军可听清楚了？"柴荣问道。

樊爱能和何徽如坠冰窟，两人原本还抱着一丝侥幸，可是张永德的这一句话，给了他们最后一击。张永德无论资历还是功劳，都远在他二人之上，有了张永德的话，他二人今日当真是死定了。

“陛下！”这时，一名军将犹豫着出列，开口道，“虽然他二人临阵脱逃，罪不可恕，然则何将军之前为陛下立下汗马功劳，还请陛下网开一面。”

何徽一听此言，仿佛抓到了一根救命稻草一般：“陛下饶命啊，陛下饶命，臣愿以一身功劳，换自己一命啊！”

“唉！”柴荣眼中闪过一丝痛惜，“早知今日，何必当初！何将军，你的确是有功之人，然则君无戏言，法不可废。将军安心去吧，朕必将汝厚葬！”

接着，柴荣脸色一变，大吼一声：“来人！”

几名侍卫闻声拥入军帐。

“将这二人拖出去斩首以正军法！还有，与他二人一同逃走的各级军官也一起处斩！”柴荣指着两人，大声说道。

“是！”侍卫答应一声，拖死狗一般将二人拖了下去。

军帐之中，一片肃然，所有人等肃穆而立，听着那渐渐远去的求饶声，谁也不敢开口说话。

这时，端坐在上的柴荣展颜一笑：“诸君！不过是几块臭肉罢了，莫要让这等人坏了我等兴致。”

柴荣此话一出口，场面顿时一松，在场的诸位心里微微松了一口气。

“各位，功是功过是过。朕非那种不讲理之人，樊爱能和何徽这两人当真是一将无能累死千军，所以朕要重重罚他！”柴荣一笑，“可这场大胜，离不开诸君奋勇杀敌，朕绝不会亏待麾下功臣。受益。”

“微臣在！”袁松连忙站起身来答应一声。

“朕让你整理的东西准备好了吗？”柴荣问道。

“微臣已然整理完毕，请陛下御览。”说着，袁松呈上了一道条陈。这是此战中诸位将士的功劳簿，袁松用了一个晚上的时间，已然整理完毕。

柴荣接过来看了一眼，一条条写得清楚明白，满意地点了点头，本以为只有一夜时间，袁松能将主要将领的功劳做好已不易，未想到只用了一夜时间就全做好了。

“果然名不虚传！”柴荣感慨一声，拿着功劳簿对着诸将晃了晃，“诸位知道这是什么吗？”

不等诸人开口，柴荣继续说道：“这是诸位的功劳簿，这次功劳都已列具在册。之前惩治了害群之马，现在到了论功行赏的时候了！”

听闻此言，诸将顿时心中欣喜，刚刚樊爱能两人之事瞬间就被抛到了九霄云外。

因为这一战确是酣畅淋漓的大胜，所以诸将得到的封赏也格外厚重。

李重进兼忠武节度使，张永德兼武信节度使，史彦超为镇国节度使……

“陛下！”这时，张永德迈步而出。

“抱一，有何事？”柴荣问道。

“臣向陛下举荐一人。”张永德大声说道，“臣向陛下举荐宿卫将军赵匡胤！赵将军忠义无双，智勇双全，之前在危难之时，他与臣商议，分兵左右为陛下羽翼，为击溃汉军立下汗马功劳。因此，末将为赵将军请封！”

“哦？”柴荣笑吟吟地看了一眼垂手而立的赵匡胤，然后哈哈大笑，“不错，不错！当时朕亦在场，你二人所说朕都听到了。的确如抱一所说，元朗你智勇双全，功劳不小！从今日起，朕任命你为殿前都虞候，领严州刺史，你可愿否？”

“全凭陛下安排！”赵匡胤肃容道。

袁松在一边看得仔细，赵匡胤虽然脸上表情肃穆，小腿却微微发颤，显然，他的内心绝不像他脸上那般平静。

袁松微微一笑，低下头来继续做记录，这的确是一件值得高兴的事情。

第十六章　魑魅魍魉

柴荣的动作很快，处理了樊爱能和何徽二人之后，各级的封赏很快就下来了。

不仅仅是高级将领收获颇多，那些作战勇敢的将士，柴荣也未曾亏待。数百人升为了军主、厢主。众军先是被柴荣斩杀将领、降军的狠辣所慑，接着又被这一连串的封赏鼓舞。诸多新任军主在军营中招摇而过，引起无数人的羡慕。一时之间，原本因为斩杀将领而略微凝滞的士气又高涨起来。

经此一举，原本营中的骄兵悍将人人畏惧，不敢造次，各级军校也整肃士兵，不敢姑息。军中气氛焕然一新，再加上眼红那些封赏，将士请战之心急切，营中一片求战之声，再也没人提起樊爱能和何徽这些人了。

不过此时，柴荣在军帐中面色凝重地看着面前的姚谦。

“你确定？”柴荣问道。

“陛下，臣确定。”姚谦肃容说道，“臣找来了樊爱能麾下军卒，不止一人证明这名军主乃是樊爱能亲信，而且正是他对樊爱能说了什么之后，樊爱能才引军逃走的。不仅是他，何徽身边也有一人，不过这人在樊爱能败退之时，率众向刘汉投降了，而且有降兵指认，这名军主在率众投降之后，曾经接触过张元徽，只是二人说些什么还不得而知。不过，在战后此人不知所终。只有樊爱能身边那人，跟着他一起回来了。”

“详细说说此事。”

“陛下，那名军主在回来那晚便死在帐中，貌似自尽。臣之前并未留意，但是军中箭卫向我禀报了此事，这名军主并不是自杀身亡的，而是被人杀死之后，伪装成自杀场面的。”姚谦又道，“凶手使用的兵器极薄，几乎是一击致命，而那军主的战刀绝不可能造成那种效果。”

“此事你以为如何？”柴荣微微闭起眼睛，靠在椅子上问道。

“臣以为此事必然与那乌夜啼有关。”姚谦低声道，“樊爱能与何徽二人临阵脱逃，说不定就是乌夜啼做的手脚。”

“乌夜啼！”柴荣用手狠狠砸了一下面前的桌案，“又是乌夜啼！”

他看着姚谦，冷冷说道：“乌夜啼在军中都能随意杀人，且来去自如，尔等难道就这么眼睁睁看着？”

“陛下，臣必竭尽全力将乌夜啼连根拔起。”

柴荣冷哼一声，不过他也知道，此事怨不得姚谦，大周立国不过三年多时间，又是夺了刘汉基业立国。乌夜啼依附于刘汉，根深蒂固，绝非一朝一夕之间能够根除的。

姚谦垂首侍立一旁，不敢有丝毫动作，自从这一场大胜之后，柴荣身上那股帝王之气日盛，稚嫩之色尽去，只是往那儿一坐，就压得人几乎喘不过气来。

好半天，柴荣才轻轻吐出一口浊气，摆了摆手：“罢了，你也不必担心，朕不过随便说说而已。这乌夜啼绝非等闲，想要将之根除绝非一朝一夕之功。军中这事还是小事，军心自然不会因这些小人而乱，朕担心的是，朕出征在外，朝中无人，这乌夜啼又如此猖獗……”

“陛下担心的是开封？”姚谦问道。

“不错，开封。”柴荣微微点头，“出璋，你现在立刻回去坐镇开封，你与乌夜啼交手多次，应当知道他们的厉害。朕不要求你将他们拔出来，朕只要你暗中稳住开封局势，不要让它乱起来，让朕后顾无忧，能做到吗？”

“臣必为陛下稳住开封。”姚谦肃容道。

“朕信你。”柴荣说道，“不日朕就将誓师北伐，攻入刘汉境内。这时开封稳定尤为重要，所以此事不容有失！”

“微臣领旨！”

“去吧。”柴荣轻轻摆手。

坐在军帐之中的柴荣沉思片刻，抬头喊了一声，“来人。”

“陛下。”一名侍卫走了出来。

“去，将袁主簿请来。”

“是。”

扑棱棱！一只信鸽拍打着翅膀，落在了一根树枝上，一人伸手从信鸽的腿上摘下一个小竹管后，直奔后方小楼。

乌夜啼歌主以及她的几名下属，都等在小楼之中。

整个开封的乌夜啼组织已经做好了准备，只等前方战报一来就开始行动。因此，等情报送进来，所有人的注意力都集中在了这份情报之上。

屋中左首那人迫不及待问道："歌主，如何？陛下是否获胜？"

歌主没有言语，打开情报看了一眼，脸色连连变化，最后叹了口气，将手中情报放到一边。

"歌主！"那人忍不住了，又问一遍。

"陛下高平城惨败，只余百余骑只身逃走！"歌主冷冷说道。

"什么？"房中顿时惊呼声一片。

"这不可能！"开口问询那人大声吼道，"陛下麾下将士，再加上契丹联军，对付伪周绰绰有余！怎么能败，怎么会败？"

歌主脸色一沉："你是在质疑我的话？"

"不是，属下只是觉得，只是觉得……"那人额头微微见汗。

"拿去！"歌主将情报甩给了那人，"你自己看！"

那人一把抄起情报，仔细看了一遍，渐渐地，身子开始发抖，最后将手中情报狠狠扔在地上："怎会如此？怎会如此？"

"不管如何，事已发生。"歌主沉声道，"我已料到，那位大周的陛下非寻常之人，谁承想竟然如此不凡！虽然具体线报还未到手，不过此事与他脱不开干系！"

屋内其他两人也看完了那份情报，脸色阴晴不定地站在原处，不知如何是好。

"事已至此，多说无用。"歌主叹了一口气，"陛下败得太快太惨，我等后续手段再拿出来只会徒增笑柄。传我命令，开封城中一切布置全部暂停，偃旗息鼓，不要再动了。"

"歌主！"屋中左首那人惊呼一声，"我等已经筹备许久，眼看就要发动，怎能说停就停？"

"不然如何？"歌主冷哼一声，"如果大周败了，或者战事陷入僵局，我们都有操作余地。可战事摧枯拉朽一般结束，而且是如此大胜，这已然堵死了我等所有的路。在此局势之下，柴荣的威望将达到顶峰，朝野上下，还有谁人敢轻举妄动？那些人是墙头草，现今局势如疾风扑面，他们难道还不知道往哪边倒吗？"

"可，可是……"

"没有可是！"歌主一挥手，"为了大业，我等可以牺牲，但绝不是这种毫无用处的牺牲！如果你仍有异议，倒不如你来坐这歌主的位置，如何？"

"属下，属下不敢。"那人连忙躬身行礼，不敢再说。

"既然知道，就下去吧。"歌主冷冰冰说了一句。

这三人退出了小屋。等三人离开，歌主低声骂了一句："蠢物！"

那三人出了小屋之后，其中一人留恋地回头看了一眼那小楼，目光迷离，半晌之后，才轻叹一声，然后回首向其他两人抱了抱拳："两位，歌主吩咐，撤销一切布置，在下还有事忙，就不奉陪了。"

说罢，他一转身，匆匆离开了竹林。

在屋中顶撞歌主那人，冷哼一声："走狗！"

"好了。"另外一人皱着眉头说道，"燕子，刚才你说的也的确有些过分，我等乃是下属，你为何要一而再，再而三地顶撞歌主？"

"我非是顶撞她，而是看不惯她！"那个燕子冷哼一声，"明明有那么多机会，偏偏胆小如鼠，缩头缩脑，如此一来，我大汉伟业何日成功？我刘汉大仇何时得报？"

"歌主做的也没有错。"另外一人苦笑，"我等乃是密探，理应小心谨慎一些。"

"怎么？连你也如此说我？"燕子转过身去。

"不，我不是……"另外一人脸色发苦，想要安慰对方，手伸出去了，却迟迟不敢放下。

"夜枭！我要你帮我个忙，你敢还是不敢？"燕子慢慢转回身来，看着另外一人说道。

"什么事？"那个夜枭一愣，微微一皱眉头问道。

"我知道你在军中有所布置，你敢不敢动用你的布置，处置了那个伪帝？"燕子问道。

"什么？"夜枭惊呼一声，随即意识到这是哪里，立刻压低声音，"你疯了！"

"我没疯！"燕子倔强地说道，"我知道自己在做什么！夜枭，这种事情我绝不会拿来和你开玩笑。现在伪周大胜，那伪帝定是得意忘形，只要你的夜枭出手刺杀，一定有成功的希望。"

"可那是在大军之中，不是在大街之上。"夜枭低声道，"那伪帝被人重重保护，如何能成功刺杀？"

"你不帮我？"燕子冷冷说道。

"我，我非是不帮，只是，只是这件事实在是……"夜枭犹豫着说道。

"夜枭，这件事只要成了，你就是大汉反败为胜的功臣！"燕子道，"到时陛下反攻开封，绝对不吝封侯之赏。"

"可是……"夜枭挣扎道，"歌主那边如何交代？"

"我们不必惊动歌主。"燕子道，"成了，皆大欢喜，歌主自不会怪罪；败了，无非损失几名夜枭罢了。"

"那是为了以防万一布下的暗线，怎能轻易舍弃？"

"现在已经到了万一之时！"燕子不依不饶，声音转柔轻轻道，"再说，奴家喜欢的是盖世的英雄、大汉的功臣，莫非你不想当这个力挽狂澜的英雄吗？"

夜枭犹豫了片刻，终于狠狠一咬牙："此事回去再说。"

"好！"那燕子看到夜枭的表情，知道他已经心动，喜滋滋地跟着他一起离开了。

等他们离开后不久，一个人影从附近的竹林里走了出来，赫然就是刚刚离开的第三个人，他看着两人的背影，轻轻叹了一口气，摇了摇头，转身走向小楼。

到了小楼门外，他伸手轻轻叩了叩门扉。

“谁啊？”房中传来歌主的声音。

门外那人脸上闪过一丝痴迷，不过很快就回过神儿来，低声道：“歌主，黄莺求见。”

“进来吧。”

黄莺轻轻推开房门，只见房内摆着一张躺椅，歌主戴着面纱，穿着一身水色长裙，手中握着一卷书，清风穿屋而过，将她的裙角掀起，轻轻飘摇，窗外传来一阵沙沙的风吹竹叶声。站在门口的黄莺竟一时看得痴了。

歌主微微一皱眉头，从躺椅上坐起，收好裙角：“什么事？”

黄莺意识到自己有些失礼，连忙低下头来：“启禀歌主，夜枭和燕子似乎有些不妥。”

“他们？”歌主闻言，轻轻叹了口气，“燕子是不是要动用夜枭的人马刺杀柴荣？”

黄莺一惊：“歌主，您，您如何知道的？”

歌主轻哼一声，不屑道：“燕子手下细作众多，可是她的细作入不了军营。此时，能在军营中行动的，除了我，就只有夜枭了。不过，她太想当然了，夜枭布置在军营中的人手数量有限，刺杀柴荣？笑话！”

“歌主，那我等是否要阻止他们？”

“阻止？”歌主脸上露出一丝玩味的笑容，“为何要阻止？他们愿意冒险，那便让他们去吧！黄莺，做好你自己的事便好。”

“是！”黄莺略一犹豫，应了一声。

此时，袁松正在军帐之中，面对着脸色阴沉的柴荣。

“这件事，你怎么看？”柴荣把那位军主死于非命的消息告诉了袁松。

“无非是灭口罢了。”袁松犹豫了片刻，回答道。

“朕当然知道。”柴荣说道，“虽然是一群跳梁小丑，却令人心烦，尤其是这些跳梁小丑现在潜伏于我军之中，而朕马上就要北伐刘汉，这些人让朕不安啊！”

“陛下，其实依微臣来看，军中所余的刘汉细作，未必有能人。”袁松踌躇了一下，低声说道。

“怎么说？”柴荣来了兴趣。

“陛下，所谓细作，无非就是为了刘汉能获胜而存在的。既然如此，之前那场大战乃是他们最好的机会。如何在大战之中搅乱我军，让刘汉大胜，那才是他们应该做的。那场大战，也势必倾尽了他们的力量。现今我军大胜，刘崇败逃，这些细作就算有点力量，又能做什么？”袁松说道。

“嗯，倒是这个道理。”柴荣微微点头，然后又摇头，“不过，有这些人在，朕始终觉得如鲠在喉，不得安宁。爱卿，你能为朕解忧否？”

袁松微一皱眉，说道：“陛下，臣倒是有一计，可为陛下解忧，只是不知能成不能成。”

“说来听听。”

“陛下，之前我军大获全胜，陛下理应赏赐酒肉，与将士们庆功。一来为陛下扬威，二来为将士们鼓劲，为了来日北伐铺垫一二，不知陛下意下如何？”袁松问道。

“庆功自然是要庆功，可这和那些细作有什么关系？”柴荣有些莫名其妙地问了一句，突然明白过来，“朕懂了，你是要引蛇出洞？”

“陛下圣明！”袁松道，“此战我军大获全胜，刘崇狼狈逃走，这般战局若想扭转，只有一个办法，就是陛下！只要陛下出了意外，这一场酣畅淋漓的大胜便要化作浮云了。”

“你胆子倒是不小，”柴荣冷笑一声，“竟然敢以朕来做饵。”

“换作旁人，臣宁可万死，也不敢做出此等事来。”袁松道，“正因为是陛下，臣才斗胆提出，因为陛下胆气无双，之前就敢率军杀敌，纵横往返，浴血奋战。您连刘崇的大军都不怕，难道会怕这些鬼蜮伎俩？”

柴荣畅快大笑：“不错，连刘崇的大军朕都不怕，难道还会怕那些藏头露尾的小人不成？这件事就交与你来办。一应调度，你可以找抱一和元朗商量，朕不问别的，只问结果，你可敢应下？”

“有何不敢？”袁松躬身一礼，“微臣愿为陛下解忧！”

等到袁松离开军帐之时，已经是日暮时分，他轻轻吐出一口浊气，左右看看，迈步向赵匡胤的军帐走去。

此战赵匡胤立下大功，晋升为殿前都虞候，此刻正是春风得意的时候。看到袁松来了，他顿时哈哈大笑，连拉带扯地把袁松拽进了自己的军帐。

“受益，你来得正好。”赵匡胤意气风发道，“果真如你所说，这一战，值了！”

“我说？”袁松一笑，“我说什么了？二兄你忠于陛下，奋勇杀敌，这赏赐是你应得的，只要你忠于陛下，日后必然前途无量，和我有何关系？”

赵匡胤一愣，然后嘿嘿一笑：“不错，只要忠于陛下，日后自然前途无量。”

赵匡胤嘴里啧啧有声，将袁松好一通打量：“倒是你受益，陛下越来越信重你了，主簿虽然官职不高，可是身居要位，前途无量。你可千万记得，苟富贵，无相忘啊！”

“当然不敢相忘！”袁松哈哈一笑，“今日就有一件大事，来与二兄你商量。”

“哦？与我商量？何事？”赵匡胤忙问道。

“实不相瞒，我刚从陛下那儿来，这件事是陛下交代下来的。”袁松把事情的始末说了一遍。

“军中有细作？”赵匡胤倒吸了一口冷气。

“不错，陛下让我等将这细作抓出来，以免影响来日北伐。”袁松说道。

“难。”赵匡胤苦笑一声，“这军中有几万人，谁知道哪个是细作？”

“所以，我请陛下为将士们庆功训话。”

赵匡胤并不笨，眼睛一转，就明白了袁松的用意，他低吼一声：“你要用陛下做饵？你疯了！”

“我没疯！”袁松微微摇头，“你与陛下相处良久，难道不知陛下的性子吗？陛下英勇果决，绝不瞻前顾后，只考虑得失，不考虑其他。现在在陛下心中，北伐还以颜色才是第一要务，为了这个目标，区区诱饵又算得了什么？况且，陛下身处大军之中，那刺客又能将他如何？”

“话虽如此，可是……”

“二兄，你可知我为何向陛下提议如此？”袁松问道。

“莫非其中另有缘由？”赵匡胤奇道。

“不错，因为我已经明确了自己在陛下身边的位置。”袁松肃容道，“我出身幕人，也愿意做一个真正的幕人。何为诡门幕人？出奇计而定胜负，行高智而挽狂澜。幕人，尤其是诡门一派幕人，易积大功，易动根本，所以为本身计，最好身处高位而不得实权。多智之人未必能得信，功高盖主者遭人忌惮，多智近妖者易受猜忌。贪恋权位，乃是取死之道。古往今来，开国之文臣武将，能得善终者未有几人。所以我不考虑自身，全力为陛下谋划，这才是我应该做的事情。这一点，我知道，陛下也明白！谋主，这才是我应有的身份。”

赵匡胤脸色连变，最后点头道：“确有几分道理。”

“尽心竭力为陛下办事，才是我的本分。”袁松一笑，“所以，我才可以在陛下面前逾越，或者可以说，我越是逾越，陛下就会越发信重。”

“我终究是个武将，脑子里没有你们那些弯弯绕。”赵匡胤苦笑道，“罢了，你心里有数就好。说吧，要我如何帮你？”

“二兄，以陛下为诱饵，引蛇出洞，只不过是表面上的计谋。”袁松说道，“其实，我还另有安排。二兄，你可曾想过，潜伏于军中的细作，如何接收命令，发出情报？”

赵匡胤一愣：“这我还真没想过。”

“其实安排细作潜入军营，这并不是整个事情的难点。真正的难点是如何让这些细作合理安全地运作起来，尤其是能将情报安全地发送，并且安全地接收指令。在别处也就罢了，办法很多，但是在军中，这可就不是一件易事了。”袁松道，“现在为战时，军中为防泄密，门禁森严，进出很不容易。全军上下，其实只有一个地方，进出相对简单，就是辎重营。”

“没错。”赵匡胤恍然大悟，“辎重营的人难免要外出采买，这样一来，的确数他们进出军营最为方便。莫非你怀疑，那些细作就暗藏在辎重营中？”

“起码会有细作在辎重营中负责联络。”袁松点头，“可惜，时间太短，来不及将他们连根拔起。只能用这种办法看看能不能抓出几条鱼来，起码可以先清理一番，断了他们的消息来源，不要耽误了北伐。”

“你的意思我明白了，我会派人盯着他们的。”赵匡胤犹豫了一下，又道，“受益，可你想过吗，这些人要是按兵不动呢？”

“按兵不动也没太好的办法，如果按兵不动，那起码可以说明，这些人力量不足，无法影响我军北伐。”袁松叹了口气，“也可以给陛下交代了。”

周军的军营在巴公原上铺开，连绵不绝，极为壮观。因为之前那场大胜，军中士卒斗志高昂，连巡营之时都是昂首挺胸，带着一股骄横之气。

接着，又传出陛下将要大举庆功，然后誓师北伐，原本就高涨的士气，更是一发而不可收。之前那场大战，不少人都因为战功升为军主、厢主，看着昔日同僚，现在一个个耀武扬威地在自己面前走来走去，不少人早已摩拳擦掌，准备在北伐之中为自己搏一份军功出来。

不过此时最忙的不是这些士卒，而是负责整个大军后勤的辎重营。陛下要庆功，那就少不了酒肉，辎重营的一干人等忙得脚不着地，到处采买酒肉，整日里能看到营门那里进进出出的，都是各式载满酒肉的车驾。不少巡营的军兵看到这些，忍不住吞口水。

作为辎重营的一个小头目，李素最近也是格外忙碌，他带着自己手下的军兵在附近奔波采购。这差事虽然辛苦了一点，可是油水丰厚，因此李素过得还算滋润，整日里红光满面的。

这一日，他带着自己的手下进了一个小镇，也没作停留，就直奔镇子里的一家肉铺去了。

正在切肉的肉铺掌柜一看李素来了，连忙擦了擦油乎乎的手，笑着迎了上来：“军爷，您来了！”

“别废话了！”李素摆摆手，“我要的东西都准备好了吗？”

“瞧您说的，您吩咐的事情我敢不用心吗？早就备好了。”掌柜笑道，“都是上等的活猪，个大膘肥，包您满意。还有活羊也准备好了，您可以一起带走。”

“你说带走就带走？”李素鼻孔朝天，懒洋洋地说道，“谁知道你是不是用那些烂货糊弄我呢？”

“不敢，不敢！我就是糊弄谁，也不敢糊弄您啊！”掌柜说着，掏出早已经准备好的一个油纸包，塞进了李素的手里。

“军爷，来，这个您拿回去尝尝。”

“这是什么啊？”李素一愣。

“上好的李家烧鸡。”那老板笑道，“您拿回去尝尝，味道十足。”

李素脸色微微一变，很快恢复了正常，又收了一串老板递过来的铜钱，这才装模作样指挥手下，把那些猪羊赶回军营。

回了军营之后，李素抱着那只烧鸡就进了自己的营帐。他小心地打开油纸包，仔细地把烧鸡检查了一遍，最后从鸡嘴里取出一小段字条来。看了一遍字条之后，李素脸色连变，然后将那字条小心地藏了起来。

很快，暮色渐浓，军营到了开饭的时候。军帐外面，士卒乱哄哄地取用着饭菜，在军帐之中，两个人已经聚到了一起。

“消息可靠？”一名用布巾蒙住口鼻的人低声问道。

“今日刚拿到的，绝对可靠。”李素道。

“这的确是枭主的印记没错，可是为何只有枭主的印记？”那人奇怪道。

“我是鸽子，只负责传递，其中缘由我也不知。”

“好！”那人微微点头，“我知道了。”说完，他转身离开了军帐。

夜幕降临，大周将士早已入睡，只有巡营的士兵在营寨之中来回巡视。

在一座军帐之中，几个人正在低声交谈，似乎为了保密，营帐之中并未点灯，只有声音在帐中回荡。

“为何传来这个消息？让我等去刺杀柴荣，枭主难道疯了？”一个尖锐的声音说道。

“住嘴！”一个沙哑的声音低吼了一声，“印信、暗记都对得上，莫非你想抗命！”

“不，不敢，只不过之前那一仗，几乎所有的暗手都已暴露，只靠我们几人，怎么办得到？”尖锐的声音弱了几分说道。

“呵呵，之前未必有机会，现在不是有一个现成的机会摆在眼前吗？”帐篷中，一个幽幽的声音说道。

“你是说庆功之时？”

“不错！”

“这倒是个机会，可是风险太大了。”尖锐的声音说道。

“富贵险中求！”幽幽的声音道，“不冒风险，就想立功，这世上哪有这般便宜的事情？此时大汉虽然战败，但也是我等的机会，如果真能将柴荣刺杀，让大汉反败为胜的话，我等飞黄腾达的日子就来了。”

“嗯，如此说来，倒是有几分道理。”尖锐的声音说道，“可是到时该如何下手？柴荣身边有侍卫保护，我们加起来也不过六七人，根本靠近不得。”

“有办法。”沙哑的声音道，“我已得到消息，这次庆功宴在新龙山举行，我弄到了一张蹶张弩，到时可以在刁斗之上将他一举射杀。”

军帐之中陷入一阵沉默，良久之后，尖锐的声音问道：“有几成把握？”

“只要你们引开旁人注意，我有六七成的把握。”

“干了！”尖锐的声音说道，“到时，我们在辎重营放一把火，引起骚乱，你趁乱刺杀柴荣。”

“好！”

三人定好计策之后，离开军帐，各自回去了。只是，其中一个人影却没有回到自己的地方，而是在军营中转了两圈之后，进了一座军帐。

在这军帐中，早有人等着他了，和之前鬼鬼祟祟的商议不同，这营帐之中点着灯火，坐在其中之人正仔细地擦拭着自己的宝剑。

“大人！”进来那人声音冷幽。

“事情如何了？”那人慢条斯理地擦着手中的长剑，看似很随意地问了一句。

“已经定下来了，他们准备冒死刺杀柴荣。”进帐那人说道。

“不知死活！”军帐中的那人冷笑一声，将宝剑归鞘，“这帮蠢材，竟然还想刺杀柴荣？之前冒险将那只喜鹊除掉，肯定已经惊动了他，不蛰伏下来避风头，竟然还想铤而走险？”

“大人所言极是！”进帐那人冷笑道，“当真是蠢不可及！真不知为何会下达这样的命令。”

“这肯定是夜枭独断专行，绕过歌主私自下达的命令。而且，十有八九还是受人挑唆。”军帐中人道，“罢了，这也不是坏事。你去吧，到时见机行事，这计划虽然愚蠢至极，但是对我们还是有点用的。”

“是！”

等那人离开之后，军帐中人冷笑一声，低声说道：“见识不明，一群蠢材！”

与此同时，袁松的军帐之中灯火通明，在他的书案上放了一摞纸张，上面写着密密麻麻的字。

“这都是我手下兄弟们找来的。”赵匡胤拍了拍那一摞纸张，“记录的全是辎重营里那些出去采买之人的情况。不过，我那些兄弟打仗是把好手，搞这些可不行，你看看有没有能用的。”

“暂时这些就够了。”袁松将那些资料拿在手里，仔细看起来。

袁松看得很认真，赵匡胤也不敢打扰他，坐在一边闷头喝茶。小半个时辰后，袁松终于将手里的东西放下，从里面选出三份来。

“暂时这三人嫌疑最大。”袁松将这三份递给了赵匡胤，“这三人有一人出门采买时间过长，另外两人总喜欢去一个地方采买，最关键的是，这三人回来之后，营帐之中总有外人进出，尤其最后这人。”

袁松在最后一张纸上轻轻敲了一下：“进出这人军帐的人行踪诡秘，谁也不知是谁。”

“你的意思是，重点盯住这人？”赵匡胤问道。

“三个都不要放过，其他人也要派人看住。”袁松沉声说道，“明日一早，咱们两人出去走走。”

“去哪儿？”

“新龙山。”袁松一笑，说道。

第二日清晨，袁松和赵匡胤带着几个人来到了新龙山。军中已经定下在新龙山摆庆功宴，这里也早早被军队重重包围，山上山下，戒备森严，山上搭起了一座礼台，大周陛下将在这礼台上与将士庆功训话。

袁松和赵匡胤来到新龙山时，正好遇到马步军都虞候李重进带人巡山，两人连忙过去见礼。

李重进乃是柴荣的姑表兄，不但身份尊贵，而且屡立战功，在军中地位不凡。只是这人与同是皇亲的张永德不同，为人总是喜欢端着架子，多少有点高高在上的模样，所以在众将之中，人缘远不如张永德。

见到赵匡胤与袁松过来见礼，李重进只是点了点头，从鼻子里嗯了一声，就算是见礼了。不过赵匡胤二人知道他的性子，倒也不以为意。

“你二人到此来所为何事？”李重进问道。

“将军，”袁松恭敬说道，“微臣奉陛下之命来查点事情。”

“查事情？”李重进一脸不满，“莫非陛下信不过我等，还要再派人来监督不成？”

“将军误会了。”袁松连忙道，“我等只是另外有事才到此处查看的。”

李重进冷哼一声：“明日就是庆功之日，莫要随便走动。”

“可是，这皇命在身……”

“高钟。”李重进对身后一名将领说道，“你带他二人在这里转转，莫要让他们坏了咱们的布置。”

“得令！”那名将领答应道。

说罢，李重进转身就走，连看都没有多看赵匡胤与袁松一眼。

“两位，”那名将领苦笑着拱了拱手，“李将军就是这般脾气……”

“老高，不必多说，我晓得。”赵匡胤摆了摆手，然后对身边的袁松说道，“受益，我给你介绍一下，这位是指挥使高钟，原本是我的同僚，之前都指挥使赵晁被陛下下狱，就代了都指挥使的职务，这小子也算是高升了。”

“也未有你升得快！再说，我这不过是代都指挥，陛下虽然将赵指挥下狱，可那是一时气恼罢了，用不多久就要将赵指挥放出来的。”这高钟显然和赵匡胤相熟，笑嘻嘻地开了句玩笑，“两位，闲话少说，不然又要被李将军呵斥了。说吧，你们到此有何贵干？”

“没大事，带我们四处看看如何？”袁松道。

“行，两位随我来。”高钟点头答应，带着赵匡胤和袁松在新龙山上转了一圈。

新龙山上此时已然戒备森严，到处都是望楼刁斗，一队队的巡兵列队而过，透着一股肃杀之气。

“明日庆功宴乃是大事，不可有半点儿马虎，从昨日起，新龙山就开始布置了。”高钟说道。

袁松站在新龙山山腰，仔细观察一阵，这新龙山上山只有一条山路，山路两侧不但有望哨，还有刁斗，显然是戒备森严。只是袁松看了看那刁斗的位置，心中微微一动。

他和赵匡胤两人在这山上随意看了一阵，这才下山。

“受益，这山上如何？”赵匡胤问道，“据我看，这山上戒备森严，没有可以出手的地方啊。”

“未必。”袁松微微摇头，“破绽还是有的。二兄，我问你，军中蹶张弩的射程有多远？”

“你问这个做什么？”赵匡胤道，“蹶张弩射程颇远，足有二百多步。”

“二百多步？”袁松盘算了一下，“二兄，刚才你看那刁斗，距离中间那段山路大概有多远？是否在蹶张弩射程之内？”

“什么？”赵匡胤低呼一声，“你的意思是？这怎么可能？”

“先不说是否可能，我只问你，是否在射程之内？”袁松问道。

“确实在射程之内。”赵匡胤点头，“可是蹶张弩乃是军中利器，都有记录可查，贼人不可能弄到。”

“那可未必，贼人敢在这大营中行凶，铤而走险之下，一把蹶张弩而已，况且辎重营中就有这蹶张弩。”袁松沉声说道，“二兄，我去向陛下请令，你我去辎重营。”

没过多久，两人就出现在辎重营中，向营中军官出示了令牌之后，赵匡胤以补充军械为借口找到了军需官。

“什么？你们要蹶张弩？”那军需官道，“要那个做什么？”

“我等乃是陛下亲卫，前日激战之时，陛下发觉亲卫只有骑射，远射不利，调拨了一批蹶张弩给我。今日我等就是来领军械的。”赵匡胤说道。

“哦。”军需官点头道，“你们要多少？”

“这里有多少？”袁松在一边问道。

“怎么？莫非你们想都要了？”

“我乃是军中主簿，这次随赵将军来，一是调拨物资，二是点检器械，眼看北伐在即，陛下可不希望这器械出什么问题。”袁松道。

他这次拉赵匡胤来不过是掩人耳目，查点器械才是真正的目的。

“不敢！”军需官连忙说道，同时取出一份账册，“所有军需都在此有所记录，请主簿大人查看。”

袁松仔细看了一下，账目清晰，没有什么问题，这早在他的预料之中，现在是战时，谁敢大着胆子吞没这些？他看了一下，发现营中的蹶张弩只有五百把。

“蹶张弩只有五百之数？为何如此之少？”袁松问道。

“禀大人，这蹶张弩虽是利器，但使用麻烦，不便野战，所以运来的不多。日后会有其他补充陆续送到。”军需官答道。

“这数目确实对吗？”

“下官敢保证，绝无差错！”军需官答道，“连几把拿去修理的都记录在案了。”

“修理的？”袁松一愣，连忙仔细看了一遍账簿，果然有三把蹶张弩被拿去修理了。

袁松和赵匡胤与那军需官说了几句之后，直奔将作营，那蹶张弩就是送往那里修理的。

等两人从将作营出来，表情都有几分难看。

“三具蹶张弩都在，可是一个少了弩臂，一个少了弩身，另外一个少了弩弦！”袁松冷笑道，“事情哪有这般巧的？少的三样东西拼凑在一起，就是一把蹶张弩。”

“偏偏那工匠也说不清丢的部件去了哪里，分明就是有意隐瞒。”赵匡胤怒道。

“他不敢。”袁松微微摇头，“应该确实是被人偷走的。现在辎重营那边盘查严格，想要偷东西出来十分困难，可这将作营就不同了，一般都是制作攻城器械、修补工具，所以管理比较松懈。那贼人也是个聪明人，竟然想到从将作营这里下手。”

“事情糟糕了。”赵匡胤道，“贼人有了蹶张弩在手，岂不是更加肆无忌惮？”

“也不见得。”袁松一笑，“起码我们现在有了线索，知道贼人十有八九会使用蹶张弩来刺驾。军中的细作数量有限，不可能冲破陛下的护卫，也只有这个可以一试。庆功之时，陛下准备为将士们训话。这时谁要是拿出蹶张弩来，当场就会被擒获。周围的地形我也看过，绝无让刺客埋伏的可能。唯一的机会，就是那几个刁斗。居高临下，一举击杀！”

“可是刁斗附近都是护卫，这贼人不可能在众目睽睽之下爬上刁斗，然后袭击陛下。”赵匡胤说道。

“平时的确不可能，可如果就在那时，突然发生骚乱了呢？”袁松沉声道，“护卫会下意识地向陛下靠拢，这样反而给了刺客上刁斗的机会。尤其是刺客潜伏在我军之中，他穿着军服爬上刁斗，会有人怀疑吗？”

赵匡胤倒吸了一口冷气：“没错，那时的确是个漏洞。那刺客如何引起骚乱？”

“辎重营！”袁松用肯定的语气说道，“刺客在辎重营有内应，虽然不会引起太大的混乱，可是辎重营，尤其是粮草军需，乃是军中重中之重，不容半点儿闪失，就算贼人不能得手，哪怕弄出点声势来也会引人注目。那时，就是他们的机会。”

赵匡胤面色凝重：“所以，你让我们盯住那三个人？”

袁松点头道：“明日就是庆功宴，我们只有一日时间查清此事。如果实在不行，就只好用非常手段了。”

“为了陛下的安危，什么手段都是值得的。”赵匡胤沉声道。

“什么？”在一间营帐中，李素惊呼了一声。

在对面那双冰冷的眼神注视下，李素小心地把声音压低，焦急地说道：“你们让我带你们到粮仓？你们疯了？”

“我们没疯，我们只是在执行命令。”来人说道，“这是我们唯一的机会！”

“不，不行！”李素用力摇头，“粮仓乃是重中之重，戒备森严，我们不可能进得去。”

“不需要进去，我们只需要在粮仓附近闹出点声势便可。”来人低声说道。

“不行！”李素还是摇头，“我只是一名鸽子，负责传递消息，我不会陪你们这些夜枭发疯的！”

“发疯？”来人冷哼一声，“这可是整个乌夜啼的事情，身为乌夜啼的一员，你以为自己能逃得掉？”

“这，这真的，真的不行。”李素额头已然见汗。

“不行也要行！”来人面色狰狞道，“明天必须行动！乌夜啼的规矩和手段你也应该知道，你跑不掉！”

“我，我只能带你们去，去粮仓外围。”李素脸色惨白，“明日陛下庆功，我要到那里取粮，你们几个扮成辎重兵，随我一起过去。”

“很好。”来人这才满意地点了点头，“来日成事，你必为首功！”

第二日清晨，整个军营都动了起来，就在这一日，柴荣将在新龙山庆功，为将士们训话，然后誓师北伐。刘汉既然敢捋大周虎须，就要做好被大周报复的准备。一早起来，大周将士换上军装，吃过早饭，周身上下整理干净，便往新龙山开进。

能够登上新龙山聆听柴荣训话的，只有柴荣身边的禁卫，以及各级军官，剩下的将士就等在新龙山下。

一群人也离开了军营，向着粮仓走去，他们都是辎重营的伙夫，今日庆功，陛下将会赏赐酒肉，这些人就是到辎重营领取物资的。

其中有几个不起眼的人，在李素的带领下朝着粮仓走去，这些人看上去和普通辎重兵一般模样，但是却暗藏兵器、引火之物，随时准备动手。领头的李素虽然神态自若，可是仔细看的话，还是可以看出他脸色微微有些发白。

到了粮仓附近，队伍慢慢停了下来，李素手拿号牌等待分粮。其实他和那几位的心思根本不在分粮上。他们小心翼翼地打量了一下周围的官兵，然后低下头来。

“这时节，那人应该已经上山了吧？”其中一人低声说道。

“差不多了。”另外一人看了一眼粮仓外的日晷，说道，“再过一刻钟，我们就发动。”

其他几人微微点头，最前面的李素不过是一只鸽子，根本就没受过这样的训练，虽然他看上去神态还算自若，可是手心又滑又黏。

前面的队伍被派往各处取粮，眼看快要轮到李素，这些人也变得有些紧张起来。

“来取粮的？”守在粮仓门外的军需官斜着眼睛问道。

“是，小的奉命前来取粮。”李素点头哈腰道。

“这边走。”军需官随便指了个方向，李素几人进入粮库，顺利得超乎他们的预想。

只是他们没有发现，在他们离开之后，那军需官眼中闪过一丝精光，同时摆了摆手，拦住后面的人：“你们等一下，老子这里还有点事，等一下再说！”

说完，这军需官大摇大摆地离开了。

剩下的人也不敢多说，只能在心里默默地骂了几句娘。

一群乌夜啼的人手一直朝着粮库深处走去，远远就能看到高高的粮垛。周围的人并不太多，似乎有点疏于戒备。

“等一下看到粮食就动手。”领头的夜枭低声说道，“只要把粮食点着，功劳就到手了，到时我们……”

可他话还未说完就永远说不出来了，一支箭矢从阴影中飞了出来，瞬间穿过他的咽喉，将他剩下的话全都堵了回去。

“呃……”那名夜枭张了张嘴，眼中满是惊恐，眼睛一翻，一头栽倒在地上。

“有埋伏！”其他几人不愧是久经训练的精锐，立刻就做出了反应，想要寻找掩体挡住冷箭。

可惜，这位置是早已选好的，周围是一片空地，根本无处可躲。就在箭矢飞出的同时，一群人也从隐藏的地方走了出来。

来的是全副武装的周军，他们周身披挂整齐，手持兵器，在后面还有弓弩手压阵，一股血腥气味在空气中弥漫开来。这些兵将全是久经战阵的精锐，刺客们只看了一眼就知道绝无逃出去的可能。

刺客久经训练，武艺高强，若一对一的话，他们占据绝对的优势，可如果面对的是结成战阵、配合默契的精锐老兵，他们就毫无胜算可言了。

“陷阱！”几名刺客心中同时冒出这个念头。

“将军有令！”一名厢主大声说道，“莫要走脱一人，抓活的！”

“得令！”众军士齐声答应，刀牌手在前，长枪手在后，弓弩手压阵，一点点向这些刺客逼近。

“抓活的？”眼看此处已成绝地，一名刺客狞笑一声，突然出手，一刀砍在了身边李素的脖子上。他手劲极大，刀法凶狠，只一刀就将李素的头颅砍下，李素的脸上还残留着绝望与恐惧。

“诸位兄弟，归巢了！”一刀砍死李素之后，此人高举手中染血的大刀，声嘶力竭地吼了一声，然后伸手在自己胸口一抓。

也不知他胸口放了什么，在他一抓之下，胸口忽地腾起一股绿色的火焰，几乎是在眨眼之间，这人就变成了一个火人！

“啊！归巢了！”这火人大吼一声，高举钢刀，朝周围的官兵冲了过去。

这一下，仿佛是揭开了疯狂的序幕，剩下的几人脸色也变得无比狰狞，纷纷往自己胸口上一抓，顷刻间全都化作了火人，四五团熊熊燃烧的火人，挥舞着兵器疯狂大叫着，向着周围的士兵冲了过去。

周军似乎被这些刺客的疯狂和这诡异的场面吓住了，竟然不由自主地向后退了一步。熊熊燃烧着的刺客狠狠地撞在了几名刀盾兵身上，那绿色的火焰沾东西就着，有两名刀盾兵躲闪不及，被这火焰沾身，转眼就化为了火人，一阵阵声嘶力竭的惨叫声从那火焰中传了出来。

“刀盾兵后退，后退！枪兵向前突刺！弓弩手，射死他们！”那厢主没想到这些刺客如此凶悍，不过他是久经战阵之辈，转眼就做出了选择。

几支箭矢呼啸而来，顿时将那几名刺客变成了刺猬。与此同时，枪兵们向前一步，奋力一枪突刺，噗噗噗，一连串入肉声响起，这些刺客被穿在了枪上！

“杀，杀啊！”那些刺客仿佛毫无痛觉，挣扎着还想向前，可是却走不动了。

“抽枪！”厢主大吼一声。

“噗噗！”枪兵猛地将长枪抽了回来，带出的鲜血似乎让绿火燃烧得更猛了一些。

“突刺！”

长枪再次刺出，狠狠地扎在这些刺客的身上，这一次，他们再也站不住了，身子一软，挂在了枪上。

“抽枪！”

长枪纷纷撤回，绿色的火人倒在了地上，绿火熊熊燃烧，很快就将他们烧为灰烬，场面安静极了，只有火焰烧灼油脂发出的吱吱声。

“疯，疯子！”好半晌，那厢主才低声嘟囔了一句。

新龙山上，两名刺客身藏蹶张弩，埋伏在一处刁斗附近的树林中。此时，柴荣已经上山。按照计划，他们会在粮库大乱之时，借着护卫们保护柴荣的时机爬上刁斗，将柴荣射杀。

可是，粮库方向迟迟没有动静，两个人只好继续在树林中隐藏。

“为何还没有动静？”其中一人道，“莫非是出了岔子？”

“再等等，如果一刻钟之后还没有动静，我们就走！”另外一人低声道。

“不，你们走不了了！”他的话音刚落，树林里有人幽幽地说了一句。

两人脸色同时一变，转身就想跑，可惜为时已晚，一群军兵出现在树林中，手持兵器，将他们二人团团围住。

“你们两人找的倒是好地方。”赵匡胤冷笑着从这些军兵身后走出，“可惜，这新龙山下的猎户对这里比你们要熟悉得多。”

赵匡胤顿了顿，嘲弄地一笑：“你们还在等什么？等你们的同伙策应？那可惜了，你们恐怕永远等不到了。”

“走！”两人看到赵匡胤出现，知道事情已经败露，当机立断，绝不停留，分别向着两侧开始突围。

这两人武艺高强，赵匡胤虽然带来的都是精锐，可是此处到处是树木，不便铺开，竟然一时被这两人压制。

赵匡胤冷哼一声，手提兵器，亲自上阵，准备留下一人。

他一加入，局势顿时变了个样子。赵匡胤原本是战场上厮杀的武将，本身武艺高强，再加上与这些铁血老兵配合得当，一会儿工夫就杀得其中一名刺客狼狈不堪，连连后退。眼看突围已经不可能了，这名刺客眼中闪过一丝挣扎。

赵匡胤准确地捕捉到了这一丝挣扎，心中一笑，他曾经在战场上无数次见到过这种眼神，无论敌我，这是对生的渴望，对死的畏惧。看到这人的眼神，赵匡胤就知道自己有机会了，只要将这人生擒活捉，肯定能掌握不少秘密。

眼看赵匡胤就要得手之时，半空中响起了一声锐响，这是利器破空的声音。赵匡胤脸色顿时一变，就地向旁边一滚，躲了过去。

“啊！”一声惨叫在树林中响起。

糟了！赵匡胤猛地一抬头，正好看到那名被自己困住的刺客咽喉中箭，缓缓倒了下去，原来这一箭的目标不是自己，而是那刺客。

赵匡胤心中充满怒火，感觉自己被耍了，他猛地回过头来，结果正好看到另外一名刺客已经破开重围逃了出去，地上还扔着一把蹶张弩。

“追！”赵匡胤大吼一声，“莫让刺客逃走！”

一群人跟着追了过去。

那刺客在前面慌不择路地逃亡，赵匡胤带领手下在后面穷追不舍。

其实这新龙山上上下下已经被周军围住，这刺客也知道自己很难逃走，但是他心中还抱有最后一丝希望，他的底牌。

刺客眼前突然一亮，赫然发现自己已经冲出了树林，可是他还没来得及高兴，就看到自己面前密密麻麻地站满了士兵。

紧接着，一个声音大吼一声：“放箭！”

密密麻麻的箭矢迎面而来，顷刻之间便将这刺客变成了刺猬。

“呃……”刺客眼神慢慢开始涣散，挣扎着想要说什么，可是最终却一个字也没能说出。

扑通！死尸仰面栽倒在地上。

就在这时，一群人从树林里冲了出来，外面的军兵顿时一阵紧张，再次举起了手中的弓箭。

“不要放箭！不要放箭！”赵匡胤大声吼道，站了出来。

“啊！放下，都放下！”对面有人大声喊道，然后高钟从那军阵里跑了出来。

“元朗！原来是你。”

“英坤，”赵匡胤一脸惋惜地看着那死不瞑目的刺客，“你怎么将他射死了？”

“元朗，圣驾已经上山，我身负护卫之责，我不射死他，难道让他出来惊扰圣驾？”高钟肃容道。

“这……”赵匡胤张了张嘴，最终只是叹了口气，“不错，你说得有理，这人想要刺杀陛下，确实死有余辜。只是，原本还想从他口中套出什么来呢。”

“难道除了此人，就没有别人了吗？”高钟问道。

“有是有，只是被灭口了。”赵匡胤遗憾道。

就在这时，袁松脸色阴沉，带着人走了过来。

“你这里如何了？”袁松开口就问。

“两名刺客，都死了。”赵匡胤指了指地上的尸体，“你那里呢？”

“六名刺客，全部身亡，无一活口。”袁松说道，“都是十足的亡命之徒！”

“罢了，”赵匡胤叹道，“总算将刺客一网打尽，陛下无恙就好。”

袁松盯着那名刺客，总觉得在这刺客背后，肯定另有隐情，这些刺客无一活口，就像被抛弃的尾巴，而那只壁虎巧妙地隐藏了起来。只是现在线索已断，再加上时间紧迫，暂时无法追究，沉默良久，他轻叹一声：“不管如何，此事我等必须查明，然后禀明陛下。”

此时，山道上一阵声响，柴荣的黄罗伞盖顺着山路，缓缓而来，一路攀上了新龙山……

点将台上，袁松垂首侍立于柴荣身旁，回报道：“八名刺客身份已经查明，其中六人为军中士卒，另外两人为厢主。已全部身亡，无一活口。”

“藏头露尾，魍魉小丑！”点将台上，柴荣将袁松送来的奏报随手掷于地上，“明刀明枪地败在朕手下，就来耍这些鬼蜮伎俩，不用理他。”

“酒来！”柴荣大喊一声，身边内侍奉上一杯美酒。

柴荣迈步来到点将台前高举酒杯，大喊一声：“诸君！”

台下饮宴的诸将同时住口，喧哗声顿时消失。

“前日大胜，全赖诸君奋勇，将士用命，朕甚感欣慰！然则诸君不可骄傲，朕定四义与诸君共勉之。”

柴荣之声越发高昂，在新龙山上下回荡：“所谓四义，即爱护百姓讲礼义，扶危济贫重道义，军民互助讲仁义，一言九鼎重信义。此四义，尔等回去之后，须告知麾下将士，日夜牢记，不许怠慢！否则朕可饶他，朕的军法不可饶他！”

“是！谨遵陛下教诲！”新龙山上，众将齐声回应，声震四野。

扑棱棱雀鸟惊飞，哗啦啦百兽遁走。

“好！”柴荣一时间胸怀激荡，高举酒杯，大声道，“诸君，来日与我北伐刘汉，再与尔等庆功！来！饮胜！”

“谢陛下！”

这日，大周皇帝柴荣，登新龙山设宴庆功，将山脚下的村子命名为夏元庆，并且根据地势方位，将周围三村分别称为上元庆、东元庆、西元庆。官兵一体赐予酒肉，全军上下一片欢腾。

同时，柴荣从北汉降兵中选拔精锐数千人，编为孝顺指挥，命前武胜行军司马唐景思为指挥使，戍边淮上，其余降卒赐予财物遣散。

高平之战四日后，一切准备停当，柴荣亲率大军誓师北伐，直入刘汉境内。

第十七章　暗流涌动

太原一直乃是北地雄城，无论岁月更替，一直是咽喉之地。此时更因刘汉立国，一跃而成了都城。

只是这都城虽是城高巍峨，占地广阔，却流于表面，大而无当，少了一股堂堂正正的皇家气息。归根到底，刘汉偏安一隅，立国时只有十三州府，为了抵抗大周，又认了契丹皇帝为叔皇帝，自称侄皇帝，奴颜婢膝之下，自然也就没了那股子堂堂正正的皇城气概。

城门处，几名兵卒手持兵器，尽量把身子挺直，仔细观察着进进出出的每一名百姓，看似威武，可细看之下，就能发现这些兵卒不是两鬓斑白，就是瘦小枯干，年纪幼小。刘崇出征大周，抽调了大批的精锐，导致都城只剩下老弱残兵，这些人就算再努力，也没有那股精气神。

这段时间一直有消息从南边传回来，都说陛下亲征失利，兵败高平，麾下兵马四散溃败。初时朝中留守文武官员并不在意，以为只是周军细作散布的谣言，陛下麾下兵多将广，又有契丹大军相助，怎么会兵败？可这谣言渐渐传得有鼻子有眼，此时一些溃兵也逃了回来，朝中文武这才意识到可能果真大事不妙，于是朝中开始紧急商议是否宣布戒严，关闭城门。几名守门兵卒接到命令，务必严守城门，防止有奸细混入。

这城门，说不定过不了许久就要关了。

一阵急促而又凌乱的马蹄声传来，守门兵卒顿时紧张起来，纷纷握紧手里的兵器，有胆子小的已经慢慢向后退去。渐渐地，一队人马出现在远方，并且迅速地向城门靠近。

“敌袭，敌袭！”一名小军官大声喊叫，因为用力过猛，声音都有些嘶哑了，“快关城门！”

城门处的百姓顿时炸了锅般乱成一团，哭喊声四起，百姓们拼命地想要挤进城内。几名兵卒举起手里的兵器一阵乱抡，把城门处的百姓驱赶开，同时有人用力地合上了城门。有幸挤进来的惊魂未定，其他挤不进来的只能四散奔逃，转眼就没了影子。

城门守将已经派人飞报朝廷，自己则亲自登城观察敌情，只见这支人马大概有千余人左右。初时尚远，看不清他们的模样，但是随着距离越来越近，已经可以看到他们打着的是刘汉的旗号，身上穿着的也是刘汉的军装。

“大人，好像是我们的人。”一名小军官在这守将身边说了一句。

谁曾想，这守将回过头来劈头盖脸就是一巴掌，啪的一声脆响，接着就骂道：“你懂个屁！你怎么知道是我们的人？打着我们的旗号就是我们的人了？万一是敌军诈城，你能担得起这个责任？”那小军官顿时捂着自己的脸不敢言语了。

“弓箭手，弓箭手呢？”那名守将扯着嗓子大声吼道，“都死哪去了？都过来，过来！”

听到召唤，一群弓箭手急急忙忙地在他身后集中并张弓搭箭，紧张地看着那一队骑兵。眼看这些骑兵就要冲入弓箭射程之时，似乎有人大声招呼了几句，速度渐渐慢了下来，终于在一箭之地停了下来。接着有人冲出来直奔城下，冲着城头大声喊道：“城上是哪位将军守城？此乃陛下亲至，速速打开城门，迎陛下……”

还未等他说完，一名弓箭手慌乱之下将一支箭矢歪歪斜斜地射了出去，只是没有丝毫准头。即便如此，也把城下那人吓了一跳。连忙纵马向后退出几十步，指着城头破口大骂。

“混蛋，谁让尔等放箭了！”城头将领也是一阵喝骂，“没我命令，不许随意放箭！”

接着，他回头对着城下高声喊道：“我乃是中军都虞候陈志，你说陛下亲至，可有证据？”

城下那人还待再喊，身后队伍里又出来一人，策马来到城下高声喊道：“将军可识得贫道？”

城头守将手搭凉棚看了半晌，惊呼一声：“国师？”

郭无为轻轻颔首：“正是贫道，贫道可以作证来的正是陛下圣驾，还请将军速开城门迎陛下回宫。”

“遵令！”那守将答应了一声，就要吩咐手下开门。

一名副将伸手一把拉住那名守将道：“大人，还未曾见到圣驾，如此便开门的话……”

"蠢物！"守将低声喝骂，"就算来的是国师，你敢不开城门？废话少说，开城门！"

此时，郭无为已经纵马回归队伍，就如他所说，刘崇就在其中。只是这位陛下早已没有了出征之时的意气风发，身上穿的不是龙袍，而是一身便装，全身满是尘土，比出征前足足消瘦了一圈，连眼神都显得有些暗淡。

看到郭无为回来，他才仿佛有了几分精神，问了一句："如何？"

"陛下少安毋躁。"郭无为倒是从容了许多，"仰陛下威名，不消片刻，当开城门。"

他话音刚落，身后的太原城门便已缓缓打开，郭无为深吸一口气道："恭迎陛下入城！"

刘崇早已迫不及待纵马而去，一众侍卫紧随其后，郭无为默默注视着他的身后，目光转冷，最后微微一笑。

"走吧！"他一拉缰绳说了一句，带着几名心腹进了太原城。

太原城宫殿之内，御案之上摆满了美味佳肴，刘崇俯首案上，不停地往嘴里塞着东西，时不时大声喊上一句："倒酒！"

几名宫娥不敢怠慢，将琼浆斟满杯中，刘崇拿起来一饮而尽，长出了一口气。苦啊！自打那高平之败后，刘崇一路奔逃，受尽艰辛，这才逃回了都城。归来的第一件事就是传膳，接着便不顾风度地大吃特吃，分明是要把这段时间以来受到的委屈和惊吓一口气吃回去似的。

郭无为静静站在一边，直到这时才开口言道："陛下，太原城乃是我大汉都城，涉及国本，现如今兵力单薄，防御不足。还请陛下下诏，召集各州人马前来勤王，以防万一。"

正在大吃特吃的刘崇突然一愣，道："可是这样一来，其他州府……"

"陛下，我大汉都城乃是太原，陛下圣驾在此，若周军一至，太原有失，其他州府便是无事也是有事了。"郭无为淡淡地说道。

"啊！"刘崇听到周军二字，顿时低呼一声，脸色转白，"国师所言极是，太原乃是我大汉国本，不容有失。传朕诏令，速速调集各处守军进太原城！"

"遵旨。"郭无为躬身一礼，慢慢退出了此处宫殿。

到了殿外，他负手注视着头顶青天，良久之后才轻轻叹了口气，低声道："这有些东西不抓在自己手里，终究是差了几分火候。"

旁边内侍没听清楚，恭敬问道："国师，您刚才所言？"

"无事，"郭无为轻轻一摆手，"去传陛下诏令吧。"

与此同时，大周境内一支兵马正在蜿蜒北上。将士们气势如虹，刀枪反射着日光，如同一条铁河般奔腾向前。柴荣跃马扬鞭，头顶黄罗伞盖，在一处土丘上观阵。每每有将士经过此处，无不振臂高呼，万岁之声不绝于耳。

“受益，”赵匡胤率领侍卫立于柴荣身后，见此状忍不住向一旁的袁松说道，“陛下英武，我军骁勇，刘汉小儿安能抵挡？”

“大哥所言极是。”袁松微微一笑，点了点头。赵匡胤微微一愣，他发觉袁松虽是在笑，可眉角之间却有一丝不以为然。

“受益，”赵匡胤压低声音问道，“你可是在担心？难道说，我军如此威势，此次征伐刘汉还能有什么变故不成？”

“刘汉大败亏输，已是回天乏术。”袁松微微一笑，“不过陛下若想尽全功，还稍有不足。”

赵匡胤好奇道：“难道刘汉还有什么后手不成？”

“不。”袁松微微摇头，伸手指了指身后道，“大哥，这一场之关键不在于我军与刘汉军的阵前对垒，而在那里，在我大周朝堂。”

接着又悄悄指了指前面的黄罗伞盖道：“还有陛下心中。”赵匡胤微微一愣，沉默下来。

与愁云惨淡的太原城不同，此时的开封则是一片欢声。陛下御驾亲征在高平收获大胜，以少敌众，一举击垮刘汉军。金牌快脚呼啸而来，捷报转眼便传遍了大街小巷。城中百姓欢腾不已，大相国寺香火日夜不绝，来来往往的都是为将士们祈福的百姓。

还是那处竹林，那间小屋，此时却异常寂静，三个人在小屋中垂手而立，神色肃穆。

“还好。”端坐桌边的歌主叹息一声，端起一杯茶汤品了一口，“不幸中的万幸，陛下与义父已经返回太原。陛下虽然受到了些许惊吓，不过总算没有大碍，不然……”

说到此处，歌主住口不说，只是苦笑着摇了摇头。其他三人脸色愈发难看。不然如何？先是大败，弱势再失了国君，那刘汉国运便就此而终了。原本举国攻伐别人，欲灭其国，大败不说，再连累自己国灭，那真的就成了最大的笑话。

“陛下之事暂且不说，我等山高路远，只需听从吩咐便是，不过……”歌主语气一冷，继续说道，“有件事我倒是想问问你们。”

说完，她的目光从面前三人身上扫过，这三人顿时将头垂得更低了。

“似乎有人不顾我的命令，动用了藏匿在周军中的夜枭。”歌主冷笑道，“结果呢？夜枭伤亡殆尽，不但未能建功，还引起了周军的怀疑。”

砰！歌主手中茶杯重重地砸在桌上，震得三人心头一颤。

“说吧！”歌主淡淡说道，“此事谁该向我交代？”

面前三人沉默良久，一人越众而出，躬身道：“歌主，属下无能，无法约束部众才造成如此后果，愿受歌主责罚！”

“你？”歌主看了他一眼，又不动声色地看了一眼他身边的另外一人。

“呵呵，御下不严？”歌主轻笑一声，“罢了，就算是御下不严吧，你虽是我属下，可我并无责罚你的权利。我会将你的事情上报，届时届时自有乌夜啼的家法来惩治。”

听到“家法”二字，那人身子微不可察地一颤。

“我再说一遍。”歌主声音转厉，“这段时间里务必谨言慎行，莫要惹出事端来，一切听从我的吩咐。”

“是。”屋中三人答应了一声。

“去吧。”歌主轻轻摆手，三人悄无声息地退了出去。

过了不久，一个人影又回到了小楼之中。歌主似乎对他的返回并不意外，只是看着外面的竹林，把玩着手中的茶盏。二人就这般在屋中静默良久，去而复返那人向前一步低声唤道：“若儿……”

“止步！”歌主神色一变，放下了手中的茶杯，淡淡说了一句，“夜莺，过了。”

“是。”那人闻言便退了回去，犹豫再三还是开口道，“歌主，此事夜枭虽然做得莽撞，不过收尾还算干净。”

“你当我是为此着恼？”歌主柳眉一挑，然后轻轻叹了口气，“罢了，就当我是为此着恼吧。夜莺，这段时间的行动我需要你来配合。”

那人听闻此言，顿时一惊道：“歌主，不是说要谨言慎行，不要惹出事端来吗？”

歌主苦笑一声道：“此次大败已经动摇了我大汉的根基，乌夜啼创立之初便是为了扶保大汉，匡扶社稷。大汉胜了，我等说不定还要收束一下势力，以免与陛下争功；大汉现在败了，我等则是要出力，而且要不遗余力地出力，出死力。”她深吸一口气，声音转厉，继续道，“乌夜啼乃是依附于大汉身上的藤蔓，大汉若倒，你我便再无容身之处。所以值此大汉危难之时，我等才应倾尽全力。”

“是，”夜莺神色振奋，抱拳道，“还请歌主吩咐！”

“那位陛下非是常人。”歌主语气转冷，淡淡说道，“如果我所料不差，他大胜一场后必不会就此收手，势必要长驱直入，侵扰我大汉。”

“歌主，您的意思是，咱们策动满朝文武将他拖回来？”

“拖回来？”歌主冷笑一声，“如果这满朝文武有这个本事，这位陛下安能御驾亲征？你还是绝了这个念头吧。”

“那，我等该如何是好？”夜莺小心问道。

“兵马未动，粮草先行。”歌主淡淡地看了夜莺一眼，“明白了？”

“是，属下明白。”夜莺恍然大悟，之后他犹豫了一下，低声问道，“那燕子那边？”

“燕子那边你莫要管她。”歌主轻笑一声，“相信我，即使没有我的吩咐，她也会有所动作的，我要的就是她的动作。”

“明白了。”夜莺微微点头。

“去吧。”歌主轻轻摆手，夜莺慢慢地退出了这间小屋。

良久之后，歌主长身而起，有些留恋地环视了一遍这间小屋，轻叹了一声：“不错的地方，可惜了。”

而在不远处的竹林里，一名女子狠狠地扯断了手中的几朵花枝。

“燕子，”在她身边的人轻叹了一声，“这一次，我们是有些冒险了。”

“哼，你向着她说话？”燕子冷笑道。

“不，我不是这个意思。”那人有些手足无措道。

“不必说了，我们没错。”燕子将手里早就蹂躏得不成样子的花枝狠狠地摔在地上，“畏首畏尾，成得了什么大事？”

“燕子！”那人一惊，“你要做什么？休要乱来。”

“放心，我心中有数。”燕子冷笑一声，“这一次，我不会有什么大动作，只是想让这伪周乱上一乱罢了。”

开封城中，有一处地方被白盔白甲的军兵重重守卫，其间灵幡招展，一片素白，大周祖皇帝郭威便停灵此处。哪怕外面热闹无比，也与这里没有一丝关系，除了偶尔传来的哭声，就连鸟雀都没了影子。

在一间茅草小屋里，一名老人端坐桌前，手里捧着一卷《九经》读得津津有味。就在不久之前，他还是权倾朝野的权相冯道，百官以他为首。可是现在，他已经变成了先帝的山陵使，负责先帝的丧葬事宜。看似地位崇高，其实权柄一撸到底，只能在这里守灵。

不过冯道心中并不着急，他乃是几朝元老，侍奉了几任皇帝，什么样的风浪没有见识过？眼前这点变故在他心中连一点波浪都没有掀起来。在冯道看来，柴荣不过是一个初登大宝，自以为是的黄口小儿，这样的皇帝自己见得多了。一时冲动便要御驾亲征，莫要看现在文武百官似乎已经被他压制，然而在浩荡皇威之下实则暗流涌动，只要稍有变数，必然群情激奋，届时届时那黄口小儿又如何收场？唯有自己才有那资历和能力收拾残局。

“呵呵。”翻了一页手中的《九经》，冯道轻笑了一声，也不知笑的是手中经书还是柴荣。

吱呀一声，茅草屋房门被人推开，一名戴着青衣小帽的年轻人走进这间茅草屋，手里还提着一个食盒。冯道只是随意地看了一眼这人后就不再多看，把注意力转回到书上。他身为山陵使主持先皇丧葬式，每日都有人奉上三餐，这样的人每天来上三次，哪能引起他的兴趣。

不过，这次来的人和以往不同，此人把食盒往桌上一放，一边从里面端出菜肴一边笑嘻嘻地说道："大人，今日菜品丰盛，您可要好好尝尝。"

"嗯？"冯道一愣，眯起眼睛看着眼前这人。以前送饭菜的把手里的东西放下就走，哪有主动开口和自己说话的？无非就是觉得自己失了帝宠，要和自己划清关系。今日这人突然开口，这就有点意思了。

"难道……"冯道心里一跳，隐隐约约感觉到可能是前方有消息传回来了。

"大人，这几样菜肴乃是厨子精心烹制。"那年轻人也不理他，只是笑呵呵地把菜肴摆在桌上，"您看这一道呢，叫作百战百胜；这一道呢，叫作杀敌无算；最后这一道汤最有意思了，叫作落花流水汤。"

冯道表情渐渐严肃，终于他一拍桌子怒喝道："够了！"

可是那年轻人只是一笑，继而说道："别急，还有酒呢。这一壶酒，便是庆功酒了。"

冯道盯着桌上摆着的那几道菜肴，然后抬头看那年轻人问道："你究竟是谁？"

"大人，我就是一名打杂的小厮罢了。"年轻人轻笑着回答道。

"小厮？"冯道冷笑一声，敲了敲桌子，"这些菜肴是何意？"

"大人难道不知？"年轻人惊呼了一声，随即一拍额头，"哦，是了是了！大人最近未曾外出，所以还不知晓此事。近日前方传来消息，陛下御驾亲征，在高平与刘汉军决战，以少胜多，大获全胜，刘汉全军覆没，刘崇仅率百骑狼狈逃走。"

"你说什么？"冯道脸色顿时变得惨白，猛地站起身一把抓住那人的手臂喝问道，"再说一遍！"

"莫非大人未曾听清？"那小厮脸色未变，轻声笑道，"此次，陛下大获全胜，刘汉全军覆没，刘汉主大败而逃。现在陛下已经誓师，即将北伐太原了！"

"怎，怎么可能？"冯道脸色连变，看着那小厮咬牙道，"大胆！你竟然敢哄骗老夫。"

"咦？大人何出此言？"小厮惊诧道，"此事已经传遍天下，整个开封无人不知无人不晓，大人您只需派人出去打探一番便知，小人安敢欺骗大人？"

"难道是真的？"冯道双目呆滞，跌坐回椅子上，呢喃道，"他，他竟然赢了？"

"大人！"那小厮眼中闪过一丝厉色，可却一脸惊慌，连连摆手说道，"大人，可不敢乱说，陛下英明神武，怎能对他老人家不敬？"接着，这小厮又指着桌上的菜肴笑吟吟道，"大人，今日还是素斋，不过上面说了要讨个口彩，先皇在天之灵也高兴不是？您慢用。”

说罢，他不再理会呆坐原处的冯道，慢慢地退了出来，找了个地方把食盒一扔，衣衫一换，慢悠悠地离开了此处。不久之后，他就出现在姚谦的书房之中。

“事情办得如何？”姚谦桌上也摆着几样小菜，他慢慢地尝着桌上的菜肴，吃得很仔细，就好像这是天下最美味的东西似的。

那名年轻人没有了刚才在冯道面前的轻佻，神色严肃地微微点头道：“大兄，我亲自去的，已经办妥了。”

“呵呵。”姚谦放下手中的筷子，轻声笑道，“冯道老匹夫恐怕无论如何也想不到陛下能够大胜，他估计还在做着统领百官收拾残局的美梦。可笑，可笑啊。”

“正是。”年轻人一脸得意道，“当时那老匹夫的脸色有趣得紧。还是大兄棋高一着，一直对他封锁消息，然后在他满怀希望的时候突然告知实情。老匹夫年老力衰，受此打击，恐怕……”

“年老体衰？”姚谦轻笑一声，“我已经仔细查过，冯相近些年来经常出现头痛眩晕症状，并且伴有耳鸣，大夫吩咐要静养休息，不要过度劳累。所以近些年来，冯相少了几分进取之心，多了几分守成之道。这段时间以来，我多方安排封锁住他的消息，就是要他养出病来，等到陛下的消息传到他耳中，呵呵，届时冯相生死难料啊。”

姚谦又轻笑一声：“只可惜现在火候不够，冯相此刻怕还抱有一丝希望，就看谁要捅破那最后一层窗纸了。我猜冯相得到这个消息，恐怕会立刻派人出去打探，等打探的人回来，那时……”

话音未落，外面传来一阵敲门声，这敲门声很怪，听起来就像是有人在用手轻轻叩窗一样。

“何人？”姚谦一皱眉头问道。

“大人，箭卫来报。”窗外之人答道。

“嗯。”姚谦微微点头，然后对着自己的族弟使了一个眼色。那人微微点头，站起身来，蹑手蹑脚走到一处墙壁那里按了一下，墙壁无声无息地开了一条缝隙，族弟闪身躲了进去，墙壁又无声无息地恢复了原样。

姚谦一直看着自己族弟做完这一切，这才对外面喊了一声“进来”。房门打开，一个人闪身进来，对姚谦行了一礼。

“何事？说吧。”那人凑在姚谦耳边，低声说了几句话。

“什么？”姚谦一皱眉头，低声喝问道，“当真？”

“属下不敢隐瞒。”来人回道。

“有趣了，虽然早有预料，可是时机不对。”姚谦冷冷一笑，对那人点了点头，“此事我已知晓，下去吧。”

“是。”那人应了一声退出房间。

姚谦坐在案边静静地等了一阵，这才开口道：“出来吧。”墙壁又无声无息地开了一个口子，姚谦的族弟从里面走了出来。

“大兄，来者何人？”他低声问道。

“我安排在先皇灵前的人。”姚谦冷笑道，“有趣了，他给我带来了一个消息，冯相突发疾病，现在已经昏迷了，皇陵那边正在遍寻名医为冯相治病。虽说这件事我早有预料，甚至推波助澜，只是时机却不对。你离开之时，冯相还未如此呢。可你刚离开不久，冯相就已发病，这点儿时间根本不够他安排人手去打探消息。”

“大兄，难道冯相受到了另外的刺激？”

“应是如此。”姚谦起身冷笑道，“刚才箭卫来报，在你走后还有人拜访了冯相，只是这人是被禁卫直接接进去的，来去匆匆，就连箭卫都不知道他是何人！”

“怪了，难道除了我们，还有人惦记着冯相？”

“有人惦记冯相没错，不过他们的目的未必与我们一样。”姚谦冷笑道，“去查查这个人到底是谁，我觉得此鱼甚大，当可啖之。”

“是！”

此刻在开封某处，一双素手轻轻拨动琴弦，有人轻轻低吟：“风吹池面，欲语还休，欲语还休……”

第十八章　一石二鸟

京城暗潮涌动，北地却风起云涌。高平一战刘汉军主力全军覆没，柴荣亲率大军挥师北上，不日即进入刘汉境内。刘汉各州府风声鹤唳，纷纷紧闭城池，不敢力敌。柴荣对这些州府并无兴趣，大军一路直抵太原城下形成合围之势。

太原城中此时已是人心惶惶，大量壮丁被组织起来上了城墙守城，而城外周军已经一队一队抵达，扎下联营将太原城团团围住。

郭无为面色阴沉地注视着外面的周军大营，周军大营布置完备，鹿角壕沟层层叠叠，旌旗招展，鼓角之声此起彼伏。大概知道刘汉军此时已经没有余力出城迎敌，所以周军的一举一动都有条不紊，从容不迫。

郭无为微微眯起眼睛，突然问了一句："尔等看来如何？"

"国师。"一名站在他身边，一身道袍打扮的人低声道，"敌军势大，我军应谨守城池，挫其锐气。太原城高坚固，我军拼死力守，伪周必然损失惨重，时间一长，伪周军心难稳，必然退兵。"

郭无为看了那人一眼，突然一笑，微微点头道："不错。"

那人连忙行礼，态度十分恭敬。

"好了。"郭无为说道，"伪周军远道而来，不会立刻攻城。尔等去吩咐那些将兵，务必严防死守，不可有片刻疏忽，否则自有人去收拾他们！"说到后面，郭无为语气转厉，大声喝道。

"是！"在场的几人连忙行礼应道。

郭无为颔首示意，然后走下城头，进了自己的马车，他的脸色顿时阴沉下来，对外面喊了一句："去皇宫！"

马车轻轻一颤，向着皇宫方向跑去。很快便到了皇宫，没受到任何盘问就长驱直入，未消片刻，郭无为就受到了召见。当郭无为到了那处宫殿外面，一股浓郁的酒气让他微皱眉头。

“国师？外面可是国师？”宫殿内传来刘崇的声音。郭无为微微冷笑，很快脸色又恢复冷肃，迈步走进了宫室之中。

“见过陛下！”

“国师！”刘崇放下手中酒杯，挥手退去了殿中舞姬，脸色挣扎，犹豫良久，终于开口问道，“外面情况如何？周军可曾攻城？”

郭无为淡淡一笑：“陛下不必担忧，虽然周军围城，但是太原城高坚固，城中器械粮食充足，况且城头守军都道陛下圣明，士气高涨，愿与太原城共存亡，正所谓众志成城，有诸多勇士守卫，陛下还担心什么？”

“对，对！”刘崇僵硬地点着头，“国师所言极是，周军必然无功而返，无功而返……”

刘崇反反复复地说着这四字，似乎是在坚定信心，也好像是在自我催眠。只是他目光呆滞，嘴角轻轻抽动，显然他心中绝不平静，高平一战当真把这位刘汉的君主吓破了胆子。

郭无为微微躬身道：“请陛下放心，太原城必不会失守。”安抚了刘崇几句之后，郭无为转身出了宫室，脸上的表情颇有几分阴沉，站在宫门之外，他抬头看着蔚蓝的天空。

良久之后，郭无为微微摇头，低声言道：“还不到时候，不到时候。”

此时，一阵号角声远远从太原城头传进了皇宫，皇宫中的太监宫女一个个脸色煞白，惊疑不定。郭无为遥望城墙方向，微微眯起了眼睛，那里似乎已被刀兵映成了一片铁灰色。

太原城城头之上，刘汉军手持兵器，战战兢兢地向对面的大周军营张望。就在方才，大周军营中号角长鸣，锣鼓震天，接着营门大开，一队军马护卫着黄罗伞盖出现在阵前。看到这排场后，太原城头上的刘汉守军顿时一阵骚动，所有军兵都知道这是那位将他们杀得大败而归的大周陛下出营了。

黄罗伞盖之下，柴荣意气风发，胯下一匹雪白的骏马神骏非凡，在军阵之中，这匹马似乎有几分躁动，轻轻甩着头，不时打着响鼻。柴荣伸手拍了拍胯下神驹，用手中马鞭一指对面：“诸君，你们看到了什么？”

在他身后的诸位军将面面相觑，不知该如何作答。好在柴荣也未让他们作答，他大声道：“朕不知道诸君所见为何，朕看到的无非就是一群土鸡瓦狗罢了！”

众将这才会意，顿时哈哈大笑，高平一战刘汉军主力尽湮，残兵败将逃回城中的十不存一，此时太原城中的守军不是土鸡瓦狗又是什么？

柴荣一抬手，刚才还在大笑不止的诸将立刻噤声，目光炯炯地注视着这位陛下。

柴荣的目光从每一个身上扫过，被他注视的人纷纷垂下头来，不敢与他对视。柴荣微微一笑，大声道："诸君，随我巡营！"

说罢，柴荣纵马呼啸而去，在他身前千骑开路，在他身后诸将跟随，每到一处都伴随着惊天动地的"万岁"呼声，周军大营上空气息炙热已极，仿佛此时只要有一个火星，就可以将空气点燃。

听着城下那惊天动地的欢呼声，城头的刘汉军脸色发白，身子微微发颤。

欢呼声不但传上了城头，也传进了太原城中，直入皇宫内院，正在宫殿中饮酒作乐的刘崇脸色一僵，手中酒杯轻轻滑落，杯中的琼浆打湿了地面。接受三军欢呼之后的柴荣志得意满，领着诸将返回军营，周军上下气氛热烈，一个个摩拳擦掌，恨不得立刻出兵直入太原灭了刘汉。

袁松作为军中主簿，这一级官员诸事繁杂，而且他身为文官，不必随驾巡营，而是在帐中处理公务。突然帐帘被掀开，赵匡胤兴冲冲地从外面冲了进来，进来之后一屁股坐到了袁松身边，抓起桌上的茶壶一口气灌了下去。

"痛快，当真是痛快！"

"随陛下巡营了？"袁松头也没抬，随口问道。

"不错。"赵匡胤拍着大腿说道，"军士们士气高昂，刘汉军精锐尽失，早已胆寒！这一次能追随陛下灭此朝食，根除仇敌，立下灭国之功，此生无憾矣！"

袁松抬头扫了赵匡胤一眼，突然问道："陛下当时如何？"

"啊？"赵匡胤一愣。

"我问你，陛下当时如何？"

"当然是意气风发喽！"赵匡胤眉飞色舞道，"陛下当真是明主，英武不凡，敌军为之胆寒！虽然距离较远，看不到刘汉贼军的模样，可是当陛下巡营之时，城头的旌旗已经有了几分散乱。不用问，城头敌军肯定是惶恐不已，此役我军必胜！"

袁松放下手中的笔，微微一皱眉，低头沉思。

赵匡胤察觉到了他的反常，好奇道："怎么？看你好似并不高兴？"

"没有。"袁松微微一笑，摇头道，"陛下英武非凡，乃当世明主，此役我军当为全胜，我自然是为陛下高兴。"

"是吗？"赵匡胤奇怪道，"可我没有觉得你如何高兴？"

袁松一笑，却不多说，从身边拿出一个葫芦递给赵匡胤。

"这是……"赵匡胤手拿葫芦，一脸迷惑地问道。

"此乃我进献与陛下的宝物。"袁松笑道，"兄长不必多问，将其进献与陛下便可。”

赵匡胤满面疑惑，仔细打量了袁松几眼，微微点头：“我晓得了。”

“这是他让你献与朕的？”柴荣手中把玩着那个葫芦，随口问道。

“正是。”赵匡胤老老实实地说道。

“有趣。”柴荣微微一笑，晃了晃手中葫芦，葫芦哗哗作响，里面似乎装了东西。他心念一动，就要打开塞子。

“陛下！”身旁内侍一看，连忙向前一步。

“嗯？”柴荣眉头一挑，淡淡地扫了那内侍一眼。

内侍浑身一颤，连忙低下头来，“陛下，还请，还请务必小心。”

“无妨！”柴荣哈哈一笑，“元朗乃是朕的股肱之臣，受益也是值得信任的臣子，如果连他二人都要害朕，那朕这个皇帝做得当真是无用了。”

那内侍不敢再说，垂手侍立一边，只是一双眼睛还盯着那个葫芦，脸上满是忧色。柴荣打开葫芦塞子，将里面的东西倒出来了一点，清清凉凉的，赫然是一葫芦清水。

“水？”柴荣一皱眉头，思索袁松为何进献此物。

“元朗！”柴荣突然喊了一声。

“臣在！”

“去，把受益请来。”柴荣晃了晃手中的葫芦，低声笑道，“朕猜不出他这葫芦里卖的是什么药，所以只好请这出谜的人亲自揭开谜底了。”

不到片刻，袁松就出现在柴荣军帐之内，他似乎早就料到柴荣会召见他，因此表情从容不迫，进帐之后向柴荣行了一礼便不再言语。

柴荣看他这模样，哑然一笑，微微摇头，然后拍了拍书案上的葫芦，佯怒道：“与朕说说，你这葫芦里到底卖的什么药？”

袁松并未说话，只是看了看帐中的几名侍卫和侍从。

柴荣微微一皱眉头，摆了摆手：“你们下去！”

帐中侍卫鱼贯而出，守在外面，军帐中只留下一名柴荣的贴身侍从。

“现在可以说了吧？”柴荣伏案向前冷笑一声，“装神弄鬼，朕倒要看看你究竟能说出什么花样来，如果你戏弄于朕，朕可是不会饶你的。”

“陛下。”袁松一笑，“葫芦中乃是上好的甘泉，臣差人千辛万苦地弄来，甘甜清冽，只是在这时节多少有些凉寒。”

不等袁松说完，柴荣不耐烦地敲了敲桌案道：“说正事，莫要与朕兜圈子，朕公事繁忙，不是叫你来打哑谜的。”

“是！”袁松并不慌张，而是微微一笑道，“臣的意思很简单，就是想告诉陛下一声，此事该凉凉了。”

“凉凉？”柴荣还是不得其解，眉头一皱，“何事该凉凉了？为何你说话要如此没头没脑。”

袁松微微摇头道：“非是臣说话没头没脑，而是此事事关重大。”

“说！”柴荣冷喝一声，“是否事关重大，是由朕来定夺的！”

“是！”袁松抱拳行了一礼，“臣敢问陛下，您真的要攻下太原，灭了刘汉吗？”

“嗯？”柴荣一愣，眉毛一挑，心中微微一动，但是脸上却不动声色，平静说道，“当然！刘汉与我大周乃是不共戴天之仇，之前刘崇率军入寇大周境内，气势何等嚣张！奈何他刘崇空有这份野心，却没那个本事，高平一战刘汉精锐尽丧，现在太原空虚，刘汉士气低迷，当可一鼓而下！国仇家恨，此时当可报矣！”

袁松不为所动，只是冷幽幽地说了一句：“陛下！刘汉不足为虑，就如陛下所说，太原一鼓可下，只是刘汉精锐尽丧……”他伸手一指北方，低声说道，“契丹却毫发未损！”

“嘶！”柴荣倒吸了一口冷气，眉头紧锁，他终于明白袁松是什么意思了。

袁松仍然自顾自地说道：“刘汉入寇，契丹虽派大将杨衮率军协助，但是两军其实貌合神离，见势不妙，杨衮便率军先行撤离，虽然一路退回契丹，但毫发未损。”

袁松顿了顿，继续说道：“就算杨衮损失惨重又能如何？石敬瑭无耻，为了一己之私献出燕云十六州，自此之后契丹便能窥视中原腹地，而中原再无地利可抵御契丹南侵。契丹幅员辽阔，漠北草原兵源充足，军兵尤善骑射。陛下刚刚即位，此役大胜已经奠定了陛下在朝中的威严。可朝中并未稳定，前朝陋习影响颇深，先皇已经意识到此事，本已着手处理，只是未曾全功便龙驭宾天。此时正是陛下借助此战威名清除陋习整肃朝纲之时，如若此时灭了刘汉，我大周便与契丹接壤，届时边患反复，陛下如何能够静下心来处理朝政？”

柴荣静静听着，手指在桌案上轻轻敲着，听到此处，他微微点头开口道：“继续！”

袁松继续道：“而不灭刘汉则大有好处，刘汉经此大败，已经伤筋动骨，短时期内根本无力犯境，不但无力犯境，还要时刻担忧我军袭扰。刘汉不堪，甘愿给契丹做个儿朝廷，既然是儿朝廷，刘汉有难，契丹就不得不管。这样一来，刘汉不但成了我朝与契丹之间的缓冲，而且可以牵扯契丹的精力，此乃一石二鸟之计！”

“不错！”柴荣低喝一声，站起身来背着手在书案后面走了几圈，抬头问道，“还有什么，一起说来！”

“还有一事。”袁松压低声音，幽幽地问道，“敢问陛下，如若一统天下，将如何用兵？”

“嗯？”柴荣眉头一皱。

“先南后北，此为先易后难之策。南朝空余金粉之气，孟蜀业已裹足不前，只是如若先南后北，虽然可一战而下，未免师老兵疲弱了士气。战惯了南方弱旅，再战北方劲卒，再加上纸醉金迷……”

“不必说了！”柴荣一抬手，“我当先北后南，集倾国之力与契丹一战，谋取燕云之地，然后再顺势而下一统江山！”

柴荣深吸一口气：“既然如此，那这刘汉更不能灭了！”

“陛下英明！”袁松道了一句。

柴荣看了他一眼，眼中神色捉摸不定。他突然一笑，坐到桌案前，拿起桌上的清茶慢条斯理地品了一口，问道：“此事，你早有计较喽？”

袁松突然觉得身上一冷，一股如山岳般的气势扑面而来，连忙将头垂得更低，硬着头皮说道：“微臣确实有所考量。”

“为何之前不说？”

“陛下，此前乃是刘汉犯境，我军反击，高平一战大胜乃是驱逐外敌，彰显陛下之盛名。此后大军集结，陛下亲率大军挥师北上，乃是以牙还牙，以眼还眼之举。不做，不足以报国仇家恨，也无法平复百姓文武心中的怨气。所以，陛下率军北伐，实乃英明之举，足以彰显陛下功绩，令文武百官拜服。”袁松小心翼翼地说道。

柴荣静静地看着袁松，良久之后，突然一笑：“不错，你能看通此处，很不简单。”

柴荣此言说出，袁松顿时觉得压在身上的那股气势陡然消散，这才暗暗地松了一口气。

“不过……”柴荣一皱眉头，“现如今诸军士气高涨，而且已经兵围太原，贸然撤军的话，恐对我军士气不利啊。”

“此中自有陛下明鉴。”袁松垂首道，“不过微臣以为，太原城高械足，又有契丹在侧掣肘……”说到此处，袁松没有说完便闭口不言。

柴荣微微颔首，显然已经有所计较。

等到袁松从柴荣帐中出来之后，一阵凉风吹过，他忍不住打了个寒战，这才发觉自己衣衫已经被汗水打湿，袁松苦笑了一声，径直回了自己军帐。

赵匡胤在军帐中早已等候多时，茶水都不知道喝了多少，看到袁松回来，他连忙起身问道：“如何？”

“尚可。”袁松一笑，点头说道。

“你去见陛下，可是为破太原城献计？”赵匡胤问道，“妹夫，你可曾提到某的名字？陛下是否有意让某家当先锋攻下太原城？”

袁松苦笑一声：“大兄，你这一声妹夫叫得好生顺口！”

“早晚的事！”赵匡胤嬉笑道，“你还没说，陛下是否点将？”

“大兄。”袁松压低声音说道，“先不说陛下是否点将，就算陛下点将，你也不可争当这个先锋。”

“为何？”赵匡胤一愣，好奇地问道。

“大兄，高平一战你已得了莫大的好处，不但立下战功，而且深受陛下信任。莫非你吃了肉，还想连汤都一口喝下去吗？”袁松低声道。

“咦？”赵匡胤闻言一愣，眼珠转了转便不说话了。

“大兄。”袁松苦笑一声，“陪伴君侧便如行走于钢丝之上，差错一步便粉身碎骨。若想安身立命，需要谨记四字！”

“哪四字？”

“为君分忧。”袁松轻轻说道。

开封城中，冯道府上。这座宅邸最显赫之时，进进出出的不是朝廷要员，便是风流名士，门口等候的车驾可以排出去老远。可是此时这座宅邸已经冷清了许多，门外等候拜访的人已经没了影子，进进出出的家丁也是一个个面带愁容，早已没了之前的威风。

在相府不远处的一个角落，一辆不太显眼的马车停在那里，一名男子匆匆赶来，在这马车外微微行礼。

“免了。”车里有人说了一句，接着车帘一挑，露出姚谦的那张面孔来，“如何？”

“禀大人，冯相病危，大夫说恐怕撑不了太多时日。”那男子低声说道。

姚谦微微一皱眉头，然后冷笑了一声：“不错，去盯着吧，有任何事情记得报与我知。”

“遵命。”那人应了一声，转身匆匆离开。

姚谦合上车帘，在车中闭目沉思了片刻，这才开口说了一句：“回府！”

车驾一震，慢慢起步离开了此处，不多时便回到了姚府。

姚谦的那名族弟已经在姚府等候多时了，见姚谦回来连忙迎了上来，开口便要说话。

“不忙！”姚谦轻轻摆手，“随我来！”

说罢，二人一前一后来到了那间有人把守的书房之中，进去之后姚谦族弟关上房门，两人这才落座。

“说吧，有何进展？”姚谦这才问道。

“大兄。”那族弟低声道，“我已经查明，在我离开之后一共有三人见了冯道。”

他顿了顿，继续说道：“有一个仆从是在我离开不久就被冯道召进去的，在房中滞留不久就匆匆离去，应该是被冯道派出去打探消息的。另外一个乃是一名内侍，因为冯道统管丧葬事宜，所以进去向他禀明琐事的。最后一人也是内侍，此人是进去收拾碗盘的。三个人都没有在房中滞留很久。”

“嗯？”姚谦一皱眉头，“当真？”

“不敢欺瞒大兄，确实如此。”

“那就怪了，既然这三人都没有问题，冯道为何会突然变成这样？”姚谦皱眉自语道。

“大兄。”那族弟低声说道，“不过我还打听到另外一个消息。”

“说！”

“第二名内侍进去之后不久便出来了，随后冯道离开了片刻，据说再回去之后就变得失魂落魄，脸色难看。”族弟说道。

“此话当真？”姚谦抬头看着族弟，表情凝重地问道。

“千真万确！”族弟微微点头，“我问过三名当时在附近的亲军，都如此说过。”

“那你可知道冯道那段时间去了何处？”姚谦急切地问道。

“去了一趟库房，说是查看祭祀用物准备如何。”族弟说道，“不过，虽然冯道统管丧葬事宜，但这些琐事之前他是不管的。”

“库房有何人在？”姚谦问道。

“库房只有一名负责盘点的工部小官。”

“盯住他。”姚谦淡淡说道。

“是！”

“呵呵，有趣了。”姚谦微微一笑，“陛下一场大胜，吹皱了一池春水，什么样的妖魔鬼怪都冒出头来了。只是不知道这妖魔鬼怪是从北面而来，还是心中所生呢？”

接着，他脸色一变，冷笑一声道：“只是，这冯道出事的时间太不巧了，看来还少不了要做一次恶人了。”

一处屋室之中，暗香浮动，一名女子坐在桌案旁安静地看着书。房中人影一闪，一个人无声无息地来到她面前。

“如何？”那女子不动声色地问了一句，翻过一页书来。

“回禀燕主，有消息传来，冯道那里状况堪忧，貌似……”来人看了一眼这女子，低下头来继续道，“貌似不行了。”

“哼！”那女子冷哼一声，手中书卷已经被她扔到一旁，“蠢物！”

来人连忙后退两步垂首侍立，不敢有丝毫响动。

“都是蠢物！”那女子似乎气氛难平，站起身又骂了一句，“办事的是蠢物，那冯道更是蠢物！亏他历经四朝，侍奉十代君王，竟然如此无用，竟然，竟然……”说到此处，她似乎气氛难平，抬起脚来，一脚将地上的那册书狠狠地踢飞了出去。

“该死！”

“燕主息怒。”进来那人低声说道。

“息怒？”那女子冷哼一声，闭上眼睛深吸了一口气，脸上的神色恢复了冷肃。她慢慢睁开眼睛，神情举止高贵大方道，“我问你，那冯道是见过我们的人之后发病的吗？”

“是。”

“那你还站在这里做甚？”女子冷漠地说道，“去做你该做的事情，我不希望留下任何痕迹。”

“是，属下明白。”那人连忙应了一声，退出了房间。

空空荡荡的房间之中只剩下这女子一人，她低头看着那一册被她踢飞的书卷，冷笑道：“这一次，且让你得意一下！看看我们究竟谁会笑到最后。”

第十九章　若隐若现乌夜啼

而此时京城之中的一处府邸中，几名朝廷官员聚集一处，每人面前都摆着一盏香茗。

茶，是最好的茶，在座官员，皆是锦衣玉食之辈。只是此时此刻，在座诸人一个个脸色阴沉，手边的茶盏动也未动。也不知过了多久，上首那人轻轻咳嗽一声，引起了屋中所有人的注意。

“诸位……”他缓缓开口说道，“此次冯相突然病重，却不知诸位如何看待此事？”

“这个……”一人沉吟片刻，开口说道，“诸位大人，冯相年事已高，染病实属正常，我等是否小题大做了些许？”

“哼！”另外一人冷哼一声，“大人此言差矣！冯相乃是几朝元老，德高望重，身体也一直不错，从未听闻有过什么大病。为何偏偏在此时突然病重？事发突然，必有蹊跷！依在下看来，分明是有人看不得我等苟活当世，想要做一番事情了。”

“慎言！慎言！”上首那人听到这话，脸色顿时一变，“我曾去过冯相家中探病，冯相的确是身染重病，并非其他，莫要信口胡说，惹来麻烦！”

“哼！”刚才说话那人冷哼一声，不再言语。

就在此时，一阵轻轻叩门声响起，上首那人脸色一变，大声问道：“何人？我不是吩咐过吗？我等在此商讨大事，不要随便打搅。”

“大人，非是小的要打搅诸位，实在是有客人非要面见大人不可。”叩门那位想来是上首之人的家奴，声音有些惶恐地说道。

“就说我有事，不见客了！”上首之人沉声说道。

“小人说了，可是……”他的话还未说完，就听外面突然有人爽朗笑道，“诸位伯父，小可前来与诸位见礼，为何悭吝一见呢？实在是让末学晚辈心寒啊！”

听到这话，屋中人脸色一变，上首之人脸上肌肉轻轻跳动了两下，勉强笑道：“不知是哪位大驾光临？”

房门一开，姚谦背负双手施施然从外面走了进来，他环视了一眼屋中众人，微微一笑：“看来末学后辈来得正是时候。诸位伯父都在此处，差不多来了小半个朝廷呢！”

“贤侄……”看到姚谦，上首之人脸上一丝怒色一闪而过，“我与诸位老友品茶聊天，贤侄你贸然闯进来恐怕有所不妥吧？”

“唉……”姚谦背着手慢慢走进室内，在他身后站着两名高大魁梧的箭卫，方才就是他们护着姚谦闯进这里的。进了室内之后，姚谦摆了摆手，那两名箭卫抱拳拱手退了出去，随手带上了房门。

姚谦站在屋中，背负双手环视了四周诸位朝廷大臣，屋中只有他一人站着，宛如鹤立鸡群一般。姚谦微微一笑，开口说道：“诸位叔伯，在诸位面前，姚某乃是一名末学晚辈，平时见到诸位，少不了行礼再加一句尊称。往日，姚某在诸位面前也从来都是谨守礼法，从未有过冒犯之事，而今日贸然至此，实乃属无奈之举。”

说到此处，姚谦顿了顿，眼见诸人无人开口，心中暗骂了一声“老狐狸”，这才继续开口说道：“小侄今日至此，实则是为了救诸位于水火之中。”

“哦？”上首之人眉头一挑，淡淡问道，“不知此话怎讲。”

“伯父。”姚谦拱了拱手，“今日朝堂最大的事情，除了陛下兵围太原之外，便是冯相病危之事了吧？”

“不错！”那人微微颔首。

“实不相瞒，小侄对此也颇有疑惑，冯相平日里养生有道，身体健康，为何突然便病了呢？”姚谦淡淡说道，“所以小侄略微查了一下，结果诸位叔伯可知小侄查到了什么？”

不等这些人发问，姚谦自问自答道：“小侄的确查到了一点事情，在冯相守灵之时，有人见过冯相，然后冯相便突然病倒。小侄觉得十分蹊跷，便命人追查下去，结果发现那人已经失踪，并且还跟刘汉细作有着千丝万缕的联系。”

在场诸人中，有人正在喝茶，听到这话，手腕一颤，手中的茶盏险些跌落在地上。

“诸位，非是小侄危言耸听，而是确有其事。”姚谦也不理会，继续说道，“陛下兵围太原，刘汉大败亏输，为了挽回败局，这些刘汉细作垂死挣扎，竟然暗害冯相，想必是要扰乱我大周朝纲，干扰陛下北伐，实乃十恶不赦之罪！小侄还听说，最近有军粮运载不畅，军械供应不足，甚至还有兵马懈怠朝廷调令，多有拖延。想来也是与这些刘汉细作有关！此乃大罪，不过我大周仰仗陛下天威，已然大获全胜，这些人如跳梁小丑一般，如何能坏我朝大事？呵呵，自取其辱罢了。”

说到此处，姚谦停了下来，屋中寂静无声，落针可闻。姚谦嘴角一勾，露出一丝笑容，最后抱拳拱手道：“小侄至此，就是担心诸位心系冯相安危，担心陛下北伐，特来告知一声。扰了诸位叔伯的雅兴，当真是天大的罪过。改日小侄一定摆上酒宴，诚邀各位叔伯赏脸，届时与诸位端酒赔罪！各位叔伯，告辞，告辞！”

说完之后，姚谦转身离开了这里，就如同他来得突然一般，走得也十分突然。

姚谦走后，屋中还是一片寂静，良久之后上首那人长叹一声道：“诸位，刚才他那番话，不用我再说什么了吧？诸位历经几朝，吉凶自测。还有那些见不得人的手段也都收起来吧，大势若此，如此做派，螳臂当车罢了。如若真的牵扯到刘汉细作，呵呵。”

说到此处，他微微摇头，不过随即又微微一笑道：“不过，那位贤侄倒是未曾撕破脸皮，各位暂且偃旗息鼓，多多联络门生故吏，静观其变吧。不管谁人为天子，总是需要百官为之牧民的。”

此时，姚谦已经到了这间府邸的外面，几名亲随跟在他身后。他抬起头看着天空，突然开口问道：“你看这天是什么颜色？”

他身后的一名亲随犹豫着开口答道：“回禀大人，可是蓝色？”

“是啊！”姚谦微微点头，“不久之前，尚是一片灰蒙蒙的颜色，现在便是晴空万里了！”接着，姚谦脸色一变，冷笑一声道，“正因为晴空万里，艳阳高照，我等才该继续努力，烈日当空，稍有不慎便无所遁形！去查，查出那个人的下落来。我等留在京城，便是为陛下分忧的！如果连此等宵小之徒都应付不了，来日还有何面目面对陛下？”

“是！”

在一处偏僻的小酒楼二层包厢之中，八仙桌上摆着几样菜肴，一名不太起眼的中年人端坐桌边，似乎在等着什么人。不多时一阵轻轻的敲门声响起，这声音三短一长，然后又是两短。听到这敲门声，中年人微微一笑，喊了一声：“请进！”

房门一开，一个人走了进来，此人一身简单的布袍，但是行走之间却不自觉地迈着八字步，双手背在身后，看人的时候也多少有几分居高临下的神态，看模样倒像是个官，而且是那种官职不大，却有点实权的小官。进门之后，他回身把门关上，死死地盯着那名中年人。

“看我做甚？”中年人微微一笑，“坐啊。”

来人一言不发，坐了下来。

中年人提起酒壶给那人和自己各倒了一杯酒，一边倒酒一边低声笑道：“这几日委屈你了。”

“哼！”来人冷哼一声，却不多说话。

“我知道你心中有气，可是谁曾想那老匹夫竟然如此不堪，几句话而已，就变成这般模样。”中年人轻叹一声，放下酒壶，端起酒杯道，“来，这杯酒与你压惊！”

来人没有动手，只是静静地看着这中年人。

“唉……”中年人轻叹一声，“你我相交多年，何至如此？”说罢，他举起手中酒杯先喝了一口。对面那人只是静静地看着，并没有举杯。

“呵呵。”中年人自嘲一笑，把两个人的酒杯换了一下，“如何？这样可否？”

那人迟疑了一下，这才举起酒杯来。两个人轻轻一碰，将杯中酒一饮而尽。

喝罢酒，中年人放下酒杯说道：“这几日你着实受了委屈，上面知道你的辛苦。不过，此事闹得太大，你现在着实不宜出现。”

对面那人轻轻叹了口气，点了点头。冯道不管现在如何，月余之前还是当朝宰相，无论身份还是地位都备受关注。自己和这件事扯上了关系，到现在除了躲，实在是没有什么别的好办法了。

“而且，京城你也不能待了。”那中年人继续说道，“这里很不安全，上面要安排你去别的地方。”

“哪里？”那人开口问出了进门之后的第一句话，只是声音嘶哑，喘息声也有些粗重。

“去世上最保密的地方。”中年人笑吟吟地说道，“阴间！”

那人的身子此时已经开始乱晃了，他一把扶住桌子指着那中年人，口齿不清地说道：“你，你……”

中年人微微一笑，弹了弹面前的酒杯说道：“这一杯，其实是解药！”

“我，我！”那人张口想要说话，却无论如何也说不出来，最后砰的一声栽倒在地上，七窃流血。

“可惜了！”中年人轻轻叹了口气，摇了摇头，想要过去看看那人的情况。

就在这时，门外突然传来一阵骚乱声，似乎有人急急忙忙地向着这里跑来。中年人脸色微微一变，一把抓起酒壶，翻身跳出了窗户，落到了后面一条寂静的小巷，转眼没了影子。

这时包厢外有人说道：“几位，就是这里，刚才我见那人鬼鬼祟祟不像好人，而且我上菜时还依稀看到他正在向酒壶里下药，肯定是有歹人要谋财害命啊。”

说话间，杂乱的脚步声在这房门外响起，紧接着轰隆一声房门被人撞开，几个人冲进了房间，一眼就看到了倒在地上的那个人。领头的一人脸色一变，伸手在那人鼻端试探了一下，脸现喜色道："还有气息，速速带回去，请人救命！"

几名大汉蜂拥而入，将那人抬了起来。

"且慢！"领头那人低声说道，"都给我听清楚了，出去之后就说此人已死！我们带回去的是具尸体！明白没有？"

"是！"其他几人答应了一声，这才抬着人走出了房间。

等那几人走后，领头之人将店小二一把扯了过来，狞笑了一声："小二！"

"大，大人！"看到这位领头之人狰狞的表情，店小二两股战战，"您有何吩咐？"

"刚才的事情，有人问起来，你要如何说？"

"我说，我说……"店小二张口结舌，正不知该如何回答，突然间他灵光一现，连忙说道，"我就说，那人已经死了，死透了！"

"很好。"领头之人满意地说道，"记住了，他已经死了！死透了！如果哪一天我听到有什么奇怪的话传到我的耳朵里，第一个要找的就是你！"

"是！是！"那小二连连点头，看脸色显然是怕得不行。

"很好！"领头那人微微点头，这才放开了店小二转身离去。

他并没有看到在他背后的店小二脸上露出了一个诡异的笑容，这个笑容转瞬即逝，眨眼间这店小二就恢复了那副诚惶诚恐的模样，就好像刚才只是个错觉。

未过多时，方才那将死之人便被送到了一处普通民宅，可是这民宅周围建筑的每一处窗户中似乎都有一双眼睛在窥视着民宅外每一个经过的路人。

而在这民宅中也是戒备森严，到处都是一身劲装的大汉，孔武有力，双目有神，虎口有着厚厚的老茧，沉默不语，却满是杀气。而在这宅院的一间屋子里，床上就躺着那个从饭馆里带回来的人。

姚谦脸色阴沉地站在屋中，在他身前有两名男子垂手侍立，只是这两名男子身子微微有些发颤，额头已经见了汗水，拳头攥得紧紧的，显然十分紧张。

姚谦盯着他们看了足足有半炷香的工夫，这才开口问道："说！为何如此？"

听到他终于开口，那两名男子心中暗自松了一口气，连忙答道："大人，我等本来已经找到此人，但是发现他似乎与人有约，所以我等想顺藤摸瓜将背后之人一网打尽。可是却被人误导失去了他的行踪，最后查到酒馆的时候此人已经毒发。"

"与他会面之人呢？"姚谦脸上微微一抽，冷声问道。

"回禀大人，那人已经逃了。"

"废物！"姚谦呵斥一声，面沉如水。两名男子垂手而立，不敢出声。

不多时，一名医官从内里出来，在姚谦面前行了一礼。姚谦深吸一口气，沉声问道："如何？"

"回禀大人，幸亏及时送来，毒药的剂量又略有不足，这才救回一条命来。"

医官说道。

“呼！”那两名男子听到这话，不由得暗暗松了一口气。

“何时可以问话？”姚谦问道。

“大人，病人正在昏迷之中，老夫已经安排用米粥鸡汤续命，短则一两日，长则三四日，必然苏醒。”

“有劳了。”姚谦微微点头。

“分内之事。”医官说了一句，告辞离开。

姚谦摆了摆手，示意那两名手下退下，走进内室，默默地注视着躺在床上那人，微微眯起眼睛，低声呢喃了一句：“工部？”

早春三月，开封某处，池畔柳枝上已经抽出了嫩芽，池塘中的鱼儿在荷叶中游来游去，偶尔卷起一小朵涟漪在水面上慢慢扩散。池塘正中有一座凉亭，四周挂着薄纱，随着微风轻轻荡漾。

此时还有些春寒，又是在池塘之中，微风吹过，亭中人忍不住打了一个冷战，紧了紧身上的披风，可是又舍不得这早春的美景，于是拿起面前泥炉上的酒壶，倒了一杯热酒，一饮而尽，身子这才暖和起来。

“开封早春仍有几许寒意，不知太原又该如何？”她轻轻一叹，摇头道，“恐怕太原城中诸君忧心的不仅仅是这一点点微寒啊。”

一个人影由远而近一直来到了这池塘边缘，对着不远处的水榭单膝跪倒：“歌主！”

“呼！”水榭中人吐出一口酒气，淡淡问道，“何事？”

“启禀歌主，东西已拿到。”

一艘小小的木船从池塘中心的亭后绕出来，船上空无一人，如同有人操控一般，慢慢悠悠地靠到了那人面前的岸边。

“呈上来吧！”

那人面不改色，对面前一幕并没有任何惊讶，他恭恭敬敬地从身后解下一个包袱放到小船上。那艘小船又慢慢悠悠地靠到了亭子旁边，从轻纱之中伸出一只洁白无瑕的纤纤玉手，从船上将那包袱拿进了亭中。

不多时，亭中那人轻声说道：“不错，去吧！”

“是！”来人应了一声，如同来时一般无声无息地离开了池塘。

良久之后，亭中人轻轻叹了一声：“兴衰成败乃是常事，诸般布局只为苟延残喘。罢了罢了，世事无常，谁知来日如何？挣得一刻便是一刻好了。”

砰！一块巨石狠狠地砸在了太原城头，被巨石砸中的地方飞溅起几块碎石，两名兵卒被飞石所伤，惨叫着倒在了地上。

尽管如此，周围的刘汉兵卒并没有多看这两人一眼，自从大周军围城之后这已是常态，乱世之中人命便已不值钱了，与其去管别人，还不如管好自己，看好自己的脑袋，不要妄自送了性命。

袁松站在大营之中远远张望，虽然看不清太原城头的模样，可一月之前潞州被围时他就在城中，自然知道城头上的刘汉军会是什么样子。白云苍狗，世事无常，不久之前刘汉军气势汹汹，不可一世，兵围潞州后几次险些破城。可是一月之后，就换作大周军兵围太原，刘汉军成了那缩头乌龟。

此时，大周军阵前战鼓轰鸣，传令兵疾驰而出。不多时，一支周军欢呼一声，向着城头冲了过去。

看到这场面，袁松嘴角一勾，心中暗道："这陛下当真是要把这戏唱足，一切做派似模似样。"

随即他又微微摇头，这一番做派虽然短时有用，但是军中大都是老行伍了，时间一长难免要看出破绽。不过想来用不了多久，城中那位怕就要出手了，不然这刘汉军士气低落，军心不稳，朝中恐怕也要生出许多变故来，届时内忧外患就更要让人头疼了。

"放箭！放箭！"太原城头，一名军官手持兵器，边对着身边的兵卒拳打脚踢，边声嘶力竭地大声吼道，"不想死的就放箭！"

在各级军官的指挥下，弓箭手对着城下的周军射出了一片箭雨。好在这太原乃是都城，城中守城器械倒是足备，不然这城当真是没法守了。

连续几次箭雨覆盖，射倒了一些周军。这时周军阵中铜锣声响，周军如潮水退了回去，同时带走了受伤的弟兄，以及不幸阵亡的将士尸体。战场上空空荡荡的，只有那一片箭矢立在地上，远远看着像是一片麦茬似的。

看到周军退去，城头的兵卒这才松了口气，东倒西歪地瘫靠在城墙边，大口喘着粗气。就在此时，一块巨石腾空而起，向着太原城头砸了过来。

"投石车！隐蔽，隐蔽！"城头那名军官再度声嘶力竭地吼道。

砰，砰！几块巨石狠狠地砸在了城墙上，飞溅起来的石块砸倒了几名士兵，城墙上一片惨嚎，幸存的则抱紧自己的武器缩在垛口后面，等待下一次攻击。

攻城战就这样有条不紊地进行着，周军一次次地攻击，又一次次地退去，只要明眼人都能看出来这是在试探，但即使是试探，太原城头的士兵也不敢稍有怠慢。稍有疏忽的话，任何一次试探都有可能在下一刻变成真正的攻城。周军像是磨盘一样，一点一点消磨着城头士兵的士气和抵抗意志。

周军军阵之中，柴荣远远看着，满意地点了点头，"不错！吩咐辎重营修补损坏的投石车，同时加紧打造器械。"

"是！"一名传令兵答应一声，呼啸而去。

站在柴荣身后的几名将领，面上颇有几分急切之色，纷纷以目光注视着站在柴荣身侧的张永德。张永德被自己同僚的目光刺得浑身难受，不得已苦笑一声站了出来。他恭敬地向柴荣行了一礼：“陛下。”

柴荣看了他一眼，嘴角一勾，露出一丝古怪的笑意，然后迅速恢复了平静，就好像这笑容从来没有出现过一样。

“何事？”柴荣看似随意地问了一句。

“陛下，臣请为陛下攻城。”张永德说道，“臣敢立下军令状，只要……”

不等他说完，柴荣摆了摆手，止住了他的请战辞，似笑非笑地看着张永德问道：“怎么？抱一急了？”

“臣不敢。”张永德连忙说道，“只是臣麾下将士士气高涨，求战心切，所以才向陛下请战。”

“莫急。”柴荣一笑，摇了摇头。

“陛下……”张永德还欲开口。

“朕说了，莫急！”柴荣脸色一沉，冷冰冰地说道。

张永德微微一颤，连忙低头拱手：“臣明白。”

高平一战让柴荣的威望达到了顶点，此时哪怕是微微一皱眉头也会让诸将心惊胆战。

“抱一。”柴荣轻叹了一声，“尔等的心思朕很清楚！朕亦希望马踏太原，一举荡平刘汉。”

说着，他扬起马鞭，遥指城头道：“刘崇之辈，不过土鸡瓦狗，此时取太原城如反掌观纹。朕相信，只要朕一声令下，诸君就能为朕解忧，不过……”

柴荣眉头微微一皱，继续说道：“破太原城易，然则破了太原城之后呢？”

“刘崇不足为虑，刘汉不过疥癣之患！以刘崇之能，安能让朕侧目？如果不是他有所依仗，安敢犯境？”柴荣用手中马鞭轻敲掌心，冷笑着说道。

周围诸将闻听此言，顿时沉默下来，在场诸位没有傻子，柴荣所言为何大家心中有数。

“朕与刘汉，乃是螳螂与蝉，莫要最后让那黄雀占了便宜。”柴荣冷笑一声，“好了，诸君莫急，太原城早晚为我等囊中之物。吩咐下去，安抚将士，继续打造兵器。我们耗得起，刘崇？呵呵……”

柴荣一声嗤笑，拨转马头回了营寨，身后战场之上，一片巨石雨腾空而起，向着太原城落了下去。

一连串的砰砰巨响落在太原城头，夹杂着时不时传来的惨叫声。

两名民夫抬着门板将一名伤兵从城头上救了下来。那名伤兵运气不好，被从天而落的巨石砸了个正着，一条腿扭曲着搭在外面，断茬处裸露着白森森的骨头，剧烈的疼痛和大量的失血已经让他昏了过去。不过看他这伤势，哪怕是捡回一条命来，后半辈子也废了。

两名抬着门板的民夫满面尘土，身上沾染着斑斑点点的血迹，脸上写满了麻木，已经失去了灵动，只是机械地抬着门板，就好像是失去了魂魄一般。

郭无为就站在城墙附近的一处阴影里，冷冷地注视着这一切。

砰！一块巨石从天而降，狠狠地砸在了不远处的一栋房子上，房顶顿时被穿了个大洞，眨眼间分崩离析，变成了一堆废墟。郭无为眼睛都未曾眨一下，就好像那块巨石不存在似的。

可在那巨石落下的瞬间，站在郭无为身边的一名官员却忍不住身子一颤，恐惧地向那个方向看了一眼。接着，他吞了口口水，壮起胆子低声说道："国师，此处着实危险，还请国师往别处暂避。"

"暂避？"郭无为嗤笑了一声，回过头来冷冷地看着那名官员问道，"避往何处？"那官员张了张嘴，却说不出话来。

"罢了。"郭无为看他这模样，意兴阑珊地叹了口气，"大人放心，周军未必会攻下太原城。"

"啊？"那官员一愣，先是满脸迷惘，继而一脸喜色地问道，"莫非国师另有妙计，早已成竹在胸不成？"

"成竹在胸？另有妙计？"郭无为冷冷一笑，"计策倒是有些，可是能否成事还要看对面那人的心思。"那官员一脸迷茫地看着郭无为，颇有几分不知所措。

可是郭无为却不愿再与他多说，离开了城墙，坐上马车，直奔皇宫。

这座北汉皇宫从外表看来似乎一切如常，宫室之内传出一阵银铃般的笑声。空气中弥漫着淡淡的脂粉香气和酒气，与城头那漫天的硝烟和弥漫的血腥味道比起来，此处似乎对于周军围城毫无知觉。

站在宫室之外，郭无为微微一皱眉头。守在宫室外面的一名内侍眼尖，看到郭无为便连忙一路小跑着迎了上去，一脸谄媚地笑道："奴婢见过国师。"

"嗯。"郭无为随意点点头，"劳烦禀明陛下，在下求见。"

"还请国师稍后。"那内侍应了一声，转身跑进宫殿，没过多久又跑回来说道，"陛下请国师觐见。"

郭无为迈步走进宫殿，不动声色地扫了一眼，只见刘崇袒胸露怀侧卧在桌案后面，桌案上面摆着残席，几名宫娥衣衫不整地侍立在他身后。再看刘崇，眼窝深陷，两眼无神，脸上有一股隐晦的青白之色。

郭无为心中冷哼一声，表面上却不动声色，躬身向刘崇行了一礼道："见过陛下！"

"国师免礼！"刘崇摆了摆手，急切地问道，"敢问国师，城头，城头战事如何？"

“托陛下洪福，周军被阻于城下，不得寸进。”

“好！好啊！”刘崇闻听此言，顿时喜形于色，对身后宫娥连连招手，“倒酒，倒酒！”

一名宫娥手托酒壶，为他满上一杯，便欲退下。刘崇脸色一沉，呵斥道：“蠢物！国师呢？还不快为国师斟酒！”

那宫娥闻言一惊，连忙过来为郭无为斟酒，只是因为心中惊恐，手中一抖，酒水洒落到了杯外。

“蠢物！”刘崇怒吼了一声，“如此小事也做不好，留你何用？”那宫娥脸色惨白，放下手中酒壶，俯身跪倒在地，浑身颤抖，连话都说不出来了。

“无妨！”郭无为淡然一笑，轻轻挥了挥手，“陛下，些许小事，不必放在心上。”

“哼！”刘崇冷哼一声，点了点头，对那宫娥冷冷说道，“如非国师，定要你好看！还不快滚下去！”那宫娥如蒙大赦，起身匆匆退了下去。

“国师，来，满饮此杯！”刘崇举起酒杯，对郭无为笑道。

“谢陛下！”郭无为捧起酒杯与刘崇一同将杯中酒一饮而尽。

“好，好！”刘崇一抹嘴巴，“将士用命，抵挡住了周军，朕当厚赏之！不过，国师，依你看，周军何时可以退去？”

“这个……”郭无为略一沉吟，“如我等向契丹求助，周军自当退去。”

“哼……”刘崇闻听此言，面色一沉，轻轻拂袖道，“国师，那契丹忘恩负义，临阵脱逃，才导致伪周占了上风，此事朕还未曾找他们算账呢！”

郭无为闻言，苦笑了一声，他知道此事未必可行。先不说契丹之前临阵逃脱之举让朝廷上下怀恨在心，就说这次周军兵锋正锐，契丹未必愿意直面其锋，恐怕那些蛮子打的正是让自己与周军拼个两败俱伤的主意，真要求上门去，还不知会付出何等代价。

“既然如此，那只有另外一计了！”郭无为轻叹一声说道，“不过，此计需要些许时日筹备。”

“好！”刘崇闻言大喜，“国师果然大才，能为朕解忧者，唯有国师耳！此次战事若平，朕当不吝封赏！”

刘崇回头大喝一声：“来人啊！满上！”

一名宫娥手捧酒壶正要上来斟酒，郭无为轻轻一抬手道：“不必了！还请陛下恕罪，此事颇为繁杂，贫道还需要筹划一二，待来日化险为夷之时再与陛下痛饮！”

“好！”刘崇开怀大笑道，“一切有赖国师了！”

最后，刘崇亲自送郭无为离开了寝宫，一直送到了外面。看着郭无为离去的背影，刘崇脸上的笑意慢慢收敛，脸色略有几分凝重，最后冷哼一声，脸上重新挂满了酒色之气，回头笑道："斟酒，起乐，继续！"

听到身后的丝竹之声再次响起，郭无为脸上露出一丝冰冷的笑容。他出了皇宫一路回到自己府邸，吩咐下人严加看守之后，急匆匆地进了一间密室。密室之中，几个人影垂首侍立，也不知道在这里站了多久，除了胸口轻微起伏之外，一动不动，几乎不似活人。

郭无为目不斜视，走到房间上首坐下，目光从这几人身上扫过，冷冰冰地开口道："诸位，各司其职，开始准备吧！"

"遵命！"几名黑衣人躬身行礼，动作如同一人。

开封城中那处隐秘的院落里，姚谦端坐在一处桌案旁，微闭着眼睛，似乎在闭目养神。几名侍卫神情严肃，将这房间守得如同铁桶一般。

一人急匆匆从外面走进来，见到姚谦便单膝跪倒："箭主！"

姚谦猛地睁开眼睛，死死盯住这人问道："如何？"

"启禀箭主，大夫说了，差不多要醒了。"

姚谦立刻站起身，说道："去看看！"

在几名侍卫的保护下，姚谦来到了隔壁的房间。一股浓烈的药味充斥着整间屋子，姚谦微一皱眉头，迈步向房中的床榻走去，一名老者端坐床边给床上的那人号脉。那人面容已经有了几分红润，呼吸也很平稳，正是之前救回来的那人。

"如何？"姚谦问道。

"应该很快会醒。"那老者起身行礼，"不过刚刚解毒，他体质还很虚弱，恐怕说不了太多。"

"无妨！"姚谦一摆手，"我只要几句话便可！"

就在这时，躺在床上那人呻吟一声，慢慢睁开了眼睛！姚谦立刻坐到了他身边，冷冷地盯着他。

这人睁开眼睛之后，茫然地看了看左右，这才注意到身边的姚谦。他神色有些迷茫，显然还没有搞清楚究竟发生了什么。

"你，你是？"他虚弱地问道。

"我是谁不重要，我问你，究竟是谁要害你？"姚谦冷冰冰地问道。

"害我？"那人一愣，好像在慢慢回忆，他的神情突然变得极其狰狞，"是了，害我！杀人灭口！"

"不错！"姚谦重重点头，"是谁？"

"是，是……"那人显然十分虚弱，只是说了这几句话，就开始气喘吁吁，"是，工部，工部，歌，歌主……"

听到"歌主"二字，姚谦瞳孔一缩，神情比刚才冷肃百倍，他一把抓住了那人的衣领，大声吼道：“说！工部什么人？谁是歌主？”那人显然体虚之极，被他晃了几下，已经翻了白眼。

“大人不可！”一直站在旁边的老者见状大惊，“此人体虚之极，您这样恐怕会令其再度陷入危险境地！”

“哼！”姚谦冷哼一声，松开此人的衣领。

就在这时，有人蹑手蹑脚地走了进来，尽管声音很轻，可房间里的人还是第一时间注意到他。来的是一名小厮，看起来年龄不大，手中端着一个托盘，上面放着一碗粥和几样小菜，摆着筷子，大概是被周围这些人的眼神吓到了，这小厮的脸色有些发白。

“你是何人？”姚谦冷冷地问道。

“大，大人……”那小厮端着托盘，战战兢兢地说道，“小的，小的是来送饭食的，大夫说了，要送一些清淡的米粥来。”

姚谦打量了这小厮几眼后说道：“端过来吧！”

那小厮端着手中的托盘，向着床榻慢慢靠了过来，越来越近，越来越近！姚谦心中突然出现了一种不祥的预感，紧接着他全身的汗毛突然竖了起来！

“大人小心！”旁边的侍卫突然大吼了一声，向着那小厮冲了过来。

那小厮猛地把手里的托盘向着姚谦掷了过去，滚烫的米粥泼洒了姚谦一身，姚谦惊呼着用手护住自己的头脸！

“保护大人！”几名侍卫怒吼了一声，冲了过来。

姚谦却本能地感觉到了不妥，他惊呼道：“那个人犯！”

可惜为时已晚，那小厮表情狰狞，手中握紧了一根细细的竹筷！竹筷的一端被打磨得异常锋利，小厮一个箭步冲到床榻跟前，在床上那人恐惧的眼神中用力刺了下去。

噗！不同于刀剑的锐响，但是死亡却是相同的，筷子在那人的咽喉上戳了一个血肉模糊的窟窿。那名人犯喉咙里嗬嗬地吐出几个语意不明的音节，头一歪身子一挺，彻底失去了声息。

噗！小厮一用力将那筷子拔了出来，殷红的鲜血顺着筷子滴落下来，在床榻上染上了点点梅花。

“抓住他！”姚谦怒吼道。

几名侍卫一拥而上，试图抓住那名小厮！

“天佑大汉！”那名小厮声嘶力竭地呐喊一声，不等侍卫靠近，手一翻向里一送，尖锐的竹筷刺穿了自己的脖子。扑通一声，小厮的尸体栽倒在地，两人的鲜血混在一起，只是那人犯脸上还带着恐惧和绝望，而小厮脸上则是古怪诡异的笑容。几名侍卫走上前试探了一下鼻息，垂头丧气地摇了摇头。

“大人，刺客死了。”其实这话也属多余，这样的伤势如果还能活着，那当真是神仙手段了。

姚谦面色铁青，咬牙切齿地吐出两个字：“死间！”

他深吸一口气，勉强压住了自己的火气，冷冰冰地说道：“彻查！从上到下彻查！不可漏过一人！”

几名侍卫身子微微一颤，眼中闪过一丝惧色，不过仍然垂首应道：“是！”

“走！”姚谦说了一句，带着几名亲信离开了这间屋子，屋子里的血腥味不但刺激着他的嗅觉，还刺激着他的心，让他感觉自己像是被人戏耍了一般。

外面的天空是瓦蓝的，可是姚谦心中却密布难以抹去的阴郁。他走出屋子，停住脚步，低声吩咐道：“去！让姚正来见我！”

“是！”一名亲信领命而去。

姚谦冷笑一声：“不管如何，总算抓住了一个尾巴。”

正值开春时节，春暖花开，最宜踏春出行，汴河两岸杨柳依依，风景如画，再加上前方告捷，形势大定，这里自然少不了如织的游人。汴河之上更是有几多画舫顺河而行，从那画舫之上时不时传来丝竹之声和莺声燕语。

在众多画舫中，有一艘垂着轻纱藏在诸多画舫里顺着汴河慢慢行来。一名头戴轻纱的女子倚窗而坐，虽然看不清她的面貌，然而那玲珑的曲线却不免让人心猿意马。不远处，一名翩翩佳公子立在一旁默默地看着这名佳人，眼中有毫不掩饰的爱慕之意。

“天下家国更替，然则美景依然，这悠悠河水，青青柳枝，可不管这天下属谁。”那佳人轻叹一声，悠然说道。

“歌主……”那公子微皱眉头，想要开口相劝，却不知该如何说。

“我不过说几句伤春悲秋的碎语罢了。夜莺，莫非我一个女儿家连这也说不得了？”那女子开口问道。

“不敢。”那公子连忙摇头说道。

“连你也如此这般，当真无趣。”那女子摇了摇头，“说吧，你寻我来有何事？”

“歌主！”那公子表情一肃，“属下得到消息，那逆贼的箭卫最近似乎掌握了什么，我们是否应该打探一下，早做防范。”

那女子眼中闪过一丝异芒，微微摇头道：“不必，当务之急是如何解太原之围，这才是重中之重，其他事情不必多管。”

“是！”那公子微微点头。

“还有，从今天起隐蔽好自己，其他行动全部取消！”歌主提醒道，“另外，没有我的命令，不要单独与夜枭、燕子联系。之前集会你都是乔装而来，他们不知道你的身份，以后也不要让他们知道。”

“难道……”那公子一惊。

“没有难道！”歌主冷哼一声，“事关机密，莫要问太多！”

“是！”那公子躬身施礼。

就在这时，一艘小船破浪而来，靠到了画舫旁边，一人顺着软梯迅速爬了上来。看到那人，歌主淡淡说道：“吩咐靠岸，你先去吧！记住，潜伏下来，静等召唤！”

“是！”那公子深深地看了歌主一眼，似乎要把这副绝美容颜烙印在自己脑海里似的，之后才慢慢地退出了画舫。

直到他离开，歌主才轻轻咬了一下嘴唇，微不可察地叹了一口气。没过多久，画舫缓缓靠岸，那公子带着几名随从匆匆离去。等到那公子离开，一名仆从打扮的人才来到了船舱外面。

“何事？”歌主淡淡问道。

“启禀歌主，诸事已毕！”

“吩咐下去，三天之后，开始行动！”歌主冷冷说道。

“是！”

第二十章　请君入瓮

太原城下，周军营中，柴荣手扶桌案冷冷笑道："果然，诸将按捺不住了。"

"陛下英明，一切皆在陛下预料之中！"袁松垂手侍立，淡淡说道。

柴荣抬头看了袁松一眼，脸上表情似笑非笑地问道："诸般事情是否也在你的预料之中？"

"臣下不是神仙。"袁松轻轻说道。

"虽不是神仙，但也有可取之处。"柴荣淡淡说了一句，"去吧！忠心办事，朕必不吝封赏。"

"是！"袁松应了一声，慢慢退出军帐。

等到袁松离开，柴荣才将目光收回，落到桌案之上。在桌案上放着一本奏章，上面都是军营中种种琐碎事务，事无巨细，面面俱到，而在这奏章当中还附有一张纸条，上写着四个字——当在潞州。

柴荣手指在桌案上轻敲了几下，微笑道："此番征战始于潞州，最后也要落到这潞州头上吗？"

说完，他放下这本奏章，又拿起了另外一份刚刚从京城送来的密报，翻开看了几眼。柴荣冷笑一声，将这本奏报随意地扔在一边说道："遗老遗少又不安分，可如今大势在朕，些许跳梁小丑，何足道哉？且看他们如何折腾吧。"

袁松慢慢退出了军帐，一直走出很远之后才轻轻吐出一口浊气，苦笑一声，摇了摇头，沉吟道："诸般凶险，如履薄冰。"接着，他又微微一笑道："若非如此，岂是明君？"

这时，一个身影快步走到了袁松身边，伸手一把抓住了袁松的臂膀，朗声道：

“受益，如何？”

“轻点！”袁松嘴角抽了抽，无奈地看着身边的赵匡胤。

“某家见到你欣喜，一不留神就用大了力气，倒忘了你非是我等这般粗野军汉，可是纤细得多了。”赵匡胤哈哈大笑道。

“纤细？”袁松哭笑不得，也不知该说什么才好。

“说说，你面见陛下又有何事？”赵匡胤压低声音，“你我不是外人，有何消息赶紧与我知晓，到时我必然为你在小妹面前美言几句。”

“你怎知我面见陛下有事？”袁松问道，“我不过是呈上奏疏，向陛下禀报些许琐事罢了。”

“你这套说辞说给别人听也就罢了，何必拿来蒙我？”赵匡胤哈哈笑道，“虽然某家去陛下帐中的次数不多，可是每次都要待上很久，我才不信陛下会因为些许琐事耽误这许多工夫！”

袁松看着赵匡胤，突然苦笑，摇了摇头道：“就知瞒不过兄长。”

“快说，快说！”赵匡胤压低声音催促道，“究竟有何消息，告诉我知晓。”

袁松表情严肃地问道：“敢问兄长可保密否？”

“自然！”赵匡胤用力点头答道。

“我也能保密。”袁松莞尔一笑，低声说道。

赵匡胤愣了半天，这才明白袁松所说何意，苦笑着摇了摇头道：“某家这等军中粗汉，当真是斗不过你们这些满身心眼的文人！”

接着，他嘿嘿一笑道：“不过倒也不错，既然你能如此轻松，足以说明近来无事。只是……”说到此处，赵匡胤轻叹一声，“在这太原城下空耗时日，当真让人心烦意乱！”

“兄长……”袁松犹豫了片刻，压低声音对赵匡胤说道，“此次战事结束，兄长切忌轻举妄动，恐陛下将有大作为。”

“啊？”赵匡胤一愣，脸上的表情慢慢收拢，眯着眼睛看着袁松，片刻之后他低声问道，“怎么说？”

“经此一战，陛下之威名无可匹敌，只言片语便可明断朝中大势，此番回去，怕是会有一番波澜起伏。”袁松淡淡说道，“兄长，你看这浩荡军威，刀兵如林，可知谁执掌之？”

赵匡胤身子微微一颤，轻轻颔首：“知道了！”袁松轻轻拍了拍赵匡胤的肩膀，含笑而去。

潞州城外，一辆辆大车连绵不断充斥于官道，一辆接着一辆地进了潞州城。在城北处，李筠专门划拨了一处地方，将车上的粮袋卸下来堆到空地上。很快就堆积如山，到了一定高度，就有人用油布盖好封存。在这里，已经有几处堆得如同小山一般的粮食，外面仍然有车源源不断地挤进来。

昭义节度使李筠负手站在不远处的城墙上，凝视着那一片区域，看着那一辆辆大车满着进来又空着出去。一名书记官手持账簿走了过来，先行了一礼，然后说道：“启禀大人，粮草已经全部入库。”

“这是最后一批？”李筠问道。

“是。”

“好！”李筠微微点头，“吩咐下去，后日清晨准备起运，送往陛下军中。”

“遵命！”

潞州城中此时人来人往，分外热闹，这里是进入刘汉的枢纽之处，来来往往的客商不绝于途，都是到这里来寻找机会的。除此之外，还有各处的军兵民众，把一个潞州城搞得热闹非凡，早先围城之时那种人心惶惶、百业萧条的场面早就不见了踪影。

一名兵卒大模大样地走进了一家小店铺，并没有人多看他一眼，这样的兵卒此时在城中早已司空见惯，多看一眼都浪费工夫。没多久这兵卒就从店铺中离开，手中多了几样东西，而那店铺的老板手里则多了一张纸条。

老板吩咐伙计看好店门，然后背负双手，慢慢悠悠地走到后院，在一间厢房外面停了下来，用手轻轻敲响房门。三长两短，两长两短，足足敲了几遍才停下来。屋门开了一条细缝，一只黑洞洞的眼睛透过门缝朝外观望了良久，确认只有那老板一人才打开了房门。

走进房中，老板立刻感觉到一股冷意，几名表情冷肃的大汉就坐在房中，一个个手按在怀中，眼神在自己要害部位打转。

老板微一皱眉，然后冷冷说道：“刚刚接到消息，粮食已经全部到齐，后天一早起运！我们还有今晚和明天的时间来行动。”

“不必多说，就在今晚。”开门的那大汉冷冷说道，“通知各处准备行动，口令‘鹰飞’。”

“是！”老板轻轻颔首，应了一声。

当晚子时，十数名黑衣人从潞州城各处鱼贯而出，趁着夜色摸到了那处堆放粮草的空地，绕过戒备森严的守卫摸了进去。未过多久便杀声震天，浓烟冲天而起。几个粮垛化为连绵的火海，火焰几乎高过城头，潞州城北被照得亮如白昼，全城老少都目睹了这一幕。

几只信鸽趁着夜色冲天而起，融入夜空。与此同时，昭义节度使府上，李筠也接到了奏报。

“大人！”一名军主身穿盔甲，满脸混合着油腻黑灰，手背上还有几处烫伤痕迹，整个人显得狼狈不堪。

李筠淡淡地扫了他一眼，问道："如何？"

"大人！"那名军主不敢抬头，满脸沮丧地说道，"火势太猛，六成粮食被焚毁，我等斩杀来犯奸细十余人，余者自尽身亡，无一活口。"

"死士？"李筠眉毛一挑，冷笑一声，"当真是好大手笔！"那军主身子发颤，不敢抬头，未能看到李筠说这话时脸上浮现的那一丝诡异笑容。

"你办的好事！"这笑容转瞬即逝，李筠怒吼一声，将手中的茶杯狠狠地掼在这军主身上，"如果坏了陛下大事，尔等万死难辞其咎！"

是夜潞州大火，粮食被焚毁六成，节度使李筠大怒，斩杀三名军官以儆效尤，同时上表向柴荣请罪。只是一群打扫现场的军兵感觉有些奇怪，为何只有浅浅一层烧焦的浮粮，剩下的全是飞灰？不过很快心中疑问就被他们抛诸脑后。

开封城中，街面上游人如织，歌舞升平，但是暗中却并非如此。姚谦府上，书房之内，姚谦与他的族弟姚正相对而坐。

"查得如何？"姚谦淡淡问道。

"大兄，"姚正拿出一张纸条递给姚谦道，"户部上下人等都被箭卫暗中盯住，只是时日尚短，未曾有什么结果。"

姚谦接过那张纸条仔细看了一遍，眉头紧锁。在这张纸上，有几人的名字被朱砂圈了起来。

虽然现在箭卫已经盯紧工部，但是时间太短，还没有什么进展，而打探这些人的来历背景却不宜在此时。大周代汉不过寥寥数年，大多数官员都是从汉时便已任职至今，如果以此为依据判定是否为刘汉细作，恐怕朝堂上下要一扫而空。

一旁的姚正解释道："大兄，这几人与那死者过从甚密，隐隐之间有所联系。"

"哦？"姚谦眉头一挑，刚要追问，恰巧有人轻轻叩打门扉，发出咚咚的轻响声。姚谦使了个眼色，姚正心领神会退进密室。待他藏好，姚谦才淡淡地说了一句："进来！"

一名信使推门而入，将一封书信双手奉上，恭敬说道："禀报大人，刚刚接到密信。"姚谦伸手接过书信，随手挥退信使，展开书信只看了几眼便脸色骤变。

"姚正！"他将书信啪的一下拍在桌案之上，低喝了一声。

姚正匆忙从密室出来，拱手行礼道："大兄，有何吩咐？"

"彻查！"姚谦咬紧牙关，冷森森地吐出几个字来，"去查明白最近……"说到此处，他突然闭口不说了。

姚正等了片刻，不见姚谦开口，他小心翼翼地问了一句："大兄，敢问……"

姚谦一抬手，打断了姚正接下来的话："盯紧工部，任何一名官员都不能放过！"他深吸一口气继续说道，"那几个与死者有关的给我盯紧了！如果有行踪诡异的，尤其是前几日行踪诡异的，速报与我知晓。去吧！”

“是！”姚正不敢再问，拱手行礼，退出书房。

姚谦深吸一口气，冷冷地盯着桌案上的那份密信，上面只有一行小字：

昨夜子时，潞州城屯粮之处遭死士袭击。

此时的太原城，里外都不知道潞州城发生了如此大事，或许是有人已经知晓，却并未声张。周军仍然是日复一日地用各种攻城器械袭扰城池，而城中的刘汉军卒也是日复一日地疲于应付。在这单调的攻守之中，两军阵中不知不觉多了几分闲散之气。

几名刘汉军缩在城头垛口后面，抬头看着几颗巨石从头顶飞过，重重地落入城中，几人表情麻木，脸色连变都没有变一下。哪怕身后的城墙被巨石砸得嗡嗡作响，也不过是让他们稍微挪动一下身子，换一个更舒服的姿势而已。

不过城头上刘汉军兵的眼神，总会时不时地看向城墙东北角。在投石机死角位置堆放了一些不知是什么的东西，上面盖着厚厚的油布，还有专人看守，搞得神神秘秘的。

虽然有人对此有些许好奇，可是在这随时都有可能一命呜呼的城头上，哪怕是再好奇也不会去探究太多，大家想得更多的还是如何活过今天。

周军寨中也有几许沉闷，不过比之太原城头要好上许多。一名军官巡营归来，带着亲兵走进自己的军帐。入帐后那亲兵动作熟练地解下军官的披风想要挂在一边，可是却突然待在原地一动不动，接着身子一软，缓缓地瘫倒在地上。

那军官先是一愣，然后一惊，一只手迅速按住了腰间刀柄，张口便要高呼。

“大人，别来无恙！”有人在军帐中幽幽地说道，“为君歌一曲，可销万古愁。”

听到这句话，那军官脸色一变，先是狰狞，而后挣扎，最后脸色木然，淡淡地回了一句：“同饮井中水，夜啼宿枝头。”

军官话音刚落，军帐一角的阴影慢慢拉长，如同幻化般变成一个身穿黑衣的男子。

“见过大人！”那人淡淡说了一句。

那名军官眼角一跳，死死地盯着对方，然后深吸一口气道：“乌鸦？”

“不错！”那人微微颔首，“在下鸦三十二。”

“为何来此？”那名军官强自按捺住心中情绪问道。

“大人，国师有令，望大人安排。”鸦三十二轻声说道，然后从怀里掏出一块令牌，令牌上刻着一只踩在头骨上的乌鸦。

那军官脸色难看，低声说道："还请回禀国师，属下虽然有心为国师为大汉效力，然则心有余而力不足。之前军中夜枭贸然刺杀柴荣，已经被人肃清，乌夜啼在军中的势力所剩无几，恐无法为国师乃至陛下分忧。属下现在只能尽量隐藏实力，待到太原紧要关头一举建功。"

鸦三十二轻笑一声道："将军所言国师早已料到。请您放心，将军赤胆忠心，天地可昭，不过此次国师不需将军有大动作，只需帮属下一个小忙。事成之后伪周必然撤军，将军便是大功一件！"

"小忙……"那将军低下头来貌似沉思，实则挣扎犹豫了片刻，终于还是抬起头来，面无表情地问道，"说吧！到底有何事让我安排？只要属下能办到，必然为国师分忧。"

"多谢将军，陛下与国师必不相忘！日后覆灭伪周，重振大汉，将军当属首功！"

"军情紧急，莫要耽误！"那将军冷冷说道，"属下身为乌夜啼一员，此乃分内之事。"

随着夜幕渐渐降临，战场上的周军收好投石车等攻城器械缓缓回营，而城楼之上的刘汉军也松了口气，知道这一日又熬了过去。军营和太原城中袅袅炊烟升起，大家开始埋锅做饭，不过那炊烟升起不久就已经被风吹得七零八落。

袁松站在军营一角，背负双手，默默地注视着远处的太原城头。太原城不愧是北方重镇，被各种攻城器械肆虐一番仍然雄立不倒，只是城墙之上片片黑灰，提醒着所有人现今可不是什么太平时日。

"妹夫！"赵匡胤笑吟吟走到袁松身边，随口问道，"在这里看什么呢？"

袁松眉头一皱，微微摇头说道："我也不知在看什么。"

"啊？"赵匡胤一愣。

"只是觉得今日心绪不宁，总觉得似乎有事要发生。"袁松的目光再次看向太原城头，突然一笑，"恐怕今夜城内那位前辈要出招了。"

"出招？"赵匡胤一惊，随即脸色大变，"莫非这些贼厮鸟要狗急跳墙，夜袭我等不成？不行！我要速速禀报陛下知晓。"

说着，赵匡胤转身就要离开。

"慢着！"袁松伸手一把拉住他，微微摇头道，"放心，此时太原城中士气低落，就算想要夜袭也难以办到。再说军中都是身经百战的将军，陛下也非得意忘形之人，夜袭我军决计讨不了好处。"

"那……"赵匡胤眉头一皱，"你究竟打什么哑谜？"

袁松看着他，突然微微一笑，伸手拍了拍赵匡胤肩膀后转身离开此处，只留下仍是一头雾水的赵匡胤。

夜幕渐渐降临，从太原城头望出去，远处的周军大营中火把通明，照得大营亮如白昼，望楼吊斗密密麻麻，似乎还能看到一支火把在军营中缓缓前行。

就如袁松所说，这次随军诸将都是在乱世中拼杀出来的狠人，战场经验无比丰富。柴荣也不是那种得意忘形的庸人，虽然占据绝对优势，可是夜深之时周军大营仍然戒备森严，不给敌人任何可乘之机。

此时的太原城头也是一片寂静，聚集在城头的兵卒手持兵器，敬畏地望着城墙东北角。那里原本堆积着不知什么东西，不过此时，那些东西已经搭成了一座法台。法台之上，香烛供品应有尽有，八个方向插着八面杏黄旗，随着夜风猎猎作响。

这时，一行人影无声无息地登上了城头。走在最前面的就是当今刘汉国师郭无为。此刻他发髻高高盘起，表情肃穆，手持拂尘，一身道袍被风吹起，一派道骨仙风。

在他身后，一左一右是两名道童，一人手捧香炉，另外一人则捧着一把七星剑。而在他们三人身后则是十二名身穿黑袍的道士，这十二名道士各有司职，有的手捧法器，有的手拿拂尘，有的捧着各类旗幡，随着郭无为慢慢走上城头。这一行人虽然人数不多，但是却有一种让人压抑的感觉。离得最近的一些官兵只觉得呼吸不畅，不由得纷纷后退，直到和他们拉开了距离才感觉好了许多。

郭无为一路来到那法台旁边，抬头默默注视着天空，皓月当空，星光灿烂，那浩瀚的星空似乎蕴藏着无穷无尽的奥秘。良久之后，他慢慢低下头来看了一眼法台四角的旗子，微微颔首。

“国师！”一名童子向前一步禀报道，“时辰已到，鬼门已开。”

郭无为微微眯起眼睛，开口说道：“请香，起坛！”

“是！”那童子答应一声，回过身来高声喊道，“起坛！”这声音拉着长音，在夜色中传出去好远，惊起了一群飞鸟。

喊完之后，两名道童转身齐齐登坛，一人点燃香炉放在法台正中，另外一人将七星剑摆在香炉左侧。之后两名道童走下法坛一左一右分开站立，其他十二名黑衣道士迈步向前，手持各种法器在法坛两侧站好，他们站立的位置虽然略有凌乱，可是却暗藏玄机，越看越觉得很不简单。

待到所有人就位之后，郭无为这才一掸拂尘迈步登台，在法坛上站定之后放下拂尘，手中却不知何时出现了一只铜铃。郭无为轻轻一晃，那铜铃便发出一阵叮铃叮铃的声响。这声音虽然清脆悦耳，可是在这寂静的夜色之中贸然响起这种单调的声音，让人有一种毛骨悚然的感觉。

随着轻轻的铃铛声，郭无为抓起法台上的七星宝剑，手腕一翻，寒光一闪，宝剑出鞘，他随手一划，宝剑上已经穿上了几张符纸。郭无为一手持剑一手摇铃，微闭双眼，口中念念有词，突然一抖手，将七星剑上的符纸甩了出去。几张符纸在半空中缓缓飘落，忽然莫名其妙着了起来。

火光照在郭无为的脸上，只见他表情肃穆，猛然睁开双眼，大声念道：“累世受苦难，沙场亡人多。孤魂无处去，待得引魂归。”念完之后，他又大吼了一声，“鬼门开了！引魂走了！”

半空中燃烧着的符纸突然起了变化，原本橘红色的火焰突然变成了墨绿色，并且还在燃烧。明明只是一小张符纸，随便扔进火里眨眼就能烧完的纸片，竟然到现在还没有烧完。绿油油的火光映射在郭无为脸上，让他看起来有了几分诡异的味道。一阵阴风吹过，远处的刘汉军兵忍不住打了一个寒战。

“那，那是什么？”太原城头上突然有人指着城外低呼了一声。

此刻在周军营中，一队巡逻的士兵列队穿营而过，走在最前面的几人高举着火把，身后的人则跟着火光前进。在不远处的吊斗上，两名周军手持兵器，警惕地观察着四周。

突然，军营外原野上的动静引起了他们的注意，似乎有什么东西在缓缓移动。两个人立刻向外张望，这一看不要紧，二人同时发出了一声惊呼。这一声惊呼引起了那支周军巡逻队伍的注意，他们立刻做出反应，手持兵器指向外面。因此，他们也同样看到了外面的东西。

那好像是一群人。不！是一群有着人形的什么东西！这些东西似有似无，呈半透明状，而且足不点地，在半空中漂浮而过，细看之下才能依稀看出，这些分明是一个个身穿盔甲手持兵器的军兵模样的人影。领头的手持绿油油的火把蹒跚而行，其他半透明的人影紧随其后，从军营前方穿过，似乎在行军。在这些人影中间还夹杂着几辆大车，大车上堆积如山之物赫然是一颗颗面目狰狞的人头！

夜色，人影，人头。这一幕实在是太过骇人，哪怕是这些整日厮杀徘徊在生死之间的老行伍也看得脸色发白，巡逻队里甚至还有人发出了一阵咯咯的上下牙打战声。

“阴，阴兵借道！这，这是阴兵借道！”巡逻队里有人喃喃地说道，“杀伐太重，阴兵借道了！”

就在这时，他们中又有人惊呼了一声，大家回头发现一名士兵脸色发白地指着军营里面惊呼道：“那边也有！”巡逻队的人立刻顺着那人指着的方向一看，连胆子最大的也感觉到一股寒气顺着后背直冲头顶。

只见一支同样阴气沉沉的队伍正从军营中通过，半透明的人影，绿油油的火把，装满人头的大车。和外面的简直如出一辙，只是这些人更近，大家能看得更清楚一些，行军的鬼影一个个面目恐怖，如同骷髅，却面无表情。而马车上的人头则一个个狰狞恐怖，似乎还能看到他们临死之前的绝望和怨毒。

“阴兵借道！真的是阴兵借道！”一名兵卒惊呼一声。带着队伍巡营的军官冲过来，一个耳光狠狠地抽在了这名兵卒的脸上，一下子把他打蒙了。

“闭嘴！”那名军官压低声音，咬牙切齿地说道，“难道你想引起营啸，祸害全军吗？或者说你想把脑袋放在那辆车上被他们拉回去？”那名兵卒满脸惧色，捂着自己的脸不敢说话了。

好在刚才那一声并没有引起大规模的营啸，不过也惊动了一些人，不少帐篷里有人探出头来，一下子就看到了这一幕。整个大营里突然落针可闻，看到这一幕的人只觉得后背发凉，脸上更是惨白一片。哪怕是胆子再大的军汉，这个时候也觉得汗毛都立起来了。

袁松正在处理一些琐碎事务，这个时候并没有睡觉，听到外面的动静，他先是皱了一下眉头，然后走出军帐。他的军帐正好距离那群借道的阴兵不远，把这一幕看得清清楚楚。袁松先是一惊，接着脸色一变。恰在此时，这群阴兵也完全融入了黑暗之中，彻底消失不见，留下的只有此起彼伏的惊呼声。

看到周围军士脸上那惶惧的眼神，苍白的脸色，袁松立刻意识到情况不妙。他冲出军帐，一把拉住一名在外面巡营从头到尾目睹了刚才那一幕的军官，大声说道：“快，组织人手弹压士兵，千万不要引起骚乱。”

那名军官身子一颤，立刻明白过来，答应了一声后便带着手下的士兵开始弹压周围的士兵。好在刚才那一幕太过惊悚，所有人都被惊呆了，没有反应过来，在那军官带领手下弹压之后，局势渐渐平稳下来。不过看那些军兵的眼神，今天晚上是别想睡觉了。袁松苦笑一声，摇了摇头。

就在这时，赵匡胤急匆匆地跑了过来，伸手一把拉住袁松的胳膊，喘着粗气道：“原来你在这里！”不等袁松说话，赵匡胤就继续说道，“刚才我去你帐中，发现你不在里面，可是把我急坏了。快走，陛下相召，快点去。”

袁松不敢怠慢，急匆匆地去到柴荣的军帐。此刻，军帐中人来人往，各级将领进进出出，一个个脸色严肃。袁松和赵匡胤进到军帐之后，只听到柴荣吩咐：“你们多带人手巡视大营，朕不想听到有任何骚动的消息。如果有人趁机闹事，莫要留情，斩立决！”

“是！”在军营中的几名将领抱拳答应一声后纷纷散去。一队队军士开始巡营，预备着可能会发生的骚乱。

等到军将离开军帐之后，柴荣这才看到袁松。

“受益来了？”他微微一笑问道。

“见过陛下。”袁松躬身施礼，然后看了一眼军帐，发现军帐中除了他和赵匡胤之外还有两人，这两人一左一右端坐在柴荣身侧。一人应该年过五旬，面容慈祥，手捻须髯，向他微笑颔首，另外一人四旬左右，表情严肃，看着袁松只是微微点头。

“免礼！”柴荣手微微一抬，然后对赵匡胤说道，“元朗，你先出去守在帐外，莫要让人打扰我们。”

“遵令。”赵匡胤答应了一声，走出了军帐。

等到赵匡胤离开之后，柴荣这才对身边两人笑道：“文素，文伯，这就是我常与你们提起的那位小朋友。”

袁松也不敢怠慢，向前一步，躬身向两人行礼道：“末学后进见过两位大人。”

那两人仔细盯着袁松看了一阵，那位年过五旬之人轻笑一声道：“果然是青年俊杰，仪态不俗，心有静气，了不得啊！”说罢，他回首向着柴荣一拱手，“臣恭喜陛下获此良才！”另外一人也轻轻颔首，脸上颇有嘉许之意。

“难得啊！”柴荣朗声笑道，“虽然文伯你平日里笑眯眯，一副老好人模样，可是心思高傲得很，能被你看在眼里的着实不多。”接着，他又看向另外一人，继续说道：“更难得的是，连文素这黑面上也能看出几分赞赏之意啊。”最后，柴荣看着袁松笑道：“受益，你果然不凡！”

“不敢！”袁松苦笑一声，“晚辈才疏学浅，在诸位大人面前……”

“罢了，罢了！”柴荣摆手打断了袁松的话，“此时不是让你们客套的时候。受益，我为你介绍一下。”

柴荣伸手一指那年过五旬之人介绍道：“这位是兵部郎中，王朴王郎中。”然后，他又一指那四旬之人说道：“这位是弘文馆大学士，范质范学士。”

袁松不敢怠慢，连忙重新见礼，哪怕刚才发生了那让人惊恐的一幕，可是在这军帐之中似乎并没有任何紧张气氛。

等到袁松见完礼，柴荣这才问道：“受益，刚才军营内外发生之事你可曾见到？”

“陛下！”袁松表情一肃，“臣虽然未见全貌，却也看到了些许。”

“如何？”柴荣一只手在扶手上轻轻敲着，淡淡地问道，“果真是阴兵借道吗？”

“回禀陛下。”袁松说道，“依微臣看来，阴兵借道未必能有，可故弄玄虚却是有的。”

“刚才那一幕，果然是有人刻意为之？”柴荣身子向前，手肘支在桌面上，饶有兴致地问道。从他的表情看不出丝毫心烦意乱，或者恼怒，倒像是对此颇感兴趣似的。

“不错。”袁松微微点头，“臣曾经在潞州城中和一名前辈交过手，如无意外，这一次也当是那位前辈的手笔。”

“交手？”柴荣问道：“可是潞州战报提到的那黑衣鬼兵？”

“正是！”袁松说道。

“有趣。”柴荣轻轻颔首，然后向一边的范质和王朴问道，“两位爱卿，你们如何看？”

范质并未说话，而是看向王朴。

“呵呵。”王朴轻笑一声，“这位小友，老夫痴长你几岁，称一句受益可否？”

“正该如此。”袁松连忙说道。

“受益，老夫问上一句，你说的黑衣鬼兵，还有刚才那阴兵借道，老夫曾经有所耳闻，可是门中的那一脉？”王朴问道。

“正是！”袁松微微点头。

“果然如此！”王朴长叹一声。

“文伯，”柴荣问了一句，“你二人打的什么哑谜，可否为朕解说一二？”

“回陛下，”王朴一笑，躬身一礼，“这一门派特立独行，我等师承之处只是略有介绍，语焉不详，倒不如让受益为陛下解说一二，如何？”

“受益？”柴荣笑容玩味地看着袁松问道。

“陛下，”袁松行礼道，“我等诡门幕人长于谋略，精研势略术三道，讲究的是起于微末，于乱世之中辅佐明君成就伟业。”

“这朕知道。”柴荣颔首说道。

“然则在诡门之中却有一门特立独行，他们出身卑微，传承诡秘，势略术三道之中独精于术之一道。这些幕人自号黑绥，自成一派，与别派截然不同。”袁松继续说道，“所谓黑绥者，《汉书·百官志上》有云：‘比二百石以上皆铜印黄绶，成帝绥和元年长、相皆黑绶。’又《梁书·王增孺传》有云：‘久为尺板斗食之吏，以从皂衣黑绥之役。’唐人也有诗云：‘免遭黑绥束，不与白云疏。’自号黑绥，意为微末之流，亦可登天之意。”

“有趣！”柴荣笑道，“这一派幕人有何特异之处？”

袁松苦笑一声，回答道：“陛下，诡门幕人多现于乱世，各展才能，所以青史留名者颇多。这黑绥幕人也是如此，想来陛下应该听说过他们的名号。”

“说说看。”柴荣笑道。

“《后汉书·滕抚传》有云：‘阴陵人徐凤、马勉等复寇郡县，杀掠吏人，凤衣绛衣，带黑绶，称无上将军。’此乃黑绥首见于史。”袁松叹了一口气，“然则此一脉之传承并不弱于其他宗门，并且频现于史书之中。最有名的几人中便有秦末陈胜王，汉末大贤良师张角，晋时长生人孙恩，隋末历阳长史辅公祏、迦楼罗王朱粲等。”最后，袁松深吸一口气说道，“而最近最出名之人便是唐末‘金色蛤蟆争努眼，翻却曹州天下反’的冲天大将军黄巢。”

每听袁松说一个名字，柴荣眉头便是一跳。等到袁松说完，他才缓缓开口道：“皆是反贼？”

“正是！”袁松轻叹一声，点了点头。

柴荣闻听此言，眉头皱得更紧了，忙问道：“为何如此？”

“陛下，”一边的王朴拱手施礼，“臣对此也有所耳闻。这黑绶一脉，乃是幕人中的异类。对我等幕人来说，入世最重要的便是择主。择主之后，幕人的一身才学才得以施展。然则这黑绶一脉的幕人则不同，他们是无主的。”

“无主？”柴荣一愣。

“与其说无主，倒不如说他们自己便是自己的主人。”袁松接茬道，“他们入世并不是择明主而投，而是把自己当成了主人，他们直接要参与到对天下的争夺。”

“哦？”柴荣先是一愣，“他们也要争天下？怪不得出了如此多的反贼。”

“正是！”王朴微微点头，“不过，陛下也不必担忧过甚，黑绶一脉虽然屡次起兵造反，声势浩大，有时甚至有席卷天下的场面，可最终虎头蛇尾，分崩离析的居多。”

“为何如此？”柴荣又问道。

“陛下，”袁松说道，“我等幕人，尤其是诡门一脉的幕人，传承的乃是势略术三道。观势、谋略、施术，三道相辅相成方大有可为。然则黑绶一脉却并未如此，势略术三道偏重于术，以术驱势，太过注重微末伎俩，然则大势不明，谋略不精，就算有所成就，也仅此而已。”

“嗯。”柴荣微微点头，“不过，话虽如此，但是看他们的手段，着实有些麻烦。”接着，他哈哈一笑，继续说道：“不过麻烦又如何？人生在世若无几个对手，岂不是太过无趣？有他也好，不然只有刘崇那个草包，实在是太过乏味。这天下当真是需要多几个这样的人才更有趣些。”

说这话时，柴荣满脸悦色，极为畅快，眉眼间没有丝毫的勉强，当真是为了能有这样的一个敌人而感到非常开心。看着此刻的柴荣，再回想柴荣以前种种作为，袁松不由得心神荡漾。与天斗其乐无穷，与地斗其乐无穷，与人斗其乐无穷！有如此胸襟气势才堪为一代帝王、天下之主！

袁松看着柴荣，一躬到地，双手抱拳却是虚握着轻轻向前一送，口中说道：“臣拜服！”

“嗯？”柴荣微微一愣，然后微微点头，“爱卿有礼了！”

一边的范质和王朴两人看着袁松，眼中精芒一闪，露出了一丝笑意。等到袁松站直身子，柴荣突然觉得面前这人似乎有所不同，可是哪里不同却又说不上来。

“受益，”柴荣把这个心思抛诸脑外，开口说道，“你与那人交手几次，对那人的行事做派也有所了解，这次的事情就交给你了。这件事动摇了军心士气，此时虽然无妨，但是总要做到心里有数，明白了吗？”

“臣遵旨。”袁松答应了一声。

“去吧。”柴荣轻轻摆手，袁松又施了一礼后便退出了军帐。

等到袁松离开，王朴才哈哈一笑，向柴荣抱拳道：“恭喜陛下又得一才俊。”

“哦？”柴荣微微一愣，然后笑问道，“文伯何出此言？”

“受益认主了。”王朴笑道。

“认主？”柴荣一笑，“他不一直是朕的臣子吗？”

“不然！”王朴微微摇头，“陛下，诡门幕人与平门不同，诡门讲究的是君择臣，臣亦择君。”

“不错！”一直没有怎么开口说话的范质也开了口，“诡门幕人讲究的是乱世而起，辅佐明君匡扶天下，所以辅佐明君是很重要的。如无明君，宁可孤老也不会入世。当年门中祖师姜太公八十六岁才出山辅佐文王，便是如此。”

“诡门幕人择主并不是一瞬间的事。”王朴在一边也说道，“观势、查情，从一点一滴开始看起，谨慎小心，因为这是一生中的大事。想必受益一直侍奉在陛下身侧，出谋划策的同时也在观察着陛下的一言一行。直到刚才他终于折服于陛下，向陛下认主了！”

接着，王朴双手抱拳摆出了刚才袁松行礼的那个手势，说道：“陛下请看，此为幕人认主之时的手势，我们门中称为奉心拜。双手空握，其中捧着的便是一颗心，向前一送便是全心奉上，再行一礼便是礼成。从此之后，他便与陛下荣誉与共，也会竭尽所能侍奉陛下。”

“哦？”柴荣哈哈大笑，“未曾想竟然如此就收到一名英才？”

“陛下，”范质满面肃容，“幕人认主非同小可，再加上他的出身，更加不容易。也只有陛下这般海纳百川的胸襟，气吞天下的气魄，才能得此良臣。臣恭喜陛下！”

“好了，好了！”柴荣抬手向下压了压，笑容满面道，“再如此这般吹捧下去就没完没了了。”

接着，柴荣笑容一敛，继续道：“文素、文伯，这次撤兵你们如何看？”

范质、王朴二人互视了一眼，躬身行礼道：“正当如此！”

“哼！”柴荣冷哼一声，“只是便宜了刘崇这厮！他欺朕初登大宝，率军挑衅，现在这个教训未免轻了一点。”

“陛下，”范质说道，“刘崇不足为虑。”

“朕知道。”柴荣微皱眉头，“这只是其一，另外让朕有所顾忌的是，如今出了什么阴兵借道的鬼事，如果我们就此撤军，会不会引起诸将不满，还道朕如刘崇那个废物一般惧鬼怕神？”

王朴沉吟了一下，刚要说话，就在这时，一名军校在帐外喊道：“启禀陛下，昭义节度使李大人有使者前来，正在帐外候命。”

柴荣神色一动，低声嘟囔了一句：“莫非又让那小子猜到了？”

王朴看着古怪，小心喊了一句：“陛下？”

“哦！”柴荣一愣，回过神来，冲外喊道，“宣他进来吧。”

袁松离开柴荣的大帐，夜风吹拂过衣襟，他深吸一口气，只觉得神清气爽，一直压在心头的什么东西似乎悄然不见了。“做了那决定之后，果然轻松许多。”他低声嘟囔一句。

就在此时，有人一拍袁松肩膀，问了一句：“什么轻松很多？”

袁松先是一愣，回头一看，只见赵匡胤笑呵呵地站在他身后，冲他挤眉弄眼。

“大兄，果然是你。”袁松苦笑道。

“当然，除了我还能有何人？”赵匡胤笑眯眯地说道。

接着，他感慨地咂了咂嘴：“不过你小子终于是发达了，王公、范公那可都是陛下的近臣，每当有大事，陛下都愿意与他们相商。这次把你留下来，说不定你小子也要飞黄腾达了。”

最后，赵匡胤用力抓住袁松肩膀，凶巴巴地说道：“不过你小子要给我记住，某家不管你未来如何飞黄腾达，必须要善待我妹妹，不然某家定会要你好看！”

“大兄……”袁松哭笑不得，却不知该说什么才好。

“好了，好了！”赵匡胤笑呵呵地说道，“莫要摆出那张臭脸来，只要你不做对不起我妹妹的事，那我就不会找你的麻烦。快说，你刚才说什么轻松了许多？莫非是陛下又指派什么差事给你了？”

“陛下是有差遣，”袁松微微点头，“但是此处不是说话之所，随我来吧。”

赵匡胤点点头，跟着袁松一直回到了他的营帐。到了营帐之中，袁松没有搭理赵匡胤，而是从行囊之中翻出一个包裹，然后小心翼翼地打开，看着里面的东西，心中苦笑一声，并呢喃道：“看来当初早有此想，所以东西都准备好了。”

赵匡胤探头看了一眼，发现袁松手里捧着的是一尊关公像，关二爷手持青龙偃月刀，微微眯着眼睛，三绺长髯垂于胸前，看起来威武不凡。不过他咂了咂嘴问道：“奇了，怎么换成了关老爷的像了？我记得之前你拜的乃是姜尚的啊？”

“这都是规矩。”袁松把手里的神像恭恭敬敬地放在桌上，然后解释道，“幕人没有认主的时候拜的是姜尚子牙公，那是我们的祖师爷。不过幕人认了主就要变了，认文臣为主拜的便是周公，可如果认武将为主拜的就是……”

赵匡胤在一边接茬道：“关二爷？”

“不错！”袁松微微一笑，点头说道。他从包袱里面取出几只线香点燃，恭恭敬敬地向着关公像鞠了三躬，然后将线香插在准备好的香炉里。

“好像以前也不烧香。”赵匡胤笑道，“这也是规矩？”

“是。”袁松点头。

“你们幕人的规矩还真是多啊！”赵匡胤说道。

袁松看了他一眼，解释道：“幕人本来就是天下规矩最多的人，主家有主家的规矩，宗门有宗门的规矩，这些既是规矩，也是自保自省之道。幕人若没了这些规矩的束缚，自以为是，则大祸不远矣！”

“罢了，罢了！”赵匡胤摆了摆手道，“我来这里可不是为了和你讨论这些的。我问你，陛下刚才又指派了什么差事给你？”

“什么差事？”袁松一笑，“查查方才那件事。”

“方才？”赵匡胤面容严肃地问道，“你是说阴兵借道？”

“嗯！”袁松轻轻颔首。

“这等灵异之事如何去查？”赵匡胤惊讶地问道。

“灵异？”袁松冷笑一声，“此事虽然古怪，但并不灵异，看似惊悚之事，其实全是人为。”

赵匡胤闻言一惊道：“你是说这件事是有人刻意为之？”

“正是！”袁松微微点头，“这件事并非有什么鬼物作祟，无非就是一些障眼法罢了。营外的也就罢了，荒郊野地可以下手的地方颇多，但是这营中想要搞出如此声势却绝非易事。”

“军中有内应！”赵匡胤眉头一皱，立马反应过来。

“不错！”袁松冷笑一声，“前次陛下遇刺已露端倪，这一次闹得这么大，这内应的身份恐怕很不简单。走吧！事不宜迟，现在不查，用不了多久就要痕迹皆无了。”

第二十一章　钩心斗角

太原城头，郭无为挥舞着七星剑在半空中画出一个玄奥的图案，最后引剑入鞘。就在这一刹那，原本桌案上点燃的两根蜡烛也突然熄灭，就如同商量好的一般。与此同时，远处旷野和周军营中绿油油的火苗亮起，从城头能看到模模糊糊的人影正在缓步前行，而周军营中好似也有一阵骚动。

郭无为在法坛上观看了一阵，这才慢慢走了下来。此时城楼上一片寂静，所有士卒将领垂手侍立，看着郭无为的眼神满是敬畏惊惧，刚才那一幕实在是超出了所有人的想象，让人不寒而栗。郭无为走下法坛，环视了一遍四周，满意地点了点头，这才慢慢走下城楼。一直等到他离开许久，城头才回复了活力，所有人都在窃窃私语，为刚才那一幕咂舌不已。

当郭无为来到城楼之下时，一名道士打扮的亲随走了过来，先行了一礼，然后在郭无为耳边低声说道："国师，太子在等您。"

"嗯？"郭无为微微一皱眉头，低声问道，"等了多久？"

"从施法之时便已来了，刚才阴兵借道都看到了。"那名亲随低声说道。

郭无为颔首微笑，带着几名亲随迈步向前走去。没走几步就看到不远处有一人站在那里，一身黄袍，头戴冠冕，气质儒雅，相貌堂堂，正是刘崇的次子，当朝太子刘承钧。

郭无为看到刘承钧，立刻紧走几步来到他面前，一躬到地，口中说道："贫道不知太子驾临，有失远迎，还望太子殿下恕罪！"

"国师不必多礼！"刘承钧连忙用手搀扶，"国师为国事操劳，故而不知孤来，何罪之有？刚才国师在坛上施法，孤亦看得清清楚楚，当真是神鬼莫测。有国师在，我朝无忧矣。”

“多谢太子殿下夸奖，这些都是微末小道，不值一提！”郭无为摇头笑道。

“哪里是微末小道！”刘承钧哈哈笑道，“如果国师如此本领都是小道，那还有何人可称大道？”

两人又在城下闲聊几句，郭无为这才知晓刘承钧心忧城头之事，今晚听说自己有退兵之法，所以便来一观。结果刚才一幕果然让他叹为观止，敬服不已！

最后，刘承钧说道：“国师今日大显神威邀来阴兵助阵，父皇知晓后必然大感欣慰，孤这就将此消息禀告父皇，国师辛劳一晚，还请先行回去休息。”说完又与郭无为客套了几句，这才带着几名内侍离开。

看着刘承钧的背影，郭无为慢慢地眯起眼睛。这位太子殿下孝顺恭谨，喜欢读书且擅长书法，不过性子却有些软弱，对自己也颇为恭敬。想到此处，郭无为心中微微一动，手中拂尘一摆，淡淡地说了一句：“走吧！”

第二日清晨。

周军中有些不安宁，昨日那一幕阴兵借道已经传遍了军营，闹得沸沸扬扬。从军营中穿过之时，总能看到有军兵低声议论昨夜那一幕。军中已有传言，说阴兵借道乃是因为时值乱世，杀伐过重，阴兵倾巢而出，带魂魄归返地府，实在不是什么好征兆。

军中虽有将领派人弹压，然而这种东西防不胜防，发生了那么诡异惊悚的事情总有人想要讨论一下，一来二去间不但普通士卒私下里流传，就连一些军官都在传这件事情。

而昨天晚上阴兵借道的那一片营区已经被人封锁，领队的正是赵匡胤。从袁松军帐出来之后已经快要天明了，赵匡胤领了手下直接封锁了这里，然后带人在这里仔细地搜索，一直到现在。

“当真是活见鬼了！”赵匡胤带着军士搜索完之后，面对袁松发着牢骚道，“我们仔仔细细地把这里查了个底朝天，恨不得连地皮都刨起来看看，结果什么都没有，不但没有脚印，也没有其他有用的东西。莫非那些人影当真是阴兵？不然岂会一点线索也没有？”

接着，他看着面前一脸平静的袁松，不耐烦地问道：“你呢？妹婿，你有什么发现？”

“发现了一点。”袁松一笑后伸出手，在手上是一根细线，“此物是在一处营帐附近找到的。”

“这是什么？”赵匡胤一愣，拿起那根细线仔细地观察了一阵。

“线索。”袁松一笑，把那根细线从赵匡胤手里抽了出来，“大兄想想，如果搞出这些的真的是外面来的人，那他们岂能进来太多，难道真的把我大周军营当成市集了？想来就来，想走就走？”

“什么意思？”赵匡胤一愣。

“我敢料定，昨夜的奸细至多不过三人！”袁松低声说道。

“不可能……”赵匡胤摇了摇头道，“昨夜我看得清楚，那阴兵起码有几十上百人！”

“戏法谁都会变，就看你变得是否成功罢了。”袁松一笑，“城中前辈可着实是一名戏法高手。”他不动声色地指了指附近的一座大军帐，低声问道，“大兄，那边是谁人的军帐？”

“那里？”赵匡胤抬头看了一眼，“代控鹤都指挥使高钟，你不是认识他吗？怎么了？”

“无事。”袁松笑着摇了摇头，把手中线塞进袖中。

赵匡胤带着手下在这附近又转了几圈，不多时便解散了队伍吃早饭去了。赵匡胤和袁松相伴而行，没走多远便遇到了吃完早饭归来的高钟。

“高指挥使！”袁松远远地就喊了一声。

“哟，赵兄，袁先生。”高钟笑盈盈地走了过来，“查完了？”

“查完了。”袁松点头笑道。

“可有什么进展？”高钟问道。

“能有什么进展？”袁松苦笑了一声，“神鬼之物作祟，哪是我们凡人能查清楚的？只是陛下有令让我们彻查，尽人事听天命罢了，查了又查却没任何收获。”

“当真如此？”高钟皱着眉头问道。

“当真。”袁松微微点头，长叹一声，“昨夜我也看到了，借道的阴兵何止百十，可是地上却没有留下任何痕迹，除了神鬼还能有何解释？”

高钟微微点头，脸色也变得有几分难看地说道：“我昨夜里突然惊醒，感觉浑身冷飕飕的，隐隐看到帐外有绿油油的人影经过，想要出去看看却无论如何也起不来，急得我一头大汗！等到可以起来之时，外面的人影已经消失无踪了。”

“高指挥使好运气。”袁松苦笑道，“想必昨夜阴兵借道之时你住得近，因此被阴气所制才起不得床，也就是民间常说的鬼压床。也幸好你未曾起来，否则的话，阴兵借道遇之不祥啊，说不定已经……”

说到此处，一边的赵匡胤突然撞了撞袁松道：“受益，你可莫要如此说，多不吉利。此事过了就过了，不要再吓唬老高了。”

接着，他冲着老高一笑道：“老高，你不要管他，先回去歇着吧，我们也去吃饭了。”说罢，他和袁松对着高钟拱了拱手，转身而去。

高钟犹豫了一下，轻叹了一声后转身回到自己的军帐。一进军帐，他的脸色就沉了下来，他将一包吃食放在桌上，后退了几步，冷着脸说了一句：“出来吧！”

军帐中静悄悄的，声息皆无。高钟冷笑了一声道：“怎么？还怕本将害了你们不成？”

这话说完不久，军帐之中终于有了动静，从角落中的黑影里慢慢地分离出两个影子来，一左一右站到了高钟面前。这两个人影浑身上下一片漆黑，不但用黑巾遮住面孔，就连一双眼睛也用黑纱挡住。其中一个开口说道：“不敢，鹊将身为一部首领，对歌主忠心耿耿，我等怎敢怀疑鹊将忠心？”

“哼！”高钟冷哼一声，“既然如此，吃完立刻给我离开军营，昨夜里你们闹出了那么大的动静，现在整个军营中传得沸沸扬扬，你们再留在此处着实是凶险无比。你们自己死了不要紧，本将花费了多大功夫才跻身到此位置，可不想前功尽弃！”

“我等自然明白，不但我等明白，想必陛下也知晓将军忠心，来日功成自然少不了将军的功劳。”其中一名黑衣人说道。而另外一人则趁着同伴和高钟说话之时走到那一包吃食旁边，手中弹出一根银针迅速地在那一包吃食上扎了几下，过了一会儿见那银针并未变色才向自己的同伴点了点头。高钟把他们的这一番作为看在眼里也不言语，只是抱着肩膀在一旁冷着脸。

三人在这军帐中说了好久的话，但是始终保持着一定的距离，连动都未曾动一下。两名黑衣人从桌上拿起吃食对着高钟点了点头道：“多谢鹊将款待，稍后我们自会想法离开，不敢再劳烦鹊将了。”

“最好如此！”高钟冷着脸点了点头，他倒是并未担心过这两人是否能出军营。这些来自太原的人都有一些隐秘的手段，用不到别人为他们担心。

黑衣人吃喝完毕，对着高钟拱了拱手，身子一缩，退回到帐中阴影。过了片刻后帐篷的门帘无风自动，两道淡淡的黑影一闪而过，不知去向。高钟知道那两个人已经离开了自己的军帐，他咬了咬牙，重重一拳砸在了一旁的桌案上。

袁松带着赵匡胤在营帐之中又转了两圈，来来去去，似乎漫无目的，没有什么方向，仅仅是随性似的闲逛。赵匡胤终于忍不住了，开口问道：“受益，陛下有令让你追查此事，可不是让你在营中闲逛的，这样下去你如何向陛下交代？”

“兄长怎知我无法向陛下交代？”袁松停下脚步，微微一笑，不等赵匡胤说话，他手搭凉棚看了一下天色，“天色不早了，你与我一起回禀陛下吧。”

“回禀陛下？”赵匡胤惊讶道，“此事你已经查出结果了？”

袁松微微一笑，语焉不详，只是说了句：“去了再说。”

赵匡胤微微眯起眼睛看着袁松，最后嘿嘿一笑：“罢了，去了再说，你都不怕，我为你担心什么？”

等到二人来到柴荣的大帐外，早有内侍候在那里，见二人到来，赶忙向前行礼。

“袁先生，”内侍恭敬道，“陛下有令，先生到了之后不必通报，可径直入内。”

“那我……”赵匡胤问道。

“赵将军见谅，陛下只让袁先生一人入内。”内侍答道。

赵匡胤摇头苦笑道：“罢了，受益，陛下只召见你，你就去吧。”

“兄长稍候！”袁松拱了拱手，跟着那内侍直入帐中。赵匡胤在他身后盯着他的背影，一直目送他进了军帐，这才微微一笑，表情颇多玩味。

军帐之中，柴荣端坐书案之后，桌子上摆着几沓奏折，即使在行军打仗之时，这位陛下也不会有所疏忽，但凡有空闲时间必然要批阅几本奏折才行。听到军帐中有动静，他抬头看了一眼，见是袁松进来，便又低下头来，看着桌面上奏折，只是口中随意地问了一句：“如何？”

“启禀陛下。”袁松行了一礼，“微臣的确有所发现。”

“哦？”柴荣将手中的朱笔放下，饶有兴致地看着袁松，“果然有所发现？说说看，到底为何会发生那件怪事？只一日这事便让军中流言四起，军心浮动，朕很想知道其中奥妙所在。”

袁松并未立即答话，只是看了一眼周围的几名侍卫和内侍。柴荣会意，摆了摆手将帐中侍卫遣了出去，只留下了亲信内侍。做完这些，他大马金刀地靠在椅上淡淡说了一声：“说吧！”

“是！”袁松应了一声，从怀里掏出一物呈了上去，正是那根细线。

一刻钟之后，柴荣脸色凝重地看着面前的袁松开口问道：“刚才你所言之事，有几成把握？”

“不敢欺瞒陛下，微臣只有五成把握。”袁松答道。

“五成？”柴荣微微闭上眼睛寻思了一阵，突然睁开眼睛，“可以！朕准了！五成把握足可一试，这次起兵朕连三成把握都没有便也来了！这事成了便有诸多好处，不成也无大碍，所以朕允你放手去做！”

“谢陛下！”袁松恭恭敬敬地行了一礼。

“呵呵！”柴荣微微一笑，从桌案上拿起一本奏章在手上晃了晃说道，“受益，你可知这是什么？”

“微臣不知。”

“你应该知道。”柴荣说道，“此乃昭义节度使从潞城发来的奏折！你的谋划果然中了。”

袁松一愣，接着连忙说道：“微臣侥幸而已。”

“侥幸不侥幸都已经准了。”柴荣淡淡说道，“今晚朕要聚将，你来旁听吧。”

“是！”袁松连忙应了一声。

柴荣摆了摆手，袁松小心翼翼地退出了军帐。等到袁松离开，柴荣的手在桌案上弹了弹，轻叹一声：“人中龙凤，但是如何用之尚需琢磨。”

城中此时已经恢复了以往那平静状态，来来往往的人脸上也早已没有了那副忧心忡忡的模样。只要不是那天生呆傻的都知道，经此一战大周再无忧患，开封城可以高枕无忧了。

与此同时，姚府之中，姚谦手拿着一份奏报凝视许久轻叹一声，将手中奏报放到一边。

“大兄……”姚家年轻人在旁边轻轻喊了一声。

姚谦摆了摆手：“我问你，工部的事情查得如何？”

“箭卫正在查证。”那年轻人微微一皱眉头，“只是工部盘根错节……”

“嗯！”姚谦微微点头，“工部之事暂且放放，冯宰辅之事可以安排了，算算时日也该差不多了。”

“大兄！”那年轻人闻言，顿时一惊，“难道说……”

“不错！”姚谦点了点头，“契丹人骚扰边境，潞城又遭遇大火，烧了些许粮草。况且此战陛下已然大获全胜，不但大败刘汉，而且兵围太原，陛下暂无攻灭太原之意，应该快要退兵了。”

那年轻人微微一皱眉头，行了一礼道：“明白了，我这就去安排！”说罢，这年轻人慢慢退出了房间。

姚谦一直目送那年轻人离开，这才轻叹了一声，呢喃道：“陛下携胜而归，这京城之中恐怕又要掀起一番波澜喽。”

不出几日，京城中便传出不倒宰辅冯道病情加重，恐怕挺不了几日了。

一页薄薄的信笺被一双纤纤玉手放于桌案之上，春风徐徐吹来，将那纸张轻轻掀起，那素手便拿起一只梅花镇纸将这信笺轻轻压好。

“义父此举，倒是给了那陛下借口了。”一阵莺声从垂下的纱帘后响起。

“歌主何出此言？”旁边一名女子开口问道：“国师手段高明，诡眼兵天下无双，正是有他老人家运筹帷幄，这才震慑了伪周上下，迫其不敢再犯太原。”

“呵呵。”那歌主轻笑一声，“你说的倒是也有些许道理，义父手段当然不是我等能猜透的。”她身边那女子嘴角微微一抽，还想说话，站在她身边的男子轻轻拉了拉她衣袖，这女子咬了一下嘴唇便不再言语。

“不过，这位陛下回来之后，在开封城中肯定声势大涨！”歌主的纤纤玉指在桌案上轻敲了一下，“此时正是我等良机，尔等多做准备吧！”

“是！”她身边几人躬身行礼，应了一声。

“好了，今日至此便可散了。”歌主淡淡说道，“夜莺留下，你们先去吧！按照之前的安排做就好了。”

其他两人行了一礼，退出了这房间，房间里只剩下歌主和夜莺两人。一时之间，房间之中安静异常，只有微风浮动窗纱的沙沙声。歌主轻轻倚在栏杆上，透过脸上的轻纱看着外面的春色，虽然看不到她的模样表情，但是身形慵懒，别有一番风情。那夜莺痴痴地看着眼前的倩影，他犹豫了一下后向前迈了一步。

“好了。”歌主淡淡说了一声。

夜莺迈出的脚步停了下来，心中轻轻叹了一口气。

“这一次，我等只是为别人做了嫁衣罢了。”歌主看也没看夜莺一眼，仍然出神地望着外面的春色，“无论是义父，还是我们，都是如此。”

“歌主何出此言？”夜莺问道。

“那位陛下本就想着要退兵的。”歌主似乎笑了一下，“他并无攻下太原的想法，但是贸然退兵又恐会影响他的威信，所以我们把借口送到了他面前。粮草遇袭，恐军中缺粮；阴兵一出，恐再伤天和。有了这般借口，他携大胜之威退兵回朝，军中再无波澜，不但有了大胜之威，而且有了仁爱之名，当真是一举两得。”

夜莺微微一皱眉头：“既然如此，我等岂能助他？”

歌主闻言，慢慢回头看向夜莺道：“不助他又能如何？大势所趋，谁能相抗？解太原之围乃是第一要务，早解一天便早一天放心，晚解一天便要多一分担心，我等别无选择。此乃阳谋，势不在我，不由得我们不动。”说着，她轻叹一声继续道，“自从高平一战陛下大败而归，我等就优势尽丧，只能被动接招，一切都落入了后手。”

夜莺心中再次轻叹一声，知道歌主所言不虚。

“不过，此次那位陛下大胜，倒也是我们的机会。”歌主说到这里，声音微微一滞，似乎想说什么，却又不愿开口。

“歌主。”夜莺一愣，疑惑地问道，“敢问您可有事需要属下协助？”

“是有一事。”歌主犹豫了一下，“不过……”

“还请歌主吩咐。”夜莺抱拳说道。

“此事……”歌主轻轻咬了一下嘴唇，“容我想想吧。”

此时在一片树林中，一男一女正在里面低声交谈。

“哼，装模作样之辈。”那女子冷哼一声。那男子微微皱眉，似乎觉得女子说的不妥，不过却不知道该说什么才好。

“夜枭……”那女子声音转柔，轻轻喊了一声，“你可要帮我！”

那男子心中虽然叹息，但仍是点了点头，伸手拉住了那女子的手儿。

军帐之中，柴荣端坐正中，文官武将分列两旁。柴荣环视四周，所有人都垂着头，他轻轻咳嗽一声，文臣武将面容一肃，不敢再有稍动。看到这场面，柴荣嘴角微微一勾，笑容稍纵即逝，顷刻间又换回了一代帝王的肃容。

“诸君！”他淡淡说道，虽然声音不大，可是整个军帐中落针可闻，只有柴荣一人的声音在回荡，“此战我军大败刘汉，兵围太原，大获全胜，刘崇狗贼已然胆丧！然则将士疲惫，再则此时正是青黄不接之时，各州府负担过重。加之此战杀伐太过，再进行下去恐怕有伤天和。朕不愿使臣民受苦，将士受累，便让那刘崇狗贼多活些时日。诸君，传令下去，择日退兵吧！”

“是！”下面众人一起拱手，应了一声。

袁松随着众人慢慢退出军帐，一直走到军营一角，长出一口气，伸手揉了揉自己的面颊。这时，有人在他身后拍了袁松肩膀一下。袁松回头一看，只见赵匡胤就站在他身后对他一笑。

“大兄！”袁松笑着拱了拱手。

“你我之间还客气什么？”赵匡胤嘿嘿一笑，伸手也在自己脸颊上搓了搓，“不过，陛下威严日重，刚才在军帐中站了一会儿，便觉得有些喘不过气来。”

“大兄……”袁松低声说道，“慎言。”

赵匡胤干笑一声闭上了嘴巴，过了好一阵他才开口说道：“只是，这一次让刘崇狗贼逃过一劫，当真是好运气。”

“刘汉疥癣之患，不足为惧。”袁松微微摇头，“我等无需为刘汉伤神，陛下雄才伟略，就连契丹也未必被他看在眼中。”

“这是自然！”赵匡胤傲然道，“陛下如此英主，横扫六合，等闲事尔！”

袁松微微一笑，抬头看着开封城方向，心中轻轻叹了口气。

太原城头，虽然不说是欢呼雀跃，但是所有人在此时也一齐松了一口气。如果注意听，似乎都能听到整齐的吐气声。

从太原被围，内里军备薄弱，外无援兵，整个太原从上到下都人心惶惶。但是国师郭无为在此危急时刻毅然出手，太原城外百鬼夜行阴兵过境，不但惊呆了太原城下的周军，也同样惊呆了太原城上的刘汉军。等到现在周军撤兵，太原城解围，大家再把国师前后所作所为联系起来，郭无为的声势在太原城中一时无两。

而此时周军已退，太原城中那种惶惶不可终日的气氛渐渐消散，城中军民再也不似行尸走肉般奔走，多少有了点生气。而在皇宫之中，连战时都未曾停过的歌舞声更加响亮了。在正殿之中，刘崇大摆筵席招待群臣，共庆太原解围。

“来来！国师，请满饮此杯！”面色红润的刘崇举起酒杯向郭无为邀酒，可如果有细心之人仔细查看，就会发现在他红润的肤色下隐隐透着一丝青气。

“多谢陛下！”郭无为坐在刘崇下首，仍然是那股风轻云淡的模样，将杯中酒向着刘崇微微一抬，然后一饮而尽。

刘崇这时也喝尽了杯中琼浆，一抹嘴角残留的酒渍，朗声道：“此次太原遭此劫难，全赖上下人等万众一心，再加上祖宗保佑，这才使得太原城转危为安，渡过此劫，朕心甚慰。明日朕将带领文武百官祭祀祖先，凡朝中四品以上官员都要列席。”

听到此言，郭无为微微一眯眼睛，随即恢复了正常，轻声笑道：“正应如此！陛下，明日祭祀，贫道愿为主持。”

“好好！有劳国师了！”刘崇哈哈大笑，极尽欢畅。倒是一边的太子刘承钧满脸犹豫，想要开口说句话，却最终没有说出口。这一切，都被郭无为看在眼里，他微微一笑，端起酒杯，将杯中残酒一饮而尽。

就在此时，一名满脸惶恐的内侍匆匆进宫，在殿外内侍耳边低声言语了几句，那内侍听完之后也是满脸惊慌，急匆匆地走进大殿。

未几，刘崇贴身的内侍急匆匆地走了出来，一出来就抓住那前来报信的太监，低声喝问道：“你所言当真？”

“不敢欺瞒。”那名内侍连忙说道。

刘崇的内侍脸上表情变化不定，最后轻叹了一声，转身走进了殿内。没过多久，殿内传出刘崇的一声咆哮声：“当真？”

“刚刚来报，应该属实。”刘崇的贴身内侍恭敬地回答道。

“摆驾！去看看！”刘崇长身而起，疾步走出大殿。在殿中陪客的文武百官不知发生何事，一个个面面相觑，满头雾水，最后干脆都站了起来，跟着刘崇走出了大殿。唯有郭无为眼中精芒闪烁，嘴角露出一丝笑容，最后不紧不慢地站起身来跟了出去。

刘崇脚步飞快，出了宫殿就向外走，看模样似乎去的是宫中御马监。果然不多时，刘崇就冲进了御马监，此时御马监上下人等都等在了那里，一个个跪伏在地，面色如土。

刘崇看也未看他们一眼，直奔御马监中一处马厩。这马厩和别处马厩截然不同，雕梁画栋，建造精美，雕花的马槽中放着的是上好的马料，比穷苦人家吃的还要好上许多。只是马厩中的那匹马已经无福消受，一匹大黄马倒在里面动也不动，显然已经咽气了。

刘崇看到这匹马，顿时悲从心来，突然号啕一声扑了上去，趴在那匹黄马上，号啕大哭道：“黄骝啊黄骝！你怎可就这样离朕而去！当初若不是你拼死护着朕奔回太原，朕此时尚不知埋骨何处？为何你如此就去了！”刘崇哭得满脸泪水，无比伤心。

战败之后，这匹黄骝马驼着刘崇从高平一路奔回太原，一路上艰难险阻，苦不堪言，回到太原之后便已脱力。刘崇吩咐尽力医治，可是终究人难胜天，这匹黄骝马终于在这个时候咽了气。

“是谁？马倌是谁？”哭了半晌，刘崇突然回头大声咆哮，两眼赤红，极其狰狞。几名负责养马的内侍颤颤巍巍地跪在一边，整个身子几乎趴在地上，一个个脸色惨白，浑身上下颤抖不已。

“拖出去！拖出去乱棍打死！”刘崇一指那几名马倌，大声咆哮道。

“饶命啊！陛下饶命啊！”那几名马倌闻言，顿时瘫坐在地上。有宫中侍卫立刻向前，一把抓住那几名马倌，连拖带拽地拉出去。没过多久，外面就传来了那几名马倌的哀嚎声。

“传朕旨意！”看着那几名马倌被拖出去，刘崇的心情才好了一些，他擦了擦眼角的泪水，满脸伤感地说道，“将朕的黄骝马按照四品官员礼仪风光大葬，四时祭拜，不得有误！”

外面那几名马倌的惨叫声越来越弱，显然已经命不久矣。听着刘崇的旨意，随行的几名大臣脸上已经有了些许色变，却没能说出什么。唯有郭无为脸上的笑意一闪而逝，似乎比之前更浓了！

第二十二章　收归皇权

大周新郑，嵩陵。

苍松翠柏，石鼓石人，嵩陵的祭祀大殿之外，柴荣披麻戴孝，满面悲戚，恭恭敬敬向着灵位叩首行礼。在他身后是身披素袍的文武百官，一个个神情肃穆，面色忧伤。再之后则是无数的军旗。这些军旗或者残破，或者烟熏火燎，看起来着实有些糟糕，但是军旗上的每一个字，都代表着刘汉的一支精锐。这些军旗乃是柴荣亲自率军大战所得，用来祭拜先帝。

漫长的仪式之后，柴荣慢慢地从地上站了起来，揉了揉有些发酸的腿，凝视着前方的灵位，良久之后轻叹一声："父皇，儿臣所幸未曾给父皇丢脸。大周江山必然子孙万代，既寿永昌！"说完之后，他带领群臣慢慢地退出了大殿。

这时已是六月，已经有了初夏的征兆，嵩陵之外除了庄严肃穆，也不乏鸟语花香。柴荣漫步其中，心中那股悲戚之情稍稍缓解了少许。陪伴在他身边的正是姚谦，听到柴荣班师回朝，他特地从开封赶来伴驾。

"冯宰辅故去了？"走了一阵，柴荣突然开口问道。

"回禀陛下，冯宰辅年老体衰，风疾发作，终究……"姚谦顿了顿，"没有挺过来。"

"唉……"柴荣轻叹了一声，"冯宰辅为国操劳，劳苦功高，乃是朕的肱股之臣。他如今故去，朕心中十分惋惜。然则生老病死乃为天道，朕虽为九五之尊，也不能幸免。"

"陛下乃万岁，必然……"姚谦连忙说道，可他未曾说完便被柴荣打断。

"万岁？"柴荣嗤笑一声，"这世上哪有万岁？罢了，传朕旨意，冯宰辅劳苦功高，乃国之重臣，如今朕痛失肱骨，心中悲伤，废朝三日，再册赠尚书令，追封瀛王，另外……”柴荣皱眉思索了一下开口道，“赐谥号文懿。”

“陛下圣明，倘若冯宰辅泉下有知，必然感念陛下。”姚谦拱手说道。

“呵呵！”柴荣轻笑一声后摇了摇头，却未说话。

在这嵩陵内，柴荣心中还是有几分伤感，逛了一阵便离开嵩陵，回到外面的军营。此时军营之中气氛轻松，刘汉大败，契丹摄于大周锋芒已经退兵。没了外敌，又眼看要回朝了，军中上下都透着一股散漫。大营中随处可见士卒随意游荡，懒洋洋的，没什么精神。在军营中巡视了一圈，柴荣眉头微皱，却没有多说什么。

回到军帐之中，柴荣发现袁松手持书册静立在军帐一侧。

“受益，你因何而来？”看到袁松，柴荣开口随意问了一句。

“有一些琐事微臣已经整理完毕，只等陛下御览。”袁松不急不躁，手捧书册回答道。

“不急！”柴荣摆了摆手，寻思了片刻，“既然来了，就随朕出行。”

听到此言，随侍柴荣身后的姚谦抬头看了一眼袁松，袁松含笑颔首，姚谦微微点头。两人之间看似风平浪静，只有彼此才能察觉出对方眼中那一闪而过的精芒。

“元朗！”此时柴荣招呼一声。

“陛下！”赵匡胤应声出列。

“召集侍卫，随朕出去走走！”柴荣说道。

“是！”赵匡胤应了一声，柴荣麾下侍卫开始集结。

有人牵过柴荣的马来，柴荣翻身上马，左右看了看，见侍卫已经集结完毕，便将手中马鞭一挥，喝道：“走！”

说罢，一夹马腹纵马出营。袁松、姚谦、赵匡胤等人一起奔出了军营。纵马在军营外跑了一圈，柴荣适才在嵩陵中压抑的心情有所缓解，脸上终于有了笑容。他纵马狂奔到一处矮丘之上，一拉缰绳停下胯下战马，手持马鞭向下遥指道：“如此大好河山乃先皇赠予，朕不敢有丝毫懈怠，今日得胜而还，总归不负先皇所托。”

身后文武闻听此言，在马上拱手行礼齐声道：“皇上英明！”

柴荣并未说话，骑在马上看着远处的大好河山，胸中豪情万丈，顾盼神飞。突然，柴荣望着下方眉头微微一皱，用手中马鞭向下一指道：“那里可是我军将士？”

随行的文武连忙顺着马鞭所指方向望去，只见远处有一群人，其中身穿军装、手拿兵器的显然是一群军兵。而被他们围住的则是一队车马，双方似乎正在交涉什么。突然间那群军兵一拥而上，便要抢夺那队车马上的东西，几个人似乎想要阻拦，却被那些士兵推倒在地踢了几脚，甚至还有人拿出兵器来恐吓几句。群臣你看看我，我看看你，垂下头来不敢说话。

“元朗，”柴荣冷哼一声，“去！将那些人给朕带上来。”

“是。”赵匡胤答应一声，转身就走。马蹄声轰鸣，一队军马从山丘上呼啸而下，向着那群人冲了过去。

马蹄声顿时惊动了那些军兵，他们一回头便看到了呼啸而来的军兵，一个个顿时大惊失色。从矮丘上冲下来的这些军兵都是柴荣亲卫，皆是身经百战之辈，虽然纵马狂奔，但队形并不散乱，百来号人却跑出了千军万马的气势，从那小丘之上看着就已经觉得威风八面了，直面其锋时所受的压力更是难以想象。

面对着这些亲卫，那队人马一下子乱套了，准备逃跑的有之，大声呼喊到处乱跑的有之，甚至还有准备丢下兵器跪地投降的。几十号人只有几个人手里举着兵器好似想要抵抗，可看着乱七八糟，完全不成章法。土丘之上的柴荣看到这场面，脸色越来越阴沉。他身后的一众文武感觉到空气中那无法形容的压抑气氛，一个个老老实实地闭上了嘴巴，一时间场面陷入了诡异的宁静。

赵匡胤不愧是柴荣手下得力战将，不但弓马娴熟，而且用兵颇有章法。那一队骑兵在狂奔的过程中一分为二，从左右一掠而过，等到那些军兵反应过来的时候，已经被包围得严严实实。

眼看逃不掉了，那队人马顿时一阵骚乱，那名领队的小军官壮着胆子出来喊道：“吾乃大周刘将军麾下，你们是谁人部下？”

“哼！”赵匡胤冷哼一声，“吾等乃陛下亲随！陛下有召，随我来吧！”

“陛下？”军官还未反应过来，“哪个陛下？”随即他明白过来赵匡胤说的是谁，腿一软跪倒在地。

不多时，这些军兵连同被他们困住的车队都被带到了那座矮丘下方，柴荣端坐马上看着下面跪倒一片的军兵。这些军兵身穿大周军服，但是一个个脸上没有勇士那种果敢和坚决，却多了几分痞气。有的军兵身上还背着包袱，还有的怀里鼓囊囊的，显然是揣了不少东西，有几人更是夸张，身上缠了一圈五颜六色的锦缎，看起来颇为可笑。

但是柴荣脸上却没有丝毫笑容，阴沉得像是要下雨一般，他用马鞭轻轻地敲了几下自己的马靴，开口问道：“尔等是何人？”

跪在他面前的是领队的小军官，此时他脸白如纸，浑身乱颤，听到柴荣问话，他更是身子一抖，险些趴在地上，一张嘴张了又闭，闭了又张，看着仿佛离了水的鱼似的，却一个字都说不出口。

赵匡胤在一边一皱眉头，大声呵斥道：“大胆！陛下问话，尔等敢不言语？莫非聋了？”

“啊！是！”那小军官身子一颤，以头叩地，颤颤巍巍地说道，“回，回禀陛下，小，小的乃是翼州指挥使刘将军麾下，见，见过陛下。”

“翼州？”柴荣微微一皱眉头，“朕问你，方才你们在做什么？”

“我们，我们……”那军官眼珠乱转，犹豫着该如何回应。

柴荣微微一皱眉头，赵匡胤会意，迈步上前就是一脚，将这家伙踢翻在地。“陛下问话，你据实回答，莫要偷奸耍滑！”赵匡胤大声呵斥道。

“回，回禀陛下。”那名小军官无奈之下只好硬着头皮说道，“方才小的奉命巡视左近，结果发现这队马车有些古怪，小的们怀疑他们乃是奸细，所，所以，所以上前盘查。”

“奸细？”柴荣闻言，冷笑一声，“在这里竟然有奸细？还如此大张旗鼓地过境？”

那小军官脸上颜色变了又变，最后硬着头皮说道：“属下只是奉命行事，陛下御驾在此，不敢怠慢，只能严查过往人等。”

“哦？是吗？”柴荣面无表情，“如此说来却是朕的不对喽？”

“不……”那小军官身子一颤，“小的不敢……”

“哼！”柴荣冷哼一声吩咐道，“去，把那几名奸细传来，朕倒要看看这些奸细究竟是何方神圣，明知朕的大军在此，竟然还敢在四周徘徊！”那小军官身子一颤，脸色煞白，豆大的汗珠顺着额头滴落在地上，却趴在那里连动都不敢动上一下。

早有亲随领来一人，这人年纪在四十多岁，身上穿着一身布袍，皮肤黝黑粗糙，显然是经常风吹日晒，到了柴荣驾前，此人扑通一声跪倒在地，磕头大呼道：“皇上，皇上，饶命啊，皇上！”

柴荣上下打量了此人几眼，然后和颜悦色地开口问道：“汝莫要惊慌，朕传你来只是有几件事想要问你。”那人显然未曾想到柴荣会如此和气，一脸茫然地抬起头来。

柴荣一笑，对他说道：“敢问汝姓甚名谁，哪里人士啊？”

“回，回皇上的话。”那人这辈子也没见到过如此大的人物，再加上被一群刚从战场上下来，凶神恶煞一般的兵丁围绕四周，紧张得连话都说不清楚。

“莫要慌，慢慢来。”柴荣笑道。

大概是柴荣的态度让他心情平复了些许，那人吞了吞口水后小心地说道：“回皇上的话，草民家住此处十五里外李家庄，叫李光。”

“哦。”柴荣点了点头，“汝为何从此路过啊？”

一听到这个，这人顿时悲从中来，眼泪哗的一下就流了下来，他用手一抹，手上的土和脸上的泪水混成一团，黑乎乎的，格外难看，也显得格外可怜。

“皇上，求皇上明察啊！草民真的是冤枉的啊！”

这时柴荣竟颇有耐心，仍然面带笑容地问道：“汝莫要惊慌，朕问汝什么，汝只需如实回答便好。说吧，究竟发生了何事？”

“皇上！草民乃是安顺良民啊！”李光哭得更加伤心了，一把鼻涕一把泪地说道，“今天拉了一车货物从此路过，结果遇到了这些军爷。军爷说，说我等是奸细，非要盘查！草民不敢阻拦，只好答应。结果谁知道，他们上手就开始抢了，把东西往身上装！皇上，草民真的是良民啊！这些货物是草民的身家性命，这些年兵荒马乱，好容易皇上您圣明，赶走了刘汉狗贼，草民寻思着弄点货物发卖一下糊口。小民不是奸细啊，真的不是奸细啊！”李光越说越伤心，最后彻底泣不成声，趴在地上啼哭不止。

柴荣的脸色越来越阴沉，对一边的赵匡胤说道：“元朗！”

“在！”赵匡胤赶忙向前一步。

“彻查！”柴荣怒声道，“如果此人所说属实，就将货物发还。这些败类，”他看了一眼那名趴着的小军官，从牙缝里挤出几个字来，“军法从事！”

“是！”赵匡胤面无表情地答应了一声。

柴荣最后看了一眼这些人，拨转马头，几名官员紧随其后。除了一部分亲随留在赵匡胤身边，剩下的护在柴荣周围，一群人直奔大营而去。行进间，一匹马慢慢地靠近了袁松，袁松一扭头正好看到姚谦端坐马上与他并排而行。看到袁松转头，姚谦颔首微笑。

“见过师兄。”袁松微微一笑，在马上微微拱了拱手，“请恕师弟不便施礼。”

“唉……”姚谦摆了摆手，“你我兄弟二人，哪里用得着这般客套？随意便是。”

“多谢师兄。”袁松笑道，“只是不知师兄来此，有何见教？”

“师弟。”姚谦一笑，低声问道，“刚才那事，你觉得如何？”

“什么如何？”

“本朝承袭前朝，然则世上苦兵乱久矣，这些丘八未免也太不成体统了吧？”姚谦低声说道，一脸的感慨。

“师兄所言正是。”袁松微微点头，却不再说话。

姚谦仔细打量了袁松几眼，发现袁松脸上并无任何多余表情。姚谦微皱眉头后轻笑道：“现在刘汉大败，大周无忧，岂不是陛下一展身手整肃军政的大好时机？师弟以为如何？”

“如此国家大事，岂是我等能够做主的？”袁松回道，“雷霆雨露俱是君恩，该当如何，陛下圣明，自然圣心独断。”

“可我等这些做臣子的，也当为陛下谋划才是。”姚谦说道。

“师兄言重了。”袁松苦笑一声，“师弟我不过是陛下御前一个小小的书记官，品级低微，人微言轻，凡事自然有陛下圣裁，以及各位大人谋划，师弟我只管遵命行事便是了。”

“呵呵，师弟……”姚谦轻笑摇头，“莫非你心中对师兄还有所怨念，所以不肯据实相告？”

“不敢。”袁松表情一肃，“师兄与我师出同门，情同手足，师弟我哪敢有丝毫怨念？刚才所言句句属实，不敢有丝毫隐瞒。”

“呵呵，不错。”姚谦看了袁松一眼。

此时，队伍已至辕门左近，姚谦对袁松一拱手道：“刚才师弟所言，为兄受教了。为兄今日有点闲事，你我来日方长，待为兄择日与师弟共谋一醉！”说罢，他一带马缰，纵马而去。袁松看着他的背影微微有些出神，最后轻轻摇了摇头。

此时，辕门处已经验过了身份，这队人马回了军营，柴荣翻身下马，回到大帐，脸色始终有些阴沉。其余人等就地散开，各回各处。

袁松虽然官职不高，但是在这军营中也有一处小帐篷独居，算是对他的优待。袁松进了军帐，找来毛巾擦了把脸，还没等他坐下歇息，身后一阵疾风，有人一掀帐篷走了进来。袁松头也没回，将手巾挂好后无奈地说道：“兄长，你这一进一出能否稳重些许，带起了好大的灰尘。”

“哪有这许多麻烦？”赵匡胤不理他，随口应付一句，抓起桌子上的茶壶，咕嘟咕嘟灌了个干净，之后一抹嘴巴，长出一口气。

“你不去陛下那复命，为何先到我这里来？”袁松坐到赵匡胤对面随口说道。

“当然是先到陛下那里复命，然后才来的你这里。”赵匡胤笑道，“我是那种不知轻重的人吗？”

“如何？”袁松问道。

“这群该挨刀的贼厮！”赵匡胤愤愤不平地说道，“当然是确认无误，随便一审那几个就受不住招了，说出来巡营是假劫掠是真，准备捞一笔银子再回营，结果被陛下撞个正着。”说到此处，赵匡胤冷哼一声继续说道，“这些贼厮还颇多遗憾，看模样八成是觉得自己运气不好，正好赶上陛下出巡，否则此时该当拿着那些东西舒舒服服地睡大觉了。我审完他们就回来向陛下禀报了，估计现在那些贼厮已经人头落地了。”

“军纪败坏，以至于此。”袁松苦笑着摇了摇头。

“这些事在军中已是常态。”赵匡胤撇撇嘴，“营中诸将纵兵抢掠司空见惯，劫来的财物八成上交，剩下的两成下面人私分，拿大头的都是那些将官们。也就是这次陛下亲征，不敢闹得太凶，否则你便看吧，保准这营中诸将十有八九一个个脑满肠肥地回来。”

“军中诸将骄横，从先唐之时已经埋下祸根。”袁松冷笑一声，“当年安史之乱过后，先唐便已压制不住军中诸将，更有节度使分据各处，名为朝廷官员，实则一方土皇，对朝廷稍有不满便要起兵。唐末之后，此事愈演愈烈，各方争战不断，不但苦了天下百姓，更养出了一群骄兵悍将。军政之事，实乃顽疾啊！”

“谁说不是。”赵匡胤轻叹一声，“那些丘八做事，有时连我都看不过眼，根本毫无顾忌，杀头都是轻的。”

“不过……”袁松话锋一转，意味深长地说道，“当今陛下非等闲之辈啊。”

“咦？”赵匡胤疑惑地看着袁松道，“你的意思是，陛下要整肃军纪？”

袁松并未说话，眼角余光扫了赵匡胤一眼：“此事，我不知道。”

“嗯？”赵匡胤一愣。

“我那师兄也不知道。”袁松低声说道。

赵匡胤一撇嘴道：“你们这些人当真不爽快，每句话都要绕着弯说，让人头疼。”

“不过，这对大兄你来说确实是个机会。”袁松淡淡说道，“记得之前我与你说过陛下将有大作为吗？”

赵匡胤点头回道：“记得。”

“应该差不多了。”袁松说道。

“当真？”赵匡胤一惊，低声问道。

“陛下心中已有决断。”袁松一笑。

赵匡胤皱起眉头，眉眼间尽是困惑之意。

“回去之后，你便明白了。”袁松说道，“这一次大胜乃是契机，陛下还朝之后才是真正大动拳脚之时。”他看了一眼赵匡胤继续说道，“如不出预料，陛下势必会对你委以重任。”

“说清楚。”赵匡胤面色凝重地问道。

“之前这些骄兵悍将难以制裁，因为什么？”袁松问道。

赵匡胤犹豫了一下，开口问道：“因为需要他们去打仗？”

“正是如此！”袁松轻轻一拍桌子，“天下大乱，因而征战不断，征战不断自然少不了这些骄兵悍将支撑，这便让这些骄兵悍将愈发骄纵，时间久了便有尾大不掉之势。现如今刘汉经此重创，再无能力威胁我朝，大周根基稳固。陛下又借此机会树立了声望，在军中威势一时无两，正好借此机会顺势而为。不过军中之事难于处理，归根结底就是两个字——兵权！收拢兵权为陛下所用，接着才能整肃军纪，理清脉络，让我军之战力更上层楼。而兄长您身为陛下亲信，而且能力不俗，嫂夫人与皇后又是亲姐妹。你和陛下之间还带着一层姻亲关系，再加上赵家乃是将门世家，在军中声望卓著。陛下如若想要有所动作，必然会委托与你，通过你来把控军权，稳定军心。”

“唔！”赵匡胤绝非庸人，思索片刻后缓缓点头道，“明白了！”

“所以，届时无论陛下让你做什么，你都要欣然领命。”袁松低声说道，“莫要辜负陛下的重托。”

“这是自然！”赵匡胤哈哈一笑，“我们赵家备受皇恩，当然应该尽心竭力为陛下分忧！”

接着，赵匡胤笑容一敛，看着袁松问道：“那你呢？你要何去何从？”

“我？自然是继续当我的书记官。”袁松微微一笑，“在京中看一出好戏喽。”

赵匡胤上下打量了袁松几眼后摇头道：“当真搞不懂你们这些人，看你们在此钩心斗角，还不如到战场上厮杀一番痛快。”说罢，赵匡胤长身而起，一挑帐帘就要出去。

“且慢！”袁松在他身后喊了一声，“还是老规矩。”

“明白。”赵匡胤撇嘴说道，“出你之口，入我之耳，不会再有旁人知晓。”

“如此最好。”袁松微微点头，只觉得一阵清风吹过，赵匡胤已经离开了他的军帐。看着晃动的帐帘，袁松心中呢喃道：“陛下既然有此壮志，微臣少不得要助陛下一臂之力！”

开封城外河上画舫，一只纤纤素手挑起了窗纱，一双眸子默默注视着窗外。窗外的河岸上游人如织，每个人脸上都是一副从容的模样，未见丝毫惊慌，偶尔有银铃般的笑声传进画舫中，徘徊不去。良久之后，窗后之人轻声叹道：“良辰美景，与太原截然不同。”

站在她身后之人轻叹一声，低声说道：“此乃我大汉的山河故土，陛下现今虽然遭遇小挫，只要大汉励精图治，未必不能卷土重来。届时这里仍是这般模样，不，届时会比此时更好，可头顶却换了大汉的青天。”

“但愿如此吧。”窗后之人轻纱后面的俏脸勉强一笑，放下了窗上的纱帘，“此次大败，大汉元气大伤，国事艰难，我等只能更加尽心竭力为陛下分忧。”

“合该如此。”那人微微点头，可是一双眸子却痴痴凝视着面前的人儿，哪怕是两个人之间还有几步的距离，他眼中的爱慕之意似乎也能将人淹没。那女子似乎承受不了他的火热眼神，眼帘微微一垂，不再与他对视。

那男子心中轻轻一叹，轻声问道：“敢问歌主，此次单独召我前来，可有事情吩咐？”

自从战事吃紧，歌主召见几人的次数也就越加频繁，哪怕是歌主语气淡漠，脸色也不见有什么变化，可是他仍然能感觉得出隐藏在那张面孔后是如何的焦躁。局势对刘汉如此不利，乌夜啼在开封的活动也愈发艰难了。

“呼……”歌主轻轻吐出一口浊气来，然后微微一笑，“莫非，没事的时候就不能找你？”

“啊？”那男子脸上一喜，“属下自然愿意。”

歌主不待他说完，又淡淡地接上了一句：“只是现在局势如此艰难，有些事情现在还不是该提的时候。”

那男子脸色微沉，最终心中轻叹一声后说道：“歌主所言极是。”

“这次寻你来此，的确是有一件要事相托。”歌主语气一变，变得无比严肃。

那男子敏锐地捕捉到了歌主语气上的变化，脸上的表情也变了，抱拳行礼道：“还请歌主吩咐。”

“不，不是吩咐，而是托付。”歌主缓缓站起身来，她的身形虽不及那男子，但此时那男子却感觉自己面对的是一座巍峨的大山，扑面而来的气息压得他有些喘不过气来。

“属下万死不辞！”他忍不住把身子又向下压了压，沉声说道。

歌主的眸子在他身上扫过，然后低声说道：“陛下大败，形势突变，于我等极其不利。虽然我等潜伏多年，根深叶茂，但是逢此变故，极有可能引发大乱。不过大乱之下未必没有机会，那位陛下我是了解的，周军虽然大胜一场，但他绝不是一名甘于蛰伏之人。借此大胜，想必他会有更多动作，这就是我们的机会，而我需要你去办一件事。”

“请歌主直言，属下必然效死！”

“我不要你效死，我要你成功。”歌主冷冷说道，“郭威乃是谋夺了我大汉的基业才有了如此的局面，伪周看似庞然大物，实际上一切都是建筑在沙堆之上，只要稍有刺激，说不定就是树倒屋塌。我看出来了，那位陛下也看出来了，所以才有了这次亲征之举。这一次他大获全胜，我料他会携大胜之威肃清朝纲，整顿军政。夜莺，这就是我们最后的机会。”

那男子不是愚笨之人，否则也不会做到执掌乌夜啼一部的夜莺，闻听此言立刻就明白了歌主的意思。柴荣大胜而归，定会借助这次大胜之威彻底整肃朝纲，到时候免不了时局动荡。虽然大汉已经伤了元气无法动弹，可是这伪周内部却未必没有下手的机会。

歌主看了他一眼，低声问道：“明白了？”

“是。”夜莺微微点头。

“很好。”歌主微微一笑，“你既然明白，那我将此事托付于你便放心了许多。”

“请歌主吩咐。”

“出城，”歌主背着手转过身去，隔着窗纱看着外面的美景，轻声说道，“离开这个地方。”

“出城？”夜莺顿时一愣，看着歌主的背影，脸上有些不舍。

“我需要你帮我。”歌主的声音转柔，看着窗外说道，“除了你，我身边不知该信任何人。此次出城艰难险阻，甚至有生命之危。我犹豫了很久，但是除了你再没有别人适合去了，我……”说到这里，歌主的声音突然停了下来，身子也微微一颤。

夜莺再也忍不住了，向前一步，他痴痴地凝视着歌主的背影，沉声说道：“我再说一遍，属下愿为歌主赴汤蹈火，不惜此身。”

第二十三章　班师回朝

开封城外，几名守城卒手里拿着的武器虽然不错，只是个个看起来懒洋洋的，没什么精神。

在此之前可不是这副场景，刘汉大举南下试图威胁开封，导致城内官员百姓如惊弓之鸟。这些守城卒一个个连睡觉都恨不得竖起耳朵，生怕敌人突然杀至城下。兵荒马乱的年代，哪怕是这些守城卒也是劲旅，提起武器就能上战场的狠角色。可是自从陛下大败刘汉贼军并且反攻太原，开封便恢复了往日的平静，所以这些守城卒也没了高压之下的精气神，看起来有些无精打采。

突然，一阵急促的马蹄声惊动了这些守城卒，他们第一时间握紧了手中的武器向城外张望。可是外面的野地里空空如也，除了顺着官道准备进城的老百姓再无他人。等仔细再听，这声音原来是从城中传出来的。

大家回头一看，只见一队人顺着大道向城门处奔来。最前面的是一名一身红衣的女子，她一马当先疾驰而来，在她身后追着几名家将。也幸好这座城门不走寻常百姓，来来往往的人不多，所以这少女纵马而来倒也没有引起多大骚乱。看到这少女，守门兵顿时放松下来，笑嘻嘻地把手里的兵器收了起来。

“行了行了，莫要看了，是赵家的女娃又来寻夫了！”有人在那打趣，引起了一片哄笑声。

说话间，那匹军马已经呼啸而过冲出了城门，几名家将在后面紧紧追赶，嘴里大喊道：“小姐，小姐！慢点，慢点！”

那几名守城卒一副想笑还不敢笑出声的模样，憋得极为辛苦。毕竟这位赵家小姐可不是好惹的，真要急了，一人一鞭子，可不含糊。

冲出城来的正是赵凝，出城之后便一扯缰绳，纵马跑上了不远处的一座土丘，跨坐在马上向远处张望。几名家将追上来后纷纷驻马，领头的一位乃是赵家的老家将，在赵家服侍了一辈子，对这位赵家小姐的性情清楚得很。尽管知道自己说出什么来也没什么用处，但是到了这个时候，他还是忍不住苦笑道："小姐，您这样如何使得？平白让别人看了咱们赵家的笑话。"

"有何使不得的？"赵凝不以为然地说道，"别人怎么就看了我们家的笑话？我兄长随陛下出征，我心中惦念兄长，在这里迎接难道还犯了王法了？"

那老家将闻言苦笑，心想这话也就骗骗不知情的，可现在整座开封城，连守城的小兵都知道这位姑奶奶到这里来是为什么，分明就是欲盖弥彰。

就在这时，附近城门处一阵骚动，从城内涌出一群人，个个鲜衣怒马，显然不是凡人，甚至还有几辆装饰着粉色薄纱的马车跟在后面，不知道是哪家的闺秀。这群人中间簇拥着一名男子，端坐在马上，身材修长，面容俊朗，似乎正在和身旁的人说着什么，脸上始终带着笑容，言谈举止温文尔雅，有一种难以言说的亲和力。

一行人来到了那土丘下面，被簇拥着的那名年轻人一拨马头，越众而出，对着身后诸人抱拳道："诸位好友，送君千里终须一别，诸位留步，吴某就此别过了。"

"吴兄，"送行的人中有一位在马上还礼，言辞之间颇多伤感，"此次吴兄出行，从此山高水长，相见不知何时，让我等再送一程吧。"

"不必了。"那吴公子颇为洒脱地说道，"送出十里是别离，送出一里亦是别离，多了十里便多了几分伤感，还不若我等就此别过。山高水长又如何？仍然后会有期，诸位留步吧。"

赵凝在土丘之上远远看着，觉得有几分奇怪，向身后家将询问："那人是谁？好大的排场。那群人里我也认识几个，都是官宦之后，甚至还有朝臣。还礼送行之人我也见过，乃是户部尚书之子，在开封城也有些名号。那人究竟是谁，为何都来送他？"

那家将也不明所以，正要答话，这时下面有人又开口说道："吴兄为何作此决定？我等在这开封城中相谈甚欢，为何吴兄突然要远走他乡，弃我等于不顾？"

那位越众而出的年轻人爽朗一笑，在马上摆了摆手道："章兄此言差矣，吴某在这开封城中混迹多年，确实得了些许薄名，本来也是有些沾沾自喜的。可是国朝大败刘汉，捷报传来才幡然醒悟，天下尚未太平，大丈夫当提三尺剑，匡扶社稷，为陛下扫平天下。回首再看，那痴公子的薄名实在是可笑得紧。因此吴某才答应了孟将军的征募，甘为他帐下的一名马前卒。诸君不用伤感，当为吴某高兴才是。吴某此去定当尽心竭力为国朝效力，希望我等再见之时，当是在凌烟阁上绘图之日，届时再与诸君同醉。"

送他出来的那群人先是沉默片刻，然后轰然叫好。领头的那位户部尚书之子摇头苦笑道：“闻听吴兄此言，亦如醍醐灌顶，可笑我等备受君恩，却在这开封城中消磨时光，吴兄此举当真是羞煞我等。”

“可不敢如此。”那吴公子哈哈一笑，“今日是今日，来时是来时。今日我等相聚于此，谁知来日不会鹏程万里？诸位，今日不必再送了，吴某去也。”说罢，拨转马头纵马而去。

那些公子们默默地注视着他离去的方向，就连那几辆马车也悄悄挑开了窗帘，痴痴地看着这位吴公子的背影。良久之后，那位户部尚书之子朗声笑道：“诸位，吴兄受孟将军征召自然有他的一分机缘。以吴兄的才情智谋，以后封侯拜相亦非难事，我等不必如此伤感。走了走了，回城去了。”说完便拨转马头慢悠悠地向开封城走去，其他人跟在他身后，队伍在官道之上拉出了一条长长的直线。

“真是奇怪，”赵凝在土丘上把这一幕从头看到尾后撇嘴道，“不过是征召罢了，为何还要搞出如此场面？大兄和父亲征战沙场也没有这般。”

她身后的家将苦笑道：“小姐，这是不同的。”

“有何不同？”赵凝不屑说道，“就算大兄和父亲与他们不同，那袁公子呢？难道他也不同？同是读书人，这些人浑身都透着一股酸气。”那家将张了张嘴，这个时候当真是不知道该说什么了。

就在这时，一匹快马顺着大路疾驰而来，一路冲向开封城。这快马上的兵卒手中擎着一面黄旗，被风卷起，绷得笔直。这骑兵从土丘前呼啸而过，风中隐隐传来一声呐喊：“陛下返京，陛下返京，已至百里之外！陛下返京，已至百里之外！”

听到这声音，赵凝顿时满脸喜色：“听到没有？陛下返京，已经到了百里之外了！”

“听到了，听到了。”那家将满脸苦涩地看了看左近，还好没人，不然大家真要以为赵家的姑娘嫁不出去了。

官道之上，长长的队伍顺着大道慢慢前行，柴荣跨坐在战马之上，在他身前身后是侍卫和禁军。这些人都是由军中劲卒组成，一个个盔甲鲜明，满脸杀气。柴荣心中冷冷一笑，如是以前他尚且觉得周军精锐敢战，都是一等一的精兵，可是这一次在他心中已经有了整顿军政的意思，但整顿军政该从何处入手？此事牵一发而动全身，非是简简单单就能办成的事情。

这时，一名军兵骑马而来，在御驾前停下。马上骑兵翻身下马，单膝跪地道：“启禀陛下，朝中百官听闻陛下得胜还朝，出城六十里恭迎陛下。”

柴荣轻轻颔首，淡淡地说了一句：“知道了。”

队伍缓缓而行，果然没走多远就看到文武百官在前面排列整齐，两边是夹道欢迎的百姓乡绅。看到柴荣御驾到来，文武官员和百姓乡绅纷纷拜倒，高呼万岁。更有朝中重臣奉上美酒，为柴荣接风洗尘。柴荣端起杯中酒一饮而尽，虽然脸上带笑，可是心中着实不屑。此次大胜，这些人这般对自己，可如若自己大败呢？他们是否还会这样对自己？抑或这一番嘴脸要献给刘崇那贼人看？此次大战虽然得胜，可是也让柴荣看到了太多太多的东西。

就在这时，旁边山岗上突然有人大声呼喊："大兄、袁先生，看这里，这里啊！"

柴荣闻听，扭头一看，只见在夹道欢迎的百姓外围有一座土丘，土丘上有一个人影，一身打扮红得就像是一团火，她在土丘上一边大声呐喊一边挥动手臂，看起来极其兴奋。柴荣看着好笑，微微摇头，低声问道："此人是谁？"

随侍在一旁的赵匡胤脸色发红，听到柴荣问起，却不敢不答，只好在马上抱拳红着脸说道："启禀陛下，那是舍妹。"

"阿凝？"柴荣眉毛一挑问道。

"正是。"赵匡胤干笑一声，"陛下，阿凝平时在家，微臣和家父一直对她多有纵容，性子野了许多，做出这等事情来实在是，实在是……"他犹豫了半天也不知该说什么才好，最后只好垂头丧气地说了一句，"请陛下责罚。"

"责罚什么？"柴荣听了朗声笑道，"责罚她至情至性？朕听她喊大兄和袁先生，那大兄自然是你了，那袁先生呢？哦！是军中书记袁松吧？"

"正是！"赵匡胤脸色通红，老老实实地说道，"袁先生之前于舍妹有相救之恩，而且在潞州围城之时也和舍妹一起被困在潞州。所以，那个……"

说到这里，赵匡胤有些说不下去了，再说下去就有点臭不要脸的意思了。果然，听到这话后，柴荣拍着马鞍哈哈大笑，似乎极其欢畅："好，好！阿凝这脾气朕很是喜欢，直来直去有什么说什么，至于袁松……"

柴荣心中突然微微一动，似乎有了一些想法："他也很不错。"

"多谢陛下夸奖。"赵匡胤的脸色还是有些发红，明明陛下夸奖，可是他心里还是臊得厉害。

山岗上，赵凝身后的家将看着赵凝这般大喊，吓得魂都要飞了，也顾不得别的，齐齐拉着赵凝不敢撒手，哭丧着脸说道："小姐，可不敢再喊了，陛下在下面呢。"

"啥意思啊？"赵凝眨了眨眼睛，一脸莫名其妙，"陛下在下面又如何？"

"哎呀小姐，冒犯了圣驾，我等可是担待不起啊！"家将哭丧着脸说道，"您千万不要再喊了。"

赵凝"哦"了一声，点了点头，这才老实下来。

不过赵凝经此一事彻底出名了，接下来一个月京中谈论的都是赵家小姐的事情。

柴荣得胜还朝，引领文武百官先去大殿庆功。袁松官职卑微不用去，等到军队在开封城外安顿好，他处理完杂事之后便准备返回赵府。谁知道他刚刚离开军营没走多远，一道红影就蹿了出来，一把抓住了他的胳膊。接着，一阵娇笑声传进了袁松的耳朵：“终于逮到你了。”

袁松抬头一看，只见赵凝抓着他的一只胳膊，笑吟吟地看着他，一双美眸忽闪忽闪，眼睛里满是喜悦。袁松苦笑一声道：“赵姑娘，原来是你。”

“不然还能是谁？”赵凝笑嘻嘻地说道，“走了，走了，回家。”说着就拖着他往赵府的方向走去。

“别！”袁松连声告饶，“我自己会走。”

“你走得太慢！”赵凝也不理他，笑嘻嘻地说道，“兄长随陛下进宫参宴去了，你一定要和我好好说说这一仗是怎么打的。这段时日在开封城里听到的都是各种流言，送来的捷报也是语焉不详，半天了解不到一句实情，我都急死了。”袁松被赵凝扯着往赵家走，他也知道赵凝的性子就是如此，说什么都没有用，自己难道还能和她在这大道上撕扯，让人平白看了笑话不成？

当夜，开封城举城尽欢，文武百官在朝中庆功直到半夜才散，赵匡胤回到府中的时候已经有了几分醉意，脚步有些虚浮。此时已是月上中天，他踉踉跄跄地走进赵府，早有人迎了上来。

“公子，您可算回来了。”

“何事？”赵匡胤打了个酒嗝随口问道。

“公子，今日小姐把赵先生扯回来之后，就拖到了赵先生的那个小院里，一直到现在还没出来呢。老夫人早早就歇下了，夫人又被皇后娘娘召去，我们这些下人也不敢去劝解。”那下人苦着脸继续说道，“再加上今天小姐在城外的那番举动，如此下去，外面那些人还不知道要如何嚼舌根呢。”

“阿凝在袁先生那里？”赵匡胤一愣，“我去看看！”

说着，他直奔袁松的小院而去。到了院子里一看，两人并不在院中，屋里还亮着灯，依稀听到里面有人说话。赵匡胤想着孤男寡女共处一室，便再也忍不住了，借着酒劲一脚踢开了房门，同时大吼了一声：“袁松！阿凝！你们在做什么呢？我们赵家可是开封城中有头有脸的人物，你们俩孤男寡女的，害不害臊？”

他的话还没说完，便看清了屋子里的情况，和他想的完全不一样。袁松满脸倦容，和赵凝两人坐在桌子两边，两人衣衫完好，一脸愕然地看着赵匡胤。在桌子上则堆了不少土，这些土在桌子上堆得高低不平。赵匡胤看了一眼，似乎有些眼熟，看着怎么像是高平的地形？

一看到赵匡胤进来，赵凝还没如何，袁松却激动地颤声道：“大兄，你可算是回来了。”

“你，你们这是？”赵匡胤一脸古怪地问道。

“我刚刚从军营中出来，赵姑娘就把我拖回来了。”袁松苦笑道，“非要拉着我给她说说高平之战是如何打的，我从回来一直说到现在啊。”“对啊！”赵凝笑嘻嘻地点头，“刚刚说到陛下是如何率军冲杀，兄长你就回来了。”

赵匡胤把脸一板，对着赵凝呵斥道：“阿凝！你这样成何体统？”

“啊？”赵凝没想到赵匡胤会突然发火，一下子愣住了。

“袁先生随陛下亲征归来，一路上车马劳顿，现在正是该好好休息的时候，你在这里纠缠不休想做什么？”赵匡胤板着脸说道。

“干什么！凶什么凶啊！”赵凝虽然无法无天，可是自己这位哥哥要是真的发起火来，她还确实有些害怕，赵凝低着头嘟囔了一句便不敢说什么了。

“女孩子家，成何体统！”赵匡胤把眼一瞪，“还不赶紧回去休息。”

“哦。”赵凝不情不愿地嘟囔了一句后便转身离开了房间。

“真是的，”等她离开，赵匡胤才说了一句，“当真是无法无天了。”

“大兄，你可算是来了，在下实在是……”袁松苦笑着站了起来，发现自己也不知道该说什么才好了。

“嘿嘿，凝儿就是这个性子，你难道还不清楚？”赵匡胤笑呵呵地说道，“你就委屈委屈自己吧。”袁松满脸苦笑，突然有一种上了贼船的感觉。

“对了，”赵匡胤面容一肃，看着袁松说道，“还有一件事，明日陛下召见你。”

袁松闻听此言，皱眉问道：“在何处？”

赵匡胤回道：“陛下说了，大相国寺，老地方。”

夜色已深，一阵阵梆子响飘过街道。开封城姚府之中，姚谦慵懒地靠在自己的椅子上，面色微红，口中还残存着一丝酒气。在他对面正是姚谦最信重的族弟姚正，姚正没有资格参加庆功宴，所以他此时精神得很。姚谦看到他的模样，微笑道：“止方，自家兄弟，在此不必多礼。”

“不敢！”姚正没有丝毫懈怠，摇头说道，“在这里，止方只是您的下属。”

姚谦微微颔首，脸上的欣赏之色更浓了。他端起桌上的茶盏缓缓喝了一口，问道：“事情如何了？”

“已经处理干净，绝不会有麻烦。”姚正低声回答道。

“你办事，我还是放心的。”姚谦一笑，“之前让你盯着的事情如何了？”

“已经办妥了。”姚正从怀里掏出几张纸，恭敬地放在姚谦面前的桌上。姚谦坐直身子，拿起那几张纸仔细翻看了一阵，最后微微点头，放回桌上。

“可以了，”姚谦展颜一笑，伸手在那些纸上轻轻拍了拍，“有了这些便足够了，陛下还朝之后必有动作，只要这些送上去便是一功。”说到这里，姚谦脸色一沉，继续说道，“没揪出那个乌夜啼，起码可以用这个来交差。”

听到这话，姚正身子一颤，连忙起身单膝下跪道：“属下失职，还请大人责罚。”

姚谦微微摇头道：“失职是有一点，不过也未必如何了。这乌夜啼如果真的那么容易对付，哪能称得上是我等心腹之患？”

“大人，”姚正犹豫了一下，低声说道，“之前您吩咐属下追查工部之事，现在有了一点眉目。”

“哦？”姚正眉毛一挑，“说说看。”

姚正仔细地将事情说了一遍，姚谦眉头紧锁，一只手在桌面上轻轻敲击，良久之后才开口说道：“这件事，你继续追查。”

“是。”

“刘汉大败，已经伤及元气，短时间内乌夜啼不足为虑。”姚谦继续说道，“不过陛下未来必有大动作，那时才是我等立身之关键。我看出来了，想必我那位师弟也看出来了。乌夜啼乃是朝廷的心腹大患，可一时之间却无法威胁到我的位置。倒是我那位师弟，才是真正的心腹大患啊。”

姚正微微点头，突然他低声说道：“大人，我们何不趁此机会……”说话间他提起手来做了个向下切的动作。

“不要乱来！”姚谦脸色一变，低声呵斥道，“你以为我那师弟是什么人？论机变应对，他绝非一般俗人能与之相比。当初最好的机会就是在那一场酒席宴上……”说到这里，姚谦轻叹一声，“可是自从他走脱之后，就再也没有那样的机会了。我那师弟从那之后便对我有所防备，现在他已经入了陛下的法眼，而且还和赵匡胤相交莫逆，现在动他，难道不要命了吗？”姚正身子一颤，低下头来。

“不过，事情也未必有多糟糕。”姚谦轻笑一声，“他初来乍到，怎比得上我等根基深厚？这几日我正在促成一件事，此事若成，则我等无忧矣。”

次日清晨，天刚刚亮，大街上还残余着一股爆竹的火药味，昨日陛下得胜还朝，整个开封城中都充满了喜庆的味道。伴随着一阵轻响，赵府的大门打开，一顶轿子被轿夫慢慢地抬了出来，几名家将和小厮护卫在左右。左近熟悉的都知道这是赵府老夫人要去大相国寺上香，谁都没注意到在那些护卫中有一名并不起眼的年轻人。

一行人晃晃悠悠地来到大相国寺，赵老夫人是这里的常客，知客僧一见便连忙将他们迎了进去。轿子在正殿之外停了下来，赵老夫人在一名丫鬟的搀扶下走出轿子，便装打扮的袁松从后面迎了过来。

“夫人。”他微微一拱手。

“你去办事吧。”赵老夫人看着他微微一笑，“我自去上香便是。”

“是，多谢夫人。”袁松应道。

“举手之劳，还道什么谢？”赵老夫人笑道，“去吧，去吧。”

今天一早，赵老夫人就知道了昨天晚上的事情，勃然大怒之后把赵凝禁足，所以今天到大相国寺上香的人里少了那道红影。袁松倒是因此松了一口气，那位赵家姑娘虽然不错，可是有时候确实让人应付得手忙脚乱。

还是那座小院，院外守着的依旧是那几名侍卫，看到袁松来了，守在那里的侍卫向两边一让，把袁松放了进去。柴荣已经端坐在树下石桌上的一侧，石桌上早已经摆好了茶具。在石桌旁边放着一个火炉，慧音师太守在火炉旁，用扇子轻轻扇动炉火为柴荣煮茶。

听到响动，柴荣抬头看到走进来的袁松，顿时笑道：“来得挺早。”

“还是没有陛下来得早。”袁松苦笑着行了一礼。

“今日虽说休朝，可是起早惯了，也睡不着了。连日厮杀乱了心神，正好到大相国寺里品茗听风，换换心境。”柴荣招呼袁松道，“来，坐吧。”

袁松也不客气，走过去坐在柴荣对面。这时茶已煮好，慧音师太为两人分好了茶，双手合十行了一礼便转身离开，再未多看一眼。一直等到慧音师太没了影子，袁松才微微摇头，低声说道：“不知为何，这位师太在场之时，微臣总觉得说不出话来。”

“哈哈！”柴荣轻轻一拍腿道，“这是自然，慧音师太虽是方外之人，可却是难得的妙人，爱美之心人皆有之，只是受益你如此说就不怕阿凝那丫头找你算账？”

袁松一脸苦笑，竟不知说什么才好。

看到袁松这模样，柴荣开怀大笑道：“朕看到的一直都是你那副老成模样，此刻终于看到了你的窘态，有趣至极。”

“陛下……”袁松张了张嘴，脸上的苦笑更重了。

柴荣笑了好一阵才止住笑声道：“不错，这一阵笑着实不错，心中舒畅了许多。”

“陛下心忧国事，自然不似微臣这般没心没肺吃得饱睡得香。”袁松笑道。

“呵呵，所以朕偏偏就不想让你吃得饱睡得香。”柴荣一笑，看着袁松说道。然后他端起桌上的茶盏，悠然自得地品了一口，继续说道：“此前之事，你如何看？”

“不知陛下所问何事？”袁松问道。

“莫要装糊涂，”柴荣冷笑一声，“此前遇到那一队巡兵时你也在场。”

袁松犹豫了一下，低声说道：“国政之事，臣不敢多言。”

“哼！”柴荣脸上冷笑更甚，“你参与的国政之事莫非还少了？朕今日邀你来此，难不成真的请你来品茗聊天？说！”

“是！”袁松再不敢推脱，他寻思了片刻后才说道，“陛下，国家军政之事弊端实多，如不加以整肃，恐怕难以为继。”最后他咬咬牙，低头说道，“臣观之，恐有亡国之相。”

柴荣没有说话，一双眼睛死死地盯着袁松。袁松垂头不语，额角已经渐渐出现汗珠。

“你的胆子很大。”柴荣淡淡地说道。

“臣胆子很小。”袁松苦笑道。

“笑话，如果你胆子很小，怎敢说此实话？”柴荣冷笑一声。听到这话，袁松心中绷紧的那一根弦顿时一松，悄悄吐出一口浊气来。

柴荣端起茶杯，慢条斯理地喝了一口后说道：“昨日还朝后的庆功宴，满朝文武欢欣鼓舞，什么‘尧舜禹汤，开元盛世’等一堆好听的话跟不要钱一样洒下来。朕脸上带笑，其实心中不屑得很，你可知道为什么？”

“臣不知。”袁松垂首道。

“不，你清楚地很，只是不敢说。”柴荣冷笑道，“你怕说出来，朕怪罪于你。可是你之前各种大胆言语已经说了许多，朕如果真的要治你的罪，你焉能活到今天？”

袁松苦笑一声，心知柴荣说的是真话。

“罢了，你不说，朕自己来说好了。”柴荣淡淡说道，“自唐末至今不过几十年而已，可这天下走马灯一般换着朝廷，不知道多少皇帝上上下下。天下间的官员将兵有多少人是历经数朝不倒的？不说别人，就说瀛王病逝之前，加上朕就历经四朝十帝。这样的官员有何忠心可言？那军中将领也是如此，今日侍奉朕，来日不知又要投靠谁。如此这般，官员成了官油，将领成了军混。官吏无办事之心，军将无忠贞之意，能捞就捞，能混就混，大不了换一个主子再混。这样一来，朝廷和朕这个皇帝，不过是个摆设罢了。”

说到此处，柴荣猛地转过头来，死死地盯着袁松问道：“朕意欲改变此般局面，朕问你，可有良策？”

袁松低头犹豫了一下，终于开口说道：“良策不敢讲，不过臣倒是有点想法。”

“说！”柴荣恢复了平静，淡淡地说道，“朕不是刘崇那等蠢物，知道什么人的话能听，什么人的话听不得。”

“陛下。”袁松又在心中琢磨了一下，然后开口说道，“要解决军政之事，需要陛下抓住两点。”

“哪两点？”柴荣问道。

“科举和禁军。”袁松低声说道。

柴荣闻言，眼睛一亮，轻轻一拍桌子道：“朕就知道，你这小子心中鬼主意颇多。此两点朕也考虑过，说说你的看法。”

袁松微微点头道：“首先说科举，陛下当知马上可以打天下，却不能马上治天下。先唐之时，世家门楣充斥朝廷影响朝政，因此先唐推出科举，世家门楣遭受重创，渐渐崩坏。然则先唐亡国之后，科举虽然延续下来，却被世家和朝廷重臣把持，成为了他们拉拢人心，交换利益之工具。臣以为，朝廷重器岂可由外人把持？科举乃是朝廷选举贤良的重要手段，必须握在陛下手中才可。”

柴荣闻言一笑，微微点头，现今朝政不稳，一方面是天下战乱频繁，走马灯一般换着朝廷。另外一方面，世家大族勾结在一起，利用科举谋取私利，天下官员都出自他们门下，这样一来皇权必然旁落。可如果自己掌握了科举，天下官员出自朝廷，自然也要忠心于朝廷，这样一来天下官民之心可定。

袁松看到柴荣的笑容，心中更加放松了，随即笑道：“陛下，此事是最容易的。现今陛下携大胜之威，正好可以整肃朝纲，将科举之事收拢在手，没有哪个朝臣敢反对，真正棘手的则是军政之事。”

“不错。”柴荣微微点头，“军政之事乃是重中之重，如今天下大乱，随便谁拢起一帮人马就想称王称霸，也因此养出了一群骄兵悍将。这些人成事不足败事有余，之前遇到的那群兵匪不过冰山一角。此前我军围困太原之时，朕一直压着不动，一方面自然有你说的那些原因，另外一方面则是朕发现这些军兵不堪大用，真要是指望他们成事，搞不好一场大胜就要变成大败了。”

“正是如此。”袁松微微点头，“既然陛下觉得他们成事不足败事有余，何不绕过他们行事？”

“绕过他们行事？”柴荣若有所思道，“就是你此前所说的，禁军？”

“正是禁军。”袁松笑道，“既然天下将兵不堪用者居多，那陛下为何还要骄纵他们？干脆弃之不用更好。”

“说来容易，做起来难。”柴荣叹道，“现今还未到天下太平之时，需要用兵之处颇多。将他们弃之不用，朕该用谁？”

袁松微微一笑：“既然旧军不堪重用，陛下何不另组新军？”

“新军？”柴荣听到这两个字，差点惊呼出声，但是接下来他的眸子神采越来越亮。

“不错，就是新军。”袁松微微点头，“如果是在这一战之前，此想法想要实现还颇为困难，但是此战过后则顺理成章。一是陛下在军中声望日增，其次高平一战正是陛下身边禁军奋勇搏杀才赢了大战，而樊爱能、何徽之辈却临阵逃脱。陛下要加强身边禁军实力，无可厚非。”

“明白了！”柴荣轻轻拍了一下手掌，“名为扩充禁军，实为编练新军。新军成军之日便为朕之肱骨，征战杀伐如身之使臂，臂之使指。手握如此新军，则再无忧矣。”

“正是，”袁松微微点头，“此为第一重好处。”

“哦？”柴荣听到此言，顿时笑问道，“难道说还有其他好处？”

袁松说道：“陛下，用此一谋，尚有强干弱枝之功。”

“强干弱枝？”柴荣目光一闪，“详细说说。”

“陛下，武人之乱在于手握重兵各聚其地，如果有变乱则呼啸而起。陛下倘若将其手下精锐抽调至禁军，则武人再无起事之能，百姓则不再受变乱之苦。”

柴荣深吸一口气，说道：“可如此一来，如遇强敌压境该如何？”

“陛下。”袁松从容一笑，“臣曾在潞州参与过守城，对此事尚有一点见解。抽调军中劲卒，并不是尽去其军。如若强敌来攻，各处兵将哪怕缺少劲卒，仍然可以拒城而守，等待援军。陛下强干弱枝，汇聚精锐于禁军，如此精锐人马难不成让他们守城？此等精锐专事杀伐足矣。”

柴荣听完这一番话，猛地站起身来负手而行，来回走了几圈后又坐回原处，伸手在桌上轻轻一拍，说道：“好计策。”他深深地看了袁松一眼，叹了口气继续道，“鬼谷之能绝非等闲。受益，如果你身在敌营朕该如何？”

“陛下如何臣不得而知，但是臣却知道，如真有一天臣身处敌营，恐怕活不过三日。”袁松苦笑道，“幕人谋天下者先要谋身，自身尚且不保，何来谋天下之举？臣现今已认陛下为主，此生便托付陛下了。”

“哈哈哈！”柴荣仰天大笑，意极欢畅，“受益当真是个妙人。”袁松在一边含笑而坐，慢慢品茶。

片刻之后，柴荣笑容渐去，微微摇头道：“受益，你可知当初朕即位时，曾经向文伯询问，朕当得几年？”

袁松笑言道：“早就听闻王大夫精于术数长于卜卦，陛下问对人了。”

柴荣淡淡说道：“文伯答我道，臣固陋，辄以所学推之，三十年后非所知也。我听闻之后十分欣喜，与文伯说道，若如卿所言，朕当以十年开拓天下，十年养百姓，十年致太平！”

袁松微微点头道：“陛下雄心壮志，吾等自当拼死效命。”

“不过，受益。”柴荣看着袁松说道，“正因朕需要十年开拓天下，所以这十年内你将不得升迁，你可有异议？”

袁松神色未变，微微点头道：“正当如此。”

“果真？”柴荣凝视着袁松，淡淡问道。

“臣所言非虚。”袁松轻叹一声，“臣从陛下此举看到了陛下对臣的爱护之心。臣身为幕人，陛下谋士，开拓天下之时太过于前，实不利于陛下之大业。与其示众于前引人瞩目，倒不如退至幕后安心为陛下谋划，此乃幕人之长也。”

“不错！”柴荣欣慰一笑，伸手拍了拍袁松的肩膀，“朕就知道你会明白的，朕与你约定以十年为期，十年之后朕必荡平天下，彼时定不负卿。”

袁松听闻此言，起身离座双膝跪地，郑重其事地向柴荣叩首道：“多谢陛下。”

“不必。”柴荣将袁松搀扶起来，“其实是朕有负于你。不过，你虽然官职不高，却也是朕的肱骨，决不能有失。”说罢，他抬头往远处喊了一声，“蛇儿，出来。”

柴荣话音刚落，一道黑影突然从一个角落里纵身而出。这黑影的速度极快，还没等袁松反应过来就已经来到了柴荣面前，原来是一个又高又瘦的汉子。柴荣一笑，指着面前的高瘦汉子对袁松说道：“受益，这是李用，绰号伏草蛇，乃是我的亲卫。他是先皇暗中培养的精锐，武艺高强，人也很机灵，以后他就跟在你身边，他的身份知道的人不多，对外你称自己收了一名护卫就好了。”

“多谢陛下。”袁松连忙行礼。

“嗯。”柴荣微微点头，不过脸色有点古怪，对一边的李用说道，“蛇儿，以后你就听命于袁先生，不得违抗，明白没有？”

“遵旨。”那李用行了一礼，规规矩矩回道。不过，袁松似乎从他眼中看到了一丝不屑。

“还有，”柴荣又说道，“以后朕若有事找你，会让李用来通知你。你我二人间的联系越少人知道越好，起码暂时不要表现得超出一般君臣之义。”

袁松抱拳拱手：“是，微臣明白。”

“好了。”柴荣点了点头，长身而起，“今日当真是不虚此行，你早点回去休息吧。”

“遵旨。”袁松点头答道。

“去吧，莫要让阿凝着急了。”柴荣调侃了袁松一句，不等袁松说话便带着侍卫扬长而去。

袁松好半天才回过神来，满脸苦笑，不知该说什么才好。扭头看看身边的那位侍卫李用，只见他双手抱在胸前，一副懒洋洋的模样，和刚刚在柴荣面前那副精神抖擞的样子判若两人。

“阿弥陀佛。”此时，一声佛唱在袁松身后响起。

袁松回头一看，只见那位慧音师太已经走到了他身后，虽然面无表情，可是那精致的容颜仍让袁松看得微微一愣。

“师太。”袁松连忙行了一礼。

“如无其他事，还请施主离开此处，贫尼要洒扫庭院了。”慧音师太淡淡地说道，“又或者施主想要留下听贫尼讲经？”

“不敢。”袁松苦笑一声，“在下这就告辞了。”说完，他深深地看了慧音师太一眼，转身离开。

“阿弥陀佛，施主慢走。”慧音师太双手合十念了一声，目送着袁松和李用两人离开了这座小院。

走出小院之后，李用突然开口道：“莫非相公有意那名女尼？”

“啥？”袁松被李用这么一问，顿时吓了一跳，“你说什么？”

“不管相公作何想法，在下觉得都应该慎重。”李用一本正经地说道，“陛下经常出入此处，与这慧音师太品茶闲聊。而且我也听说，相公与那赵家小姐之间可是，嘿嘿嘿……”说到此处，李用脸上露出一丝意味深长的笑容。

袁松顿时觉得一阵头疼，摆手说道：“你可莫要胡说，我与赵家小姐清清白白，而且对那位师太也没有什么非分之想。”

“现在清白，未必以后也清白。”李用撇撇嘴，“俗话说，男追女隔重山，女追男隔层纱。那赵家小姐的种种作为在下多有耳闻，相公你挺得过一时，挺得过一世吗？”

袁松一脸无奈地看了一眼这位侍卫，心里忍不住生出恶念。陛下将此人放在自己身边，究竟是保护自己安全顺便监视，还是实在受不了此人的贫嘴德行，甩给自己一个包袱？

出了那座小院，袁松回到前面的正殿，正欲寻找老夫人，却发现一名赵府的丫鬟已经守在正殿门口。那丫鬟一看到袁松，急忙迎了过来，行过一礼道：“奴婢见过公子，老夫人吩咐我在此等候公子。”

“哦。”袁松连忙问道：“不知老夫人有何吩咐？”

“回禀公子，老夫人在此遇到了几位其他府上的夫人，此时正在禅房吃茶闲谈，可能会晚一点才回去，请公子自行回府便可。”丫鬟恭敬地说道。

“好的，有劳了。”袁松点了点头，目送那丫鬟离开后便转身向寺外走去。李用跟在他身后左瞧右看，看着一点也不像是个高手的模样。

袁松也不管他，他相信柴荣不会放一个酒囊饭袋在自己身边。两人就这么一直走出了大相国寺，往寺外的马厩走去。

这时，一顶小轿顺着山路晃晃悠悠走了上来，在那小轿两侧跟着几名常随，还有几名丫鬟，从轿身上隐隐约约传来一股淡淡的香气。

袁松觉得那轿子前面的一名丫头似乎有些眼熟，忍不住多看了一眼。没想到，那丫鬟也发现了他，便凑到轿子旁边低声言语了几句，那轿子竟然向着袁松这边走了过来。接着轿夫落轿，从里面走出一位佳人，容颜秀丽，不同凡俗，看到不远处的袁松，她未语先笑，脸上现出两个浅浅的酒窝。

“奴家见过公子。”这女子向着袁松微微行了一礼，“没想到又与公子见面了。”

袁松微微一皱眉头，他想起来此前的确见过这名女子，就在这大相国寺中，她养的猫儿抓了自己一下。袁松往她身后看，果然有一名丫鬟抱着一只懒洋洋的猫。

“见过姑娘。”袁松连忙行礼，应了一声。

“公子客气了。”那女子嫣然一笑，抬头看了看不远处的大相国寺，对袁松说道，“此前与公子在这大相国寺相见，这一次又是与公子在这大相国寺相见。佛门讲究缘法，难不成我与公子有缘？”

“有缘无缘未曾敢说。”袁松微微一笑，“不过这大相国寺，你来得，我来得，宰相公卿来得，平民百姓也来得。在此相遇便叫缘分，似乎差了些许意思。”

那女子闻言，微微一僵，但是随即掩嘴笑道：“公子说的当真有趣，别人遇到是不是缘分，奴家不知，可是奴家与公子相遇，倒是觉得这是缘分。”说话间，她脸上一片绯红，仿佛染上了一层彩霞，附近路过的几名路人都看直了眼睛。

“小姐既然说是缘分，那便是缘分吧。”袁松不置可否，笑吟吟说道。

“那，不知公子可有闲暇？”那女子轻声问道。

“不知姑娘有何吩咐？”

“今日奴家与几位姐妹在附近赏花，不知公子可有闲暇同往一观呢？”

“这个，不了。”袁松微微摇头，“今日在下尚有点事情，就不打搅姑娘的雅兴了，我们后会有期。”说罢，袁松对着这位女子拱了拱手，不等她回话便转身就走向马厩。

随着那女子一起前来的一名家丁凑上前来，对那女子说道：“小姐，此人颇为无礼，小的这就将他抓回来，听从小姐处置。”

“多嘴。”那女子脸色一沉，冷冷地瞪了那家丁一眼。家丁心中一寒，连忙后退一步，低头不敢再说话了。

不多时，一阵马蹄声响起，袁松与李用一前一后直奔开封城。

“哼！”那女子看着袁松的背影冷哼一声，轻轻一甩袖子，“罢了，既然人家有事，我们也走吧。”说完，转身上了轿子，在众人簇拥之下扬长而去。

路上，袁松与李用并马而行。李用咂了咂嘴道：“可惜了，相公可知那女子是谁？”

“听说是工部侍郎之女。”袁松淡淡说道，脸上表情不见丝毫变化。

“你知道啊！”李用轻轻一拍大腿，“那可是京城有名的美人，工部侍郎家的掌上明珠，姓方，单名一个秋字。京城多少名门公子、才子俊杰都垂涎于她，可是她对任何人都是不假颜色，从来没听说有人成功过。可是现在她却对你颇有好感。”

说到此处，李用口中啧啧有声：“刚才那一番话，连我听着都不免心动，几乎与投怀送抱无疑了。偏偏相公你熟视不睹，当真是辜负了美人的一番好意啊，我恨不得以身代之。”

“当真？”袁松一笑，“既然如此，你为何不去？”

“你以为我不想？”李用摇头晃脑地说道，“人家看上的是你这样的公子，哪里看得上我这等粗人？”

袁松脸上笑容依旧道：“你刚才说她对任何人都不假颜色？”

“是啊。”李用点头。

“既然如此，我与她才不过见了两面，为何她要盛情邀约我？”袁松眉头紧锁，低声嘟囔道。

“为何想那么多？有人对你如此青睐，相公你当高兴才对啊，哦……”李用突然一拍额头，脸上浮现出恍然大悟的表情说道，“想必是赵家小姐对你管束太紧吧？”

接着，李用又摇了摇头，一脸不屑地说道：“这不是还没成亲吗？要我说，就不该助长这种歪风，就应该让她知道，这天下间可不止她一个女人！以相公这般人才……”

袁松在一边听得头疼，到这里终于忍不住了，伸手拍了一下李用肩头，苦笑道：“好了，好了，休要再说了，我们赶紧回去。”

李用咂咂嘴，似乎有些意犹未尽。倒是袁松，在马上忍不住回头张望了几眼，脸上满是疑惑之色。

第二十四章　庙堂百态

开封城，郭府。

郭家是这开封城中的名门望族，据说祖上乃是唐时郭子仪的后裔，只不过几经战乱，事情真假已不可考。但郭家现在是开封城中排得上号的大家族，却是不争的事实。郭家现任家主身为礼部尚书，家族上下多有从政者，在开封城中算得上是一方人物。这一点从郭家的客厅中就能看得出来，没有什么金碧辉煌的装饰，可是每一样东西都有着一股古朴的味道，而且绝非凡品。有几件摆设分明是晋朝的古物，就那么随意地摆在那里，常人完全看不出来这东西其实价值连城。

此时，姚谦坐在郭家的客厅中，慢条斯理地品着手中的茶。他的动作从容不迫，对周围的摆设熟视无睹，非世家子弟是绝对做不到的。

不多时，一阵脚步声响起，一名老者从外面走了进来。此人年岁在五十上下，身体康健，哪怕是疾步而行也带着一股威严感。他正是郭家的家主，礼部尚书郭洵。

客厅里，姚谦在听到脚步声之时便已站起身，等到郭洵走进客厅，他立刻躬身行礼，态度十分恭敬："末学晚辈见过世伯。"

"快起，快起，莫要多礼。"郭洵摆了摆手。

待到姚谦站直了身子，郭洵仔细打量了他几眼，手捻胡须，点头微笑："好，好，不愧是有名的青年才俊，才几日不见，越发精神了。"

"多谢世伯夸奖。"姚谦笑道。

"坐。"郭洵以手相邀，姚谦谢过之后坐上了座位。两个人坐好之后，有下人上了茶，又给姚谦续上了新茶。

“适才老夫有点琐事，劳贤侄久等了。”端着茶碗，郭洵苦笑道，“贤侄不会怪我吧？”

“不敢。”姚谦连忙说道，“陛下刚刚得胜归来，诸事驳杂，世伯能抽空见小侄一面便是小侄的运气了。”

“哈哈，哪有如此夸张？你我两家乃是世交，你我二人又同殿为臣。你来拜访，老夫怎能不见？”郭洵笑道。

两个人端着茶闲聊了几句，聊的东西东拉西扯，完全不着边际。最后，姚谦心中一叹，知道自己如果不开口的话，等着这老狐狸主动开口，还不知要等到什么时候。

“世伯，”姚谦将手中的茶碗放到桌上，“您能在百忙之中见小侄一面，小侄感激不尽。其实小侄这次来，是有一事想与世伯商议的。”

“有事与老夫商量？”郭洵端起茶碗吹了吹杯子里的热茶，慢条斯理地喝了一口，“老夫素来听说贤侄曾经得到高人传授，身怀绝艺，足智多谋。连贤侄都解决不了的事情，老夫恐怕也是无能为力啊。”

姚谦苦笑一声道：“小侄来找世伯，是因为这件事以世伯的身份来办最为合适。”

不等郭洵说话，他又说道：“而且此事若成，说不得就要得到陛下青睐。然而小侄威望不足，能力不够，不如由世伯来牵头，如果促成此事，世伯当为首功。”

“哦？”郭洵微微眯着眼睛看了姚谦一眼，“还有此事？”

“不敢欺瞒世伯。”姚谦微微一笑。

“究竟是何事？说来听听。”

“世伯，小侄听闻前唐之时有百官上表玄宗，将每年八月五日玄宗诞辰立为天长节为玄宗庆寿。”姚谦继续说道，“不过那玄宗前半生当得上英武二字，但是后半辈子却脱不了昏庸二字，宠信贵妃导致安史之乱，埋下了前唐祸根。如此人物尚以生辰为节，难道我朝就比不了他吗？”

“咦？”郭洵听闻此言，眉毛一挑，有些心动，“贤侄的意思是，我等也应上表为陛下庆贺，将陛下生辰定为节，普天同庆？”

“正是如此。”姚谦哈哈一笑，“陛下英明神武，一登基便挫败刘汉。陛下一举解了国朝之围，又大涨我朝声势，此般作为当得千古名君，武功直追先唐太宗皇帝。既然如此，陛下生辰为节有何不可？当今陛下正是天降我朝之贤明君主，陛下诞辰，普天同庆，才是正理。”

郭洵手捻须髯，闭上眼睛寻思了片刻，突然点头笑道：“贤侄果然是少年才俊，所思所想甚为周全。不错，陛下乃是天降贤明之主，否则怎会初登大宝便有如此威势。此事老夫必当好好思量一番！”

“多谢世伯。”姚谦含笑道，“不过，侄儿以为，此事若想功成，必要造出声势来才好。只两人的话，恐怕……”

“老夫晓得。”郭洵哈哈一笑，“贤侄自当放心。”

不多时，姚谦从郭府出来，早有人将马车赶来在外面候着。姚谦登车，马车内姚正已经静候多时。

“大人。”看到他回来，姚正连忙行礼。

“嗯，”姚谦微微点头，“何事？”

“大人，今日赵家老夫人去大相国寺上香，您那位师弟跟随在侧。然则出来之时，您那位师弟身边多了一人。”姚正低声说道。

“哦？”姚谦一愣，“多了个什么人？”

“不知。”姚正微微摇头，“此人面生得很，不知是何来历。”

姚谦盘膝坐在马车上思索了一阵，问道：“那我问你，我那师弟在大相国寺里见过何人？”

“这个……”姚正脸色难看，垂头说道，“属下无能，并未打探出来。”

“嗯？”姚谦声音顿时变冷。

“大人，非是属下无所作为，实在是暗探进入大相国寺后便失去了他的踪迹，似乎……”姚正犹豫了一下。

“似乎什么？”

“似乎有人在暗中干扰我们，而且经验极为老道。”姚正回答道。

“当真？”姚谦一惊。

“不敢欺瞒大人。”

姚谦眯上眼睛思考了一阵，又问道：“除此之外，还有何事？”

“大人，在大相国寺外，您那师弟遇到了工部侍郎之女，两人交谈了几句。我们的暗探在旁边听了，似乎那位方小姐对令师弟有意。”

“哦？”姚谦眉毛一挑，哑然失笑，“真的？”

“不敢诓骗大人。”

“没想到我这位师弟不但是一位杰出的幕人，还是一个多情种。”姚谦轻声笑道，“工部侍郎之女，我记得是叫方秋吧？”

“正是。”

“方秋，工部……”姚谦脸上突然露出了一个古怪的笑容，“不错，乐见其成。姚正。”

“属下在。”

“对我师弟的监视，暂且放一放吧。”姚谦说道，“赵家也是开封城中的名门，将种世家，那赵匡胤又颇得陛下看重。我等莫要做得太过，撕破了脸面谁都不好看。这次暗探在大相国寺中失去了我那师弟的踪迹，未尝不是一个警告啊。”

“是。”

与开封城中欢喜中带着轻松的氛围比起来，太原城此时就差了许多。虽然已经是六月，可是太原城里仍然是沉闷得可以，无论是街上的平民百姓还是朝廷的官吏，一个个都板着脸，看不出有丝毫的喜色。朝廷先是趁着周朝新皇继位，根基不稳，倾举国之兵攻入周朝，然而被人打了个落花流水，国主狼狈逃回都城。不仅如此，周朝还兵逼太原城，围城良久才撤离。这一进一退，攻守转换间不但没有获得丝毫好处，反而吃了大亏。粮草、军械、物资如水般泼了出去，连个影子都不见回来，刘汉上下也因此愈发凋零了。

皇宫之中，偏殿之内，歌舞声不绝于耳，身穿曼妙衣裙的舞姬伴随着乐声起舞，殿中充满了酒肉的香气。

刘承钧手持一份奏折，急匆匆地走进了大殿之中。只见刘崇衣领随意敞着，手上持着装满美酒的酒杯，面前摆着佳肴，两名绝色宫女侍奉左右，侧卧着身子一边饮酒一边目不转睛地欣赏着面前的歌舞表演。

刘承钧偷眼观瞧，自己的父亲脸色灰败，眼圈发黑，虽然一脸的欢愉，不时地与身边舞姬调笑，可是双眼却有些呆滞，时不时还轻轻咳嗽两声。

“儿臣见过父皇。”刘承钧轻叹一声，向着刘崇行了一礼。

刘崇却似充耳未闻一般，仍然目不转睛地盯着面前的舞姬。

无奈之下，刘承钧只得再喊了一声，刘崇仍未听到，连喊三声，刘崇才有了反应。

“啊？”刘崇应了一声，慢慢转过头来，目光呆滞地看着刘承钧，好半晌才回过神来，哈哈一笑，“原来是吾儿！何时来的？”

“父皇，儿臣已经来了有一阵了。”刘承钧无奈道。

“那为何不喊朕呢？”

“喊过了。”

“喊过了好，喊过了好。”刘崇口中碎碎念道，“来来，过来坐下，与朕一起欣赏歌舞！”

“父皇，”刘承钧无奈道，“儿臣来是有事求见父皇，有奏章需要父皇定夺，在……”

可他话还未说完，便被刘崇打断，摆手不耐道：“莫说，莫说！此时心情正好，莫要被这些许小事坏了心情！该当如何，你看着办就好了。”

“可是……”刘承钧还想再言，可是刘崇已经不再理他，与身侧的美人嘻嘻哈哈地调笑起来。

刘承钧无奈，只好告退，出了大殿之后，听着里面的靡靡之音，他无奈地摇了摇头。

“无量天尊，贫道见过太子殿下。”这时，一声道号在他耳边响起。

刘承钧一愣，回头一看，只见郭无为就站在他身侧，稽首作礼，面带微笑地看着他。

“啊！原来是国师。”刘承钧连忙行礼。

“不敢，不敢！”郭无为赶忙还礼，“君是君，臣是臣，陛下乃是君，贫道虽然是方外之人，仍然是殿下的臣子，不敢受殿下一礼！”

“国师，话虽如此，然则国师乃是大贤，孤理当以礼相待。”刘承钧肃容道。

“不敢，不敢。”郭无为微微摇头，话锋一转，“殿下，你来此处，可是来寻陛下？”

“正是。”刘承钧点头道，然后轻轻叹气，“朝中有一件事需要父皇定夺，可父皇意志消沉，精神不振，此刻又沉迷酒色，孤实在是……”

“太子殿下不必担忧，陛下乃是雄主，吉人自有天相，只需过得几日，排解心情，就会恢复如初了。”郭无为笑道。

“希望如此。”刘承钧勉强笑了笑，“国师，孤还有些琐事，先行告辞了！”

“无量天尊，恭送殿下。”郭无为稽首作礼，面带微笑，送走了刘承钧。

到了那大殿之外，郭无为面容一肃，对门外的内侍说道：“敢请禀报陛下，郭无为求见！”

那名内侍不敢怠慢，连忙进到大殿，郭无为就在门外肃立，一动不动，不多时那内侍出来，将郭无为请了进去。

谁都没有发现，在刚才郭无为站立的位置附近，一处隐蔽的角落中，有一个小小的纸包落在了那里。纸包呈黑色，又是在阴影之中，如果不细看的话，谁都发现不了。没过多久，一名内侍从那里经过，等他走过之后，地上的纸包便消失了，就好像从来没有出现过一样。

“如此，贫道告退！”大殿中郭无为说了一声，神态恭敬地慢慢退出了大殿。

待郭无为离开，刚刚那名疑似捡起纸包的内侍走进了大殿，挑了挑各处的灯烛，又在熏香炉子里放了一块新的熏香。就在他挑动灯烛时，烛火轻轻一跳，似乎冒出了一股紫烟，只是这速度太快，谁都没有注意到。

大殿之中仍然是歌舞升平，刘崇怀抱美人，兴致高昂地看着歌舞，偶尔举起酒盏痛饮而尽，不亦乐乎。

突然之间，刘崇面容一滞，猛地变得青紫，一张口，吐出一口污血来，两眼一翻，昏了过去。

大殿之中顿时乱成一团，宫娥内侍慌乱奔走，有人声嘶力竭地大声喊道：“快，快传御医，快传御医！”

啪！一本奏折被人随手扔在桌案之上，柴荣面带冷笑，手指轻轻地敲着御案。

“这份封赏当真不得了。”他轻笑一声，“上面推举的功劳，当真是人人有份，真当朕是傻子吗？”

寻思了片刻，他突然抬起头来喊道：“来人！”

一名内侍垂首走进了书房。

“拟诏！”柴荣淡淡地看了他一眼，淡淡说道。

金銮殿上，文武百官分列两处，等待上朝。

三声鞭响，柴荣身穿朝服走入金銮宝殿。

“吾皇万岁万岁万万岁！”文武百官先行拜见，然后分列两旁。

柴荣端坐御座之上，等到文武百官叩拜之后这才开口说道：“此前刘汉犯境，开封城一日数惊，全赖诸位卿家鼎力相助，这才有高平一战之大捷，而后才有兵围太原，让那刘崇不敢再犯边境！朕初登大宝，此等荣耀，当与诸卿共享之。卿等不负朕望，朕也必不负诸卿！”

说完之后，他向身侧的一名内侍打了个手势，那内侍手捧圣旨，站到御前展开，大声念道：“门下，天下之本：今赖祖宗保佑，诸卿……”

大殿之中的文武百官一个个肃然而立，不敢稍动，纷纷竖起耳朵仔细听着那圣旨的内容。大家知道，此乃大捷之后，陛下要论功行赏了！

柴荣端坐在御座之上，对大殿中文武百官的一举一动了如指掌，看到他们一个个紧张的模样，嘴角微微一勾，笑容稍纵即逝，随即又恢复了那副不苟言笑的模样。

恰在此时，那内侍念道：“拜范质为司守徒兼门下侍郎、平章事、弘文馆大学士；李谷为守司徒兼门下侍郎、平章事、监修国史；王溥为中书侍郎兼礼部尚书、平章事、集贤殿大学士。魏仁浦为枢密使、检校太保，其余人等各有封赏，自有诏令下发各处，钦此！”

说完之后，内侍将那圣旨一合，双手捧着，规规矩矩站回原处不再言语。

殊不知这份圣旨在下面的文武百官之中引起了怎样的骚动。

听完这份圣旨，台下诸位大臣一个个脸色古怪，可是在这大殿之中却不敢肆意说话，只好彼此之间用眼神互相交流。

柴荣端坐在御座上，用玩味的眼神看着台下的诸位，眼看他们快要憋不住的时候，柴荣这才开口问道：“诸位卿家，不知诸位有何看法呢？”

下面的官员互相看了看，每个人都是一副欲言又止的模样。

最后，所有人的目光都集中在了吏部官员的身上，吏部尚书被这么多人盯着，感觉如芒在背，无奈之下，只好向自己手下的一名吏部侍郎使了个眼色。

那吏部侍郎无奈之下，只好迈步出班，先向御座之上的柴荣行了一礼：“启禀陛下，臣有话要说。”

“哦？”柴荣对此局面似乎早有预料，脸上完全不为所动，只是淡淡地应了一声，然后问道：“爱卿但说无妨。”

“多谢陛下。”那名官员先谢了恩，这才说道，“此次国朝大捷，全赖祖宗保佑，陛下睿智果敢，这才一战功成，因此陛下当为首功！然则陛下圣明，知道我等臣子拳拳报国之心，这才有所恩赏，我等臣子感激不尽……”

柴荣微微一皱眉头，在自己的御座之上拍了拍：“这些话虽然是好话，但是这大殿是用来议事的，不是用来拜年的。说重点！”

“是！”那官员尴尬一笑，继续说道，“陛下圣明，其他封赏也就罢了，可是魏将军之封赏，臣以为略有不妥……”

“有何不妥？说来听听。”柴荣玩味一笑，开口问道。

“陛下，魏将军功勋卓著，乃是辅佐大周的栋梁之材，可是此前魏将军官拜右羽林将军，乃是武职，而且魏将军未经过科举选材，便官拜枢密使，臣以为实有不妥。”吏部侍郎说道。

“为何不妥？只因魏爱卿未曾通过科举？”柴荣笑问道。

那位吏部侍郎满脸犹豫，却不知该说什么。

吏部尚书眼看自己不出面不行了，这才出班向上奏报：“陛下，臣也以为此举不妥！”

“为何呢？”柴荣仍是面不改色，淡淡地问道。

吏部尚书正色道：“陛下，从前唐以来，国家官吏从科举而来已成为惯例，不经科举，不知才干如何。而且诸多学子都由科举入朝，现今骤然提拔魏将军至枢密使位，臣唯恐天下学子不服啊！还请陛下慎重！”

有了这两位当了出头鸟，朝中大臣不再犹豫，从朝班之中又站出来七八位朝臣，向上行礼，口中念道：“还请陛下慎重！”

几个人众口一词，就如同商量好了一样。

柴荣面上的表情毫无变化，似乎对面前的一切早有预料，他微微一笑，从御座上站了起来，居高临下，负手俯视着阶下诸臣。他的目光犹如鹰隼，犀利无比，台下诸臣没有任何人敢与他对视，柴荣目光扫过之处，所有人纷纷垂下头来。

“诸卿所言，的确是老成谋国之言！”这时，柴荣才淡淡开口说道，“然则朕初登大宝，况且天下未定，仍是四分五裂之局。朕渴望贤良辅佐，开万世之太平，上告天地，下抚万民！魏卿家虽不是科举出身，却乃朝中干臣，曾追随先皇左右，为先皇所信重。此次高平之战，魏卿家也功不可没，正是他在危难之时振臂一呼，协助朕杀败了刘汉军。此等功劳，如此封赏，魏卿家当之无愧！诸君，顾才何如尔！”

晃晃大殿之中，此刻只有柴荣一人声音回荡，阶下大臣垂首不语，似乎柴荣一人的气势，已经压得其他人喘不过气来。

柴荣顿了顿，再看了一遍台下诸位大臣，然后微微一笑，突然说道：“魏爱卿！”

“啊！”一直在群臣之中的魏仁浦一愣，连忙出班，向上拜道，“臣在！”

“魏爱卿，诸卿觉得你不该获此封赏，朕问你，你觉得如何？”柴荣淡淡问道，“朕的封赏，你敢接吗？”

魏仁浦稍微抬了一下头，看了一眼周围的群臣，又偷偷看了一眼高高在上的柴荣，突然向前一步，大声说道：“臣叩谢万岁！”

“好！”柴荣哈哈大笑，“那就这么定了！传朕旨意，有功之臣，朕不吝封赏！”

“吾皇万岁万岁万万岁！”台下诸位大臣只好向上叩谢，虽然言语之间颇有无奈，但却不敢再多言了。

倒是郭洵偷偷与身后的姚谦对视了一下，两人心中明了，之前的提议要尽快进行了。

等到散朝之后，赵匡胤今日不当值，离了皇宫，正准备往家里赶。忽听得有人在身后呼唤：“老赵，老赵！”

他微微一愣，回头一看，只见一个人笑嘻嘻地凑了过来。

这是他的结义兄弟，亲卫左第一军都指挥使石守信。两个人关系亲近，相交莫逆，不但同殿为臣，而且在高平之战时，石守信就随着赵匡胤立下了功劳，升了都指挥使。

“老石，什么事啊？”赵匡胤莫名其妙地看着凑过来的石守信，总觉得这家伙的笑不是好笑，眼睛里藏着啥让人不爽利的东西。

“我就是来问一句，你那妹子赵凝现在可好？”石守信笑嘻嘻地问道。

“老石！”听到这话，赵匡胤脸色一变，“兄弟归兄弟，其他归其他，你我两人虽然交情好，可你是有家眷的人了，休要打我妹子的主意！”

“你想什么呢？”石守信脸色一垮，一脸郁郁地说道，“我喜欢的是那小家碧玉，性格温婉的，你妹子打起架来比我还凶，这我可消受不了！”

“那你没头没脑地问起阿凝，是何居心？”赵匡胤问道。

“什么居心？我这是为了阿凝好，你说什么居心？”石守信没好气地说道。

“你给我把话说清楚了！”赵匡胤越听越是糊涂，忍不住问道。

“我听说阿凝有了意中人了，”石守信笑眯眯地问道，“陛下的书记官，那个姓袁的小子？”

“呸，什么小子小子的！”赵匡胤没好气地骂道，“你这厮给我口下留德，莫要胡说八道！那是我妹夫，不要小子小子地乱吠！”

“阿凝还没过门，那就是你妹夫了？”石守信一撇嘴。

“阿凝喜欢他，我看着他也不错，家中老娘也十分器重他！那他就是我妹夫。”赵匡胤上下打量了石守信几眼，“怎么了？莫非你也看中了？我记得你可是没有妹子！”

“老赵，我好心好意提点你，你能不能也和我好好说话？”石守信没好气地说道，“我就是想让你好好看着这小子，别被人撬走了！”

“你什么意思？”赵匡胤闻言一惊，连忙问道。

“你可当真是后知后觉！”石守信嘿嘿一笑，“难道你没听说？京中可是都有传闻了，说是京中那有名的美人，工部侍郎的千金方小姐，也有了意中人了。”

“她有意中人与我何干？”赵匡胤一愣，“又不是我！”

“当然不是你！”石守信撇撇嘴，“可她的意中人，和你的妹夫可是同一个人！”

“你说什么？！”赵匡胤闻言脸色一变，低声喝问道。

“你可别不信，去打听打听便知晓了！”石守信轻叹一声，“你我乃是兄弟，阿凝也是我看着长大的，我可不希望因为一个无情无义的小子毁了她一辈子！”

“哼，我这就去问问！”赵匡胤咬牙切齿地说道，“如果真有此事，到时候我一定要他好看！如果没有此事，老石，你等着，我就要你好看！”

“哎？”石守信一愣，赵匡胤已经离开，飞奔着打探消息去了。

赵府之中，袁松独居的小院里一阵刀光剑影，阵阵劲风吹得院子里的花草唰唰作响。

一道红影手持宝剑上下翻飞，将那把宝剑舞动得如同一条银蛇一般。

而在院子的一角，袁松端坐在那里，手捧一卷书，慢条斯理地看着，慢条斯理地翻页，然后慢条斯理地点头，显然深入其中，看得津津有味。

李用就站在他身边，盯着那道靓影，脸色有些难看。

好半天，他才吞了一口口水，低声对端坐在那里的袁松说道：“相公，难道你就不怕？”

“怕什么？”袁松淡淡地回了一句，翻了一页书。

“她在那里舞刀弄枪的，这院子这么小，要是突然出了个差错，你岂不是性命堪忧？”李用低声说道。

“生死各安天命，我怕有什么用？”袁松一脸不以为然，“当初潞州城、高平，哪个不是刀光剑影，箭矢冲天，我不也是平平安安地过来，到现在还好好的？”

“这个不一样。”李用嘟囔道。

“有什么不一样？”

“呃，好像还真没什么不一样，都是一样的刀剑无眼。”李用寻思了一下，轻叹了一声，接着脸上露出了一个促狭的笑容，“不过，我倒是为相公你担心啊！”

“担心什么？”袁松还是那副慢条斯理的模样问道。

“担心你的将来呗！”李用低声笑道，“这丫头的本事就算比宫中的一般侍卫都不差了，以后过了门，十有八九御夫有术，你要麻烦喽。”

“呃……”袁松嘴角轻轻抽动了一下，脸色微微一垮，随即又努力地板起脸来，继续慢条斯理地看书。

不过这也晚了，李用在旁边把他的表情看了个真着，低头嘿嘿一阵轻笑。

就在这时，院门突然哐当一声被人踢开！一个人大步流星走进了院子。

“啊！”院中舞剑的赵凝被吓了一跳，手中长剑下意识地向着进门那人就刺了过去。

哐当一声！一把长剑连着剑鞘狠狠地敲在了赵凝的剑上，赵凝只觉得一股巨力从剑身上传了过来，她把持不住手中的长剑，惊呼一声，长剑脱手飞出，落到了一边的花丛里，扫倒了一片花草。

赵凝吓了一跳，连退了几步，再看进来的那人，顿时愕然，只见进来的不是别人，正是自己的兄长赵匡胤。不过赵匡胤此时满脸怒容，和平时的模样判若两人。

“大兄，”她惊讶地看着赵匡胤问道，“您，您这是怎么了？”

“阿凝，你先出去！”赵匡胤板着脸对赵凝说道。

赵凝闻言顿时一愣：“哥……”

“去，我让你出去！”赵匡胤一瞪眼睛，低声呵斥道。

“哦。”虽然赵匡胤平时对赵凝颇多宠溺，可是在赵凝心中，赵匡胤还是很有威严的，此时听到他语气很重，赵凝不敢再说话了，只好答应一声，老老实实地向外走去。

等到赵凝出去把门带上以后，赵匡胤大步流星，几步来到袁松面前，将手中的长剑砰的一下拍在了袁松面前的桌案上。

袁松顿时一愣，惊讶地看着赵匡胤：“兄长，你这是何意？”

“你问我，我还想问你呢！”赵匡胤咬牙切齿地说道，“我问你，方秋是你什么人？”

“方秋？”袁松一皱眉头，这个名字似乎听到过，他寻思了片刻，小心问道，“你说的是那方侍郎家的小姐？”

“好啊你！”袁松不说这话还好，一说这话，赵匡胤顿时勃然大怒，“你个忘恩负义的狗贼！亏我平时把你当妹夫看待，谁料想你竟然背着我妹子在外面勾三搭四！我今天非教训你不可！”说着就向袁松扑了过来。赵匡胤乃是战场上的武将，动作奇快无比，袁松一个文弱书生，根本就反应不过来，整个人都呆住了。眼看赵匡胤这一下子就要把袁松抓在手里，一边的李用急了！如果是别人他才懒得计较，可是袁松乃是陛下要自己照看的，如果出了什么闪失，自己可吃罪不起。所以他当机立断，立刻出手，伸手一挡赵匡胤的手，同时一把将他抱住。

“赵将军，冷静，冷静啊！”李用一边努力控制住愤怒的赵匡胤，一边说道，“有话好说，有话好说啊！”

一边的袁松也懵了，不过好在他虽然懵了，可也不是傻子，立刻兔子一样从座位上蹿了起来，一溜烟跑出去好远，躲在一棵大树后面对着赵匡胤说道："兄长，您这是为何啊？这是为何啊？"

"你还问我？你自己想想你做的好事！"赵匡胤奋力挣扎，可是却始终摆不脱李用，他心中不由得暗暗吃惊，之前袁松只是说这李用是他请回来的随从，也不以为意，可是今日才发现，李用这厮竟然力大无比，连自己想要挣脱都非易事。

可是这时赵匡胤已经热血上涌，顾不上这许多了，气急败坏地对袁松吼道："你自己说，你到底做了什么对不起阿凝的事情了？"

"对不起阿凝？这，这从何说起啊？"袁松不知所措地说道。

接着，他转念一想，有点明白过来了："兄长，难道你说的是那方家小姐？"

"可不就是她！"赵匡胤破口大骂，"外面已经传遍了，说你和那方家小姐勾勾搭搭，郎情妾意，你还有何可说？阿凝算是瞎了眼，找了你这么一个狼心狗肺的东西！"

"慢着！"袁松一摆手，脸色有些狐疑，"外面已经传遍了？"

"当然！"赵匡胤骂道，"很多人都已经知晓了。"

"奇怪，究竟是谁传出来的？"袁松一脸古怪，"兄长，我与那方家小姐前后只见过两次面，都是偶遇，一举一动止乎于礼，绝对没有任何过分的举动。可外面为何传出我与那方小姐之间有私情呢？"

"哼，你一张嘴，死的能说成活的！止乎于礼？某家怎能信你？"赵匡胤仍是大骂。

"兄长……"袁松苦笑道，"我何须骗你？第二次与那方家小姐见面时，这位李兄弟就在我身边，他也见到了，可以为我做个见证。"

"是了是了！"李用在赵匡胤身后说道，"我可以做个见证！"

"见证？"赵匡胤一皱眉头，"当真？"

"我怎敢欺瞒赵将军？"李用一本正经地回答道，"虽然相公他第一次与那方家小姐相遇的时候在下并不在场，可是第二次我却亲眼所见！那方家小姐的确是对相公各种亲近……"

"什么！她安敢如此？"赵匡胤一听就火了，怒吼了一声。

"哎呀，赵将军你急啥？吓我一跳！"李用嘟囔了一句，"不过我家相公对她却不屑一顾。当时那么多人看着呢，前因后果一问便知。"

"没错！"袁松也苦笑道，"也不知兄长你从何处听来的谣言，在下与那方家小姐并不太熟悉，而且相遇时又在那大相国寺门外，那里人来人往，如何幽会？况且我与你回来这才几天，天天都在府上叨扰，除了公务，几乎没有出门，哪里能去见什么方家小姐？"

赵匡胤仔细琢磨了一下，微微点头："如此说来，确实有理！可为何那外面有人传闻，说你与那方家小姐交好云云，说得有模有样的。"

"那我怎知？"袁松苦笑道。

"这还用问？"倒是李用在旁边不屑道，"定是那方家丫头看上我家相公了，我家相公宁死不从……"

"胡扯！"袁松哭笑不得，"什么叫宁死不从？"

"呃，不是宁死不从？"李用一愣，"难道是，从了？"

"呸！"袁松忍不住了，啐了一口，"满口胡言！我与她素无交往！"

"哦，反正就是这个意思。"李用道，"所以那方家小姐心里气不过，故意放出这些话来，想要逼咱家相公就范呗！"

袁松不置可否，只觉得这件事颇有蹊跷，倒是赵匡胤微微点头："说得有理！"

然后，赵匡胤干笑一声，对袁松抱了抱拳："妹婿，看来是我错怪你了。还请妹婿莫要与我这等粗汉计较！"

"不敢，不敢。"袁松哭笑不得，只得还礼。

"为表歉意，我请你喝酒便是！"赵匡胤把手一摆，大声说道，"今日我们不醉不归！"

"歉意就好，喝酒，还是免了吧？"袁松面带苦色，郁闷地说道。

"不谋一醉，哪里叫赔罪？听我的，一起喝一杯！"赵匡胤哈哈一笑，又对一边的李用说道，"这位兄弟好拳脚，也来饮上一杯如何？"

李用听闻此言，先是欢喜，然后脸色又一苦，摇头道："不了，戒了。"

"戒了？"赵匡胤一愣。

"贪杯误事，可偏偏有的事情误不得，就只好把酒戒了。"李用长叹一声，脸上的表情颇有几分萧瑟。

赵匡胤仔细打量了他几眼，最后一笑："好，我倒是颇为佩服兄弟这样的人，定力非凡啊！"

"不说了。"李用苦笑着摆了摆手，似乎不愿再提这个话题。

赵匡胤还想要说什么，就在此时，一阵急促的脚步声响起，紧接着有人在外面敲门。

"少爷，少爷你在里面吗？"

赵匡胤一愣，有些不满地回头呵斥道："何人在外面喧哗？"

院门一开，赵府的老管家从外面跑了进来，这位老管家大概是跑得急了，额头已经隐约见汗，一见赵匡胤就哭丧着脸说道："少爷，刚才，就在刚才，大小姐冲到马厩那里，骑了一匹马冲出府了！"

"嗯？"赵匡胤一愣，莫名其妙地问道，"那又如何？"

“可是大小姐出府的时候手提宝剑，杀气腾腾，嘴里说着要找那个贱女人算账，纵马就冲出去了！下面的人一看不对，就赶紧报到我这里来了。少爷，这，这会不会出事啊？”管家说道。

“啊？”赵匡胤脸色一滞，“什么找那个贱女人算账？”

倒是一边的袁松反应过来了，脸色顿时大变：“糟了！兄长，必然是刚才阿凝在外面听到了你和我说的话，所以出去找人家方家小姐麻烦去了。”

“啥？”赵匡胤一听这个也急了，“哎呀，方家在朝为官，在这京中也是世家望族，那丫头怎么……”

倒是一边的李用嘿嘿一笑：“不错，这位大小姐的确是有个性，我欣赏！”

“别欣赏了！”袁松急了，“赶紧看看去吧！真要是出了什么乱子，那麻烦就大了。”

“是了是了！”赵匡胤也明白过来了，“快走，快走！”

三个人急匆匆地冲出小院，赵匡胤担心出事，喊上了几名家将，一群人心急火燎地从赵府冲了出来，辨别了一下方向，向着方家的宅邸就赶了过去。

还没到那方家的宅子呢，远远就看到在方家大门附近，一个一身红衣的人影站在那里，手里拿着一把明晃晃的宝剑堵住了一顶轿子。不是赵凝又是哪个？

“方家的丫头，你给我出来！”赵凝手里拿着宝剑，对着那轿子大声吼道。

那轿子外面跟着的家丁丫鬟显然被赵凝这一手吓了一跳，几名家丁迎上前去，对赵凝大声喝道：“何人在此喧哗？你知不知道这是哪里？轿子上坐的又是何人？”

“我当然知道！”赵凝毫不在乎，大声回应道，“我找的就是方家的丫头，你让她出来与我对质！莫要缩在轿子里不敢露面。”

“你是何人？”那家丁厉声问道，“找我家小姐何事？”

“我凭什么告诉你？”赵凝大声说道，“你让那方家丫头下来与我说话！”

那家丁还想说话，轿子里却伸出了一只纤纤玉手来，同时传出了声音：“方福，你暂且退到一边，我来与她答话。”

那家丁连忙应了一声，老老实实地躲到了旁边。

接着，轿帘一挑，方尚书的掌上明珠方秋从里面迈步出来，旁边的丫鬟悦儿连忙上前一步，搀扶住了方秋。

方秋出来之后，仔细打量了赵凝几眼，突然扑哧一笑：“我还当是谁呢，在我们家门外这般大呼小叫的，原来是赵府的小姐啊。怎么？今天这么凶神恶煞一般地来找我，想必不是来找我品茶聊天的吧？”

“哼！”赵凝冷哼了一声，“废话，当然不是！”

方秋眼波流转，微微一笑：“那倒是有趣了，你我之前素无深交，不知道赵小姐来找我，有何贵干啊？”

“我……”赵凝张了张嘴，脸上却红了，她刚才在小院外面听到了自家兄长和袁松的对话，脑子一热就冲了出来找方秋的麻烦，可是等见到了方秋，却不知道该说什么了。难道斥责方秋与自己抢男人？她终究只是个女儿家，哪怕是脾气暴躁了一点，这话却也是说不出口的。

“你，你为何污人清白？”赵凝寻思了半天，终于找到了一个不算是借口的借口。

“污人清白？”方秋微微一笑，“不知道赵小姐此言从何说起？”

“你还说！”赵凝一瞪眼睛，“明明袁相公与你只见了两面，彼此连话都说得不多，可你为何还要在外面散布谣言，说袁相公钟情于你？你这不是污人清白，又是什么？”

“就为这事？”方秋笑问道。

“这就是大事！”赵凝倔强地说道。

方秋眼皮微微一抬，隐约看到不远处赵匡胤几个人已经打马而来，她故意提高了点声音笑道：“我这如何是污人清白呢？袁相公一表人才，才华横溢，乃是少年英才。奴家自从见了他之后便是心神不宁，日夜思念。不过，要说谣言也确实是谣言，不是袁相公钟情于我，其实是我钟情于袁相公他啊！”

“你……”赵凝说什么也没想到从方秋口中听到的竟然是这样的话，顿时气得眼睛都有点红了，“你不要脸！”

“不要脸？”方秋一笑，“大家彼此彼此，我可是听说当日陛下还朝之时，有人在山坡上可是喊得勤快呢！和那人比起来，奴家还差得远呢。”

赵匡胤他们远远停下了马匹，看到这场面，赵匡胤顿时觉得有些头疼。

他伸手一拉袁松，苦笑道：“妹婿，看这情势不对，你就不要过去了，你过去了，只怕非但不能稳住他们，反而还要火上浇油！你在这里稍候，躲一会儿，我去把阿凝拖回来。”

袁松苦笑着点了点头，缩到了一边的墙角里，身边站着保护他安全的李用。

眼看赵匡胤他们离开，李用低声笑道：“相公果然了不得，竟有这纵横花丛的本事！能不能教给我两手，让我老李也试试手段？”

“胡扯！”袁松板着脸骂了一句，接着微微一皱眉头，“不知为何，我总觉得这事情似乎有些古怪。”

“有何古怪？”李用撇撇嘴，“我看相公这叫得了便宜便卖乖。”

袁松瞪了他一眼，决心不再和这夯货搭话。

那边赵匡胤已经带着人向赵凝走了过去，远远地就喊了一声：“阿凝！不要无理！”

赵凝一愣，回头发现是赵匡胤带人来了，登时就像是找到了主心骨一样，高喊了一声："大兄！她……"

"闭嘴！"赵匡胤不等赵凝把话说完，就暴喝一声，把赵凝肚子里的话都堵了回去。

然后他也不理会在一边委屈的赵凝，抱拳对方秋行了一礼："方小姐，这些年家父与我征战在外，家里的妹子疏于管教，刚才多有冒犯之处，还请方姑娘见谅。"

"哼！"方秋似乎还在气头上，冷哼了一声，"你们赵家未免太过分了！堵在我们家门外这般羞辱于我，难道一句见谅就算了？"

赵匡胤一皱眉头，不过他也知道这方秋说得在理，毕竟是自己这边有错在先，不怪人家生气："方小姐，您说该怎样？"

"不怎样！"方秋冷哼一声，轻轻一甩袖子，"既见君子，云胡不喜！那位袁相公我也为之倾心，以后大家摆明车马就是。最后那袁相公喜欢哪一个，就看各自的本事了。"

"你！"赵凝顿时急了，瞪着眼睛就要向方秋冲过去。

"你给我站住！"赵匡胤一声怒喝，伸手一把拉住了赵凝，"你还觉得自己惹出的乱子不够吗？"

而那方秋压根就没有再看赵凝这边一眼，说了一句："我们走！"带着家丁丫鬟，被方家出来的下人们众星捧月一样迎进了大门。接着大门哐当一声，把赵匡胤他们隔在了外面。

"哥！"赵凝拉着赵匡胤的胳膊喊了一声。

"你别喊我哥！"赵匡胤只觉得脑仁生疼，"你是我哥！一转眼的工夫，你就给我惹出这么大的篓子来！你可是真厉害！"

"可是，明明是她！"赵凝还想说话。

"她怎么样了？"赵匡胤没好气道，"没凭没据的，你就来找麻烦？我之前也不过是做做样子，想要诈一下那小子而已，你倒好，直接就来闹了，好歹人家方家也是开封城中有名有号的世家啊。你等着瞧吧，明天这事就能传遍开封城大街小巷，我这关好过，回去看你怎么和母亲交代！"

赵凝脸色顿时一变，变得极为难看，可怜兮兮地看着赵匡胤："哥，你，你可要帮我！"

"帮你？"赵匡胤也觉得脑仁生疼，"怎么帮你？走吧！先回去。"

"回去？"赵凝有些犹豫。

"现在知道害怕了？早干什么了？"赵匡胤骂道，"赶紧走，莫要留在这里丢人现眼！"

说着，赵匡胤和几个家将一起，连拖带拽地把赵凝拖走了。

一直把她拖得拐过一条街角，袁松满脸尴尬地迎了过来。

一看到袁松，赵凝也不知道哪来的那么大力气，用力一甩就甩开了身边的两名家将，过来一把抓住了袁松的胳膊。

袁松顿时被她吓了一跳，惊讶地问道："干吗？"

赵凝瞪着他问道："我问你，如果那个方家丫头来找你，你理不理她？"

"啊？"袁松难得脸上一红，平时的伶牙俐齿也不知道都跑到哪去了，站在那支支吾吾，"那，那个……"

"问你话呢！"赵凝不依不饶地拉着他衣袖说道，"快说！"

"啊，那，那个……"袁松苦笑了一声，"我与那方家小姐一共只见过两次，以后恐怕也没有什么机会见面，所以……"

"所以你不会理她了是不是？"赵凝眼睛一亮，脸上终于露出了笑容，看着袁松笑吟吟地问道。

"啊？"袁松看着面前的赵凝，终于还是点了点头，"嗯，不理她了！"

"我就知道，你不会理她了！"赵凝满脸喜悦，笑嘻嘻地说道，"她算什么啊，矫揉造作，装模作样的！"

"咳！咳！"一边的赵匡胤实在是看不下去了，忍不住用力地咳嗽了两声。

"哼！"谁知道赵凝回头瞪了他一眼，没好气地说道，"兄长你不用咳嗽，我知道的！回家，这就回去，不用你们押着，我自己会走！"

说完之后，动作利索的翻身上马，一夹马腹，纵马而去，几名家将不敢怠慢，连忙大呼小叫地跟在后面追了上去。

"这丫头……"看着赵凝离去的背影，赵匡胤满脸苦笑，摇头说道，"真是难以管教。不过……"

说着，他扫了身边的袁松一眼："妹婿，刚才你说的我可都听到了！阿凝虽然性子野了点，可也是我们赵家的女儿。你说话要是不算数的话，我这个做哥哥的，哪怕是拼了一身前程不要，也要为她讨个公道！"

"是了，是了！"袁松脸上的苦笑更甚了，摇头说道，"我保证不与那方家丫头牵扯可好？"

"哈哈哈，当然！"赵匡胤伸手啪地在袁松身上一拍，"我就知道妹婿你是个信人！"

袁松被拍得一个踉跄，险些摔倒在地上，听着赵匡胤口中的那声"妹婿"，心里当真是不知道说什么才好了。

诡门军师

诡门军师

下

GUIMEN JUNSHI

袁丁 著

江苏凤凰文艺出版社
JIANGSU PHOENIX LITERATURE AND ART PUBLISHING

第二十五章　乌夜难啼

赵府的正厅里，赵凝满脸沮丧地跪在地上，之前的骄横似乎一下子从她身上消失了一样，看模样老实得不能再老实了。

在她面前，赵老夫人脸色铁青地端坐着，用力拍着身边的桌案，把桌案拍得啪啪山响，指着赵凝呵斥道："你干的好事！现在整个京城都已经传遍了，说你和那方家丫头两个人争抢夫婿，都要打起来了！岂有此理，简直是胡闹！"

赵凝被教训得连头都不敢抬，老老实实地跪在那里，不敢稍动。

"哼！我们赵家的脸面简直都要被你丢尽了！"赵老夫人气得呼呼直喘，"这消息连你爹都知道了，还专门来了书信问过此事。你，你简直是……"

老夫人身边站着的是赵匡胤的妻子符氏，她在旁边安慰道："还请母亲息怒！此事虽然说小妹她鲁莽了一点，可是那方家丫头做得也不对，袁相公一直都住在咱们府上，而且小妹之前的举动整个京城的人也都知道了。她偏偏非要出来放这个话，简直是不把我们赵家放在眼里。"

"对啊，对啊！"赵凝一听，立刻抬起头来连连点头。

"你闭嘴！"赵老夫人恶狠狠地瞪了赵凝一眼。

赵凝立刻老实了，低着头不敢说话。

符氏看着好笑，不过还是说道："母亲，不过这件事老是这么拖着也不太合适，依我看，不如找那袁相公问问，把他和小妹之间的事情先定下来，您看如何？"

"这个……"赵老夫人闻听此言，轻轻颔首，"说的也有点道理，要不，你去问问那位袁相公，看看他如何说。"

接着，赵老夫人轻轻叹了口气：“这位袁相公乃是大有本事之人，主意也很正。我还知道……”说到这里，赵老夫人突然一停，不说了。

“知道什么？”符氏奇怪地问道。

“没什么。”赵老夫人摆了摆手，“你先去，不，让香娃儿去问问也好，探探他的口风。”

“是。”符氏应了一声。

赵老夫人狠狠地瞪了赵凝一眼：“你，从今天开始禁足百日，不许出门！哪也不许去，老老实实在家里待着，别出去给我丢人。”

“哦……”赵凝本来脸色绯红，眼神飘忽，可是听到这句话之后，顿时像是泄了气的皮球，老实地点了点头。

姚府之中，那间密室，姚谦端坐在桌案后，面前摆放着一摞厚厚的奏报，他正在一件一件地仔细审阅。而在他对面垂首侍立的还是姚正。

“咦？”当姚谦看到一份奏报的时候，惊咦了一声，把这份奏报拿在手里，仔细地看了起来，最后微微一笑，将这奏报放在了桌上。

“想不到我那师弟竟然还有这样的桃花运。”姚谦拍了拍那份奏报，笑吟吟地说道。

姚正知道姚谦说的是什么事，在一边笑道：“大人，这事整个京城都要传遍了，说什么的都有，有说那位方家小姐对他芳心暗许很久，很快方家就要去提亲了，还有的说赵家丫头非他不嫁，两个人其实好事将近了。想必您那位师弟此时要焦头烂额了吧？大家都在猜他要和哪位一结秦晋之好。”

“焦头烂额是肯定的。”姚谦轻声笑道，“不过，他是个聪明人，我料定他此时什么事都不会做，只会将这事拖下去，哪一家都不会选。”

“啊？”姚正闻言，顿时一愣，“大人何有此说？”

“因为时候不对。”姚谦轻轻叹了口气，“如果他没入陛下法眼倒也罢了，可现如今他显然已经入了陛下的法眼，有些事情瞒得过别人，可却瞒不过我的眼睛。值此时刻，正是陛下要一展抱负之时，我那师弟很有可能便是被陛下当成暗子来用的。可此事一出，赵家乃是将门世家，而那方家又是世家名门，两家一文一武。此时无论我那位师弟选了谁，都会陷进去，打乱自己的阵脚，也有可能会乱了陛下的布局。所以，如果我没料错的话，他谁都不会选，会将此事先拖下去。搞不好，还要先搬离赵家，避免是非。”

“竟然如此小心？”那姚正目瞪口呆地问道。

“不然呢？”姚谦轻笑一声，“寻常人等无非是谋一时，我等这样的幕人乃是谋一世。一世之谋首重谋身，谋身不明，则万事休矣！历朝历代的前辈，哪一个不是小心翼翼，谨慎前行。就算他对那赵家丫头有情，此时也不是时候。如果不是陛下亲自开口，这时无论是对他，还是对赵家，都非好事。他要是真的应了，我反倒要松一口气，他便不再是我的威胁了。”

那姚正隐隐约约有些明白了，若有所思地微微点头。

“不过，即使如此，这个热闹也要看！”姚谦哈哈一笑，“难得有这样的热闹，谋人易，谋己难，尤其是这难过的情关。我若是不看，岂不是可惜？”

说罢，他哈哈大笑，意极欢畅。

就在这时，一阵特别的敲门声在门外响起，这敲门声似乎有特别的韵调，长短搭配，忽长忽短。

听到这敲门声，姚正脸色微微一变。

他看了一眼姚谦，低声说道：“大人……”

姚谦点了点头，姚正这才走过去开门出了书房，过了没多久，他从外面再进来的时候，脸上已经多了几分喜色。

“大人，好消息。”姚正低声说道。

“何事？”姚谦眉毛一挑。

“有人来报，发现了一处地方，很有可能是乌夜啼的重要据点！”姚正回答道。

“当真？”一听这话，姚谦眉毛一挑，低声问道，声音颇有几分紧张。

“属下怎敢欺瞒大人！”姚正正色道。

“去查！”姚谦说道。可等到姚正领命刚要离开，姚谦又喊了一声：“止步！”

“大人。”姚正回过头来，不明所以地问道，“您还有何吩咐？”

“我问你，那处据点究竟有多重要？”姚谦问道。

“属下来报，往来人员极多，可能是一处重要据点。”姚正答道。

姚谦眯着眼睛盘算了一下，从座位上站起身来：“走，我与你一起去！”

开封城东大街的集市。

虽然现在天下间还不太平，国与国之间征战不断，战乱频繁，可是既生于世上，便少不了衣食住行，买卖往来。开封既是京城，又是天下间繁华所在，因此这集市显得比较繁华，人来人往，接踵摩肩。

在这集市的最末是一家车马行，车马行的买卖不错，后面建了老大一片牲口棚，里面牛叫马嘶，闹成一团。

车马行正门站着几名伙计，满脸笑容地招呼着客人，时不时侧门一开，有人赶着车马牲口出来，顺着大道扬长而去。

在这车马行的斜对面是一家鞋店，几名客人此时正坐在里面试鞋。

姚谦一身寻常的便装，穿好了鞋，跺了跺脚，新鞋有些挤脚，让他有点不太舒服，不过他毫不在意，他又不是真的来买鞋的。

“就是那间车马行？”姚谦眼角在那车马行门前扫过，低声问道。

“正是。”姚正就在他身边，好像是在看鞋子的尺码。

两个人谁都没有盯着那家车马行看，和乌夜啼你来我往斗了这么长时间之后，彼此都知道对方绝不是简单的货色，是真正的狐狸！如果稍有不测引起了对方的警觉，这段时间就真的白费了功夫。

姚正一边试鞋，一边低声说道：“那家车马行最近一段时间生意很好，我们是从一个关外的皮货商人那里注意到这里的。之前与刘汉的战事一起，这里就开始变得繁忙了，各种身份不明之人在此进出，虽然对方很老到，但是仍然露出了不少马脚。”

“嗯。”姚谦点了点头，“人都安排好了吗？”

“都已经安排好了。”姚正低声说道，“这附近已经被我们箭卫包围，每一个离开这里的人都受到了我们的监控，保证不会漏过任何一个！”

“很好……”姚谦满意地说道，“继续控制这里，观察这里所有的往来，说不定可以顺藤摸瓜，抓到大鱼，不过记住了，不许……”

他的话还没说完，突然一皱眉头。就在刚刚，姚谦的目光从那家车马行外扫过，发现门口的那两个小伙计似乎得到了什么消息，迅速地退进了车马行里，同时关上了大门。

现在是白天，正是一天之中生意最好的时候，一家车马行不在这个时候做生意，却突然有了这种举动，让姚谦感觉事情似乎有些不对。

紧接着，那车马行里面似乎有了些许骚乱，传出了一阵奇怪的异响。

“不好！”姚谦脸色一变，“情况不对，发暗号，立刻行动。控制住这里！”

姚正也发现情况不对，听到姚谦的话，他立刻做出了反应，猛地冲出了店门，从怀里掏出一样东西来，这东西又细又长，是用竹子做的，姚正把这东西往嘴里一塞，用力一吹。

一阵尖锐刺耳的声音传了出来，传遍了街头巷尾！

这一声传出来，整个大街如同沸腾一般乱了起来，几名缩在墙角的乞丐突然从墙角一跃而起，一探手从自己那堆破烂家什里抽出兵器，呐喊一声，向着那家车马行冲了过去。同时又有几个小贩，将挑子一扔，从扁担下面抽出长刀，呐喊一声也冲了出去。各个店铺里冲出来穿着各异的客人，手持兵器，一下子将那车马行围了个水泄不通。同时还有人立刻堵住了大道两端，大声吆喝：“朝廷捉拿钦犯，闲杂人等立刻躲开！”

所有人分工明确，有进攻，有包围，还有负责维持秩序的，场面虽乱，其实一切都进行得有条不紊。

看到这场面，姚谦心中微微点头，箭卫之精锐，果然名不虚传！

与此同时，几名身穿便服的箭卫从一家绸缎庄里冲了出来，几个人竟然抬着一根撞木，向着那车马行的大门冲了过去。到了门口，几个人齐声呼喝发力，推动撞木连撞了几下。

那车马行的大门虽然做得结实，可是也禁不住撞木这般冲击，只几下就门户洞开，一群箭卫呐喊一声，手持兵器，呼啦一下冲进了那车马行里。

顿时，车马行里就像是开了锅一样，乱成了一团，呐喊声，兵器的撞击声，以及人临死前的惨叫声不绝于耳。

就在这时，高高的围墙上突然冒出几个人头来，似乎有人想要翻墙离开。可是他们刚刚露头，几支箭矢便呼啸而至，将他们又射回了车马行里。早已埋伏好的弓箭手，在远处捕捉着每一个可能出现的目标，让这里根本就无处可逃。

箭卫在这个时候展现出了可怕的效率，在他们的包围之下，一切挣扎与抵抗都是徒劳无功的。

就在这时，一阵乱哄哄的脚步声响起，只见远处急匆匆地赶过来一群人马，这些人身穿黑色皂衣，手持各种兵器，大概有百人左右，行色匆匆，向着这边赶了过来。

“是开封府的人。”姚正低声说道，“大人，我去应付。”

“去吧！”姚谦微微点头。

姚正领命而去，拦住了那群差役开始交涉，过了一阵，那些差役不再往这边来了，反而开始帮着维护这里的秩序。

渐渐地，那车马行里的喊杀声越来越小，一只响箭突然冲天而起，带着尖啸声划破天空。

恰在此时，姚正也赶了回来，抱拳对姚谦说道：“大人，箭卫已控制局面！”

“嗯！”姚谦面沉如水，微微点头，“走吧，去看看！”

姚谦带着几名护卫，进入了那间车马行。车马行里现在已经乱成了一团，血腥味刺鼻，受了惊的牲口在牲口棚里大声嘶吼，慌乱不安。到处都能看到倒伏的尸体，大部分都是车行伙计打扮，只有寥寥一两个才是普通人打扮的箭卫。

姚谦进到车马行之后，一名健壮男子匆匆而来，在姚谦面前抱拳行礼：“大人，此处已被我等控制，死伤二十一人，活捉十五人，三十六名贼人无一漏网。”

“此处老板呢？”姚谦表情严肃地问道。

“回禀大人，此处老板已经落网，就押在后面。”那男子答道，“我们抓到他时，他正在后面焚毁卷宗。”

“哼！”姚谦脸色一变，冷哼一声，“带我看看！”

“是！”那男子应了一声，将姚谦引到了后面。

在这车马行的后面有一排大屋，平时伙计和老板都住在这里，在其中一间房里，姚谦见到了此处的老板。

这间车马行的老板是个三十来岁的汉子，身材壮硕，脸上皮肤粗糙，一看就是久经磨砺之辈，绝不是那种在家里享清福的人。经营着车马行的，整日东奔西跑，几乎都是这个模样。如果别人不说，谁也看不出这人和普通的车马行老板有什么两样。

此人已经被五花大绑，跪在地上。姚谦在他身前三尺站定，几名护卫护在姚谦身前，对那汉子虎视眈眈。

姚谦打量了此人几眼，突然开口问道："你是什么人？"

"你问我，我还想问你们呢！"那汉子倔强地抬起头来，恶狠狠地盯着姚谦，眼神就像是狼一样，"老子好好地做着买卖，你们突然冲进来就喊打喊杀，究竟要干什么？此乃天子脚下，有王法的地方！"

"你也知道此处乃是有王法的地方？"姚谦冷笑一声，向后摆了摆手，一名随从拿过几样东西，往地上一扔，"既然知道这里是有王法的，那这些是什么东西？"

扔在地上的东西叮当作响，分明是几件弩机，还有几把刀枪。

那汉子瞳孔一缩，接着冷笑一声："不过是些防身用的家伙而已，现在天下这么乱，我们开车马行的，如果没点家伙防身，骨头都不知埋到何处了。"

"防身？"姚谦脸上的冷笑更深了，"国朝虽然不禁刀剑，可是这硬弩是怎么回事？此乃是违禁之物！而且看样式分明是军中所出，虽然已经磨掉了上面的标识，可是这东西是刘汉军中所用无疑。"

"那，那又如何？"那汉子挺着脖子说道，"不过是几件违禁品罢了，安能因此就对我们如此？"

"当真是不见棺材不落泪！"姚谦冷笑了一声。此时，有人进来在他耳边低语了几句。

姚谦点了点头，看着那车马行老板，冷冷说道："既然你不认罪，那就让你彻底地死了这条心！"

说着，他从身后那人手中拿过几样东西来，往地上一扔！啪，扬起了几道黑灰。

这是几份没有烧完的残卷，上面依稀还能看到些东西。

看到这些，那男子脸色顿时一变！

"你还有何话说？"姚谦冷冰冰地问道，"这是从你那屋里抢出来的卷宗，你以为你可以全部烧完，但我们的人行动及时，还抢下来一些，这上面有着你们的徽记。我看你现在还如何抵赖！即使你不说也没关系，带回去，有的是办法让你开口，我倒要看看乌夜啼的人是不是个顶个的嘴巴很硬！”

那男子闻言，脸色数变。突然，刚才那惶恐和狠辣从他脸上消失了，变成了另外一副模样，他慢慢地抬起头来看着姚谦，姚谦从他眼中看到了一丝冰冷。

“你以为你们赢了？”那男子冷冰冰地开口说道。

“你待如何？”姚谦很不喜欢他的眼神，这眼神让他很不舒服，他冷笑一声说道，“现在你不过是阶下之囚而已！”

“嘿嘿嘿嘿……”那男子突然笑了，笑声阴森恐怖，还有一丝冷冰冰的味道，“乌夜啼无处不在，尔等篡位逆贼，终将整日惶惶不可终日，你们篡夺的天下，我等乌夜啼必将为我主讨回！”

说着，他眼中闪过一丝决然！

看到他的模样，姚谦立刻意识到情况不对，他大吼一声：“快制住他！”

可是已经晚了！那男子的脸上竟然开始冒起青烟，紧接着熊熊的绿色火焰从他七窍之中喷了出来，开始剧烈燃烧。

“啊！”姚谦登时被这场面吓了一跳，向后连退了两步，几名侍卫一拥而上，将他护在中间。

此时，那绿色的火焰已经蔓延到了那名男子的全身，火焰中传来了那男子凄厉的惨叫声，同时还能听到他的大吼：“狗贼，篡位狗贼，天下归刘，天下归刘！”

嘶吼声中，那火人猛地从地上站了起来，踉跄着似乎想要向姚谦扑过来。姚谦大惊失色，几名护卫护着他连退了几步。那火人也不过是做个样子，他踉踉跄跄地蹒跚了两步，凄厉地嘶吼一声，一头栽倒在地上，抽搐了几下便不再动了。

空气中弥漫着一股焦臭的味道，耳边还有火焰燃烧油脂时的噼啪声。

姚谦脸色铁青，恶狠狠地怒视着那个已经烧成了焦炭的火人，猛地一转身，走出了那房间。

姚正一直跟在他身边，他也没想到情况会变成这样，只得硬着头皮向前一步，喊了一声：“大人……”

“查！”姚谦咬牙切齿地说道，“把这里彻查一遍！所有的东西都仔细盘查一番，那几个人，我要你们撬开他们的嘴巴，任何一点有用的消息都要给我掏出来！”

“遵命！”姚正表情严肃地应了一声。

姚谦深吸了一口气，外面的空气让他多少舒服了一点，可是刚才那一幕却在他脑海中反反复复地出现。

“等一下！”他突然喊了一声。

姚正连忙停下来：“大人，请问还有何吩咐？”

“去！把这家车马行的账本拿来！”姚谦说道。

“是！”姚正转身离开，没过多久就回到姚谦身边，把一摞厚厚的账本恭恭敬敬地递到姚谦面前。

“都在这里了？”姚谦问道。

“都在这了。”

姚谦点点头，随手捧起账本开始翻阅。他看东西的速度极快，几乎可以称得上是一目十行，很快，几册厚厚的账本便已看完。

姚谦啪的把账本一合，眉头微微一皱：“有点古怪……”

“大人……”姚正在一边敬畏地看着姚谦，“不知怪在何处？”

姚谦拍了拍账本：“这车马行在这里开业了三四年时间，这两年里生意往来很频繁，但是其中有两成的生意都是和一个叫作方科的人有关。这个方科可以说是这里的大客户了！去查查，这个方科到底是何许人也，为什么和这里来往如此频繁？”

姚正面容一肃，应了一声：“遵命！”

“嗯！”姚谦点点头，将那份账本放回到姚正的手里，“搜吧！”

“是！”

待到姚正离开，姚谦微微皱起眉头，就在刚才绿焰燃烧之时，他似乎依稀看到那汉子的胸口处，有一个飞鹰的文身……

太原城中，仍是缺乏几分生气。在刘崇出征之前，整个太原城中都有一种轻松的气氛，伪周刚刚篡位不过三年，再加上新皇刚刚登基，根基不稳，所有人都觉得只要大汉出兵讨伐，获胜是轻而易举的事情，哪怕是不能获胜，也不会吃什么大亏。

谁知道，仅仅数月之间，情况便已逆转，高平一战，刘汉精锐尽丧，国主轻骑逃回，这还不算完，紧接着伪周挥师北上，兵围太原。太原城一日数惊，简直惶惶不可终日。好不容易等到伪周退兵了，国主刘崇却突然病倒，一病不起！

这几日，文武百官人心惶惶，人人面带愁容，这刘汉的国势，看来有些不妙啊！

皇宫之中更是愁云惨淡，那一日刘崇突然在宫殿中吐血昏迷，到现在已经有一月了，其间刘崇大多数时间都在昏迷，清醒的时间极少，动不动就口吐污血，血块发黑，显然都是胸口淤积的淤血。

宫中的御医一个个焦头烂额，试图为刘崇续命，可这命哪里是那么好延的？哪怕他是一国之君，病入膏肓，也非药石之力可解的。

在刘崇的寝宫外面，刘承钧背着手来来回回地走动，脸上满是焦急之色。突然，寝殿之中传出一阵脚步声，刘承钧猛地停下来，满怀希望地向里面看去。

只见一位背着药箱的老者，步履蹒跚地从里面走了出来。

此人是下臣请来的一名郎中，号称神医，宫中御医对刘崇的病束手无策，刘承钧只好病急乱投医，诏令天下访求名医，于是便来了这么一位。

看到此人出来，刘承钧三两步迎了过去，劈头就问："如何？"

那老者慌忙跪倒，颤颤巍巍说道："回禀太子殿下，陛下此病皆因心中抑郁导致气血不畅，最终引发此病。如早些医治，尚有可为，可此时陛下已经病入膏肓，无药可解了啊！"

"啊？"刘承钧脸色一下变得惨白，踉跄着向后退了一步。

这时，几名内侍急匆匆从寝殿中出来，其中一位向着刘承钧走来，先行了一礼，然后说道："太子殿下，皇上有旨，请您进去。"

"父皇醒了？"刘承钧脸色一喜。

"刚刚醒。"那内侍满脸悲戚，也不知道是真是假，"让我们出来传旨，召殿下和几位大臣觐见。"

刘承钧闻听此言，心中咯噔一下，脸色更加难看，这分明是刘崇托孤之举，难道说……

他不敢再想，急匆匆地走进大殿。到了里面，只见刘崇躺在榻上，脸色灰败，没有几丝人气了，如果不是胸膛起伏，分明就是个死人了。

刘承钧不由得悲从心来，扑通一声跪倒在地，向上叩头，抽泣着轻声喊道："父皇！"

刘崇听到刘承钧的声音，颤颤巍巍地睁开了眼睛，努力地转了一下头，看了一眼刘承钧，轻声喊道："吾儿！"

"父皇！"刘承钧膝行几步，来到床前，泪如雨下。

"儿啊！"刘崇的声音十分虚弱，刘承钧十分小心才能听清一二。

"未曾想到，朕最后竟然落得如此下场！"刘崇慢慢地说道，"郭威那老匹夫死时，朕曾经大宴群臣，痛饮美酒，觉得他死有余辜，篡位三年便死于病榻，未曾想朕竟然也没活过他多久。"

"父皇，休要如此说！您一定会好起来的。"刘承钧抽泣着说道。

"呵呵，人活百岁，终有一死。此次大战，朕已经心力交瘁，不堪重负。"刘崇轻叹一声，"接下来，可能就要靠你了！咳咳咳，来人！"

一名内侍缓步上前。

"朕大病不起，不堪理政，然则国不可一日无君，钦命太子监国，代朕理政！"刘崇断断续续地说道。因为气息微弱，这短短一句话，他竟然说了好久才说完。

刘承钧跪在一边，两眼垂泪，不知该说什么才好。

下完这道旨意之后，刘崇喘息着说道："朕刚才已经召集群臣，待他们到了，便将这道旨意与他们宣读了吧。咳咳，朕，朕累了……”

说完，刘崇慢慢地躺了下去……

太原大殿之中，有内侍官宣读完刘崇的旨意，众臣接旨。刘承钧坐在御座左手边，看着下面的群臣，颇有一种恍然无措的感觉。连番大战之后，刘汉现在的处境可称得上是风雨飘摇，物资奇缺，人才匮乏，民心动荡，士气低落，看着下面的群臣，刘承钧几乎有了一种自暴自弃的想法。

简单和群臣交代了几句之后，刘承钧慢慢地踱出了宫殿，回首再看，金碧辉煌的宫殿，此时似乎也沾染了几分暮气。

“殿下似乎心中忧虑？”此时，有人在不远处淡淡地说了一句。

刘承钧一愣，回头一看，只见郭无为身穿道袍，手持拂尘，身后跟着两名道童，看到刘承钧回头，郭无为稽首行礼道：“贫道见过殿下！”

“国师。”刘承钧连忙回了一礼。

“殿下，刚才贫道看您，似乎心中忧虑，是否因为陛下的病情？”郭无为轻轻说道，“贫道已经做了法事为陛下祈福，殿下应该放开心情，莫要郁结。殿下身负陛下重托，需要振奋精神才好。”

“孤也知道。”刘承钧苦笑一声，“只是国事艰难，风雨飘摇，实在是让孤有些提不起精神来。”

“殿下不必担心，正所谓船到桥头自然直，殿下天降大任，尽力去做也就是了，只要不负本心就好。”郭无为笑道。

“多谢国师，受教了。”刘承钧微微点头，眼看着面前道骨仙风的郭无为，刘承钧心中一动，那日在城头看到郭无为登台施法，逼退柴荣雄兵的那一幕，再次在脑海中浮现。

他心头一热，突然开口说道：“国师，敢问一句，孤可向您托付重任否？”

“贫道此时不正在为殿下分忧吗？”郭无为含笑说道。

“不同！”刘承钧看着郭无为，微微摇头，“孤以为，国师之能，岂止鬼神之道？”

“殿下言重了。”郭无为施了一礼，“不管如何，贫道深受皇恩，但凡有所差遣，义不容辞！”

听到郭无为这一番话，刘承钧眼睛一亮：“好！有国师这一句话便可！”

郭无为点头轻笑，眼中一抹得意之色一闪而过……

第二十六章　工部疑云

“臣姚谦，拜见陛下！”御书房之中，姚谦面对柴荣，恭敬地行了一礼。

“爱卿平身！”柴荣在书案后用手虚扶了一下，待到姚谦起身之后，这才笑问道，“姚爱卿，朕听闻今日京城有些热闹啊。尤其是在那集市上，似乎有人正在捉拿乱贼？”

姚谦眼皮一跳，脸上表情更加严肃了：“臣就是来向陛下禀报此事的。今日在集市上剿灭了一处地方，经查，已经确认为乌夜啼的据点无疑。”

“哦？”柴荣闻听此言，脸色一变，右手肘部压住书案，身子微微向前探出，“你确定？”

“陛下，”姚谦满脸苦笑，“如此大事，安敢欺瞒陛下？”

“嗯……”柴荣微微点头，“查出什么来了吗？”

“回禀陛下，臣刚刚捣毁乌夜啼据点，便进宫向陛下禀报，箭卫正在那里搜罗物证，稍后呈送。”姚谦答道。

“乌夜啼……”柴荣低声把这三个字念了一遍，抬头满脸肃容地看着姚谦，“卿家务必严加查探，此乃心腹大患，不得有误！”

“臣遵旨！”姚谦应了一声。

等到离开皇宫之后，姚谦一直提着的那颗心才放下，柴荣威严日盛，身为臣子，哪怕在这位帝王面前站上那么一小会儿，也会让人觉得胸口发闷，呼吸不畅，四面八方的压力简直无孔不入。

回到府上书房，姚正早已等待多时。

看到姚谦，他连忙迎了上去：“大人！”

“嗯。”姚谦点点头，坐到书案后面，“如何？”

“所有物证都在这里。”姚正将一个包袱小心地放到桌上，“这里都是从那车马行里搜出来的卷宗，林林总总，数目繁多，属下都拿来了。”

姚谦微微点头：“做得不错。”说罢，伸手取过一份卷宗开始翻看。

姚正犹豫了一下，终于忍不住开口问道：“大人为何从那车马行里直接去了皇宫？咱们把这事办好了，再去向陛下禀报不迟啊……”

“你是这么想的？”姚谦似笑非笑地扫了姚正一眼。

姚正一愣，老老实实地点了点头。

“取死之道！”姚谦撇了撇嘴，扫过手里的卷宗，把这一份放在了一边，然后才继续说道，“如果是寻常人也就罢了，当今陛下岂是寻常之人？今上乃是英明果敢之主，箭卫虽然托付我手，然而陛下必然留下了制约手段。这次行动是在京城之中发动，而且闹出了那么大的声势，今上岂能不知？没有第一时间向他禀报，事后陛下会如何想？所以，哪怕没有查出什么事情来，也要第一时间向陛下禀报，这才是我等的本分。”

姚正微微点头：“还是大人英明！”

接着，他又想起一件事来：“大人，还有一件事。”

“何事？”姚谦低头看着手里的卷宗，头也未抬地问了一句。

“那个方科的身份已经查出来了。”

“哦？”姚谦终于抬起头来，看着姚正问道：“他是什么人？”

“回禀大人，这个方科是工部侍郎方仁府中的一名管事。”姚正说道，“手下箭卫打听了一下，此人似乎是负责采买事宜。”

“方大人府上的人？”姚谦一愣，眉头一皱，“你确定？”

“如无把握，安敢向大人禀报？”姚正说道，“这个方科是方大人家的三管事，负责府上的采买事宜。箭卫的人还专门派人画了他的画像，让车马行里的伙计辨认，最后确定就是他。”

“方科，工部侍郎？”姚谦用手摩挲着下巴，脑子里不停地盘算着。

“大人，虽说如此，可是一般像方大人这样的大户人家，家中车马不足也是常有的事，如果有采买事宜，和车马行有所来往并不出奇。”姚正说道，“虽然来往得频繁了一些……”

“没错，大户人家采买物品，租用车马行的车架倒是没什么。”姚谦冷笑道，“不过，你是否还记得，之前被我们抓在手里的人是哪里的？”

“咦？”姚正一惊，“那人似乎也是工部的……”

“不错，现在诸般事宜都指向了工部。”姚谦冷笑一声，“现在工部尚书也卷进了这个案子，这事情有趣了！”

他突然抬起头来，看着面前的姚正沉声说道："查！这次除了查出来的钦犯，车马行里还有别人吧？把他们单独提审，把那方科的画像给他们看，我要知道这个方科出入车马行的时间。去吧！"

"是！"姚正抱拳拱手应了一声，转身走出书房。

"唔……"等到姚正出去，姚谦眼中闪过一丝狡黠的目光，轻笑了一声，"方仁？方秋？师弟，看来这次你要有点麻烦了。"

此时的赵府小院里，气氛有点凝重。

赵匡胤满脸怒容，恶狠狠地瞪着袁松，而袁松则是一脸无奈，端坐在那里。

至于李用，则是全身戒备，死死地盯着赵匡胤，生怕这位赵将军突然暴走发怒，向袁松下手，自己出于职责，只能拼死护住袁松了。

"姓袁的！"赵匡胤脸色气得通红，恶狠狠地看着袁松问道，"你把话给我说清楚！你刚才说的什么？"

"兄长！"袁松一脸无奈，看着赵匡胤说道，"兄长所说，请恕在下不能答应……"

"姓袁的，你不要太过分了！"赵匡胤勃然大怒，咆哮着说道，"我们赵家哪一点配不上你？我们家小妹要人品有人品，要模样有模样，要脾气，是有点脾气，而且我们赵家的家世在这开封城中也是一号人物，你为何不同意这门亲事？"

"非是不同意，而是不敢。"袁松苦笑道。

"什么敢不敢？你就是个负心汉！"赵匡胤大声怒骂道，"阿凝对你的情意，连个瞎子都能看出来！这开封城上上下下的人，哪个不知，哪个不晓？你竟然弃之不顾，我算是看错你了！我，我今天就打死你个负心汉！"

说着赵匡胤大吼一声，向着袁松就冲了过来。

袁松见势不好，噌地一下蹿了起来，逃得比猴子还快，迅速地绕到了石桌后面，同时向一边的李用大吼："快快，拦住他，拦住他！"

"终于来了！"李用心中哀号一声，这次的事情实在是太过于尴尬，他是不想掺和进来的。可是职责所在，又不能让赵匡胤真的伤到袁松，他只得向前一步，拦住了赵匡胤。

赵匡胤是马上将军，要说排兵布阵，弓马娴熟，李用是根本比不了的。可李用护卫出身，单凭拳脚功夫绝不弱于赵匡胤，甚至犹有过之，所以还能挡得住。因此他一把抱住赵匡胤，连声劝道："赵将军，冷静，冷静啊！千万不要激动，一定要冷静下来！"

"你让老子怎么冷静？"赵匡胤奋力挣扎，同时破口大骂，"亏得小妹倾心于他，他却如此无情！我今天非弄死他不可！"

两个人一个拦着，一个要冲过去，顿时在那里纠缠到了一起。

袁松躲在桌案后面，冲着赵匡胤大声喊道：“兄长，你听我解释啊！听我解释！”

“呸，你解释个屁！老子今天就替老天收了你这个无耻之徒！”赵匡胤大声吼道，拼命想要向袁松冲过去。他也是气急了，力气极大，险些让李用都拦不住。

最后袁松也急了，对着赵匡胤大吼了一声：“行了！别吼了！”

老实人发怒是最可怕的，别看袁松平时温吞吞慢悠悠的，说话办事有条不紊，完全是一副智者在握的模样，可是这一发起火来，顿时就把赵匡胤镇住了。

“你，你做什么？”赵匡胤干巴巴地问了一句，随即反应过来，感觉有些丢脸，接着摆出一副凶神恶煞的模样来，“好啊，你小子竟然敢如此对我？”

“我不是如此对你，我是要你好好听我说话！”袁松有点恼火地说道。

他看了看一边的李用，然后说道：“行了，李大哥，你先出去一下，我有点事情要和大兄谈谈。”

“真的？”李用有点不太放心地看了赵匡胤一眼，“说不定回头就把你撕了！”

“那就让他来！”袁松没好气地说道，“你先出去！”

李用看看袁松，又看看李用，最后点了点头，转身离开了小院。

等他出去，袁松才在那石桌旁边坐好，对赵匡胤说道：“兄长，请坐。”

“哼！”赵匡胤也冷静了一些，气哼哼地往那一坐，“我今天倒要听听，你还有什么话可说！”

“兄长。”袁松苦笑了一声，“你当我真的是负心之人吗？”

“不然你是什么？”赵匡胤一瞪眼睛。

“错了。”袁松叹了口气，微微摇头，“阿凝与我认识的时间不长，可是一路走来，出生入死，她的情意我岂能不知？”

“哦？”赵匡胤眉毛一挑，“这么说，这门亲事，你同意了？”

“这门亲事，我本来就没有拒绝的理由。”袁松苦笑一声，“我与阿凝情投意合，我本身还是一个穷小子，她能看上我是我的福气。”

“那好！”赵匡胤一拍桌子，满脸喜色，“那这事就这么定下来了，选个黄道吉日，我们把事就办了！”

“不行！”袁松脸色一变，摇了摇头。

“为何还是不行？”赵匡胤脸色又变了，“还说自己不是负心之人？”

“兄长，你听我把话说完。”袁松叹了口气，“这件事我并无意见，只是现在却不是我们联姻的时候。”

“为什么？”赵匡胤一愣。

“兄长，现在局势你应该已经能看出点眉目了。”袁松叹了口气，“之前陛下在金殿之上力排众议，提拔了几名重臣，尤其是魏仁浦魏大人，更是不经科举，由武职转了枢密使。这分明是陛下要整顿朝纲的前奏！如果我所料不差，这只是开始，在此之后，将会有一系列的动作，其中就包括整肃军队。兄长你是陛下心腹，未来是必然要有大用的！”

赵匡胤皱着眉头寻思了一阵，发现最近一段时间，朝中脉络的确如同袁松所说一般，他微微点头，同意了袁松的说法。

“陛下想要掌握朝政，无非就是安插亲信，起用新人，其间就免不了朝中动荡！这个时候正是最敏感的时候，我等现在皆为陛下亲信，实不宜在此时生事。我与阿凝之间虽然情投意合，可是此非常之时爆出此事来，在外人看来可能却要诸多解读，恐怕也会引起陛下的猜忌，到时对我们很不利。”袁松低声说道。

“唔……”赵匡胤不是蠢人，听完这一番话，他微微点头，若有所思。

“实不相瞒。”袁松决定押上最后一根稻草，他压低声音说道：“那位李用兄是陛下的人。”

“嗯？”赵匡胤一愣，接着猛地抬起头来看着袁松，发现他一脸苦笑，心中顿时就明白了几分。

“我知道了！”赵匡胤微微点头。

“所以，我不但暂时不能与阿凝成亲，而且为了避嫌，可能要搬离赵府。”袁松叹了口气说道，“非常时期，只能如此行事。”

“好吧。”赵匡胤有些头疼地拍了拍脑袋，“这里面的弯弯绕实在是让人心烦。这些事情我去和母亲说，只是苦了阿凝了。”

“嗯。”袁松心情也有些低落，他点了点头，然后说道，“不过，虽然无法现在成亲，但是我们可以有个折中的办法……”

“定亲？”赵府老夫人的居处，赵老夫人皱着眉头看着面前的赵匡胤问道，“袁先生是这么说的？”

“对。”赵匡胤点头说道，“最好先不要让外人知晓，这件事是要给阿凝一个交代。他们两个两情相悦，可是困于时局，只能先这么办了。”

“这个……”老夫人微微皱眉，犹豫了一阵，这才开口问道，“香娃儿，你怎么看？”

“母亲。”赵匡胤寻思了一下，开口说道，“孩儿觉得袁先生说的不无道理，现在时局不明，陛下初登大宝，实在不宜太过张扬。我乃陛下亲信，他也是陛下看中之人，而且一文一武，如果这个时候我们结亲，其他人会怎么想？陛下又会怎么想？如果是其他人也就罢了，陛下乃是一代雄主，圣心难测啊，万一因为此事闹出点是非来，耽误了陛下的大事，那……”

老夫人寻思了半天，最后无奈地点了点头："我们赵家备受皇恩，受到陛下这份器重，就不能不顾陛下的感受。袁先生说得对，此时如果他与阿凝成亲的话，朝中之人万一借此生事，搞不好就会打乱了陛下的布置，影响到你和你爹的前程。既然如此，那就按照他说的吧，先把事情私下里定下来。以后等到局势稳定之后，再让他们成亲也就是了。"

"是。"赵匡胤笑道，"不过，无论是袁先生还是阿凝都还年轻，倒也等得。"

"没错。"赵老夫人脸上也见了笑容，"袁先生思虑周详，这件事本来就是他提出来的。阿凝嘛……"

赵老夫人苦笑一声："那丫头大大咧咧的，不愿意多想事情，这个时候恐怕只有欢喜了吧？"

"是了。"赵匡胤也是一脸苦笑，仔细想想自己妹妹那个性子，可不就是这样吗？

"对了。"赵老夫人寻思了一下，开口问道，"袁先生说要搬出去住倒也无妨，不过这宅院我们要不要帮帮忙？"

"这倒不用。"赵匡胤笑道，"之前从军时，陛下对他有些赏赐，再加上他自己的积蓄，已经够买一处宅院了。他其实早就开始着手布置了，房子都已经定下来，就等搬过去住了。"

"呃……"赵老夫人脸色一滞，轻笑一声，摇了摇头，"看来他早有准备啊。既然如此，那还说什么？就听袁先生的吧！"

其实，在袁松看来，无论是赵老夫人，还是赵匡胤，都是容易劝说的。赵家是将门，对事情考虑比较周全，只要和他们说清楚了，他们自然知道该如何抉择。真正麻烦的，是自己眼前这位！

"哼！姓袁的！你当本小姐愿意嫁你吗？"袁松的小院里，赵凝还是那一身红装，瞪着眼睛，气鼓鼓地对袁松说道。只是她脸上绯红一片，显然她心里，绝不像是现在嘴上说得这么有底气。

"不不不。"袁松笑着摇头，"追阿凝你的人在京城里多了去了，能从京城一路排到潞州城去。我只是侥幸能和阿凝你多说过几句话罢了。"

"切！"赵凝脸上更加红润了，没好气地啐了一口，"油嘴滑舌，你们这些酸书生坏得很！"

接着，她用手指轻轻点了点自己吹弹可破的面颊，这才说道："不过，本姑娘看你也算是有点胆量，勉强够格。就给你个机会吧！"

"多谢阿凝你的厚爱。"袁松笑道，"我真是感激不尽！"

"明明是好话，为何你贼兮兮地说出来，让人觉得心里怪怪的？"赵凝扫了袁松一眼，没好气地说道。

“没有啊！绝对没有一点贼兮兮的意思！”袁松连忙说道，“我说的可都是真心实意的实话！”

“哼！谁知道你这一肚子坏心肠里盘算的都是什么！”赵凝在腰间一抹，掏出来一样东西来，抖手向着袁松甩了过去。

“哎呀！小心暗器！”一边看热闹的李用顿时一惊，大叫一声就要冲过来。

可是他之前站得有点远，动作稍慢了一点。没等他冲过去，袁松就觉得一股幽香扑鼻而来，接着一个东西落到自己的怀里。

他低头看了一眼，只见落到怀里的赫然是一个红色的香囊。香囊绣工粗糙，哪怕是最蹩脚的裁缝都不至于做成这样。上面绣着的东西，看位置似乎是一对鸳鸯，可是看模样还不如草丛里的笨鸡。

袁松一愣，握着那个香囊抬起头来，看着赵凝问道：“这香囊是你绣的？”

“怎么了？”赵凝一瞪眼睛，摆出一副凶巴巴的模样来，“就是本姑娘绣出来的！告诉你，这香囊你接也要接，不接也要接，再难看也要接着！”

袁松脸上露出一丝笑容来，看着赵凝问道：“你这算不算是强买强卖？”

“要你管！”赵凝一撇嘴，脸上红得都要滴出水来了，可还是努力想要装出一副凶巴巴的模样来。

“不过这香囊看起来很别致，我喜欢。”袁松哈哈一笑，小心翼翼地把那香囊塞进了自己怀里，寻思了一下，又从怀里掏出一样东西来。

这是个灰色的小布袋，用粗布缝制，和精致两个字完全搭不上边。不过袁松却十分小心，就好像手里捧着的是最珍贵的宝贝似的。

他打开那个小布袋，从里面拿出来一块石头来。

这石头是黄色的，温润如玉，托在手上闪闪发光，上面刻着一个精巧的“鬼”字。

“这是我从山上带下来的。”袁松仔细看了那石头几眼，然后又将它装回了口袋里，“是我在山上捡到的石头，亲手雕刻而成，留在身边是个念想，还请赵姑娘您笑纳。”

说着，他把手里的那个布袋递了过去。

赵凝伸手把那布袋拿在手里，轻轻摩挲了一下，不自觉地甜甜一笑，小心翼翼地把它收了起来。

接着，两个人互相看了一眼，相视而笑，此时，一切尽在不言之中。

这时候，旁边的李用不合时宜地开口嚷道：“刚才你们算不算是交换了信物？”

被他这么一说，赵凝的一张脸红得和红布似的，恶狠狠地瞪了李用一眼，对着他嚷了一句："要你管！"

赵凝说完之后，转身就跑，急匆匆地跑出了这座小院，因为太急，过门槛的时候差点被绊倒在地，即便如此，她也没停下来，跌跌撞撞地跑得没了影子。

"这丫头。"李用摇头嘟囔道："跑什么啊？我就是好奇地问一句而已。"

袁松一脸无奈，也不知该怎么和这位说话了。

他索性也不说了，回过头，背着手环视了一圈这个小小的院子。这里虽然小，可是五脏俱全，这里虽然小，可却是他到了这开封城，第一个落脚的地方。

袁松伸手在一边的圆桌上轻轻拍了拍："李兄，收拾一下东西，明天我们搬走吧。"

"搬走？"李用一愣，"不在这里住了？"

"不了。"袁松摇了摇头，"我另外找了一间房，明天我们就搬出赵府。"

伴随着钟声，大相国寺里的僧人又开始了每日必不可少的早课。寺内僧人众多，远远就能听到他们的木鱼声和梵唱声。

起码袁松听得很清楚，因为他的宅子距离那大相国寺并不太远，远远就能看到寺庙正殿上闪亮的琉璃瓦。

这是个一进的小院，一圈围墙，两间厢房，一间客厅，院子里有石桌石椅，还有一棵参天的大树。这时正值盛夏，一阵凉风吹过，说不出的阴凉。

袁松懒懒地靠在榻上，手里捧着一卷书，慢条斯理地看着，模样十分悠闲。

至于李用，他坐在院子里，手里拿着一根棍子，似乎在制作什么。他无论什么时候都闲不下来，总是想找点事情做做，真不知道当初他是怎么在柴荣身边当上侍卫的。

袁松已经从赵家搬出来三天了，也就是说，这样的日子已经持续了三天了。由于手里的积蓄和俸禄不多，只能在稍微偏远的地方买了这么一套小院。这地方距离皇宫甚远，也不是特别繁华的地方，比较寂寞。

不过，袁松倒没有觉得如何，他从小就在山上待惯了，早已经习惯了这种生活，这样的日子倒是让他有几分亲切的感觉。再加上他官职还够不上上殿面君的资格，住在这里，倒也没什么问题。

这附近最热闹的场所就是大相国寺了，这年头战乱不断，活得十分辛苦，因此那大相国寺中的香火十分旺盛，每日香客络绎不绝，都是为了祈福求平安的。所以，在袁松居所附近，围绕着那大相国寺也做起了诸般生意。大部分都是卖香主的店铺，不过也有一位别出心裁，就在袁松居所旁边开了一家饭庄，里面专门售卖各种斋菜，生意倒也相当不错。

到目前为止，袁松对这样的日子十分满意，除了某些时候……

一阵敲门声响，袁松和院子里的李用同时一愣。

接着，李用慢慢回过头来，脸上满是促狭的笑容：“相公……”

袁松只觉得一阵头疼，摆了摆手：“你去看看吧……”

“好。”李用点了点头，把手里的东西一扔，拍了拍手，走到院门那里问了一句，“谁啊？”

“请问，可是袁公子居所？”外面有人问道，声音轻柔悦耳，说不出的好听。

一听这声音，李用扑哧一笑，伸手打开院门，只见一个丫鬟模样的人站在外面，手里拿着一个小包袱。正是那位方秋方小姐身边的丫鬟悦儿。

“又是你？”李用笑嘻嘻地问道。

“见过李大哥。”悦儿抿着嘴笑道，“敢问袁公子在吗？”

“他说他不在。”李用说道。

悦儿脸上笑容一僵，不过很快还是调整了过来，勉强笑了一下，把手里的包袱往前一递：“既然袁公子不在，还请李大哥将这东西转交与他。”

“什么啊？”李用没接，只是笑呵呵地问道。

“一些寻常的点心，都是我家小姐做的。”悦儿很认真地说道，“我家小姐知道公子刚刚乔迁新居，恐怕他居住多有不便，做点点心，还请公子笑纳。”

“虽然我是很想收下啊。”李用叹了口气，“可是不行，我家相公最近有点不适，什么都不敢吃，吃什么吐什么。所以，多谢你家小姐的好意了，这东西你还是拿回去吧。”

“啊？”悦儿一愣，“袁相公病了？病得厉害吗？可需要看大夫？”

“不用。”李用摆了摆手，“我家相公之所以不在，就是看大夫去了。不好意思，请悦儿姑娘先回去吧。”

李用说完，砰地关上了院门，快得让那小丫头都反应不过来。

她呆立在那里好半晌，这才愤愤地一跺脚，拿着那个包袱转身走了。

走出去没多远，她向一侧一拐，拐进了一处街角，一顶轿子就停在那里，几名下人奴仆环绕四周，脸上都是一副生人勿进的模样。

悦儿拿着那个包袱来到轿子旁边，行了一礼：“小姐，我回来了。”

“东西送进去了没有？”轿子里传出一个声音问道。

“回禀小姐，没有。”悦儿沮丧地摇了摇头，“连院子都没能进去。”

接着，她愤愤不平地说道：“那人真是不识好歹！小姐您是什么身份，如此对他，他却置之不理，整个京城里哪家公子……”

“好了！”轿子里那声音打断了她的话，虽然声音不大，但是语气十分严厉。

悦儿连忙闭上嘴巴，不敢说话了。

“你在那院外停留了多久？”轿子里那人问道。

“多久？”悦儿一愣，回想了一下，“大概一刻左右吧？”

“一刻？”轿子里的小姐轻笑一声，“够了，虽然他没有收下东西，可是让他知道我的心意，我便知足了。走吧！”

旁边的下人应了一声，有人喊了一声：“起轿回府！”

两名轿夫抬起轿子，在下人的簇拥之下离开了这里。

第二十七章　相国寺遇友

不远处的小院里，李用趴在门缝上把这小轿子离开的过程看得清清楚楚。等到那轿子离开，李用才小心地合上院门，摇头轻笑：“啧，这丫头倒还真是痴心，有这般好事，袁相公竟然避之不及。啧，可惜了！”

“啪！”有东西在他头上轻敲了一下。

“哎哟！”李用吓了一跳，猛一转身，摆出个架势来，“何人来袭？报上名来！”

袁松手持书卷，在他头上啪的又是一下：“可惜你个鬼，报名个鬼！让你来当护卫的，你倒好，看热闹看得不亦乐乎！”

“我当是谁呢！”看到是袁松，李用干笑一声，“刚才可是你让我回话的。”

“让你回话，又不是让你在背后说闲话！”袁松没好气地说道。

“我是替那姑娘可惜，当然了，也替相公你可惜！”李用叹了口气，“人家一片痴心，自从咱们搬到这里之后，天天往这里送东西，瞎子都能看出她的情意来。相公，你说你也是的，那方姑娘也是京城中极出色的美人，你怎么就看不上呢？不但话不和人家说一句，连东西都一样不收，未免让人寒心。”

“我的事，你少管。”袁松一瞪眼睛，“我自有分寸！你若是觉得好，你大可以和人家聊聊去。”

“我倒是有这个心，可是人家看上的不是我啊！”李用颇为遗憾地说道。

袁松看着这夯货哭笑不得，也不知该说什么才好了。

就在这时，他微微一皱眉头，觉得肚子里一阵山响，揉揉肚子：“饿了，家里有什么现成的吃食没有？”

“本来有的，刚才让你赶走了。”李用笑道，“现在柴米是有的，不过要现做。”

袁松闻言又一皱眉头，原本他在山上住得久了，做饭洗衣都要自己操持，倒也习惯了。不过下山之后，尤其是住进了赵家之后，饮食起居都有人安排，时间一长，自己倒是不怎么做饭了。

袁松在心里嘟囔了几句。“由俭入奢易，由奢入俭难！”他最后叹了口气，对着李用一晃手中书卷，“走吧，今日我们去旁边尝尝那家斋菜的味道如何。”

隔壁那家饭庄在整个京城都小有名气，老板据说是个寡妇，分了一点薄薄的财产，在这里开了一家小饭馆，不过因为做得一手好斋菜，时间长了，这饭庄越做越大。因为在大相国寺附近，而且做的又是斋菜，所以这饭庄的名字也带了几分禅意，叫作祈心楼。

袁松到时正好是饭点，饭庄里面已经挤满了人，空气中满溢着一股菜香。本来袁松肚子就饿，闻到这股味道，顿时觉得更饿了，只是放眼望去，整个饭庄里都坐满了人，黑压压一片，让人看得皱眉。

看到袁松两人进来了，搭着手巾的小二迎了过来，未曾开言满脸是笑，然后点头行了一礼，“客官好，您几位？”

“两位。”袁松伸出两根手指来比画了一下，“有空座吗？”

“哟，您来得不巧，现在正是饭点，您也看到了，我们这里人多得很。”小二苦笑道，“单独的座位肯定是没有了，您看和人拼一张桌子怎么样？”

“这个也好。”袁松点点头，腹中饥饿，实在是等不得了。

“好嘞。”店小二笑道，“来，两位这边请！”

说着，把袁松和李用引到了座位上，生意实在是太好，两个人还拼不了一张桌子，只好分开坐。袁松坐到了靠墙的位置上，而李用隔着他两张桌子落座。

和袁松一张桌子的是一位年轻公子，面如冠玉，称得上是英俊潇洒，只是身上穿着一身皱皱巴巴的儒衫，看起来有些不修边幅。

“这位兄台，不好意思。”袁松落座之后，向他拱了拱手，“实在没地方，只好与你拼一桌了。”

“无妨，无妨！”那人哈哈一笑。不知怎的，这人的笑容有种洒脱从容的味道，让人一看就忍不住心生好感。

“与人方便自己方便嘛！”那人笑道，“这祈心楼的斋菜在整个京城都是有名的，味道极好，惠而不费，每到这个时候，都有香客到此用餐。兄台你来得算早的，不然的话，恐怕拼桌都找不到位置。”

“哦？”袁松笑道，“看来兄台对此处很熟啊！”

“以前隔三岔五总要来吃上几回。”那人说到这里，轻叹了一声，“可是现在不行了，现在在别处寻了个差事，很长时间才能回来一次尝尝这些斋菜了。”

“即便如此也要回来，看来兄台是个痴人。”袁松笑道，“痴于菜！”

那人闻言先是一愣，然后也笑了：“不错，痴于菜！”只是那声音听来似乎有几分惝恍。

不过，他很快就恢复了正常，对着袁松挤了挤眼睛：“不过，兄台坐在这里，等一下可要给我打一下掩护！”

“啊？”袁松一愣，不明所以地看着他，搞不懂他说的是什么意思。

过了一会儿，两人的饭菜都上齐了，等到店小二转身离开，那人嘿嘿一笑，从怀里摸出一样东西来打开。袁松一看，顿时哑然失笑，这东西赫然是一个小葫芦，从打开的葫芦嘴里飘出一股淡淡的酒香。

“好酒！”闻到这酒香，袁松忍不住赞了一声。

“嘘！嘘！”那人顿时急了，“莫要高声！”

然后他抱着葫芦，做贼一样左右看看，看到没人注意这里，这才长出了一口气，对袁松笑道：“这饭庄的斋菜乃是一绝，可就是有一样不好，离那和尚庙太近了，把那庙里的清规戒律学了个十足，不但做的都是斋菜，而且还不让喝酒。”

说到这里，他长叹一声：“兄台，你说说，这有菜无酒，成何体统？”

“不错！”袁松点点头，“有菜无酒便如有眼无珠，看是看得，吃也吃得，可就是白白瞎了！”

那人听到袁松这话，忍不住扑哧一声笑出声来，然后对着袁松一挑大拇指：“罢了！兄台这句话说得切中要害，绝了！这有菜无酒，可不就是白白瞎了吗？菜越好，瞎得越厉害！”

接着，他摩挲了一下自己的葫芦：“看来兄台你也是同道中人！要不，一起来点？”

袁松倒也不客气，嘿嘿一笑，拱手道：“那在下就恭敬不如从命了！”

两人向店小二要来了两只茶杯，偷偷将杯中的茶水泼了，换上美酒，袁松举起酒杯先晃了晃，眼睛一亮，又闻了闻，脸上喜色更浓，最后轻抿一口，缓缓咽下，这才慢慢地吐出一口酒气来，低声赞叹道：“好酒！”

那人一直盯着他看，看他一步步将这酒饮下，笑吟吟地问道：“好在哪里？”

“色如琥珀，闻如花香，品之则绵软悠长，似有芬芳饶舌不去，当真是一等一的好酒！”袁松笑道。

“好！不愧是我看中的人！”那人轻轻一拍桌子，“这老酒乃是城北一处酒馆酿造的，连个名号都没有，但是有次我一尝之，顿时惊为天人！兄台一品就知道这酒的妙处所在，当真为同道中人啊！好，好啊！”

这人满脸喜色，还想再说两句，就在这时，只听后面有人幽幽地问道：“敢问两位相公，什么好啊？”

“当然是酒好，呃……”那人下意识地回了一句，接着脸色一僵，慢慢回过头来，只见那店小二抱着肩膀站在那里，一脸冷笑地看着他。

“又是你！”店小二皱眉摇头道，“这位客官，本店只提供斋菜，不许饮酒，你自己偷偷喝酒也就罢了，竟然还拉上酒友了。这里不远就是大相国寺，相公如此做派，也不怕引来菩萨责怪？”

“咳咳……”那人干咳两声，“这个，菩萨要拜，可酒还是要吃点的，我等一心向善，想必菩萨不会太过怪罪吧？”

“哼！”那店小二两手叉腰，冷哼一声，“哪怕你口灿莲花，在我们这里就是不能喝酒。两位相公，对不住了，还请移步吧！”

没多久，袁松与那人手里提着食盒，站在那饭庄外，满脸苦笑，手里还端着两只酒杯。

那位无限留恋地回头看了一眼身后的饭庄，然后对袁松苦笑了一声：“这位兄台，对不住了，没想到因为这杯中之物被赶了出来，还连累了你。”

“无妨，无妨！”袁松哈哈一笑，向饭庄旁边一指，“兄台，我就住在那间院子里，你我有缘今日相见，又一起被赶了出来，倒不如到我那里少坐，一起把这餐饭吃完如何？”

“哈哈！”那人顿时笑了，“兄台，你是想把这餐饭吃完，还是在惦记我这葫芦里的老酒呢？”

“啧！”袁松嘿嘿一笑，“有菜无酒便是有眼无珠，这位兄台，我又不瞎！”

那位闻言，哈哈大笑：“兄台实在是有趣！”说着，他一手拿酒杯，另一手提着食盒，行了个古怪的礼，“在下吴伤，字元博，不知兄台如何称呼？”

“在下袁松，字受益。”袁松笑吟吟地回了一礼。

“好好，今日与袁兄一见如故，我们二人今日不醉不归如何？”吴伤大笑道。

就在这时，李用抹着嘴从饭庄里走了出来，莫名其妙地看着袁松问道：“相公，吃得好好的，你怎么出来了？”

“遇到了一位有趣的朋友。”袁松笑道：“你出来得正好，快去，帮我们打点酒回来，快快！”

袁松把一头雾水的李用打发走之后，和吴伤两人相视一笑，一起回到了那座小院里。

袁松与吴伤两人当真有相见恨晚的感觉，两个人回到那院子里把酒言欢，越谈越是投机。

这吴伤年纪虽然不大，可是见多识广，妙语连珠，琴棋书画无一不精，各种事情信手拈来，便能说出一番门道来。

袁松也是不弱，虽然他的话不多，可是每发一言往往能说中要害，让吴伤有一种醍醐灌顶的感觉，忍不住就要击节赞叹。两个人这么一聊，竟然从中午一直聊到了太阳落山还没有停歇，就连李用都跑出去打了三四回酒来，搞得他嘟嘟囔囔，满脸的不满。

“好！”听完袁松的一席话，吴伤忍不住喝了一声彩，端起酒杯，将杯中酒一饮而尽。

“痛快！当真是痛快至极！”吴伤大声说道，“本来吴某只以为遇到的是一位酒友，未曾想遇到的却是一位知己，当真是酒逢知己千杯少！这酒喝来，当真是痛快至极！”

“不错！”袁松也是满脸欢愉，“自从到了这京城之后，已经许久未曾如此畅快了。以前竟然不知还有吴兄这样的人物，可惜了。”

“有何可惜？”吴伤笑道，“既然相见，就不可惜。原本只是喜欢此处的斋菜，现在又有了一个理由来此处吃喝了。好，好得很！”

这时，李用打着哈欠从屋里走了出来，看到两人顿时吓了一跳。

“两位相公，你们还在喝酒？”

“怎么了？”袁松醉眼惺忪，斜着眼睛看了他一眼，“我与吴兄一见如故，把酒言欢，有何不可？”

“并无不可。”李用苦笑道，“可是现在外面已经天光大亮，已经是清晨了。你们二位从昨天中午就开始对饮，一直喝了一宿啊！”

“啊？”袁松一惊，连忙站起身来，没站起来之前倒还罢了，可这一站起来，果真觉得有些发晕，缓了片刻才回过神来，他踉踉跄跄来到窗前，用手推开窗户一看。果然，外面已经是阳光明媚，两人果然喝了一宿。

“糟了！”吴伤看到外面的天色，脸色顿时一变，“坏了，坏了，昨夜聊得太过尽兴，竟然忘了今日还有诸多事情要做。”

接着，他看着袁松苦笑了一声：“当真是不巧，此时才与袁兄相识。不久之前，吴某还是一介在这京城之中浪荡游戏的闲人，那时当真是想睡便睡，想喝便喝，如果那时与袁兄相遇，再痛饮几杯又如何？醉了倒头便睡也就是了。现如今是不成了，给自己谋了个差事，终日案牍劳形，再不得自如了。”

“这便对了。”袁松笑道，“大丈夫处身立世，自当功业在身，无愧于心才对，游戏浪荡又能有几时？难不成一身的本领，尽付与那酒席宴上、脂粉之间不成？”

“袁兄此言，深得我心！”吴伤哈哈大笑，“不过，今日可是不能再喝了，吴某还有事在身，再寻一日来找袁兄，你我二人一起再喝个痛快！告辞了。”

吴伤也是个洒脱之人，说完之后，对着袁松一拱手，转身向外走去，虽然脚步有些踉跄，满脸倦色，但是一双眸子却光彩依旧，不似俗人。

他几步便来到了袁松家的院门，伸手抽出门栓，打开院门，结果未曾想此时外面已经有人了，那人举起手来正要敲门，差一点敲进吴伤的怀里。

“呀！”外面那人惊呼一声，身子一晃，就要摔倒下去。

吴伤眼疾手快，伸手一把扶住那人，只觉得一股幽香扑鼻而来。他嘿嘿一笑：“哎呀！看来吴某留宿此处实在是来得不是时候，未曾想袁兄佳人有约，如此唐突，实在是罪过罪过。”

袁松满脸苦笑，也不知该如何向吴伤解释。

就在此时，吴伤怀里的女子抬起头来，让吴伤看清了她的面目。正是那位方小姐身边的丫鬟悦儿。

“啊！”这下不要紧，吴伤顿时惊呼了一声，连忙松开手来。

而悦儿看到吴伤的模样也是吓了一跳，向后连退了几步，惊疑不定地看着出现在袁松门前的吴伤。

吴伤上下打量了悦儿几眼，突然一笑：“果然是一位美人！袁兄，莫非是你的红颜知己不成？”

袁松狐疑地看了他一眼，苦笑着摇了摇头：“吴兄说的什么话，我如何来的红颜知己？”

悦儿匆匆行了一个礼：“奴婢不知今日公子有客人在，奴婢先告退了。”

说完之后，悦儿一转身，急匆匆地走了，连怀中拿着的东西都没有放下便走得没了影子。

“小娘子还有几分腼腆。”吴伤哈哈一笑，对着袁松拱了拱手，“叨扰袁兄多时了，吴某有事在身，先走一步，袁兄大可以将那小娘子喊回来。”

说完之后，吴伤不等袁松说话，转身哈哈大笑离开了这里。

袁松看着他的背影，又看了看跑得没了影子的悦儿，微微一皱眉头。

“喂！”恰在此时，有人在袁松耳边喊了一声。

接着，红影一闪，赵家小姐就出现在袁松的面前。

看到赵凝，袁松脸上露出一丝笑意：“阿凝，你怎么来了？”

“怎么？”赵凝撇了撇嘴，“看到我来你不高兴啊？”

“那倒没有。”袁松满脸苦笑，“只是昨天晚上与人彻夜长谈，现在有些倦怠了。”

“与人彻夜长谈？”赵凝柳眉一竖，“与谁彻夜长谈？”

说着，她凑到袁松身边，鼻子轻轻抽动，像小狗一样在袁松身上闻了起来。

“呃，你这是做什么？”袁松哭笑不得地问道。

“哼！”赵凝抬起头来，一脸嫌弃，“一股酒臭气，昨天肯定是与人吃酒了！”

接着她微微一愣，指着刚才吴伤离开的方向问道：“咦，你刚才是不是与那人吃酒了？”

“你认识他？”袁松一愣问道。

“听说过。”赵凝点了点头，“那日他离京之时见过他，排场大得很咧，很多官宦子弟都为他送行。我后来差人打听了一番，听说是个京城里很有名的公子，名叫吴伤。因为痴迷于棋道、书道、琴道，所以号称什么痴公子。刚才来时我遇到他还有些奇怪，未曾想竟然是在你这里吃酒呢。”

“痴公子？”袁松微微一笑，“倒的确是个有趣之人。”

“喂！”赵凝满脸狐疑地看着袁松，“你该不会有什么断袖分桃之癖吧？”

“去！”袁松哭笑不得，伸手在赵凝光洁的额头上弹了一下，“你这脑袋里整天胡思乱想些什么？”

赵凝哎哟痛呼了一声，一只手按着额头，气鼓鼓地瞪着袁松。

看到她这娇嗔的模样，袁松忍不住扑哧一笑，然后伸手入怀，拿出一样东西来。

这是一朵珠花，样式普通，材料也属平凡，在赵家大小姐看来，这珠花甚至可以称得上粗劣。可是袁松拿着这朵珠花，却脸色发红，一副欲言又止的模样。

“干吗？”赵凝咬了一下嘴唇，问了一声，声音里竟然带上了一丝妩媚，就连她自己都没有察觉到。

“此前，此前去街上闲逛，看到了这个……”袁松略显局促地说道，“觉得好看，便想买来与你……”

说着，他突然一咬牙，一把抓住了赵凝的手儿。

赵凝登时满脸娇羞，红得好似红布一般，原本以她的本事，轻易就能挣脱，却连动都没动一下。

袁松一只手拉着赵凝，另外一只手慢慢地把那珠花插在赵凝头上。虽然他的手法很糟糕，但是态度却前所未有的认真，仿佛不是在插一朵珠花，而是在处理什么国家大事似的。

等他歪歪斜斜地把珠花插好，盯着赵凝看了一阵，突然松开赵凝的手，捂着自己的胸口后退了两步，口中念道：“糟糕，死了，死了！”

赵凝登时吓了一跳：“怎么了？”

“凝儿美若天仙，小生打又打不过，逃又逃不了，看来只好委身于你了！”袁松笑道。

“要死！”赵凝羞得满面通红，咬牙切齿地骂了一句，和袁松一道笑骂着进了那小院。

不远处的一处小巷里，那顶小轿之外，悦儿跪倒在地，脸色颇为难看。

良久之后，轿中传来一声轻叹，轿帘一挑，露出了方秋那如花般的娇容，只是此刻，她脸上有几分犹豫与迷茫，让她的容颜多了几分楚楚可怜的模样。

“东西又未送进去？”方秋开口问道。

“回禀小姐，今日袁公子家有客在此，所以奴婢就回来了，东西也未送进去。”悦儿跪在地上回答道。

“罢了，你起来吧。”方秋淡淡地说道，然后退回了轿中，“既然有人看到，那这功夫就没白费。走吧，回府。”

几名轿夫抬起轿子，转身离开，悦儿亦步亦趋地跟在后面，一行人渐行渐远。

京城的皇宫和历朝历代比起来，算不上十分宏大，不但与前朝的大明宫无法相比，就算是与传说中的未央宫比起来也未必能大多少。

不过，再宏伟的宫宇也无法彻底彰显一个皇朝的威严，前朝的大明宫恢宏无比，却仍被铁蹄践踏，如今已然残破不堪，化为瓦砾。真正能够彰显皇朝威严的，是皇朝的兵锋，是它的政治，还有现在坐在正殿中的那个人！

柴荣在御座之上，他就代表了大周的威严！麾下的文武百官在大殿之中分列两旁，不敢有丝毫声息。整个大殿之中，只有内侍的声音在其中回荡：“有事出班早奏，无事卷帘朝散，钦此！”

虽然只是短短几个月时间，但是如此场面，柴荣已经从陌生到熟悉，再到习惯了。如无意外，文武百官想必是要出班奏报，将这天下间的重重大事拿出来讨论，在这朝堂之上讨论出结果，然后再颁布下去，以这种方式推动着这个国家的运行。

但是今天却出了一点意外，那位内侍喊完之后，朝堂之上并没有出现文武百官出班奏报的场面，反而安静了片刻。

柴荣微微一皱眉头……

就在这时，一名老者迈步出班，正是礼部尚书郭洵。他出班之后，恭敬地向上行了一礼：“启禀陛下，臣有本要奏。”

柴荣抬手虚扶一下：“何事？”

“陛下，自本朝立国以来，虽仅数载，然文治武功显赫天下，尤其自陛下登基以来，外驱刘汉，稳固朝政人心，因此国势更胜一筹，天下百姓官员无不称颂。前唐故事，曾以天子生辰为节，普天同庆，为天子贺寿。因此，臣恳请以诞圣日为天清节，天下军民官员同贺之！请陛下恩准！”

柴荣闻听此言，顿时一愣，他无论如何未曾想到，郭洵出班，竟有此言。他微皱眉头，一只手在御座上轻轻敲着：“天清节？”

而下面的文武百官似乎是商量好了一般，郭洵起头上奏之后，一位位文臣武将也纷纷出班，向上奏报。

“臣附议！”“臣附议！”……

一时之间，朝堂之上全是一片附议之声。

看着下面的文武百官，柴荣嘴角一勾，一个笑容稍纵即逝，随即脸色一正：“这般琐事为何放在朝堂来议？诸位爱卿，朕在朝堂上要听的是你们定国安邦的策略，而不是这些，此事容后再议！”

“臣遵旨！”郭洵向上拜道，然后退回了朝班之中，只是他嘴角一勾，露出了一个得意的笑容。

看到群臣纷纷归班，柴荣的视线在他们身上扫过，在经过姚谦身上时，视线微微一顿，但是很快便扫了过去。没过多久，朝堂之上再次恢复了从前的场面，朝中君臣按部就班地开始议事。

大相国寺的梵唱声远远地传进了袁松的小院，袁松懒洋洋地靠在园中的树上，面前石桌摆着酒壶和小菜，自斟自饮，颇有几分悠闲的意思。

就在此时，一阵砸门声响起，接着不等有人开门，那门就被人推开，赵匡胤一身便装，背着手走了进来，看到袁松，一撇嘴道：“受益，你倒是好享受！”

“兄长来了？”袁松懒洋洋的，连起身都没起，只是指了指对面的椅子说了一声。

赵匡胤也不客气，大马金刀往对面一坐，抓过酒壶给自己倒了一杯酒，一仰头便将杯中酒一饮而尽。

“你这里倒是舒服，就是太远，来一趟就要费上好大的工夫。”赵匡胤一抹嘴巴，左右看看，“怎么只有你一人？那位李用兄弟呢？”

“出去了。”袁松从盘子里抓了一颗豆子扔进嘴里，一边细嚼慢咽，一边随口说道：“现在此处只有我一人，兄长想要说什么说了便是。”

赵匡胤脸上一红，没好气道：“笑话，莫非我至此处，就是有事来的？”

“没事？那之前为何未曾见你来过？”袁松不留情面地说道。

“呃……”赵匡胤脸色微微一滞，苦笑道，“与你说话当真是好生无趣。罢了，我找你来也不是什么大事，不过是来找你发发牢骚罢了。”

“牢骚？”

“不错！”赵匡胤点头道，“今日朝堂之上，礼部尚书带百官上表，欲仿前唐故事，请以诞圣之日为天清节。这般文官当真是拍马屁的一把好手！”

接着，他冷笑一声：“只是陛下乃是英明之主，岂能被他们一个马屁就拍晕了？”

“此事陛下如何说的？”袁松不置可否，开口问道。

“陛下留中，未曾多言。”

“那就是没有不同意喽？”袁松微微点头，“如不出我之所料，此事陛下应该会应允。”

“陛下会同意？”赵匡胤一愣。

“为何不同意？”袁松一笑，“郭尚书这一步棋走得不错，陛下虽然初一即位即挫强敌，重创刘汉，稳固了人心，然则国朝立国时日太短，连先皇在内也不过四年罢了，根基尚浅。此次刘汉初一犯境，便导致人心惶惶，原因正是如此。这天清节乃是陛下诞圣之日，如果以此为节，不但可以普天同庆，宣扬太平，而且每逢此时，天下百姓便要想起当今陛下来，久而久之，便可稳固国朝根基，让国朝百姓心念陛下。一举两得，惠而不费，郭尚书这一步走得妙啊！”

“这么说，那些文官的马屁正中陛下下怀？”赵匡胤惊讶道。

“马屁？”袁松含笑摇头，“这可不是马屁，唐末之后，天下间几经变动，还留在朝堂上的大人有几个不是人精？光是我们诡门中人就有好几位，其他平门出身的更是为数众多。再者，幕人讲究的是跟什么人说什么话，陛下乃英明之主，可不是区区几句马屁就能蒙混的昏庸之辈，你以为他们看不出来？”

袁松端起桌上的茶盏来润了润嗓子：“这本奏章是阳谋，可以说是正中陛下下怀。天子与士大夫共治天下，这些士大夫们的作用为何？此其一也！”

“天子与士大夫共治天下？”赵匡胤听闻此言，眼睛顿时一亮，微微点头，“这句话倒是有几分意思。怪不得陛下虽然惊愕，却留中不发，显然确实已经意动。”

“陛下惊愕？”袁松一愣，放下手中酒杯，“此言当真？”

“骗你作甚？”赵匡胤说道，“当时我便在殿上，陛下当时虽然并未多说，可是那郭洵上奏之时，陛下确实有些错愕。”

“咦？”袁松微微一皱眉头，“大兄，我问你，在那些上奏的大臣里，我那师兄可在其中？”

“姚大人？”赵匡胤一愣，然后点了点头，“有他一位。”

“有他？”袁松忽地一下站了起来，脸上不复刚才那般从容，而是紧锁眉头，背着手在院中绕了几圈，突然展颜一笑，轻轻拍手，“妙，妙极，当真是妙极！”

赵匡胤不明所以：“什么妙极？”

“我是说，我那师兄这一步走得当真妙极！”袁松鼓掌大笑，意极欢畅。

“到底是何事？”赵匡胤伸手一把拉住了他，有些不满地说道，“你快说与我听听，被你如此这般蒙在鼓里，一头雾水，当真是很不爽利！”

袁松闻言，回头微微一笑，伸手在赵匡胤手上轻拍了两下：“大兄莫急，此次乃是一个好机会！”

说罢，他拉着赵匡胤坐回了座位上，先给赵匡胤倒了一杯茶，然后方才说道：“大兄，你在陛下身边很久了吧？”

“那是自然。”赵匡胤点头笑道，“我与陛下相识许久了，你那嫂子与皇后都是亲姐妹。”

“既然如此，你应当知道，陛下身边有一批人手，应该是专门负责收集情报，在民间游走，为陛下采风的吧？”袁松低声问道。

“这个……”赵匡胤听到这话，先是一愣，然后沉默下来。对于这个问题，他选择闭口不言。

“大兄不说我也知道。”袁松轻笑一声，“此事确实不宜多提。如果陛下真的有这么一批人手的话，据我观察，应该就是我那师兄代为照看的。”

袁松不待赵匡胤开口，继续说道：“此次百官上表，显然声势极大，要说暗中没有商量串联，那是绝不可能的。可是这么大的事，陛下却似事先并不知晓，如此看来，岂不是可疑？”

袁松说到此处，冷笑一声：“我那师兄如果真的为陛下照看那批人手，不可能不事先知晓这件事情，可是偏偏却没有向陛下上报，无非就是想要借此向圣上邀功而已。陛下即位不过数月，便已经立下如此威势，而且现在看来，圣上也很有可能借此机会整肃朝纲。我那师兄借此机会向陛下邀功，巩固地位也无可厚非，只是他不应该瞒着陛下。”

赵匡胤微微点头，低声说道：“的确如此，陛下乃是英明之主，处事决断，而且知晓民间疾苦，可越是这般人物，越容不得别人欺瞒他。”

袁松诧异地看了赵匡胤一眼。

赵匡胤脸色微微一变，讪笑着说道：“我也不过是随便说说。”

袁松却哈哈一笑：“不错，大兄不愧是陛下的亲信，倒是看得清楚明白。陛下不是没有容人之量的天子，此前举魏大人为枢密使便已知晓，可是陛下却未必能容忍下属瞒着他暗中串联。朋党之祸，前朝牛李之争犹未远矣。尤其是本该为他采风之人也掺和进去了，恐怕会让陛下更加疑心。”

袁松微微摇头道：“我那师兄当真是智者千虑，必有一失，这一番邀宠的作为，搞不好会适得其反。在我看来，未免有些得不偿失了。”

赵匡胤听到这话，哈哈一笑：“有意思了，我可是听阿凝说过，你与你那师兄有些不合，看来这一次，倒是让你得意了。”

“你听阿凝说过？”袁松表情古怪地看了赵匡胤一眼。

“呃……”赵匡胤顿时知道自己说错话了，干笑一声，“只是偶尔提过一次，不过我追问为什么你俩不和，阿凝却始终未曾与我讲过。”

袁松苦笑一声：“无他，一山难容二虎罢了。”

赵匡胤点头：“我琢磨着应是如此，你与你那师兄都是聪明人，两个聪明人撞到了一起，总要计较个高低的。”

袁松苦笑摇头，不再说话。

就在此时，房门一开，有人走了进来。赵匡胤和袁松回头一看，只见李用一只手抱着一个酒坛子，另一只手提着一只竹篮，篮子里放了几样肉菜，从院外面走了进来。看到赵匡胤在这，李用顿时微微一愣。

“李兄弟，你回来了？”赵匡胤倒似和李用熟络得很，笑呵呵地说道：“这是打酒回来了？那正好，嘴里正好淡出鸟来了，赶紧弄点酒过来。我听闻隔壁的卤豆干很是不错，我出钱，弄点回来下酒。”

“来的分明是恶客！”李用嘟囔了一句，“一来就要吃要喝！”

说着，他提着酒坛和那一篮子肉菜走进了屋里。

“妹婿。”赵匡胤挤眉弄眼地对袁松说道，“你这仆从当真是越来越有性格了。罢了……”

说话间他长身而起：“既然如此，那还是我自己去买点豆干来下酒好了。”

说完，他一转身就出了院门。

袁松等他离开之后，这才站起身来，走进厨房。厨房里，李用正在把篮子里的肉菜拿出来，准备洗刷一下做饭。袁松进来的时候，他连头都没有回一下。

“为何去了如此之久？”袁松站在他身后，低声问道。

李用手上没停，头也不回，低声说道：“陛下传诏，明日还是老时间，邀你相见。”

“还是大相国寺？”袁松问了一句。

“不。”李用回过头来，对他一笑，“聚缘楼。”

聚缘楼是京城中的老字号，据说从前唐开始就有这么一家了，到现在已经是百年老店，袁松去的时候正是饭口，楼上楼下挤满了客人。袁松刚一迈步走进酒楼，店里的小二就已经满脸堆笑地迎了上来。

“客官您好。”未曾说话，这店小二先行了个礼，做足了礼数，“您来得真是不巧，现在正好是饭口，客人格外多，拼桌都找不到位置了。您要是不着急的话，先等一会儿？您放心，只要有了空座，一准给您安排妥帖了。”

袁松微微一笑：“多谢小二哥了，不过我来此不是吃饭，是赴约来了。敢问小二哥，可有一位龚先生在此处用饭？”

“龚先生？”店小二一听，立刻肃然起敬，“有的有的！原来您是龚先生的贵客，三楼雅座，已经等您多时了。这边请……”

说着，店小二便把袁松往楼上引，不过到了那二楼往三楼去的楼梯口，就停下来了，讪笑着说道：“这位相公，龚先生就在上面，您上去吧，这位先生的规矩有点大，我是上不去的。”

“多谢小二哥了。”袁松拱手笑道，迈步上了楼。

听到楼梯声响，上面立刻有两个人站了出来，向下看了一眼，发现来的是袁松，这两人似乎松了一口气。

等到袁松上了楼，他发现三楼都已经被人包了下来，虽然每个座位上都有人坐着，桌上也摆着吃喝，但是却没有人动筷，这些人身上都有一股彪悍的味道，一双眼睛警惕地观察着周围的动静。

袁松上去之后，有两人立刻过来，仔细搜了一番，发现没有暗藏凶器，这才让到一边，请袁松进去。

这一层里只有一间雅间里有人，雅间的门是开着的，柴荣坐在里面，面前放着几样小菜酒水，几名内侍侍奉左右。柴荣端着酒杯慢慢品着，同时隔着窗子，看着下面熙熙攘攘，来来往往的人群。

袁松站在雅间外面，抱拳行礼："陛下。"

柴荣一愣，回过神来，对袁松一笑："受益来了？坐。"

袁松谢过柴荣，大大方方地在对面坐下。

柴荣没有说话，继续静静地看着下面来来往往的人群。袁松也没有开口，安静地坐在一边陪着。

良久之后，柴荣终于开口了："受益你看，这些人来来往往，你看出了什么？"

袁松沉默了片刻，缓缓开口说道："天下熙熙皆为利来，天下攘攘皆为利往。"

柴荣一愣，回过头来看了袁松一眼，嘴角一勾，脸上露出了一个笑容："有趣，当真是有趣！受益，朕见过许多人，大道理听得很多，但是像你这般直言不讳，直指本心的当真不多见。"

"只因为此处只陛下与我二人，如果是在朝堂之上，微臣也是可以说出一番大道理来的。"袁松老老实实地说道。

"哈哈哈！"柴荣哈哈大笑，意极欢畅，"有意思，当真是有意思极了！"

柴荣笑了好一阵，才慢慢止住笑容："受益，你可知我为何要在此处与你相见？"

"微臣不知。"

"之前初登大宝，诸事繁杂，朕需要的是静心。心不静则审不明，审不明则诸事乱。在那一片小院之中喝茶闲聊，倒是可以静心。"接着，柴荣话锋一转，"可是现在朕需要的不是静心了……"

他伸手向下点了点："刚才你那句话说得好，天下熙熙皆为利来，当年朕并非什么皇子皇帝，尚且只是一介商贾，为了这利，终日奔波，朕是在逐利，也看到了天下逐利的本质。只要满足了臣下的利益，就是一个君臣和睦的朝堂，只要满足了天下人的利益，就是一个可以载于史册，为天下称颂的盛世！所以，在这里，朕承认，朕要逐利，而你需要从旁协助。"

“愿为陛下效力。”袁松抱拳说道。

“不错。”柴荣看着袁松，眼中闪过一丝欣赏，“朕相信你，你知道为什么吗？”

“因为臣便是臣，不是其他。臣之心中，只有陛下一人。”袁松恭敬答道。

“哈哈哈哈！”柴荣再次哈哈大笑，“很好，果然与聪明人说话就是痛快！不过，你胆子也很大……”

柴荣脸上带着一丝笑意，看着袁松问道：“你可知道，太过聪明，有时未必是好事。”

“臣知道。”袁松点头说道，“不过臣也知道，昏庸之主嫉贤妒能，贤明之主胸怀四海。臣只敢在陛下面前聪明而已。”

“不错。”柴荣微微点头，“所以朕最欣赏你的就是这一点。”

说到这里，场面再次安静下来，良久之后，柴荣再次开口道：“刚才说过，早年间朕乃是一介商贾，那时候朕曾经悟通了一个道理。你可知这天下间什么最值钱？”

袁松犹豫了一下，微微摇头。

“难得你竟然也有不知之事。”柴荣一笑，接着说道，“这天下最值钱的并非什么金银珠玉，也并非什么豪宅车马，这天下最值钱的就是消息。提前知晓一个消息，往往能让一个人获利数倍，数十倍，而错失一个消息，搞不好会倾家荡产，死无葬身之地。所以，朕一直很注意消息，任何消息……”

说到此处，柴荣深深地看了袁松一眼：“因此，朕希望你帮朕办一件事……”

当袁松离开聚缘楼的时候，距离他进去的时间，不过堪堪半个时辰，可是袁松却觉得在里面已经待了许久，他回头看了一眼身后的聚缘楼，三楼上似乎有一双眼睛仍然在注视着他。

袁松只看了一眼便转回头来，慢慢向自己的那个小院走去。

当袁松回到小院的时候，李用正在劈柴，他劈柴劈得很有节奏，手起斧落，咔嚓一声，柴从中间一分为二，再两下，二分为四，动作娴熟，劈出来的木柴十分匀称，仿佛他并不是一名护卫，而是一名砍了很多年柴火的樵夫。

他劈柴劈得十分认真，就连袁松回来都没能让他抬头，只是淡淡问上一句：“相公回来了？”

袁松看了他一眼：“收拾一下东西，后天启程去宋州。”

“哦。”李用随口答应一句，咔嚓一声，柴一分为二。

“升官了？”李用把柴扔到一边，随口问了一句。

“陛下恩赏，宋州观察推官。”袁松摸了摸怀里的东西，淡淡说道。

第二十八章　宋州遇袭

一条蜿蜒的河流，来来往往的商船络绎不绝。

在河岸边，一座酒楼之上的雅间里，两个人相对而坐。

“此次事情，多谢大人帮忙，在下敬大人一杯。”下首之人笑着端起酒杯。

坐在上首之人犹豫了一下：“这种事情以后莫要再来找我了。”

“为何？”下首之人放下酒杯，淡笑着问道，“莫非大人觉得在下诚意不足？”

听到“诚意”二字，上首之人眼角一跳，摇了摇头：“非是诚意不足，只是这事情，这事情……”他张了张嘴，最终却不知该说什么才好。

“大人忧心之事，在下明白。”下首之人微微一笑，“不过现在机会难得，错过实在可惜。请大人放心，不久之后，某不会再来劳烦大人。”

那人犹豫了一下，开口问道：“当真？”

“当真！”下首之人点点头，“这样的买卖，做不长久的！”

上首之人轻叹一声，“不错，做不长久的。”

说着，他终于端起酒杯来，和下首之人碰了一下，将杯中酒一饮而尽。

下首之人得意一笑，陪着他饮尽了杯中酒。

这时，一阵轻轻的敲门声响起，下首之人微微一愣，放下酒杯，向对面人一笑：“大人请慢用，在下还有些许琐事，暂且告辞了。”

说罢，他起身拱了拱手，出了房门。一名身穿便装之人早已在外恭候，见他出来，这人连忙行了一礼。

“何事找我？”出来之人低声问道。

来人向前一步，在他耳边低语了几声。

出来之人眉头一皱："消息准确？"

"确凿无疑！"

"先走。"出来之人脸色微微一沉，摆了摆手，"回去再说，莫要惊扰了屋里那位大人。"

宋州，别名睢阳郡，治所在宋城县，隋开皇十六年立，唐武德四年改为宋州，为旧朝"十望州"之一，在大周的版图上，有着不可或缺的地位。

通往宋州的官道上，一辆牛车摇摇晃晃地走着，现如今天下战乱未休，马匹稀缺，便是在这大周，大量马匹也多为军中征用，寻常人家能有一辆牛车代步已是不易。虽然这牛看起来又老又瘦，这车看起来摇摇晃晃，随时要散架，但是有这么一辆牛车的人，多少还是有点家底的。

赶车的是个精壮汉子，不胖不瘦，盘腿坐在车上，手里拿着一根鞭子，有一下没一下地赶着牛车，让人不禁怀疑他到底是在赶车，还是在磨洋工。

大概坐车的那位也急了，忍不住挑开车帘，对着外面喊道："老李，这样下去，我们什么时候能赶到治所？"

"牛就这么慢，我有何办法？"赶车的李用懒洋洋地说道。

"要不，抽一鞭子？"坐车的袁松一皱眉头，问了一句。

"就这老牛，你当真让我抽一鞭子？"李用嘲弄道。

袁松看了一眼前面拉车的牛，真若是一鞭子下去，搞不好真就要了这牛的老命。他寻思了一下，长叹了一声，把车帘一放，在车里闷声闷气地嘟囔了一句："你随意吧！"

不远处的树林中，一双眼睛死死地盯着这辆牛车，似乎在计算着它的步数。眼看马车近了，林中那人慢慢举起手来，然后猛地向下一放。

"嗖嗖嗖！"破空声响起，几支箭矢电射而出，直奔马车。

"糟了！"赶车的李用惊呼一声，想要反应，却躲闪不及，一支箭矢正中他的胸口。顷刻间血花飞溅，李用惨叫一声，仰面栽倒在车上。

"莫要走了肥羊！"从林中有人高呼一声，十几名身穿便衣，黑巾蒙面，手持钢刀的歹徒冲了出来，向着那辆牛车就杀了过去。

几名路人远远看到这一幕，惊呼一声，四散奔逃……

京城之中，姚府书房。

姚谦端坐在书案后面，手边放着一盏茶，只是他紧锁眉头，连茶都凉了，也未曾碰上一下。

良久之后，他开口问了一句："消息准确？"

"不敢欺瞒大人。"在他对面，一名箭卫恭敬地回答道，"卑职已经派人查探过了，确实是半路遇袭，他那亲随死于非命，倒在路边，胸口中箭，而且受到重型兵器砸伤，手臂折断，致命一击在头顶，整个头颅已经被砸烂了，应是负伤与歹徒搏杀，结果不敌，被人当场击杀。当时他们遇袭之时，有路人远远看到，属下已经打听印证过了，虽然这名亲随如何死的未曾有人亲见，但是很多人都看到他胸口中箭，倒在牛车上了。”

“那牛车呢？”姚谦问道。

“牛已经不见了，只有那辆车驾还留在那里，只是里面已经被洗劫一空。”箭卫禀报道。

姚谦闻听此言，眉头紧皱，一只手在桌案上轻轻敲着：“奇了，虽然说……”

顿了顿，他突然说了一句：“去，将姚正寻来！”

“是！”那箭卫答应了一声，转身出去，不多时，姚正走进了书房。

“大人，您找卑职？”

“不错。”姚谦一只胳膊放在桌案上，探着身子向前，然后低声问道，“我问你，之前让你放出的消息……”

“已经按照大人的吩咐，让他们知道了。”姚正低声说道。

“难道真是他们？”姚谦微微一皱眉，“奇怪，为何此次如此极端？不像是他们的手法啊！”

接着，姚谦脸色一变：“莫非，他们所图更大？这……”

京城外，一处清净优雅之处，一位白纱遮面的女子安静地看着手上的奏报。

看完之后，她随手将那份奏报放在旁边的熏香炉里，看着这奏报缓缓点燃，彻底烧尽。

“奇怪！”她微微皱着眉头，看着窗外的景色，自言自语道，“莫非，他真的就这般轻易地死了？为何我觉得这事情如此的蹊跷。究竟是谁做的？燕子？夜枭？还是……夜莺？”

她长身而起，背着手在屋里慢慢转了几圈：“蹊跷，这事情着实让人觉得蹊跷。”

突然，这名女子停下脚步，默默地看着窗外的景色，低声自语道：“难道那人真的就如此死了？”

京城之中，另外一处幽静之所，一男一女聚在一起，远远看着，仿佛二人在幽会似的。倘若走近听听，却会听到那女子的言语虽然低声，但却无比严厉。

“这件事是不是你做的？”

对面那男子默默地看着她，良久之后才开口说道：“是我做的如何，不是我做的又如何？”

“果然是你！”那女子低声呵斥道，“你为何要做出这等事情来？”

“哼！”那男子脸色一沉，“他该死！我只恨他死得不够早，他早就该死了！”

接着，他猛地抬起头来，死死地盯着面前的女子：“他死了，莫非你伤心不成？”

女子闻听此言，脸色顿时一变，厉声道：“你在胡说什么？”

“你知道我在说什么！”那男子冷冷地说道，“你知道得非常清楚！”

那女子脸色连变，终于咬牙道：“所以，你就动手了？”

“哼！”男子冷哼一声，不再说话。

看到那男子的模样，女子轻叹一声，伸手在他脸上轻轻拂过：“我知道，我知道你的心思，可是这一次，你实在是鲁莽了些。这可让我如何是好啊！”

那男子猛地抓住了她的手：“他已经死了，一了百了，仅此而已。”

“可是此事非同小可。”女子皱眉道。

“那又如何？”男子冷哼一声，“人微言轻的一个小官，怕他不成？再说，我等大事在即，岂能任由他来捣乱？”

“正因为大事在即，才不该有丝毫鲁莽。”那女子微微一皱眉头，“罢了，人已经死了，又能如何？”

说着，她从怀中拿出一封信笺来，放入那男子怀中：“此物你收好。”

“得手了？”那男子顿时一喜。

“不错。”女子微微点头，“事关重大，莫要落入他人之手……”

说着，她用力捏了捏那男子的手心：“记住，是任何人！”

那男子微微一愣，犹豫再三，终于还是点了点头：“我明白了。”

看到那男子点头，那女子脸上终于露出了一丝笑容，不再紧绷着了。她伸手轻轻拂过那男子的脸颊，柔声说道：“我知道你心中想的什么，不过这是我们的功劳，不应被那些不相干的人分走。你，愿意帮我吗？”

那男子伸手按住了那女子的柔荑，轻轻摩挲，然后轻叹了一声：“我的心意，难道你不曾知晓？”

“我知道，我一直都知道。”那女子微微点头，声音越来越轻……

‘啪！’一本奏折扔在了桌案上，柴荣面容阴沉，几乎要滴出水来，从牙缝里挤出几个字来，“胆大妄为！”

一直站在下面的一名官员身子一颤，脸色发白。

“盗匪猖獗，竟然连朝廷官员都敢截杀？尤其此事还发生在宋州，当地官员究竟是干什么吃的？”柴荣冷声说道，然后伸手在那奏折上拍了拍，“这些人莫非就是你们给朕派来的官员？”

那名官员闻听此言，脸色更加惨淡，天下大乱，尤其是最近几年朝廷频繁更替，战乱不绝，盗匪丛生也是常有的。只是这一次，那些盗匪着实把事情做得太绝了一点，截杀朝廷官员，莫非真的不想活了不成？

“诏令有司查办！不可怠慢！”柴荣冷声道，“绝不姑息！”

“臣，遵旨。”那官员躬身一礼，额头已经见了汗水。

而在宋州宁陵县的一座酒楼之中，两人相对而坐，其中一人脸色发白，额头同样满是汗水，连端着酒杯的手都有些发颤。

“为何如此？为何如此啊！”他将那杯酒一饮而尽，脸色这才看似舒缓了少许，“当初你们不是说不会有什么大事发生吗？为何要当道杀人，杀的还是朝廷命官。这，这要是怪罪下来……”

“大人莫要惊慌。”对面那人从容一笑，拿起酒壶来将酒杯斟满，“此事未见得有多么严重。”

“还不严重？那，那可是朝廷命官啊！”那人手上一颤，惊慌地说道。

“那又怎样？”对面那人从容一笑，“大人莫非忘了，现下是什么时候？天下四分五裂，战乱不断，盗贼响马多如牛毛。就算是朝廷官员又如何？莫非他还有两个脑袋不成？”

“可，可是……”那位大人还是惊魂未定。

“大人，没有可是。”对面那人低声笑道，“大人莫要惊慌，到时自乱了阵脚那才是糟糕至极！我们只要小心行事，出不了大事的。”

听到这话，那位大人心里似乎才安稳了些许，可是还是有些不解：“为何要如此啊？不过是一介推官，只要小心应对，相安无事也就罢了。”

“因为我等得到可靠消息，有些事情已经惊动了京城里的大人物。”那人低声说道。

听到这话，那大人又是一抖，惊恐地看着那人问道：“当真？”

“当真！”那人轻轻颔首，“所以，我们此举，是在自救，也是在救大人！只要我们最后一笔生意做成，届时大人当可以拿着那笔银钱，潇潇洒洒地过完下半辈子！我等也可以销声匿迹，不再惊扰大人。不过是死了一个推官，可不能坏了我等的大买卖。大人，可是如此？”

那大人脸色连变，最终点了点头：“不错，天下之大，焉能无有安身之所？”

“正是如此！”那人哈哈一笑，端起酒杯来与这大人碰了一下。

酒过三巡，菜过五味，两人离开了那酒楼，各自散去。一出了酒楼，进了一辆牛车，过不多久，牛车晃晃悠悠离开，在车轮下面不知何时多了一截不起眼的木棍，一名乞丐模样的人踉踉跄跄地过来，似乎被什么绊了一下，一下子栽倒在地，等他起身，拍拍身上的尘土离开之时，地上那根木棍已经没了影子。

一座宅院，一处小院，一座假山，一处小亭，虽然布局简单不显奢华，可是却悠然娴雅，别有一番趣味。小亭之中，有一人斜斜靠在廊柱上，手中捧着一卷书，手边放着一壶酒。他朗朗念道："浪花有意千里雪，桃花无言一队春。一壶酒，一竿身，快活如侬有几人。"

念完这诗，此人嗤笑一声，将书随手往旁边一丢："倒是有几分雅趣，可惜阿，身在其中不由己，天生尊崇在这乱世之中未必是福气。有几分尊崇，便有几分责任，心思如此散淡，又生在那般脂粉堆里，无他，亡国之相而已！"

他嘴里低声说着闲话，随手抓起手边酒壶，也不用酒杯，一仰头，就将壶中美酒送进嘴里，喝完之后，此人吐出一口酒气，长叹一声："南国美酒虽醇，却消人心志，北地烈酒如刀，却也煅人心肠。皇气在北，皇气在北啊……"

说罢，他竟有些意气萧瑟，轻叹一声，将酒壶放到一边。

此时，一阵鸟儿叫声传进亭子，此人先是一愣，然后一笑，伸出手来，一只夜莺就跳到了他的手上。

"莹儿啊，莹儿！"他伸手轻轻抚摸着这只夜莺，口中低声念道，"你此时而来，可传佳音否？"

说着，他手微微一动，轻巧地从那夜莺的爪子上取下一根经过精细伪装的小竹管来。这名书生一手托着夜莺，另外一只手极其麻利地打开了那根竹管，从里面抽出一根小纸条来。

"有夜枭出入，不妥。"纸条上只有这七个字。但是这书生看到这七个字之后，顿时微微一皱眉头，"那时夜枭果然有所动作，莫非那人真的死于夜枭手中。"

接着他脸色一变，自言自语道："也未必没有如此可能，上次我分明见到……"

就在此时，外面突然脚步声响，紧接着有人大声笑道："先生果然在此！倒是让我好找！"

那书生手里托着那夜莺，而另一只手中拿着的纸条和竹管已经不翼而飞，只见他满脸苦笑地说道："不知将军何事又来找我？我记得，些许琐事，已经替将军处理完了啊？"

"当然不是那几件小事。"说话间有人走进了这院子，只见此人身高马大，走路龙行虎步，看模样应该是一名武将，只是再看眼角眉梢，却多少有点发暗，显然是沉迷酒色之态。

这人显然与书生极其熟悉，走过来笑道："先生，近几日得了几样小玩意，正好请先生一观，看看究竟如何。"

"慢来，慢来！"那书生惊呼一声，"莫要惊到我这雀儿！"

说着，他把手中的夜莺向半空中一抛，那夜莺振翅而起，在天上绕了个圈，自己回去找食。

那名武将看到此景，一脸不屑：“不过是只雀，有什么意思？先生还是赶紧来给我看看那几样宝贝吧！”说着，连拉带扯，将那名书生拉出了这院子。

此时，在赵府之中，赵老夫人的脸色也是神色恍惚，满脸的不敢置信。

好半天，她才开口说话，语气哽咽：“香，香娃儿，此言当真？受益他，他果然，果然已经……”

赵匡胤满脸悲痛，不过大概他是武将的原因，见多了生离死别，所以还能控制自己的情绪：“母亲，得到的消息是如此的，受益他在宋州遇袭，他身边的护卫当场身死，受益他，他不知所踪。”

“怎会如此？怎会如此啊！”赵母满面戚容，“受益乃是朝廷命官，赴任的路上竟然遭此不测，怎，怎么会这样？我那苦命的娃啊！”

想到此处，她悲从中来，眼泪再也控制不住，顺着脸颊流了下来。

赵匡胤的夫人在一边看了，连忙扶住老妇人，低声劝慰。

“母亲，”赵匡胤轻叹一声，“现如今天下纷乱，各处征战不断，盗匪丛生，此种祸事时有发生，也是没办法的事情。不过，孩儿还请母亲莫要太过悲痛，受益现在只是失踪，生死未卜。未尝，未尝没有生还的可能！”

“是了，是了。”赵老夫人慢慢止住哭声，微微点头，“受益那孩子看着就不像是短寿之人，想必能逢凶化吉，遇难成祥的。”

接着，她擦了擦眼角的泪水，肃声说道：“还有，此事万不可让阿凝知道！现在受益只是生死未卜，我们千万不能自己乱了分寸。等到消息确定下来……”

赵母顿了顿，长叹一声：“等到消息确定下来，再与阿凝说吧。”

“是！”赵匡胤行了一礼，答应下来。

羊肉是上好的羊肉，卤得恰到好处，不但入味，而且肉质熟烂，入口即化。虽然是冷的，但是看那色泽模样，想来味道是很不错的。

有人伸手抓了一块羊肉扔进嘴里，慢慢咀嚼，满脸的陶醉之色。

“你现在可是个死人了。”这时一个声音从他身后传出来，“吃得怎么这么开心？”

“因为我是死人了。”本来应该已经死在路上的李用一边嚼着羊肉一边含糊不清地嘟囔道，“死人就要有个死人样子，就应该老老实实地待在那里，躺在那里，什么也不管。”

“你倒是想要悠闲。”袁松手里抱着一本卷册，借着屋子里昏暗的光线一边看着，一边随口说道，“除非是真的死了，否则你是闲不下来的。”

“我知道。”李用叹了口气，“真要让我闲下来，恐怕还真的只有让我死了才行。”

接着他回头，看着不远处的袁松："倒是你，袁相公，你闹了这么大的一出，想来现在外面都已经乱套了吧。"

"就是要乱，不乱哪有我等的机会。"袁松轻轻说道，"不把草打乱，怎会有蛇游出来？不过也差不多了。"

他合上手中的卷册，淡淡说道："现在我们已经到了地方，接下来就要找到我们要找的东西了。明天一早，我们出门。"

"去哪？"

"不知道。"袁松摇摇头，"随便转转。"

袁松说随便转转，当真就是随便转转。

第二天一早，两个人随便化了个装，慢慢地在这宁陵县城里转悠起来。

一开始李用还以为袁松打的是暗访的主意，暗中观察他究竟在做些什么，可是时间久了，李用不由得有些开始怀疑自己的判断了。袁松似乎真的只是来游玩的，一路上只见他东走走，西逛逛，看到可口的小吃就两眼放光，非要买来尝尝。有时候还要到路边的摊贩那里，摆弄几下摊子上摆放的小物件，看到合心意的就买下来收进怀里。

两个人逛了一个时辰，袁松除了花去差不多半吊钱，买了一些乱七八糟的零碎之外，似乎再没有做别的事情。李用几次三番想要开口询问一番，都被袁松不咸不淡地挡了回来。最后李用索性不再开口，默默地跟在袁松身后，看看他究竟想要做些什么。

袁松就这么溜溜达达，一路游玩，最后到了宁陵县城外的大沙河岸边。

大沙河源出民权县城东，流经宁陵县逻岗、阳驿等六镇乡，乃是宁陵县城重要的水路枢纽，这个时节也是消暑的好去处。

河岸边的杨柳树下早已聚集了许多游人，这些人三三两两，或坐在树下闲聊，或行走在河岸边谈笑，一副悠然自得的做派。

袁松带李用到了这大沙河边，寻了一处地方坐下，从随身的口袋里拿出几样刚才在街上买来的吃食，一边吃一边懒洋洋地看着河面上的点点白帆，和寻常的游人并无不同。

李用虽然仍是一头雾水，可是却不再多问，这里也确实不是说话的地方。他手里拿着一块烧饼啃着，学着袁松的模样看着河面，试图从那里看出什么来。

袁松吃了一块烧饼，把手上掉落的芝麻拢了拢送进嘴里，突然站起身来，拦住了一位经过的老人，先规规矩矩地行了一礼，问了一声："老丈，在下有礼了。"

"有礼有礼。"那老者笑吟吟地回了一礼，"敢问先生拦住小老儿可是有事要问？"

"正是。"袁松笑道，"老丈，在下是外地来的，做一点小本生意，想要在这大沙河上租几条货船运送货物。不知老丈可否为在下指条明路，该去何处租船？”

“要租船啊？”老者笑道，“前面不远就是码头，你可以到那里问问。不过要在这宁陵县城里租船运货，如果货物少也就罢了，如果货物多了，能接下来的不过两家而已。”

“敢问是哪两家？”

“一个是孙家，一个是卢家。”老者说道，“这两家都是宁陵城里一等一的大户，在此地落户几十年了。端的是家大业大！你看看……”

老者指着大沙河说道：“你看这大沙河上跑的船，有八成都是这两家所有。你要想找人运货，大宗的话，除了这两家，别人是接不下来的。”

“多谢老丈指点。”袁松笑吟吟地道谢，然后指着河面上一艘硕大的货船问道，“敢问老丈，那一艘在甲板上晾晒被子的，是谁家的货船？”

老者看了一眼，皱了皱眉头：“看样式应该是卢家的船，不过没有徽号，这倒是有些奇怪。”

“没有徽号？”袁松问道，“这是何意？”

“卢家的船在风帆上面会挂一面小旗，那是卢家的标记和徽号，方便管理。孙家也差不多。”老者耐心地解释道，“可是这艘船看样式是卢家的，却没有徽号。想来是别处来的吧？大沙河上船来船往的，这也是常有的事。”

“哦，多谢多谢。”袁松连忙道谢，又和这老者闲聊了几句，这才和那老者分开，回到了树下。

李用上下打量了他几眼，突然开口问道：“你打的是什么主意？”

“什么主意？”袁松懒洋洋地问道。

“突然拦住那老人问起租船的行情来，我可不信那是随口一问的。”

“当然不是随口一问。”袁松一笑，“那老人皮肤黝黑，显然是风吹日晒得久了才会如此，而他手指节粗大，还有一层老茧，应该是长年累月拖拽东西所致，而且我看他站在河岸边，看着那河面上的船一脸缅怀，因此我断定他应该是个老水手，曾经在这条河上来往了一辈子，对这里的事情十分熟悉，所以我才问的他。”

“我说的不是这个。”李用摆了摆手，“我说你没头没脑地提起这码头，应该……”

可他刚说到这里，袁松一抬手，拦住了他：“此事回去再说。”

说完之后，他站起身来拍了拍身上的土，背着手离开了河岸。李用摇了摇头，亦步亦趋地跟了上去。

宁陵城里偏僻的角落，一座小院落。

确实是小院落，土坯墙上长了不少杂草，院子里面就只有一处房子，中间是客厅，两边各有一间房，再带间厨房。条件可以说是非常简陋。

袁松就缩在其中一间屋子里，仔细翻看着手里的各种卷宗。

李用就在他身边，看着好像有点坐立不安，眼神也飘忽游荡，不知道在想些什么，几次看着袁松都想开口说话，最终却闭上了嘴巴。

“怎么？”袁松就好像脑后长了眼睛似的，随口问了一句，“还想问我此前在做什么？”

“没错。”李用听到袁松开口，似乎松了口气，“我现在还想不明白你为什么要问那些话。”

袁松一笑，拿起一卷卷宗，随手扔到了李用面前：“你看看这个。”

李用一皱眉头，拿起那卷卷宗。

在李用阅读卷宗之时，袁松在一边解释道：“弓卫虽然力量不足，无法监控一切，但是这宁陵城里也有他们的暗线。这些是整理出来的卷宗，上面标明了宁陵码头船舶往来的数量。”

“这有什么问题？”李用一边看，一边问道，“宁陵靠近大沙河，航运本来就非常繁忙。从前唐到现在一直如此。”

“没错。”袁松点点头，“可是你看，这一段时间里，往来船舶数量比之以前要多了不少。”

“这也没什么问题吧？”李用莫名其妙地看着袁松说道，“陛下大败刘汉，局势平稳，这个时候往来的货物会增多，这不是什么奇怪的事吧？”

“可是宋州最近经常有盗匪出没，地方官府却往往寻不到这些盗匪的踪迹，最后事情往往不了了之。这个，你怎么看？”袁松又问道。

“这个……”李用一皱眉头，这事情如果自己知道，还用得着到这里来吗？他们到这宋州来，不就是为了解决此事吗？

袁松一笑，又拿出一张地图来，这是宋州地图，只是粗略地标注了一下地名。不过在这张图上，用红笔画了不少圆圈。

“你看，这是我根据弓卫送来的消息做的地图，上面的红圈都是那些盗匪肆虐的地点。”袁松表情严肃地说道，“从这地图上，你看出什么没有？”

李用盯着那地图看了良久，最后苦笑一声：“相公，如果是动手打架的粗活，我是没有问题的。但是这动脑子的事情，绝非我之所长。”

袁松也笑了，指点着地图说道：“你看这图，所有盗匪肆虐之处，几乎都在这大沙河沿线！而且不管是什么样的盗匪，如果人数众多，不可能查不到他们的下落。能让别人追查不到的，就只有一个办法！”

听到这里，李用似乎突然开了窍了：“你是说，上船？”

“对，上船！”袁松笑道，“上船顺着水路逃离！这样一来，就很容易可以避开官府的追捕。”

“怪不得你今天要去看大沙河！”李用惊讶道，“原来还有这心思？”

“因为我发现，这些有盗匪的地方，似乎宁陵这附近相对较少。应该是盗匪有意避开宁陵，也就是说，他们肯定和宁陵这附近有些关系。”袁松说道。

“原来如此。”李用笑道，“既然知道这些，那把他们找出来就好了！没想到陛下所托这么快就完成了。”

“哪里有那么容易。”袁松苦笑了一声，“搞不好，事情会格外糟糕。”

李用闻听此言，笑容一滞，皱眉问道：“这是什么意思？”

“我怀疑，这些盗匪所图甚大！”袁松叹了口气，“我仔细研究过那些卷宗，发现很多案子几乎是同时发生的，如果仅仅有一股盗匪的话，绝不可能做到这一点！而且这些案子有大有小，凌乱不堪，非常随意。我觉得……”

说到这里，袁松眉头紧锁。

“你觉得如何？”李用追问道。

“我觉得，这些盗匪的本意并非盗抢，而是要造成混乱，分散官府的注意力，用来掩盖什么东西。”袁松轻叹一声说道，“而且这些盗匪到现在还没有泄露一点消息，这就说明不但有人对他们予以庇护，而且还有非常严密的组织！这些人聚集在宋州，这是要做什么？”

听到这些话，李用的脸色也变得凝重起来，良久他才从嘴里挤出几个字来：“所图甚大！”

“没错，所图甚大。”袁松微微点头，“陛下应该就是察觉到有所不妥，所以才派我等到此处查办此事。”

袁松微微摇头：“此时正是陛下意图整肃朝纲的关键时期，绝对不能出现任何乱子！”

“不错！”李用应道，“我们应该速速禀报陛下，在宁陵附近加大搜捕，尽快将这些人一网打尽。”

“不可！”袁松一摆手，“如果这么简单，那需要我等前来？现在我们只是知道那群盗匪应该在宁陵附近，具体在哪里还不清楚。如果就这样贸然请旨，惊动了那些人之后，贸然发动，届时造成的后果，谁来承担？”

“这个……”李用闻听此言，顿时语塞。

“所以，我等还需要详细查探。”袁松轻叹一声，“陛下将那弓卫暂时交于我手中，可不是要我用来摆着看的。”

李用微微点头，猛然间，他心中一动，看着袁松问道：“相公，我问你，你是不是已经选定嫌疑之人了？”

袁松看了他一眼，轻笑了一声，“不错，查看到一些端倪。”

“孙家和卢家？”李用又问。

“正是他们！”袁松点头笑道，“这些盗贼可以四处出击，说明他们为数众多，而在这大沙河上，能有这么多货船隐藏如此多人手的，也就只有这两家人了。”

“既然只有两家，那就更好办了。”李用喜道，“只要向他们追查就好。”

“这两家最有可能，但是要说确定是他们，那也未必。”袁松说道，“这一切只是揣测。不过，今日在那大沙河岸边，倒是发现了一丝端倪。”

李用灵光一现：“莫非就是你说的那艘船？”

“对！”袁松微微点头，“就是那艘说不清是谁的船。”

“那艘船有什么特别的？”李用奇怪地问道。

“因为他的船头晾着一床被子。”袁松冷笑道。

“船头晾着被子，这又如何？”李用更是一头雾水了。

“当时我看到，那床被子看似简单，其实用料非常讲究，露出的一角甚至用绸面包裹。寻常人家哪里会有这样的被子？更不要说这些船上的水手了。”袁松说道，“这些水手们做这营生也不过是勉强糊口而已，怎么可能会有那样的东西？而且，我看到那被子上面落了不少苍蝇。须知苍蝇这东西最是敏感，如果有腥气就会聚拢过去。那被子表面上看似干净，但是却惹来那么多苍蝇，这是为什么？”

“为什么？”李用下意识地问了一句。

“因为人血可以洗掉，但是那血腥味，可不是一时半会能去掉的！”袁松冷笑着说道。

“咦？”听到这话，李用顿时一惊，“你的意思是，那被子其实是赃物？”

“十有八九。”袁松冷笑道，“我已经让弓卫的人去查探那艘船的所属了，想来届时会有消息的。”

说着，他又拿起了桌子上的卷宗，说了一句：“现在，我们需要两样东西。”

“什么东西？”

“我们需要时间，还需要抓住任何一丝痕迹！”

某处，两个人相对而立，在漆黑的月色下，就像是两个幽魂。

“这件事是你做的？”第一个人突然开口，低声问道。

第二个人没有说话，只是沉默不语。

“不要否认！”第一个人冷声说道，“有几个你的人那时去向不明，事情结束之后才匆匆出现的！”

“你既然已经查得如此清楚，我还能说什么？”第二个人冷冷地说道，“便算是我做的好了。”

“你！”第一个人张了张嘴，最后长叹一声，“我知道你的意思，可是此时大事在即，着实不宜多生事端！你这样做，让我很为难。”

“你想如何？”

“不是我想如何！”第一个人厉声说道，“是歌主会如何！这件事做得太过鲁莽。”

“不过是一个区区小官，何以惊动歌主？”第二个人冷笑道。

“哼，为何惊动歌主，你难道不知道？”第一个人深吸了一口气，“不过这件事既然已经做下，再说其他已是多余！亡羊补牢，犹未晚矣。该处理的，必须要处理干净！以防有变。”

第二个人犹豫了一下，终于点了点头：“知道了。”

“很好！”第一个人长出一口气，“这次的事情，你来负责吧。”

“我来负责？”第二个人一惊。

“怎么？”第一个人冷笑一声，“其他人来负责的话，你会答应吗？那东西出现的时间、存放的地点，难道你会告诉我？”

第二个人沉默了下来，不再说话。

“此事事关重大！”第一个人沉声说道，“务必要成功，所以你们来做好过我们。飞鹰派来的人手也交与你一并指挥。莫要误了事。”

第二个人微微点头，“明白了！”

“明白就好。”第一个人说了一句，一转身，头也不回地离开了此处。

第二个人在原地呆立了片刻，也离开了这里。

等到他离开不久，一个影子从一个隐蔽的角落走了出来，目视着第二个人离去的方向，轻轻叹了口气，低声说道：“此事，难了！”

听声音，赫然是先前离去的那人……

第二十九章　暗中调查

宁陵县人来人往，很是热闹。

自从当朝陛下大败刘汉之后，整个大周境内，除了边关之外，都是如此。

人心思定，事业兴旺，江面上更是船来船往，货运不断。

宁陵县城外的官道上，人流络绎不绝。

可是突然之间，路边的草丛里有人惊呼了一声，提着裤子惊慌失措地跑了出来！这人显然受到了巨大的惊吓，脸色惨白，惊慌失措，嘴里大声嚷道："死，死人！有死人！"

这一下顿时惊动了路上的行人，很多人顿时围了过去，那人指着草丛里大声说道："里，里面有死人！我，我刚才要出个恭，结果就看到他倒在那里了！"

有那好事的已经钻进草丛里，围着那死尸看热闹了。这些年兵荒马乱的，天下算不上太平。路有遗骸也不是什么稀奇的事情，而且就算是太平时节，也能见到有乞丐流民死于路边呢。所以这些路人也并不害怕，甚至还有人手里拿着个饼子，边吃边看。

死在草丛里的这位乃是一名壮汉，身材差不多有七尺，两眼圆睁，趴在草丛里，已经没了气了。不过周身上下并无一处伤痕，也不知道是如何死的。

路边很多人对于这位的死因进行了种种猜测，不过大多数人都认为这位是得了急病，死于路边的。有那腿快的跑去报了官，没多久有衙役过来，将这具死尸收走。围观的路人也纷纷散去，很快，这件事就没什么人关心了，就好像是从来没发生过一样。

而在宁陵城外的码头附近一处酒楼二楼，伴随着一阵脚步声响，一个人从楼下走了上来。这人的姿势很怪，抱着肩膀，歪着脑袋，走路像是鸭子在走路一样，两只脚向外八字迈开，一走一晃，看起来有点可笑。

不过看到他这架势，酒楼上的其他人完全没有笑话的意思，反而纷纷低下头来，一副生怕被这人看到的模样。

这人上楼之后，先站在楼梯口，两手叉腰，斜着眼睛看了一圈周围的食客，嗤笑了一声，撇了撇嘴，大模大样地走进了旁边的一座包间。

包间里，一副老板打扮的李用坐在桌边，就着桌上的几样小菜喝着黄酒，一副悠闲自得的模样。

那人走进来也不说话，直接伸手一把抄起了桌子上的茶壶，先不说话，一仰头灌了一肚子的茶水。他喝饱了之后，这才一抹嘴，没好气地说道："这里有吃有喝的，倒是舒服。"

"早来早到，晚来晚到，天上日月正好。"李用笑道，先给那人斟了一杯酒，"先斟一碗酒，再道桃园义，饮前路人样，饮罢兄弟情。请酒。"

那人端起酒杯来一饮而尽，然后一抹嘴巴："酒是好酒，人是好人，天乾地坤，此酒一来，敬的是乾还是坤？"

李用答道："好酒敬好人，好事请进门，管它乾坤事，只敬头上神。"

听完这番话，进来的那人终于展颜一笑："不错，是朋友！"

他说完之后，一屁股坐在椅子上，开口问道："敢问这位朋友，来此有何贵干？"

"有一批货，想借贵宝地出去。"李用笑着说道。接着，他又压低声音问道："如何？"

"查到了。"那汉子低声回答道，"那艘船的确进的是卢家的码头。"

"确定？"李用问道。

"十分确定。"那汉子低声说道，"只是再要详查却是万万不能了。"

"为何？"李用眉头一皱问道。

"那码头有点偏，在一个支流里头。那边管事的叫童冲，是个狠角色，在宁陵算是有一号的，手底下还有一批帮闲。那里不同此处，这里人多眼杂，往来客商众多，有个把生面孔也不会显眼。可是那个码头偏，是个私活码头，周围除了卢家的一些库房，再没别得了，里里外外都是童冲的人，旁人只要靠过去就会被发现。"那汉子低声说道。

李用微微点头："知道了，那我问你，那个码头除了那船，还有没有什么异常情况？比如突然买了很多吃食之类的？"

"我明白你的意思。"那汉子摇头说道，"没有，如果真的有那么大动静，我不可能不清楚。"

“好吧。”李用微微点头，“继续盯着，有事还是老规矩。”

“明白。”那汉子点了点头，站起身来，对着李用一拱手，“朋友，有缘再见。”

他说完之后，转身一挑门帘，离开了那雅间，迈开那标准的八字步走下了楼，在柜上叫了几样熟食，吩咐让楼上的李用结账，提着出了酒楼。

在酒楼外面早就蹲了几个闲汉，看到这人出来，立刻起身迎了过来。

“三爷。”一名闲汉凑过来低声问道，“是什么人？”

“愣青子，虽然有溜子传带，可是却没油头，硬钻。”这汉子冷笑一声，然后晃了晃手里的几样吃食，“不过总算是开眼的，给你们带了点荤的，回去喝酒吃肉！”

那几名闲汉顿时眉开眼笑，簇拥着那汉子扬长而去。

李用在酒楼上又坐了一会儿，会了饭钱，背着手出了酒楼。

就像那汉子说的一般，这个码头来来往往的客商颇多，他这样打扮地走在路上并不会太过引人注目。他顺着大街走了一段，突然听到旁边有人低声交谈。

“听说了吗？”

“听说什么了？”

“城外死了个人。”

“啧，死人而已，有什么稀奇？无非就是不知何处来的流民，或者饿死的乞丐，隔三岔五不得见上几个。”

“这次不一样！”

“有什么不一样？”

“死的是雷冲！”

“啥？”

听到“雷冲”两个字，李用脸色顿时一变，一转身悄悄跟上那两个人，在后面听他们交谈。

“雷冲？哪个雷冲？”

“还能是哪个？宁陵县里最出名的那个！”

“他死了？怎么死的？甭问，肯定是被人寻了仇，打死的。”

“不是，据说周身上下没有一点伤痕，应该是病死的。”

“啧，竟然是病死的！”接着就是一声叹息，似乎因为这个并不精彩的结局而感觉有些意犹未尽。

然后，两个人就开始东拉西扯，说些有的没的街头碎语。

李用已经没心思再听下去了，他皱着眉头，一转身，离开了大街，在宁陵城里转了几圈，回到了那个偏僻的住处。

他回去之后发现袁松早就回来了，正趴在桌子上聚精会神地记录着什么东西，时而皱眉，时而舒缓，似乎格外认真。

袁松听到外面响动，抬起头来，对李用一笑："回来了？"

李用点点头："你早回来了？"

"也是刚回来。"袁松说道，"去了卢家和孙家的两个铺子打听了一下。先不说这个，说说你吧，有什么消息吗？"

"有！"李用低声把今天的所见所闻说了一遍。

"卢家码头……"袁松听完之后，微微皱着眉头，低头沉思。

"这种小码头很常见。"李用说道，"不少人家都喜欢用这种码头走一些私活和见不得人的东西，一般都在偏僻的地方，而且有自己的亲信守卫。"

袁松微微点头："还有，你说的那个雷冲？"

"死了。"李用叹了口气，"听说是死了，死在了城外的路边。"

"城外路边？"袁松一惊，"今天？"

"对。"李用点头说道。

接着，他便发现袁松脸色阴晴不定，十分古怪："怎么了？"

"今天，我在城外看到一个死人。"袁松叹了口气，"只是没想到，那就是雷冲。"

"你看到了？"李用惊讶地问道。

"不但看到了，我还在旁边吃了个饼子。"袁松表情古怪地说道。

李用张了张嘴，想要说什么，可最终却摇了摇头，只说了一句："你倒是吃得下去……"

其实想想这也不奇怪，袁松可是从边境一路来到京城的，而且后来还参与了潞州围城，又追随陛下参加了高平之战，最后还在太原城下待了一阵，当真称得上是见多识广，不但见过死人，而且见的都是各种奇形怪状的死人，区区一具寻常尸体还真吓不住他。

"不过一个饼子而已。"袁松撇了撇嘴，"不过，之前我尚未觉得如何，可是此时再想，雷冲的确死得有些蹊跷。"

"他当真是暴病而亡的？"

"全身并无伤痕，七窍也无血迹，不像是被打死的，也不像是被毒死的。倒有几分像是病死的。"袁松冷笑一声，"不过这病死得太过突然，倒是让人有些怀疑。如果有机会的话，最好能一探究竟。"

"我去打探消息。"李用是个闲不住的，当即说了一句，转身就出了屋子。

这一次他去得快，回来得也快，前后没有半个时辰，李用就回到了住处。

"打听出来了！"他抓起桌上的水壶，先灌了一肚子水，一抹嘴说道，"雷冲是个帮闲首领，说白了就是泼皮，无儿无女，孑然一身，早年间战乱流落到此，被卢家收留。这次他暴病而亡，官府草草就结了案子，卢家出钱买了一口薄木棺材，已经下葬了。”

“他们倒是快。”袁松嗤笑一声。

“当然快！”李用撇了撇嘴，“雷冲就是个泼皮头子，据说会点拳脚，可是无儿无女的，也没有苦主，官府连查都懒得多查，直接埋了了事。多一事不如少一事嘛！”

“嗯。”袁松点点头。幕人，尤其是平门幕人多为各级官员的幕僚，协助官员处理各种公务。袁松虽然出身诡门，但是对这些门道也是明白的。

听李用说完，他变戏法一样从桌下拿出一张纸来，上面又是一幅简略的地图，同样用朱砂笔标注了两个位置。

“又是你画的？”李用惊讶地问道。

“不错。”

“你倒还真是厉害。”李用笑道，“才来不过几天，就能把这里的地理研究个七七八八。”

“来之前我就研究过宋州有关的地理。”袁松淡淡说道，“这几天又走访了一遍进行印证。为幕者如果不懂天文地理，不通天时地利，那还不如不出来认主，平白坑了主家。”

李用嘿嘿一笑，不再说话。

“你看这两个位置。”袁松指着地图上标注的两处地方说道，“这里就是那处比较偏僻的河湾，而这里则是雷冲死时所处的位置。看出什么来了吗？”

“这个……”李用仔细看了一阵，皱着眉头说道，“似乎，两地相距甚远啊！”

“正是如此。”袁松点头说道，“这两地相距近十里！如果是暴病而亡，那雷冲没有死在自己本应该照看的地方，偏偏死在这个位置，岂不是有些蹊跷。”

“的确蹊跷。”李用点头说道，“可如果雷冲病死了，为了怕麻烦，会不会是被卢家人扔到了路边的？”

袁松嗤笑一声，看着李用，那眼神宛如看着一个白痴。

李用被他看得恼羞成怒，忍不住低吼了一声：“你看我做甚？”

“没什么，就是看看蠢货是如何留存于世的。”袁松撇撇嘴说了一句。

“你！”李用气得脸上通红，恶狠狠地瞪着袁松。

袁松不等他开口说话，直接说道：“卢家怕麻烦？如果真是暴病而亡，卢家有什么麻烦的？无非也就是一具薄棺材，随便埋了了事，何必扔在路边，闹到官府那去？况且，雷冲管的是什么地方？是一处码头。只要把死尸往河里一扔，顺流直下，一夜之间都不知道要飘到哪里去了！”

听袁松这么一说，李用哑口无言，心里也觉得自己似乎真是一个白痴了。

“所以，现在我们要搞清楚的是，雷冲究竟是暴病而亡的，还是被害死的。”袁松说道，“如果他是暴病而亡，那就有很多可能性了。如果他是被人谋害的……”

袁松微微眯起眼睛：“那事情就简单一些了。”

“说吧，要怎么做？”李用也明白过来，若论动脑筋，自己四五个加到一起也会被袁松玩得团团转，但是要动手做什么的话，自己可绝不会落于人后！

“先睡觉。”袁松站起来伸了个懒腰。

“睡，睡觉？”

“对，这事情只能晚上做。”袁松说了一句，背着手走向卧室，就在要踏出门的时候，他突然回头说了一句，“还有，记得准备好锄头！”

时间过得很快，夜色很快就笼罩了大地。

在宁陵县城外面的某处，袁松躺在地上，嘴里叼着一根草棍，跷着脚看着天上的月亮。

“啪！”旁边的李用一巴掌拍在自己的胳膊上，骂骂咧咧地说道，“这该死的蚊子！简直都是饿死鬼投胎。”

搓掉手上的蚊虫，李用恶狠狠地看了袁松一眼：“同样是待在这里，为何你就没事？”

“可能是习武之人的血比较香吧？”袁松嘿嘿一笑说道。

“我觉得也是！”李用骂道，“你这样的书呆子，血都是酸的！”

“酸就酸吧，不招蚊子就好。”袁松轻松地笑道。

李用顿时哑口无言，好半天才开口问道：“为什么我们两个要在城门关门之前出城，到城外受这个罪？”

“我也不想。”袁松语气有些无奈，“可是，这乱坟岗是在城外，不在城里。”

“乱坟岗？”李用一听这个，顿时吓了一跳，“你，你去那里做什么？”

“还能做什么？”袁松一笑，“当然是去找雷冲。”

“找雷冲？他，他已经死了！”

“废话，活着我还用去乱坟岗找他？”

李用突然明白过来了，神色古怪地看着袁松：“你，你要去盗尸？”

袁松一翻身从地上爬了起来，拍了拍身上的尘土，提起旁边的一把锄头，提上一盏气死风灯：“别说那么难听，我们不是去盗尸，我们是去验尸！时辰不早了，走吧。”

说完，迈开大步向外走去。

乱坟岗就在宁陵城外不远，上面横七竖八地插着各种各样的墓碑。不过这些所谓的墓碑大多都是一块木板，上面歪歪扭扭地写个名字。

这样的还算好的，天下战乱，流民众多，更多的就是随便挖个坑，把尸体往里面一扔，别说墓碑了，连张破草席都没有。

这个时候到这种地方来显然是需要很大胆量的，白天到这地方来都会觉得阴气森森，更不用说晚上了。不但阴风阵阵，远远还能看到几朵鬼火在这乱坟岗上飘飘摇摇，忽隐忽现。

李用胆子算是不小了，但是在这种地方还是觉得心里发毛，忍不住要起鸡皮疙瘩。

袁松这时候倒是显得淡定自若，扛着锄头到了那乱坟岗下面，回头问道："雷冲的墓在什么地方？"

这事李用倒是打听过，带着袁松到了乱坟岗的一个角落，那里有一堆新土，前面歪歪斜斜地插着一块木牌，袁松用气死风灯照了一下，上面就简单写了四个字——雷冲之墓。

"简单明了。"袁松轻笑了一声，对身边的李用说道，"快点动手吧，早点完事早点回去。"

说完，他抡起锄头就开始挖墓。李用也跟着一起干起来。

埋棺材的人显然谈不上用心，李用和袁松两个人挖了没多大工夫，雷冲的棺材就露了出来。李用用铁锹插进那棺材缝里，用力一撬，——这薄皮棺材根本就不结实，钉得也不算牢靠，——咔嚓一声轻响就被撬开了。

两个人一起掀开了棺材板，袁松提着气死风灯凑过去照了一下。

果然，这棺材里躺的就是今天自己见到的那具尸体。因为刚死没多久，下葬也快，尸体还没开始腐烂，不过这天热，已经隐隐有一点怪味道了。

袁松用气死风灯把尸体从头到尾照了一边，没看到有明显的伤痕。

他冲李用招了招手："来！"

"干吗？"

"把他衣服脱了。"袁松一指那死尸说道。

李用脸色顿时变了："为何是我？"

"因为你是护卫，习武之人！"袁松振振有词地说道，"你不动手，难道让我一个文弱书生亲自动手吗？"

李用脸色连变，最后无可奈何地过去，把雷冲的衣服扒了下来。

袁松又提着气死风灯从头到尾看了一遍，没有十分明显的伤痕。他想了想，又从怀里拿出一个布包，从里面抽出一根银针，往雷冲的胃囊位置一戳！再拔出来，借着灯光仔细观瞧。银针雪亮，没有丝毫变色。

“也不是中毒。”袁松低声嘟囔道。

“没有外伤，也没有中毒，莫非雷冲真的是暴病而亡的？”李用奇道。

“未必。”袁松微微摇头，“李用，我来问你，你是习武之人，知不知道有些方法能够将人打死，却不露痕迹？”

“这个……”李用琢磨了一下，突然脑海中灵光一现，“好像是有的，有修炼那内家重手法的，可以直接透过表皮，伤及内腹，让人死于非命却不留痕迹。当然，我也只是听说，未曾亲眼见过，但是陛下身边应该有这样的能人。而且，我还听说，这种手法不一定能立刻置人死地……”

“我也听说过这类事情。”袁松低声说道，“所以不排除这种可能。”

“那就难办了。”李用苦笑道，“如果雷冲真的是被人用重手法打死的，想要查证十分麻烦，那需要开膛破肚才能查看究竟，这个，是不是有点过了？”

“不用。”袁松寻思了一下，微微摇头，“我倒是知道一个办法，不用这么麻烦就能查证。”

“什么办法？”李用奇道。

“现在做不了。”袁松叹了口气，“其实这办法也有点麻烦，不过总好过开膛破肚。过来搭把手吧。”

“做什么？”

“把这死尸从棺材里拖出来，找个地方藏好。”袁松说道。

“你还说这不是盗尸？”李用只觉得自己的汗毛都竖起来了，“你到底要做什么？”

“我也不愿意这样。”袁松一脸无奈，“可我那办法只能在白天用，晚上是用不得的，难道你还想白天再来挖一遍不成？”

“这，这个……”李用瞠目结舌，也不知该说什么才好了。

“别愣着了，过来帮忙！”袁松说道。

李用无奈地叹了口气，感慨自己算是上了贼船，却又躲不得，只好过去帮忙。

两个人合力把雷冲的尸体抬出来，又花时间把棺材原样埋好，正准备一起扛着雷冲的尸体离开。

就在这时，袁松猛然间看到有一朵幽幽的绿光正顺着山道一路行来。这绿光远远看着似鬼火，可是袁松却觉得有些不对劲，这火苗比鬼火要深上少许。而且这种绿色的火苗他也不是第一次见到，此前先是在边关客栈，然后在潞州城里，之前更是在太原城下。每一次这种绿色火苗出现之时，伴随的都是杀戮和死亡，总有人死于非命。

他立刻意识到不好，当机立断，把手里的气死风灯吹灭。

旁边的李用吓了一跳，刚想开口问话，袁松一把捂住了他的嘴巴，然后低声说道："情况不对，快点，别下山，先藏起来。"

说着，拖着李用躲到了一边，那里正好有个浅坑，不知道是谁挖的，可能有人要下葬，却还没用。袁松拖着李用，连着雷冲的尸首一起跳了下去。两个人藏在浅坑里屏住呼吸，不敢有丝毫动作。

山下那朵鬼火看似飘飘摇摇，其实速度很快，没多久，就到了这山上。

借着那绿油油的光芒，袁松隐隐约约看到了两三个人的影子，其中一个在前，提着一盏绿火灯笼，另外两个人在后，扛着锄头。这三位径直来到雷冲的墓前。

到了地方之后，三个人一起动手，三下五除二就挖开了雷冲的墓，打开了那口薄皮棺材。

领头的那人用绿火灯笼向里面一照，顿时色变，三个人聚在一起，嘀嘀咕咕的，也不知道说了些什么，又把棺材合上，把土原样埋好，急匆匆地下了山。

一直等到那绿色的火苗彻底消失不见了好一阵，袁松才从那个浅坑里爬了出来，拍了拍身上的土："好险！"

李用也从那浅坑里爬了出来，脸色有些古怪："刚才那些人是做什么的？"

"好像是一群熟人。"袁松冷笑一声，"不过，他们好像对雷冲的尸首也有兴趣。如果他们也参与到这件事里的话，那这次的热闹恐怕要大了。"

李用也不知道袁松是什么意思，老老实实闭上嘴巴，没有说话。

"幸好先来了一步。"袁松回头看着浅坑里雷冲的尸体，"走吧，先把这尸首藏起来，明日正午，我们看看他身上到底有什么玄机。"

李用这次也不再说什么了，事情至此，显然雷冲的尸体事关重大，他与袁松一起合力，将这尸体从乱坟岗后山扛下去，拖到一处小树林中藏好，做好标记，这才小心翼翼地离开了这里。

"啪！"一只手掌重重地拍在一张桌子上，那看似结实的实木桌子，在这一掌之下竟然四分五裂，被拍成了几块。

站在那人面前的几个人身子一颤，满脸惊惧。

可即使一掌震碎了一张桌子，对面那人仍是余怒未消，如同困兽一般负手在屋中连转了几圈。

"如此大的失误，为何到现在才发现！"他猛地回头吼了一声，"说！你们该当何罪？"

他对面那几人扑通一声跪倒在地，浑身乱颤，领头那人结结巴巴地说道："枭主饶命，枭主饶命啊！谁能想到，我们招雷冲前来之时，恰好他得到了那东西。他来了之后，立刻就察觉到不对，转身就跑，我等只来得及用暗劲伤了他，却被他逃脱出去，死在了道左，当时已近天明，大道上已经有人了。我们担心节外生枝，就没有将他捡回来，左右我等手法精妙，寻常人也看不出什么来，只当他是暴病身亡而已。可是谁曾想，他身上竟然带着那东西。这，这实在是……”

“哼！”那男子冷哼一声，如同野兽一般死死盯着地上的人，“你的意思是说，一切都是我的错喽？”

“不敢，属下不敢！”地上那人忍不住打了个寒战，“属下的意思是，当务之急乃是先找到雷冲……”

“我知道！”那男子低吼一声，“不用你说我也知道，可雷冲在何处？我问你他在何处？”

“枭主……”那人一咬牙，小心翼翼地说道，“属下思来想去，能将雷冲尸体带走的，似乎只有那些人了……”

他说到这里，突然住口，不敢再说下去。

“那些人？”枭主微微眯起眼睛，“你是说，鹰部？”

“枭主，此次行动，原本只有我们枭部，可是因为人手不足，所以调来了鹰部人马协助。”那人低声说道，“我却不信，如此大功，那鹰部人马会让与我们，依属下看，分明是……”

“闭嘴！”枭主不带他说完，突然低吼一声。

他的那名下属身子一颤，把头埋得更深了。

枭主背着手来来回回在这屋中走了几圈，突然开口说道：“你们先下去吧！此事我自有安排。”

那几名下属听到这话，心里顿时松了口气，连忙从地上爬了起来，战战兢兢地退出了房间。

“蠢物！”等到那几人离开之后，枭主冷哼一声，“如果不是缺少人手，安能让尔等离开这房间？”

最后，他自言自语说了一句：“鹰部？莫非真是他们要抢我的功劳？”

第二日，天光大亮，袁松身穿素服，走在前面，李用手里提着个篮子，亦步亦趋地跟在他身后，一路来到了乱坟岗。两个人的打扮看起来和寻常上坟人家的并无不同。

这乱坟岗哪怕是白天也是阴气森森的，横七竖八的墓碑，白幡随处可见。还可以看到几户穷苦人家正在下葬，哭哭啼啼的，好不凄凉。

两个人提着东西慢慢地溜到了乱坟岗后山，这里比前山要安静许多，没什么人。两个人左右看看，见没人注意，一前一后迅速地溜进了后面的小树林。

这小树林紧挨着乱坟岗，白天也是没什么人的。两个人很快就找到了藏着雷冲尸体的地方，把尸体拖了出来。

“接下来怎么办？”李用问道。

袁松抬头看看，摇了摇头："这里不行，太暗，我们需要找个太阳大的地方。拖着他，往里来。"

李用无奈，只好和袁松一起扛着雷冲的尸体，一直向林子里走，直到那树林中间位置，才找到了一处阳光比较充足的地方。

"这里差不多了！"袁松满意地说道，和李用一起把人放了下来。

他先从背后摘下一把油纸伞，然后对李用说道："把让你带的东西拿出来。"

李用从那个竹篮里拿出一个酒坛子来，里面其实装满了水，他也不知道为何袁松让他带这东西来。

袁松把油纸伞撑开，挡在尸体上方，正午的阳光透过油纸伞照在尸体上，看着有些昏暗。

"来，把水慢慢地倒在尸体上面。"袁松吩咐道。

李用虽不知袁松这么做的目的，不过还是老老实实地抱起酒坛子，慢慢地把里面的水倒在了尸体上。

酒坛子里的水缓缓流遍整个尸体，让李用瞠目结舌的一幕出现了！

只见雷冲的尸体上出现了暗色的斑纹，显然都是打在身上的外伤，有的明显可以看出是拳脚所致，尤其几处致命位置更是如此。

"果然不出我所料！"袁松冷哼一声，"雷冲是被人害死的。凶手拳脚功夫了得，用的都是暗劲，所以表面上看不出来伤在何处。把他翻过来！"

李用连忙把雷冲的尸体翻了过来，照葫芦画瓢，把水浇在他身上。果然，雷冲的后背也出现了暗色的伤痕。

"就像你说的那样，这种暗劲不会马上致人死命，雷冲应该是逃了出来，所以背后又挨了几下。"袁松说道，"他一直逃到了大路附近，这才坚持不住，倒地而亡。那时应该已经快要天亮，路上已经有了行人往来，那些追杀他的人不敢再把他带走，只好留在大道边了。按照他们的想法，杀死雷冲的手法高妙，绝不会有人看出来，只会以为他是暴病而亡，官府也会草草结案。事实也确实如此。可是他们想不到的是，我们暗中却在追查此事。雷冲的尸体就这么落入了我们手中。"

"神了！"李用站起身来拍了拍手，满脸好奇地问道，"这招你是怎么知道的？我还是第一次听说用这种方法能看出暗劲造成的伤势呢。"

"你曾经跟在陛下身边，应该听说过幕人分平门和诡门吧？"袁松问道。

"没有。"李用老老实实地摇了摇头。

袁松顿时无语，好半天才咳嗽了一声，继续说道："那我告诉你，幕人分诡门和平门两派。这两派彼此之间也有些交流，我虽然出身诡门，可是对平门所学也稍有涉猎。在平门幕人中，有专司刑名断案的，其中就有这种方法。"

"哦！"李用做出一副恍然大悟的做派，用力点头，不过看他模样，十有八九还是一头雾水。

袁松摇了摇头，也不理他，低头继续观察雷冲的尸体。突然之间，他眉头一皱，惊咦了一声，蹲下了身子，伸手在尸体的右侧大腿上轻轻按了按。

接着，他脸色一变，向身边的李用一伸手，说了一句：“刀来！”

李用一愣，虽不知袁松想要做什么，可是今天的所见所闻让他知道，袁松的每一个做法都别有深意，因此他老老实实地掏出了一把贴身的匕首，递到了袁松手上。

袁松手拿匕首，在尸体大腿外侧的一处稍一用力就切了进去，然后向下一拖，划出了一个口子。

看到袁松的做派，李用再也忍不住了，开口问道：“先生，你在做什么？”

袁松摆了摆手，示意他不要出声，然后用那匕首的尖端在那个口子里一挑，竟然从里面挑出一个竹管来！

李用在一边看得目瞪口呆：“这东西是怎么弄出来的？”

袁松看了他一眼，把那竹管拾了起来：“要想知道就自己看。”

李用满是好奇地过去看了一眼，结果发现，切开之处并无血肉，那里只是盖了一层惟妙惟肖的假皮，竹管就藏在那假皮和真皮中间的位置。

“啧，稀奇了！”李用惊叹道，“竟然还能这样做？”

“细作的寻常手段而已。”袁松淡淡说了一句，就着头顶的阳光，仔细端详了那竹管半晌，突然笑了，“又见到这东西了。”

李用一愣：“你见过？”

“见过。”袁松把那竹管放进怀里收好，看着尸体叹了口气，“本来还想着把他的尸体藏回去，现在看来是办不到了。雷冲虽然是个死人，可是却牵扯到太多的东西，把他送回去反而会引起不少的麻烦。罢了，尘归尘，土归土，把他葬在这里吧。”

“好。”李用点头，口中笑道，“说来那一层假皮当真是惟妙惟肖，完全可以以假乱真了！”

“嗯。”袁松点点头，弯腰要把雷冲的尸体抬起来，就在这时，他无意间往切开的那块假皮里看了一眼，顿时一愣。

“等一下！”袁松拦住了一边要动手的李用，然后又拿起那把匕首，小心地把那块假皮切了下来。

只见被那假皮掩盖的腿上，露出一块刺青来。

“刺青？”李用一愣，“刺的是什么？”

“夜枭。”袁松微微皱眉，“你以前见过这种文身吗？”

“没有。”李用摇了摇头。

袁松仔细想了一阵，却不得要领，他观察了一阵那个文身，然后把它记在心里，这才站起身来说道："先把这家伙埋了吧。"

两个人在树林里找了一片空地，挖了个土坑，把尸体重新安葬好了，这才溜溜达达地出了竹林。

"现在去哪？"李用问道，"回去？"

"不。"袁松摇摇头，"先去雷冲的地盘看看去。"

"那里？"李用一皱眉头，"这可难办了，那里是卢家的私港，比较偏僻，附近也都是卢家的人，只要有生人靠近就会被他们发觉。我们就这么过去，可能会引起他们的警觉。"

"唔……"袁松皱眉想了一下，"我记得附近有一处小山，山顶应该可以看到那处私港吧？"

"可以倒是可以。"李用皱眉道，"可是那里好像距离私港很远，看得不会很清楚。"

"去看看再说。"袁松摆了摆手。

十里路再加爬山，袁松和李用两人走了差不多一个时辰，等到了山顶，已经是下午了。袁松站在山顶向下张望，李用在他身边说道："先生，您可要赶紧了，等一下天黑，城门就关了。如果误了时辰，又要在城外过夜了。"

"知道了。"袁松不置可否地说了一句，手搭凉棚，向山下张望，远远看到前面一个河湾，那个码头就在那河湾里面。码头不算大，隐约能看到几处房子，码头上还停了几艘船，一点也看不出有繁忙的迹象。

袁松放下手来，微微皱眉，低声嘟囔一句："不对啊？"

"啊？"李用莫名其妙地问道："有何不对？就是那处码头，虽然远了点，但是隐约还能看到吧？"

"数量不对。"袁松摇了摇头，然后一摆手，"走吧！"

听到袁松这话，李用更奇怪了："什么数量不对？这么快就看完了？"

"回去再说。"袁松摆手说道，"你不是说再不快点的话，就要关城门了吗？"

李用一肚子的疑惑，可是看袁松不说，他也不好开口，只好跟着袁松赶回宁陵城。

等到了宁陵城，日头已经偏西了，不少人挤在城门口等着进城，还有不少人等着出来。这个时候做什么都没有用，袁松和李用两个人只好亦步亦趋地跟着。

就在这时，人群后面一阵推搡，有人似乎挤开人群，正在奋力进城。要进城的人被挤得东倒西歪，有那性子急的已经忍不住想要破口开骂，可是等到他们回头看到是谁，已经到嘴边的喝骂声，竟然硬生生地被他们憋了回去。

袁松看着奇怪，回头看了一眼，只见四五个人奋力分开人群，护着中间那位向城里挤去。这些人一个个都是精壮汉子，身上穿着青衣小褂，看着像是谁家的家丁。被他们护住的那位脸色阴沉，显然正在气头上。

袁松只看了一眼那人的相貌，顿时一愣，微微一皱眉头，伸手扯了一下李用，拉着他让到了一边。

那几个人分开人群一直挤进了城里，袁松顺着人流也跟了进去，然后拉住了旁边的一位路人："这位老哥，刚才过去那几个是什么人啊？看着好凶啊！"

那路人上下打量了他几眼："不是本地的吧？"

"不错，从外地来的，要来做笔买卖。"袁松老老实实地点头。

"那就难怪了。"那路人说道，"刚才过去的那人，是宁陵县里有名的大户，孙家的管家。孙家那是什么人，孙家人跺跺脚，宁陵都要抖上几抖，本地人都怕着呢。"

接着他咂了咂嘴："不过这位管家管的是外面的库房，不常回城，这次回来，怕是有什么大生意吧？啧，孙家家大业大，有什么生意也不稀奇。"

"原来如此。"袁松微微点头，"多谢老哥了。"

说完之后，袁松和李用两人离开了城门，顺着大街走了一阵，袁松伸手就将李用拉到了一边的小巷里。

"你马上联系弓卫的人手，查查刚才那个人。"袁松表情凝重，"还有他管的是哪里的库房。"

"明白了。"李用看到袁松表情凝重，不敢怠慢，立刻出去安排。袁松自己回了宅院。

李用回到住处的时候，袁松正坐在桌边，桌面上是一大片摊开了的文书。袁松皱着眉头仔细查看，时不时还在旁边的一张纸上做几笔记录。

"先生，已经安排好了。"李用回来说道，"可是，为何要盯着那个人？"

"昨晚你的位置看不到，但是我可看得清楚。"袁松抬头说道，"昨晚在乱坟岗带着两个人上山的，提着绿灯笼的那人，就是刚才的那名管家。"

"什么？"李用闻听此言，惊呼了一声。

"噤声！"袁松恶狠狠地瞪了他一眼，"你难道怕别人都不知道吗？"

李用连忙老老实实地闭上嘴巴，不知道为何，明明袁松不过是个书生，自己曾经是陛下的侍卫，可是在面对袁松的时候，他已经越来越落在下风了，不自禁地对袁松恭敬起来。

"怎么会？"李用压低声音说道，"为何是孙家？此前不是所有证据都指向卢家吗？"

"为何不能是孙家？"袁松冷笑一声，"我何时说过卢家就是幕后之人？"

“可，可是。”李用张了张嘴，却发现袁松好像的确没提过这事，从始至终，他就没说过谁才是幕后之人。

“那，那今天你去卢家那个码头查探，是什么意思？”犹豫了一下，李用开口问道。

“要去确认一下情况。”袁松说道。说着，他从一边拿过几份卷宗来。

“你看这些卷宗，记录的都是最近一段时间发生的案子。”袁松指着那卷宗说道，“上面记录了盗匪人数，从数人到十数人不等。”

“那又如何？”李用不得要领，莫名其妙地问道。

“你再看这案子发生的日期，时间相隔都不远，有的距离却相差很多。这就说明，这些盗匪不止一伙，而是分成数股行动的。他们以此掩护他们的行动，并且让官府方面应接不暇。”袁松轻轻在那纸张上敲了敲，“可是，如果是这样的话，那么这盗匪的人数就有问题了，光是落在纸面上的就已经超过了百人规模。如果他们真的要做什么大事，就绝不可能倾巢而出，会留下一批人马在老巢里。所以我估计，这一股人马的人数可能会超过他们出动人数的两到三倍！”

“啊？那岂不是要有二三百人规模？”李用低呼一声。

“可能还要多！”袁松说道，“另外，我觉得他们频繁出动，也有可能是为了掩护大队人马入境的痕迹。你看这里……”

袁松又拿过一份地图来，在一个角落敲了敲：“这里是宋州境内匪患最严重的地方，而这个位置距离边境并不太远。我怀疑这些家伙正以匪患为名，暗中运兵进入这里。”

李用听完袁松的话，不由得倒吸了一口冷气，好半天他才开口说道：“可是他们到这里是为了什么呢？”

“我也在奇怪，他们到这里是为了什么呢？”袁松皱眉说道，“他们就算是再努力，能往这里运来几人？这可是大周境内，况且民心思定，他们这点人马能掀起什么风浪来呢？”

李用犹豫了一下：“说不定他们就是一伙强盗，想要抢点东西，打点野食来着。”

李用这句无心的话，就像一道闪电一样划过袁松的脑海。他先是一愣，然后猛地回过头来，死死地盯着李用：“你再说一遍？”

李用被他看得浑身一抖，结结巴巴地问道：“说什么？”

“刚才你说的话！”袁松追问道。

“我说什么了？”李用一脸茫然，然后突然想起来了，“哦，我说他们可能就是一群强盗，就是想到我们大周境内打点野食，抢点东西呢。”

袁松听完此言，忽地一下站起身来，背着手在屋里来回转了几圈：“是了！他们就是一群强盗，做法也是强盗的做法——散乱，毫无纪律，以至于地方官府都以为他们就是一群强盗。既然是强盗，必然是要来抢东西的。可是，他们要抢的究竟是什么呢？”

突然他一停，微微皱起眉头来：“或者说，这里有什么他们可以下手的东西？”

“这个地方能有什么？”李用撇了撇嘴。

“不，这地方还真有东西。”袁松轻笑了一声，“这里有河！”

“啊？”李用有点发愣，“河还能抢了带走不成？”

“不说这个了。”袁松摆了摆手，显然不愿意继续这个话题了，“说说我之前去查看那卢家小码头之后，感觉不对劲的原因吧。那个码头，太小了！”

“太小了？”

“对。”袁松点头说道，“里面的房子顶多只能住十几人，挤一挤也就能住二三十人，因为那里是个私活码头，往来的人员不会太多，那种规模已经够了。可是如果用来藏大量的人，那就远远不够。那里怎么也不像是能藏下几百人的模样。”

“这倒是。”李用明白了袁松的意思，“那地方确实太小了。”

“再加上今天在雷冲身上发现的东西，我觉得那里应该只是一个幌子。”袁松低声说道，“只不过是有人借用了雷冲这条线，利用那个人迹罕至，很偏僻的码头罢了。也未尝没有要把线索引到卢家的意思。”

“越听越头疼了。”李用苦笑道，“那应该往哪里查啊？”

“今天看到的那个人，那个孙家的管家，我听说他管的是城外的库房？”袁松摸着自己的下巴问道。

“是，咦？”他猛地抬头，惊讶地看着袁松，“莫非你怀疑那些库房？”

“是不是那里，还要查看一下再说。”袁松深吸了一口气，“另外，当务之急就是……”

“豆腐——”就在这时，外面的院子传来一阵吆喝声，有人似乎正挑着担子在卖豆腐。这卖豆腐的嗓子很好，拉着长音的卖腔一直传到了院子里面。

听到这声音，袁松和李用脸色同时一变。

“晚饭吃块豆腐？”李用问道。

“青菜豆腐保平安。”袁松点点头，“去买一块吧！”

李用应了一声，走出门去，没多久就提了一块豆腐回来。袁松早已等在屋里，看他把豆腐提回来了，立刻把那块豆腐扒开，从里面抽出一根芦苇秆，然后从里面抽出一根纸条来。

袁松仔细把纸条上的文字读了一遍，脸色变得有些凝重起来。

“出什么事了？”李用问道。

“我让弓卫帮我留意最近的匪患情况，随时向我传递消息。”袁松把那张纸条搓成一团，沾了点水，慢慢搓碎，低声说道，“最新的消息是，匪患正在慢慢平息，地方官员上报的次数越来越少了。”

李用脸色一变：“难道说？”

“是了。”袁松微微点头，“不管他们要做什么，都要快到时候了。而且，他们的兵力调配也已经快要完成了。”

“那我们现在该怎么办？”李用连忙问道。

“当务之急有两件事！”袁松轻声说道，“首先，我们要知道，他们到底要做什么。其次，我们还要搞明白，他们究竟把那些人藏到了什么地方。不搞明白这两点，事情就解决不了。”

说着，他深吸了一口气：“时间紧迫，不能再耽误了，动员弓卫，开始查探吧！”

“是！”李用点头，“我这就去安排！”

等到李用离开之后，袁松从怀里掏出来那根小竹管，放在眼前仔细端详，口中低声说道：“那么，在宁陵县城里，究竟隐藏的是什么呢？你，能告诉我吗？”

第三十章　截阴符

京城某处，一间房间里飘着淡淡的清香。

香是上好的熏香，房间的主人也是一等一的雅人。

整个房间里每一处布置都独具匠心，色彩也以清淡为主，让人感觉非常舒服。

乌夜啼歌主仍是轻纱蒙面，手中拿着一卷书，却未在看，而是向身旁的人轻声问道："许久不见，过得可好？"

那人深深地看了歌主一眼，低头说道："有劳歌主挂念，一切都好。"

房间里突然安静了下来，两个人一坐一站，谁都没有开口说话。

良久之后，歌主轻轻叹了口气："这么说，确实是他干的？"

"他没有否认，也没有承认。"那人低声说道，"不过，我查到他手下曾经有一批人手出事那天在附近出现过。"

歌主微微一皱眉头："唉，这么说来，确有此事了？"

"以他的性子，无论做了与否，都不会说的。"那人轻叹一声，"不过，应该是了。"

"哼！"歌主将手中的书卷轻轻往桌上一摔，"现在风声甚紧，那位陛下下旨之后，宋州官员已经开始严加盘查，行动已经非常困难了。"

"是。"那人微微点头，"不过，大事将近，只需要再等几日便可……"

"我知道。"歌主微微点头，皱眉思索了片刻，突然开口说道，"此事你不要再管了，暂时切断与宋州的联系。"

"啊？"那人一惊，"为何？诸事已经妥当，只需要宋州那边成事，便可以……"

“按我说的去做。”歌主摆了摆手，拦住了他的话，“斩断联系，让他们先行一步。事成的话，再看看风声。记住，你所负责的事情更为重要。”

那人犹豫了一下，微微点头：“是，属下明白了。”

“呼！”歌主轻轻吐出一口浊气，看了一眼身边的那人，“你去吧，照顾好自己。”

“是！属下遵命。”那人深深地看了歌主一眼，慢慢退了出去。

宁陵城中的住处里，袁松正紧锁眉头，死死地盯着桌上的一张纸条。

这纸条是从阴符里抽出来的，他已经对着这纸条看了许久。

这时，一阵轻微的脚步声响，李用从外面走了进来，来到袁松身边喊了一声：“先生！”

“啊！”袁松一惊，抬头看到是李用，这才勉强笑了一下，“回来了？事情安排得如何？”

“弓卫已经安排了人手去盯着那个库房。”李用说道，“还有，今天回来的那个孙府的管家没有出城，而是留在了宁陵城里。”

“嗯。”袁松微微点头，“先盯着他们。弓卫人手不多，需要好好利用才行。”

“是，我明白。”李用点头说道。

然后他看了一眼桌上的纸条，忍不住开口问道：“先生，这个是……”

“从那份阴符里拿到的东西。”袁松也不避讳他，向李用解释道。

“哦？”李用眼睛一亮，“是什么消息？”

“现在还未可知。”袁松苦笑一声说道。

“啊？”

袁松轻轻叹了口气：“如果那么容易知晓，这阴符就不值钱了！”

他拿起那根细细的竹管对李用说道：“这种阴符最早出自幕人的祖师爷姜公望。他当年为了协助周文王灭商，才研究出这种方法，方便细作传递消息。后来我师门曾经改良过此法，研究出了阴符经。不过，本质上还是没有离开阴符的范畴。”

袁松把那根竹管放在桌上：“阴符经比这阴符更加繁琐机密一些，但是使用起来略微麻烦，往往在传递紧急信息时，还是要用到阴符。所谓阴符，乃是三位一体，往往会同时，或者先后发出三份带有内容的信笺。这三份不同的信笺合在一起才是一份完整的情报。这一份就是典型的阴符。”

袁松微皱眉头说道：“我曾经在边境见过一次阴符，那种阴符用的阴符经，设计之巧妙远超现在这个。这就说明，对方时间紧迫，发动在即，这是一份急件！”

“啊？”李用闻言一惊，“难道说，我们现在不能知道上面写的是什么吗？”

“你自己看吧。”袁松把手里的那张纸递了过去。

李用看了袁松一眼，接过那张纸条，只见那纸条上只写了两个莫名其妙的数字——五，三。

“五，三？”李用挠了挠头，“这是什么意思？”

“我若知道，哪里用得着在这里着急？”袁松苦笑道，“我已经说了，这种用阴符传递的情报，往往都是一式三份，或者更多，如果不把这些情报汇拢在一起，根本就不会知道到底要传递的是什么消息。有时这种阴符还有事先商量好的细节，这样就算拿到三份阴符，也不会知道上面写的究竟是什么。这份阴符上就这莫名其妙的两个数字，还不知道这是第几份情报，哪里能猜得到。”

李用听了也是跟着苦笑，觉得这事情还真是难办，没头没脑得这么一份东西，鬼才能猜出上面写的是什么。

“算了，先不想了。”袁松摆了摆手，无奈地说道，“现在时候不早了，我也是一脑子的糨糊，再多想也想不出什么来。睡了，有什么事明日再说。”

说罢，他起身回到卧室，一头栽倒在床上，没多大工夫就传出了轻轻的鼾声。

第二天一早，袁松是被人摇醒的。

他迷迷糊糊地睁开眼睛，发现摇醒他的正是李用。

袁松无奈地打了个哈欠，随口问了一句：“有什么事？这么早就把我叫醒了？”

“有消息来了。”李用脸上的表情十分严肃，“弓卫刚刚送来的。”

“嗯？”袁松脸上立刻睡衣全无，猛地从床上坐了起来，“什么消息？”

李用低声说道：“因为消息紧急，弓卫直接与我碰的头。昨夜弓卫派人手盯住了孙家的那处仓库，一开始还没发现有什么异常。但是后来，他们发现有些不对，孙家人的看守实在是太过松懈了，而且人数不足。因此，他们派人直接潜入了那处仓库，结果发现，那仓库除了最外面的两间里面堆积了一些东西摆样子之外，十数间仓库都是空的！”

“什么？”袁松一惊，“都是空的？”

“对！”李用用力点头，“弓卫的人说，他们在里面查看过，那仓库之前肯定有人在里面住过，那些仓库里都有住人的痕迹。而且他们还说，这些人离开的时间不超过一天！”

“也就是说，我们的人去的时候，他们刚刚才走？”袁松神色严肃地问道。

“是。”李用点头。

袁松坐在床上，皱着眉头思考了一阵，突然开口问道：“那处仓库之中，能容纳多少人？”

“弓卫说了，如果稍微挤一挤的话，五六百人绝无问题。”李用回答道。

“五六百人？”袁松脸色阴沉，“和我估计的数字差不多。如果真有这么多人在宁陵城闹起来的话，恐怕会相当麻烦！”

“是！”李用也意识到了问题的严重性，“这件事必须赶紧解决掉，不然的话，谁知道这些亡命之徒会做出什么事情来，更何况他们背后还有人指使，不知酝酿着什么阴谋。”

“我想想，我再想想！”袁松说道。

“先生，时间紧迫，想不得啊！”李用急道，“五六百人，还是盗匪。这么多人聚集在宁陵县，这要是闹起来的话，谁都担不起这个责任。我的意思是，赶紧请陛下发兵，就近调集兵马封锁宁陵县城，挖地三尺也要把这些贼人找出来才行！”

“谁都担不起这个责任？就近调集兵马？”袁松眼睛一亮，低声嘟囔了两句。突然，他从床上跳了下来，紧走几步到了桌边，从那一大堆卷宗里翻出一本来，仔细看了一遍，皱着眉头自言自语：“莫非，他们的目的果然如此？那当真是胆大包天啊！”

“你说什么？”李用在一边忍不住问道。

“想到了一点事。”袁松摆了摆手，“不过，刚才你说的事情，我不认可！”

“不认可？”李用急了，“如此大事，为何不认可？”

“你想过没有，现在我们还没找到这群人的所在。敌在暗，朝廷大军在明，他们显然拥有大量的眼线。只要我军一动，他们就会知道自己暴露了，再想抓到他们的尾巴恐怕会难上加难！”袁松表情严肃地说道，“况且，这一次的事情，对方思虑周密，未必没有考虑到周围兵马调动的可能性。所以，我们暂时还不能动！”

“那何时能动？”李用问道，“现如今情况已经如此紧急，这伙人在宁陵城中绝不是要来行善积德的！”

“李用！”袁松大吼一声，一下子就把李用镇住了。他从未想到，袁松这一介书生竟然会有如此气势。

“越是情况紧急，我等越是不能慌乱！”袁松看着李用，冷冷地说道，“我等现在就在这宁陵城中，监控一切动向，如果我等乱了，那还有谁能为陛下分忧？陛下让你来是协助我的，不是让你来添乱的！”

李用张了张嘴，最后无可奈何地点了点头：“先生所言极是，愿听先生安排。”

“嗯。”袁松随手拿起一边的衣衫披在身上，“走吧。”

“去哪？”李用一愣。

“去沙河岸。”袁松说道，“我有一种预感，这个阴谋中的一切，都是围绕着那条河进行的。”

说完，袁松迈步出门，李用毫不犹豫，紧随其后，两个人一前一后，来到了沙河岸边。

大沙河上还是如之前一般，来来往往的满是船只，十分繁忙。两岸还是游人如织，在树荫之下纳凉。

可是袁松和李用两人却知道，在这看似平静的表面下，隐藏着何等危急。

两个人都感觉到这可能是一个天大的阴谋，但是这个阴谋的目的，还有其何时会发动，到现在为止还是一个谜。

站在堤岸旁边，袁松仔细地看着过往船只，这些船只有大有小，时不时就会从河中过去一艘。

突然，袁松微微一愣，仔细地盯着河面上过往的船只，表情越来越古怪。

就在此时，一名老者拿着一副钓竿，来到了河边，把随身带着的小凳子往地上一放，开始给钓竿上挂饵。

袁松一看这老者，顿时眼睛一亮，这位竟然还是熟人，正是上一次自己向他打听情况的那位。

他连忙向前一步，躬身一礼："老人家，我们又见面了！"

那老者先是一愣，然后仔细打量袁松几眼，恍然大悟地笑道："我当是谁呢！原来是之前的那位相公啊。怎么？还在宁陵呢？买卖做得如何？"

"不怕老丈笑话，这买卖做得不太顺畅。"袁松苦笑道。

那老者闻言一愣："这是为何啊？"

"宁陵虽好，却找不到我要的船。"袁松叹了口气。

"不会吧。"老者哑然失笑，"宁陵城孙家和卢家两家的船，竟然都没有让相公您满意的？"

"正是。"袁松苦笑道，"那些船有些小，我的货有些多，小船的话，恐怕要许多船只才行。卢家和孙家一次都运不完我的货。"

"那可不妙了，看来客官您只能走两趟了。"老者笑呵呵地说道。

"可是，时间等不得啊。"袁松叹了口气，"正想求问老丈呢，这宁陵还有哪里有大船啊？"

"大船？"老者笑呵呵地摇头，"那可难了。宁陵城里最大的就是孙家和卢家，他们的货船已经是最大最多的了。再想要更大的，可是不容易。宁陵这地方，大宗货物不多，一般的货船已足够用了。"

"竟然如此吗？"袁松满脸失望，"老丈，您再帮我想想，哪里还能有大船？如果成了，必有重谢。"

"这事老朽我可真是办不到。"老者苦笑道，"宁陵城里倒是有那么三艘大船，可是就算是有这船，你们也用不了啊。"

袁松闻言，眼睛顿时一亮："老丈，此话怎讲？只要是船够大，哪怕是多付银两也是值得的啊。”

“这可不是银两的问题。”老者摆了摆手，“我说的大船，乃是宁陵水路巡检司的船，用来水上缉盗，还有官家的运输。哪是寻常人能借得到的？如果你那里有门路，倒是可以想想办法，可是我看你……”老者上下打量袁松几眼，“可不像是有门路的人。”

“水路巡检司？”袁松眼睛亮了一下，然后又黯淡下来，失望地点了点头，“老丈说得是，这消息恐怕是对我没甚用处的。不过，还是多谢老丈相告。”

说着，他向老者行了一礼，告辞离去。

袁松回头拉着李用，两个人急匆匆地离开了这大沙河岸。

“怎么了？”眼看袁松走得急，李用脚步踉跄，莫名其妙地问道，“到底何事？为何如此着急？”

“有点眉目了。”袁松低声说道。

“当真？”李用眼睛一亮。

“嗯，那老丈的话，让我茅塞顿开！”袁松低声说道，“走吧，先回去再说！”

说着，他带着李用，急匆匆地回到住处。到了之后，袁松先没有理会李用，而是翻箱倒柜地找出一份卷宗。

“找到了！”袁松拿着那卷宗感慨道，“幸好陛下将弓卫调拨与我，并且还附上了如此多的卷宗，否则的话，这件事还真是毫无头绪！”

说着，他慢慢打开那份卷宗，仔细念道：“宋州水路巡检司有大滩船三艘，飞篷船五艘，负责水路缉盗。因为宁陵是宋州水路要冲，因此才会有这样的配置。唔，在宁陵驻守，负责水路巡检司的是宋州巡检供奉官，副都知竹奉璘。”

一开始袁松的脸色还有些凝重，但是越看脸上的喜色越浓。最后，他伸手在那卷宗上轻轻敲了三下，满脸喜色地低声说道：“找到了！”

一边的李用听得一头雾水，到现在还不知袁松究竟说的是什么。

此时，他终于忍不住开口问道：“先生，你到底找到了什么？”

“找到了什么？”袁松微微一笑，“找到了他们的狐狸尾巴！”

“当真？”李用闻言，顿时大喜，“先生，到底是怎么回事？”

“就在刚才在大沙河岸的时候，看着河面上来来往往的船只，我突然想到了一个问题！”袁松说道，“一个我之前忽视了的问题！”

“什么问题？”李用问道。

“船只的大小！”袁松看着李用说道，“卢家和孙家的船只都是落脚头船，这种船的特点是吃水不深，方便灵活，适合在河道中航运！但是它有个最大的缺点，就是载重不足！一艘落脚头船满载也不过十几二十石，最多也就能装三四十人。抛去船工，也就能装三十人左右。而之前在仓库里发现的人员规模足有五六百人，如果要用落脚头船零敲碎打地运送这些人员的话，倒还勉强用得，可如要一夜之间将他们运走，需要来来回回多少次才能运完？这么大的动静，怎么能不惊动别人？这大沙河上出现这么多的船只，谁会注意不到？”

“是啊！”李用闻听此言，顿时明白过来了，“五六百人的规模，那要多少船只啊？短时间内根本就运不过来，这样极大地提高了风险。”

“所以，我估计他们应该是用落脚头船来运送少量盗匪，四处骚扰地方，引开官府的注意，零敲碎打地运送一些盗匪。可其实另外有大船来运送这些人马，这种船不但要有足够大的容积，能够容纳数量众多的盗匪，而且要不引人注意，在河面上航行也不会让人怀疑！这样一来，就只有一个选择了。”袁松冷笑着说道。

李用这个时候也明白过来了，他低呼了一声：“莫非是官船？”

“不错！”袁松微微点头，“正是官船！你看，宋州水路巡检司有三艘大滩船。大滩船一次运货可以达到二百石以上，只需要两艘船，走两趟的工夫就可以把这些人全部运走。不但方便快捷，而且还不会引人注意，当真是打得一手好算盘啊！”

“这些蠹虫！”李用也明白过来了，咬牙切齿地低声骂了一句，“该杀！”

“没错，的确该杀。”袁松冷笑一声，“不过，他们却也为我们提供了一条线索，让我有了一点想法。”

“什么想法？”李用问道。

“有了点头绪。”袁松又把那张从阴符中取出的纸条拿了出来，仔细看了一遍上面的数字——五，三。

“你知道这是什么意思了？”李用问道。

“只是猜测。”袁松皱着眉头想了一下，然后他抬起头来看着李用，“李兄！虽然陛下把你派到我身边担当侍卫，但是你我两人都知道陛下的意思，我也不会仅仅把你当成一名侍卫来看待。”

李用沉默了一下，点了点头。

“这一次的事情事关重大，不能有丝毫马虎。”袁松继续说道，“所以，我请你立刻向陛下禀报此事的细节，然后向陛下请旨。”

“请旨？”李用一皱眉头，“做什么？”

袁松压低声音在李用耳边说道：“等候消息，如果有异动，请陛下调兵！”

宁陵孙家乃是宁陵城中赫赫有名的大宅门，提起孙家，就没有不知道的。有人说过，孙家和卢家这两家人只要在宁陵城里跺跺脚，整个宁陵城都要晃三晃，摇三摇。如果他们跳起来再落回地面，搞不好宁陵城就要被他们震得翻上一个跟头。

虽然这话有些夸张，可是也足以说明这孙家和卢家在宁陵城中举足轻重的地位。

两家的宅院在宁陵城里也是有名的，雕梁画栋，占地极广，整个宁陵城里无人不晓。

此刻，在宁陵孙家的书房里，袁松之前见过的那名管家正战战兢兢地站在那里。这位在城头横冲直撞的大人物，此时此刻却小心翼翼，连动都不敢稍动一下，就像是被惊到的鹌鹑一样。

“怎么样？”在那管家对面坐着一个人。这个人虽然看起来年纪不大，身上穿绸裹缎，腰间挂的玉佩都够得上许多人家挣一辈子的。可是明明是养尊处优的一个人，周身上下却散发着一股让人害怕的凌厉气势，被这人阴冷的目光扫过一眼，就忍不住会微微一颤，感觉就好像是被一条致命的毒蛇盯上了一样。

虽然只是简单的三个字，但是对面那管家听了却忍不住身上一颤。他不敢抬头，低着头恭恭敬敬地回答道：“禀报枭主，事情已经办妥了。我部麾下的精锐和那些飞鹰的人马都已经被藏进了芦苇荡里。”

“嗯……”对面那人微微点头，哼了一声。

“只是……”那管家犹豫着还想说点什么，可是又咽了回去。

“说！”那枭主冷哼一声，瞪了他一眼，“吞吞吐吐的，想做什么？”

管家身子一颤，膝盖一软，差点跪倒在地上，好不容易才勉强撑起精神回答道：“禀报枭主，那芦苇荡中条件糟糕，衣食住行都很麻烦。我们麾下的精锐倒还好，只是派来增援的飞鹰所部一直都怨声载道。”

“那就让他们抱怨去吧。不必管他们！”枭主冷笑道，“歌主已经下令，谅他们也不敢不从！不必管他们！”

“枭主。”那管家犹豫着说道，“那些飞鹰的人马都是桀骜不驯之徒，很难管制，卑职担心，时间太长的话，恐怕会有变化……”

“不会太长了。”枭主深深地看了他一眼。

那管家先是一愣，立刻明白过来：“是，卑职明白。”

“下去吧！”枭主冷冷地说道。

“是！”管家答应一声，退出房间。

“哼，飞鹰？”等到那管家没了影子，枭主冷哼一声，“此事乃是我们的功劳，你想抢功？做梦！这宁陵城是我们的地盘！”

接着，他从怀中掏出两个竹管来，用手轻轻摩挲，一双眼痴痴地盯着这竹管看着，口中轻声呢喃：“快了，就快了，还有三日！还有三日而已。”

接下来的一天里，袁松一直待在房间里，哪里都没去，安静地等待着他需要的消息。

就在第二天傍晚，熟悉的叫卖声再次在外面的小巷响起，李用抄起瓦盆就跑了出去。回来的时候，盆子里已经多了块豆腐。

袁松小心地掰开那块豆腐，拿出了里面暗藏的芦苇秆，取出了里面的消息。只看了一眼，他眼睛一亮，然后冷哼了一声："果然不出我所料！"

"怎么了？"李用在一边问道。

"一切尽在预料之中。"袁松对他说道，"时间紧迫，立刻将消息传回京城！请陛下定夺！"

"是！"李用抱拳拱手，应了一声。

此时在京城的赵府之中，赵母和赵匡胤的夫人符氏正在低声交谈。

赵母满脸愁容，脸上颇有几分憔悴之色，她低声问道："人还没找到吗？"

"听夫君说，地方官员一直在找，只是活不见人，死不见尸。"符氏苦笑道，"现在天下还未曾太平。我听说，有人谋财害命之后随便往山里一丢，三五天的工夫，就要被漫山的野狼野狗吃个干净。运气好的能找到几节枯骨，运气不好的就什么都没有了。"

"难道说，袁先生他当真……"赵母脸色连变，低声问道。

"夫君的意思是，要做最坏的打算。"符氏叹了一口气说道，"只是苦了凝儿了。"

"这也是没办法的事，这都是命啊！"赵母叹了口气，微微摇头，"可惜了，袁先生实在是凝儿的良配。唉，只能说凝儿命苦吧！"

"哐当！"就在此时，房间里响起一声巨响。

"啊？"赵母和符氏同时一惊，转头一看，顿时色变。

只见赵凝就站在屋里，脸色苍白，脚下是一个托盘和碎成一片的瓷碗。除此之外，还有洒了一地的米粥。

"凝，凝儿！"赵母脸色难看地问道，"你，你为何在此？"

赵凝并没有回答，只是呆呆地看着赵母，脸色白得如同死人似的。

"凝儿！"赵母顿时有些急了，站起来紧走几步，过去一把拉住赵凝的手，"你倒是说话啊！你为何在此处？"

"母，母亲……"赵凝脸色白得厉害，"你，你们刚才说，说的是什么？是谁人生不见人，死不见尸？"

"是，是夫君的一位同僚。"符氏急中生智说道，"在战场上生不见人，死不见尸。你也知道，这种事情在战场上可是常见，兵来将往的，难免会有所闪失。俗话说得好，瓦罐难免井上破，将军难免阵上亡啊！"

"不！"赵凝大吼一声，"我分明听到你们说的是袁先生！是不是袁松，是不是他出事了？"

"凝儿，不要胡思乱想。"赵母脸色难看，"袁先生去宋州赴任，怎么会是出事了？”

“你胡说，刚才我听得清清楚楚，分明就是他出事了！”赵凝倔强地说道，“母亲，嫂子，到底是怎么回事？”

“你不要胡说，没事的！”赵母沉下脸来，大声说道。

“我不信！”赵凝大声说道，“我要去找他！”

她说完之后，转身就要往外跑。

“站住！”赵母也怒了，大吼了一声，可是赵凝就像是吃了秤砣一样，连头都不回，向外就冲。

“来人！来人！”赵母大声喊道。

几名守在周围的家将应声赶来。

“把她给我拦住，拦住！”赵母指着赵凝，大声喊道。

几名家将连忙向前，拦住了赵凝的去路。

“闪开！你们给我闪开！”赵凝大声喊道。

“拦住她！哪也不许让她去！”赵母大喊一声，“谁若是放跑了她，家法处置！”

赵家老爷驻守在外，赵母在家中一言九鼎。家将们闻听此言，再不敢懈怠，连忙一拥而上，忍着赵凝的几下拳脚，把她控制住了。

“哼！”赵母冷哼一声，“此时不是你胡闹的时候。把她带回房里，没有我的命令，谁也不许将她放出来！”

“母亲，你，我……”赵凝眼里含泪，身子晃了晃，竟然气急攻心，昏了过去。

“凝儿！”赵母一看她这个模样，顿时急了，过去一把抓住赵凝，连晃了几下，可是赵凝却没有丝毫知觉，连动也不动一下。

“掐人中！掐人中啊！”有人在一边喊道。

周围的家将一阵手忙脚乱。

“先把她送回房去，请大夫医治！”赵母心急火燎地说道。

几名家将一起将赵凝抬了出去。

“这，这孩子！”赵母满脸戚容，“这是怎么了啊！是谁？刚才是谁让她进来的？”

旁边的婢女吓得跪倒在地：“夫人，小姐听说您最近身子不好，特地让厨房给做了一碗莲子粥，她亲自送来，要尽孝道，奴婢等实在是不知啊。”

符氏也在一边相劝：“母亲，莫要如此，这也是阿凝的孝心，只是谁知会出现这种事情。”

“唉！”赵母长叹一声，“何至如此，何至如此啊！”

就在这时，一名奴婢急匆匆地走了进来，先行了一个礼，然后说道：“夫人，少将军派人传话回来，说是不回来用饭了。”

“咦？”符氏在一边奇道，“早先不是说要回来吗？难道是另有差遣？”

“是，少爷传回消息说，陛下有差事交代下来，这几日都回不来了。”那奴婢说道。

“罢了，正事要紧。”赵母轻叹一声，摆了摆手，“元朗得陛下信重，这是好事，我们不必为他挂怀。只是凝儿那丫头，唉……”

“母亲不必担心，时间长了，便好了。”符氏劝慰道。

此时，已经被送回房间躺在床上的赵凝小心地把眼睛睁开了一条缝隙，发觉身边有人，立刻又闭上了眼睛，仍然一副昏迷不醒的模样。

第三十一章　瓮中捉鳖

宁陵城外，一片芦苇丛中，一名壮汉手持钢刀，正在用油仔细地擦拭刀身。

这把刀保养得很不错，锋锐锐利，刀身闪亮，隐隐还带着血痕。那壮汉将这刀仔细地擦拭了一遍之后，借着月光端详了半天，满意地点了点头。

芦苇荡里潮湿难耐，在这里时间久了，上好的钢刀也要生锈，所以他现在保养刀身的时间比以前长了很久，这让他心中有些许不满。

保养完手中钢刀，这壮汉回头看了一眼。在他身后，是数以百计的壮汉，虽然衣衫不整，但是一个个都是精壮彪悍之辈，只是看着，就觉得他们周身上下透着一股血腥的味道。这些人都是在边境纵横往来，人人谈之色变的悍匪，飞鹰盗的大旗一亮，散兵游勇就要望风而逃，而那些城寨村落也要瑟瑟发抖。

这样一群人，本来应该在边地纵横的，可是前一段时间却化整为零，纷纷潜入了大周境内，并且被集中到了宁陵城附近。他们一开始住在附近的一处仓库，虽然憋屈，不过也能经常出去见见血光，发泄一下。

可是近日来，这些机会越来越少，最后彻底停了下来。不仅如此，还把他们集中送到这芦苇荡中藏了起来。

大家都是北地的好汉，纵横驰骋惯了，在这里憋着本就难耐，何况又是在这潮湿的芦苇荡里，虫子多得让人想要杀人！不过现在好了，只需要再忍耐片刻，他们这些猛虎就会脱笼而出，亮出爪牙，把敌人撕成碎块。

就在这时，他身后有人摸了过来，在他身后一丈多的地方停了下来。

手持钢刀的汉子撇了撇嘴，看这作为，就知道来的是那些夜枭。这些人从来都是如此，对什么都小心翼翼，保持距离，再三提防，当真只有鼠辈才会如此！

那汉子对这些人虽然十分厌恶，可还是转过身来。

那名夜枭站在他身后一丈远的地方，手里拿着一把利刃。应该是刀，不过这刀身都用黑漆涂抹过了，哪怕是月光照在上面也不会反光。

看到那汉子回头，那夜枭只说了一句话："来了！准备。"

他说完之后，转身就走，连片刻都不多停留。

"藏头露尾，胆小如鼠。"那汉子低声嘟囔了一句，然后对着身后打了个呼哨。

那群刚才还懒洋洋的壮汉们听到这一声呼哨，立刻从地上站了起来，抄起自己的兵器，一股杀气从他们身上弥漫开来。

那壮汉满意地点了点头，把手中的钢刀向前一指："弟兄们，买卖来了！走吧。"

一群人簇拥着这壮汉，在这芦苇荡中绕了几圈，面前豁然开朗，出现了一片滩涂。在这滩涂地外，已经密密麻麻地停好了十几艘落脚头船。

在一艘稍大的落脚头船船头，孙家的家主孙正负手而立，目视着那些壮汉鱼贯登船。这些北地的马贼之前分批进入宁陵之后，就安排他们乘坐船只四处活动劫掠，一方面是为了分散官府的注意力，另一方面就是为了训练他们，让他们习惯乘坐船只。现在看来，勉强达到了效果，这些人马起码不会看到船就发晕了。这已足够了，今夜他们只是协助，真正的主力还是自己的夜枭。

一名夜枭无声无息地来到孙正身后，在一丈外站定，躬身行了一礼："枭主，我部已经登船。"

"嗯。"孙正微微点头，"都安排好了吗？"

"已然安排妥当，大队人马已经在半个时辰前由飞鹰带队，直逼城外官运码头。"那名夜枭说道。

"很好！"孙正微微点头，看着那些已经差不多登船完毕的人马，转身走向船舱，"传令下去，已经登船的立刻出发，剩下的随后跟上，时间紧迫，不得疏忽！我等准备良久，今夜成败在此一举！"

"是！"

不久后，一片黑压压的落脚头船缓缓地调转船头，顺河离去。

枭主端坐在船舱中，耳边是湍急的流水声。他听着这声音，透过船舱隐约看到后面一连串的船队，虽然久经训练，但心中也隐隐有些激动。

乌夜啼夜枭一部，主要负责偷袭、暗杀诸般事宜，从来没有像今天这样，指挥着庞大的队伍，对敌人进行袭击。他知道，自己的未来在此一举！如果事成，无论对自己，还是对那个人，都是一个巨大的飞跃。

枭主暗暗地捏紧了拳头，做了几个深呼吸，努力让自己平静下来。

“今晚，只要过了今晚！一切就不一样了！”

长长的船队鱼贯行驶在河道上，驾船的都是孙家的水手。他们全是行船的好手，哪怕是在伸手不见五指的夜间行船也有几分把握，何况今天夜色很好，月亮高高挂在天上，把河道照得亮堂堂的。这样一来，他们行船就更加便利，一路之上几乎没有什么阻碍。

大概一刻钟之后，一名夜枭走进船舱：“启禀枭主，已经抵达位置。”

“发信号，停船！”孙正深吸一口气，低声说道。

“是！”夜枭转身出去。

没过多久，有人用黑纱罩住一盏灯笼，在船尾处缓缓摇晃。后面久经训练的落脚头船缓缓地在河道上停了下来。

孙正迈步从船舱中走了出来。这时，他已经换了一身打扮，碍事的长袍已经换成了紧身黑衣，手里提着一把短枪，死死地盯着前方不远。借着天上的月光，在那个位置隐隐约约可以看到一处港湾，里面停了几艘大船！

“嗖！——”一道烟花冲天而起，在半空中砰的一声炸开，绚丽的烟花一下子照亮了河面。

紧接着，惊天动地的喊杀声到处响起，黑暗中也不知道有多少人正在拼命地向着那处港湾冲杀。

“来了！”孙正目光一凝，“落桨！发信号，出动！冲，先登船者厚赏！”

说着，他拿起一只面具，扣在自己的脸上。这是一只狰狞的鬼脸，眉心位置有一只眼睛，闪烁着幽幽的绿芒！

几条巨大的船桨落到了水面，奋力划动，孙正脚下的船微微一震，像是离弦的箭矢一般向着那处港湾冲了过去。与此同时，一串灯笼被挑了起来，挂在了船尾。十数艘落脚头船就跟在这艘船的后面，甲板上已经站满了精壮的汉子，这些人手持各种兵器，脸上或用黑纱蒙面，或用面具遮挡，乘风破浪，向着那几艘大船冲了过去。

眼看距离那大船越来越近了，这时，港湾里已经响起一连串的梆子声！似乎有人在大声喊叫，黑暗中隐约可以看到许多人慌乱奔走，似乎完全没想到在前面有贼人攻击的同时，后面还有船只偷袭。

“晚了！”孙正狞笑了一声，心中想到，此事乌夜啼策划了许久，哪容得他们从容应对！

他用手中短枪向前一指，鬼眼面具下面传出他的声音：“就是那几艘大船！上！夺船！”

没错，所有的一切都是为了今天，为了那几艘大船！这些船是大周的运输船，大潮船。每一艘都有万石载量，上面装载的是刚刚从工部制造出来，准备送往南边的精良军械，以及补充给边军的粮草。只要此次一击成功，不但可以极大地打击大周的军心士气，而且如果得了那一批军械，乌夜啼就有能力在大周境内掀起腥风血雨，让大周应接不暇。

“某家，”孙正咬了咬牙，“将会与她一起功成名就！”

一艘艘快船破开波浪，向着那些大船迅速地靠了过去。船头已经有人越众而出，手持精制的飞抓百链锁准备投掷，只要靠上那些大船的船头，这些飞抓就会牢牢地抓住船帮。然后，夜枭所部的精锐杀手就会凭借敏捷的身手冲上船去，先杀开一条血路，为随后登船的飞鹰们开路。等到这些常年在边关厮杀，嗜血的飞鹰们登上船之后，那时便大局已定，再也不可能有人掀起什么风浪来了。

眼看着这一条条快船距离那些大船越来越近，船上的人两眼通红，手持兵刃跃跃欲试！终于，有船已经靠了上去，几只飞抓飞出船头，牢牢地抓住了大船的船帮。

“成了！”孙正眼看着自己部下的飞抓抓住船帮，心中顿时一喜。

可就在此时，船头突然有人大吼了一声：“举灯！”

几串巨大的灯笼在桅杆上缓缓升起，紧接着，有人喊道：“石灰！石灰！”

只见许多人一拥而上，在大船的船头，对着下面的落脚头船扬起了几个口袋。一袋袋的石灰被扬了起来，午夜的风向对大船十分有利，这些落脚头船都是逆风行驶，靠着船桨才靠了过来。这些石灰居高临下，铺天盖地地洒下来，顺着风势落得到处都是。本来簇拥在船头的那些夜枭和飞鹰的人马顿时被打了个措手不及，咳嗽声此起彼伏，更是有许多人被这石灰迷了眼睛，瞎子一般叫嚷着到处乱闯，很多人因此被挤下了船，落水声此起彼伏。

这些落脚头船此时都挤在了一起，几乎是船挨船，船挤船，落水之人不但没有人施救，而且在这些船只的挤压下，轻易就会送了性命。

这时，站在船头等着登船的孙正也察觉到情况不对了！在他得到的情报中，这些船只只有百来人押送，加上水手也不会太多。而且，这些都是运输船，不需要作战，再加上是在大周境内行驶，船上根本就没有太多作战器械。这突然出来的石灰是哪里来的?

然而，这场噩梦对乌夜啼的人马来说，仅仅是个开始，在铺天盖地的石灰过后，船上又有人大声吼道：“准备！放！”

紧接着，就是一阵阵巨大的破空声从船头响起。

听到这声音，孙正立刻意识到不好，他乃是枭部的主人，是精锐中的精锐，听到风声之后，他立刻纵身而起，跃向一边，一样东西擦着他的身子射到了船上，砰的一声巨响，船上硬生生被破开了一个大窟窿。

“床弩！是床弩！”船上有人惊慌地大声吼道。

不用这人说话，孙正也知道那是什么。床弩在这种时候当真是大杀器。在攻城之时，粗大的弩矢甚至能插在城墙之上，让攻城之人顺之攀爬而上。而在水面上，如此近的距离之下，这箭矢一击就能击穿船底，绝非人力可以阻挡的。

此时已经有为数众多的船只被击穿，开始进水。周围到处都是自己手下人惊慌失措的大喊声和惨叫声。这些飞鹰们虽然是常年在刀头舔血，以厮杀为常事的好汉，但那是在马背上，驰骋在边关，可这是在水上。这些路上好汉到了这个时候，已经彻底地被恐惧所淹没。

“陷阱，这是陷阱！”孙正心中大声咆哮，“究竟是哪里出了问题？难道说是她？”

这个忽然出现的念头随即被孙正从脑海中驱逐出去，不可能，那个人不会害自己的，绝不会！

可是不管孙正如何想的，此时的场面极度危险。水战有时其实很简单，就是看谁的船更大，谁的船更多。这个时候就是如此，孙正一方的船只虽然数量众多，可是却多为小船，而大周的船虽然只有几艘，可却都是实打实的万石大船。对方居高临下，自己俯仰而攻，又不知船上有多少兵马，这简直就像是蒙眼攻城一样，根本不可能占到上风，再加上对方打了自己一个措手不及，自己麾下的飞鹰悍匪虽然凶悍异常，可毕竟是乌合之众，遇到这样的场面顿时慌了，场面已经开始有些控制不住了。

那些挤在一起的落脚头船已经乱成了一团，港口这里空间有限，大家挤在一起，连掉头逃走都成了难事，除了最后面的几艘船之外，剩下的船只碰撞在一起，把场面搞得更乱了。

“该死！”孙正眼睛已经红了，回身大吼了一声，“不许惊慌，冲啊，只有杀出一条血路来，大家才能逃离此地，不然的话，只能葬身于此！”

孙正一边大声吼着，一边仗着自己功夫不俗，几步冲到那大船旁边，一把抓到一根刚才挂在船帮处的飞抓，然后猛一用力，身子腾空而起，他用牙咬住短枪，双手不停，蹭蹭几下，就要冲上船帮！

“放箭，放箭！”船头有人大吼道。

从上面的船帮处探出几个人来，手里拿着东西对准了孙正。借着月光，孙正看清了他们手里的东西，顿时心里一沉！这些人手里拿着的家伙赫然是军中的神臂弩！这东西力能穿石，哪怕你功力再强，遇到这东西也要被穿成刺猬！

眼看那神臂弩就要发射，在这紧要关头，孙正猛地一抬头，用力向外一吹！

突然，从他戴着面具的口中喷出一股绿色的鬼火。这火焰一沾到那些弩手的身上就开始迅速燃烧，船头顿时惨叫连连。借着这个机会，孙正用力一蹬船板，一拉飞抓，飞身上了船帮。

下面的部众一看孙正如此神勇，不由得纷纷叫好。这些家伙被孙正的举动激起了凶性，不少人也不乱跑乱撞了，大吼一声冲了过来，抓着飞抓试图冲上船头。

孙正双脚一落到甲板上，还没等站稳，就觉得身侧杀气凌厉，刺激得他浑身汗毛一竖。孙正立刻意识到不好，就地一滚，躲向一边。一柄长枪带着呼啸声，擦着他的脑袋穿了过去，孙正的束发被这一枪切开，登时披头散发，狼狈不堪。

他一个轱辘滚出去好远，手中短枪连刺，逼退了两名试图攻过来的官兵，这才站起身来。只见刚才自己站立的地方，一名武将持枪而立，冷冷地看着他。

“你是谁？”孙正冷冷问道。

“藏头露尾的鼠辈！”那名年轻的武将把手中的长枪一停，“某家赵匡胤，记住了，免得去见了阎王，还不知死于谁手！”

说罢，赵匡胤一挺手中长枪，向着孙正分心便刺，两人在这甲板上战成一团。

就在这大潮船的船舱里，袁松手端酒杯，坐在桌前。桌上摆着几样小菜、一壶热酒，还有一个酒杯，杯中装着些许残酒。

袁松将自己杯中的残酒一饮而尽，微微笑道：“还好，来得及。”

“先生果然神机妙算。”李用看着外面的厮杀场面，轻轻叹道，“这些贼寇果然来了。”

“当然，他们的目标就是这里。”袁松轻笑一声，“你可曾记得，我曾让你向陛下核实一个消息？”

“记得。”李用点头。

“我请陛下核实的，就是近期可有朝廷的船只通过宁陵。”袁松说道，“后来得知，一共有八艘货船要通过宁陵，我就知道他们意在于此。”

袁松顿了顿，继续说道：“此前那阴符上的两个数字‘五，三’，指的就是这些货船。这些船上装的都是补充给南方的辎重和兵器，其中三艘船上运送的是粮草，另外五艘上运送的是军械。这些贼寇只要拿到这些东西，不但我军会军心大乱，而且他们也有了成事的资本。有兵器，有钱粮，他们就能在这宋州掀起一场大乱！”

“哼，当真是贼子野心！”李用冷哼一声，“他们莫非以为，凭借这个就能撼动我大周了吗？”

“凭借这个当然不能轻易撼动我大周。”袁松轻叹一声，“但是凭借这个，却足以阻挠陛下。”

“嗯？”李用一愣，奇怪地看着袁松，“阻挠陛下？”

“不错。”袁松微微点头，“你也知道，现在陛下正在借助大胜之威，整肃军政，而且已经到了关键时刻。现在陛下需要的就是朝政平稳，不能有太大的波澜。这宋州距离京城如此之近，乃是大周心腹之地，如果此地生乱，必然会影响到京城。纷乱之下，陛下所有的布置都会受到影响。”

袁松说到此处，轻叹一声：“不得不说，布置此局的人的确厉害，这一招的根本目的就不是为了成事，而是引起大周动乱，让某些人有机可乘。只要达到这个目的，他们就算是成功了。”

李用闻听此言，脸色连变，好半天才挤出几个字来：“好毒的计谋！”

“是啊！”袁松长叹一声，“好毒的计谋！能想出此计的人，不但对朝中局势有着极深的了解，而且心思缜密，设计巧妙，是个十分厉害的对手！”

袁松犹豫了一下，低声说道：“如果我所料不错，这仅仅是个开始而已！”

“啊？”李用一愣，刚想追问一句。

就在此时，人影一晃，赵匡胤手提长枪，大步走进船舱，只见他脸上见汗，肩头衣物还有烧灼的痕迹，看起来略有些狼狈。

“元朗，”袁松一皱眉头，“你怎么样？难道说你吃亏了？”

“怎么可能？”赵匡胤哈哈一笑，从旁边抓起水壶来灌了几口，一抹嘴巴，这才说道，“那蟊贼确实是有点门道，不过看起来他更擅长的是短兵相接，或者是一击即走的功夫，招式虽然诡异，但是在这种时候却用处不大。本来眼看他已经被我逼得走投无路，再有几个回合就要死在枪下了，谁曾想这家伙怪招极多，从那个鬼脸上喷出一股绿火来！幸好某家久经战阵，躲闪得快，不然说不定还要吃个大亏。不过，那家伙趁着某家躲闪之时，跳水逃走了。”

接着，赵匡胤冷哼一声：“不过，他就算想逃又能逃到哪去？这码头周围已经布置好了。看到信号，上游水师就会前来增援，再加上我们的人马，这里早已水泄不通，他逃不了的。”

听到赵匡胤的话，袁松神色一动：“大兄，你说那人从口中喷出一股绿火来？”

“没错。”赵匡胤点头说道，“那家伙戴了个鬼脸，从嘴里就喷出火来了。”

“那鬼脸是何等模样？”袁松追问道。

“何等模样？”赵匡胤仔细想了半天，“别的记不住了，只是记得那鬼脸的额头上还有一只眼睛，绿油油的，看着瘆人。”

“额头上还有一只眼睛？”袁松脸色变了变，轻轻叹了口气，“果然如此！诡眼凶兵。”

“诡眼凶兵？”赵匡胤脸色微微一变，“那就是上次你与我说的诡眼凶兵？”

“不错。”袁松点头道，“只是未曾想会在这里见到诡眼凶兵。不过，这支人马和刘汉有所牵扯也并不奇怪。”

“哼！”赵匡胤冷哼一声，“不管他与谁有牵扯，也不管他是什么兵，今日便让他们来得去不得！”

此时，外面的厮杀声已经越来越小，那些贼寇鼓起的血勇之气在遭到迎头痛击之后已然散去。说到底，他们虽然过的是刀头舔血的日子，也不过是一群散兵游勇罢了。遇到严阵以待、器械精良的官军，他们那点血勇之气根本不值一提。

“报！”一名军官顶盔掼甲从外面走了进来，满身热汗，盔甲上还沾染着血迹。

“禀报将军，贼人已经溃散，可否追击？”那名军官抱拳向赵匡胤问道。

“追！莫要走脱了一人！”赵匡胤冷冷说道，“连码头外面的贼人也不要让他们跑了！”

“遵令！”那名军官应了一声，转身离去。

等到天亮之时，码头周遭已经彻底恢复了平静。

袁松从船舱中走了出来，发现连船上的血污也被打扫干净了，而且还铺上了一层细沙。只有那刺鼻的血腥味在提醒所有人，昨晚在这里进行了怎样的一场厮杀。

大沙河中，官军的哨船穿梭纵横，将收缴来的落脚头船拢在一处，其他人则用长钩将河面上还在飘着的浮尸一一打捞上来准备集中掩埋。

“走吧！”赵匡胤对袁松笑道，“没什么可看的。如果这些贼人遇到的真是押运粮草的人马，那倒是大有可为。只可惜，这次来的可是我大周精锐，哪能让他们占了便宜。”

“没错。”袁松微微点头，“只要看破了他们的计谋，这些贼寇无疑是以卵击石。大兄，还有一事，那人你们可曾看好了？”

“你吩咐的事情，我安敢马虎行事？”赵匡胤笑道：“之前担心打草惊蛇，所以未曾动他，现在早已经派人前去抓捕了。”

袁松微微一皱眉头，嗯了一声。

“怎了？”赵匡胤问道，“受益，莫非其中还能有些变故不成？”

“不知道。”袁松微微摇头，“只是有些担心而已。”

说话间，两个人已经从船上下来，来到了码头上。

和船头比起来，码头上显然要干净得多，昨夜一战主要是在船头和码头外围进行的，这码头里面虽然也溜进了几名贼寇，却根本掀不起什么大风浪来。只有来来往往的士兵正在打扫战场，搬运物资，看起来有些纷乱而已。

“受益，你先去那屋中稍事休息，我还有些杂事要处理一下，随后就来。”赵匡胤与袁松说了一句，转身离开。

袁松点点头，和赵匡胤分别，向着一侧的木屋走去。随行的除了李用，还有两名赵匡胤安排的士兵，保护袁松的安全。

袁松一边走，一边皱眉思索，这一仗虽然破解了对方的阴谋，可是在这背后似乎还有诸多疑团。

可就在此时，身边的李用突然大喝一声：“站住！你们是什么人？”

袁松顿时一惊，猛地转过头来，只见不知何时，从旁边走来一小队士兵其中有三人虽然身穿大周戎装，可是看起来却和其他的士兵不太一样。昨夜一战乃是胜仗，所有士卒人等走路的时候都昂首挺胸，唯独这三人一直低着头，身上有一股说不上来的阴沉气息。

李用这一声大吼顿时惊动了那三个人。

只听领头的那人大吼一声：“动手！”

这三人立刻向袁松一行人扑了过来。在扑过来的同时，三个人同时一扬手，三道银光向着袁松他们电射而来。

“大胆！”李用暴喝一声，向前一步挡在袁松身前，手中不知道什么时候已经抄起了一把单刀，用力向外一挡。当的一声巨响，一把匕首被他挡了出去，插在了一旁的木屋上，匕首入木足有三分，可见刚才那一掷有着何等的力量。

可惜护着袁松的那两名士兵却没有李用这样的身手，两把匕首插入他们胸口，两个人连惨叫都来不及发出就倒在了地上。

李用一看，怒吼一声，向前一步，迎上了那三名刺客。四个人顿时斗在了一起。这时终于看出李用的本领来了，虽然是以一敌三，却不落下风，一把单刀上下翻飞，竟然把那三人杀得连连后退。

袁松站在他身后，不由得松了一口气，刚才那一幕着实惊险，如果不是李用发现这三人形迹可疑，还不知道会发生怎样的事情。现在李用挡住了这三人，周围又都是周军，只要片刻工夫，这三人哪怕是插翅都难逃了！

但是猛然间袁松感觉到情况似乎有些不对！那三名刺客看似拼命，但却步步后退，似乎要将李用从自己身边引开似的。

“糟了！”袁松心里一沉，立刻意识到情况不对！可这时已经晚了，对方的杀招终于出手。从一边的角落里突然蹿出一人来，一把短枪以极快的速度直刺袁松的心口。

“哎呀！”袁松浑身一紧，这人距离自己太近，而且出手太过突然，本事也极为高绝，自己此时再想躲开已经来不及了。

袁松两眼一闭，心中绝望：“吾命休矣！”

恰在此时，他身后突然有人叱喝一声：“大胆！”

紧接着，一道剑光从袁松身侧穿了过去，挡在了那人的面前，和那人手中的短枪狠狠地撞到了一起。

当啷一声脆响，长剑虽然没有挡住那短枪，被人磕开，可是也为袁松争取了时间。出剑那人用力一扯袁松，袁松踉跄着退了几步，一屁股坐倒在地上。不过也正因如此，躲过了那刺客的绝杀一击。

一个熟悉的声音在袁松耳边响起："莫非你是木头吗？都不会躲？"

"啊！"袁松惊呼一声，抬头一看，一道红影已经挡在了他面前，用手中的长剑奋力地抵挡着那刺客的攻击。不是赵凝又是哪个？

那刺客眼看要到手的猎物被人夺走，不由得勃然大怒，手中短枪舞起漫天枪花，向着赵凝攻了过去，试图逼退赵凝，杀了袁松。赵凝的功夫虽然远不如那刺客，可也是家传的绝学，绝不是那刺客一时半会儿就能对付的。赵凝挥着宝剑，上下飞舞，虽然被那刺客逼得连连后退，气喘吁吁，额头见汗，可也竟然挡住了那刺客的攻势。

就这么一会儿工夫，刺客已然是大势已去。这码头上满是官兵，眼看袁松遇袭，手持各种兵器就围了上来。这些官兵单打独斗远不是这些刺客的对手，可是军队从来就不是一个靠着单打独斗就能如何的地方。一群人蜂拥而上，几名刺客再想有所作为已经不可能了，非但不能再继续刺杀袁松，反而被这些官兵逼得连连后退，退到了一个角落，败亡就在眼前。

赵凝终于靠着官兵帮忙，抵挡住了那刺客，向后退了两步，把长剑戳在地上，扶着长剑大口地喘着粗气。那刺客的本事绝对不差，她也只是勉强抵挡才能保得袁松不失，如果不是那些官兵来援，再过一会儿工夫，恐怕她就要遭殃了。

"凝儿！"一边的袁松连忙过去，扶着她的手臂问道，"你，你没事吧？"

"哼，我能有什么事？"赵凝白了袁松一眼，"倒是你，差点就完蛋了。"

接着，她又狠狠地瞪了一边的李用一眼："还有，你这是找的什么侍卫？哪有一点用处？"

李用满脸通红，连话都不敢多说，刚才的确是他的错，柴荣把他派到袁松身边是为了保护袁松安全的，结果因为自己的失误，差点让袁松丢了性命，这事无论怎么解释都没有用。他还要感谢赵凝，如果不是赵凝突然出手，今天李用就算是栽了一个大跟斗！

袁松长叹一声，拉着赵凝的手儿低声说道："糟了，如此又欠了凝儿一条命。这位女侠，救命之恩无以为报，小生以身相许，您看可好？"

"呸！"赵凝红着脸啐了一口，"刚才就应该让那坏人一剑捅死你，免得留下这张嘴来胡说八道！"

两个人笑骂两句，周围紧张的气氛微微一松，就连李用也多少松了口气。

这时，赵匡胤也闻讯而来，听人说完情况之后，他两眼都红了。这也是他的疏忽，赵匡胤压根没想到，在自己大获全胜之时，这些漏网之鱼非但没想着逃走，反而趁机埋伏起来，想要刺杀袁松。幸好袁松运气不错，否则赵匡胤就真的无法交代了。

此刻他手持长枪，站在那些官兵外面，大声吼道："杀！莫要走了刺客！活捉刺客的重重有赏！”

一群官兵应了一声，举起手中兵器向着那几名刺客逼了过去。

实施这次刺杀的正是孙正，之前他在船上抵挡不住赵匡胤，无奈之下只好跳船逃走。只是周军这次有备而来，周围已被完全封锁，孙正感觉想要出去十分困难，就有了这个大胆的念头，不如假扮官军，再找机会。

他乃是枭部首领，兵对兵将对将的厮杀并不是他所长，他真正擅长的其实是潜入和刺杀之术。趁着昨夜混乱之际，孙正纠集几名枭部刺客，换上官军服饰，混进官军之中。原本他是想趁着混乱潜逃出去，结果正好看到袁松和赵匡胤下船，在见到袁松的一刹那，他立刻明白自己失败的原因。孙正随即有了个大胆的想法，就是趁乱刺杀袁松，这才有了刚才那一幕。

可是此时，刺杀已然不可能了，不但不可能，而且他们几人已经被官兵围住，想要逃走也变成了一种奢望。

绝望之下，孙正大吼一声：“天绝吾也！”突然举起手中钢刀，横刀自刎。

刹那间鲜血喷洒而出，孙正张着嘴似乎还想说些什么，却再也说不出来了，他圆睁双目，慢慢栽倒在地上。

孙正的死亡就像是发出了一个信号，剩下的那三名枭部所属本来就已经伤痕累累，眼看孙正自尽身亡，纷纷横刀自刎。不多时，几具尸体栽倒在地，浓郁的血腥味扩散开来，和昨夜未散尽的血腥味混杂在一起，在这码头上久久不散。

“彻查！”眼看这几名刺客倒地身亡，赵匡胤仍是羞怒不已，对着周围的官兵大声吼道，“搜索这里每一个角落，不许放过任何一个贼人！如有抵抗者，格杀勿论！”

一群官兵应了一声，分成小队，开始在这码头上仔细搜索起来，时不时有躲藏起来的贼寇被人发现，被官兵围杀。

等手下人马散开之后，赵匡胤满脸羞愧地来到袁松面前：“受益，这，我，那个……”

“无妨！贼人狡猾，兄长莫要挂怀。”袁松笑着摆了摆手。刚才的局势虽然凶险，不过袁松并无大碍，顶多受到一点惊吓而已，而这惊吓和当初在潞州城头的那场血战比起来又能算得了什么！

“大兄！”倒是一边的赵凝气鼓鼓地对赵匡胤嚷道，“你就是这么照看他的？如若不是我来得快，现在你就只能为他收尸了！”

赵凝嚷完之后，突然觉得自己刚才说的话似乎太不吉利，对着地上连啐了几口：“呸呸呸！童言无忌，大风吹去！”

“是了。”赵匡胤满脸通红，“如果不是阿凝你来得及时，恐怕……呃……”

赵匡胤的话还未说完，突然一愣，满脸狐疑地上下打量了赵凝几眼：“不对啊！阿凝，你此刻不是该在家里吗？为何跑到这里来了？”

“啊？”赵凝闻言一惊，刚才那股子气呼呼的气势完全不见了，低着头，结结巴巴地说道，“那个，因为，呃，那个，那个……”

赵匡胤立刻就明白了，脸色一变：“不对，莫非你是偷偷跑出来的？”

“咳咳……”赵凝干咳了两声，更不敢说话了，一双眸子看向远方，就好像是在欣赏远处的风景似的。

赵匡胤说得确实没错，赵凝的确是跑出来的。之前她在家中听到袁松的噩耗，就想到宋州来寻袁松，可是却被赵老夫人拦住。情急之下，她就装作晕了过去。赵家请了大夫前来诊治，那大夫也说不出什么来，只能说是气急攻心才至于此，只需要好好调养就没事了。

赵老夫人信以为真，吩咐下人好好照顾赵凝，对她的防备松懈了不少。结果当天傍晚，赵凝就偷偷溜了出去，赶在城门关闭之前跑出了京城，直奔宋州而来。

本来她到宋州也不知去哪找袁松，结果阴差阳错，在大沙河岸边看到了从京城出来的这几艘官船，又偶然间看到了在船头出现了一下的赵匡胤。她心中一动，看到那官船是顺着大沙河走的，就纵马跟着一路过来。不过她终究比赵匡胤的船队慢了一步，到了宁陵城外，天色已晚，眼看那船只停靠在宁陵城外官家码头上，她乃是将门出身，知道晚上宵禁极严，自己过不去，就在城外找了一处农家住下。到了后半夜，码头那里喊杀声震天，把赵凝惊醒。这丫头立刻察觉到情况不对，不过当时天色尚黑，她不敢乱动，一直等到天要亮了这才出门，直奔码头。赵凝到了码头，报上自家名号，那领队的军官乃是赵家家将，一看到赵凝，连忙把她带进来，阴差阳错之下却救了袁松的性命。

赵凝虽然救人有功，可是胆大妄为地跑出来，却让赵匡胤头疼不已，都不用看，他都能想到家中母亲气急败坏的模样。本来作为兄长，他是应该责骂赵凝的，可偏偏赵凝救了袁松，这是天大的功劳，又让他骂不出口来，搞得他僵在了那里，神色木然，也不知该如何是好了。

好半天他才从嘴里憋出一句：“阿凝，你，你这样偷偷跑出来，一个女孩子家，万一要是遇到贼人，那该如何是好啊？”

谁知道赵凝浑然不顾，笑吟吟地说道：“贼人有什么可怕的？当初我自己一个人不是还跑到边关去了吗？有贼人来了正好，可以试试我那宝剑是不是锋利。”

这下赵匡胤彻底不知该说什么才好了，赵凝说得没错，她胆子可不是一般的大，当初自己跑到了边关，还在那里认识了袁松，后来更是绑着袁松一起去了潞州城，在那里经历了一场血战，些许盗贼哪能吓得住她？

赵凝说完这话也不理赵匡胤了，伸手拉住袁松，气呼呼地说道：“倒是你！小子，不是说你已经死了吗？为何还能好端端地站在这里？”

袁松一笑："你怎知站在这里的是活人？"

"啊？"

"说不定我已经死了，你现在看到的不过是我的一缕冤魂。"袁松语气阴森地说道，连笑容都带着一分阴沉沉的气息。

赵凝先是吓了一跳，随即脸上一红，抬起脚来一脚踢到了袁松的腿上。

"哎呀！"袁松顿时痛叫一声，抱着腿连着跳了几下，"死了，死了，这一下当真是死了！"

"你要死赶紧死去！"赵凝红着脸说道，"巴不得你赶紧死了才好！"

赵匡胤在一边干咳了两声："虽然我也知道这时候开口不太适合，不过受益，我们还有正事要做呢。"

袁松一愣，轻轻拍了拍额头："不错，还有正事要做。"

宁陵城中人心惶惶，昨日晚间，城外的码头喊杀声震天，整个宁陵城都能听得到，宁陵城的守军紧张了一夜，在城头来回巡视，直到今天早晨才慢慢平息下来。所有人都在猜测，外面到底发生了什么事，有的说是有贼寇入境，劫掠周边，有的说是刘汉卷土重来，杀进了宋州，已经危及京师，甚至还有的说是南唐的，有的说是孟蜀的，众说纷纭，没有一个确凿的消息。

竹奉璘起来的时候，只觉得头昏昏沉沉的，非常难受，身为水路巡检司的主官，宋州巡检司供奉官，这城外码头本来就在他的职责范围。昨夜乱起之后，他曾经几次派人前去打探消息。可是派去的人如同石沉大海，出了城就再没了消息。一直到清晨撑不住了，他才躺下闭了一会儿眼睛，可是也没睡踏实，总觉得心里有事，可能有什么大事将要发生。

只躺了不到半个时辰，他就从床上起来了，冲着外面喊了一声："来人！"

"大人。"一名小卒从外面进来，躬身行了一礼。

"城外怎么样了？"竹奉璘开口问道。

"天快亮的时候喊杀声已经平息下来了。"那名小兵说道，"不过现在是个什么情况还不得而知。"

"派人前去查看没有？"竹奉璘问道。

"已经派人了，还没回来。"

"哦。"竹奉璘点了点头，觉得脑子里嗡嗡作响，晕得厉害。

"大人。"那小卒见了，连忙说道，"您昨夜一宿没睡，也没吃东西。身体哪里能吃得消啊？厨房正好做了点汤食，我给您拿来一点？"

"拿点来吧。"竹奉璘点头说道。

那小卒出去转了一圈，用个托盘装了一点米粥回来，还配着几样清淡的小菜。

看到这清粥小菜，竹奉璘倒是真觉得有些饿了，端起碗来喝了一大口，这才觉得肚子里舒服了许多。他一边吃着，一边对那小卒说道：“城外有消息的话，一定要告知与我。此乃朝廷大事，耽误不得。”

“是。”那小卒满脸笑容，点头说道。

“嗯。”竹奉璘点了点头，将那碗粥吃得干干净净，放下碗筷看了那小卒一眼，“你看着有几分面生，是谁人麾下？”

“大人，小的我初来乍到，不过一名无名小卒而已，哪里有人要啊。”那小卒仍然是面带微笑地答道，“我今天是专程来伺候大人您的。”

“伺候我？”竹奉璘一愣，“你专门来伺候的我？”

“对啊。”那小卒笑着点了点头，“有人说了，大人您知道的事太多了，希望我来伺候您一下，让您忘得快一点。”

听到这话，竹奉璘脸色顿时一变，与此同时，他觉得腹中一阵剧痛，站立不稳，跌倒在地上，他一只手捂着自己的肚子，一只手指着那小卒：“你，你……”

“大人莫要怪我。”那小卒还是那副笑吟吟的模样，“此事牵扯太多太大，大人您要是安好的话，其他人可怎么活啊。大人，还请早些上路吧。”

“你，你！来，来人，来人啊！”竹奉璘瘫在地上，挣扎着喊道，可是哪怕他用尽力气，那声音也没大多少，连这房子都传不出去。

“大人，您还是省点力气吧。”那小卒也不着急，慢条斯理地收拾起桌上的碗筷，“早走早安心……”

竹奉璘脸色发黑，用尽最后的力气，猛地踢了一下旁边的桌子。

“啪！”几只茶碗被他踢得从桌上掉了下去，在地上摔得粉碎。

那小卒一惊，还想要说话，就在这时，外面突然传来了一阵急促的脚步声。

紧接着，房门砰的一声被人踢开，赵匡胤带着几名军兵一拥而入，正好看到竹奉璘在地上挣扎垂死，那名小卒在一边收拾残局这一幕。

“该死！”赵匡胤怒吼了一声，“别走了贼人！”

那小卒脸色一变，刚才那一副笑容消失得无影无踪，他手一甩，就从袖子里滑出来一把匕首。

一看他的动作，赵匡胤还以为他要拼命，立刻抽出了随身佩戴的宝剑。

可谁知道，那人根本不是要负隅顽抗，而是突然蹿起来，手中的匕首直刺竹奉璘的心窝！

“尔敢？”赵匡胤大吼一声，手中长剑一剑就刺了过去，正中那小卒的手腕！那小卒拿捏不住，当啷一声，匕首掉落在地上。

“把他拿下！”赵匡胤一击得手，大吼了一声。

身边几名兵卒手持兵器一拥而入，就要抓住那名刺客。

眼看自己已经无法逃生，那刺客一脸决绝，突然举起自己的手来，在手背上狠狠一咬，竟然从那里撕下一块皮肉来。

赵匡胤顿时吓了一跳，不知道他要做什么。接着，那刺客突然诡异一笑，绿色的鲜血顺着嘴角慢慢地流了下来，他张嘴呃呃地发出两声语意不明的怪叫，仰面栽倒在地上。

“糟了！”赵匡胤心中一沉，立刻冲到了那刺客面前。可是此时已经晚了，从刺客的七窍之中缓缓流出绿色的血液，那刺客已经死于非命。

“出了何事？”这时，袁松分开人群，走进屋来。

“晚了一步！”赵匡胤脸色阴沉，“竹奉璘已经被人害了！”

袁松闻言，脸色也变得有些难看。从码头出来之后，他们立刻马不停蹄地赶往宁陵城，进城之后就直奔水路巡检司，可即使是这样，还是晚了一步。

袁松几步走到竹奉璘身边，仔细看了一眼，又用手试了一下竹奉璘的呼吸，突然开口说道：“人还没死！快！快去找大夫来施救！”

“啊？”赵匡胤闻言，顿时一惊，回头吼了一声，“都聋了吗？赶紧去找大夫。”

几名士卒立刻转身跑了出去。袁松没有理会这闹哄哄的场面，起身来到倒地身死的那名小卒身边，仔细观察了一下他刚才咬过的手背，发现那里并无鲜血溢出。袁松仔细再看，发现刚才那小卒咬掉的是一层假皮，显然在假皮和真皮中间，巧妙地隐藏了某种毒药。

不过看到这层假皮，袁松微微一皱眉头，这场面在此之前他也见到过。雷冲的尸身上也有这样一层假皮，里面暗藏着那枚阴符。

他神色一动，对旁边一名军士说道：“来，把他的衣服去了！”

那军士一脸茫然，不知道袁松要做什么。倒是一边的赵匡胤吼了一声：“愣着干什么？还不照着做？”

那两名军士这才向前，七手八脚地将那人的衣服脱了个干净。

袁松仔细检查了一番这小卒的尸体，最后，在尸体的大腿根部同样发现了一块假皮，轻轻把假皮揭去之后，在假皮后面，袁松又看到了一枚文身。

和之前雷冲身上的文身不同，雷冲身上的文身是一只夜枭，而这人身上的文身是一只夜莺。

一边的赵匡胤也看到了，惊讶地问道：“这是何物？”

“尚未可知，不过应该是某个组织的徽记。”袁松站起身来拍了拍手，“之前不久，我见到一个相似的。可以肯定的是，这个组织与刘汉之间有着很深的关系。”

这时，外面传来一阵凌乱的脚步声，几名医生走了进来。还好昨夜码头那里闹得厉害，宁陵城里也是一夜数惊，所有的士卒都在待命，随行的还有几名军医。这些医生立刻被拖了过来，他们虽然医术算不上高明，但还是能勉强抢救一下，为随后到来的医生争取一些时间。

等到中午时分，在经过几名大夫会诊之后，袁松表情凝重地从屋里走了出来。

“如何？”等在外面的赵匡胤一把拉住他问道。

“竹奉璘的命保住了。”袁松低声说道。

“当真？”赵匡胤满脸喜色，“真的保住了？”

“骗你作甚？”袁松苦笑一声，“可是，即使保住也没用了。”

“怎么了？”赵匡胤连忙追问道。

“竹奉璘已经疯了。”袁松轻叹一声，“神志不清，胡言乱语，问不出一点有用的消息来。”

“这，这，怎会如此？”赵匡胤顿时愣住了。

“大夫说，那些人用的毒药十分霸道，竹奉璘没死在当场，就是命大了。多亏他是武将，平时操练武艺，身子骨结实。不然的话，现在只能给他发丧了。”袁松轻叹一声说道。

“可这样就算活了又能如何？”赵匡胤忍不住骂道，“他这次犯下如此大错，简直死不足惜！如果他能透露出一点消息来，还能算得上是将功补过，可现在这算什么？”

“他虽然疯了，但是却未必无用。”袁松用手轻轻拍着旁边的栏杆，低声说道。

“嗯？”一边的赵匡胤猛地转过头来，看着袁松问道，“莫非你又有什么主意了？”

“有点主意。”袁松微微一笑，“但是不知能否有用，对方是否上钩也不知晓。”

“既然有主意，那就说说看。”赵匡胤说道，“陛下那边对此事十分重视，你知道为什么。”

“不错。”袁松微微点头，“我知道陛下对此事之看重。我问你，陛下让你来处理此事之后，有何安排？”

“让我速速回京。”赵匡胤说道，“不得耽误。”

“既然如此，那我们就速速回京。”袁松一笑，“把竹奉璘也带回去。”

“你到底打的什么主意？”赵匡胤莫名其妙地问道。

“不久之后，你便知晓了。”袁松一笑，并未回答。

京城姚府，还是那间书房，姚谦脸色阴沉，听着对面那人的描述。

“这么说来，我那师弟果然在宁陵做下好大事情？”姚谦冷冷地问道，不过和之前不同，他的脸色阴沉可怕，连屋里的空气都显得有些沉重。

对面那人正是姚正，他不敢多言，安静地坐在那里，仿佛一尊古佛。

“果然如此！”姚谦长叹一声，“我那师弟当真是不鸣则已，一鸣惊人！这件事办得着实漂亮。一招诈死的手段，让我们所有人都惊疑不定，他却直捣黄龙，办了好大事情。”

这时，一边的姚正忍不住了，小心翼翼地说道：“大人何必担忧？他官职卑微，力量不足，便是有些许功劳也无法……”

“你懂什么！”不待姚正说完，姚谦就粗暴地打断了他的话。这和他以前那副温文尔雅的模样比起来，简直是判若两人。

“在我看来，这次的事情才真是不妙！”姚谦脸色阴沉地说道，“我那师弟这次潜入宁陵县，破了如此大案，将贼寇一网打尽。如果仅仅如此，我并不会过于在意。我在意的是，我那师弟是如何办成如此大事的！”

他深吸了一口气，继续说道：“想要办成这件事，单枪匹马是绝对办不成的。在他背后，到底有什么样的力量在支持着他？这次的事情乃是乌夜啼所为无疑，乌夜啼乃是我等老对手了。如果没有对等的实力，仅凭他孤身一人，怎会是乌夜啼的对手？”

姚正也明白了姚谦的意思，脸色微微一变：“大人，您是说……”

“我那师弟背后，必然有一股绝大的力量在支持着他。”姚谦咬牙切齿地说道，“这次不但是他的大功一件，也是陛下在对我等的敲打。你应该知道，陛下麾下除了我等，应该还有一批人手。这批人是谁，在干什么，我们对此一无所知……”

说到这里，姚谦说不下去了。与此同时，姚正也沉默了下来，不敢多说了。

“哼！”姚谦冷哼一声，“如若放任，以后必成大患！不过好在，这一次，我也不是绝无底牌！”

第三十二章　载誉归京

京城，皇宫之中。

“工部运送物资的消息泄露，导致贼人在宁陵潜伏，试图劫掠工部船只。”柴荣仔细看着手里的奏报，上面把袁松的一举一动都详细地进行了记录，就连他说的什么话，吃的什么东西都一一记录在案，仔细得让人有些害怕。

“刘汉奸贼，当真是死不悔改！”柴荣冷哼一声，将手中的奏报扔在了桌上，“明面上斗不过我们，便用这些鬼祟伎俩。”

说着，他看了一眼下方端坐之人：“文伯，关于此事，你如何看？”

端坐在那里的乃是兵部郎中王朴。听闻柴荣询问此事，他站起来先躬身行了一礼：“陛下，臣以为此事不应大肆宣扬为妙。”

“哦？”柴荣微微点头，“说说你的理由。”

“陛下，大事在即，此事正是关键之时，如果贸然大肆宣扬此事，恐怕会引起诸多变数。尤其此事涉及刘汉，臣恐怕会有许多将军以此为借口……”说到此处，王朴突然闭上了嘴巴，不再说话了。

可是，柴荣已经明白了他的意思，微微点头：“不错，文伯言之有理！此事的确不宜大肆宣扬，尤其是其中牵扯到刘汉。现在刘汉不过疥癣之患，不足挂齿，却不能有人因为此事，把他们拖出来当了幌子。”

柴荣思考了一下，开口说道：“好了，此事朕已经有所计较，那件大事，文伯不要松懈。”

“遵命！”王朴似乎早就知晓柴荣会如此，面上波澜不惊，拱手应了一声。

此时，袁松与赵匡胤已经在回京的路上了。和来时相比，袁松这次有了官军相随，有了马匹代步，比来时可是轻松了不少，所以他端坐在马上的时候，还有心思左顾右盼，欣赏附近的景色。

倒是赵匡胤心思有些重，一直看着袁松，一副欲言又止的模样。

“大兄，”看到他这副模样，袁松忍俊不禁，“有什么话您就说好了。你我之间，不必如此。”

“好。”赵匡胤犹豫了一下，点了点头，终于开口，“受益，对于你我向来是很佩服的。可是咱们离开时的安排却让我有些看不明白了。为何你没有严密控制那几名大夫，反而还大大方方地放他们离开，丝毫不介意走漏风声。还有，明明那竹奉璘还没死，可是宁陵城里已经谣言四起，说竹奉璘死了，而且说得有鼻子有眼的。你这到底是打的什么主意？”

听到赵匡胤的话，袁松忍不住笑了：“大兄，我以为你早就该问我来的，未曾想用了这么久你才问出口。不错，定力有所进步。”

“莫要拿我打趣！”赵匡胤说道，“快说，到底是怎么回事？我想了许久也没明白。”

“兄长莫急，我与你解释便是。”袁松低声说道，“你觉得我等此次的对手是何等人物？”

“这个……”赵匡胤犹豫了一下，开口说道，“我虽然只是带兵前来助你，未曾与他们交过手，可是听你的说法，这次的对手似乎很难对付。”

“没错！”袁松轻轻叹了口气，“这次的对手很难对付，他们行事缜密，布局谋划很有讲究。如若不是其中出了些许偏差，再加上他们之中人员参差不齐，这次的事情鹿死谁手，尚未可知。”

赵匡胤微微点头，表情凝重，虽然此前的事情他并不知晓，但是只看竹奉璘一事，就知道对方非同小可，一旦察觉不对，立刻灭口，绝对不留任何后患。

“此事，主事之人多谋。”袁松继续说道，“不过多谋之人，十有八九也会多疑。只看他们一旦出事，就立刻将竹奉璘灭口，我就知道，竹奉璘想必掌握了一些十分紧要的事情。这事情甚至可以危及他们的部署。因此，我就故布疑阵，现在整个宁陵城都知道竹奉璘遇刺，生死难断，那些大夫说他还活着，只是已经疯了，可他府中人又说他已经死了，却并没有下葬。如果我是幕后之人，想必要疑神疑鬼，势必要将此事搞清楚再说！”

“明白了！”赵匡胤轻叹一声，“原来你是要把这事搅浑，让人看不清也弄不明白，逼对方露出马脚来。”

“正是如此。”袁松轻笑一声，点头说道。

“你们这些人，当真是害死人不偿命。”赵匡胤摇头苦笑，“像我这般粗鄙武夫，还是去两军阵前厮杀来得比较痛快。”

“呵呵，人各有所长罢了。”袁松轻笑一声说道，“你让我去两军阵前与人厮杀，还不如直接一刀砍了我比较痛快。我能为陛下办一些事，但是却不能办所有的事。比如大兄，想来陛下也是要有重用的。”

“嗯？”赵匡胤满面狐疑地看着袁松，“你似乎话中有话？”

“没有！”袁松含笑摇头。

就在此时，一匹马疾奔而来，马匹上一团红影，正是赵凝，她笑嘻嘻地来到袁松身边，拉着他说道：“你们在此慢吞吞走什么啊？来来，快来陪我遛马。”

“别胡闹！”赵匡胤在一边沉着脸说道，“我已将你私自跑出来的事禀报了母亲，如果我是你，先想想回去之后，如何向母亲交代才是正道！”

赵凝听到这话，顿时脸色一苦，再也不复刚才那股子欢脱的气势了。

此时，在某处，一名书生打扮的人斜靠在一处凉亭的立柱上，旁边桌上还摆放着残羹剩菜，他手提酒壶，时不时地喝上一口。而在他身边，则是一名仆人打扮的人垂手侍立。

这场面粗看之下并无不妥，但是如果仔细听的话，其实那仆人正在仔细地把宁陵发生的所有事情向那书生禀报。

等到那仆人说完，那书生轻叹了一声，提着酒壶，看着凉亭的顶端，良久之后，他才开口问道：“如此说来，夜枭死了？”

“枭主已然殉职。”那仆人低声说道。

那书生沉默良久，轻叹了一声：“唉，歌主所言不差，乌夜啼依托于大汉而存在，大汉强则乌夜啼强，大汉弱则乌夜啼……”

说到此处，他住口不言，良久之后，又是一声轻叹：“如若不是事情紧急，乌夜啼何至于冒险如此，白白地折损了一部之主。”

那仆人站在一边，也不说话，只是静静地听着。等到那书生说完之后，他才开口说道：“还有一事，失败之后，按照安排，一只夜莺需要排除事情隐患，然而……”

那书生微微一皱眉头：“事情未成？”

“不知。”那仆人摇头说道。

“何为不知？”那书生脸色一沉，“说清楚。”

“夜莺投食之时被人撞见，已然殉职。但那目标，却生死不知。”那仆人低声说道，“现在宁陵城中众说纷纭，有人说那目标已然死了，只是尚未发丧，还有人说目标其实未死，已经被带回京城，另外还有几名大夫说那目标已经疯了，整日胡言乱语，口不择言……”

“为何没有查清？”那书生问道。

“禀报莺主，此事甚大，宁陵城上下因为此事戒备森严，夜枭一部损失殆尽，我部人马也受到了极大限制，想要行动十分困难。只能旁敲侧击，拿到些许消息。”那仆人低声回答道。

那书生闻听此言，顿时沉默了。良久之后，他轻轻叹了口气：“去吧，加紧查探，此事非同小可，不可怠慢。”

“是！”那仆人低声应了一声，慢慢地退出了凉亭。

等那仆人离开之后，那书生提着酒壶，呆呆地望着亭子外面，喃喃自语：“事已至此，回天有数否？”

然后他轻叹一声，摇了摇头：“想那许多做什么？尽人事，听天命而已。只要她……”

说到这里，他便说不下去了，痴痴地盯着亭外的绿叶，仿佛那是人世间最美的景色一般。

就在这时，一阵急促的脚步声响起，那书生微微一皱眉头，又恢复了之前放浪形骸的模样。

一名仆人远远地跑了过来，在亭子旁边停住，先对那书生深施一礼，这才说道：“先生让我好找！”

“找我作甚？”那书生懒洋洋地灌了一口酒，“时日正好，醉酒当歌，该当如此！”

“先生，是将军寻您。”那仆人满脸苦笑，却也知道这位先生就是如此，“有急事相招！”

“罢了，罢了！”那书生坐直了身子，伸了个懒腰，“可惜这良辰美景了！”

吱呀一声，袁松推开院门，多日不曾回来，这院子里还是原来那般模样。只是眼看就要到秋日了，这院子里少了几分酷热，多了几分秋凉。“来来去去，还是此处舒服！”袁松嘟囔了一声。

他迈步走进院里，把随身的小包袱往石桌上一放，环视了一遍这个小院，然后轻叹了一声：“只是不知此次能在这里待上多久，用不了几日，恐怕又要四处奔波了。”

就在这时，院门吱呀一响，李用从外面闪身进来，看着袁松一笑。

袁松看了他一眼，开口问道：“说吧，何事？”

“还是上次那间酒楼，陛下有请。”李用低声说道。

“知道了。”袁松微微点头。

就在这时，突然有人叩打院门，紧接着，就听到有人在外面喊道：“敢问师弟可曾在否？”

袁松听到这声音，微微一愣，随即笑了笑，对一边的李用说道：“有贵客临门了，而且还是稀客。”

李用点了点头："我去开门。"

"不可。"袁松一摆手，拦住了李用，"来的可是贵客，你一介仆役，岂不慢待了客人，还是我亲自来比较好。"

李用微微一愣，看了一眼袁松，发现他已经站起身来，慢慢走到院门口，打开院门。当他看到外面那人时，脸上露出了一丝意味深长的笑容，然后一躬到地，恭敬地说道："不知师兄至此，有失远迎，罪过罪过。"

站在外面的正是姚谦，看到袁松的模样，他微微一笑，双手把袁松搀扶起来："师弟不必多礼，你我乃是同门兄弟，哪里需要如此客套！"

"师兄所言极是。"袁松顺势起身，"不知师兄远道而来，有何贵干？"

姚谦并未回答，而是微微一笑，说道："莫非师弟让我在此与你说话不成？"

"哦，是了是了。"袁松伸手拍了拍头，"是我一时疏忽，师兄大驾光临，哪有让您门外说话的道理？师兄请进。"

说着，袁松向旁边一让。

姚谦笑吟吟地迈步走进小院，身后就跟着一名仆从。

姚谦进到院中，负手仔细看了一番，微微一笑，说道："此前不知师弟乔迁，未曾登门贺喜，罪过罪过。师弟此处别有一番味道啊！"

"让师兄见笑了。"袁松仍是笑容满面，"不过是一介陋室罢了，哪里有什么味道？如果果真有什么味道，此处左近就是一家饭庄，那味道也是饭庄飘来的饭菜香气。"

姚谦脸色微微一变，但是很快又恢复了笑容："此言差矣，正所谓山不在高，有仙则灵，水不在深，有龙则灵。师弟此处虽然不大，却藏龙卧虎，不容小觑。"

"哪里来的龙虎，连家猫都没得一只。"袁松笑道，"小弟我初来乍到，京城居，大不易，不过挣扎求活罢了，远不如师兄家大业大。见笑见笑。"

"呵呵。"姚谦勉强笑了一下，眼中闪过一丝厉芒。

袁松却恍若不觉，笑吟吟地说道："此前不知师兄驾到，没有准备，再者我这陋室之中条件简陋，不如师兄的华宅，还能有歌姬助兴。只有一壶浊酒，可与师兄小酌两杯。不过师兄可放心，这浊酒是刚刚打回来的，不会要了人的性命。"

姚谦深深地看了袁松一眼，嘴角轻轻抽动了一下，也笑了起来："师弟当真是开玩笑。这浊酒如何能要了人性命？如若浊酒便能要人命，那天下酒家岂不是都成了杀人之所在了？"

"是啊，这浊酒是要不了人命。"袁松轻叹一声，"便是世上最毒的毒药，也毒不过这人心啊！"

姚谦闻言，脸色微微一变，可这时袁松却笑道："哎呀，莫名地说了许多不相干的话。师兄难得至此，说这些作甚。来来，师兄请坐，寒舍简陋，还请师兄不要嫌弃才好。”

姚谦勉强笑了一下，坐到了旁边的石凳上。

李用表情木讷地从屋里出来，手里端着个托盘，上面放着一壶酒，两个杯子，还有一碟用来下酒的小菜。

李用把这些东西放到桌上，给二人斟满了酒，然后手持托盘，老老实实地站到了袁松身后。

姚谦看了李用一眼，对袁松笑道：“此前未曾见过这位，这是师弟你新招的仆从吗？”

“不错。”袁松含笑点头，“乡下人，性子木讷，有什么差错，还请师兄不要见怪。”

“木讷一点好啊。”姚谦含笑点头，“木讷一点，让人放心。”

“是了。”袁松拿起酒杯，对姚谦一让，“师兄，请酒！”

说罢，将杯中酒一饮而尽，对着姚谦一亮杯底。

姚谦也端起酒杯，回敬了一杯。两人把酒杯放下之后，相视一笑。

酒过三巡，姚谦似乎有几分微醺，他手持酒杯，醉眼迷离地看着这处小院，轻声说道：“师弟，你可知否，师兄我生平最大的心愿是什么？”

“可是有朝一日，找一处如山上那般的住处，晨观朝阳，暮赏落日，闲时把酒言欢，酒醉榻上高卧，一睡便到天明？”袁松把玩着手中酒杯，轻声说道。

姚谦一愣，诧异地看着袁松，哑然失笑道：“师弟你如何知晓的？”

“你我师出同门，小弟我焉能不知？”袁松含笑说道，“不瞒师兄，这样的日子，也是小弟我的梦想。”

“哦？”姚谦仔细打量了袁松几眼，“既然如此，师弟为何要下山呢？”

“便如师兄为何要下山一般。”袁松轻声说道，“我等所学，可不是困在山上能一展所长的。我等师门，也不是隐居避世的所在。正因为心怀一副纵横天下，尽展所长的心，才会有一段兴致尽了，归隐山林的梦。”

说着，他抬头看着姚谦，缓缓说道：“终归到底，从我们入了山门之后，便应该在这尘世间走一遭的。此时，此景，此般天下，才是我等该来的地方！”

姚谦默默地注视着自己手中的酒杯，突然一笑：“师弟所言不错！下山，就是不想让我等所学埋没在那山上。在山上，其实就是为下山做准备。”

他抬头看着袁松，缓缓说道：“所以我们才会有那归隐山林的梦。如果真的愿意就此归隐的话，当初又为何下山？”

“不错。”袁松端起酒杯来，“师兄所言极是，这般天下，你我二人终究是要到这红尘之中走一遭的！师兄，请酒。”

两个人的酒杯轻轻一碰，然后一饮而尽。

放下酒杯，姚谦一笑："对了，方才说了许多题外话，倒是忘了恭喜师弟了。"

"恭喜？"袁松仍是满面笑容，"何喜之有？"

"师弟莫要诓我！"姚谦哈哈大笑，"你立下如此大功，怎能不恭喜呢？"

袁松眼中终于有了一丝笑意，不过稍纵即逝："哪里是什么大功，不过是不值一提的小事而已。"

"师弟太过谦虚了。"姚谦轻声笑道，"如果这也是一桩小事的话，何为大事呢？以为兄看来，师弟之才胜我数倍，此事之后，必然飞黄腾达，成就不可限量。"

袁松微微一笑，并未说话。

姚谦见袁松未曾开口，他又拿起来酒壶，轻轻晃了晃，对袁松说道："师弟你看，你我二人便如这酒壶中的浊酒，不管倒入金杯、玉杯，还是普通的粗陶碗，酒仍是那酒，同根同源，不可分割，你说是也不是呢？"

袁松看了姚谦一眼，突然拿起桌上酒杯，将杯中残酒一饮而尽，微微一笑道："师兄此言差矣，这酒进了我的口中，那便是我的酒了，入了师兄的口中，便是师兄的酒。虽然同根同源，可是境遇各不相同，遇到的人也不同。这酒一入口，便不是之前的酒了。"

姚谦闻听此言，脸色略变，轻笑一声，微微点头："是了，师弟说得也有道理。罢了，你我今天只是把酒言欢，不谈其他！"

说完，两个人再次对饮，不过这一次，两人都默默无言，只顾低头饮酒。过了片刻，姚谦似乎已经有了醉意，摇摇晃晃地站起身来，对袁松一拱手："师弟，今日为兄尽兴了，再多便要失态，那时反倒不美，不如你我就此别过，改日再会！"

袁松也不挽留，站起身来拱手相送："师兄所言极是，小弟我刚刚返京，又多饮了几杯，此时已不胜酒力，还请师兄见谅！"

说完，袁松一直把姚谦送出院子，再三告别之后，这才关上院门，脸上的笑容随即敛去，轻叹一声，摇了摇头，然后伸了个大大的懒腰："乏了，乏了，本来便舟车劳顿，又贪饮了几杯，现在当真是乏得厉害。李用，你守在这里，我先去睡上一觉，养养精神。"

袁松说罢，背着双手，慢慢悠悠地走进了房中，把李用孤零零地留在了院子里。

而姚谦到了外面，脸色也是一变，那几许醉意和满脸的笑容全都消失不见，他回头看了一眼袁松的那间小院，冷哼了一声，转身离开。

不远处停了一辆牛车，姚谦迈步登车，姚正已经等在了里面。

看到姚谦上来，姚正连忙施礼，问了一句："大人，如何？"

"冥顽不灵，不识抬举！"姚谦冷笑着说道，"既然他自寻死路，那我等便不必管他！说吧，事情查得如何？"

"正如大人所言，一切证据都指向工部。"姚正低声说道，"此前这个消息我等泄露给工部某些人知晓，接着他便在去宋州赴任的路上遇刺。而后，那船上的东西是工部发出的，他们自然知道消息。最后，属下还查到一件事情……"

"说！"

"那位大人的确有一个女儿，不过他的女儿在先皇登基之前的那一场变乱中便下落不明了。时隔一年多，等到先皇登基后不久，他的女儿再次出现。他家还为此大肆庆祝了一番。"姚正低声说道，"不过，此前他的女儿养在深闺，见到的人并不多。可是等她回来之后，便频繁在京中露面，很多人都认得她了。"

"哦？"姚谦冷笑一声，"那此女失踪一年多，其间有人知道她在什么地方吗？"

"那位大人的解释是，此前因为朝纲不稳，变乱频繁，因此将女儿藏于一位亲戚家中，等到陛下登基，天下太平，这才把她接了回来。可这事究竟是真是假，只有那位大人红口白牙的说辞，没有人证物证。"姚正说道，"而且之前变乱时，确实有不少人家的妻女失踪，有的就是养在了乡下亲戚家中，以防在变乱中出了事情。所以他的这番说辞，倒也没什么人怀疑。"

"可现如今，这就是一个巨大的破绽！"姚谦冷冰冰地说道，"之前和关系到冯道的那名小吏接触的，和工部有所牵连，后来针对那小吏的刺杀，也说明背后那人在乌夜啼中权势甚重！此前我们查探良久，再加上此次的事情，几乎可以断言，此女和这件事脱不了关系。现在，我想知道的是，此女在乌夜啼中到底是什么身份，是否是我们一直在找的那个人。"

"大人。"姚正犹豫了一下，低声说道，"我们的人无意中得到了一个消息，现在正在查证，不知是否能确认她的身份。"

"什么消息？"姚谦一愣，低声问道。

"大人，我们查到，前朝隐帝之时，李太后曾经有过一场布置……"姚正压低声音，小心地和姚谦说了一段话。

"当真？"姚谦一惊，低声问道。

"正在勘查。"姚正低声说道，"不过现在有五成把握确是如此，如果想要确认，还需要一些证据。"

"去查！"姚谦冷冷地说道，"无论如何都要找到证据，如果真的确认这一点。那此女就是乌夜啼的歌主无疑了！"

"是！"姚正点头应道。

"还有！"姚谦轻笑一声说道，"想办法让那位方家小姐知道我这师弟回来的消息吧。师弟他一去良久，想必那位方家的姑娘已经备受相思之苦了。"

第二天一早，袁松是踩着大相国寺的钟声出门的。

昨日袁松并未说谎，在宁陵的那一段时间里，他昼夜思索对手的用心，查找每一丝蛛丝马迹，尽心竭力，休息得并不好，回来的路上又舟车劳顿，不得安稳，昨日喝了几杯浊酒，就觉得浑身困乏，一觉睡到今日天明。

等走出院门的时候，袁松觉得浑身舒爽，一扫之前的疲乏之态。

他看了看头顶好大的太阳，又看了一眼周围热闹的人群，然后哼着一曲不知名的小调，慢慢悠悠地走上了大街。

没过多久，袁松再次出现在此前来过的那处酒楼。

这一次他一进门，还未曾开口说话，那店小二就已经笑吟吟地迎了上来。

"客官您来了？里面请。"

袁松点点头，跟着店小二上了楼，还是到了二楼，店小二就自己退下了，袁松顺着楼梯又爬了一层，到了戒备森严的三楼。

袁松刚踏上楼板，就听里面的包间有人问了一声："可是受益来了？进来吧。"

"是！"袁松答应了一声。旁边有侍卫检查了一遍他的身上，确认毫无危险，这才让到一旁，请袁松进去。

袁松径直来到里面的包厢，柴荣已经在里面等候多时了，桌上还是几样小菜，一壶酒。

看到袁松进来，柴荣一笑，说了一句："坐。"

"谢陛下。"袁松规规矩矩地答应了一声，然后老老实实地坐到了对面的椅子上。

"受益来得早啊。"柴荣笑道。

"不如陛下早。"

"这话听着耳熟。"柴荣微微一笑，"每逢没有早朝之日，朕就会早早醒来，想睡也睡不着了。"

说着，柴荣看向街上的行人，缓缓说道："在登基之前，朕曾经雄心万丈，决心整顿朝政，一统天下。可是登基之后才知道，这朝堂之上，错综复杂，很多事情已经糜烂不堪。诸事艰难，远不如之前朕所想的那般轻松。"

"可是即便如此，陛下也未曾退缩。"袁松轻声说道："这也是为何臣要认陛下为主之原因。这乱世之主，哪一位登基之后不是面临着林林总总的烦恼与乱局，哪一位在登基之前不是雄心万丈？但是有人登基之后面对种种困扰，一有挫败便灰心丧气，沉迷于酒色之中,或者稍有进展，便骄傲自满，自以为无人可及。这样的人如何能荡平乱世，还天下人一个太平？”

柴荣有些诧异地看了袁松一眼，微微一笑：“你说的也是你们诡门一脉的东西？”

“幕人三道势略术，诡门之人长于观势，这所谓的势不但是天下大势，也是天下之主的气势。”袁松低声说道，“唯有坚韧不拔者，明是非并一往无前者，才可担当这乱世之中的明主，也才当得吾等诡门幕人的主人。”

“哈哈……”柴荣听到此处，终于忍俊不禁，笑出声来，“受益此番言论如被某些人听到，恐怕少不了一个阿谀奉承的评语了。”

“就事论事。”袁松表情平静，“这世间有好事也有坏事，如若报喜不报忧，是大错特错。报忧不报喜，也未必如何正确。”

“呵呵……”柴荣深深地看了他一眼，话锋一转，看似随意地说道，“这次的事情，你办得不错。”

“全赖陛下信任。”袁松恭敬地说道，“如无陛下信重，臣绝无可能办成此事。”

“好了，这种言语，不必多说。”柴荣轻轻摆手，“你的本事，我已知晓，也值得我的信重。你先把此次事情的细节详细说与我听听。”

袁松应了一声，开始仔细地向柴荣讲述此次事情的经过。柴荣虽然得到了详细的奏报，但是却远不如袁松本人讲述来得清楚，有些地方，柴荣还要打断袁松，反复询问。

直到袁松说完，柴荣才冷哼一声：“这该死的刘汉奸贼，当真是贼心不死，竟然使出如此阴毒的计谋。”

“其实，陛下大可不必担忧，臣倒是以为这是一件好事。”袁松笑了笑说道。

“好事？”柴荣一愣，“怎么说？”

“刘汉如此做派，只能说明一件事，他们技穷矣！”袁松说道，“不错，这次的对手计谋不俗，策划出众，的确是一个难得的对手。可是依臣来看，这些人等其实更适合做细作，他们也是按照细作来组织训练的。打探消息、刺探军情才是他们应该做的事情，而不是像这样聚众而起，直接通过这些不入流的手段来扰乱我大周。”

柴荣听得微微点头：“继续说下去。”

“是！”袁松应了一声，继续说道，“如此作为，只能说明对手已然黔驴技穷，此类细作依附刘汉，刘汉兴则细作强，刘汉衰则细作弱。如今刘汉已然一蹶不振，所以他们才会出此下策。”

“说得不错！”柴荣听完，微微点头，冷笑一声，“如果他们潜入我朝内部兴风作浪，朕倒是要头疼几分。但是现在，倒是不觉得如何了。”

“陛下所言极是。”袁松微微点头，“虽然这些细作已经有几分黔驴技穷之态，可是却不可掉以轻心，尤其是他们潜伏在我朝年深日久，各种关系盘根错节。比如这次，那带贼寇袭击码头的孙正，其家世代在宁陵城行商，势力极大，因此才有本事买通官员，藏觅如此多的贼寇。如不小心提防，恐有大患，况且臣以为……”

说到这里，袁松一顿，然后才接着说道：“此次之事只是开始，策划此事之人，绝不会如此简单，这很有可能是个连环计，其后还有更加危险的阴谋。”

“哦！”柴荣一挑眉毛，“更加危险的阴谋？你说的是？……”

“如若放任不管，很有可能影响陛下之后的大事。”袁松压低声音说道。

柴荣目光一凝，死死地盯着袁松。袁松则坦然面对，脸上没有丝毫畏缩之态。柴荣轻笑一声：“你倒是看得明白。”

“皆因陛下并不欲瞒着微臣。”袁松轻笑一声，“陛下也不欲瞒着天下人。因为此时大势在陛下，欲阻拦者，无疑螳臂当车！”

“既然你说大势在朕，那些人如何能挡得住？”柴荣问道。

“陛下，臣以为那个对手显然也非常人。”袁松淡淡地说道，“诡门一脉既然擅长观势，便会有人长于破势。虽然此大势未必能真的破了，可是于陛下而言，却平添了许多变数。”

“哼！”柴荣冷哼一声，“箭在弦上，岂能不发？跳梁小丑罢了，能奈我何？”

说完之后，柴荣看着袁松说道：“此事交予你手，朕连弓卫一起托付于你，莫要让朕失望！”

“是，臣必不负陛下所托。”袁松站起身来，抱拳行礼。

“嗯！去吧。”柴荣点头说道。

“臣先行告退。”说罢，袁松慢慢地退出了雅座。

就在他将要出去的一刹那，柴荣突然说道：“昨日，你做得不错。”

袁松微微一愣，再次躬身行礼：“此乃臣分内之事，诡门之人，既然认主，心中便只有主上一人！”

“死了？他竟然死了。”京城某处闺房之中，一名女子坐在窗边，痴痴地看着窗外。此时已经入秋，窗外的树上已经开始有了落叶。她就这样静静地看着那落叶，被秋风一卷，从树枝上脱落，在空中盘旋了几下，缓缓跌落尘埃。

“他竟然如此辞了！”那女子突然暴怒，将手边一幅还未做好的锦绣，狠狠地摔落在地，“我未曾同意，他为何就死了？他安敢如此！”

外面的婢女听到了动静，急忙开门进来，喊了一声：“小姐！”

"滚出去！"那女子怒喝了一声。

那婢女身子一颤，连忙退出了房间。

等到那婢女离开，那女子胸口上下起伏，急促地喘息了几下，突然从地上抓起那幅锦绣，轻声说道："死得好，死得其所，当真是死得好……"

仔细听那声音，已经有了些许哽咽。

第三十三章　整肃军务

显德元年九月，京城里已经有了几分热闹的气氛，此前百官上表以九月二十四日诞圣日为天清节，陛下已然恩准，这是大周境内第一个天清节。无论士农工商，文武百官，都在为这一天做准备。寻常百姓想的是劳累了许久，在天清节这一天好好热闹一下，冲一冲年初刘汉入寇时的紧张情绪。而文武百官则想的是要在这第一个天清节里搏一个好彩头，在陛下面前露露脸。

不但是大街上如此，就连朝堂之上，都透着一股轻松的气氛。柴荣端坐在御座之上，下面文武百官的一举一动都看得清清楚楚，他心中一笑，不知接下来这道旨意颁下去之后，这群人中究竟有几人欢喜几人仇呢?

时辰已到，升班早朝，等到群臣参见完毕，王朴率先出班。

“启禀陛下，臣有本要奏！”

“王相请说。”柴荣颔首说道。

“臣遵旨。”王朴先谢过柴荣，这才说道，“前些时日，宋州匪患肆虐，当地官员束手无策。更有宋州巡检供奉官、副都知竹奉璘于宁陵县，本应清剿匪患，平靖地方，然其贪鄙无能，盗经商船而不捕获，招致贼人日渐势大，以至于聚众而来，滋扰地方。更有右屯卫将军薛训，监雍兵仓，纵吏卒掊敛，以至泄露朝廷机密，引盗匪窥视。此二人渎职枉法，还请陛下圣裁！”

说罢，王朴手捧奏章，向上呈送。有内侍接过奏章，奉与柴荣。

柴荣拿起那奏章看了几眼，顿时勃然大怒，将手中奏章狠狠一甩：“岂有此理！”

“请陛下息怒！”殿下群臣连忙劝慰。倒是有几位看得明白，陛下与那王朴一唱一和，似乎商量好的一般。

“如此蠹虫，当真罪无可恕！”柴荣怒气冲冲地说道：“传朕旨意，右屯卫将军薛训革职查办，流放沙门岛。宋州巡检供奉官竹奉璘罪无可恕，当诛之以儆效尤！处斩吧！”

王朴向上拜道：“陛下英明！”群臣跟着附和。这二人的生死，便在这一刻彻底定了下来。

柴荣端坐在御座之上仍似余怒未消，朗声说道：“诸位爱卿，如此蠹虫，诸位如何想法？”

群臣不知柴荣意思，互相看看，终于有一位老臣出班奏道：“陛下英明，如此蠹虫，罪有应得。”

群臣连忙跟着附和，都道柴荣处置得当。只有王朴满面肃容，站在那里似乎与群臣格格不入。

“王爱卿……”柴荣看了一眼王朴，开口问道，“你如何看？”

“陛下。”王朴不慌不忙，“臣以为木必先腐而后生虫，当今军政似有不妥之处。”

听到此言，周围群臣心底一颤，此时如若大家再不知发生了什么，那当真是白在这朝堂上混迹了。

果然，柴荣轻轻拍了拍御座：“王卿家所言极是！如今军政的确有不妥之处。”

说着，他从御座之上缓缓起身，双手负在身后，一双锐目在下方的群臣中扫过。待到群臣垂首，他这才说道：“朕登基伊始，刘汉入寇我朝，朕带兵击之，侥幸于高平一战将其击败。”

“陛下英武。”台下群臣齐声称颂了一句。

“且听朕把说话说完！”柴荣摆了摆手，“然则高平一战胜之极险，朕偶尔思之，尚且长叹不已。此一战，幸得将士用命，才有此胜。可仍有军将不敢用命，麾下士兵战力极弱之隐患，险些导致此战大败！”

说到此处，殿中群臣已然知道柴荣说的是谁了。有武将思及当日情形仍是后怕不已，到如今，那几人虽已死多时，仍有人恨不得将其从墓中拖出来狠狠抽上几鞭子才好。

柴荣顿了顿，继续说道：“朕观麾下之军，侍卫士兵，老少相半，强弱不分。况百户农夫，未能瞻一甲士。且兵在精不在众，便如此前那般蠹虫，便是有百万之兵又能如何。此后又有竹奉璘、薛训这般蠢物以权谋私，祸乱地方。如此军势，安能保家卫国，匡扶天下？朕思来想去，决心重整军势，军中将士宜一一点选。选其精锐者为上军，怯懦者任从安便，庶期不用，又不虚费，此乃强军之道！”

说罢，他回身坐回御座之上，向身侧的内侍打了个手势：“宣旨！”

“门下，天下之本：当今天下未定，百姓遭难，朕心甚痛，值此天下变乱之际，正应提雄兵解民于倒悬，还天下朗朗乾坤。朕之兵将，乃定国安邦，解民倒悬之根本。然则侍卫士兵，老少相半，实不堪用。况百户农夫，未能瞻一甲士，兵多而不精，百姓困苦而兵不堪用，朕实忧之。兵在精不在众，宜一一点选。精锐者为上军，怯懦者任从安便，庶期不用，又不虚费。今敕命赵匡胤为殿前都虞候，张永德为殿前都指挥使。广募天下壮士，选其优者为殿前诸班，钦此！”

旨意念完，下方文武群臣为之一静，这道旨意颁下之后，这朝中格局，恐怕将有天翻地覆般的变动。

而此时，赵匡胤与张永德已经越众而出，向上行礼，二人高声谢恩：“臣遵旨！吾皇万岁万岁万万岁！”只要不是瞎子，都能看出二人脸上的喜色。

“二位爱卿，平身。”柴荣用手向上虚抬了一下。

“谢陛下！”赵匡胤和张永德站直了身子。

“二位爱卿，朕将此重任托付于二位爱卿，二位爱卿莫负朕望。”柴荣在御座之上沉声说道。

“为陛下效死！”赵匡胤与张永德二人大声应道，震得大殿房梁嗡嗡直响。

散朝之后，赵匡胤大步流星走出了皇宫，石守信笑嘻嘻地追了过来，见到赵匡胤，拱手为礼：“恭喜哥哥了！”

“你这厮想要作甚？”赵匡胤一看是他，顿时笑骂道。

“这般大事，哥哥是不是该庆祝一番才好？”石守信笑道，“今日正好我不当值，喝哥哥一顿喜酒，不过分吧？”

“你这厮真是见缝插针。”赵匡胤心中也有些高兴，把手一挥，大声说道，“好，既然如此，叫上不当值的兄弟，今日我等不醉不休！”

“正该如此！”石守信兴高采烈地应了一声，开始呼朋唤友。

未过多久，几名武将已经簇拥着赵匡胤扬长而去。

姚谦站在皇城外，看着远去的赵匡胤几人，嘴角一勾，露出一个古怪的笑容，低声说道：“当真是可喜可贺之事！”

小院之中，袁松的桌上摆了不少卷宗。这些卷宗都是从刘正和竹奉璘家中查抄而来，数量众多，内容驳杂混乱，有用的并不太多。袁松也不指望能从这些书信中找到什么关键性的证据，有用的书信想必早已销毁。他只是希望能从这驳杂的内容中找到一丝蛛丝马迹。

旁边房门一开，李用提着一只小竹篮走了进来，把竹篮往旁边一放，从里面拿出几样小菜摆在桌上。

“先生莫要忙了。”李用说道，“这一天时间都在案牍之间度过了，连饭食都未能吃上几口。赶紧吃点东西，莫要饿坏了身体。那就糟糕了！”

“啊？”袁松抬起头来，呆呆地看着李用，好一会儿才回过神来，伸手轻轻拍了拍额头，“不错，你这么一说，的确是有些饿了。有什么吃的？”

“几样小菜，还有蒸饼。”李用说道，“吃完好好歇歇，陛下也未曾催你，何必如此着急？”

“你不懂。”袁松轻叹一声，抓起蒸饼来啃了一口，“陛下虽未曾催促，但此事却耽误不得。我怀疑这一次乃是连环之计，宋州乃是大周腹地，朝廷驻有重兵。就算是一群盗匪闹将起来，又能成什么气候？这些盗匪恐怕只是开始，为其后诸事起个头罢了。”

“那可曾有头绪？”李用问道。

“有些想法，但却有些事情未曾搞清。”袁松摇头说道。

“那就先吃先喝，吃饱喝足才能继续。”李用笑道，“这饼子有点干，先生稍等，我还买了汤回来。”

说着，李用出去转了一圈，提了个瓦罐进来：“先生尝尝，看看这汤是否可口？”

袁松点点头，把瓦罐接了过来往里面看了一眼，顿时一皱眉头：“这汤怎么少了这么多？”

“哦。”李用看了一眼，随口说道，“刚才回来时，一不小心撞翻了瓦罐，洒了一些出来。”

“原来如此。”袁松笑道，“我说你为何用这么大的瓦罐，才打了这些许汤，为何不用小……呃……”

说到这里，袁松突然不说话了，一双眼睛直勾勾地盯着前面，时而皱眉，时而舒展。突然，他把手里的蒸饼一放，把旁边的卷宗拖了过来，仔细地翻看起来。

李用不知他怎么了，只好站在一边呆看着。

袁松把那些卷宗仔细地研究了一番，突然低声嘀咕了一句：“不对，有问题！”

“什么问题？”李用奇道。他说什么也搞不明白，好好地吃着饭，这袁松怎么就这样了？

“大瓦罐才能装得了更多的汤，小瓦罐却是不行！”袁松猛地抬起头来，目光炯炯地看着李用。

“啊？”李用一头雾水，莫名其妙地问道，“先生，你说的什么？”

“雷冲这个瓦罐太小了！”袁松目露精光，冷笑着说道，“此前我就觉得有些不对，但是却不得要领，刚才突然明白过来了，有多大的能力才能办多大的事情！雷冲不过是一个小码头的管事。而那个码头，又是卢家的私货码头，做一些见不得人的生意。这样的地方，卢家哪能随便任由雷冲使用？更不用说使用那码头上的船只了！他一个小小的管事，能为卢家做这个主吗？”

“咦？”李用也明白过来了，“不错！这事情的确蹊跷。”

“不仅如此，我还忽略了一点，宁陵最大的两家就是孙家和卢家。”袁松继续说道，“俗话说得好，同行是冤家！如果孙家有什么动作，同为宁陵大家的卢家不可能不知道。但是这一次，他们却安静得过分了。不仅如此，对竹奉璘的刺杀，也让我觉得有些蹊跷。”

“此事有何蹊跷？”李用莫名其妙道，“杀人灭口，不是理所当然的吗？”

“不错，杀人灭口的确是理所当然。”袁松微微眯起眼睛，“可是，他们为何要灭口？你想想看，此事主谋乃是孙正，可是孙正已经伏诛，死在了码头上。既然如此，暴露不暴露孙正又有何妨？难道说，为了担心一个死人，竟然要冒如此大的风险去灭口吗？”

“咦？”李用眼睛一亮，微微点头，“是了！孙正已死，就算不死，码头处闹出如此声势来，孙正也已暴露了。既然已经灭口，为何还要杀人灭口呢？难道说，这个竹奉璘还掌握着其他重要的消息。”

“不错！”袁松微微点头，“如此解释也就说得通了。另外有人与此事有所牵连，担心竹奉璘泄露出去，才痛下杀手。”

接着，袁松冷哼一声：“这样一想，也就说得通了。这人的身份也呼之欲出！首先他在宁陵城根深蒂固，可以安排人手潜入竹奉璘身边却不会暴露。论身份，他应该与竹奉璘相熟，我怀疑竹奉璘之所以徇私借出官船，这个人在其中起到了一定的作用，不仅如此，他还能安排雷冲，利用卢家的码头来暗中运送那些强盗四处劫掠……”

“这……”李用眉头紧锁，“宁陵城有这样的人？难道是宁陵县县令不成？”

“不！”袁松轻笑一声，“正所谓灯下黑就是如此了，方才我想来想去，始终错过了一个人，直到想通了雷冲的事情，我才意识到自己的疏忽！”

“谁？”

“就是卢家！卢家的家主，如我没有记错的话，叫作卢同。”袁松轻笑了一声。

“卢，卢家？”李用惊讶地看着袁松，“竟，竟然是他们？”

“不错，就是他们！”袁松点头笑道，“这的确是一招妙棋！谁能想到，宁陵两大家背后都是一人！平时两家人互相竞争，摆出一副针锋相对的模样，其实暗地里却彼此勾结，互通有无！在此大事上，孙正为主，摆在了明处，而那卢家想必为附，暗中行事。这一明一暗的布置，颇有点意思啊！”

“好啊！”李用摩拳擦掌道，“既然已经抓住他们的狐狸尾巴，那还等些什么？我这就奏明陛下，查抄了卢家！”

“不可！”袁松一把拉住了李用，微微摇头。

“为何不可？”李用不甘心地问道。

“卢家不过是躲在暗处的小卒，若论身份，恐怕还不如孙正重要。”袁松说道，“在他背后，才是真正的大鱼！”

“那更应该将他们缉捕归案，严加审问，查出幕后真凶！”

袁松闻听此言，表情古怪地看了李用一眼。

李用被他看得有些恼火，忍不住问道：“你看我做甚？”

“我在看你，是否当真要捉拿他们审问。”袁松笑道。

“不是当真，难道还有假？”李用问道。

“我只怕你抓到他们之时，得到的也不过是几具尸体罢了。”袁松冷笑着说道。

“嗯？”李用一愣，眉头一皱。

“你莫非忘了，那名刺客是怎么死的？”袁松冷冷地说道。

“啊？”

“你要记住，我们此次遇到的，绝非寻常对手！”袁松冷笑着说道，“这是一群组织严密，舍生忘死之徒！如果不小心谨慎的话，得到的，就只有死人！好容易查到的一丝线索，恐怕也要被掐断了。”

“这，这……”李用哑口无言，好半天才开口问道，“那应该如何才好？”

“如何？”袁松狡黠一笑，“当然是见机行事！此前布的一招闲手，此时该用了。”

说完之后，袁松表情一肃：“李用，你去传令，令弓卫外围的人手到宁陵去，打探消息，务必在打探消息的同时提到竹奉璘。”

李用虽然一头雾水，不知袁松为何如此，但还是老老实实地答应了一声，前去安排了。

等到李用离开，袁松微微一笑，斜靠在椅子上：“如此打草，能否惊动其中蛇呢？竹奉璘是生是死，尔等并未知晓，如此一来，该如何应对呢？”

朝廷旨意一出，大周震动，明眼人都能看出，陛下此举为的就是整肃军务，这一刀下来，也不知道要动了多少人的根本。大周境内各处暗潮涌动，不少人都在互相串联，不知密谋着什么。

某处，两人端坐在一处暗室之中，其中一人脸色阴沉，眉头紧锁。而另外一人则表情随意，似乎所有一切都不放在他眼中似的。两人就这么沉默相对，也不知过了多久。

终于，愁眉苦脸那人长叹一声：“陛下何至于此啊！”

另外一人嗤笑一声：“将军何出此言，天下间只要是明眼人，都晓得这旨意的用意，难道说，将军您真的不明白吗？”

说着，他摇了摇头：“无非是夺权而已。”

那将军闻听此言，再次沉默了下来，良久之后才开口问道：“先生何以教我？”

只是这声音嘶哑难听，不仅如此，似乎就这片刻工夫，他连说话都变得有几分艰难了。

“学生无非上中下三策。”对面那人眼中闪烁着古怪的光芒，“其下策为按兵不动，任凭陛下处置，其结果实难预料。将军能有现在地位，无非手中兵权尔，如无兵权，则如猛虎去爪，苍鹰折翼，与寻常庶民有何两样？不过多了些钱财罢了。而这钱财，又岂是好留的？没了兵权，届时将军生死操于人手，或生或死，皆一念之间矣！”

听到这话，那将军心中咯噔一下，脸色更加灰白。他伸出舌头舔了舔干涩的嘴唇，接着问道：“中策呢？”

“中策则是借故拖延，与其他各路将军暗中联系，互为照应，暗中操作此事。”那人继续说道，说完之后，却又摇了摇头，“然则此法仍不甚稳妥，天下诸君各怀心事，能齐心协力者寥寥无几。如若陛下分而化之，以大义名分各个击破，那将军徒叹奈何？届时非但不能保住军权，而又恶了陛下，其下场可能更加凄凉。”

那将军轻叹一声：“先生，说说上策吧。”

“上策？”那人微微一笑，“这上策其实将军应该知道，就因为知道，所以才如此犹豫不决！”

那将军浑身微微一颤，抬起头来，表情凝重地看着那人，“先生何出此言？”

“将军，你我皆知，所谓上策，无非起兵尔！”那人冷冰冰地说道，“清君侧，正国本！搏一个荣华富贵，权倾天下，如此而已！”

“啊？”那将军浑身一颤，面露惊恐，“你，你何出此言？此乃大逆不道之举！如此一来，置我于何地？”

那人轻轻嗤笑一声，淡淡说道：“如果将军如此说的话，那学生就闭口不言好了。将军应该知道，此事于我来说，并无太大干系，如果只为学生自己，那劝将军按兵不动，任由陛下分权，哪怕是将军以后再如何，学生也少不了一个富家翁来做做。再加上学生在京城里的那些故旧，也少不得一官半职，安度此生绝无问题。反倒是帮了将军才是冒天大的风险。将军以为如何？”

那将军默不作声，眼珠乱转，显然在心里反复盘算其中得失。

“气壮而心卑，色厉而内荏！”看到那将军的做派，那人心中冷笑一声，“如此做派，倘若真能成就大事，那才是滑天下之大稽！也许早年间此人乃是战场上的一员猛将，但是这么多年过去了，荣华富贵早就磨平了他的心志，现在这人，不过是一凡俗之人罢了。”

不过，他脸上却没有把心中所想带出来，仍是一副玩世不恭的模样，淡淡地看着那将军，也不说话。

好半天过去了，那将军还是一声不吭。终于，那人忍不住了，开口问道：“但不知将军究竟作何打算，说出来也好让学生早做准备？”

“且，且让我再想想，再想想……”那将军摆了摆手，喃喃说道。

那人心中大失所望，脸上却一脸正色：“既然如此，那将军就再想想吧，不过某有一言相告。将军，正所谓当断不断，必受其害。到时刀刃加身，悔之晚矣！”

虽然那人说得铿锵有力，然而那将军却恍若未闻，低垂着头，也不知道在想些什么。

那人心中轻轻一叹，最终还是拱了拱手，退出了房间。

到了外面，穿过重重的护卫，到了一处小院，看着院中秋色，那人才长出了一口气，似乎要把满腹的憋闷吐出来似的。他低声骂了一句：“扶不起的阿斗！”

骂完之后，他背负双手，轻叹一声：“可如今却有什么办法呢？如若宁陵事成，尚有可为，可宁陵遭此大败，夜枭也送了性命……”

最后，他微微一咬牙：“为卿至此，不惜此身！”

太原城中，自打那大周退兵之后，此处就再也不曾恢复活力。虽然早朝照常进行，可是大殿之上却缺了一个人，当今陛下病危，太子殿下监国。不仅如此，朝堂之中还多了一个人，郭无为已经出现在群臣之中，位列首位，虽然并无正式官职，可是太子殿下对其极其信任，有传言说，待到太子登基之时，恐怕会正式拜相。

不过，现在很多人的心思也不放在这上面了，更多人担心的是，刘崇现在病情如何。虽然刘崇治政不算妥当，但好歹他也是刘汉的国主，伪周篡汉之后，在太原勉力坚持的宗亲，他的生死，也牵挂着刘汉很多人的心。

皇宫之中，一处偏殿，刘承钧面带忧色，看着倒在床榻上的刘崇。这位刘汉国主此时面色灰白，眼窝深陷，骨瘦如柴，任谁一眼都能看出他已然病入膏肓，危在旦夕了。

“父皇他，他近来如何？”刘承钧强忍着心中悲痛，轻声问道。

旁边的御医满面难色，轻叹一声：“殿下，陛下他近来情况不好，时而清醒，时而昏迷，清醒的时间也越来越短，而且醒了之后，口中也是喃喃自语，目光呆滞。臣等已尽全力……”

也就是刘承钧性格宽仁忠厚，这太医才敢如实相告，如果是刘崇的话，他是无论如何不敢如此说的。

“你们勉力而为吧……”刘承钧长叹一声，“不管如何，尽量保住父皇。”

“臣等遵命。”几名太医一起施礼。

刘承钧点点头，缓步出殿，到了殿外，被外面的秋风一吹，泪水再也忍不住了，顺着脸颊流淌下来。

就在此时，有人在左近轻声喊了一句：“殿下？”

刘承钧一愣，连忙擦拭掉脸上的泪水，转头一看，站在他身侧不远的，正是郭无为。

“刚才孤失态了，国师见笑。”刘承钧苦笑一声说道。

“殿下之孝心感天动地，微臣如何会笑话？”郭无为微微摇头说道，“贫道进宫为陛下祈福，无意冒犯了殿下，还请殿下赎罪。”

“国师为父皇之事奔波，何罪之有？”刘承钧说道。

“多谢殿下。”郭无为道了一声谢，然后问道，“但不知陛下现在……”

“父皇还是老样子，始终不见起色。”刘承钧轻叹一声说道。

“唉！此乃劫数。”郭无为微微摇头，“陛下染病，殿下您现在便是国之脊梁，还请殿下保重身体。”

“多谢国师相劝。”刘承宗勉强笑了笑，“近来有劳国师相助，朝政之事孤才未曾有大的过错。国师实乃大才！”

“殿下谬赞了！”郭无为淡淡一笑，“此乃臣子的本分。”

不知为何，看到郭无为脸上的笑容，刘承宗心中踏实了不少：“有国师助孤，孤当无忧矣！”

两个人随意聊了几句，郭无为便告辞离去，一路上所见的内侍都知道郭无为为太子信重，纷纷退到两旁躬身行礼，目送他离开宫室。

到了外面，一辆马车已经等在那里，郭无为迈步上了马车坐好。马车微微一颤，缓缓离去。

这时，有人在郭无为耳边低声说道：“属下见过国师。”

郭无为闭目养神，只是淡淡地问了一句：“何事？”

“乌夜啼传回了消息。”那人低声说道，然后将一封信笺恭敬地交到了郭无为手上。

郭无为展开信笺，上面只是一些寻常的闲话，他从道袍的衣袖中拿出一个小瓷瓶，将里面的药水均匀地涂抹在信笺上，一行行字迹在信笺的空白处显现出来。

郭无为仔细地把这信笺上的内容看了一遍，眉头越皱越深，最后轻哼一声：“哼！竟然如此莽撞。”

说罢，他将那封信笺随手塞入怀中，然后淡淡地说道：“先回府上，再做计较。”

马车的速度陡然加快了几成，顺着大街，扬长而去。

宁陵城中的气氛最近很是微妙。

袭击官船的事件刚过去不多久，整个宁陵城上下不仅人心晃晃，而且还流言蜚语四起。盘踞在宁陵多年两家之一的孙家全倒了，不但家主孙正死于非命，全家上下也被朝廷抄查。不仅如此，还倒了一个朝廷命官，那么大的一位水路巡检司，宋州供奉官竹奉璘也垮台了。

不过关于竹奉璘，流传着诸多传言，最多的就是大家都在猜测，他究竟是死是活。有人誓言旦旦说他已经死了，有人亲眼看到了他的尸体，朝廷的处斩不过是做个样子而已。可还有人说，竹奉璘还活着，不过已经疯了，被带回了京城，京城已经判决他处斩以儆效尤。最后一种说法更是说竹奉璘活得好好的，只是他掌握了不少秘密，被带回京城之后，他把这些秘密全盘托出，换回了一条性命。朝廷所谓的处斩，不过是掩人耳目。

反正这三种说法在宁陵城里都大有市场，而且都有人信。

最近，有人更是发现了一件奇怪的事情。在这宁陵县城的街头巷尾，也不知道什么时候多出一群人来。这些人哪热闹往哪里钻，哪人多就往哪里去，四处打听消息，而且打听的都是关于竹奉璘的消息。还有人说，这些人打听消息的时候，还有意无意地往卢家绕，也不知道是真是假。

很多人都觉得这些人是朝廷的暗探，来到这宁陵城是别有用心，搞不好有人要倒霉了。更是有不少人相信，这宁陵城两大家，孙家已经坐实了反贼，全家被查抄，而朝廷对卢家也不太放心，所以搞不好卢家也要跟着一起倒霉。

反正不管怎么说，这卢家已经成了这场风暴中的中心人物，很多人的目光都放在了卢家身上。

对此，卢家家主也十分紧张，在卢家府邸的一处密室里，他正在仔细听着自己手下人的回报。

“家主，查清楚了。最近外面是有一些人正在四处打探消息。”一名下人说道，“不过，这些人是哪来的没有人能说得清楚。虽然不知道他们的目的，可是这些人打听的事情和竹奉璘有关系，不仅如此，咱们的几处码头外面发现了不少可疑的人在那里游荡。我们驱逐了不少人，可是这些人就像是苍蝇一样，赶了又来，根本赶不干净。”

卢家的家主卢同年近五旬，不过因为保养得当，看着也不过三十来岁，一张团团圆圆的和气面孔上眉头紧锁，看起来心里似乎在担心着什么。

听那仆人说完，他摆了摆手，让那仆人离开。

等到房间里没人了，他才开口低声问道：“此事你怎么看？”

一直站在他身边，仿佛石像一般的老管家犹豫了一下，终于缓缓开口说道：

“此事老奴也不知该如何是好，这些人来历不明，不知他们所为何事。”

“所为何事？”卢同冷哼一声，“还用问吗？当然是为了竹奉璘的事情。你确定竹奉璘死了吗？”

“这个……”那老管家微微摇头，“老奴不敢确定，至今也没有人见过他的尸首。老奴也不敢派人向那几名医官打探，不过听人说，他已经疯了……”

“传言，又是传言！”卢同突然低吼一声，“这般传言听来有何用处？活不见人，死不见尸！我不能将我卢家全家的性命托付到一个传言身上。”

说着，他猛地站起身来，背着手在屋里转了几圈。

“哼！”卢同突然停下来，冷哼了一声，“此次行事，歌主未免也太过鲁莽了。”

话虽如此，可是卢同也不过就是说说而已，他心中清楚，此次行事，乌夜啼也是迫不得已之举，刘汉势弱，大周愈强，许多人已经心思动摇。如果乌夜啼再不想想办法激励人心的话，恐怕以后的处境将愈发艰难。可惜，乌夜啼策划良久，此次却功亏一篑，连夜枭一部的枭主都折了进去。如果是做买卖的话，这可是纯赔的。

不过这些卢同并不关心，他担心的是，眼看这把火就要烧到自己身上，那时，自己应该如何？虽然为乌夜啼效死，乃是他们这些“鸟儿”的本分，但是卢家家大业大，自己拼搏了这么多年才有如此成就，如果就这样完了，他绝不甘心！

尤其是，这次的事情他的确也有参与，一些关系的疏通，都是他与竹奉璘之间的往来，就是因为此次动用的人手太多，单独孙家一家出面，恐怕引起竹奉璘怀疑。而且也是他暗中授意，让雷冲可以使用卢家的那处私活码头。本来这些事情并未留下证据，卢同本以为竹奉璘一死，这些事情再也无法追查，可谁曾想，现在竹奉璘生死未卜，也不知自己的那些事情，大周已经知道了多少。

不过即使这样，卢同也嗅到了一股危险的味道！他发现，如果自己再不做点什么的话，恐怕便要大难临头。

“不行！不能如此坐以待毙。”卢同冷冰冰地说道，“卢家决不能跟着他们一起陪葬。”

一旁的老管家心里一跳，这个“他们”究竟是谁？指那孙正和竹奉璘，还是指那一直隐藏在后面的庞然大物——乌夜啼？

说到此处，卢同从一边的桌上端起茶盏，茶盏里的茶水已经凉了，不过他还是打开盖碗猛灌了一口，冰冷的茶水入腹，他这才觉得心头的火气被压下去了少许。

“卢忠！”他突然喊了一声。

一边站着的那老管家低声应了一句：“老爷有何吩咐？”

卢同仔细地看了这老管家良久，这才开口说道：“我能信你吗？”

“老爷，老奴从小与老爷一起长大，生是卢家的人，死是卢家的鬼！老爷但有吩咐，老奴誓死为老爷效忠。”老管家的声音很平淡，平淡得就像是在和卢同聊家常一样，而不是在说事关卢家生死存亡的大事！

可越是如此平淡的语气，越是让人放心。

卢同微微点头，低声说道：“好好！如今在卢家之中，我能信得过的，便只有你一人了！现在，你听我的安排……”

“卢家人跑了！”这个消息就如同一个惊雷一般炸响，把整个宁陵县城震得晃了三晃，摇了三摇！

在听到这个消息的时候，所有人都不敢置信，纷纷互相打听着消息，想要确认这个消息究竟是真是假。但是不久之后，这个消息终于得到了确认，卢家人的确是跑了，而且跑得十分干净！

卢家家主卢同，他的两名公子、大夫人，还有一名心腹管家全部消失不见。随同一起消失的还有大量金银细软。他们走得不但突然，而且十分隐秘！竟然连卢家的仆人们都不知道家主已经走了。直到两天后，这个消息才传开，宁陵人才知道出了这么一档子事情。

现在宁陵城中最大的猜测就是，卢家人为什么要跑，他们到底去哪了？

“他们竟然跑了？”李用问袁松，而且问的语气有些古怪。这一切都是在袁松布置完发生的，他绝不相信，袁松会没有预料到这一切。

“我也没想到他们竟然跑得这么干脆。”袁松面带笑意，有些轻松地说道，“原本我还以为他们需要犹豫些时日，或者其中有些变故也说不定。”

接着，袁松轻轻一叹：“树倒猢狲散，不外如是，刘汉势弱，几近穷途末路，便是有个厉害的人物在此坐镇，又能如何？”

最后，他微微一笑：“不过，这倒也是我等的机会，天下纷乱，其势在我，大势在手，有何惧哉？”

随着天气渐渐转寒，整个北地渐渐笼罩在凛冽的寒风之中。

比那寒风更冷的，是渐渐冷却的人心。之前的那个冬季，刘汉虽然不强，可是郭威已然病危，边关压力骤减，刘汉百姓也难得地过了一个尚算舒服的年，刘崇更是征兵备武，四方联系，想要趁着郭威病亡之后攻伐伪周。

可是仅仅一年时间，局势就已经发生了如此大的变化，征伐伪周已然成了笑话，损兵折将，国力大伤，这个冬天的刘汉，格外的凄凉，似乎人人都提不起精神来。

而在皇宫之中，曾经威风凛凛，率军南下，誓要攻取开封的刘崇，此时也到了油尽灯枯之时。

皇宫中一片寂寥，往来行走的宫人内侍一个个面容悲戚，惶惶不安，连说话都不敢大声，行走之间也是蹑手蹑脚，生怕动静稍大，触怒了宫中的贵人。

在刘崇寝宫之中，太子刘承钧跪在刘崇的床前，满脸泪痕，抓着刘崇的手，泣不成声。

此时的刘崇，早已没有了之前的意气风发，形容枯槁，气若游丝，显然已经油尽灯枯，不久于人世。

实际上，这段时日以来，刘崇一直都靠着人参吊着命，不然早就不行了。可是再好的灵丹妙药也有无能为力之时，此时，皇宫内外都已知晓，刘崇，命不久矣……

“儿啊……”就在此时，躺在床榻上的刘崇眼皮微微动了几下，抬起手来喊了一声。

“父，父皇。”刘承钧在床榻前泣不成声……

“为父……为父不行了……”刘崇断断续续地说道。

“不，父皇只是一时之疾，儿臣……”

“不要说了。”刘崇轻轻打断刘承钧的话，“朕的身体，朕自己清楚得很，早已油尽灯枯。苟延残喘至此已是不易，安能要求更多？”

刘承钧痛苦低头，说不出话来。

“儿啊！”刘崇轻轻说道，“想当初，朕不忍高祖社稷沦丧，于道义而言又不能屈服于郭威，这才不得已而称帝一方，只希望能与诸卿勉力共复家国之仇，然则天不助我，以孤寡之地匹敌伪周，太累，太累了！”

“父皇，莫要说了……”

“不，朕要说，再不说就来不及了。”刘崇喘息了一声，继续说道，“现如今，朕先走一步，诸事就托付我儿了。切记，莫要让高祖社稷沦丧，断绝了刘氏血脉……”

“儿臣……儿臣谨记于心！”刘承钧跪伏于地说道。

“其他人，退……退出去，朕……朕有话要交代吾儿！”刘崇喘息着说道，似乎每说一句话对他而言都极为费力。

众人知道刘崇此时要传位于刘承钧，于是纷纷退出了寝宫，就连刘承钧的两名继子也不例外。

这两名继子分别叫作刘继恩、刘继元，刘继恩本姓薛，刘继元本姓何。二人母亲乃是刘崇之女，先嫁薛钊，生子继恩，后嫁何氏，生子继元，二人都做了舅父刘承钧的义子。

二人虽然都是一母所生，而且都过继给刘承钧，但脾气秉性各异，关系不睦，平日里见到也不过是点头而已。

因此出了这寝宫，一个向东，一个向西，各自占据了一块地方，连看都不看对方一眼。

刘继元生性好动，脾气急躁，眼看那刘继恩摆出兄长的架子，大模大样地离开，一副不屑搭理自己的模样，他心中有些愤恨，却也知晓在这皇宫之中不得造次，只是偷偷地啐了一口，躲到一边生闷气去了。

恰在此时，一名内侍急匆匆走来，到了刘继元身边，躬身行了一礼，轻声喊了一句：“殿下……”

“嗯？”刘继元看了一眼，来人正是自己亲信内侍，平时机灵伶俐，如果不是要紧的事情，绝不会在此时刻来寻自己。

因此他压低声音问了一句：“何事？”

“殿下。”那内侍也把声音压得极低，“来客人了。”

刘继元漫不经心地问了一句：“何人？”

“南边来人！”

刘继元一愣，脸色随之一变，他迅速地左右看看，此时气氛凝重，并无人注意到他，刘继元低声说道：“回府！”

不多时，他便与那内侍低调地离开了皇宫，匆匆回到了府邸。

待到刘继元进入府中书房，看到等候在那里的客人时，刘继元脸色登时一变：“你为何来此？”

“殿下……”来人微微一笑，“我为何不可来此？殿下见到故人，难道心中不欢喜吗？”

接着，他抱拳拱手，对刘继元施了一礼：“乌夜啼鹊主见过殿下！”

“乌夜啼鹊主？”刘继元低呼一声，“你，你……”

他深吸一口气，这才把心中惊愕压了下去，有些担心地看了一眼外面：“你竟然是乌夜啼鹊主？有何为证？”

那人微微一笑，解开衣衫，露出胸膛，慢慢地揭下一层假皮来，露出了一个喜鹊文身……

“如此，殿下可信否？”

看到那个文身，刘继元非但没有放松，身体反而绷得更紧了，他脸色阴沉，低声问道：“既然你乃乌夜啼所属，为何此时至此？”

“殿下。”那人一边慢条斯理地穿好衣服，一边微笑道，“在下归来，是南边有人让我带话与您，希望与殿下展开合作。”

“南边？谁？”

那人看着刘继元，淡淡地说出两个字来：“大周！”

第三十四章　他乡遇故知

刘汉占据北方，遇上严冬本就十分难过，而国主刘崇的病亡，更为这个严冬增添了几分悲凉落寞。

此时此刻，刘继元也感到了一丝阴冷，这阴冷来自心中。哪怕是附近燃烧着的炭火，也无法驱走这渗入骨髓的阴寒。他死死地盯着那人，眼中隐隐可见血丝，可那人也不开口，就这样笑吟吟地看着刘继元。

良久之后，刘继元终于说话了，只是声音嘶哑得厉害："你，你向伪周投诚了？"

"伪周？"那人嘲弄一笑，"殿下，时至今日您还要把这两个字挂在嘴边吗？偌大的刘汉已经大厦将倾，只剩下残兵败将在太原仰人鼻息。您应该比我更清楚，先皇南征大败而归，其实已经断了刘汉最后一丝气脉。"

"砰！"刘继元狠狠地一拳砸在桌上，对着那人低吼道："可这仍然是祖宗基业！"

"祖宗基业？"那人不为所动，轻笑一声，"您的？"

刘继元闻言，顿时一愣，斥问道："你这话是什么意思？"

"殿下勿怪，下官曾记得殿下姓何。"那人低声说道。

刘继元身子一颤，目光变得冰冷起来。他本姓何，母亲是刘崇的女儿，他和大哥刘继恩一起做了舅父刘承钧的养子，严格来说，这刘汉的江山的确算不上他的祖宗基业。

"更何况，殿下之上，还有兄长！"那人又补了一句，"这刘汉的江山未必能交到殿下手中，可是一旦江山崩坏，罪责却要落到殿下身上。所以，我自告奋勇来劝说殿下，莫要把事情做绝了，还请殿下给自己留一条后路。”

刘继元深吸一口气，眼神飘忽不定，不再言语。那人察言观色，见他如此模样，微微一笑，便不再多说了。

乾祐七年十一月，北汉开国之主刘崇病亡，刘承钧继位，上表辽国自称男，受册封继位。拜郭无为为相，年号不改，改名刘钧，辽国有诏，称之为儿皇帝。

很快，这消息便传到了大周，各级奏报业已摆在了柴荣的桌案之上。柴荣只是扫了一眼，便随手把这份奏报扔到了一边，低声说了一句：“死有余辜。”

这一年的冬天似乎格外寒冷，不过大周的百姓比之刘汉要安稳许多。虽然这一年先皇病故，新皇登基，又有外敌来袭，遭遇了许多变故，不过当今陛下的一场大胜，彻底稳住了边疆战事，朝局也愈发稳定。这也让境内百姓有了休养生息的机会，不管世道如何艰难，人总是要过日子的，何况今年的世道比前些年兵荒马乱之时要强上不少。

叶县街头，虽然来来往往的行人比之春夏少了许多，但也算是不绝于途。不过这寒冬季节大家都是匆匆而过，开口说话的都少了许多。就因为这样，当一声凄厉的惨叫声在街头响起的时候，迅速引起了所有人的注意。

“救命啊，杀人了！”

当众人向那惨叫声传来之处望去时，只见一名武官打扮的人高坐马上，几名亲兵打扮的人正在推搡着一个人，将那人五花大绑。看到这场面，街上的行人连忙低下头来匆匆散去，不敢多看一眼。虽然现在战乱平息，大周境内还算太平，可是自唐末以来战乱不断，无法无天的武人肆意横行，谁敢多管闲事？

周围行人的一举一动被那武人看在眼里，他嗤笑了一声，不再理会周围众人。可是被他绑缚起来的那位却始终不甘心，仍然在大呼小叫：“为何如此？为何如此啊！小的奉卢家主之命……”

听到这话，跨坐在马匹上的武将脸色陡然一变，大喝了一声：“住口！该死的贼囚如此多嘴，把他的嘴堵上。”

几名亲兵领命，七手八脚地将那人的嘴堵了个严严实实，连拖带拽地离开了这里。街面上似乎再次恢复了平静。

不久之后，一份密报出现在袁松的桌子上。袁松将这份密报前前后后读了几遍，微微一笑，又将它放到了桌上。

“怎么了？”李用见袁松笑得古怪，忍不住开口问道。

“你倒是好事，什么都要问上两句。”袁松没好气地说道。

“这是自然。”李用大言不惭地说道，“我乃是相公您的保镖，有些事情就该让我知道，届时方便保护相公的安全，以防不测。”

“保镖？”袁松轻笑一声，“此前在宋州之时，如不是凝儿救我，恐怕我早已遭遇不测。只是不知道，彼时保镖正在何处？”

李用难得老脸一红，支支吾吾说不出话来。

袁松也不说话，只是看着他笑，最后终于将他笑得毛了，只见李用一瞪眼睛便耍起那泼皮手段来，蛮不讲理地说道：“偶有失误，在所难免，正因为此事险些酿成大祸，才应该早做准备，莫要重蹈覆辙。”

看到李用这般模样，袁松终于忍不住了，拍着桌案哈哈大笑，然后手指李用道：“你这泼皮，说不过便撒泼，还胡编乱造地拿出这等理由来，当真是要笑死人吗？”

李用脸色难看，却也不知道说什么才好，只好瞪着袁松来掩饰心中的些许尴尬。

“罢了罢了。”袁松笑过一阵便停了下来，随手将那份奏报递给了李用，“反正早晚也要让你知晓，给你便是了。”

李用挤眉弄眼后愤愤不平地接过那份奏报，鼻孔里喷出一个“哼”来。

袁松笑而不语，只是看着李用端着架子，看着那份奏报上的内容。看着看着，李用眉头渐渐锁紧。

半晌之后，李用抬起头来，一脸疑惑地问袁松：“相公方才所笑，可是因为这郝光庭在叶县当众抓了一人？”

“不错。”袁松轻轻颔首。

“我却未能看出，此事有何可笑之处。”李用将这奏报放到桌上，“这郝光庭嚣张跋扈，的确该杀，却不知相公此笑为何意？”

“你可知这郝光庭绑缚的人是谁？”袁松笑吟吟问道。

“是谁？”李用心中一动，“莫非是卢家的人？”

“不错，正是卢家的一名管家。此前在叶县露出踪迹，便被人查知，接着便出了这件事。”说着，他又拿出一份奏报递给了李用，“这是另外一份奏报，这名卢家的管家出了此事之后便死于非命。叶县给他安了个勾结匪徒、当众行劫的罪名，下手倒是很快。”

李用眼睛一亮：“如此说来，鱼咬钩了？”

“不错！”袁松微微点头，“但是，这鱼似乎有些大。叶县？取地图。”

李用起身进屋拿来一份地图铺在桌上。袁松仔细看了一阵，轻轻叹了口气，道：“果然如此。”

李用忙问道：“相公可看出什么猫腻来了？”

“有所猜测，不过，还不到说的时候。走吧。”

“去哪里？”李用随即便反应过来了，“去叶县？”

袁松微微点头道：“既然大鱼上钩，我等钓鱼之人若是不去，岂不是白费了许多工夫。”

说到此处，他看了看李用，面色严肃，继续说道：“另外，此次去叶县恐怕多有风险，李用，你既然说是我的保镖，便多上点心吧。”

李用听到袁松这么说，也不敢怠慢，连忙点头道：“请相公放心，此次我必与相公形影不离，另外也会安排足够的人手暗中保护。”

袁松微微点头道：“如此甚好。”

巍峨的青山之上，清澈的溪水顺着山势缓缓流下。几条鱼在水中不紧不慢地游着，突然一只脚跨过小溪，惊动了水中的鱼。一位身穿儒衫的公子站在溪水旁向山顶望去，寒冬中的山上草木凋零，唯有松柏在山间勉强点缀几分绿意。

那公子没有在此处驻足多久，稍事休息之后继续顺着山路向上攀登。绕过几棵枯树，踏过几许落叶之后，前方豁然开朗，一座红砖绿瓦的古寺赫然出现在前方。那公子未做停留，径直来到了寺门前。一名身穿僧袍的苍老僧人手持扫把，一板一眼地清扫着寺门前的枯枝落叶。察觉有人来到他身边，僧人抬头淡淡看了一眼那公子，双手合十念了一声佛号，然后做了一个请的手势。

那公子也不客套，迈步便跨过了寺门。他似乎对此地极为熟悉，进了寺庙之后轻车熟路地绕过了中央大雄宝殿，来到了后院禅房。在禅房前驻足片刻后，那公子推开了左数第二间禅房的房门，走进去盘膝坐在室内的一块蒲团上。

空无一人的禅房里，突然传出一阵幽幽的声音：“门前分两道，白字走中央。”

那公子脸上不见丝毫惊奇之色，盘膝坐在蒲团之上回答道：“明心见如来，莺死报君王。”

“属下见过莺主。”禅房中的那个声音低声说道。

那公子仍是面不改色地说道：“可有消息传来？”

“有最新奏报……”

那公子伸手在桌面上摸索了一阵，然后轻轻一按，咔的一声轻响，桌角弹开了一个小抽屉，里面放着一张纸条。

那公子将那纸条拿出来仔细阅读了一遍，然后重新放回了那个小抽屉里，又将小抽屉合拢。桌子里面发出一阵古怪的细碎声响，那张小纸条在桌内机关的作用下被彻底销毁了。

不过，那公子的心思显然不在这桌子的机关上，他的表情略有几分阴沉，低声骂了一句：“十足的蠢物。”

“莺主所言极是，确实是十足的蠢物。”那个声音幽幽地说道，“因此歌主下令，莺主立刻隐藏起来，莫要暴露自己，等待时局变化。”

“可是……”听到这话，那公子脸色微微一变，“卢家虽是夜枭所属，却也掌握了一些重要的东西，如若不除掉，恐怕会伤及歌主。”

“歌主早知莺主会有此顾虑。”那个声音继续说道，“歌主已吩咐下来，让莺主不要担心，此事自有安排。”

“自有安排？”那公子脸色连番变化，最终轻轻叹了一口气，“请回禀歌主，属下领命。”

房间里恢复了平静，那公子在房间中滞留了一阵，才慢慢走出禅房。他出来之后未作停留，一路走出那间古寺，又顺着山路下到了山底。那公子回首看着郁郁葱葱的青山，似乎有些担心，又有些犹豫，最后他一咬牙转身大步离开，很快便不见了踪影。

叶县之地，古已有之，早在夏商之时叶县隶属豫州之域，至前朝之时，叶县所属多有变化，后庄宗同光二年十二月叶县复归汝州，直至本朝年间。

当袁松到了叶县的时候，虽然天气寒冷，可是街上仍然有人来来往往，纵然赶不上京城那般摩肩接踵，倒也不至于冷清。

李用背着一个小包袱跟在袁松身后，进了叶县城门，他把包袱向肩膀上提了提，开口问道：“相公，我们接下来去哪？我已经安排好了住处，要不先回去歇歇脚？”

“不急。”袁松摆摆手，“转转再说。”

李用点点头，不再多说什么，他知道这是袁松的习惯。上次也是如此，两人初到宁陵县城，也是城里城外转了很久。

不过此时和之前不同，现在已经入了冬，虽然街上有人来往，却也不多，两个人转了几圈便感到有些无趣。此时两人已经转到了叶县的中央，前面挂着酒幌子，显然是一处酒楼。正好袁松觉得腹中有些饥饿了，向前一指，问道：“用点酒菜？”

“再好不过了。”李用苦笑着揉了揉肚子，“不瞒相公说，走到现在，早就饿了。”

袁松哈哈一笑，轻轻拍了拍李用肩膀：“早说啊，吃饭！”

两人一前一后走进了那酒楼，随便找了张桌子坐下，点了几个小菜、一壶水酒。李用刚给袁松把酒斟满，从外面走进来一个人。

这人进到酒楼之后，跺了跺被冻得有些麻木的脚，搓着手喊道：“小二，可有热乎的汤面？再给我热壶好酒。”

袁松原本端着酒杯刚要喝，听到这声音微一皱眉，抬头再看，顿时惊呼了一声：“吴兄！”

“啊？”门口那人循着声音看过来，顿时也愣住了，惊喜地喊了一句：“袁兄，你怎会在此处？”

袁松笑道："说来话长，正好这里尚有座位，吴兄快请，你我共饮一杯。"

吴伤也不客气，哈哈一笑坐到了袁松对面。一边的李用连忙殷勤地为他斟满一杯酒。吴伤举起酒杯一饮而尽，温热的酒水一下肚，吴伤的脸上终于恢复了几分红润。

吴伤张口吐出一口酒气，笑吟吟地说道："这一杯酒可是救活了我。"

"一杯水酒罢了，哪里有那么夸张？"袁松笑道，"不过，他乡遇故知倒是让小弟我欣喜不已，不知吴兄来此地所为何事？"

"一点小事罢了。"吴伤笑着说道。

"不是小事吧？"袁松看了他一眼，笑着道，"不然，岂会冒着天寒地冻来到这叶县呢？"

"哈哈，袁兄果然犀利得很。"吴伤也不生气，笑吟吟地说道，"不错，确实有一件事要到叶县来办。不过具体如何，现在还说不好，因此不便相告。"

"如此说来，是小弟我唐突了，该罚。"说着，袁松端起酒杯将杯中酒一饮而尽。

"该罚？"吴伤哭笑不得，"依我看来，你分明是馋酒了。"

两个人互相对视一眼，齐声大笑，在这冷飕飕的天气里，竟觉得心里有几分暖和。

"袁兄，既然你已问过我了，我也问问你。"吴伤手持酒杯笑问道，"不知袁兄到这叶县来，所为何事啊？"

"也有一件大事，可是也不好说。"袁松笑吟吟地回答。

"袁兄乃是鹦鹉不成，竟然学舌？"吴伤哭笑不得道，"罢了罢了，你若不说，我也问不出来。今日不谈别的，喝酒便是。"

两个人端起桌上的酒杯，轻轻一碰，一饮而尽。可是，一股说不清道不明的感觉，在两个人心中开始酝酿。

无论是袁松还是吴伤，心中都装着事情，因此这顿酒二人并未尽兴。二人喝了几杯，又吃了一些吃食，便约定改日再见，相继离开了酒楼。

出了酒楼之后，李用开口笑道："这位吴公子着实有意思。"

袁松看了李用一眼："你也觉得他有意思？"

"那是自然。"李用笑道，"吴公子博学多才，谈吐不凡，自然是很有意思的人。"

"是啊，确实是个很有意思的人。"袁松轻叹一声，"可是这么有意思的人，为何要在此时到这叶县来呢？"

"啊？"李用一愣，奇怪地看着袁松，"相公何出此言？"

袁松微微摇头："不要问了，我觉得奇怪，想必吴公子也会觉得奇怪。只希望我们二人，仅仅是觉得奇怪而已。”

袁松这一番话说得没头没脑，李用在一旁如坠云里雾中。他还想追问一句，可是袁松已经不再给他说话的机会，直接问明了住处，带着他径直去了那里。

这次在叶县的住处，自然也是弓卫暗中安排的，是一处小套院。和此前在宁陵城的住处相似，同样也是隐藏在民居之中，清静、隐蔽，是个很理想的藏身地点。

进了院子，李用把行李放下之后背着手出了一趟门，没过多久就回来了，从袖子里拿出一个竹筒递给袁松。

“这是先行至此的弓卫奏报。”李用低声说道，“弓卫力量有限，在叶县布局不足，先行而来的探子只能打听出这些东西。”

袁松点点头，他早已料到这点。宁陵是水路要冲，弓卫有所布局理所当然，可这叶县就稍逊一筹了，弓卫虽然在此处有些布置，却远不如宁陵。因此，袁松并未多话，直接打开了奏报，仔细看了起来。

不得不说，弓卫不愧是陛下的暗手，虽然人数不多，但是办事妥帖干练，效率不俗。不过短短几日，这些人已经在叶县打探到不少消息，都是关于此前郝光庭当街抓人的。

据称，郝光庭当日当街抓住那人之后，就带回了自己的府上，不久之后就传出了那人的死讯。据郝光庭奏报，被抓之人乃是江洋大盗，十分危险，被他捉拿之后试图伤人逃走，因此就地格杀。但只要是稍微有些头脑的人，都能看出此中蹊跷。如果那人真的十分危险，为何被郝光庭当街抓到时却不反抗，偏偏要等到被押解回府之后才伤人逃走？

“欲盖弥彰！”袁松撇了撇嘴，将奏报扔在桌子上，“这把戏实在拙劣。”

李用拿起那份奏报也看了一遍，眉头微微一皱：“相公说得没错，这件事郝光庭给的借口太烂了。只是这件事他办得倒是格外利索，短时间内就将那人捉拿捕杀，而且还是带回自己府上办的。想要抓到他的把柄，找到那个卢家的家主，实在是难了点。”

“虽说有点麻烦，但却不是无计可施。”袁松摇头道。

“相公。”李用提醒道，“那郝光庭乃是朝廷命官，没有证据，我们无权将他如何的。”

“我可未曾说过要向郝光庭下手。”袁松一笑，伸手敲了敲那份奏报，“你看这段，郝光庭将那人当街抓捕。”

“这段怎么了？”李用不明所以地问道。

“将那人当街抓捕，难道是郝光庭自己办的？”

李用一下子明白过来了，说道：“相公，您的意思是，以郝光庭的亲兵为突破口？”

“不错，就是他的亲兵。去查查那天是谁与郝光庭一起抓的人，一定要快！”袁松深吸一口气，表情略有几分凝重，“我担心迟则生变。”

叶县某处宅院中，几名面无表情的黑衣人远远地护住一间屋子，任何一名试图靠近这里的小厮丫鬟，都会被他们冰冷凌厉的眼神逼退。看他们的手全部伸进怀里，全身紧绷的模样就知道，这些人怀中定然藏有凶器，只要有人试图靠近这里，他们绝对会拔刀将那人斩杀。

而在那房间之中，一名书生模样的人脸色阴沉地端坐当中，身边放着一盏热茶。

“愚蠢至极！”书生用力在桌子上拍了一下，“郝光庭这个蠢货。”

“莺主……”在书生下首还有一人，身上穿着丝绸衣物，一副富家翁的打扮，“属下得到消息之后，曾经暗中查探过，发现郝光庭已经将那人秘密处置了。碍于身份，属下不敢与郝光庭接触，因此没有任何动作。”

“你做得不错。”书生冷冰冰地说道，“郝光庭现在显然已经不值得信任了，你不与他接触是对的，否则枉自葬送了性命。哼！可是却断了那卢家的消息。”

“莺主，”富家翁好奇地问道，“这卢家究竟有什么东西如此重要，竟然需要您亲自前来？”

书生目光一冷，默默地盯着这人并未说话。富家翁却感觉从骨子里冒出一股寒意，忍不住轻轻打了个寒战，连忙低下头来，全身僵硬。

“莫要忘了规矩。”书生冷冰冰地吐出几个字来。

“是！属下明白了。”富家翁微微点头。

“哼！”书生冷哼了一声，“不过，也不是全然没有机会。卢家派那人接触郝光庭，显然是想要把什么消息传递出来，也就是说，卢家之人恐怕就在附近。”

书生站起身来，背着手走了两圈：“他们现在便如惊弓之鸟，想必会努力隐蔽自己的行踪。如此一来，必然消息闭塞，如果我们抓紧时间找到线索，未必不能把他们揪出来。”

“莺主所言极是。”富家翁连忙附和道。

书生回过头来，冷冷地盯着他，然后开口说道：“现在，我要知道那个被郝光庭处置掉的人，究竟带着什么。”

“可是那人已死，而且郝光庭已经不可信任，贸然接触的话……”

“去查！”书生冷冰冰地说道，“郝光庭抓走那人的时候，可不是独自一人。”

“您的意思是，他的亲兵？”富家翁恍然大悟，连忙点头，“属下明白，立刻就去查。”

“要快！”书生冷冷地说道，“迟则生变。”

“是。”

在这个天寒地冻的时节里，叶县看起来表面无恙，其实暗潮涌动，热闹得厉害。只是这般热闹很多人看不到，只有那寥寥无几的知情人才会感觉到有些不同寻常。

在那个小宅院里，一封奏报摆在了袁松面前。

“相公，已经查明，那日与郝光庭一同出去巡视的亲兵有一队，十五人左右。其中三人最有可能接触过那个卢家的人。”李用站在袁松面前，低声说道。

袁松伸手拿起奏报，口中说道：“这次倒是挺快。”

“说来也巧。”李用笑道，“虽然弓卫在叶县人手不足，可这次进入叶县的人手里，有一名弓卫正好与叶县的一名军兵相熟。而那一日，这名军兵恰好在街上巡视，遇到了这件事。两个人喝酒的时候，弓卫就把这件事的来龙去脉盘问了出来，不然的话，还要多花一些工夫。”

“哦？还有这事？看来冥冥之中有人在助我们一臂之力。”他拿起那奏报仔细看了一遍，眉头微微一皱，“这上面说一共有三名亲兵跟随在郝光庭身边一起处置了那人。也就是说这三名亲兵都有可能给我们提供消息，现在的问题在于应该选哪一个。”

“这事确实让人头疼。”李用苦笑道，“虽说这三人都有嫌疑，但是却不好将他们一起抓捕。可是如果只抓一个，应该抓哪个比较好？要是打草惊蛇了，处境就会更加不妙。”

“不错。”袁松把那份奏报拿在手里，又看了一遍。

弓卫的办事效率很高，虽然初到叶县，对这里并不熟悉，可是弓卫的细作在收集情报的时候，尽量把每一个人的情况都搜集到才交上来。因此，这奏报上除了那三人的履历之外，还有关于他们性格特点的几行小字。

袁松仔细看了几遍之后，突然眼睛一亮，用手在奏报上点了点：“就是他了。”

李用探头过去看了一眼，发现袁松指的是“宋长”二字。宋长大概三十上下，年轻力壮，久经沙场，不过除此之外，也没有什么特别之处了。

“相公为何选此人？”李用不明所以地问道。

“因为他手脚不干净。”袁松淡淡地说道，“我与这些人也打过几次交道，这些人行事谨慎小心，除非见面，否则传递消息的时候并没有直接带话的，往往都是利用信物，或者特殊的道具来完成消息传递。比如最早之时，他们所用的阴符。如果我没猜错的话，这个被郝光庭杀了的人，应该只是个传信的，卢家家主不可能将很重要的信息告诉他。这信息搞不好就隐藏在一些信物当中，而这名亲兵最大的特点就是手脚不干净。”

听到这里，李用顿时恍然大悟：“您的意思是，这家伙可能从那个传信人身上拿走了什么东西？”

“很有可能！”袁松微微点头，“所以，先要拿下他。”

“明白了，”李用立刻点头，“属下这就去安排。”

这般寒冷的天气里，天往往黑得很早，而普通百姓也乐得早早回家，在屋里多少能躲过一点凛冽的寒风。不过也有人不愿意回家，反而喜欢在外面闲逛。

宋长晃晃悠悠地从一家酒馆里走了出来，张嘴打了个酒嗝，在他身后则是店老板点头哈腰的身影。宋长是郝光庭的亲兵，按道理来说，就算不当值的时候也应该住在军营里。不过此时天下征战许久，武人当道，军纪什么的已经有些散乱了。那些常年杀伐的军兵还好一些，而对于这些常驻地方的士兵的监管就松了许多，再加上宋长乃是郝光庭的亲兵，所以在这叶县就更没人管他了。

现在已经入了冬，白天尚且寒冷，夜晚更是如此。到了外面被冷风一吹，宋长忍不住打了个寒战，他低声骂了一句这鬼天气，然后向着军营方向晃晃悠悠走去。

几个黑影从一边的小巷中探出头来，死死地盯着离去的宋长，悄悄地跟在他的身后。街面上人数稀少，而且越接近军营人数越少，眼瞅着周围除了宋长之外再没有别人，一直跟在他身后的几个人同时加快了速度，追到了宋长身后。

其中一人一伸手，按住了宋长的肩膀。宋长还道是有人在与他玩笑，张口骂道：“是哪个混球敢来消遣爷爷？”

他身后那人并未答话，而是把他肩膀往下一按，同时来抓他另外一只手。宋长乃是经历过战阵的老兵，哪怕是多喝了几杯，身后这人的动作也让他立刻感觉到情况不对。这分明是战场上抓俘虏的手段，两只手只要被人抓住，向前一压就能背剪他的双手，继而捆个结实。

宋长脸色一变，张嘴便要喊叫，可是来的却不止一人。另外有一人立刻出手，不但帮助自己的同伴控制住了宋长，而且还用一块破布堵住了宋长的嘴。这两个人配合默契，动作干净利索，显然不是第一次做这种事情。

宋长这时再想挣扎已经晚了，三两下被捆了个结实，他身后的两人交换了一个眼神，架起宋长就准备离开。

就在此时，其中一人脸色一变，猛地向旁边一躲，只听噗的一声，一支箭矢狠狠地扎进他的手臂。这支箭矢通体漆黑，连箭头都用黑漆染色，在夜晚几乎无法察觉，而且这箭矢不知道做过什么处理，破空之声很轻，很难察觉。如果不是那人感觉敏锐，在箭矢飞来的时候向旁边闪开半个身位，这一箭直接能射穿他的心脏。

中箭那人捂着自己的胳膊，对身边的同伴说了一声：“走！”

两人没有丝毫留恋，扔下宋长转身就走，眨眼之间就消失在夜色当中。

两人逃走之后，几人从暗处慢慢走了出来。这几人手持用黑漆染色的刀剑，黑纱蒙面，将宋长围了起来，其中为首那人手持一把黑漆漆的长弓，他看了一眼刚才那二人离开的方向，淡淡地说了一句："带上他，离开这里。"

几名黑衣人架起宋长，迅速离开了此处。没过多久，街上便再次恢复了平静，仿佛什么都没有发生。

先前那二人顺着街道一路狂奔，这路线都是事先计划好的，就是怕事情出现意外。在此之前，两个人甚至还演练了几遍，做到了心中有数。但是无论如何他们都没想到，这条路竟然派上了用场。

一直逃出很远，两个人才在一处漆黑的小巷中停了下来，大概是因为剧烈运动，两个人都有些气喘。中箭那人捂着自己的手臂，喘息声要更大一些。

"如何？"他的同伴低声问了一句。

"运气不错，没有伤到筋骨，只是一些皮肉伤。"中箭那人低声说道，"差一点就直穿心口，神仙都救不回来了。"

他的同伴声音冷漠地回答："运气确实不错。对方能借助夜晚微弱的星光，一箭直射胸口，箭法相当可怕，必然是军中的神箭手。忍住了！"

中箭那人咬紧牙关，他的同伴握住雕翎箭的箭杆用力向前一推，噗的一声，雕翎箭刺穿了那人的手臂，锋利的箭头从另外一侧穿了出来。果然，箭头上带着倒钩，如果冒冒失失向外拔的话，恐怕会轻易地在胳膊上撕开一个伤口。中箭那人只是皱了皱眉头，连脸色都没有变化，仿佛那胳膊已经不是自己的一样。

他的同伴从怀里掏出一把匕首，迅速地削断了箭杆，从另外一侧将那支箭抽了出来，在手上掂了掂后说道："是一支重箭，不过用的不是强弓。对方的选择很正确，如此近的距离，这种箭矢恰到好处。看手法和箭矢，应该和辽人有些联系。"

中箭的那人从怀里掏出一卷布来，在同伴的帮助下包扎伤口，可是嘴里却没闲着："显然，对方的目标也是宋长。有神箭手，还有其他人，我们不可能是他们的对手，现在宋长已经被他们夺走，我们应该去第二个目标那里。"

"对，祁二。"他的同伴小心地把那支箭收好，"为了以防万一，今夜我们的人也把他诓骗出来了，现在去还有机会。"

"走！"中箭那人没有丝毫犹豫，"传出消息，让上面加派人手，此次行动，有人捣乱。"

"明白。"

两个人趁着夜色，匆匆离开，向另外一个方向疾行而去。

第三十五章　龙王断案

随着夜色渐深，李用有些坐立不安，他时不时抬头看一眼外面的天色，然后又回头看一眼袁松，显得格外焦躁。袁松倒是悠闲自在，手里拿着一卷书，借着油灯悠然自得地看着。

终于，李用忍不住了，开口问道：“相公，都这般时候了，还没有人来报，是否出了事情？”

袁松看了他一眼，微微一笑：“此次的行事皆由你来安排，为何此时还来问我？难不成你对自己并无信心？”

“不知为何，今夜总是觉得焦虑不安。”李用皱眉说道，“每次我有此种念头，总是要出一些不大不小的事情。”

“不大不小，就说明尚在控制之内。”袁松看着李用，书也读不下去了，他将手中书卷放下，淡淡说道，“今夜如果有事发生，也在意料之中。盯着宋长的，并不止我等啊。”

“相公，您的意思是，还有外人插手？”李用问道。

“是否有外人，想来很快就会知道。”袁松淡淡说道，“这叶县，绝不简单。不过我已经做好了万全的准备，此后之事，暂且看天意如何吧。”

袁松话音刚落，一阵猫叫声在外面响起，声音不大，和平常的猫叫似乎并无不同。但是李用听到这个声音，脸色却是一变，他立刻站起身急匆匆地走了出去，不多时便转回屋内，脸色有些凝重。

“相公，出事了！”李用说道。

“何事？”袁松问道。

“我们派出抓捕宋长的人受了伤，他们不但伤了我们的人，还劫走了宋长。”李用说道。

“伤势如何？”

“伤势不重，虽然对方来的是神箭手，但是我们派去的人也不是吃素的，临危之下，躲闪及时，只伤到了些许皮肉。不过，宋长被人劫走，他们当机立断，立刻对第二个目标下手，把另外一位名叫祁二的亲兵劫了回来。”

“祁二？”袁松站起身来，“现在人在何处？”

“押解在一处空房之中，随时都能审问。”李用说道。

“你去。”袁松表情严肃，“我就不出面了，你去详细询问这人当天的事情，我要知道那个来找郝光庭的人在那天都说了什么、做了什么。不可有丝毫的疏忽差错，这件事事关重大，你晓得其中的利害。”

“明白。”李用也不推辞，“这件事交给我好了，哪怕他是一块铁，我也能把他熔了。”

“嗯。”袁松微微点头，“去吧，尽快问出口供。我们的时间不多，连续两名亲兵失踪，很有可能会惊动郝光庭，这叶县目前可不在我们的掌控之中。”

“知道了。”李用答应了一声，转身走出了房间。

袁松坐在书案旁边，一只手掩着书卷，另外一只手轻轻在书案上敲击着，面色颇为凝重。过了一会儿，他长叹一声，从随身行李中拿出一个包裹得很好的布包，里面正是一尊关公像，他恭恭敬敬地将这关公像摆在了桌案之上，然后燃起了三支檀香。

一直快到三更天，李用才急匆匆地回到了宅子。

“如何？”袁松也未曾睡觉，看到李用回来，他放下手中的书卷问道。

“能问出来的都问出来了。”李用说了一句，抓起桌上的凉茶一饮而尽，“为了核对，我反复问了几次。”

“说了什么？”袁松问道。

“说的都是些没头没脑的话。果然如我们预料的那般，东西都被宋长拿走了，说是卖了几贯钱，几名亲兵一人一份。至于究竟是什么东西，那祁二也不知道。”

“那当天抓捕那个人的时候，他说了什么话？”袁松问道。

李用似乎着重盘问了这些，所以说起来胸有成竹，回答道：“我已问过，那天是郝光庭带着他们几个亲兵到街上巡查，碰到那人纯属偶然。那人走在大街上偶遇郝光庭，在看到郝光庭的时候，那人似乎愣了一下，而郝光庭脸色也变了。接着就让麾下亲兵将那人拿下押走，回去就处决了。”

“这么说，那人应该与郝光庭相熟？”袁松微微皱眉，“那他当时说了什么吗？”

“那人除了高喊自己是卢家的人之外，还说了一句没头没脑的话。”

“什么话？”袁松追问道。

“他好像一直在喊，自己是因为龙王断案才回来的。”李用继续说道，“但是只喊了两句，郝光庭就吩咐人把他的嘴堵上押走了。”

“龙王断案？”袁松皱着眉头，背着手在原地走了两圈，“你确定他是这么喊的？”

“确定。”李用点头说道，“属下也觉得他喊的话十分奇怪，为此追问了半天，那祁二一口咬定，当时那人就是这么喊的。”

“龙王断案？”袁松背着手，眉头紧锁，“如果这句话不是发了疯信口胡说，那必然是要通报什么消息，可是通报的究竟是什么消息呢？除此之外，还有什么？”

“没了。”李用摇头道，“那祁二就知道这么多，可能宋长知道得多一些，因为那人身上的零碎物件都被宋长搜罗走了。”

“嗯。”袁松点了点头，“你先去吧，把收尾处理好。待我寻思一下，这龙王断案究竟是何意？”

李用向袁松行了一礼，转身离去。

事情处理得很快，不多时，李用再次回到了宅子，这时天还没有大亮，屋里还点着油灯，袁松趴在桌案上低头看着什么东西。李用凑过去看了一眼，发现袁松面前摆着两件东西，其一是叶县的地图，另外一件则是叶县的县志。袁松仔细看了一阵，最后在地图上轻轻点了点。

“应是如此。”袁松低声说了一句。

“相公。”李用在一边低声说道，“我回来了。”

“回来得正好。”袁松抬头看着李用说道，“召集人手，等一会儿天亮之后，让他们分头出城，在城外树林集合，随我去找人。”

“找人？”李用连忙问道，“找谁？”

“莫要多问。”袁松合上县志，淡淡说道，“届时便可知晓。”

天刚刚亮，袁松就带着李用一起出了门，到了城门那里恰好开城门。随着人流出了城之后，两个人直接到了城外的树林之中。树林里已经有六个人等在了那里，这些人都是弓卫的精锐，是李用专门安排的人手，几个人看到李用和袁松到来，纷纷抱拳行礼。

袁松摆手说道：“不必多礼，时间紧急，你们分成三组，两两一组跟在我们身后，随我一起找人。”

“是！”几名弓卫答应了一声。

袁松出了树林，带着李用疾步而行。李用心中好奇，忍不住开口问道：“相公，我等到底去什么地方？”

“就快到了。”袁松摆了摆手，也不回答。

不过他说得不错，两个人走了没多大工夫，转了个弯之后，面前的景色顿时一变，出现了一条石道。松柏苍翠，郁郁葱葱，石人石马，分列两旁。在石道的尽头是一座庙宇一般的建筑，看起来应该是有些年头了，依稀能看出岁月斑驳的痕迹，不过仍然是红砖绿瓦，分外好看。

“这，这是陵寝？”看到这地方，李用顿时惊了。

“不错，这里是叶公陵。”袁松微微点头说道。

“相公，你为何要到此处？”李用连忙问道。

“你可记得那个被郝光庭斩杀之人曾经高喊龙王断案？”袁松问道。

“当然记得。”

“如果我所料不错，这就是那人留下来的消息。”袁松说道，“他被郝光庭拿住，感觉不妙，所以大声高呼龙王断案，就是希望把这四个字传出去。”

“传出去？给谁？”李用问道。

“给想知道他们下落的人。”袁松回答道，“如果我所料不错，那人到叶县是想联系乌夜啼的人，寻求保护或传递消息。但是却被郝光庭捉拿，那人和郝光庭应该见过，所以当时就知道情况不妙，他预感到郝光庭可能是要杀人灭口，因此高呼这四个字，目的就是为了让这四个字传出去。想要找到他们的人，必然会想到郝光庭身边的亲兵，这样一来，就能盘问出这四个字来。就算没有对郝光庭的亲兵下手，当时街上还有别人，这四个字想必也能传出去。”

“相公，那人用了这般心思传递出来的四个字，究竟有什么玄机？”李用问道。

“其实很简单。”袁松一笑，“龙王主水，乃是水神，而断案两个字，则是个‘審’字。龙王断案就是个姓瀋的‘瀋’字。”

顿了顿，袁松继续说道：“而这叶县之所以得名，因为这里曾是春秋时，楚国重臣叶公的封地。叶公姓瀋，名诸梁，获封此地之后，赐予叶姓，所以这里乃是叶姓和瀋姓的祖地。那人说的龙王断案，关键在一个‘瀋’字，想来应该就是此处，叶公陵。”

“竟然有这么多弯弯绕。”李用苦笑道，“亏得是相公来解，换成我来的话，打死我也想不出那厮喊的是什么意思。”

“莫要废话。”袁松远远地看到叶公宗庙，脸色变得严肃起来，“我们的人手可曾抵达？”

“已经按照公子的吩咐，就跟在我等身后。”李用说道，“一旦发生异变，他们就会出现。”

“很好。”袁松微微点头，“我们既然知道这里，我料想劫走宋长之人应该也会得到这个消息，说不定这次就要碰到他们了。”

李用冷冰冰一笑，说道：“来了最好，就怕他们不敢来。只要来了，就够他们喝一壶的。”

“不管如何，小心戒备。”袁松点点头，“走吧。”

两人径直到了那叶家宗庙外面，刚到门口，就从里面走出一个人来。这人一身儒衫，看到袁松二人之后，含笑拱手：“敢问二位，是来祭祀祖先，还是来此处投宿？”

这叶氏宗庙平时接待前来祭祖的叶姓潘姓人家，有时候也接待过往行人，给人一个落脚投宿的地方，算是一桩善举。

“这位先生。”袁松连忙还礼，“我是到此处找人的。”

袁松文质彬彬的模样显然赢得了此人的好感，他笑问道：“不知这位相公要找何人？”

“我来寻我的一个朋友。”袁松回答道，然后把卢家人被抓之前的时间说出来。

“他大概就是此时前后到此处的，虽然不知他在此处报的是什么名号，可是他的一位家人曾经离开，然后一去不返，这人大概也就搬走了。”袁松说道。

“哦，您说的是孙先生啊。”那人恍然大悟，“他早已不在此处了。”

“那他可曾留下什么东西？”袁松问道。

“确实有样东西留在这里了，说是有朋友来问起他的时候，可以将这物件给朋友看。”那人笑道，“真有趣，此前一直没有人寻来，倒是今天，一下就来了两位要找孙先生的。”

“是吗？”袁松神色微微一动，然后笑道，“敢问此前来的人还在此处吗？”

“刚刚进去，此刻应该在厢房。”那人说道。

“那可是真巧，既然如此，劳烦您引路，去看看那位朋友，说不定还是老朋友呢。”袁松笑吟吟地说道。

“好啊，公子这边请。”那人做了个请的手势，将袁松带进了宗庙，他在前面引路，袁松与李用跟在后面。袁松向李用使了个眼色，李用不动声色地微微点头。

两人经过一道长廊，袁松向外张望了一下，发现这陵园的位置极佳。背山面水，周围风景秀丽，一条河从不远处流过，河岸边还有一排茅草屋。

袁松指着远处的茅草屋开口问道：“敢问那边的草屋是？”

引路那人笑道：“那里是守灵之人住的，每每有亲人过世之时，总有人为了守孝要在此处住下，因此就搭了那边的茅草屋，方便至孝之人守灵。”

“叶氏潘氏，至情至性，忠孝节义，实为当世之楷模。”袁松感慨道，“千古名门，名不虚传啊！”

那引路人既然住在此处，当然也是叶氏族人，听到袁松称赞自己族人，心中十分高兴，对袁松比方才更加热情了几分，连脸上的笑意都更浓了。

袁松借机与他攀谈，说了几句之后，已经到了后面厢房。那人在一处厢房外停了下来，对袁松说道：“这位相公，此前那位朋友就在屋中，请随我来。”

那人刚要带袁松进那厢房，却被袁松一把拉住。

“且慢。”袁松笑道，“这位兄台，不敢劳烦您了，我想来此处的人既然与我那朋友相识，想必和我也是老朋友了。不如您先回避，且让我进去吓他一吓，玩笑一番，可好？”

那人哑然失笑，微微摇头道：“当然可以，既然相公有此心，我岂可败了您的兴致？不过此处乃是我们叶家的宗庙，还请公子点到为止，莫要大声喧哗，惊扰了先祖。”

“请兄台放心。”袁松淡淡一笑，“我那家中不敢说比得上庐山先生，却也是谈笑有鸿儒，往来无白丁。既然为我之友，当然也是斯文之人，我等开的只是无伤大雅的玩笑，绝不敢惊扰此处先人。”

“如此最好。”那人笑道，“既然如此，公子请便。”

说完之后，他转身离开。等那位叶氏族人走远了，袁松脸上的笑容渐渐敛去，对身边的李用使了个眼色。李用微微点头，从怀里掏出一把短刃，扣在手心之中。两人慢慢靠近厢房，袁松用力一点头，两个人同时抬脚，猛地冲进了厢房之中。

屋里果然有一个人，手里似乎拿着一件什么东西，正背对着袁松和李用仔细端详。

二人猛地踢开房门冲进来的时候，那人似乎吓了一跳，但是他立刻就反应了过来，根本就没有回头，向着对面的窗户就扑了过去，显然是准备越窗而逃。

袁松和李用刚想冲过去拦住此人，在身侧却有一阵恶风不善，一个人影向着二人猛扑过来。此人身材高大，一身仆役的打扮，手中明晃晃的，显然也是一把短刃。

李用反应奇快，将手上握着的短刃向外一拨，挡住了偷袭之人的短刃，可是动作却也慢了下来。这厢房空间有限，两人的打斗无意间也挡住了袁松的去路，导致无论是袁松还是李用，都已来不及阻止另外一人逃窜。

眼看那人已经要夺路而逃，袁松情急之下，伸手在怀里一抓，也不知道抓了一把什么东西，向着那人就扔了过去。这屋子不大，袁松一抖手，黑乎乎的一串东西划过半空，狠狠地砸在了那人的手腕上。

“啊！”那人吃痛，手一松，手里拿着的东西掉落在地上，断成了两截。

那人急于脱身，弯腰捡起其中一截，纵身一跃，跳出了窗户，逃到了外面。

“喝！”而屋中的那名大汉也低吼了一声，用力向外一拨，拨开了李用的短刃，夺路而逃。李用担心袁松的安全不敢去追，只能眼睁睁地看着那名大汉逃走。

“这些贼子跑得倒快！”李用狠狠一跺脚，郁闷道。

“罢了。想来那群人也有防备，只是未曾想到我们会来得如此之快。”袁松摆了摆手道，然后弯腰从地上捡起了落在地上的另外一截东西。

袁松把这东西拿在手里仔细地观察了一番，发现是半截佛像，佛像是用劣质的陶土制成的，看起来很是粗劣，也不算结实，所以一摔就坏。不过因为已经断成两截，所以也分辨不出这究竟是什么佛了。袁松又仔细地看了一遍，发现这佛像上面似乎刻着几行小字。他走到窗前，借着窗外的光线仔细地辨认了一番，发现这是四句残缺不全的话：

如不赏，暮掩柴扉。池边树，山唯落晖。

由于残缺不全，这几句话看起来没头没脑，完全猜不透是什么意思。一边的李用看了半天也不得要领，于是问袁松：“相公，上面这几句没头没脑的话，到底是什么意思？”

“这似乎是四句诗句。”袁松皱着眉头，低声说道。

“诗句？”李用惊讶地问道，“难不成那卢家要附庸风雅，留个诗句来让人缅怀他们不成？”

“缅怀他们？”袁松哑然失笑，不住摇头，“亏你想得出来，如果我没猜错的话，这应该是卢家留下的某种信息。其实这诗句倒还罢了，可是有一点却让我觉得有些疑惑。”

“哪一点？”李用奇怪地问道。

袁松刚要开口说话，外面突然传来一阵急匆匆的脚步声，之前为袁松引路的那位叶氏族人急匆匆地走了进来，看到袁松便问道：“这位相公，方才究竟发生了什么事？为何有一人急匆匆跑出去了，无论我如何招呼都不曾回头？”

“让您担心了。”袁松笑道，“刚才我来的时候，发现来这里的确实是我的一位朋友，只是我们二人此前闹得有些僵，一看到我便负气走了。本是我二人私事，如果因此惊扰了贵处，还请见谅。”

那人满脸狐疑，方才跑出去的人，那模样可不像是负气而走，倒像是被人追赶。可是袁松这一番说法挑不出什么错处，加之此事并未闹出太大的动静，多一事不如少一事，那人犹豫了片刻，最后只是淡淡点头道：“既然如此，还请相公小心，今后不可如此了。此乃我叶氏宗庙，祭拜祖先之处，若是太过喧哗，略有不妥。”

"是了。"袁松微微点头，"我等一定牢记。"

说完之后，袁松举起手中的神像，向那人问道："这位相公，冒昧问一句，此物乃是我那朋友留给在下的，只不过刚才被人失手打坏，我那朋友拿走了另外半截，以至于在下不得观其全貌。不知相公您可曾见过此物全貌，可否知晓此乃哪位的尊像？"

那人一愣，看了一眼袁松手中的半截佛像，一脸疑惑地摇了摇头道："此物之前都是用布包裹，在下也未见其全貌。不过，当时在下拿到此物时，觉得此物似乎有突起，好像是一对翅膀。"

"一对翅膀？"袁松一愣，"除此之外呢？"

"除此之外，再无所知了。"那人摇头说道。

"多谢多谢。"袁松道了谢，又在这厢房中转了几圈，发现再无什么特别之物，便拿着那半截佛像告辞离去。

离开那叶氏宗庙之后，李用出去转了一圈，脸色阴沉地回来。

"相公，属下已经问过了，刚才确实有人离开，好像也是往叶县方向走的。随行大概有四五人，想来就是此前在厢房中遇到的人。"李用在袁松身边低声说道。

"嗯！"袁松微微点头，"先不用理会他们，他们虽然也在追查这件事，但是此地的那位郝光庭郝大人却立场不明，我们谁都借助不上。没有郝光庭，他们奈何不了我们，我们也奈何不了他们。先回去，现在一切的重中之重，就是要率先找到那位卢家的家主。"

"明白。"李用答应一声，暗中发出信号，带着所有的人手，护送着袁松回了叶县。

进了自己的那间屋子，袁松铺开一张宣纸，仔细地看了一遍半截佛像上的诗句，然后提起笔来，在纸上写了四句诗：

知音如不赏，日暮掩柴扉。鸟宿池边树，山山唯落晖。

李用在一边看着袁松写完，忍不住低声嘟囔道："奇怪，这四句诗似乎在哪里见过？"

"当然见过。"袁松放下手中笔，用手敲了敲桌上的半截佛像，"这就是佛像上的四句诗句。"

"这是补完了的？"李用笑道，"相公不愧是才高八斗，这么一会儿工夫就把诗句补完了。"

"这哪里是什么才高八斗。"袁松苦笑道："都是现成的东西，耳熟而已。"

"可是，"李用眉头一皱，"这诗句，似乎有些奇怪……"

“奇怪？”袁松看了他一眼，微微一笑，“奇怪就对了，因为这四句诗并不是一首诗，而是从四首诗里摘出来的四句，虽然勉强成诗，但是看着不顺也是理所当然的。”

“怪不得呢。”李用笑道，“既然如此，那为何要留下这四句串在一起的诗呢？”

“这应该是卢家中人留下的消息，其中必有深意。”袁松仔细端详着桌上的诗句，突然开口问道，“李用，你可知道什么佛像身后是有翅膀的？”

“佛像？翅膀？”李用目瞪口呆，好半晌才无奈笑道，“相公此言果真是难住我了，我不过是一介武夫，你问我哪样兵器倒是还能说出个一二来。可是若问什么佛像，当真是不曾知晓。像我这等人，哪有时间去求神拜佛？”

“是了。”袁松苦笑点头，“这的确是难为你了，在大相国寺附近住了那么久，也未曾见你去拜过佛，现在……”

说到此处，袁松突然停住，皱了皱眉，摩挲着那半尊佛像，不知又想起了什么。

李用却不知道，在一边笑道：“莫要说我，便是相公您，不也是未曾拜过神佛？我可听说，当初你与赵家姑娘被困潞州之时，还曾经装神弄鬼吓唬人来着。”

李用说了几句，却不见袁松开口，回头一看，发现袁松正坐在几案旁边，轻轻摩挲着那半尊佛像，眉头微皱，若有所思。看到他这模样，李用知道袁松可能是想到了什么，于是便不再言语，只在一边静静地看着。

过了一会儿，袁松轻叹一声，微微摇头：“方才我似乎觉得在什么地方见过一款与此相似的佛像，却又想不起来究竟是在何处。”

“相公莫要着急，此事急不来的。”李用劝道。

“不错，先看看这几句诗吧。”袁松一笑，拿起桌上的宣纸，仔细端详琢磨起来。一只手在桌面上勾勾画画，口中也是念念有词。过了一阵，袁松把手中的这张宣纸放下，提笔在下面写了几个字，然后抬头看了一眼窗外，此时窗外尚算明亮。

“李用！”袁松喊了一声。

“相公。”李用连忙应了一声，“可有吩咐？”

“现在什么时辰？”袁松问道。

“刚刚未时二刻。”

“那还来得及！”袁松松了口气，“立刻召集人手，让他们立刻赶往叶氏宗庙，务必要在一个时辰之后，也就是申时二刻之前赶到。”

“是。”李用没有多言，立刻应道。虽不知袁松为何要如此，可是他知道，袁松的每一句话必有因由。

李用转身出门，袁松看着窗外的天色，一只手在桌面上弹了弹，低声呢喃道：

"时间应该还来得及。"

接着，袁松微微一皱眉头："不行，还不够稳妥。"说着，他提起笔来，在一张纸上写了几句话。

皇宫之中，一间偏殿，柴荣端坐在书案之后，桌上则摆着一份卷宗，他仔细翻看着手中的卷宗，不发一言。在柴荣对面，姚谦垂手侍立，同样默不作声，偏殿之内落针可闻。

良久之后，柴荣抬起头来，看了姚谦一眼："姚卿家，此事当真属实？"

姚谦拱手施礼，回道："启禀陛下，如此大事，如果不实，属下不敢报与陛下知晓。"

"嗯。"柴荣把那本奏折合拢，"把事情的前因后果详细说说。"

"是。"姚谦说道，"回禀陛下，此事经过属下反复核实，确认无误。起初陛下出征，臣受命于京师照顾冯相，陛下扬我国威，大败刘汉，继而挥师北上，兵围太原，京城军民张灯结彩，万岁之声不绝于途，便是冯相也称赞有加，欣喜不已。可是突然一日，冯相却重病不起。臣便觉得事有蹊跷，此前冯相身体尚且硬朗，为何突然如此？臣暗中查访，发现有一人曾经拜访过冯相，在那之后，冯相便突然晕倒。臣因此怀疑，冯相乃是受奸人所害，方至如此。"

说到此处，他偷眼观瞧，发现柴荣双目微闭，正在听自己说话。于是姚谦继续说道："可是事前见过冯相的那人，事后不知所踪，臣等全力追查，才查到了一丝痕迹，将那人捉拿归案。此人乃是工部中的一名小官，似乎知道些许内情，被人毒害，险些性命不保。臣将他救治回来之后，还未等审问，此人却遭死士所害，但是死前却透露消息，嫌疑指向工部。属下因此开始关注工部上下人等。此后，箭卫查获乌夜啼在京城的一处据点，乃是一处车马行，在据点内发现此处与工部侍郎方仁有着千丝万缕的联系。此后，更有宁陵县工部船只险些遭遇匪徒劫掠，臣因此便盯上了工部。而就在此时，方仁之女方秋开始进入臣等的视线。"

姚谦顿了顿，继续说道："经臣查证，方秋来历颇为古怪，令人怀疑。先皇登基次年，此女突然出现在方家。方家向外解释，说是早年战乱不断，家中担心此女安全，故将其托养于乡间，今见天下太平，先皇文治武功不同凡俗，因此才将此女接回家中。原本此番话语倒也无甚值得怀疑之处，当年确实战乱频繁，也确实有人将家中儿女托付亲眷养在他处。可怪就怪在，此女到京城之时，虽是二八年华，可是一举一动颇为得体，言谈举止也甚是不俗，抵京不久便闯出偌大的名头，颇受推崇。陛下请想，她离家之时恰逢战乱，年纪尚幼，且寄人篱下，不管那家人对她多好，哪能轻易养出如此女子？再加上方家与乌夜啼多有瓜葛，臣便暗中查访，终于查出了一些端倪！"

说到这里，姚谦的精神有几分振奋，他侃侃而谈道："经过臣下详细查探，终于发现，在先皇登基之前，前朝伪太后李三娘曾经心有不甘，却又无力与天命相抗，于是暗中安排人手，将宫中的几名年幼宗室以替身相换，将真身送出城外，由亲信内侍照顾，此事极少有人知道。后来前朝覆灭，天命归我大周，此事便更是无人知晓。不过，臣下千方百计寻来一人，此人知道当年伪太后之布置，把此事透露了出来，臣下派人明察暗访，终于查出这方秋隐藏的身份。臣怀疑，此方秋非是姓方，而是姓刘，她乃是前朝伪昭明公主刘嫤！”

柴荣神色微微一动：“昭明公主刘嫤？”

“正是！”姚谦表情肃穆地点头说道，“经过追查，臣有七八分把握，她就是刘嫤，先皇登基之前，刘嫤年纪尚幼，因此名声不显，藏于深宫，知道内情之人并不太多。但是臣明察暗访，不但掌握了诸多证据，而且还暗中安排画师画下了她的模样，交与当年老人辨认，已经基本确认她的身份。以她的身份，再加上她与乌夜啼之间千丝万缕之联系，臣怀疑此女必然是乌夜啼中的重要人物，甚至……”

姚谦顿了顿：“甚至可能，她就是乌夜啼的歌主！”

“哦？”闻听此言，柴荣终于动容，“你有几成把握她便是乌夜啼的歌主？”

“臣虽无十成把握，可是六七成却是有的！”姚谦胸有成竹道，“臣与乌夜啼纠缠多年，已知其首领自称歌主，而且是一名女子！陛下请想，此女乃是前朝伪帝的后裔，身为公主，在那些乱臣贼子眼中，身份地位自然是贵不可言！以她的身份执掌乌夜啼，实乃顺理成章之事，有她，自然可以服众！”

“嗯！”柴荣微微点头，“说得不错！”

接着，柴荣淡淡说道：“既然如此，朕与你一道手谕，安排你的箭卫行事吧！对此，朕只有一个要求。”

“请陛下吩咐！”

“乌夜啼乃是朝廷心腹大患！”柴荣冷冰冰地说道，“朕不希望你们放走任何一人！”

姚谦满面肃容，躬身一礼：“臣遵旨！”

姚谦从宫中出来，抬头看了一眼天空，虽然今日天气尚算晴朗，可是却北风凛冽，带了一丝冷意。

他的目光逐渐冰冷，轻笑了一声，也不知笑的是什么。

姚谦刚从宫中出来，就有人立刻迎了上去，躬身行了一礼：“大人，接下来如何行事？”

“如何行事？”姚谦冷冷一笑，“陛下手谕，调集殿前侍卫，包围方家，莫要走脱了任何一人！”

来人面上一喜：“遵令！”

第三十六章　燕主暴露

方家后宅，楼阁之上，方秋呆呆地看着外面的花园，此时已经入了冬，窗外的后花园中早已没了那花团锦簇的景色，到处是一副凋零的模样。偶尔一阵寒风吹过，还能卷起一两片残存的落叶，让这景色更多了几分凄楚。

自从夜枭身死，她时常会坐在这里看着窗外发一会儿呆，原本她以为自己对夜枭并无感情，有的只是利用之心，自己乃是天潢贵胄，那夜枭何德何能，能得到自己的青睐？

可是自从夜枭死了之后，情况似乎便有些不对了，那个人的影子时常出现在自己的面前，而自己也莫名其妙总是会发呆，迷迷茫茫的，也不知在想些什么。

一阵脚步声响起，方秋的贴身丫鬟悦儿走进了闺房，大惊小怪地惊呼了一声，跑过来关上了窗户。

“小姐，这已经入冬了，哪能随随便便打开窗户？”悦儿在方秋耳边碎碎念道，“小姐您身子弱，真要是出了岔子，老爷岂不是要打死奴婢？”

“啊？”方秋一愣，这才回过神来，“哦，无妨，我只是闲来无事，看看风景罢了。”

“呀！”悦儿不满地说道，“这时看什么风景？都已经入了冬了，外面都是光秃秃的树和假山，看起来都是一个模样。小姐您还是保重身体要紧。”

“知道了。”方秋微微点头，不过看她的模样，一点也不像是听进去的样子。

就在此时，外面隐隐约约地传来一阵喧闹声，方秋微微一愣，皱眉问道：“外面究竟是何事？为何如此吵闹？”

“小姐稍候，待奴婢去打探一番。”悦儿说道，急匆匆地向外走去，不过眼中却闪过一丝古怪的光芒。

方府之外，殿前司调集来的侍卫已经将这里围了个水泄不通，方家人已经被惊动，方侍郎接到消息，急匆匆地赶了过来，打开门一看，只见外面刀枪林立，布满了军士，心里顿时一沉。

不过他毕竟是久历官场之辈，稍微稳了稳心绪，抱拳高声说道："在下乃是工部侍郎方仁，不知是哪位将军带队，不知为何要围了我的府邸？"

下面的士兵一个个神情冷漠，手握兵器，并无一人回答他的问题。方仁心中着急，又连问了三遍。这时，士兵向两侧一分，从外面走进两个人来，其中一人身穿禁卫军装，手按刀柄，一脸肃穆，正是殿前司的一名虞候。在他身前，有一人一身儒衫，相貌堂堂，正是姚谦，他来到方琼面前躬身一礼："在下见过方大人！"

方仁一看来人，心中顿时一颤，对于姚谦，他心中颇多忌惮，不过还是勉强一笑："原来是姚大人，不知为何突然带兵围住寒舍？"

"方大人，此次在下前来，乃是身负皇命，不得已只能得罪了！"姚谦拱了拱手。

"皇命？"方琼心里一沉，"什么皇命？"

"方大人，您窝藏钦犯，收留前朝余孽，这事已经败露了！"姚谦脸上带笑，淡淡地说道。

接着，他脸色突然一变，变得阴沉冷酷："方大人，敢问您的女儿，真的叫方秋吗？"

"啊？"方仁脸色顿时惨白，张口结舌，说不出话来。

"得罪了！"姚谦一拱手，对身边那位军将说道，"奉陛下旨意，查抄方府，捉拿钦犯，莫要走了一人！搜！"

"遵命！"那将军抱拳应了一声，回头一挥手，一群兵丁手持兵器，一拥而上。

此刻，在后院阁楼端坐的方秋，听到外面的嘈杂声似乎越来越大，她眉头紧锁，心中似乎有些不安。

这时，屋中脚步声响，悦儿手里捧着一个瓷盅走进房中。

"悦儿。"方秋皱眉问道，"外面究竟何事，为何如此喧闹？"

"小姐，无事的。"悦儿笑嘻嘻地说道，"我去打听了一下，管事的说，城外咱们家的一些佃户似乎出了点事情，到府上来闹来了。我已与那管事的说了，说乡下人嗓门大，已经惊扰了小姐，他说会去安排，莫要让那些人打扰了小姐休息。"

方秋不以为意，轻轻点了点头，可是心中却还是有几分疑惑。

悦儿捧着瓷盅走了过来，将瓷盅双手奉上，笑吟吟地说道："小姐，这是厨房刚刚送来的，说是刚得来的雪燕燕窝，很是珍贵，老爷特地让厨房那边做了冰糖燕窝莲子羹，吩咐给小姐您送来，说是这时节吃上一碗十分滋补，而且叮咛婢子一定要让小姐您喝了。小姐，您赶紧用了吧。”

“嗯。”方秋随意地点了点头，在悦儿的伺候下，慢慢地将那燕窝羹喝了下去，喝完之后，她取出一块手帕来，轻轻擦拭了一下嘴角。接着，她微微一皱眉头。外面的嘈杂声此时非但没有淡去，反而愈发喧闹，在喧闹声中，依稀还能听到惊慌失措的尖叫以及刀兵碰撞的声音。

方秋忽地一下站了起来，猛地推开窗户，巨大的噪音传了进来，隐隐看到有大量的人影正在向这边涌来。

“不对！”她脸色一变，“这不是佃户闹事，这，这……”

“回禀小姐……”这时，一直在一边伺候的悦儿突然开口说道，“这的确不是佃户闹事，而是官兵来了。”

“啊？”方秋闻言一惊，猛地回过头来，只见悦儿静静地站在她身边，脸上的表情是她此前从来没有见过的冰冷、决然，还有一丝丝若有若无的杀气。

“悦儿……”方秋脸色一沉，“你说什么？”

“还请小姐见谅。”悦儿冷冰冰地说道，同时还向方秋行了一礼，“这次来的的确不是什么佃户，来的是朝中官兵，您乌夜啼的身份已经暴露了。”

“什么？”方秋脸色大变，尽管心中已经有所准备，可还是免不了有些慌乱，“他们是如何知晓的？”

悦儿冷冷地看了她一眼：“燕主，事已至此，还请燕主为社稷尽忠！”

“你说什么？”方秋猛然惊醒，死死地瞪着悦儿，“你究竟是何人？”

“回禀燕主，属下乃是喜鹊。”悦儿淡淡地说道，“奉命潜伏于燕主身侧，为的就是这一刻，不过好歹主仆一场，还请燕主莫要让奴婢难做。”

“我知道了！”方秋死死地盯着悦儿，突然一声怒吼，“你是她派来的对不对？”

“不错。”悦儿也不否认，微微点头，“当年燕主初临乌夜啼，分走了莺主的部分权力，歌主便已心中警惕，暗中送奴婢至此，服侍燕主，怕的就是燕主身份暴露，危及乌夜啼。”

“什么危及乌夜啼？”方秋冷笑一声，“依我看，她分明早就有所预谋，想要置我于死地！”

“不管如何，事已至此，燕主多说无益。”悦儿淡淡说道，“燕主身份高贵，莫要学那街头蛮妇才好。”

“不！我偏不要随她的意！”方秋咬牙切齿道，“我要……呃……”

说到此处，她却突然说不下去了，脸色一白，张嘴吐出一口鲜血来，血色乌黑，绝不正常！接着，方秋身子一软，险些栽倒在地上，她死死地瞪着悦儿，嘴角渗着血渍，“方才，方才那碗燕窝……”

“不错。”悦儿微微颔首，“悦儿担心燕主不够坚决，便为燕主下了决定，燕主应该知道，乌夜啼的毒是无解的。”

“你，你……”这毒药发作极快，方秋身子发软，瘫倒在地上，一只手支着悦儿，似乎有无限恨意，却连话都说不出来了。

这时，外面的喧闹声越来越大，显然已经有兵丁闯进了这处院落。

悦儿轻叹一声：“燕主，悦儿送您最后一程。”

说罢，她从怀中抽出一把尖刀，迈步来到方秋身边。她抓住方秋软弱无力的手，握住了那把刀的刀柄，同时在方秋的耳边低声说道：“燕主，您实在不该起了别样的心思，当初从您贸然带昆奴妄图刺杀大周皇帝之时，歌主便有所不满，却还千方百计地为您掩饰了过去。可您在那之后仍不死心，察觉夜枭对您有情，便利用他来为你办事，数次不经歌主肆意妄为，此举已经极大地危及整个乌夜啼。歌主早有决断，当初您暗中派人与冯道联络之时，便已落入了歌主算计。”

方秋挣扎着想要说话，可是乌夜啼的毒药极毒，此时她已经浑身发软，连说话的力气都没有了，只能眼睁睁地看着悦儿抓着她的手臂，高高举起。

此时，大量的官兵已经涌进了院子，并且开始准备冲进小楼。突然，一声怒吼从楼下传来，紧接着一楼的门窗就像被人用投石机砸中一般，猛地炸开，一个高大的身影怒吼着冲了出来。

冲出来的几乎不能算是个人，而是一个有着人形的怪物。那怪物身高接近一丈，单单是手臂就已经抵得上寻常人的大腿粗细，当他冲出来的时候，手里还抱着一根又粗又长的原木，看着好像是一根房梁。

那怪物力大无穷，当他冲进那些官兵中后，手中的原木一挥，瞬间扫倒了两三个人，并且在人群中横冲直撞，简直无人可挡。

可惜，他遇到的乃是殿前司的精锐，那些将士每一个人都是从死人堆里爬出来的，非勇武者不能入殿前司，他们只是慌乱了片刻，立刻就调整了过来，在军官的呐喊声中，迅速摆成了阵势，死死地困住了那怪物。

阁楼上，悦儿也听到了外面的那一声怒吼，她轻叹了一声：“昆奴对您果然是忠心耿耿。可惜，他就算再有本事，也不过一个人而已，匹夫之勇，如何能应付得了这天下大势？不过是螳臂当车而已。燕主，从当初你暗中派人联络冯道之时，歌主就已经开始布置，那名工部的官员被伪帝的手下捉拿，就有歌主推波助澜的关系，在那之后，更是利用杀手，加深了他们对工部的怀疑。为此，歌主甚至还故意暴露了一处暗桩，将一切的目光都吸引到了方家，为的就是这一刻。不过，您今日也会得偿心愿，燕主不是一直盯着歌主的位置吗？今日之后，您就是乌夜啼的歌主，当然，是您身死之后……”

说着，悦儿突然一用力，抓着方秋的手和那把匕首，狠狠地向下一刺，锋利的匕首顿时刺穿了方秋的心脏。

“呃！”方秋喉咙里发出一阵古怪的声音，眼睛一下子瞪大了。

“奴婢今日之所以与您说了这么多，是因为你我好歹主仆一场，奴婢不愿您做一个糊涂鬼。”悦儿脸上淡漠如常，没有丝毫的变化。

她慢慢地松开手，冷冰冰地说道：“您放心，您去之后，奴婢会随您一起走的，黄泉路上，打也好，骂也罢，总归不再寂寞了！”

悦儿说着，从怀中拿出几样东西来，走到桌边，在桌上摆弄了几下，咔的一声轻响，桌子上弹开了一个不起眼的暗格。悦儿把这几样东西放进了暗格之中，又把暗格合拢，最后从头上摘下来一根簪子，走到了方秋身边，手里的簪子对准咽喉，闭上眼睛，用力向里一刺……

“吼！”此时，院子里传来昆奴凄厉的惨叫声，他浑身浴血，一头栽倒在地上，再也醒不过来了。

一名军官冷冷地看了一眼昆奴的尸体，然后吩咐道：“去，捉拿钦犯，莫要让她走脱！”

一群官兵答应了一声，手持兵器一拥而上，冲上了阁楼，猛地踢开了房门。

一股浓郁的血腥味从屋里飘了出来，两具尸体静静地躺在屋里，方秋手握那把刺穿胸口的匕首，死不瞑目！

叶氏宗庙之外，弓卫所有跟随袁松到达叶县的人手几乎都会聚在这里，足有二三十人。这些人训练有素，本领高强，而且很擅长隐蔽自己，散布在叶氏宗庙周围，并未引起太多人的怀疑。

袁松抵达这里之后，立刻带着李用，前往那处叶氏宗庙建立在河边的小木屋。

“后来让你送出去的东西可曾送到？”袁松一边走，一边问道。

“已经按照相公的安排送出去了。”李用微微点头。

“我知道你心中有所疑惑。”袁松一边走，一边对李用说道，“你其实是糊涂的，不知道我大动干戈究竟是要做些什么。”

“我虽然不知道相公到底要做什么，可是我却知道，相公这么做，肯定有您的道理。”李用一笑，低声说道。

袁松先是一愣，然后哑然失笑：“没想到你现在也滑头多了。”

李用嘿嘿笑着，也不说话。

袁松摇了摇头，低声对他说道：“方才事情紧急，我才未曾与你说明白，现在既然一切已经安排妥当，只等对方上钩了，闲来无事，正好与你说上一说。”

袁松说着，从怀里掏出一张纸来。

这张纸李用认得，就是方才袁松用来写写画画的那张，虽然天色已经渐渐昏暗，可是李用借助昏暗的光线，依稀看清了上面写的字。

白纸上一共有四个字：“岿，阍，沐，黜。”

他看了半天也不知何意，于是一脸疑惑地抬头看着袁松，等他给自己一个答案。

袁松笑道：“那雕像上的四句诗，其实是四个谜语，谜底就是这四个字。”

袁松指着这四句诗继续说道：“此一句知音如不赏，乃是前朝贾岛所做诗句，知音如不赏，归卧故山秋。谜底扣在第二句上，就是‘岿’字，而这日暮掩柴扉，天色昏暗之时要关上院门，自然就是‘阍’字，鸟宿池边树自然就是‘沐’字，山山唯落晖就是‘黜’字。”

李用仔细琢磨了一下，微微点头：“不错，可是这四个字是什么意思呢？”

袁松笑了笑：“这四个字的意思要拆开来看，然后你就知道那卢家的人要传递什么消息了。岿，从山上归来；阍，黄昏的时候进门；沐，到水边的木屋里；黜，天黑的时候就会离开。”

“啊！”李用一拍脑袋，“明白了，这是卢家人将他们的藏身何处告诉某些人。”

“对，卢家人现在就在这周边的山上。”袁松微微点头，“只是想要在这山上找到他们，无异于大海捞针。不过，他们手里显然还有着什么东西要传递出去，因此就留下了这个谜语，希望有人能与他们接头。”

“是什么？”李用好奇地问道。

“不知道……”袁松微微摇头，“希望今日能解开这个谜题，还有……”

说到这里，袁松顿了顿，表情严肃起来：“让所有人都打起精神来，今日之事并不轻松，并不是只有我们盯住了那卢家人等，还有一批人也在这里。”

“明白！”李用微微点头，“我已经吩咐下去了。我们的人已经布置好了，只是……”

说到这里，李用顿了顿，表情有几分为难：“相公，此事突然，对方也非庸手，我们的人手略有不足。”

“无妨！”袁松微微一笑，“我已经安排好了援军。”

“援军？”李用闻言一愣，“在这叶县，哪里来的援军？”

袁松方要作答，脸色突然微微一变，伸手一拉李用：“噤声，来了！”

李用连忙闭上嘴巴，和袁松一起躲了起来，借着黄昏昏暗的光线，他看到有一个人正在向着这个方向慢慢走过来。

这个人似乎非常小心，行进的速度并不快，一边走一边左顾右盼，随时观察着周围的动静。看着他的模样，李用心里突然浮现出“惊弓之鸟”这四个字，这人似乎只要有一丝丝风吹草动，立刻就会落荒而逃。

李用转头看向袁松，低声问道：“相公，可是他们？”

“嗯！”袁松微微点头，“看模样，应该是了。”

“那我们可要动手？”李用跃跃欲试道。

“不！”袁松回答得很干脆，“还要等！”

“等什么？”李用问道。

“等其他人。”袁松眉头微皱，“另外一批人没有出现，情况不太对劲。如果真的是他的话，解开那谜题不会太难，既然如此，他们应该也在这里才对。”

“谁啊？”李用低声问道，“听相公的语气，似乎认识那人？”

“嗯。”袁松轻轻叹了口气，“希望我猜错了。”

说话间，那人已经来到了那一片木屋旁边，左右看了看，走进了其中一间木屋里。

袁松和李用屏住呼吸，观察着周围的动静，只要稍有异动，他们立刻就会察觉。

但是时间一分一秒地过去了，周围却一点动静都没有，过了一会儿，眼看就要天黑之时，房门一开，那人从屋里走了出来，似乎要离开此处。

“相公，他要走了！”李用有些急了，“我们再不动手可就来不及了。”

袁松有些犹豫，不知该不该动手，可就在这时，异变突生！

“嗖！”尖锐的破空声骤然响起，紧接着就是一声惨叫。

袁松一惊，抬头一看，发现那人已经仰头栽倒在地，咽喉上插着一只雕翎箭，箭尾还在微微发颤。

“糟了！”袁松惊呼一声，“那个神箭手！快发动！”

李用也急了，伸手打了个呼哨，一群人从各自隐藏的地方杀了出来，一些人奔向了那名中箭的，另外还有一些人向着方才射出箭矢的方向摸了过去。

在刚才射出箭矢的位置，一棵树上猛地跳下一个人来，这人刚一落地，撒腿就跑，速度飞快。弓卫虽然反应也很快，无奈距离太远，追之不及，只能眼睁睁地看着他没了影子。

袁松从隐蔽的地方出来，带着李用向着中箭那人跑去，已经有几名弓卫在那里打起了火把。袁松过去借着火把的光亮，只看了一眼那人，就知道那人已经没有救了。一支雕翎箭正插在那人的咽喉部位，仅仅借助黄昏微弱的光线，那神箭手就能一箭中人咽喉，可见他的射术的确无比高明。而这高明的射术也断绝了袁松他们的希望。

李用脸色难看地蹲下身去，伸手在那人的鼻端探了一下鼻息，然后脸色阴沉地摇了摇头：“相公，没救了。”

其实这是废话，这个位置中箭，大罗神仙都救不回来，李用也只不过是略有几分不甘心而已。

“查看一下，他身上有什么没有？”袁松脸色凝重地说道。

李用伸手在这人身上翻找了一遍，他的手法很专业，从上到下，里里外外，连发髻里都没有放过，可除了几两碎银，还有一些火折子、铜钱之类的小玩意，没有发现任何有价值的东西。

“该死！”袁松低声骂了一句。

“相公，这也是没有办法的事情。”李用苦笑着站起身来，“谁能想到那些人的目的并不是见他，只是为了杀人灭口。”

“嗯。”袁松脸色阴沉地点了点头，“此事也是我判断失误。先走吧，这里毕竟是叶氏宗庙，再耽误下去恐怕要惊动他们了。”

弓卫众人立刻开始收拾现场，没多久便已经收拾停当，一群人带上尸首离开了这里。

一路上袁松眉头紧皱，似乎闷闷不乐。李用看他这模样忍不住劝了两句：“相公，您也不要往心里去，胜败乃是兵家常事，不过是一次小小的失败罢了，算得了什么？来日方长。”

说着，他抬头看了一眼天色：“正好，此时还不算太晚，回去之后，我给相公打点小酒，好好喝上一杯，解解心烦。”

“等一下！”袁松突然停住了，抬头看着天色，喃喃说道，“是啊，现在天色还不算太晚，可是为什么……呃！”

袁松脸色一变：“不对！快，让所有人立刻回去！”

“回哪去？”李用有些懵了，下意识地问了一句。

“叶氏宗庙！晚了就来不及了！”袁松说道，然后一转身，就向叶氏宗庙方向跑去。

李用一看，不敢怠慢，立刻用独特的手段呼唤弓卫，跟着一起往回跑。

李用一边跑一边问道：“相公，您这是怎么了？怎么突然一惊一乍的？”

“时间！时间不对！”袁松说道。

“什么时间不对？”李用问道。

“那人离开的时间不对！”袁松答道，“明明留下的信息是黜，也就是说天黑离开。可是天还没完全黑呢，他就要走了，这是为什么？”

“呃，可能是他着急回家吃饭？”李用讪笑着说道。

“胡扯！”袁松毫不客气地骂了一句，“那是因为他的任务已经完成了！”

“什么意思？”李用连忙问道。

“是我失算了！”袁松骂了一句，“既然对手是乌夜啼，他们为什么非要见面不可？”

“嗯？”

“难道乌夜啼之间就没有传递消息的方法吗？”袁松自问自答道，“他们根本就不需要见面，只需要有人在那木屋之中留下印记，卢家的人自然就知道他们要找的人已经来了。到时候只需要把随身携带的东西留下就可以。”

“啊！”李用也明白了，“他们不是要见面，而是要传递消息，只要消息传递出去了，见不见面有什么关系？”

“对，只要消息传递出去了，那个人死与不死又有什么关系。”袁松冷冰冰地说道，“既然另外一群乌夜啼的人知道我们来了，难道他们会傻乎乎地等在那木屋里吗？杀了送信的人，既灭了口，又能让我们错判他们到这里来的目的。这种好事换成谁都愿意做。”

说到这里，袁松深吸了一口气：“我敢保证，周围肯定还有他们的暗哨，发现我们离开之后，那些人会立刻到那屋里把东西取走，这种事情耽误不得的！”

“也就是说，我们回去的时候，很有可能遇到他们？”李用追问道。

“对！”袁松点点头，“让你的手下把兵器都拿出来吧。搞不好就是一场恶战！”

“嗯！”李用脸色有些凝重，方才袁松被那人迷惑，导致弓卫撤离，因为是分开撤走的，所以现在能联系上的人有限，他有些担心，如果对方人多的话，自己现在手里的人能不能抵挡得住。

可是抵挡不住又能怎么办？这种时候难道还能跑吗？

说话间，一行人已经回到了叶氏宗庙，当他们迅速靠近河边的那排小木屋的时候，立刻就发现情况有些不太对劲。

小木屋外面不知什么时候已经多了几个人，这些人明显是守卫，他们所处的位置能巧妙地监视着周围的一切角落，不可能有人能避过他们的耳目，偷偷摸摸地接近木屋。

有灯光隐隐从木屋中透出来，显然此刻有人正在木屋里。

借助着这微弱的亮光，李用看出守在那木屋门口的人，正是今日在叶氏宗庙之中袭击自己的那人。

“就是他们！”李用低声说道。

“不要等了，立刻上去，把人逼出来！”袁松冷冰冰地说道。

“是！”李用答应了一声，向左右打了个手势，身边的弓卫立刻抽出随身携带的兵器，向着那木屋冲了过去。

守在屋外的人也发现了弓卫，他们没有丝毫犹豫，抽出暗藏的兵器就迎了过来。今日在叶氏宗庙中见过的那男子却没有动，而是迅速地敲了几下门，屋里的灯光立刻熄灭了，一个人影迅速从里面跑了出来。

“缠住他们！”袁松说道。

李用打了个呼哨，弓卫速度加快，和那些人撞在了一起，厮杀起来。这里的场面格外诡异，弓卫是精锐，对面的那些人也不俗，两方的人马下起手来都异常凶狠，恨不得立刻就将对方置于死地。诡异的是，这里没有惨叫声，没有怒吼声，甚至连兵器的碰撞声都听不到。只是偶尔听到一声闷哼，有人一头栽倒在地上，而得手的那人看也不看自己的对手一眼，就开始向另外一个目标冲去。

跟着袁松一起杀回来的弓卫人数并不多，和对方比起来稍微处于劣势，不过这些人个个彪悍不畏死，而且本领高强，奋力拼杀之下竟也拖住了对手，那个从木屋中出来的人想要离开，可是却被困在了这里，一时之间竟然走不脱了。

可是，毕竟弓卫人数不多，一开始那股锐气慢慢消散之后，渐渐开始有些抵挡不住了。

“相公！”李用一直守在袁松身边，见到这场面他有些忍不住了，“不行，对方的人手多于我们，这对我们太过不利了。我们不如退走，回去另想办法吧。”

“别急！”袁松面沉如水，摆了摆手，“再坚持片刻，算算时间，就要来了。”

“什么就要来了？”李用一愣，低声问道。

袁松还未说话，一阵马蹄声远远地传了过来，他立刻回头向叶县的方向看去，隐隐约约看到一片黑乎乎的人影正在向这边冲过来。

“来了！”袁松低声说道：“李用，听我命令。”

“什么命令？”李用也发现了来的那些人，“来的是什么人？”

看袁松的模样，他似乎早就知道会有人来，但是李用在心中盘算了半晌，弓卫在这叶县里的人手除了刚才走散的那些，剩下的都在这里了。就算是那些走散的，好像也没有这么多啊。

袁松却不理他，一边死死地盯着那些迅速靠近的人，一边屈指开始计数。

眼看那些人距离越来越近，袁松突然对身边的李用说道：“发信号，让咱们的人分散撤离！立刻！”

李用答应一声，伸手打了个呼哨，弓卫的人训练有素，闻声后立刻散开，按照此前安排的路线分散撤离。

袁松则拉着李用转身冲进附近一片他早已留意的小树林，在一棵树下躲了起来。

此时那群突然出现的兵马从树林前疾行而过，其中有人高呼了一声：“莫要走了贼人！杀啊！”

一阵兵器出鞘声响起，声音整齐划一，分明是一群训练有素的军兵。

就是这样一群军兵举着火把，挥舞着兵器，向着那些人冲了过去。那些人猝不及防之下，和来人混战厮杀到了一起。怒吼声、惨叫声、兵器碰撞声响成一片，彻底破坏了叶氏宗庙周围的安宁。

“哎呀！”李用低呼了一声，“竟然真有援兵？相公，这是哪里来的兵马？为何属下从不知晓？”

“这些人马本就在叶县，只不过你此前未曾注意罢了。”袁松一笑，低声说道。

“此前一直在叶县？”李用微微一皱眉头，“难不成弓卫还有其他人等潜入叶县？不对不对，如果真有，属下不会不知，而且这些人马不像是弓卫，倒像是军兵……”

“不错，就是军兵。”袁松微微点头，“这些人乃是叶县供奉官郝光庭麾下的兵马。”

“什么？”李用闻言低呼了一声，“怎会如此？”

“噤声！”袁松拉了李用一下，偷眼向外看去，外面人多马杂，倒也没人注意到这里。

“郝光庭的兵马又能如何？大惊小怪！”袁松埋怨道。

“相公，这到底是怎么回事？”李用苦笑道，“我有些转不过弯来了。按照您的说法，那郝光庭也不是什么良善之人，搞不好就是乌夜啼的暗线，此前我们对他多有提防，怎么突然就听了相公您的安排？”

“不是听了我的安排，而是他心中有鬼。”袁松冷笑一声，“这鬼嗜人心魂，让人坐立不安，在这鬼的驱使下，他自然就听了我的安排。”

漆黑的夜里，在这伸手不见五指的树林中，外面虽然喊杀声震天，可是听了袁松的话，李用仍是忍不住打了个寒战，觉得心中发毛。

“鬼？”他低声问道，“相公，什么鬼如此厉害？”

“心鬼。”袁松淡淡说道，“郝光庭应该是乌夜啼的人无疑，如果大周江河日下倒也罢了，可惜大周蒸蒸日上，他却被困在了乌夜啼这条船上，惶惶不可终日，显然他已经有了下船的心思。为此，他不惜当街捕杀乌夜啼的人，怕的就是暴露自己的身份。”

袁松轻笑一声，继续说道：“我派人给他送了一封信，用的就是乌夜啼的密语，此前在剿灭宁陵乌夜啼乱贼之时，我便对此有所了解，送去的消息是约他在此相见。你猜郝光庭接到这消息会如何反应？”

“这个……”李用没有回答，而是向树林外面看去，远处的厮杀已经给出了答案。

“和朝廷比起来，郝光庭更担心的是乌夜啼。”袁松也看着远处的厮杀，淡淡地说道，“担心他们报复，又担心他们揭穿自己的身份，既然他能做出当街捕杀乌夜啼信使的事情，现在带人围剿乌夜啼的人又有什么可奇怪的？”

李用此时终于明白了袁松所说的“心鬼”是什么了，那是恐慌、畏惧、担心到最后催生出来的疯狂。

“相公好手段。”李用低下头来说了一句。

“非是我好手段，而是这世上的人啊，有太多的心思。”袁松低声说了一句，便不再说话了。

李用倒是还想说两句，可是还没等开口，他脸色突然一变，伸手一拉袁松，躲到了一棵大树后面。

这时，一阵急促的脚步声从外面传了进来，三个黑影踉踉跄跄地冲进了树林。

袁松和李用屏住呼吸，不敢轻举妄动。树林里只有那三人急促的呼吸声响起。

“莺主！”过了一会儿，只听有人低声说道，“官军势大，不可力敌，还请莺主速离此地！”

另外有人说道：“知道了，吩咐其他兄弟莫要耽误，速速离开。”接着轻叹一声，“未曾想那人竟然有此番布置，疏忽了。”

听到这个声音，袁松身子微微一颤，犹豫了片刻，压低声音向身边的李用说道：“李用，你可有办法留下这几人？”

李用琢磨了一下，微微摇头：“不行，天色太暗，这几人也不是庸手，凭我一人之力，难！”

袁松沉默了片刻，这才开口说道：“既然如此，那便算了，我与他早晚有再见之时。”

这时，那三人已经急匆匆地离开了树林，树林外面，喊杀声渐渐散去，显然人数更多的军兵占据了上风，乌夜啼的人马损失惨重。

“相公，我们也快走吧。”李用在袁松耳边说道，“此处凶险，那郝光庭非是善类，他既然是乌夜啼奸细，此时谁知他会做出什么来。”

“还能做出什么来？”袁松轻笑一声，“自然是知情之人全部灭口为好！你说得不错，此地凶险，走吧！”

两人迅速离开了此地，却并未进入叶县，而是绕城而走，在弓卫的接应下，在距离叶县几十里远的一个小镇落脚。

尽管已经很晚了，可是袁松却并未入睡，而是在油灯前眉头紧锁，似乎在烦恼什么。

李用忍不住劝道：“相公，莫要多想了。”

袁松一愣：“想什么？”

“相公，此次虽然我等没有拿住卢家之人，可是也有不少收获，那郝光庭罪证确凿，拿住了这奸细，已是大功一件。而且您还将计就计，引诱郝光庭与乌夜啼的人马自相残杀，这些属下可都是看在眼里的。”李用说道，“俗话说得好，世上不如意事常八九，此次虽然未尽全功，却也颇有收获，相公莫要为此烦恼。”

“烦恼？”袁松轻笑一声，“你以为我是因为未能尽全功而烦恼？”

李用惊奇道：“难道不是？”

袁松轻叹一声，摇了摇头：“湖水滔滔，不知深几许也，有锦鲤掠起，露其背于碧波之上，金鳞耀耀，水波漾漾，明知有鱼如斯，却不知能否撒网，获利丰否，此我所虑者也。”

李用听得一脸茫然，不知袁松说的究竟是何事。

看他的模样，袁松忍不住笑了一声，摇了摇头：“罢了罢了，留你于此，你也不知我所说何事。你快去歇息，明日一早，快马加鞭赶回京城。此次之事，还未尽全功。”

“是。”李用知道多问也无用，只好行了一礼，又说了一句，“近几日来，相公连日操劳，也要早点休息才好。”见袁松点了点头，他这才离开了房间。

待李用离开，袁松看着那豆大的火苗，突然轻笑了一声：“世间之事，当真无常，值此乱世，亲友敌我，可笑如斯。”

说罢，袁松吹灭了火苗，屋中陷入了黑暗之中。

第三十七章　谋后而动

几日之后，袁松和李用回到了京城，回到了自己那处小屋之中。远远地传来大相国寺悠扬的钟声，让人心中也平和了几分。

“金窝银窝，不如自己的草窝。”袁松伸了个懒腰，“此言虽然粗鄙了一点，却也是真情实意。”

“没错，果然还是回来的好。”李用笑道，“不过，相公，我们何时入宫？”

“不急。”袁松摆摆手，“此事还有些收尾要做，我先整理一番，再禀报陛下知晓。唔，明日如何？”

“一切听凭相公吩咐。”李用说道。

随后袁松忙碌了一阵，午时刚过，远方大相国寺的钟鼓声再次传进小院，袁松心中一动，突然向李用说道：“你可愿意出去走走？”

李用闻言一愣，然后笑道：“我是相公的亲随，自然一切听相公您的，怎么？相公有意出去走动一番？”

“不错。”袁松微微点头，“听到大相国寺的钟鼓声，突然想去看看。”

“莫非相公也要烧香拜佛不成？”李用笑道。

“如若烧香拜佛便有用处，我等何须吃上如此多的苦头。”袁松苦笑道，“无非是想要去散散心罢了。”

两人稍微收拾了一下，就这么随着上山的香客一路向大相国寺走去。

这时便看出这大相国寺的香火是何等旺盛了，虽然已经过了午时，天上的太阳已然偏西，而此时又是隆冬，虽未至最冷之时，但也是寒风凛冽，可即便如此，去大相国寺上香的信众仍旧络绎不绝。

袁松和李用两人就这样随着人流一路到了大相国寺内。

大相国寺内烟雾缭绕，善男信女来来往往，诵经声、祈祷声不绝于耳。袁松看着这些，不知为何眉头微微一皱。

“这么多香客？”袁松低声嘟囔了一句。前几次到这大相国寺来都是陛下有诏，是来面圣的，袁松并未注意其他，而这次来就悠闲多了，所以也就留意了几分这大相国寺中的景象。

“这还叫多？”李用对袁松的话不以为然，“相公是未见过更多的时候，每有佛诞之时，香客信众便成群结队而来，寺中的香烟终日不绝，那时才叫人多呢。”

袁松微微点头，留神看了一下，就这一会儿工夫，已经有数人往大殿外的布施箱中布施钱财。其中富裕者有之，贫困者也有之，总之络绎不绝。

袁松皱了一下眉头，再联想到今上的所作所为，微微摇头：“我本以为，陛下邀我来此是为了图个清静，现如今看来，却未必如此了。”

“啊？”李用一愣，莫名其妙地看着袁松问道，“相公此言何意？”

“无意。”袁松一笑，“该当如何，陛下必有决断，我说与不说，并无妨碍。”

虽然李用觉得袁松说的话颇有几分古怪，但是也不知该如何作答，只能点点头，算是应了一句。

袁松知道他不明白，却也不多说，只是笑笑，又带着他在大相国寺中转了几圈，然后离开了这里。

当离开大相国寺时，袁松微微皱眉，似乎在为什么事情烦恼。李用也觉得袁松似乎有几分奇怪，方才在大相国寺中，与其说袁松是在游览，倒不如说他是在找什么东西。方才袁松把大相国寺各间佛堂，里里外外地都看了个遍，尤其是那佛堂中的佛像，更是仔细盯着看了半晌，这让李用不免疑惑，搞不懂相公到底想做什么，难不成要剃度出家，在这里青灯古佛地过一辈子不成？

再看看袁松的模样，李用心中又摇了摇头，相公无论如何也不像是能受得住清规戒律的人。

袁松心中有事，李用心中则是忍不住猜度，所以两人一路无言，径直向山下走去，但走到一半，袁松脚下一停，李用猝不及防，险些撞在他身上，忍不住开口问了一句：“相公，何故突然停下？”

袁松摆了摆手，向前稍稍一指。

李用向前看去，只见一名女尼正顺着山路，一路向上，朴实无华的僧袍掩不住她的风华，一张俏脸虽被吹得微微有几分发红，却让她平添了几分秀美，三千烦恼丝垂在身后，偶尔有寒风略过，她用手指一勾，轻轻将那青丝挑到耳后，那一抹风情登时让许多香客看直了眼睛。

这一位女尼李用却是认识的，正是那位在京城隐居，偶尔到大相国寺中修行的慧音师太。慧音师太不但风华绝代，而且佛法高深，听她讲经，每每有茅塞顿开之感，就连当今陛下有事无事，也喜欢到她那坐坐，吃两杯清茶，舒缓一下心情，因此，陛下有两次召见袁松，都选在她在寺中的别院，以袁松来看，陛下对这位慧音师太未免没有存了别的心思。

此时，慧音师太也看到了袁松，向他行了一礼："阿弥陀佛，见过袁施主。"

袁松一笑，抱拳还礼："未曾想在此处与师太巧遇，师太这是……"

他扫了一眼，见慧音师太手中提了一个食盒。

"下山采买膳食？"袁松问道。

"阿弥陀佛，山下一间饭庄做的素斋颇有几分独到之处，贫尼闲来无事，有时便会去那饭庄采买些斋菜。"慧音淡淡说道，然后轻叹一声，"说到底，不过是贫尼修行不足，仍有几分口腹之欲。"

"师太采买素斋便是修行不足？"袁松苦笑道，"这让我等凡夫俗子当真不知说什么才好了。"

接着袁松看了一眼那食盒，开口问道："敢问师太，不知是哪家饭庄的素斋？连师太这般人物都推崇的素斋，想来必是不凡。"

慧音苦笑了一声："不过是山下一间普通的饭庄……"而后报了个名字。

听到那名字，袁松先是一愣，然后哈哈一笑："那当真是巧了，在下的宅院便在那饭庄附近，那饭庄的素斋确有不凡之处，怪不得连师太都动了心思。"

"袁施主莫要取笑了。"慧音苦笑了一声，又稍微犹豫了片刻，开口问道，"既然施主来了，可愿与贫尼共进斋饭？"

袁松微微一愣，他未曾想到慧音师太会突然发出这样的邀请，他与慧音师太一共只见过两面，并没有什么太深的交情。

看到袁松的模样，慧音师太微微一笑："阿弥陀佛，是贫尼唐突了，如果施主不愿，此事便作罢。"

"不。"袁松一笑，微微摇头，"既然师太有约，在下恭敬不如从命。"

还是那个小院子，慧音师太找了一处背风所在，燃起一个小火炉，然后将食盒中的斋菜摆了出来，又为袁松添了一双筷子。李用并未落座，站在一边伺候。

此时天气寒冷，院中的溪水已经结了一层薄冰，院中散落着落叶，只有松柏还带着一丝青碧，可仍是掩饰不住这院中的凄凉。

慧音师太微微一笑："贫尼不但贸然相约，还要施主陪贫尼在这天寒地冻之处用饭，还请施主多多原谅。"

"无妨。"袁松看着院中景色，微微摇头，"当年在山中，家师每每在此时便愿意带我等在院中呆坐，静看北风萧瑟、万物凋零的景象。此情此景，让人不由有些怀念。”

“哦？”慧音师太神色一动，“尊师也有此兴致吗？”

“嗯。”袁松看着院中景色，微微颔首，“家师曾言道，人此一生便如这四季荣枯，先如春色，含苞待放，盈盈而绿，只是根基不稳，虽有心而力不足；待到厚积薄发，便入了盛夏，那时节花团锦簇，飞黄腾达，顾盼生姿之间，往往不可一世；待到秋色之时，锦簇之花、繁盛之叶不知收敛，便慢慢散去，反而是知晓进退、收敛锋芒者硕果累累，收获颇丰；可这便如何？待到冬时，仍是万物凋零，想走的走了，想留的也走了……”

慧音师太沉思片刻，展颜一笑，微微颔首：“尊师不愧是一代高人，此一番话语细细品味之下，颇得佛中三昧。既然如此，尊师可曾说过人此一生所求为何。”

“人此一生所求为何？”袁松哈哈一笑，“在下倒是真的问过，师尊说道，人此一生，为花则谢，为叶则凋，为草则枯，为果则尽为食也。所以，师尊欲让我等为树！”

“树？”慧音师太一愣，看着袁松问道，“不知此为何意？”

袁松来到园中，轻轻拍了拍一株大树的树干：“抽枝，发芽，散叶，开花，结果，都在这树上，我等应该为树，为树干，一节节长高，一段段长长，传之，散之，守之。四季凋零又如何？春来便抽枝发芽，夏来便枝繁叶茂，秋时散枝结果，冬时便引而不发。不论如何，传续道统，传承本门，才是重中之重！”

慧音师太默默地看着袁松，忽然轻叹一声：“话虽如此，花开花落虽是自然之事，可既然艳冠群芳，谁又甘心零落成泥呢？”

袁松一愣，回头看了慧音师太一眼。

慧音师太微微一笑：“刚才有感而发，想起了些许出家之前的琐事，倒是让先生见笑了。”

“无妨，无妨。”袁松摆了摆手，却也没有细说什么，两个人分宾主坐好，默默地开始吃菜，从头至尾再没有一句话说。吃完之后，袁松放下筷子告辞离去，而那慧音师太也只是双手合十，念了一声佛号，并未挽留。

站在一边的李用看着气闷，不知这两位究竟唱的是哪出，一个两个如同闷葫芦一般，除却开始之时说了一两句不知所云的闲话，再没有其他动静了，就好像真的只是来吃一餐似的。

不过尽管心中纳闷，李用也不敢多说，眼看袁松告辞离去，李用一直跟在他身边，随他离开了大相国寺。只是这一路上袁松更是眉头紧锁，一副若有所思的模样，就连回到宅院之后也是如此。

到了傍晚，李用带回一个消息：“相公，陛下让您明日进宫，禀报详情。”

“宫中？”袁松微微一愣。

李用点了点头："对，宫中！"

袁松微微一皱眉，此前几次召见，陛下都是选在宫外，不是大相国寺便是酒楼，这一次却一改惯例，让他入宫觐见。接着，他眉头慢慢舒展开来，轻笑了一声，心中已经猜出了几分缘由。

不过，袁松再未多说什么，只是点头道："知道了，明日一早，你我一同入宫觐见。"

次日，袁松入宫觐见，宫中内侍带他在宫殿之中穿梭，他垂下头，小心翼翼地跟在后面。此次与之前不同，无论是在大相国寺，还是在酒楼，都不算正式觐见，袁松也可以稍微放松些许。可这一次却是在宫中，袁松不敢有丝毫懈怠，一举一动都做足了礼数，让人挑不出一点错处。

在那内侍的引领下，袁松来到了一处宫室之外，隐约听到其中似乎有人在说话。

"启禀陛下，此次前因后果，臣下已经整理完毕，呈陛下御览。"

听到这个声音，袁松神色一滞，接着露出了一个苦笑。

这时，前边那内侍已经在宫室外禀报道："启禀陛下，袁大人到了。"

"进来吧。"柴荣的声音从里面传了出来。

袁松不敢怠慢，迈步走了进去，先躬身行了一礼，见过柴荣，做足了礼数，这才貌似不经意地向身侧看了一眼。果然，姚谦就站在一旁，向他微笑颔首。

"袁卿家。"柴荣端坐在书案之后，向袁松点点头，"你与姚卿家师出同门，彼此熟知，我今日将你二人一同招来议事，彼此之间也有个商量。"

"一切由陛下做主。"袁松答道，脸上的神色也看不出什么端倪。

"陛下明鉴，我这师弟自幼不凡，臣也是十分佩服的。"姚谦在一边笑吟吟说道。

袁松闻言也是一笑："多年后能与师兄同殿为臣，为陛下效力，在下也是心中喜悦，以后还请师兄多多指教。"

"一定，一定。"姚谦微微点头。

柴荣就在一边看着二人，两人眼中闪烁的火光丝毫没有逃过他的眼睛。

"好了。"柴荣微微一笑，开口说道，"你二人此后再叙同门之谊吧。"

说着，他又敲了敲桌上的卷宗："姚卿家，说说此事吧。"

"是。"姚谦表情一肃，行了一礼，这才开口说道，"此事臣曾禀报陛下，那方秋，不，刘嫤，现在已经证明，确为前朝伪帝之女昭明公主。此次臣领陛下旨意，捉拿钦犯，刘嫤穷途末路之下，已经自杀身亡。但是臣在她房中搜到几封未曾完全焚毁的信笺。其中有与伪汉来往的书信，以及此前宁陵之事的手令等等，还有乌夜啼印鉴、名单等等重要物证。臣有九分把握，刘嫤就是乌夜啼的歌主，是潜伏在我朝中的毒瘤。”

柴荣一直微闭双眼，仔细地听着姚谦的话，一直等到他说完，这才睁开眼睛微微一笑：“不错，姚卿家功在社稷，这乌夜啼一直潜伏在我朝，兴风作浪，不堪其扰。此次拿住其首脑人物，着实是大功一件。以后乌夜啼不足为虑矣！好，好，非常好！”

听到柴荣连说了三个“好”字，姚谦脸上一喜，旋即恢复了平静，他躬身向柴荣行了一礼：“臣不敢居功，全赖陛下……”

不等他说完，柴荣含笑摆手：“罢了罢了，莫要再说了，该是你的功劳就是你的功劳，朕乃天下之主，难道要与你抢功不成？”

“谢陛下！”姚谦行了一礼，垂首侍立一旁。

袁松闻言微微一皱眉头，乌夜啼的歌主已然畏罪自杀？这着实让他觉得有些蹊跷。

还未等他仔细思量，柴荣已经开口问道：“袁卿家，你有何事禀报？”

“回禀陛下。”袁松连忙行礼，“臣刚从叶县归来，确有事情禀报陛下。”

说着，他从袖中抽出一份早已准备好的奏折，双手奉上：“此事前因后果，臣已录下，请陛下御览。”

旁边内侍上前，将袁松的奏章接过，双手呈奉给柴荣。柴荣打开奏章看了几眼，神色微微一动。

片刻后，柴荣慢慢合拢奏章，看着袁松说道：“袁卿家，你所奏之事确实属实？郝光庭当真乃是乌夜啼奸细？”

“臣怎敢欺瞒陛下？”袁松说道，“郝光庭确实曾为乌夜啼奸细，只是现如今见乌夜啼大势已去，伪汉偏居一隅，苟延残喘，覆亡只在顷刻之间，因此心思活动，准备弃离乌夜啼。因此，凡有知晓此事的，郝光庭都要斩尽杀绝，以除后患！”

“弃离乌夜啼？”柴荣冷笑一声，“势弱者欺，势强者从，郝光庭倒是打得一手好算盘，只是，朕岂能随了他的心愿？这般背主小人，不忠不义之徒，留之无用！”

“陛下英明。”袁松淡淡地说了一句。如果是从前，柴荣说不定倒会与这些人虚与委蛇，应付两句，可此前那一场大战，早让柴荣看清了这帮武人的嘴脸，想要柴荣再与他们妥协，恐怕是难上加难了。郝光庭恐怕也看清了这一点，所以才要斩草除根，安分下来，只可惜……

柴荣打开袁松的奏章，仔细看了几眼，然后问道：“二位卿家，还有何事？”

“臣等无事了。”袁松与姚谦行礼说道。

“既然如此，两位卿家先下去吧。此番辛苦，朕必不相忘！”柴荣淡淡地说道。

袁松与姚谦躬身行礼，有内侍走上前来，将他们二人引了出去，一直送出宫门。

“师弟好本事。”到了宫墙外面，姚谦对着袁松拱了拱手，淡笑一声说道。

“师兄谬赞了。”袁松一笑，“些许功劳而已，一个不值一提的小角色，远不如师兄您铲除乌夜啼首脑，功勋卓著，假以时日，师兄必将更受陛下器重。”

“哪里。”姚谦笑道，“远不如师弟前程远大。”

两人客套了一番，转身而走，再不说一句话。

姚谦登上了早已等候在宫门之外的马车。

“大人。”他的族弟姚正早已守候在车中，见他上车，连忙一抱拳，“不知陛下……”

姚谦一抬手，止住了姚正的话，然后伸手挑开车帘，看了一眼袁松离去的背影，脸色阴沉。

“止方！”他回头看着姚正喊了一声。

姚正身子一颤，连忙应道：“属下在！大人有何吩咐？”

“携我的名帖，为我拜见几位大人。”姚谦微闭双眼，轻轻地敲着车板，“大家同气连枝，总要多多走动才好！”

“是！”

与姚谦比起来，袁松没有配车，就这么背着手，悠悠闲闲地在宫门左近闲逛，似乎并没有离开的意思。没过多久，李用急匆匆赶来，见到袁松立刻招呼了一声：“相公！”

喊罢之后，李用三步并作两步，来到袁松身边，压低声音说道：“陛下有诏，请相公去老地方相见。”

袁松闻听此言，微微点头，带着李用扬长而去，没多久就到了那间与柴荣相见的酒楼。

还是此前那一层楼，那一间屋，不过此刻空无一人。袁松进去之后，店小二奉上茶水便退了出去，只留袁松一人在此。袁松也不慌张，端起茶盏来，慢条斯理地自斟自饮。

未过多久，门帘一挑，一身便装的柴荣从外面走了进来。

一见柴荣，袁松赶忙起身：“陛下。”

“免了！”柴荣一摆手，坐到了主位，他上下打量了袁松几眼，忽然开口问道，“奏章上说，此事另有隐情，事关社稷安危，不知你所言何意？”

“陛下容禀！”袁松表情一肃，低声说道，“此事确实另有隐情，臣此次前往叶县，原本是为了此前留下的暗子……”

说着，袁松便从如何故意刺激宁陵卢家出逃开始说起，一直说到如何在叶县遇到乌夜啼的人马，他说得很仔细，柴荣听得也很认真，其间还打断袁松，仔细问了几个问题。

到最后，袁松说道："陛下，最后臣引了郝光庭与乌夜啼的人马内斗，也因此查到了一个重要的线索，顺着这线索追查下去……"

袁松顿了顿："臣惶恐不已。"

"说吧，究竟何事？"柴荣说道。

"此事涉及朝廷重臣……"

"朕让你说！"柴荣冷冰冰地说道。

"是！"袁松应了一声，"陛下，此前臣曾经遇到一位朋友，我与他一见如故，言谈甚欢，很快就互相引为知己，此人名叫吴伤。"

"吴伤？"柴荣微微一皱眉头，"朕似乎曾听说过此人的名号。"

"陛下，您听说过他的名号并不意外。"袁松轻叹一声，"吴兄惊才绝艳，琴棋书画无不精通，在京城中名声显赫，有四绝公子之称。"

"唔，这么一说，朕倒是有几分印象。"柴荣微微颔首，"以前经常听人提起他，倒是最近，似乎没有听过什么人提起他了。"

"因为这位吴兄本来拒绝入仕，自称喜欢逍遥自在，不愿躬身庙堂。"袁松淡淡说道，"可是，自打陛下您击败了刘汉，获得大胜之后，吴兄似乎心思动了，应了征召，与人做了幕僚。"

"哦？"柴荣一笑，"能被你引为知己，想必此人必有过人之处吧？"

"不错！"袁松微微点头，"他也是门中一脉，师承诡门颍川一派，绝非等闲之辈！"

"颍川？"柴荣神情一肃。

诸多幕人虽然都归于诡门，但实则各有传承，袁松与姚谦传承自鬼谷一脉，鬼谷一脉声名赫赫，能人辈出，甚至连诡门这两个字也与鬼谷有诸多联系，可这并不意味着其他门派就弱了，能入诡门的都非等闲之辈。颍川一脉虽然立派晚于鬼谷，但是在汉末之时也是能人辈出，郭嘉、荀氏八龙、戏志才等都是惊才绝艳的人物，这一门派出来的人绝非等闲之辈。那吴伤既然出身颍川一派，又得袁松推崇，必是才华横溢之辈无疑了！

"唔，竟然有这样的人物！"柴荣自言自语地说了一句，然后看了袁松一眼，"袁卿提起此人，当是另有深意吧？"

"陛下明鉴。"袁松点了点头，犹豫了一下，终于开口说道，"陛下，臣怀疑他乃是乌夜啼的重要人物。"

"嗯？"柴荣脸色一变，目光变得无比锐利，死死地盯住袁松。

袁松顿时便觉得一股巨大的压力压在心头，连呼吸都变得有些困难。

“究竟是怎么回事？”柴荣盯着袁松看了一阵，这才开口问道。

袁松额头已经隐约见了汗珠，此时终于心里一松，放松了些许，他连忙说道：“臣与他相交甚欢，所以印象深刻。那一日在叶县林中躲藏之时，几名乌夜啼的人也进到林中，臣听到了他的声音。”

“确凿无疑？”柴荣问道。

“不敢欺瞒陛下。”袁松连忙说道。

柴荣沉吟了一下，立刻意识到了问题的关键：“说，他受何人征召，做了谁的幕僚？”

“启禀陛下。”袁松低声说道，“臣曾经查过，他现在受左羽林大将军孟汉卿孟将军的征召，做了他的幕僚。”

听到这个名字，柴荣的脸色顿时一沉，继而站起身来，背着手在这包间中转了几圈，这才回头看着袁松问道：“这个消息除了你，还有谁知道？”

“除臣之外，再无旁人了！”袁松微微摇头，“陛下，此事事关重大，臣不敢轻易泄露，就连李用都不知晓。”

“你做得不错。”柴荣微微点头，然后长叹了一声，“怎会如此？孟将军乃是先皇亲信之人，受封羽林将军之职，怎么会是乌夜啼的人呢？”

“陛下。”袁松接口道，“孟将军未必是乌夜啼的人，倒有可能是乌夜啼盯上了孟将军。事到如今，再说其他已无用处，孟将军身为左羽林大将军，手握重兵，驻地距离京城不远，一旦有失，后果不堪设想！”

说到此处，袁松偷眼看了柴荣一下，发现他眉头紧锁，似乎在考虑什么，于是继续说道：“陛下明鉴，此时刘汉被陛下重创，乌夜啼也遭到连番打击，已呈式微之势，郝光庭等争相背离乌夜啼便是证据。可越是此时，越要提防他们狗急跳墙，孤注一掷！此前宁陵便是一例，勾结大盗，试图袭击朝廷船队，策动变乱。如非穷途末路，怎会如此？”

柴荣想了一下，微微点头：“不错，袁卿所言极是！乌夜啼至此时已经穷途末路，刘汉不足为虑，可越是此时，越要小心，穷途末路之下，谁知他们会做出何等事情来。”

说到这里，柴荣看了袁松一眼：“袁卿家，朕知道你思虑周详，足智多谋，你来说说此事应当如何？”

“涉及朝廷重臣，臣不敢妄言。”袁松低头说道。

“说吧，朕赦你无罪！”柴荣摆了摆手。

“谢陛下。”袁松应了一声之后，心中琢磨了片刻，这才说道，“陛下，臣乃新晋，对朝中种种了解不多，但是臣与元朗兄交好……”

“交好？”柴荣哑然失笑，摇头说道，“你那何止是交好？过不了多久，你就该称元朗一句舅兄了吧？”

听到这话，袁松那张脸顿时红了，苦笑了一声，也不知说什么才好。袁松定了定神，这才说道：“臣下曾从元朗兄那里听到些许军中之事，其中关于孟将军的也有不少。听说孟将军虽是军中宿将，朝廷重臣元老，但为人却颇有几分贪婪，对黄白之物情有独钟。不仅如此，孟将军还颇好古物，对各种古董十分喜欢。臣相信，以吴伤的本事，引孟将军犯下罪过，实乃轻而易举。倘若吴伤以此为把柄威胁孟将军，恐怕……”

柴荣脸色微微一变，变得有些阴沉：“难不成孟汉卿还敢与朝廷兵戈相向不成？”

袁松满脸苦笑，却没说话，此时已不是他能开口的时候了。

“哼！”柴荣冷哼一声，心思连转，别人倒也罢了，可对于先皇留下的这些骄兵悍将来说，与朝廷刀兵相向也不是什么不敢做的事。唐末以来，这种事情难道还少了。

“啪！”柴荣在桌上猛拍了一下，“这些乱臣贼子当真找死！朕这就点齐兵马，倒要看看孟汉卿敢不敢起兵造反！”

“不可！”袁松脸色一变，“陛下万万不可！”

柴荣看了他一眼，袁松连忙说道：“陛下，孟汉卿手握左羽林卫，此刻还不知他是否有叛乱之心，现如今陛下威严日重，他心中恐怕也是犹豫不定。可如果陛下当真调动兵马的话，那可就是逼着他动手了。到时候兵锋一起，虽然逆贼必败无疑，但是现如今的大好局面可就毁于一旦了！”

柴荣脸色阴沉，轻叹一声。袁松说得不错，现如今禁军殿前司正在广募天下壮士，择优而取，严加训练，而且收拢科举之事也在进行，各种事情都在当口，再有半年时间便可水到渠成，那时柴荣便可铁骑四出，争夺天下。如果在这时引发内乱，遭了兵灾，种种举措还不知要拖延到何时。况且现在自己的一举一动已经踩住了许多人的痛脚，自己携大胜之威暂且还能镇得住他们，可如果左羽林卫作乱，这些人再借机生事的话，又要多出许多事端来。

“唔，你言之有理。”柴荣微微颔首，“既然如此，朕问你，你可有什么好主意？”

“陛下。”袁松微微一笑，一副胸有成竹的模样，“臣有一计，或许可解此事。”

“哦？”柴荣一笑，“既然如此，说来听听。”

“是。”袁松应了一声，“陛下，臣推断出此事之后，曾经仔细考虑过。孟汉卿贪财好货，由此可见，未必是一个果敢悍勇之人，就算当初乃是军中悍将，但这么多年来恐怕也被财货酒色磨平了棱角，贪于享受。因此，微臣觉得就算吴伤反复劝解挑唆他兴兵闹事，恐怕他也会犹豫不决。如果此时能有一支兵马神不知鬼不觉地突然出现在他面前，让他无法招架，以微臣的三寸不烂之舌，当能为陛下免去这一场兵灾。”

“说得倒是轻巧。”柴荣苦笑了一声，“方才你也说过，此时动兵，搞不好便要打草惊蛇，倘若惊动了孟汉卿，他就会立刻起兵作乱。兵马调动稍有不慎，他就会察觉，此事难办！”

“陛下！”袁松微微一笑，“倘若平时，的确有些棘手，但是此时，却有一个天赐良机！”

“哦？”柴荣一听，登时来了兴趣，“天赐良机？是什么？你说说看。”

“陛下！”袁松说道，“我来此之前，听说黄河郓州界决口，可有此事？”

“不错。”柴荣颔首，“黄河郓州界决口，数州之地，洪流为患。朕已经准备处置此事了。”

“陛下，此事虽然是天灾，可也是机遇。”袁松说道，“此次黄河突然决口，为患数地，必须立即解决，其间想必会征发大量民夫。”

“对。”柴荣点头，“朕正有此意，此时天气渐冷，突然遭此灾害，如不尽快解决，百姓想必会多遭苦难，届时……咦？”说到此时，柴荣一愣，看着袁松问道，“你突然提起此事，究竟何意？”

“陛下。”袁松一笑，“此次乃是郓州界黄河决口，此地距离孟汉卿孟将军的驻地不远，朝廷征发大量民夫救险，届时只需要将精兵藏于民夫之中……”

说到此处，袁松不再说了。

“好计策！”柴荣眼睛一亮，轻轻一拍桌子，赞叹了一声，“只要运筹得当，届时朝廷精兵藏于民夫之中便不会露出什么破绽。唔，只要藏万余精兵至左羽林卫，拿下孟汉卿便易如反掌。”

“陛下。”袁松笑道，“只要有万余精兵至左羽林卫，臣便有七成把握，不用动刀兵。”

“哦？”柴荣一笑，“此言何意？”

“臣愿意亲往孟汉卿军中，为陛下，为朝廷免去这一场兵灾。”袁松抱拳拱手，一躬到地。

“你亲往孟汉卿军中？难不成你要说降于他？”柴荣皱眉问道。

“不仅仅是孟将军，微臣还要说降吴伤。”袁松轻叹一声，“吴伤此人乃是不可多得的人才，也是臣的至交好友，臣想试一试。”

“可是此事着实凶险。”柴荣皱眉道，“吴伤乃是乌夜啼细作，而孟汉卿也有孤注一掷的可能。你可有把握？”

“臣说了，有七成把握。”袁松肃容道，“况且，大军一至，诸事定矣，孟汉卿已成笼中困兽。臣此去，只是想为百姓免去一场不必要的兵灾，同时一尽友人之义。况且……”

袁松顿了顿，继续说道：“微臣以为，此时节哪怕掌握优势，能不动刀兵还是不动刀兵为好。”

柴荣目光一闪，深深地看了他一眼，然后点头说道：“说得不错！此时确实不宜动刀兵。唔，明日朕便要安排人征发民夫，等兵马到了孟汉卿那里，再作计较吧。”

柴荣说到此处，一名内侍蹑手蹑脚地走进了雅间，在柴荣耳边轻声说了几句话。也不知道那内侍说了什么，柴荣闻言脸上露出一丝古怪的笑容，神色古怪地看了袁松一眼。

袁松心中顿时一紧，不知柴荣又得到了什么消息。柴荣忽然开口说道：“受益，你此次劳苦功高，回来之后又马不停蹄地来见朕，想必已经疲累了吧？”

“陛下，此乃臣分内之事。”袁松行礼说道。

“分内之事是分内之事，疲累是疲累。”柴荣把脸一板，“朕问你，还有什么事要告知朕吗？”

袁松也不知柴荣究竟何意，只得说道：“启禀陛下，微臣无事了。”

“既然无事，那便退下吧。”柴荣微微一笑，“朕准你几日假，好好歇息，莫要让人久候。”

“啊？”袁松闻言一愣，不知此言何意，可这时柴荣已经摆了摆手，一名内侍来到了袁松身边，做了个请的手势。

袁松无奈，只得行礼，随着那内侍离开了酒楼，不过那内侍却并未离开，而是安排车马将袁松一直送到了皇宫附近。

第三十八章　尽人事

到了宫门之外，袁松一头雾水，稀里糊涂地下了马车。柴荣方才说的那些话显然是意有所指，而且把自己送回皇宫也有些古怪，可是袁松却不知其意，未免心中有些踌躇。

袁松想了许久仍旧想不明白，只得摇了摇头，暗道一声天威难测，便准备回家。可他一抬头，就看到一道红影守在宫门口，大概是无聊极了，那红影正在宫门前用力踢着一块石头。袁松一拍脑门，苦笑一声，这才明白柴荣刚才说的是何意。

“坏蛋，坏家伙！”赵凝在宫门前发泄似的踢着一块小石头，把那石头踢得滚来滚去，嘴里不停地念叨，“明明说出了宫门了，怎么又进去了？分明是躲着我，不想与我见面。动不动就十天半月不见人影，好容易回来一次也不知道来看看人家。这个没良心的坏蛋。”

几名禁军就在附近值守，一个个身子虽然挺得笔直，可是脸上分明忍得十分辛苦，一副想笑却不敢笑的模样。赵匡胤乃是殿前都虞候，是这些禁军的上司，这位赵家大小姐禁军们没有几个不认识的，不仅认识，而且对于赵凝的那点事情，也知道得十分清楚，当然知道这位大小姐等的是谁。这些禁军们看到袁松从皇宫出来，便一个个对他挤眉弄眼的，笑容古怪。

饶是袁松脸皮厚，也被这些禁军们看得脸上发红，紧走了几步，来到了赵凝面前，先装模作样地干咳了一声。

“哎呀！”赵凝顿时被袁松吓了一跳，跳起来就是一脚，直奔袁松的面门。

袁松完全没想到赵凝会是这样的反应，当时便呆住了，眼睁睁地看着赵凝的这一脚距离自己越来越近。眼看这一脚就要正中袁松的面门，在这皇宫门前上演一出赵家女揍夫的好戏。赵凝的那只脚硬生生地停在了半空，距离袁松的鼻子只有手指那么宽的距离，只要再向前一点，袁松就要被这一脚破了相。

“真是的，不要随便吓唬人好不好？”赵凝脸上一红，连忙把脚放下，“幸好本姑娘武艺扎实，收发自如，不然的话，你就惨了！到时候你就见识到我们赵家家传武艺的厉害了。”

“是，是。”袁松抹去额头的一滴汗水，苦笑着说道，“多谢女侠手下留情，小生感激不尽。”

“哼！知道便好。”赵凝骄傲地抬起头来，摆出一个我很厉害的模样，然后问道，“方才我听人说你已经出宫了？去哪里了？”

“刚回来，需要到衙门交接一下，我……”袁松开口想要解释，可是赵凝却等不及了。

“好了，好了，知道你有事。”赵凝不耐烦地问道，“现在还有事吗？”

“呃，没了。”袁松摇了摇头。

“既然如此，走了走了，陪我逛街！”赵凝拉着袁松便走，“我听闻街上来了个很出彩的百戏艺人，演的杂耍最是精彩不过，快点陪我去瞧瞧。”

“哎呀，慢点，慢点！”袁松连连惊呼，但是却拗不过赵凝，被拖着踉踉跄跄地离开了，身后留下了一阵阴阳怪气的笑声。

而此时，在一处幽静的宅院中，桌上摆着清茶，姚谦与一位老人相对而坐。

“姚大人莫怪。”那老人伸手一指桌上的茶盏，“老夫现在惯用清茶，虽然此茶少了那些作料，未免显得有些寡淡，可却多了几分醇香清雅，只是不知姚大人能否吃得惯？”

姚谦一笑，端起桌上的清茶品了一口，微微闭上眼睛，似乎在仔细品味茶中的味道，良久之后，姚谦轻叹一声，放下茶碗：“好茶！实不相瞒，在下曾经追随授业恩师在山中修行，那时节喝的茶便是这种清茶，虽然略带苦涩，但是喝完之后却口舌生津，先苦后甜，从那之后便喝惯了这种清茶，其他的茶水再难入口了。”

那老人笑容满面，微微颔首：“老夫自然知晓，姚大人师出名门，当年当今陛下奉先皇之命进山求才，得尊师赠送美玉一块，这才得了姚大人出山相助。此事已经传为美谈了。”

“不敢。”姚谦苦笑一声，“全凭恩师提携，陛下抬爱，这才让姚某能有今日小成，姚某微末本领，只能做点力所能及之事罢了。”

“姚大人过谦了。”那老人笑着摇头，“如果您是微末本领的话，那老夫这等人又算得了什么？冢中枯骨？”

“大人莫要如此说。”姚谦连忙说道，“您乃是几朝元老，始终在朝中屹立不倒，实乃是朝中栋梁。”

“朝中栋梁？”老人苦笑一声，“只是姚大人谬赞而已，几朝元老又如何？侍奉过几代帝君又如何？人啊，总要服老才好。只希望这一身老骨头，能为子孙后代谋点福祉，也就心满意足了。”

姚谦闻言，微微一笑：“大人您老当益壮，正当年的时候，怎能如此气馁呢？依在下看来，当今陛下发愤图强，胸有大志，欲建奇功于此时。可越是如此，越是需要一个稳定的朝堂来为陛下分忧，此时正需要大人鼎力相助啊。”

“咦？”那老人一愣，神色古怪地看了姚谦一眼。而姚谦低头喝茶，似乎对老人的举动毫无察觉。

那老人上下打量了姚谦几眼，突然笑道：“姚大人谬赞了，老夫年迈，时时觉得精力不济，甚至已经准备向陛下乞骸骨回乡养老了。此时，正应该是姚大人这般年轻人的天下了。老夫当退一步，为青年俊杰让路才对。”

“大人此言差矣。”姚谦微微摇头，“当今陛下圣明，锐意进取之心甚切，我等小辈自当拼死效力。只是天下未定，朝廷上下诸多变数，还需要大人这般擎天玉柱稳住局势才好。朝政稳固，陛下才能安心征伐天下，还天下苍生一个朗朗乾坤。”

“客气，姚大人谬赞了。”那老人微微一笑。

“非是谬赞。”姚谦轻叹一声，“现在虽然看似风平浪静，其实私下里却是暗潮涌动，刘汉亡我之心不死，前些时日托陛下洪福，晚辈侥幸剿灭了一处刘汉细作，谁曾想……”

说到此处，姚谦故意微微一顿。那老者神色一动，看了姚谦一眼。

“罢了，罢了，不说了。”姚谦苦笑摆手，“今日本是来与大人您品茶聊天的，怎么说来说去又说到了公事上了？”

“对对，今日你我无案牍之劳形，只品茶闲谈，不说这些了。”那老人哈哈一笑，看了姚谦一眼，而后端起了茶杯。

此后，两人心照不宣，再未多谈，而是聊了一些风花雪月之事，又待了小半个时辰，姚谦这才告辞离去。

那老人将姚谦一直送到客厅门外，然后驻足一直望着姚谦的背影，直到他离开庭院，这才轻轻招了招手。宅中管家缓步来到他身边，低声问道：“老爷有何吩咐？”

“查查最近有何邀约？”老人背负双手，淡淡地问道。

“今日王家老爷送来名帖，邀请老爷您喝茶手谈，您此前吩咐过，身体略有不适，老奴正准备婉拒呢。”管家毕恭毕敬地说道。

“婉拒？不了。”老人摇头微笑，“说起来，许久未曾与他闲聊手谈了，最近这些时日待得骨头发酸，倒是需要走动一下。吩咐下去，准备车马，我这就去与他一叙。”

“是。”那管家答应一声，缓步退下，只留那老人独自负手站在远处。

“呵呵。”待到左右无人之时，那老人突然微微一笑，“有趣的娃娃，此时而来，应是遇到些许难处了吧？破获了刘汉的细作？”

此时，姚谦已经出了这间府邸，踏上了随行而来的马车，上了马车之后，姚谦脸上的笑容一收，变得有些阴沉，最后他轻叹一声，摇了摇头：“师弟啊师弟，果然如恩师所言，若论缜密勤奋，你不如我，可要说运筹帷幄，智计百出，我绝非你之对手。这般手段，果然了得啊！如此阳谋，着实难以招架。”

近一段时间来，柴荣连番动作，先是整肃禁军，接着整顿朝堂，而且听说陛下对科举也有所不满，似乎另有打算。初时也就罢了，但是这一步步走来，姚谦越来越心中惴惴。朝中老臣世家受到了极大的打压，此前的军将也渐渐失势，接手的都是柴荣的少壮亲信。姚家也是世家出身，从唐末就颇具实力，这么多年下来，在朝中也算得上是根深蒂固，和其他朝臣同气连枝。原本这是姚家的根基和本钱，此刻却成了姚谦的软肋。柴荣最近的一番作为，未尝没有对他提防的意思。

以姚谦的本事，自然知晓其中有袁松的影子，可是即便如此，又能如何？陛下早有此心，袁松只是顺势而为罢了，这是货真价实的阳谋，便是知晓也无从招架。袁松自己孑然一身，毫无牵挂，倒霉的自然就是姚家这种根深蒂固的世家。尤其是今日面君之时，袁松竟然和他同殿而立，一同向陛下奏报，这让姚谦心中有了巨大的危机感。

姚谦明知柴荣此举不过是分而治之的帝王之术，但心中就是没有办法完全放下，毕竟自己比不得袁松孑然一身。无奈之下，他与这些世家的联系愈发密切起来，虽然明知此举极有可能是饮鸩止渴，却也无可奈何，只得如此行事，以求自保。

“哼！”想到此处，姚谦冷哼一声，眼中闪过一丝厉色，自言自语道，“即便如此，为兄也不会让你过得太过舒服。咱们且来看看，究竟是谁笑到最后！”

“黄河决口，数州之地，洪流为患，沿路黎民苦不堪言。今令宰相李谷征发丁役，建筑河堤……”金殿之上，一名内侍手捧圣旨，慢慢念道。

等到念完，一名老者向前一步，向柴荣躬身行礼：“臣李谷遵旨！”

那内侍将圣旨双手奉与李谷手上，李谷手捧圣旨，退了回去。

“今日还有何事要奏？”柴荣淡淡问道。

“陛下！”一名朝臣向前一步，“臣有事要奏！”

“说！”柴荣淡淡说了一句。

“臣听闻工部侍郎方仁涉嫌贪墨，已被拿下问罪。敢问陛下，可有此事？”那朝臣问道。

柴荣看了那朝臣一眼，微一点头：“确是如此，关于此事，已有奏折呈了上来，朕已看过，确实罪不可恕。莫非你想与他翻案？”

那朝臣听闻此言，顿时微微一颤，连忙把头低下：“微臣不敢！方仁为人贪鄙，犯下了滔天大罪，实乃十恶不赦之徒，罪不可恕，微臣不敢与他翻案。”

“那你出来，所为何意？”柴荣冷冰冰地问道。

“启禀陛下。”那朝臣说道：“方仁此次贪墨，臣听闻还有伪汉之人涉嫌其中，臣每每想来，忧心不已。方仁不过是区区一介户部侍郎，仅凭他一人，便是有天大的本事，又如何敢犯下这般滔天之罪？”

“嗯？”柴荣目光一闪，死死地盯着那朝臣。

那朝臣感觉到柴荣的目光，额头已经微微见汗，但还是硬着头皮说道：“因此，臣怀疑其中另有缘由，或许有其党羽参与其中，理应彻查才对。”

“不错。”柴荣微微点头，“你所言之事，也算是妥帖，此事确实应该仔细查查才对。”

听到这句话，那朝臣心中一松，于是壮着胆子继续说道：“启禀陛下，臣还听闻一件事。”

“说。”

“臣曾经听闻方仁之女方秋曾与主簿袁松素有往来。”那朝臣说道，“此事曾经在京中传得沸沸扬扬，许多人都知晓。方家既然获罪，臣以为袁松也未必能脱得了干系。”

柴荣目光一凝，死死地盯着那朝臣，他终于明白这朝臣刚才说的话是什么意思了，项庄舞剑，意在沛公！

“不错。”不过柴荣还是淡淡地说道，“此事朕会诏令有司仔细详查……”

一直站在大殿上的赵匡胤心中一跳，偷偷看了宝座之上的柴荣一眼，只见他面无表情，神色如常。

远处大相国寺的钟声徐徐传来，似乎一切都显得那么悠扬宁静，可是对袁松来说，这可不是个悠扬宁静的时候。

“喂，酸书生，我问你，你什么时候才来娶我？”赵凝坐在一把椅子上，看着一边的袁松，突然开口问了一句。

这一句来得实在是太过突然，袁松毫无心理准备，本来一边看书一边喝茶，听到这话，差点把一口水喷出来，可手中的书又是好不容易弄来的，沾不得水，紧急之下，他一偏头，咳了出来。

袁松好半天才慢慢缓过气来，抚着胸口嘟囔道：“好险好险，差点就呛死在此处了。”

“喂，酸书生！”赵凝不依不饶地在袁松的胳膊上敲了一下，“问你呢！你何时会来娶我？”

“哎呀！”袁松龇牙咧嘴地叫了一声，捂着胳膊喊道，“断了，断了！敲断了！”

“敲死你算了！”赵凝气道，“每次一问你，你就推三阻四的。分明就是不想娶我！早知如此，当初在宁陵的时候就该让人一刀杀了你个负心汉。”

“那可不成。”袁松神情一肃，“如若当初被人一刀杀了，那岂不是有人要心疼了？如果必须死的话，还不若让你打死比较好。”

“呸！呸！……”赵凝脸上一红，连啐了几口，“什么死不死的？难听死了！简直胡说八道。”

“英雄。”袁松苦笑道，“敢问一句，方才是谁说要敲死小生的？”

“那也不许你说！”赵凝大羞，没好气地对袁松说道。

“不说就不说吧。”袁松轻叹一声，“本想和某人说一句，择个良辰吉日，把事情办了，可是既然不让我说，那小生只好住嘴便是。”

“呸！”赵凝顿时又急了，“这个可以说！”

两个人嘻嘻哈哈打闹了一阵，一边的李用看得直皱眉头，躲也不是，不躲也不是，站在那里格外尴尬。那奇怪的表情被赵凝看到，又是嘻嘻哈哈的一阵大笑，笑得李用脸上发红。

“哒哒哒！”一阵急促的敲门声响起，李用顿时如蒙大赦，紧走几步出了屋子，向外喊了一声：“谁啊？”

“李兄快点开门！是我！”有人在外面喊道。

屋里的赵凝一听这声音，顿时惊呼了一声：“哎呀，是大兄来了！”

说着，她便站起身来，手忙脚乱地整理刚才打闹时弄乱的衣服。

而袁松则是微一皱眉，算算时间，现在刚刚散朝，赵匡胤出现在这里想必是朝堂上有什么重要的事情。

没多久，赵匡胤便跟着李用进了屋。

“大兄。”赵凝喊了一声，红着脸退到了一边。

谁知赵匡胤连看都未曾多看她一眼，只是微一点头，然后压低声音对袁松说道：“出事了！”

袁松先抬了抬手，然后向一边的赵凝使了个眼色。

赵凝出身世家，不是不知好歹的人，一看这场面就知道自己大兄与袁松有话要谈，乖巧地退出了房间，同时关上了房门。

“大兄，究竟何事？”袁松等到赵凝出去，低声问道。

“今日朝堂之上，有人参了你一本。”赵匡胤苦笑道。

“参了我一本？”袁松先是一惊，微一皱眉，然后轻轻拍了拍自己的额头，

“莫非是因为方秋的事情？”

“咦？”赵匡胤一愣，“你怎么知道的？”

“猜的。”袁松苦笑一声，“而且如我未曾料错，此事与我那师兄脱不开干系。”

“今日参你那人似乎平日里与姚大人并无来往。”赵匡胤皱着眉头说道。

“不需要他亲自出面，只需要推波助澜便可。”袁松轻叹一声，“当初方秋纠缠之时，我便觉得有些不妥，搞不好这其中也有他一份功劳。最起码那时，他就应该已经怀疑到方侍郎头上了，却引而不发，坐看方秋与我纠缠，目的便是将我拖下水来。”

“唔，这也有可能。”赵匡胤苦笑道，“你们这些人当真是，当真是……”

说了两个“当真是”，赵匡胤也未曾说出是什么，最后只是摇了摇头，轻轻叹了口气。

“呵呵，大兄不必惊慌。”袁松一笑，低声说道，“不管别人如何看我，都不成问题，最重要的便是‘简在帝心’四个字。只要陛下知我，这便不算大事。不过……”

他又苦笑一声：“如此一来，恐怕陛下要做个样子了，少不得要先将我一撸到底，等到风平浪静之后再作计较。”

“无妨！”赵匡胤伸手拍了拍袁松的肩膀，“便如你说的，只要简在帝心，此乃小事。”

“怎么能无妨？”袁松叹了口气，“本来我要择良辰吉日上门提亲来着，可是出了这么一档子事，看来此事又要延后了，起码要待风头过去之后再作计较了。”

“哈哈！”赵匡胤哈哈大笑，“你能想到这个，便说明我那小妹没有看错人！没事，没事，我那小妹等得起，只要你记住要来提亲就成！这京城上下谁不知道，除了你，谁能做小妹的郎君？怕不是要被她打死在屋里了！”

“呸！”门外传来一声怒骂，“臭大兄，我第一个就先打死你！”

“糟了！糟了！”一听这声音，赵匡胤忍不住打了个寒战，“怎么把我自己折进去了！”

袁松闻言哈哈大笑，看模样丝毫没有受到这个消息的影响。

赵匡胤又在这里坐了一会儿，不过受不了自家小妹那如刀子一般的眼神，狼狈败退下去，匆匆离开了这宅子。此时天色已晚，赵匡胤既然离开了，赵凝毕竟是女儿家，哪怕是想要多待一会儿，再看看袁松，此刻也不太方便了。无奈下，她只好和袁松道别，气哼哼地走了。

等到屋中重新恢复了宁静，袁松背负双手，嘴角一勾，露出一丝古怪的笑容：“师兄啊师兄，你当真是一番好算计。可惜势略术三道，我已占了大势，你此般小术又有何用？又或者……”袁松慢慢皱起眉头，“你心中，另有算计不成？”

“相公。”李用走进屋里，低声对袁松说道，“您的辞呈已经递送陛下。”

袁松闻听此言，手下微微一顿，开口问道：“陛下如何说？”

“陛下说知道了。”李用回答道。

“仅此三字？”袁松问道。

“仅此三字。”李用微微点头。

袁松嘴角一勾：“很好！”

显德元年十一月，黄河郓州界决口，数州之地，洪流为患。当今陛下派宰相李谷征发丁役六万人，监筑河堤。和这条消息比起来，一道原军中主簿调作他用的调令，就显得有些微不足道了。

而在左羽林大将军孟汉卿的营帐中，此时的气氛却有几分压抑。这位位高权重的大将军此刻却有些愁眉不展，脸上的表情颇有几分挣扎。

“将军，当断不断，其后必乱。”吴伤端坐在一侧，轻声对孟汉卿说道。

“吴先生，话虽如此，只是，此事事关重大，这个……唉！”听到此话，孟汉卿脸上的忧色更重，一边说话，一边唉声叹气。

“将军！”吴伤一副恨其不争的模样，但是却不得不说道，“在下此言，发自肺腑，是把将军当成挚友才敢发此言！说句不中听的话，此事就算事发，也与在下关系不大。在下乃是一闲散之人，届时一走了之就是了。将军犯事，与我何干？为何要与将军一起冒此风险？将军，事已至此，难道你还有什么犹豫的吗？”

“这个……”孟汉卿嘴角一抽，还是唉声叹气，却没有继续说话。

从他身上，似乎早已看不出那些骄兵悍将的锐气，看着就如同一名迟暮老者一般，没有任何心气。

吴伤暗自咬牙，有心跺脚便走，可是却又不得不说：“将军，那名小吏已经携带账本不知所踪，十有八九这账目将要落到朝廷之手，那时真是万劫不复了。还是那句话，倒不如趁此机会行险一搏！便是败了又能如何？”

“吴先生。”孟汉卿看了他一眼，“说不定，那小吏未曾去往朝廷告密呢。而且我已派人盯住朝廷的调动，如果真有变化，想来也不迟吧？”

吴伤还想说上几句，可是这时有人急匆匆来报。

“将军，派出去的人手回来了。”

“哦？”孟汉卿眼睛一亮，连忙说道，“快快将他传进来！”

未过多时，一名小贩打扮的家伙风尘仆仆地走了进来，进来之后刚要行礼，便被孟汉卿拦住。

“不必了！快说说，你此番前去有何收获？”孟汉卿急慌慌地问道。

“回禀将军，朝廷方面未曾有何动作。”那人说道，“只是听说郓州界黄河决口，朝廷派李谷李大人征发民夫，修缮河堤。除此之外，再无其他消息。”

“呼——”孟汉卿长出一口气，“还好，还好！”

“将军！”吴伤在一边略有几分急了，“说不定这是朝廷的缓兵之计，与其坐以待毙，不若早做决断啊！”

“吴先生，莫要着急。”孟汉卿一笑，和刚才那受惊吓的模样比起来，仿佛换了一个人一般，虽然眼角眉梢还是有几分忧色，但是却从容了许多。

“现如今不比当初，那时天下大乱，本将军如此行事倒也无妨，说不定还能搏一个泼天的富贵出来。可是现在，人心思定，便是本将军想要做什么决断，手下的军兵们也未必愿意。”孟汉卿慢条斯理地说道，“依我看，倒不如暂且观望一下，同时暗中戒备。一旦朝廷有变，再作打算也不迟啊！”

吴伤无奈之下，又劝说了几句，可是无论他说什么，孟汉卿都还是那个调调，试图观望一下。吴伤万般无奈，只得告辞而去。

吴伤一直阴沉着脸离开了营帐，回望一眼，用力一跺脚，低声咒骂道：“扶不起的阿斗！当初怎会选了你这样的老匹夫！”

吴伤仰望天空，此时天空瓦蓝，可是寒风透骨，让人很不舒服。虽然现在看似大周并无动作，但吴伤心中却隐隐有几分担忧，似乎事情并没有那么简单，但要说让他猜测大周有什么打算，却又猜不出来，一切似乎都笼罩着一层淡淡的薄雾，让人看不清，分不明。

不得不说，乌夜啼在开封的势力被连根拔起，确实对他的判断造成了很大的困扰，开封消息断绝，只靠自己手下的人去打探，所知非常有限。

“唉！”最后吴伤轻叹一声，“不论如何，尽人事，听天命，就当为乌夜啼……”

他脸上的表情突然转柔，微微一笑，似乎想到了什么美好的东西似的：“为她，最后尽一份心意吧。”

接下来的几日，仍然是风平浪静，朝廷似乎对孟汉卿全无动作，这让孟汉卿愈发放松，不再为那名小吏逃走而烦恼，甚至还有心思拿出几件古董来赏玩品鉴一番。

可是吴伤心中那种危机感却越来越重，压得他几乎喘不过气来，有时候深夜梦醒，已经汗湿衣襟，茫然枯坐到天明。这种不知道危险从何而来，却只能等着它一点一点咬上自己脖子的感觉，实在是太糟糕了。

第三十九章　听天命

这一日，在左羽林军驻地的碉楼上，一名军兵提着武器爬了上去，今日是他负责值守，现在天下未定，远非刀枪入库之时，所以每日值守必不可少。只是此处身处大周腹地，并非前线，所以这些兵丁难免散漫了许多。

站在碉楼上，被寒风一吹，那小兵忍不住缩了缩脖子，他刚要习惯性地咒骂一句该死的天气，却突然愣住了。今日军寨外的气氛似乎有些不对，这让他心跳都慢了半拍！

他突然意识到外面太安静了！不要说人的声音，便是那鸟兽虫鸣也完全听不到了，安静得让人有点窒息！接着，那小兵抬头向外看了一眼，只这一眼，就差点让他的血液凝结！只见在军寨外面，不知道什么时候出现了一支军队。这支军队兵甲齐备，一个个人高马大，手持兵器矗立于外，杀气腾腾。

那小兵顿时慌了，下意识地敲响了身边的铜钟，同时惊慌失措地大叫道：“敌袭，敌袭！”

刹那间，整个营寨乱了套，士兵们手执兵器，无头苍蝇一般到处乱撞，几名军官顶盔掼甲冲了出来，大声嚷道：“别慌，别慌！快查查，哪里来的敌人！”

就在这时，营寨外面的军兵中竖起一面大旗，大旗迎风招展，正是大周的旗号，除此之外，还升起了一面帅旗，上书一个斗大的“赵”字来。

看到外面的旗帜，军营中的兵马顿时有些茫然，来人看似与自己一般同属大周，可为何会杀气腾腾地将军营围住？任凭他们想破脑袋也不知这是何意。

在那面帅旗下方，赵匡胤一脸不屑地看着慌乱成一团的军营，撇着嘴向一边的袁松说道：“受益，亏得孟汉卿还自誉为军中宿将，可观其军营，凌乱不堪，虽示警已久，仍是兵将不齐，兵不知将，将不知兵，实乃徒有虚名……”

“这是自然。”袁松一笑，“若非如此，陛下为何要整肃诸军，设殿前诸班？实乃这般人等尸位素餐，不堪造就，若指望他们匡扶天下，徒增笑柄而已。”

说罢，他环视了一眼周围的殿前司禁军，微微一笑，低声对赵匡胤说道：“大兄若以殿前司为根底，建功立业，不在话下！”

说完之后，袁松对赵匡胤拱了拱手：“今日还请大兄为我压阵，我去去就来。”

袁松说完，拨马便欲离开，赵匡胤却突然伸手一把拉住袁松，表情凝重地说道：“受益，若事不可为，莫要逞强，我等大军压境，如此营盘，一鼓可下，未必要冒什么风险。”

袁松一笑，伸手在赵匡胤的手上拍了拍：“大兄放心，我晓得，有大兄在此压阵，此次必是有惊无险。”

两人重重点头，赵匡胤慢慢松开了手，袁松骑着马，慢慢地来到了军营前，对着守营的官兵大声说道：“在下身负皇命，欲求见孟将军，尔等速去禀告，否则耽误了大事，尔等吃罪不起！”

几名守营的军兵脸色连变，有人已经转身飞奔而去，想必是到后面去找孟汉卿去了。

袁松也不着急，控马在军营前等着，嘴里还哼着不知名的小调，仿佛是来郊游一般。

过不多时，军营门大开，几名军官迎了出来，见到袁松先行了一礼，口中道：“我家将军请天使入内说话。”

袁松貌似不经意地扫了一眼这几名军官，见他们一个个看似镇静，实则一双眼睛总是向袁松身后的军阵瞄去，脸上还隐隐带着惊容。袁松心中一笑，心中已经有数，翻身下马，说了一句：“前面带路！”便悠悠然地跟在几名军官后面，直奔中军而去。

中军帐中，孟汉卿已经升帐，几名军官站立左右，努力想要摆出一副凶狠的模样来。在孟汉卿左手边，吴伤垂手侍立，脸色惨然，时不时地看一眼身边的孟汉卿，看着他色厉内荏的模样，心中忍不住想要冷笑一声。

“天使到！”军账外有人高喊了一声。

“请！”孟汉卿咬着牙吐了一个字。

可是半晌过去了，不见有人进来，过了一会儿，一名军官面露难色，犹豫着走进了中军帐。

“天使呢？为何只有你一人前来？”孟汉卿一皱眉头，不满地问道。

“启禀大帅……”那名军官犹豫着开口说道，“天使就在帐外，他说他身负皇命，代表的乃是陛下，所以让将军亲自迎接才行。”

“哼！”孟汉卿脸上阴晴不定，最后重重哼了一声，“好大的架子！便是陛下亲临，也要礼让某几分，一名不知从哪来的使者，竟敢口出狂言？”

一边的吴伤默不作声，但是心中对孟汉卿颇为不屑，别看他说得厉害，其实早已心怯，只不过把陛下拉出来给自己壮胆罢了。

吴伤想了一下，微微眯起眼睛，凑到孟汉卿耳边低声说道：“将军，此乃非常时刻，再不做决断，后患无穷。以我之见，不如直接斩了那使者，孤注一掷，届时大事可成！”

孟汉卿身子微微一颤，犹豫了片刻，摇了摇头：“不可，现在军营被大军包围，军心浮动，实在不是举兵的好时机，倒不如见见那使者，说不定应付几句，便可搪塞过去，那时就算要做大事，也可以有时间整军。”

吴伤苦笑了一声，深深地看了一眼孟汉卿，眼神中透着无比的绝望。

孟汉卿也不看吴伤，而是对手下将校说道：“也罢，他毕竟乃是天使，代表陛下而来，某亲自去迎接一下也不算是乱了礼数。”

吴伤冷眼旁观，见几名将校闻听此言顿时松了口气，他心中更是绝望，知道此事难办了，犹豫了片刻，他伸手慢慢握住了腰间的佩剑，似乎正在下什么决心。

此时，孟汉卿已经长身而起，带着手下将校走出了军帐，到了外面。

袁松就在军营外面负手而立，面带微笑，举止从容，似乎并没有把这些杀气腾腾的军将放在眼里。

看到孟汉卿率众出迎，袁松嘴角一勾，露出一丝古怪的笑容，然后目光在人群中扫视了一番，待他看到那个熟悉的身影时，袁松一笑，向着吴伤点了点头。

吴伤看到袁松之后，身子顿时一颤，如遭雷击，脸色也变得凝重起来，一只手紧紧地攥着剑柄，目光死死地盯在袁松身上。

“末将等见过天使！”孟汉卿带着手下军将来到袁松面前，然后领头向袁松行了一礼。

“将军，不敢当！”袁松一笑，回了一礼，“在下皇命在身，不能全礼，还请将军不要见怪。”

“不敢。”孟汉卿勉强笑了笑，做了个请的手势，“请天使入内说话。”

“不必了。”袁松摆了摆手，淡淡一笑，“在下害怕得紧，不敢入将军军帐。”

说话时，袁松面带微笑，目光却穿过孟汉卿，落到了他身后的吴伤身上：“万一将军在帐中藏着刀斧手，或者有人密谋不轨，试图将我诛杀，到那时，岂不是叫天天不应，叫地地不灵了？”

“你……”孟汉卿脸色微微一变，恶狠狠地瞪着袁松，不过片刻之后，他还是深吸了一口气，勉强露出了一个笑容，“天使说笑了，您奉陛下旨意而来，谁敢对您无理？”

袁松闻言，微微一笑：“将军知道在下奉旨而来就好。”

说话间，袁松环视四周，对周围军将笑问道：“诸位将军可知否？”

周围军将脸色古怪，纷纷垂下头来，不敢言语。

吴伤与孟汉卿看到这些人的模样脸色连变，而袁松则笑意更浓。

“孟将军，何不与诸位一起入内相谈？”袁松笑问道。

“不可！”吴伤在一边惊呼一声。

“为何不可？”袁松笑吟吟问道，“我今日所言，无不可对人言，莫非吴先生有什么见不得人的言语不成？”

吴伤脸色连连变换，最后冷哼了一声。

孟汉卿明知袁松来者不善，可门外大军压境，自己毫无准备，也只得硬着头皮向里一让：“天使，请入内说话。”

袁松微微颔首，跟着孟汉卿进入了军帐。

进了军帐之后，孟汉卿端坐中间帅案，手下将官分列两旁，吴伤在他身侧持剑而立。孟汉卿深吸了一口气，在众人围拢下，似乎恢复了几分精神，看着下面的袁松问道：“敢问上使，此番奉旨前来，有何贵干？为何大兵压境，围我军营？同为大周效力，难道说要同室操戈不成？”

袁松一笑，微微摇头：“将军此言差矣，是否要同室操戈，决于将军，而非在下，在下来此，是为传达旨意而来的。”

孟汉卿微微眯起眼睛，死死地盯着下面孑然而立的袁松。

在众多军将的包围之下，袁松仍然是一副懒懒散散的模样，好像很没精神，又仿佛从容不迫，让人有些摸不着头脑。

孟汉卿犹豫了一下，终于开口问道：“天使，现在本将军帐下人马齐至，有何旨意，还请道来吧。”

“好。”袁松含笑点头，然后脸色突然一变，看着孟汉卿大声喝问道，“孟汉卿，你可知罪？”

孟汉卿被这一声吼吓了一跳，身子一颤，然后硬着头皮说道：“笑，笑话，本将军何罪之有？”

“何罪之有？”袁松冷笑一声，“陛下与你左羽林大将军之职，本指望你报效朝廷，造福天下，谁知道你却贪鄙无耻，位高权重却做出如此下作手段！利用权柄，大肆贪墨，满足自己贪欲，现已查实，陛下特命我来问罪！孟汉卿，我再问你一遍，你可知罪？”

孟汉卿脸色连变，大滴大滴的汗水顺着脸颊滴落下来，张口结舌说不出话来。

一边的吴伤突然大吼一声："信口雌黄！我家将军清正廉明，绝无贪墨之事，陛下想必是听信了谗言，想要对我家将军不利！现今天下外敌未除，陛下便要对我家将军这等忠心耿耿的老臣动手吗？"

"陛下厚待老臣，有目共睹，不然也不会将左羽林大将军如此显赫要职授予将军。"袁松不慌不忙，冷笑着说道，"只是将军当真当得起陛下厚待吗？你说陛下是听信了谗言才有此等做法，此言何意？莫非以为陛下乃是那昏庸残暴之主，任由那小人搬弄是非吗？"

袁松一边说着，一边从怀中掏出一样东西来，啪的一声扔在了孟汉卿前方的地面上："敢问将军一句，你当真没有愧对陛下吗？"

孟汉卿只看了一眼袁松扔在地面上的东西，顿时脸色铁青，同时觉得天旋地转，身子一软，险些瘫倒在地上。袁松扔出来的非是旁的，而是一份账簿，这东西是孟汉卿的私账，上面原原本本地记下了孟汉卿之前种种贪赃枉法之事。按照律法，足以让他死上三四遍了。

一边的吴伤眼看不好，猛地向前一步，手中宝剑出鞘，寒光一闪，直指袁松，口中大声喝道："大胆奸贼！陛下怎会凭借如此不知所谓之物逼迫朝廷忠臣？想来正是有你这般小人作祟，平白无故，诬陷好人，我为将军不平！"

面对寒光闪闪的长剑，袁松脸色如常，冷笑一声，对吴伤说道："你说陛下凭借不知所谓之物逼迫朝廷忠臣？既然如此，为何不在陛下面前申辩，反而要在此拔剑相向？难不成你自知罪孽深重，想要拉诸君陪葬不成？"

周围军将闻言，微微一震。

"满口胡言！"吴伤此时大吼一声，"便是有你这等人信口开河，陛下才会如此！我正当为陛下诛除小人，匡扶社稷！"

吴伤说着一咬牙，手中长剑直奔袁松而来。

袁松身子绷紧，便待躲开这一剑。

可是还未等他躲开，旁边便有人大吼一声："不可！"

一把长刀突然横下里砍了过来，重重地砍在吴伤的长剑上，吴伤只觉手里一沉，长剑落地，发出当啷一声脆响。他猛地转过头去，只见一名军将手持长刀，脸色凝重地对他说道："吴先生，此人乃是陛下使者，不可无理啊！且听他说些什么，再作计较也不迟。"

吴伤脸色发白，苦笑着看了袁松一眼，口中喃喃念道："好，好！"

孟汉卿的脸色也愈发惨淡了几分，瘫坐在椅子上一言不发。

袁松面带笑容，伸手轻轻抖了抖袍袖，冲着那军官含笑点了点头。那军官抱拳行了一礼，退到了一边。

"吴先生当真好威风啊！"袁松看着吴伤轻声笑道，"稍有不如意时，便要拔刀相向。你如此做派，莫不是在隐藏什么？还是如我刚才所说，想要让在座诸位陪葬？”

“你，你休要胡言！”吴伤脸色难看，看着袁松，恼羞成怒地说道。

“到底是我在胡言，还是吴先生您另有打算？”袁松冷笑着说道，“当今陛下驱逐刘汉，兵围太原，立下不世之功，在内治政爱民，百业兴旺，正是一派兴盛的景象，实乃是英明之主！如果尔等果然有所冤枉，正应该在陛下面前为自己辩解才对，却偏偏要兵戈相向，杀人灭口。莫非真当营外兵马是纸糊泥塑的不成？尔等畏罪也就罢了，偏偏要拉上许多无辜性命，其心何其毒也！”

“你莫要在此挑拨我等！”吴伤艰难地说道，“我等上下一心，如何能被你挑唆？”

“哦？”袁松微微一笑，“果真如此吗？”

他不等吴伤说话，突然一转头，面向孟汉卿：“将军，早就听闻将军乃是爱兵之人，当真愿意见自己手下受您拖累，遭此不测吗？”

孟汉卿脸色连连变化，而营中诸将脸色也十分古怪，有几人一脸义愤，可是更多人却是神情古怪，左顾右盼，还有几人交头接耳，一副跃跃欲试的模样。吴伤还待言语，可是看了营中诸将的模样，却幽幽一叹，缓缓地闭上了眼睛，不再言语。

过了许久，孟汉卿终于开口，只是声音干涩，听着十分难听：“陛……陛下要如何待我？”

袁松面容一肃，拱手说道：“将军乃是朝廷重臣，应当知晓现如今正是陛下整肃军务之时，将军身居高位却犯下如此罪行，陛下恐怕将下重手。”

听到袁松这一番话，孟汉卿脸色连变，不仅是他，便是营中诸将也是心有戚戚。

不过袁松话锋一转，低声说道：“不过，在下来前，陛下也曾明示，此事乃是将军一人所为，如若将军认罪伏法，陛下只治罪将军一人，准予自裁，不累及家人，其他人等不予追究。”

听到袁松这番话，营中诸将眼中一亮，目光炯炯地盯着孟汉卿，那模样分明是看到了希望，只等孟汉卿一个痛快了。

孟汉卿绝望地闭上了眼睛，知道自己已经无路可退了。如果不是营外大军突然而至，打了他一个措手不及，他尚有一搏的机会。可现在，袁松依仗大军进入营中，并且当着军中诸将宣布了陛下的口谕，这一下营中诸将看到了希望，只要自己身死，大家全都有机会活下来。外面大军压境，内里袁松巧舌如簧，离间了自己与诸将，连让自己欺瞒他们举兵的机会都没有。到了现在，自己大势已去，再也没有翻盘的机会了。他相信，只要自己反对，那军中诸将恐怕会将自己捉拿起来，向陛下请功。

“如此，便如天使之意吧。”孟汉卿缓缓地站起身来，向军帐后面走去，身形仿佛一下子苍老了十岁。而吴伤则慢慢地闭上眼睛，脸上满是绝望！

很快，左羽林军营门打开，赵匡胤率军进入，控制了整个左羽林军。

而在一处军帐之中，袁松与吴伤相对而坐，前面的小桌上摆着两样小菜，一壶美酒，两个酒杯。

两碟小菜一前一后，斜向而布，酒壶摆在袁松面前，酒杯则是一人一个。

吴伤看了一眼桌上的酒菜，微微一笑：“我就知道袁兄你会摆出如此阵势来，流水席？”

“你我同是门中之人，这般席面，应该有的。”袁松一笑，拿起酒壶来给吴伤斟了一杯酒，口中念道，“人往高处走，水往低处流，此时酒水流向吴兄，吴兄当饮此杯。”

“不错，流水席，轮流转，此次确是我输了一筹，当饮此杯。”吴伤轻叹一声，“不过，我还有一事不明，还请袁兄为我解惑。”

“吴兄请说。”袁松含笑问道。

“我等一直注意军中局势，并未见有调令发出，也不曾见有大军出动，为何突然一夜之间便有大军围营，导致我诸般算计，功亏一篑？”吴兄问道。

“呵呵，不过是一些小伎俩罢了。”袁松笑道，“其实这支大军的调令，已经藏于公文中发往各处，只是吴兄未曾留意而已。”

“藏于公文发往各处？”吴伤一愣。

“不错，承蒙老天看顾，虽有坏事，却也有利处，阴阳相济，不外如是……”袁松神秘笑道。

“老天看顾？”吴伤微一皱眉，突然惊道，“莫非是此前黄河决口？”

袁松没有说话，只是微微点头。

“不冤，输得不冤啊！这一杯酒我当饮之！”吴伤拍着脑门长叹一声，然后端起酒杯来，将杯中酒一饮而尽。

袁松见他喝罢，却不给自己倒酒，只是端起空杯遥敬了一下，流水席乃是诡门之中互为敌我，却颇有交情之人相见所用，菜品斜向，有高低之分，酒壶在谁处，便是谁占上风，如果酒壶放在中间，那便是不分胜负。而这阵势在诡门之中往往会用在一处地方——劝降。

这第一轮酒，谁占上风便不必饮下，谁要落了下风，或者成了囚徒，却需要饮下这一杯水酒。

眼看吴伤将酒杯放下，袁松这才缓缓说道：“吴兄之败，非战之罪，你也是门中杰出之辈，当知自己何有此败。”

“不错。”吴伤苦笑一声，“势略术三道之中，袁兄已经占足了大势，无论如何，不过是徒劳挣扎罢了。”

“我就知吴兄晓得其中关键。”袁松轻叹一声，“吴兄实乃大才，以一己之力，兴起如此风雨，巧使计谋，步步连环，使得那孟汉卿入了吴兄的瓮中尚不自知，差一点便引得左羽林卫哗变。左羽林卫距离京中如此之近，稍有变动，便要人心惶惶，陛下此前整顿朝纲，已经引起许多人不满，左羽林卫如果乱了，在有心人的利用下，恐怕要掀起轩然大波，让陛下不得不安抚朝臣，暂缓整肃。虽然终究阻止不了这天下大势，却也是个巨大的麻烦。所幸吴兄所托非人，不然的话，此事便棘手了。”

吴伤一笑，颇有几分自得，显然对于此事的手笔很满意。

袁松给自己斟了一杯酒，向吴伤敬了一下，然后一饮而尽：“为此谋划，小弟敬吴兄一杯，吴兄之才不可小视。”

喝罢这一杯酒之后，袁松自然地放下酒杯，拿起酒壶，便要给吴伤斟酒。

可就在这时，吴伤轻叹一声，把手盖在了酒杯上：“袁兄，这一杯酒就不必喝了吧？”

袁松脸色微微一变，苦笑一声：“吴兄，为何如此？”

流水席，三杯酒，第一杯敬的是败者，这一杯叫流水酒，第二杯胜者自饮，这叫得胜酒，而这第三杯酒则是双方斟满，如果愿降则同饮此杯，不然就不要再喝了。诡门中人各为其主，彼此之间的联系千丝万缕，虽然互为敌我时无所不用其极，恨不得致对方于死地，而在分出胜负之后，便是愿赌服输，胜者总要给败者一个机会。而吴伤不再饮酒，就是拒绝了袁松的好意。

“吴兄……”袁松长叹一声，“我不信以吴兄的大才，会看不出天下大势，当今刘汉已成明日黄花，只能靠着契丹人苟延残喘，而这苟延残喘也是陛下有意为之，留着刘汉一丝元气作为缓冲，来日再作计较罢了。吴兄如此才干，怎能埋没于这冢中枯骨？”

吴伤轻笑一声，微微摇头：“袁兄，我知你是一片好意，只是人各有志，不劳袁兄费心了。”

“唔……”袁松微微皱眉，“我不信以吴兄的大才，看不出这天下大势，现如今却如此决然，其中必有隐情。既然不是为了国事，想必是为了某人？”

袁松皱着眉头，似乎在自言自语：“此前于叶县我曾与吴兄见面，那时你我二人都是为了乌夜啼而去，吴兄应该是为了灭口，而我则是去打探消息。想来是此前宁陵卢家有什么消息要带给吴兄，而吴兄为此不惜杀人灭口，一切都与……”

“住嘴！”吴伤暴喝一声，脸色铁青，“不论你说的是什么，那个人已经死了！”

“死了？”袁松一惊，抬头看着吴伤。

“没错！”吴伤面色狰狞，一双眼睛死死地瞪着袁松，就好像一头择人而噬的野兽一般，“既然她能为国而死？为何我死不得？”

说话间，吴伤突然抓过桌上的酒壶，狠狠地往桌上一摔，啪的一声，酒壶被摔成碎片，吴伤抓起一片最尖利的，对着袁松大吼一声：“你我相见恨晚，互为知己，既然我要死了，不如袁兄与我同去，你我二人阴曹地府之中再续前缘，饮酒作乐，岂不美哉？”

说罢，吴伤大吼一声，手里拿着瓷片，向着袁松就捅了过来。

“啊！”袁松完全没想到吴伤会暴起伤人，不过好在他也不是手无缚鸡之力的羸弱书生，眼看不好，就地一滚，躲开了吴伤的这一刺。

“先生，发生了什么事？”与此同时，军帐帐帘一挑，两名守在门口的军士冲了进来。

两人进来就看到吴兄手持瓷片，两眼通红，状若疯狂，两名军士一惊，连忙将随身的兵器举了起来。

可是吴伤却全然不惧，大吼一声，手持着瓷片向着那两名军士就冲了过去。

两名军士连忙举起手中兵器，试图阻拦吴伤。

“住手！”袁松惊呼一声。

可惜已经晚了，面对锋利的刀兵，吴伤不躲不闪，硬生生撞了上去，尖锐的金属刺进了他的身体，从背后捅了出去。

“呃……”吴伤神情一滞，张嘴吐出一口鲜血，缓缓地倒了下去……

军帐中寂静得让人有些喘不过气来，两名军士茫然地举着手里的兵器，虽然他们也是从沙场上回来的老卒，见惯了生死，可是刚才吴伤那种疯狂的劲头，还是让他们感觉有点迷茫。

浓郁的血腥味在军帐中慢慢散开，吴伤躺在地上，早已咽了气，一双眼睛无神地盯着上方，脸上还带着一丝古怪的笑容。

这时，军帐帘一挑，赵匡胤急匆匆走了进来，张口就问：“方才我听人禀报，此处出事了，究竟……呃……”

他话还未说完，就看到了倒在地上的吴伤。

“死了？”赵匡胤皱着眉头问道。

“嗯，他一心求死，拦不住的。”袁松轻叹一声，“以他的才智，想活很简单，但是想死也很简单。”

“倒还真是个忠义之人。”赵匡胤冷笑一声，“我真搞不懂，刘汉朝廷究竟有何好的，竟然让他们舍生忘死？”

“刘汉朝廷？”袁松冷笑一声，“刘汉朝廷还不配让他为之赴死……”

“那他这是……”赵匡胤有些摸不到头脑，奇怪地问道。

“他是为了某人。”袁松微微闭上眼睛。

“某人？”赵匡胤一愣，“为了谁？”

“我也想知道这个问题。”袁松睁开眼睛苦笑了一声，“可惜，吴伤已经死了，这个问题就要靠我自己去想了。”

第四十章　慧音师太

显德元年十一月，黄河郓州界决口，陛下派宰相李谷征发丁役六万人监筑河堤，三十日而罢。同月，陛下巡检叶县，以挟私断杀平民之罪判供奉官郝光庭斩刑弃市。又以监纳厚取耗余之罪赐死左羽林大将军孟汉卿。朝野上下，风气为之一变。

次年一月，陛下顺势下诏曰：“在朝文班各举堪为令录者一人，虽姻族近亲，亦无妨嫌。授官之日，各署举主姓名，若在官贪浊不任，懦弱不理，并量事轻重，连坐举主。”

大雨未至，风已满楼……

而这一切暂时与袁松无关，因与工部侍郎方家之女纠缠不清的关系，袁松被暂停一切职务，赋闲在家。无论袁松还是柴荣都知道，这不过是做给朝中诸臣看的把戏，而这一次赋闲，不过是为了以后更好地上位罢了。

屋里的火炉烧得暖暖的，手边还有温好的酒水，袁松尽管无官无职，但是其他方面并未受到任何苛责，衣食无忧。只是袁松的表情却不见一丝轻松，反而紧锁眉头，显得有几分凝重。在他面前的桌面上，则摆着半截佛像，袁松的目光一直未离开那佛像。

房门“吱呀”一开，李用手里拿着个篮子，和屋外的寒风一起进了屋里。进屋之后，他一边跺脚一边搓着手，笑呵呵地看着袁松说道：“相公，你还在盯着那死物呢？”

“死物？”袁松苦笑了一声，“不错，这的确是死物，但正是这死物，却隐藏着一件天大的干系。吴伤究竟是为谁而死的？他做这些事的目的究竟是什么，这一切还都是谜团。在解开谜团之前，我恐怕是睡不踏实了。”

“相公，依我看，这件事也不是一时半会能解开的，您整日在这屋中枯坐也不是办法。要不我给赵家小姐送个信儿？”李用挤眉弄眼地说道。

“胡扯！”袁松哭笑不得，“真是什么乱七八糟的事情你都敢想！闲着没事竟然还消遣起我来了？现在我可是戴罪之身，让凝儿过来做什么？大兄现在编练禁军，已经忙得晕头转向了，我再横插一手，岂不是平白给他添了许多乱子？”

“这怎么能是乱子呢？”李用不以为然地说道，“我不信那赵家姑娘会不想你？”

“没办法，现在情况特殊。”袁松苦笑道。

“什么情况特殊。”李用还是不以为然，“你知道，陛下也知道，这不过就是走个过场而已，回头陛下还是要启用相公的，而且还是重用。”

“就因为这个，才更不能落下把柄。”袁松表情一肃，开口说道，“须知道人言可畏！”

“好好，那我便不说了。”李用无奈地摇了摇头，“不过，相公如此在家中枯坐，也不是个办法，烦闷出病来，回头也无法与陛下交代，依我看，还是应该出去走走。别看现在天寒地冻，但还没出正月，有热闹可看的。尤其是大相国寺，我听说大相国寺有不少善男信女捐资，要大修佛像，修建佛塔，每天来来往往的人络绎不绝。”

“大相国寺？”袁松心中微微一动。

“对，就是大相国寺，正好距此不远，相公可以去逛逛。”李用笑道。

袁松犹豫了一下，看了一眼桌上的半截佛像，站起身来：“好吧，在家中枯坐，确实于事无补，不如出去转转，也好散散心。”

“这就对了！”李用笑道，“现在时辰刚好。相公，我们走吧。”

不多时，袁松和李用二人就已经出现在去大相国寺的路上。果然如李用所说，正月时节，大相国寺热闹非凡，来来往往的都是善男信女，其间还夹杂着不少工匠，拖运着各种材料向寺中前行。

袁松二人随着人流一路到了寺里，整个大相国寺里也是人满为患，到处都是香客。袁松绕开这些香客，一路向里走，不知不觉中眼前的场景变得越来越熟悉，等到袁松回过神来，发现自己不知何时已经到了慧音师太的院落外面。

袁松苦笑一声，也不知道自己为何就来到了这里，不过既然来了，也不好转身便走，于是袁松迈步就想进去。可一边的李用却抢先一步，伸手拉住了袁松的衣袖。

袁松一愣，莫名其妙地看着李用问道：“你这是何意？”

“相公。”李用犹豫着开口问道，“你要往何处去？”

“这里啊。”袁松指了指那处院落，“既然已经到了此处，好歹要见见慧音师太，过门而不入，未免有些无礼。”

“相公……”李用犹豫着开口说道，“有句话，我不知当讲不当讲。”

“有话便说。”袁松皱着眉头说道，“吞吞吐吐的做什么？”

“相公。”李用苦笑道：“你要去别处也就罢了，不过这慧音师太，依我之见，还是不要见了吧。”

“此话怎讲？”袁松不明所以地问道。

“相公。”李用叹了口气，“慧音师太乃是京中名流，身份特殊，与许多朝廷重臣都有来往，尤其是，尤其是……”

看着李用那欲言又止的模样，袁松突然福至心灵，脱口而出：“陛下？”

“嘘！”李用连忙拉住袁松，伸手比了个噤声的姿势，“相公，这些话可说不得！”

他做贼似的左右看看，然后压低声音说道：“原本这些话我不该与你说的，只是关系重大，不说确实不妥。就如相公所说，陛下也对慧音师太青睐有加，未继位时便时不时地到大相国寺来，与慧音师太品茶说禅。您初次与陛下相见，不也是在这里吗？所以，依我看来，慧音师太您还是少见为妙。以防……那个，您懂的。”

袁松微微皱眉，低声问道：“我来问你，陛下此前到大相国寺来，都是与慧音师太品茶说禅吗？”

“这个……”李用一愣，犹豫着开口说道，“要说都是与慧音师太品茶说禅，倒也不是，来了之后，陛下先要在四处转转，到处看看，然后才会到此处来与慧音师太相会。”

“那我再问你，陛下最近来得多否？”袁松又问道。

“不多了。”李用摇了摇头，“我听说，陛下自从高平大捷，班师回朝之后，就不常来了。可是，尽管如此，您也不能随便与慧音师太相见啊？”

“那陛下回去之后，可曾经常听禅？”袁松问道。

“不曾。”李用老实地摇了摇头，“从未见陛下听过。”

袁松上下打量了李用几眼，突然表情古怪地问道：“你以为陛下到此地只是与慧音师太见面吗？”

“不然还能为何事？”李用茫然地问道。

“呼——”袁松轻轻吐出一口气来，“或许陛下到此处，确实是与慧音师太见面，不过依我看来，其他的事情可能更多一些。”

“相公，此话怎讲？”

“不可说，不可说啊。”袁松微微摇头，嘴角一勾，露出一个古怪的笑容。

这个笑容在李用看来，感觉有些怪怪的。

“阿弥陀佛！”就在这时，有人念了一声佛号，一下子惊动了袁松和李用。两个人双双回过头来，发现慧音师太不知何时已经从小院中出来了，身上背着一个包袱，双手合十看着他们二人。

“见过师太。”袁松和李用连忙向慧音师太行礼。

“二位施主，不必客气。”慧音师太含笑说道，“只是不知两位为何在此驻足，却不入内相谈呢？”

“哦，我等不曾入内，只是怕耽误了师太清修。”袁松说道。

“阿弥陀佛，不妨事。”慧音师太微微摇头，然后回首看着身后的院落，神态萧瑟，“此时能有故人来访，确是一件幸事，免了几分冷清。贫尼虽然一心向佛，却终究跳不出这红尘之外啊。”

看着慧音师太身后背着的包袱，袁松神色一动，开口问道：“师太这是要远行？”

“阿弥陀佛！”慧音双手合十念了一声佛号，“不错，贫尼决定游历红尘，从中体会我佛三昧。”

“好事。”袁松轻叹一声，“不历红尘，何以见红尘之苦？不见天下，何以会我佛之意？”

慧音师太嘴角一勾，脸上露出一个淡淡的笑容：“贫尼果然没有看错，施主乃是有大智慧之人。”

“不敢，只是信口胡言罢了。”袁松笑道，“世上有大智慧之人何其多也，和他们比起来，在下不过寥寥。”

“是啊。”慧音师太轻叹一声，“这世上有大智慧的人何其多也，只是有大智慧之人却往往心如磐石，如走通天大道尚可，可一旦入了歧途，明明通晓一切，还是会断送了自己的性命。”

袁松一愣，看了一眼慧音师太：“师太，您此言……”

慧音师太微微一愣，连忙双手合十，念了一声佛号，脸上含笑道：“贫尼有感而发，却让施主看了笑话。”

“无妨。”袁松微微摇头。

“阿弥陀佛，施主留步，时辰已经不早了，贫尼要动身了，此去山高水长，后会无期。”说罢慧音师太微微施了一礼，转身往山下走去。

袁松看着她的背影，低声说道：“慧音师太似乎有什么心事。”

“相公。”李用苦笑道，“管她有何心事，您可莫要多想。”

“哈哈，依我看来，多想的是你才对。”袁松哈哈大笑，“罢了罢了，我们还是闲逛一下便回去吧。”

说完，袁松带着李用在这寺中又逛了起来，过了不知多久，眼看天色渐晚，两人便准备回府。刚刚走到寺门处，就见一队车队拉着各种材料缓缓而来，车上装的显然是修缮庙宇用的东西。袁松和李用两人站到路边，为这车队让路。

袁松闲来无事，便看着一辆辆马车从面前经过。突然，他目光一闪，脸色微微一变，从路边冲到了车队旁边，伸手拉住了一位跟车的匠人。

“哎呀！”那匠人猝不及防之下，被袁松拉得一个踉跄，险些栽倒在地上，顿时回头对袁松怒目而视，“你这相公好不讲理，平白无故地拉我作甚？”

袁松连忙行了一礼：“老丈息怒，在下是有一件事想要向老丈打听一下。”

“有事你就说，拉人做什么？”那老丈嘟囔道。

袁松再三道歉，这才压下了那匠人的火气，然后袁松一指车上，向那匠人问道：“敢问老丈，这车上拉的是什么？”

“佛像啊。”老丈莫名其妙地看着袁松，“不然还能是什么？”

“不，老丈，我的意思是，这车上拉的是什么佛像？”袁松追问道。

这时李用就站在袁松身后，闻听此言，向那马车上看了一眼，只见马车上的确是拉了不少的佛像，不过和庙宇里的佛像不同，这是一个个的小佛像，每一个大概有一尺来高，应该是石制的，人首鸟身，身上涂着彩绘，色彩斑斓，作反弹琵琶、振翅欲飞之状，看起来颇有几分古怪，李用看了半天也没看出这是什么佛像。

“你说这个啊？”那匠人答道，“这是迦陵频伽，也叫妙音鸟，或者美音鸟。此鸟出自雪山，在壳中便能鸣唱，音色悦耳，就没有不爱听的，乃是佛前的乐舞供养。大相国寺要修建一座佛塔，这妙音鸟就是塔上的佛像，要以它那绝妙嗓音引神佛眷顾。”

“妙音鸟？迦陵频伽？”袁松脸色连连变化，“竟然是妙音鸟？”

“相公？”那匠人看着袁松的模样有些害怕，忍不住问道，“您，您没事吧？”

“哦，我没事，没事。”袁松勉强一笑，然后向那匠人行了一礼，“多谢老丈指点。”

“无妨无妨。”那匠人打量了袁松几眼，摆了摆手，跟着车队继续前行。而袁松眉头紧锁，似乎在思考着什么。

“相公，您这是……”李用在一边小心翼翼地问了一句。

“妙音鸟，竟然是妙音鸟！我知道了！这下我终于知道了！”袁松突然没头没脑地叫了起来。

“您，您这是知道什么了？”李用担心地问了一句，“不会是失心疯了吧？”

“胡说，我好得很！”袁松瞪了他一眼，接着脸色一变，“不对，不好，一点也不好，快，快跟我走！”说完就转身向外冲去。

“等等！”李用一惊，连忙跟上，“相公，您这是要去哪里？”

“追人！”袁松回了一句。

“追什么人啊？”李用问道。

“慧音师太！”袁松一边跑一边回了一句。

“慧音师太？”李用脸色古怪，“相公，莫要追了，我不是说了嘛，慧音师太她……”

“闭嘴！”袁松怒骂了一句，“休要多言，我可没你想得那么龌龊！她乃是重要人物！”

“重要人物？什么重要人物？”李用越听越糊涂，忍不住开口问道。

可是袁松已经顾不上回答了，就在不远处，一名身穿僧袍的僧人正往寺中走来，袁松三步并作两步，冲到了那僧人身边，一把拉住了他的胳膊。

“啊！”那僧人顿时被吓了一跳，看着袁松心惊胆战地问道，“阿弥陀佛，这，这位施主，您，您要做什么？”

“这位师父见谅，我乃慧音师太的朋友，方才在寺中刚刚送她离开远游，突然想起有一件重要的东西忘记交给她，敢问这位师父，可曾见到慧音师太？”袁松气喘吁吁地问道。

“方才确实见到她了。”那僧人刚说了一句。

袁松连忙问道：“在哪里？”

“方才看到她正向河边方向走去。”那僧人说道。

“多谢师父。”袁松连忙道谢。

待那僧人离开之后，袁松一把拉住身边仍是一头雾水的李用：“我问你，咱们附近有多少弓卫在？”

“有三人负责保护相公。”李用虽然一头雾水，可还是老老实实地答道。

“不行，还不够！”袁松皱着眉头说道。

“什么不够？相公究竟要做何事？”李用问道。

“拦住慧音师太！算了，你把那三人调派给我，你现在立刻去调集人马，如果我能见到慧音师太，争取将她拖住。”袁松急吼吼地说道。

“相公，那慧音师太可是……”

“闭嘴！”袁松急了，“我怎会做那种无聊的事情，就按照我说的做！”

“啊？是。”看袁松的模样不似开玩笑，李用连忙应了一声，先打了一声呼哨，从附近的人群里走出三个面貌普通的人来，然后转身就走。

“跟在我左右，隐藏好身形，莫要暴露！随时等我信号。”袁松肃容道，然后带着这几人向河边方向追了过去。

当袁松快到河边的时候，远远就看到一艘小船上，慧音师太一身僧袍矗立在船头，衣衫飘飘，几欲乘风而去。

“师太，师太留步！”袁松顿时急了，高声喊道。

慧音师太听到了动静，回头看到袁松急匆匆地跑来，微微一愣，然后莞尔一笑，双手合十向袁松行了个礼：“阿弥陀佛，原来是袁施主啊，不知施主为何而来？模样似乎有几分狼狈啊。”

“情急之下，顾不得许多了。”袁松已经来到河边，本来还想涉水进河，可是看到河面上的浮冰，他吞了口口水，又把伸出去的脚缩了回来。

“情急之下？”慧音师太笑问道，“敢问袁施主，究竟何事，为何如此着急？”

“在下突然想起点事情来，要告与师太知晓。”袁松看着慧音师太说道，“还请师太暂且回来，与我岸上一叙。”

慧音师太听后微一皱眉，然后展颜一笑：“袁施主如有事情，便在此处说吧，贫尼听得到。”

“师太，此时虽是初春，可仍是天寒地冻之时，这河岸更是湿气深重，待久了并无好处，不如你下船来，与我一同寻一去处，我再与师太徐徐道来。”袁松认真地说道。

“袁施主不必客气。”慧音师太站在船头含笑说道，“贫尼一心向佛，愿意只身行走天下，历尽红尘，如若连这点阴寒都忍受不住，又如何弘扬佛法，解救苍生呢？”

“弘扬佛法不急于一时。”袁松笑道，“师太一心向佛，可是在下却体弱多病，万一要是在这岸上吹到了寒风，受了风寒，那师太岂不是多了一项罪过？”

“阿弥陀佛。”慧音师太口念佛号，朗声说道，“施主不必担忧，贫尼日后一定为施主日日诵经，保佑施主平安康乐。”

“日后诵经那也是日后之事，可是此时若是病了，却是师太的罪过。”袁松严肃地说道。

“阿弥陀佛，我佛慈悲，当保佑施主无恙。”慧音师太回道。

“师太为何如此狠心？如此天寒地冻，偏偏要这般折磨于我？对了，师太不是喜欢吃我家旁边那处素斋吗？今日我来做东，为师太送行。”袁松认真道。

“施主好意贫尼心领了。”慧音师太还是站在船头，不为所动，“只是时辰不早了，贫尼不愿耽误，日后与施主相遇，再畅谈佛法，岂不美哉？”

“看来师太是无论如何都不肯上岸与我相叙了？”袁松轻叹一声，开口问道。

慧音师太沉默了下来，默默地盯着袁松看了良久，突然开口道：“施主平白无故来寻贫尼，然后又千方百计地想要贫尼上到岸上，莫非是施主要对贫尼不轨不成？”

袁松脸色一变，然后干笑了一声：“师太说的哪里话？在下确实有一件要事要告知师太。”

“哦？”慧音师太微微一笑，突然问了一句，“贫尼记得，袁施主身边总有一位亲随不离左右，不知此时，他在哪里？”

“呃，这个……”袁松面容一滞，勉强笑道，“在下方才让他去定了位置，想来，就快回来了吧？”

“定位置？”慧音师太饶有兴致地看着袁松，微微一笑，“贫尼还未曾决定要不要与袁施主同往，您便已经将位置定好了？”

“这个……”袁松讪笑一声，“有备无患，有备无患嘛！”

“相公，来了！我来了！”就在这时，远处一个人高喊着跑了过来，正是李用。

看到李用，袁松大喜，伸手一指，对慧音师太说道：“师太您看，他这不就来了？看来是定好位置了。”

等到李用急匆匆地冲到袁松身边，不等他开口，袁松便立刻问道：“李用，我问你，位置定好了吗？”

李用不愧是陛下的亲随，颇有眼力，一开始还愣了片刻，但是很快便回过神来，点头说道：“已经按照您的吩咐安排好了。”

袁松松了口气，压低声音问道：“来了多少人？”

“附近的都叫来了，又来了三个弟兄。”李用低声说道，“就在周围埋伏着呢。”

“啥？就来了三个？一共六个人？”袁松低呼了一声。

“相公，已经不少了。”李用哭丧着脸说道，“情急之下，哪里去找这么多人？能有这些就不错了，再说了，抢个亲而已，够用了。”

“抢亲？我抢你个鬼！”袁松忍不住低骂了一声。

“相公莫急，我已经安排人去召集人手了！”李用低声说道，“到时肯定够用，肯定能把人抢回来。”

“袁施主。”这时，慧音师太在船头笑吟吟地开口问道，“你们商量好了没有？”

“啊？”袁松一愣，然后连忙笑道，“好了好了，已经订好了最好的雅间，定好了酒菜，就等师太大驾光临了。”

“哦？”慧音师太笑吟吟地看着袁松问道，“袁施主，您如此大张旗鼓地招待我，难道就不怕事情传到赵家小姐耳中，再闹个天翻地覆吗？”

袁松听到这话，脸色微微一变，不过很快就恢复了正常，笑吟吟地说道：“不会不会，此事又不是什么见不得人的事情，不过是给好友送行而已，凝儿知道了也不会说什么。”

“好一个凝儿。”慧音师太轻叹一声，“袁施主果然与赵家小姐郎情妾意。”

“尚好，尚好。”袁松笑道，“师太，既然如此，您还是下船来吧，我确实有事与师太相商，也顺便为师太送行。”

“不必了。”慧音师太轻叹了一口气，摇了摇头，“只怕贫尼下去便回不来了。”

袁松脸色一变：“师太，此话怎讲？”

“袁公子难不成还要让小女子说得更多吗？”慧音师太微微一笑，然后把合十的双手放下，负在身后，看着袁松淡然一笑，“袁公子虽然演得不错，可惜事发突然，你露出的破绽太多，如果真给你时间准备，小女子恐怕真要着了你的道。”

看着慧音师太褪去了一身的佛气，袁松先是一愣，然后脸色一沉：“果然是你！”

“是啊，是我。”慧音轻叹一声，“本来想要悄悄离开，未曾想还是被你看出了破绽。”

说着，她看着岸上的袁松，饶有兴致地问道：“但不知袁公子是如何看出来的？”

“我虽然早有怀疑，只可惜发现得还是太晚了。”袁松长叹一声，“直到方才我才想明白其中的关键，不然的话，师太您便要留下来做客了。”

“哦？究竟是什么让你对我的身份产生怀疑的？”慧音笑吟吟地问道。

“首先一点，乌夜啼的歌主是一名女子。”袁松伸出手指说道，“这是个半公开的秘密，无论是我，师兄，还是陛下，都知道这一点。”

“然后呢？”慧音笑问道。

“然后就是这个人一定就在都城之中，只有在这里，她才能用最快的速度了解一切，然后作出反应。”袁松继续说道。

“很好，继续。”慧音点头说道。

“本来这件事与我无关，追踪你乃是师兄的事情。我只是从宁陵县才开始与你们乌夜啼打交道。”袁松认真地说道，“此后，我听说师兄连破乌夜啼的大案，尤其是听到那些案子的内情后，我开始觉得事情有些蹊跷。因为那些案子太容易了，容易得就好像有人故意将它们送到师兄手上一样。只可惜我与师兄已经势如水火，他是当局者迷，我虽然有些疑惑，却无法说与师兄知晓，只能冷眼旁观，看着他一步步按照你布置的路走下去。”

“不错，你师兄也是一代人杰，是个有意思的对手，不过也仅仅是有意思而已。”慧音抿嘴一笑，开口说道。

“直到我遇到了吴伤。”袁松看着慧音说道。

听到吴伤这个名字，慧音脸色微微一变，然后迅速恢复了正常，如果不是一直盯着她，几乎察觉不到她脸上的变化。

“初时我与吴兄相遇，就在我家旁边的饭庄里，那时他说自己是喜欢那里的斋菜，所以才去的。现在想来，他其实并不一定喜欢那里的斋菜，而是喜欢在那里吃斋菜的人。”袁松说道。

慧音垂下头来，长叹了一声。

“而宁陵的事情，就是一切的起因和突破口。”袁松继续说道，“宁陵之事当时我就觉得并未完结，在那些人身后，应该还有其他人在暗中策划帮忙，这才有了宁陵试图袭击官船之事。为此，我定了一条打草惊蛇之计，结果引出了卢家。”

“你这个计策歪打正着。”慧音苦笑了一声，“卢家身份特殊，你把他们吓住了，确实是一步妙棋。”

“在下也不过是下了一步闲子，未曾想却钓到了这么一条大鱼！”袁松感慨道，“而且那大鱼竟然是我的挚友。”

慧音轻叹一声，未曾说话。

袁松见慧音没有说话，就继续说道：“我也未曾想到卢家竟然去了叶县，找到了叶县巡检郝光庭，而那郝光庭也实在是够蠢的，竟然当街拿人，闹出了那么大的乱子，被我查知。”

“他的确是个蠢货！”慧音脸色一变，冷笑道，“卢家隶属莺部，不过因为是商人，所以走南闯北，交际广泛，因此也担任着沟通消息的差事。你那一招打草惊蛇，着实吓坏了他们，导致他们狼狈出逃，可出逃之后，又发现自己走得太过仓促，准备不足，恰好那时，有一个从太原传回的消息落在他们手上，他们便想依靠这消息拿到一点好处。只是他们既然出逃，宁陵的人手又被你连根刨起，无奈之下只好铤而走险，找到了郝光庭。”

袁松微微一笑：“然而，他们却没有想到，郝光庭也有了异心！”

“正是。”慧音轻叹一声，“正所谓树倒猢狲散，不外如是，大汉已经不行了，原本聚集在这棵树上的猢狲们便要各自想办法逃离。郝光庭虽然是我们乌夜啼的人，可是却在暗中筹谋脱离乌夜啼，而卢家派出的人也是蠢货，竟然当街拦住郝光庭，试图对上暗语，结果郝光庭情急之下将他抓走，反而暴露了自己的身份。所以说，这分明就是一对蠢货！”

“对啊。”袁松微微点头，“不过，他们未尝不是一群聪明人，就如你说的那般，树倒猢狲散，他们便是想要从树上爬下去的猢狲，只是露出了太多的破绽，害了自己不说，还害了吴兄的一条性命。”

“吴伤他……”慧音咬了咬嘴唇，“可惜了。”

“是啊，吴兄可惜了。”袁松微微点头，“那时我在叶县见到吴兄时，心中无比惊讶。那时无论是我还是他都隐约猜到，我们会是彼此的对手。只是就算猜到了又能如何？是他会退一步，还是我会？”

“你们都不会。”慧音摇头说道，“一入门中，各为其主，我等诡门中人在乱世之中争的就是这个。势略术三道，略术暂且不论，何为势？不就是气运吗？”

“正是如此，争的便是气运。”袁松苦笑了一声，“我在势上，而吴兄在势下，我保的是气运，他试图挽回的也是气运，如不是这般，吴兄何至于铤而走险，以至于身遭不测？”

接着，袁松抬起头来，看着不远处船头的慧音：“不过，吴兄并不是在挽回刘汉的气运，而是在试图挽回乌夜啼的气运，或者说，他是试图挽回你的气运。因为就在叶县，我偶然间拿到了半截佛像，这佛像看起来十分古怪，我以前从来没有见过。可就是这么一尊佛像，却让吴兄赴汤蹈火，拼命抢夺，甚至不惜杀人灭口。从那时候开始，我就意识到，这尊佛像可能隐藏着一个巨大的秘密。”

“那是传递消息的工具。”慧音淡淡说道。

“却也昭示了一个人的身份。”袁松接道，“之所以用这尊佛像来传递消息，就是因为这个消息和那个人有关，只可惜我一直没有搞明白那是什么佛像，所以也就一直没有弄清楚那个人的真实身份。直到不久前，我到了大相国寺，正好看到寺中要修建佛塔，其中有一尊佛像引起了我的注意，那佛像和我拿到的半截佛像很是相似，经过询问，才知道那佛像叫妙音鸟，乃是佛前供养的舞乐。”

说到此处，袁松长吸了一口气：“闻听此言，我茅塞顿开，妙音鸟，乌夜啼。乌夜啼的原意乃是乌鸦在夜晚啼叫，乌夜啼的首领因此得名歌主。而妙音鸟则是佛前供养的乐者，也是歌主。后来我又想到，吴兄来我家附近的那处饭庄吃斋菜，未必是因为他喜欢吃斋菜，而是因为你喜欢吃那里的斋菜，他根本就是为你而去！整个大相国寺中，只有你一名女尼，而你的法号就是慧音，这一桩桩一件件，如果说是巧合的话，未免太过凑巧了。所以我思来想去，只有一种可能，那便是，慧音师太，你就是乌夜啼的歌主！”

慧音站在船头脸带笑意，一双妙目一直盯着袁松，最后她轻轻叹了口气，摇了摇头：“小女子早已料到这件事瞒不过别人的眼睛，尤其是瞒不过袁公子你的眼睛，但是着实没有想到，竟然这么快就被你发现了。不过，好在小女子早走一步，否则的话，此时就要糟糕了。”

“姑娘果然好手段。”袁松苦笑一声，“只身一人藏于寺中，明里暗里操纵着一切，无论是胆识还是智谋，都是巾帼不让须眉，怨不得连吴兄那样才华横溢之人都会为姑娘倾倒。”

“吴伤……”慧音轻叹一声，“我其实并不想让他如此。”

“姑娘，是我送了吴兄最后一程。”袁松轻轻说道，“直到最后，他想要护着的，还是你。”

“我知道，我一直知道，所以我并不想让他冒这个险。”慧音脸色凄楚，“但我也必须谢谢他，如若不是他，我也不会知道如此重要的消息。”

“姑娘所言何意？”袁松追问道。

慧音听到这话，突然一笑，向着袁松行了一礼，行礼之时看似与一般女子并无两样，但是左手护住左腰，右手却微微按住小腹，同时口中说道：“黄石白若见过公子。”

看到她这个礼节，袁松表情一肃，虽然早有预料，但是此时终于得到了证实。这一礼节乃是诡门中女子所用之礼，虽然诡门女子并不太多，但也不是没有。这礼节也是有讲究的，左手扶腰，意味持身正直，右手按住小腹，乃是腹有韬略。

一看是同门中人，袁松不敢怠慢，连忙按照诡门礼节回了一礼，口中念道：“鬼门袁松见过同门。”

一边的李用早已目瞪口呆，眼睁睁地看着袁松与白若两人你问我答，自己仿佛是一个局外人一样，直到这个时候他才回过神来，低呼一声：“相公，你说她，她是乌夜啼的歌主？”

袁松微微点头，神色凝重。

“这，我，你……”李用这才明白袁松为何让他召集人手。

“好了，袁公子。”白若双手负在身后，淡淡说道，“时辰不早了，小女子知道，你在拖延时间，你也清楚，小女子也是在拖延时间。不过现在看来，你还是晚了一步。”

就在白若说话间，一艘画舫从一边的河道里转了出来，而白若脚下的小船慢慢驶离，和那大船靠在了一处，船上放下一副软梯来，白若顺着软梯慢慢爬了上去。

袁松脸色阴沉，默默地看着这一切，李用则是急得跺脚，却毫无办法。

到了画舫之上，白若拱手行礼，向袁松说道：“袁公子，小女子就此别过，不过小女子可以向你保证，从今往后，乌夜啼不复存在，再也没有什么歌主了。”

袁松听到这话，脸色依旧阴沉，最后长叹了一声，说道：“歌主虽然没了，可是白若仍在。”

白若微微一愣，然后轻笑了一声：“公子所言极是，乌夜啼虽然没了，可是白若仍在，所以公子要务必小心。”说话间画舫慢慢远去……

这时，远处尘土飞扬，一群人急匆匆地向这边赶了过来，领头的正是一名弓卫，见到袁松和李用之后，连忙行了一礼：“大人，属下已经带人马来了。”

“混蛋！”李用气急败坏地大声骂道，“此时来了有什么用？人已经跑了。”

“算了。”袁松摆了摆手，“以白若之能，想要抓到她，难如登天，这次不过勉强一试，抓不到便抓不到吧。李用。”

“相公有何吩咐？”李用恭敬地问道，但是脸色却免不了有些难看。

“将此事禀报陛下吧。”袁松淡淡说道，“早晚都要禀报的。”

“是。”李用苦笑了一声，点头答应。

第四十一章　登堂拜相

太原，原本的国师府邸此刻已经换了名号，换成了宰相府。郭无为一举进入朝堂，官拜宰相，隐约有把持朝纲的迹象。

宰相府外，前来祝贺的人络绎不绝，让人几乎以为这是闹市，而不是什么人的府邸。

在府中，郭无为还是原来的那副打扮，一身道袍，手持拂尘，盘膝坐在一处蒲团之上。

两名弟子分列左右，喜滋滋地向他道贺。

“恭喜师尊，贺喜师尊，登堂拜相，陛下对师尊可是信重得很啊！”一名弟子笑吟吟地说道。

“有师尊辅佐，陛下励精图治，日后我朝中兴指日可待。”另外一名稍显老成的弟子说道。

“未名，宏昌，你们两人不必如此。”郭无为微微一笑，“登堂拜相而已，不过一场场面功夫罢了。”

“虽是场面功夫，却也是人心所向。”那稍显老成的弟子名为宏昌，满脸堆笑道，“如不然，为何陛下要拜师尊为相，那么多人拍手叫好呢？”

郭无为嘴角一勾，脸上露出一丝得意的笑容。

未名眼看自己师兄得了师父的欢喜，脸上闪过一丝妒意，刚想说话，一名童子从外面走了进来，先行了一礼，然后低声说道：“师尊，两位师兄，有密报。”

郭无为脸色微微一变，伸出手来：“呈上来。”

那童子连忙向前，将手中密报恭恭敬敬地呈了上去，郭无为展开只看了两眼，脸色陡然一变，啪的一下将这份密报拍在了桌上。

未名和宏昌两人不明所以，也不敢说话，低着头老老实实地站在原地。

郭无为微闭双眼寻思了一阵，突然开口道：“宏昌留下来，其他人下去。”

“是！”未名满脸妒意地看了一眼自己的师兄，然后与那名童子一同退了出去。

等到其他人都离开之后，郭无为轻轻敲了敲桌子，缓缓开口道：“宏昌，你可知在诸多弟子之中，我最看重的就是你了。”

宏昌心中一喜，不过脸上却不露声色，而是恭恭敬敬地向郭无为行了一礼：“多谢师尊抬爱。”

“嗯。”郭无为满意地看了他一眼，“你为人稳重，深思熟虑，足以托付大事。这一次为师便有一件要事让你去办，你敢应否？”

宏昌面容一肃，坚定地说道：“但凡师尊有命，弟子莫敢不从。”

“好，有点我黑绶弟子的气魄！”郭无为满意地笑道，“既然如此，你附耳过来！”

宏昌连忙凑到郭无为身边，郭无为压低声音，在他耳边低语了几句，宏昌一愣，惊愕地看着自己的师尊。

“如何？”郭无为低声问道，“你可敢吗？”

“师尊，弟子万死不辞！”宏昌表情严肃，重重地点了点头。

“很好！”郭无为一笑，神情颇为满意。

就在这时，门外传来了未名的声音：“启禀师尊！”

郭无为微微皱眉，朗声问道：“何事？”

“师尊，二殿下来访。”未名回答。

“二殿下？刘继元？”郭无为低声嘟囔了一句，然后向外问道，“殿下来此，所为何事？”

“殿下说他为祝贺师尊拜相而来。”未名答道。

“为了祝贺我？”郭无为莫名其妙，“这究竟是什么名堂？罢了，看看也好。”

说罢，他起身向外走去：“二殿下乃是贵客，你们随我前去迎接！”

“啪！”一只手重重地拍在桌案上，柴荣满脸怒容，死死地盯着面前的两个人，问道：“你们所言当真？”

“不敢欺瞒陛下。”袁松恭敬地回答，“当时李用也在臣下身侧，看得清清楚楚。”

“是！”李用硬着头皮说道，“当时那慧音，不，白若的确承认了自己就是乌夜啼的歌主。”

“好，好啊！”柴荣怒极反笑，“当真是好演技！竟然连朕都瞒了过去！真是未曾想到，此女心思如此深沉。”

袁松和李用两人垂手侍立，不敢出声。

“你们可知她去了哪里？”柴荣问道。

“回禀陛下，乌夜啼原本就神出鬼没，此女乃是乌夜啼首领，所以臣下也不知她去了哪里。”袁松苦笑道。

“哼！”柴荣冷哼一声，不说话了。

“陛下。”袁松犹豫了一下，还是开口说道，“以微臣看来，您不必为此烦恼。此女狡猾，智计百出，是个很难对付的对手。但即便如此，也比不过陛下您能征善战，英明神武，天下大势已在陛下掌中，任那女子如何狡猾，也无法逆转这天下大势，说到底，也不过是一些小聪明罢了。”

柴荣脸色变化不定，最终长叹一声：“罢了，罢了，此事你二人知晓便好，不必声张。”

“遵命。”袁松和李用连忙行了一礼应道。

“受益。”柴荣看着袁松喊了一声。

“臣在。”

“今日回去，好生思量一番。”柴荣缓缓说道，“过些时日，朕要考量你们一番。”

袁松一愣，看了一眼柴荣，低头应道：“臣遵旨。”

“嗯，去吧！”柴荣摆了摆手。

袁松与李用退了出去，他们离开之后，柴荣的脸色慢慢阴沉下来，他用手指在桌案上轻轻敲了几下，高声喊道：“来人！”

一名内侍应声而来，向着柴荣行了一礼。

“下诏。”柴荣淡淡说道，“给姚谦！”

姚府书房之中，姚谦默默地注视着面前的圣旨，脸色阴沉。这时，几声轻响传进他的耳朵，门外有人正在轻轻地叩打门扉。

“进来。”姚谦喊了一声。

房门慢慢打开，姚正从外面闪身进来，然后回身关好房门，在姚谦面前坐下。

“大人，敢问叫属下来，有何吩咐？”姚正行了一礼，低声问道。

姚谦看了他一眼，轻轻敲了敲桌子：“看到这个没有？”

“这是……”姚正疑惑地问道，“圣旨？”

“不错，陛下送来的圣旨。”姚谦长叹一声，“陛下下诏，申斥我等办事不力，措辞严厉，显然十分不满。”

“啊？”姚正闻听此言，顿时一惊，“为何如此？此前我等铲除了乌夜啼，虽然未曾抓到活口，可是也逼死了乌夜啼歌主，陛下龙颜大悦，还下令嘉奖，为何短短数日就有了如此变化？”

“我正要问你。”姚谦冷冰冰地问道，“这几日，陛下可曾召见过什么人吗？”

“这个……”姚正一愣，紧锁眉头，“大兄，陛下最近召见的人很多……”

“我直接问你吧，我那师弟可曾被陛下召见过？”姚谦问道。

“大人，您那位师弟最近深居简出，但是却有不少人在周围保护，我的人试图接近他，却被赶了回来。”姚正苦笑道，“他身边似乎有一支十分精锐的队伍，我手下人马不是他们的对手。”

“哼！”姚谦冷哼一声，站起身来负手转了几圈，“如我所料不错，那些人必然是陛下的弓卫无疑。而且我被陛下申斥，必然与我那师弟脱不开干系。”

姚正不敢言语，在那里垂首听着。

姚谦走了几圈后，突然开口喊了一声：“姚正！”

“属下在！”姚正连忙应了一声。

“去打探一下，上次我让你盯着的那几位的一举一动。”姚谦微微眯起眼睛，“如果他们有聚会，通知我。去吧！”

“遵命！”姚正答应了一声，退出了书房。

一直等到姚正离开，姚谦才轻轻叹了一声：“扑朔迷离之时，务必要早做准备，狡兔三窟，狡兔三窟啊。”

突然，姚谦轻笑一声，摇了摇头：“师弟啊师弟，怪不得师尊对你青睐有加，此时我才明了。不过，时候尚早，鹿死谁手，尚未可知，必要之时，偷天换日也未尝不可。”

三月，柴荣有诏：“应逃户庄田，并许人请射承佃，供纳租税。”同时委派忠武节度使王彦超与彰信节度使韩通带领军兵，征发民夫疏通深州与冀州之间的胡卢河。

同月，柴荣下诏在李晏口夹胡卢河修建城垒，派重兵戍守。又派德州刺史张藏英招募边境骁勇之民组成了一支精锐边军，因有这批边军驻扎，防线牢固，边民因此得以安居乐业。

接下来，柴荣又下诏为国选材，诏曰：“国家设贡举之司，求英俊之士，务询文行方中科名。比闻近年以来，多有滥进，或以年劳而得第，或因媒势以出身。今岁所放举人，试令看验，果见纰缪，须至去留。”为选材计，柴荣亲自阅览新晋进士的诗赋、论文与策论。

几道诏令一下，朝野上下风气为之一变，不敢说政令通达，繁华盛世，但也有了几分欣欣向荣的迹象。

“陛下不愧是陛下，厉害啊！”袁松将手中的朝廷诏令放下，感慨地说道。

“这是自然！”李用笑吟吟地说道，“陛下英明神武，自然不同凡响，那句话怎么说的来着？政通人和，指日可待。”

“不错。”袁松笑道，“几日之间，肚子里倒是多了几分墨水。”

“那是自然，正所谓近朱者……呃，赤，近墨者黑，好歹也跟着相公这么久了，再学不到一星半点的，岂不是丢了相公您的脸面。”李用说道。

袁松哈哈大笑，好半天才停了下来，最后他拍了拍桌上的这些诏令，轻笑一声：“不过，我也因此知道了陛下让我准备的是什么东西。”

“准备什么东西？”李用连忙问道，“那一日，陛下没头没脑地说了一句，到现在我还稀里糊涂呢。”

“陛下这是要动手了。”袁松轻声笑道。

“动手？”李用一愣，“相公的意思是，陛下终于要行征伐之事了？”

“不错。”袁松含笑点头，“正所谓一鼓作气，再而衰，三而竭，现在正是陛下初登大宝，一鼓作气之时。算算时间，也差不多该动手了。”

“陛下终于要北伐了？”李用连忙问道。

“北伐？”袁松一笑，看了李用一眼，然后摇头说道：“北伐虽好，但却不是时候，依我看来，陛下应该先行西征！”

“向西？”李用一愣，不明所以道，“我曾听闻相公与陛下说过，应先北伐，征讨刘汉，与契丹决一死战，一战而败之，然后再挥师南向，一举平定天下，为何相公说要向西呢？”

“因为西有孟蜀，占据秦、凤、成、阶四州之地，威胁我军侧翼，如果我军欲挥师北向，征伐刘汉，孟蜀如果知晓唇亡齿寒的道理，万一从侧翼袭击我军，局势就会相当危险。”袁松说道，“而现在征伐孟蜀，收复四州之地，却正是最好的时候。其一，我军新胜，士气高涨，可以一战。其二，刘汉去年惨败，士气低落，再加上新帝刚刚即位，朝野上下诸般不稳。其三，陛下已经做足了准备，组建新军，巩固边疆，可防止刘汉南侵。其四，殿前诸班刚刚组建，虽是健儿，却也为新军，贸然用他们与契丹交战，十分凶险，因此正需要大战磨合，将他们练成精锐。因此，现在我军如果攻伐孟蜀，正当其时。”

“原来如此。”李用微微点头，又问道，“接下来就该北伐了吧？”

“不，接下来陛下恐怕要向南！”袁松说道。

“向南？”李用惊诧道，“为何向南？”

“你看。”袁松一笑，把桌上的几样东西摆放了一下，中间横了一根毛笔。

“此笔便是长江。”袁松指着那根横在中间的毛笔说道，又指了指毛笔上方的几样东西，“这是滁州、扬州、秦州、光州、舒州、蕲州以及寿州、楚州、泰州、广陵等处，这些地方大部乃是南唐所有，少有几处则是我大周与南唐犬牙交错。这就等于南唐占据地利，进可攻，退可守。如若我军北伐，刘汉若与南唐勾连，让南唐国主发兵北上，哪怕只是做个样子，我大周也有腹背受敌之险。而北伐事关国策，刘汉与燕云十六州如能一战而定，则陛下雄踞北方，俯视天下，届时只需谨守要冲，防范契丹，派几员大将便可横扫天下。此事容不得半点马虎。陛下届时应该先西征，夺回秦、凤、成、阶四州之地，保我侧翼安稳，然后挥师南下，征伐南唐，将南唐之军赶过长江。长江的确是天险，可这天险敌用得，我亦用得！到时只需要派少许兵马，镇守江边，便可让南唐无力北犯。而此时连番征战已经将殿前司磨炼成型，陛下无后顾之忧，当可尽起兵马，一战而平刘汉，再与契丹决战于北，一战而胜！到那时，天下大势尽入陛下掌中。”

李用听得眼神放光，最后苦笑一声，摇头说道：“相公果然是相公，这一番算计，了不得啊。”

“算计？”袁松轻笑一声，“此乃谋略！当初诸葛前辈隆中对也是如此。诡门争的是势，只要大势在我，哪怕略有小败也无伤大雅。此时北方大局已定，势在大周。但天下未定，还有契丹这一个变数。现在正是最好的时机，此时刘汉已经无力应对，即便我军西进南下，孟蜀和南唐向刘汉求救，刘汉也无力出兵。只需要用几年时间征伐孟蜀、南唐，安稳了后方，便可一战而定乾坤。”

“既然如此，相公为何不向陛下上书？”李用突然开口说了一句。

袁松似乎早有预料，似笑非笑地看了李用一眼：“你恐怕早有算计了吧？”

“相公说得不错。”李用倒也爽快，笑嘻嘻地说道，“相公是聪明人，其实也该知道，我虽说是护卫，其实也是陛下派到相公身边协助相公之人。到了相公身边之后，你我便是一体，一荣俱荣，一损俱损。相公飞黄腾达，我也跟着鸡犬升天。相公如果落难，我自然也好不到哪里去。既然如此，我当然想着相公好喽。”

“呵呵，就知你是如此。”袁松微微一笑，“上书倒也不是不可，但却需要做些准备。待我寻思一下。”

“好好。”李用笑吟吟地说道：“相公尽管思量，我这就给相公斟茶，上次陛下赏赐的好茶还有一些，索性煮来吃了。”

“别！”袁松连忙拦住他，“你这厮粗手粗脚，平白坏了我的好茶！”

“也是，我这手拿惯了兵器，让我斟茶，还真是有些不习惯。”李用咂咂嘴，“要我说，相公身边是不是也要找个丫鬟了？我这等粗手粗脚的，照顾得实在不周。”

“这个就算了吧……”袁松满脸苦笑，摇头说道。

“为何？”李用一愣，莫名问道。

就在这时，前院突然一声门响，有人冲进了院子，人还未曾进屋，声音就先传了进来："酸书生！兄长整日当值，操练禁军，好生无聊，你快来陪我玩吧。"

袁松脸上苦笑更甚，而李用则露出一个恍然大悟的表情，轻轻一拍巴掌，笑嘻嘻地说道："明白了！"

几日后，两份奏折摆在了柴荣的桌案之上，两份奏折封面都写着"平边策"，字迹相同，显然出自同一人之手，但是打开看内容，却截然不同。

其中一本自然写的是先孟蜀，后南唐，最后一战而定乾坤的策略，另外一本则着重写了"攻取之道，从易者始"，主张先南后北，陈述了先扫平南方，然后再攻伐北方的言论。如果不是柴荣知道内情，几乎以为这是完全不同的两个人写的。

"这个受益。"柴荣伸手在那奏折上轻轻敲了两下，笑吟吟地说道，"一明一暗，两套奏折，当真是打得好算盘。"

"陛下英明。"旁边端坐的乃是王朴，他手缕长髯，笑吟吟地说道，"袁小友不愧是名门出身，这一番言论切中要害，眼光独到，假以时日，当为陛下臂膀，吾等老朽当让他一头矣。"

"谁敢说王卿家乃是老朽？"柴荣笑道，"王卿家老当益壮，智谋百出，受益虽然颇有谋略，但仍稍显稚嫩。来日还需王卿家这样的老臣多多提携才行。"

"陛下谬赞了。"王朴苦笑道，"此子确实不凡，能将如此英才收入囊中，足以证明陛下英明，当为不世之主。"

柴荣龙颜大悦，哈哈大笑。良久之后，他停下笑声拍了拍桌上的两份奏折："关于这两份奏折，王卿家如何看？"

"好计谋。"王朴直接说道，"虚实相间，乱敌耳目，有可取之处。"

"不错，朕也觉得很好。"柴荣说道，"不过，仅靠这些还不足以惑敌。罢了，朕再为他加一把火好了。不过，受益不宜出面，王卿家可要替他出这个头了。"

"陛下有诏，不敢不从。"王朴笑着应了下来。

显德四月，柴荣下诏，命近臣二十余人，撰《为君难为臣不易论》《平边策》各一篇，柴荣亲自阅看。柴荣对兵部郎中王朴的"攻取之道，从易者始"大加赞赏，与重臣定下了先南后北的战略。此一番谋划迅速传遍朝堂，并且通过某些渠道向北传去。

与此同时，柴荣整军备武，朝中将士枕戈待旦。

一辆马车吱吱呀呀地驶进了太原城，进城之后，马车的车帘微微掀起，一双妙目从马车中向外张望，虽然已经是春末，可太原城还是有些寒冷，市井街头仍然有那么一丝凋败的迹象。

看到这模样，车中的女子轻叹了一声，慢慢放下了车帘。

这车进了太原之后，顺着大街小巷转了几圈，最后在一处不起眼的宅院中停了下来。赶车的汉子从马车上下来，警觉地左右看了看，然后低声喊了一句：“小姐，到了。”

“嗯。”车中人轻轻应了一声，一挑车帘，一个妖娆的身影从车里走了出来。这女子虽然用轻纱遮面，但是从她婀娜的体态仍然能想象得出，这应该是名美人。

在那车夫的引领下，女子慢慢走进了宅院。宅院中有不少仆役正在做着各种杂务。当他们看到那女子时，也只是微微欠身，然后继续各忙各的，就仿佛她只是在外面转了个圈然后回到这里。

而那女子也毫不在意，一直走进了最里面的书房，缓缓地关上了房门，摘下了脸上的面纱，露出了那张俏脸。

看着这房间中的各种陈设，白若慢慢地闭上了眼睛，仿佛陷入了某种沉思，最后她苦笑了一声，无奈地摇了摇头：“到头来，却是如此……”

一阵轻轻的敲门声响起，白若猛地睁开眼睛，坐直了身子，双目精芒一闪，恢复了镇定从容的模样。

“进来。”白若淡淡说道。

房门被人推开，一名老者从外面走了进来，先向白若行了一礼：“老朽见过歌主。”

“德叔。”白若勉强一笑，“已经没有什么歌主了，大周大势所趋，乌夜啼损失惨重，溃不成军，既然已经没有了乌夜啼，那么也就没有了歌主，你这一声歌主，我已经担待不起了。”

“既然如此，那就还称呼您小姐吧。”那老人堆满皱纹的脸上露出一个笑容来，“许多年未曾这么叫过，此时喊上一声，倒是格外亲切。”

“许多年未曾听过，此时听来，确实亲切。”白若与那老者相视一笑。

德叔笑罢，轻叹一声：“距离当年小姐离开，已经差不多有五六年了，时间过得飞快，小姐越发漂亮，而老朽我则愈发老朽了。不过，所幸未曾辜负小姐所托，这些年来，在太原也略有所成。”

“德叔当年在太原隐姓埋名，为我打下了这一片基业，才让我有了安身之处，您的功劳之大，白若没齿难忘！”白若站起身来，向着德叔盈盈下拜。

“不敢，不敢！”德叔连忙拦住了白若，“可不敢当小姐一礼，如果不是小姐，老朽不过是一个无人照料的糟老头子罢了。老朽唯一欣慰的是，能在去见老爷、公子之前，再看到小姐您回到这里来。”

犹豫了一下，德叔低声问道：“老朽敢问小姐一句，此次秘密返回，可是查到了什么线索？”

“不错。”白若微微点头，“此次回来，确实是查到了一点东西。也幸好早些年让德叔秘密置办了这处地方，这才不至于手忙脚乱。”

“一切听从小姐吩咐。”德叔微微点头。

“德叔，既然回来了，你便与我说说，朝中近况如何。”白若重新坐回了那张椅子上，用手托腮，看着德叔问道。

“启禀小姐，此时朝中尚算稳定。”德叔寻思了一下，缓缓道来，“听说伪周有南侵的迹象，朝中原本紧张的气氛为之一缓，国主虽然新立，但是良善温和，立下了诸般举措，休养生息。令师也入朝拜相，深得陛下信任，借助以前的威风，现在在朝堂中威势十足……”

听着德叔的话，白若目光闪烁，不知道正在打着什么主意。

此时的大周都城中，气氛略有几分紧张，各处的兵马调动频繁，物资往来运输穿梭不停。哪怕是再不知所谓的人也知道，大战将起，风雨满楼了。有那心眼通透的，已经想方设法地囤积一些米面，以备不时之需。

“大兄。”姚府密室中，姚正恭恭敬敬地递上了一份名单，“这是我们箭卫近些时日抓捕的探子名单。大都来自西面和南面，足有六七人之多。”

姚谦接过名单来，随意看了一眼，嗤笑了一声：“现在哪怕是个人都能闻到血腥味，这些家伙哪怕是再迟钝，也要有所动作了。”

说着，姚谦把手中的名单随意地往桌上一丢：“这些家伙着实上不了台面。此前陛下对兵部郎中王大人的《平边策》大加赞赏，定下了‘攻取之道，从易者始’的基调，朝野上下讨论的都是南征。便是不用探子也能知晓，陛下就是这般明刀明枪地去，无论是孟蜀还是南唐，又能如何？”

“不错。”姚正笑道，“便是他们知晓了又能怎样？”

过了一会儿，姚正脸色微微一变，犹豫着说道：“不过，有件事属下刚刚打探出来……”

“什么事？支支吾吾的。”姚谦淡淡地看了他一眼，“说吧。”

“是。”姚正点点头，“属下听说，在这次陛下召集近臣撰写《平边策》之前，曾经有人给陛下上过本章。”

“上过本章又有什么……”姚谦本来不以为然，但是突然脸色一变，“嗯？你是说我那师弟上过本章？”

“正是。”姚正微微点头，“而且还是直接递到了陛下面前。不仅如此，我听说这奏章送上去不久，陛下就下诏近臣写《为君难为臣不易论》和《平边策》，并且对王大人的奏章大加赞赏。属下觉得，这其中是不是有什么关联？”

“必然有所关联。”姚谦冷笑道，“我对那个师弟实在是太了解了。要说这事情没有他参与，我是不信的。我甚至怀疑，王大人的那篇《平边策》也与他有着千丝万缕的联系。哼，谁若是小瞧了他，那才是真正的蠢材。”

说到这里，姚谦站起身来，脸色阴沉地负手在屋中走了几圈，口中说道：“我这位师弟果然不凡，平日里不声不响，可只要稍有机会，便可扶摇直上，不鸣则已，一鸣惊人！本来以为靠着那方秋的事情，可以暂且压住他，谁知道陛下竟然对他信任如斯，如此一来便不好办了。”

姚正在一旁犹豫了片刻，终于忍不住开口说道：“大人，属下还有一事想要向大人禀报。”

“还有什么事？”姚谦微一皱眉，“为何如此啰唆？有什么事尽管说便是了。”

“是。”姚正应了一声，“昨日，有人通过某些渠道送了一张请帖。”

“某些渠道？”姚谦一愣，回头上下打量了姚正几眼，微微眯起眼睛问道，“何人？”

“正是此前您让属下盯住的那些人。”姚正压低声音说道，“他们直接找到了属下。”

“是他们？”姚谦轻笑一声，“那就难怪了，这些人都是地头蛇，其势力根深蒂固，能够察觉到你们的动向也不算稀奇。他们寻到你，说了什么？”

“并未说什么。”姚正低声说道，“只是拜托属下，向大人您转达一份邀请。邀请您在二十六那天，到附近清雅苑一聚。”

“清雅苑？”姚谦嗤笑一声，“他们倒是寻的好地方。”

“大人，您的意思是……”姚正一边说，一边小心地观察着姚谦的反应。

姚谦淡淡地扫了他一眼，突然开口问道：“说吧，究竟是谁让你在我这里放出风声的？”

姚正身子微微一颤，连忙躬身说道：“不敢欺瞒大人，其实是他们把话递到了族叔那里，族叔察觉您最近似乎对那些人多有留意，所以便让我来探一探您的口风。”

“果然。”姚谦似乎早有预料，轻笑一声，摇了摇头，“此事你怎么看？”

“属下唯大人马首是瞻！族叔的意思也是如此，您毕竟是姚家的族长。”姚正坚定地说道，接着又低声说，“不过属下也觉得，这时去见见他们也未尝不可。这些人树大根深，而且与我们姚家颇有渊源，见一见他们也未必是什么坏事。”

“嗯。”姚谦微微颔首，“我知道了。”

第四十二章　烽烟将起

在大相国寺附近的一处院中，袁松手捧书卷，正看得出神，而在他身边，赵凝正拿着一根树枝，一下一下地往旁边的树上抽去。她的力气不小，每一下都抽得树汁四溅，好不容易发出的嫩芽嫩叶也被她抽得到处乱飞。

“我的姑奶奶。”袁松实在看不下去了，放下手里的书卷苦笑道，“求你放过那棵树吧，我夏天还指望那棵树来乘凉呢，经过你这般糟蹋，好好的一棵树都要变得秃了。”

“哼！”赵凝一听，非但没有停手，反而更加用力地往那树上抽了两下，“我偏要抽！一个两个的都是如此无趣，大兄整日见不到人，去操练什么兵马，忙得团团转。你倒是不忙，可是却整日闲坐看书，活生生就是个闷葫芦，闷死人了！”

袁松哭笑不得，只得过来安抚：“凝儿，陛下眼看就要有大动作，大兄乃是陛下股肱之臣，此时忙也是应该的。”

“那你呢？”赵凝噘着嘴问道，“你倒是不忙，可是整天在这里坐着看书，莫非那书里能看出花来不成？”

“好好，是我的错。”袁松只得和赵凝道歉，刚想着温言劝慰几句，院门突然被人打开，赵匡胤大咧咧地冲进院子，正好看到凑在一起的两个人。

“哎哟！”赵匡胤装模作样地惊呼一声，“完了完了，看到不该看的东西了。非礼勿视，非礼勿视！”

“去死！”赵凝满脸羞红，把手里的树枝向着赵匡胤丢了过去，然后捂着脸跑进了屋里。

“当真是稀奇了！”赵匡胤看着赵凝的背影摇头叹道，“难得看到凝儿这般害羞的模样，如不是在你这里，我几乎以为家里养了一个兄弟呢。”

“你这厮！”袁松苦笑道，“当真是谁都来消遣。”

“嘿嘿，这种机会可少见得很，不好好消遣一下，岂不是对不起自己。”赵匡胤不以为耻，反以为荣，大模大样地往桌边一坐，抄起桌上的水壶灌了一大口，喝完之后一抹嘴巴，有些遗憾地说道，“为何不是酒，总是这嘴里淡出鸟来的草沫子？”

“多好的茶在你口中都是草沫子！”袁松一把将他手中的茶壶夺过来，不屑地说道，“你就该泡进酒缸里！”

“如果真有那一日，岂不快哉？”赵匡胤两眼放光，低声说道。

袁松哭笑不得，只好岔开话题：“大兄，你此次来这里，不会是为了看笑话的吧？”

“当然不是。”赵匡胤表情一变，“你来猜猜，我寻你来有何事情？”

“陛下将要西征？”袁松淡淡问道。

“咦？”赵匡胤惊呼一声。

“主将不是你？”袁松又说道。

“哎呀！”赵匡胤忽地一下站了起来，惊讶地上下打量了袁松几眼，然后开口问道，“你老实交代，可是得到了什么内幕消息？”

“哪里有什么内幕消息？”袁松不以为然地说道，“如此简单的事情，一望便知。”

“简单？”赵匡胤不信道，“哪里简单了？你且道来！”

“陛下整肃朝纲，编练禁军，就是为了平定天下。此前在御前肯定了王大人的《平边策》，已经定下先南后北的策略，那么这一场大战，早晚要动的。而此时春耕已过，正是农闲之时。而且距离上次大战已有一年，士气虽然正旺，却也不可再拖，再过些时日恐怕士气懈怠，于战事不利。现在动手，正是时机。”袁松淡淡说道。

“听起来有几分道理。”赵匡胤皱眉道，“那你怎么知晓陛下先要西征？”

“孟蜀占据的秦、凤、成、阶四州位于我朝侧后，无论是我军北伐还是南征，这四州都如鲠在喉！如不先铲除，恐怕陛下寝食难安。况且只要占了这四州，孟蜀困于蜀地一隅，以他们那个德行，哪还有出关的锐气？这一战之后，孟蜀无忧也。”袁松继续说道，“这样一来，无论南征还是北伐，都将游刃有余，更加从容。”

“算你有理！”赵匡胤点头，然后又愤愤不平地说道，“那你说说，既然是如此阵仗，为何不派我去？”

“为何要你去？”袁松哈哈一笑，“你乃陛下心腹之人，是陛下的手中剑，掌中枪，如此重要之人哪能随意就放出去！西征不过是小试身手，不过四州之地，算不上一场大战。如果我所料不差，陛下是希望你养精蓄锐，来日必有大用！”

“来日？”赵匡胤眼睛一亮，“你是说，南征？”

“我什么都没说。”袁松撇了撇嘴，“是你自己说的！”

赵匡胤闻言，哈哈大笑：“你这人什么都好，就是太不爽利，什么事总是藏着掖着让人去猜，要不就是把自己摘出来。罢了，又不是第一天认识你，走了走了！”

“做什么？”袁松一脸警觉地看着赵匡胤。

“还能做什么？当然是吃酒！”赵匡胤笑道，“你这里只有这些草沫子，吃起来有什么意思？当然还是要吃酒才过瘾。”

“不去！”袁松闻听，断然拒绝，“你可莫要害我！与你那班兄弟一起哪里是吃酒？分明是要泡在酒里了。你们吃酒就吃酒，莫要拉着我一起，我这文弱书生哪里禁得起这般折腾？”

“放心，不会灌你酒的！”赵匡胤笑道。

“上次你也是这般说的。”袁松苦笑道。

赵匡胤还待说话，红影一闪，赵凝已经从旁边的屋里冲了出来，冲着赵匡胤喊道：“兄长，你这是何意？人家要去就去，不去便不去，难道还要强逼不成？你若这样，下次再吃酒吃多了，我就不帮你在娘亲面前说话了。”

赵匡胤听到这话，忍不住哈哈大笑：“果然是谁的东西谁心疼啊！这还没过门呢，便已经向着夫君了。我这妹子算是白养了！”

“去死！”赵凝满脸羞红，张牙舞爪地向着赵匡胤扑了过去。

院子里顿时笑闹成一团。

珠儿巷，开封城的一处街道。白天的时候，这里人影稀少，冷冷清清，只有空气中弥漫着一股淡淡的脂粉气味和酒肉香气。但是到了晚上，此处就换了个模样，到处都有丝竹之声，来来往往的客人络绎不绝。

珠儿巷的最中间位置是一处大宅院，宅院的大门雕梁画栋，一左一右，挂着两只大红灯笼。在灯笼下面，两名宫装丽人垂手而立，和别处不同，这两位丽人并未向内里拉客，她们只是抿嘴微笑，笑容甜美，让人忍不住多看两眼。而这大门上则高悬着一块牌匾，上面写着“清雅苑”三个大字。

这是开封城最有名的青楼，里面的姑娘虽然春兰秋菊各有不同，但是琴棋书画无一不精，待人接物也是从容不迫，让人浑身舒服。因此，这清雅苑也是很多官绅富商聚集之处，一掷千金的豪客比比皆是。

在清雅苑最里面的一处院落里已经摆好了酒宴，几个人在桌案后面坐好，桌上摆着各式各样的珍馐美馔，清雅苑最好的乐师隔着一层轻纱，轻轻拨弄着琴弦，悠扬的琴声在大厅中回荡。

不过在座的几个人显然对这天籁之音并不感兴趣，而且对面前的美味似乎也无动于衷，除了端坐在上首的一位老人，其他人都脸色凝重，好像颇有心事。

“诸位。”那老人看到这些人的模样，微微一笑，端起了手里的酒杯说道，“今日老朽可是邀请诸位来喝酒听曲的，各位这般模样，未免太无趣了点吧？”

“郭翁说笑了。”其中一人苦笑道，“时局艰难，大家现在都是举步维艰，哪里有心情吃酒啊？”

“就是说啊。”另外一人跟着说道，“最近一段时日陛下连下诏令，已经……”

“咳咳。”这位老人正是礼部尚书郭洵，只听他干咳了两声，摆了摆手，止住了那人的话，然后向后说道，“罢了，不必奏乐了，我与诸位友人有要事相商，你先退下去吧。”

“是。”轻纱后面的琴声戛然而止，接着人影闪动，不多时就没了动静。

“为何如此不小心，胡说些什么？”等到纱帘后面的人离开了，郭大人这才脸色一沉，呵斥了一声。

“是，是。”说话那人脸色难看，连忙道歉，“是小侄疏忽了，不过方才小侄所说，确实句句发自肺腑啊！陛下连下几道诏书，收回了科举之权，我有不少门生故吏此时都求告上门，实在是不堪其扰。”

“没错。”另外一人苦笑道，“如果只是门生故吏也就罢了，此等乱世，若比功勋，我等无论如何也比不过那些丘八。现在陛下这样一来，更是断了我等进身之路，实在是，实在是……唉！”

几个人七嘴八舌地说起来，都是诉苦的居多。

郭洵闭着双眼听着，等到这些人说得差不多了，他这才轻轻咳嗽了一声。

其他人听到这个声音，顿时如同商量好了一样，止住了话语，齐齐望向郭洵。

“诸位所说，老朽岂能不知？”郭洵气定神闲地说道，“所以，才有今日此宴嘛。”

“郭翁。”有人试探着问道，“敢问一句，那人会来吗？”

“是啊，便是来了，我们又该说什么？”另外一人说道，“那人乃是陛下鹰犬，我们的话，他未必听得进去啊。”

“呵呵。”郭洵轻笑了一声，“虽然那位贤侄乃是陛下亲信，可是莫要忘了，他的根基是在什么地方。”

其他人互相看了看，默然不语。

“这人啊，与自己的根基是断不开的。”郭洵淡淡地笑道，“此乃天定！有了这般出身，便是陛下此前信重于他，此时又能剩下多少呢？所以，诸位莫慌，在老朽看来，他是必然会来的。”

他的话音刚落，便传来了一阵敲门声。

郭洵目光一闪，脸上露出一丝淡淡的笑容，开口问道：“何事？”

“老爷。”门外有人答道，“您请的客人来了。”

郭洵站起身来向周围的客人说道：“诸位，贵客来了，随我相迎吧。”

周围落座的几人连忙起身，跟着郭洵来到门口，郭洵拉开房门，只见外面站着一个人，这人一身便装，宽大的斗笠遮住了他的面孔，让人看不清他的模样。

郭洵上下打量了他几眼，抱拳拱手，微微笑道：“老朽未曾远迎，贤侄你不会见怪吧？”

“不敢！”那人微微抬起头来，露出姚谦那张面孔，冲着郭洵一笑，“有劳世叔相迎，小侄愧不敢当。”

“呵呵，你我二人就不要客套了。”郭洵笑道，“我等已经等候多时。来，贤侄，里面说话。”

姚谦微微点头，一闪身，进了屋里。

有人把门关上，屋里只剩下这些人。

“今日略备薄酒，贤侄能来，我是分外高兴啊。”郭洵拉着姚谦的手，一直将他拉到自己旁边坐下，“你我多日不见，我是想念得紧啊。”

“世叔何出此言？”姚谦故作惊诧地说道，“姚某又不是佳人，世叔为何挂念于我？难不成世叔厌倦了这温柔乡，想要换换口味不成？”

郭洵闻言先是一愣，然后哈哈大笑，用手点指姚谦道：“你这个调皮鬼，一来便拿我这老头子寻开心，当真是该打！”说着便作势举起巴掌，要打在姚谦身上。

“世叔打我是应当的，小子我可不敢躲开。”姚谦笑道。

两人说笑了两句，众人闻言哈哈大笑，屋里的气氛顿时一松。姚谦用余光扫视了一下其他人，见他们面带笑意，嘴角顿时一勾。

而那郭洵一直在旁边留意姚谦的一举一动，见他这般模样，顿时会心一笑。

接下来两人把酒言欢，谈的都是一些风月之事，只字不提朝堂上的政事，就好像真的只是老友聚会似的。

酒过三巡，郭洵似乎是多饮了几杯，醉醺醺地一把抓住了姚谦的手臂，喷着酒气说道：“贤侄，老朽有一句话不知当讲不当讲？”

姚谦放下手中碗筷，恭敬地说道：“世叔乃是长辈，如有话说，晚辈必将洗耳恭听。”

“好，好。”那郭洵哈哈一笑，然后看着姚谦说道，“我等祖辈便有交往，算得上同气连枝，眼看我大周日益兴旺，老朽心中十分高兴，只希望咱们以后还能把酒言欢，为陛下，为大周，共饮此杯。”

姚谦上下打量了郭洵几眼，突然展颜一笑："世叔所言极是，只盼我大周兴起，一扫天下，日后再与世叔把酒言欢！"

"好，好！"郭洵显得极为高兴，举起手中酒杯，大声笑道，"来来，诸位与我一同满饮此杯，祝我大周，一统天下！"

在座的诸人连忙举起酒杯来同声祝贺，然后将杯中酒一饮而尽。

姚谦和郭洵饮罢了美酒，相视一笑，一切尽在不言中。

又过了一会儿，郭洵似乎不胜酒力，晕晕乎乎地趴到了桌子上，不多时就响起了鼾声。姚谦见此，站起身来，向四下的宾客行了一礼："诸位，诸位，今日饮宴甚是欢畅，只是世叔不胜酒力，不如我们今日就此散了，让世叔他老人家好好休息如何？"

在座的宾客应了下来，互相告别，纷纷离去，最后姚谦安排人搀扶着郭洵到后面休息，自己也告辞离去。

"我没醉，没醉，再来，再来！"郭洵糊里糊涂地说着酒话，被人搀扶到后面，但是到了后面之后，他便慢慢站直了身子，醉态全然不见，目光中满是精明。

在后堂之中，摆着一张小桌，桌上也有几样精致的菜肴，一个人端坐在桌案后面闭目养神。听到动静之后，他睁开眼睛，见郭洵走了进来，连忙站起身，行了一礼，轻声喊道："大人。"

郭洵摆了摆手，让他坐下，然后挥退了身边的下人，自己坐到了那桌案旁边。那人连忙给他斟了一杯香茶递了过去，郭洵一饮而尽，显得更加精神了几分。

那人这时才问道："敢问郭翁，今日如何？"

"不出所料。"郭洵微微一笑，满脸得意，"姚谦姚贤侄，的确是个聪明人。"

"他答应了？"那人连忙问道。

"急什么？"郭洵一皱眉头，低声说道。

"郭翁，不是我急，实在是我来之前，恩师再三嘱咐，不敢有负师恩啊。"那人苦笑道。

"哼，再急也不急于这一时，你那恩师的算计太深，哪里是几日之内就能办妥的？"郭洵冷笑说道，"不过，姚谦今日能来，已经表明了态度，老朽又对他加以试探，他也未曾反对。这就说明此事有六成把握。毕竟陛下近日的作为，已经触犯到了我们的利益，他们姚家也是这京城中的地头蛇，岂能没有伤害？而且我还听说，陛下对姚谦的师弟日益信重，恐怕已经威胁到了他的地位，为了自保，他也不会对我们置之不理的。"

那人听到此言，长出了一口气："郭翁既然如此说，那便没问题了。只要此事功成，郭翁便是大功一件！"

郭洵淡淡一笑，不再说话，只是他深深地看了那人一眼，眼中闪过一丝嫌弃。

荒山，枯坟，阴暗的天空好像被什么压住一样，让人有些喘不过气来，远处的枯枝，随着不知从哪里吹来的阴风微微晃动，惊动了站在枯枝上的几只乌鸦。

一名身穿白衣的女子动作僵硬地从远处走来，只是她披头散发，长发遮住了面孔，让人看不清她的相貌，直到她一直走到近前，慢慢地抬起头，露出方秋那张惨白没有血色的脸来。

“是你！”方秋表情突然变得狰狞，“是你害的我！还我命来，还我命来……”

说着，她伸出手来，长长的指甲闪烁着青光，格外阴森。

“别过来，不要，不要！”白若惊呼一声，忽地一下从床上坐起来，前襟后背已经被汗水打湿，手脚发凉，脸色也十分难看。

“我是没办法，真的没办法！”白若低声呢喃道，说着说着，泪水顺着眼角滴落下来，“我等身处险境，稍有不慎便会全军覆没，若不是你苦苦相逼，危及乌夜啼，我又怎会向你下手？我又为何要向你下手？”

她喃喃说道，渐渐地，哭声越来越大……

“小姐，小姐！”此时门外传来呼喊声，“您没事吧？”

白若一愣，茫然地左右看看，周围的家具让她熟悉又陌生，她深吸了一口气，恢复了镇定，淡淡地说道：“无妨，我没事的！”

“是。”门外应了一声，再无声息。

白若呆呆地看着外面黑乎乎的天空，自言自语：“是谁，究竟是谁？为何会如此？”

小院之中，袁松哼着小曲，就着一碟茴香豆和浊酒，自斟自饮，自得其乐，一点也不像是在家思过。远处大相国寺的钟声传进了袁松耳朵里，让他微微皱眉，这钟声，不像是寺中的晨钟，倒像是追魂的丧钟。

这时，院门一开，李用急匆匆地从外面走了进来，袁松连看都没看他一眼。陛下交给袁松的弓卫，其实一直是李用在负责，每天早晨他都会出去转一圈，给袁松带回各种各样的消息，当然，有的是有用的，有的是没用的。

袁松把一颗豆子扔进嘴里，懒洋洋地说道：“今日你的脚步甚急，让我猜猜，可是有了什么重要的消息？”

“不愧是相公。”李用笑道，“一猜就中，今日确实有重要的消息传回来。相公，您再来猜猜，这消息是什么？”

“嗯？”袁松一愣，回头看了李用一眼，嗤笑一声，“你倒是长本事了，学会来考我了。”

“我哪敢啊，不过相公您神机妙算，算算也不是什么难事吧？”李用笑嘻嘻地说道。

袁松白了他一眼，沉吟了片刻，开口问道："莫不是陛下下诏西征了？"

"哎呀！"李用惊呼一声，"莫非有人与你通了消息？"

"是否有人与我通消息，你难道不知？"袁松哭笑不得地说道，"昨日我整日未曾外出，谁来给我消息？再说你的消息最灵通，还能有人比你消息来得更快吗？"

"难不成是赵将军来了？"李用皱着眉头问道。

"想什么呢？"袁松说道，"这是什么时辰？谁能来这里？"

"那，那相公你是如何知道的？莫非真是神机妙算？"李用问道。

"早些时候陛下应该就已经有了意向，现在不过是付诸行动而已。"袁松淡淡说道。

"那以相公来看，这次西征，结果如何？"李用坐到袁松身边，虚心问道。

"或许有几分波折，但是获胜绝无问题。"袁松一笑，"不过一桩小事罢了。"

"相公果然厉害。"李用苦笑道，然后把手里的一张薄纸递了过去，"除了西征之外，陛下还有诏书，这一件也是不得了的大事。"

"还有诏书？"袁松一愣，惊讶地问道，"也是大事？"

"嗯。"李用点头说道，"只是有些莫名其妙。"

袁松不明所以，接过那张薄纸看了几眼，苦笑一声，说道："陛下果然动手了！"

"咦？"李用惊讶地看着袁松问道，"您连此事都能料到？"

"此前我已觉得这些人不妥，陛下几次去往大相国寺，未必是为了慧音，而是寺里的某些东西引起了他的注意。"袁松说道。

"寺里的东西？那寺里除了秃头和尚，还有什么东西？"李用不明所以地问道。

"引起陛下注意的，就是那些秃头和尚。"袁松轻叹一声，不再言语。

当日，柴荣下诏，派遣向训、王景率军西征孟蜀，欲收复秦、凤、成、阶四州。这件事虽然引起了许多人的注意，但是很快便被另一条消息盖了过去。同月，柴荣下诏，诸道府州县镇村坊应有敕额寺院一切仍旧，其无敕额者并仰停废，今后不得创造寺院兰若，又禁私度僧尼。当年废寺院三万三百三十六所，还俗僧尼多达六万一千二百人。

这一次闹得沸沸扬扬，但是受到影响的只是民间，朝堂之上波澜不惊，所有人的注意力都集中在西征大军身上。

姚府中，几份战报摆在了桌案之上，姚谦仔细地查阅着这些战报，每一条都看得非常仔细。良久之后，他放下手中战报，向对面的姚正问道：“就这些？”

“是。”姚正连忙说道，“西征军已经与孟蜀交战，战事进展顺利，连战连捷，京中都在传说获胜指日可待。”

“言之过早。”姚谦把手中的奏报往桌案上一扔，皱眉说道。

“大人，您的意思是？……”姚正疑惑地问道。

“西北之地地处偏僻，人烟稀薄，而且民风彪悍。初时我军攻略西北，背靠大周尚且能补给便利，获胜并不算难。但是随着战事推进，远离我大周地域，军需供应必然出现问题。再加上现在天气炎热，大军劳苦，恐怕接下来的战事，不会太顺利。”姚谦缓缓说道。

“大兄说得有理。”姚正微微点头，“既然如此，我们是否要多派细作，勘察地形，为大军西征铺路？”

姚谦摆了摆手，眉头紧锁，背着手在屋里转了几圈，然后他停下来看着姚正说道：“去帮我办一件事。”

“大人请吩咐。”姚正毫不含糊地应了下来。

“帮我联系郭洵，最好让族叔那边出面，我要与他见上一面。”姚谦低声说道，“记住，这件事越少人知道越好。”

姚正立刻应了一声：“是！”

一日之后，在京城一处僻静的宅院里，礼部尚书郭洵时隔几日便与姚谦再度相会。

“贤侄，此次为何急匆匆地把老夫唤来，而且还是在这种地方？”郭洵一身便装，淡淡笑问道，“莫非是有什么要紧的事要与老夫商量？”

“世叔请用茶。”姚谦拿起一边的水壶，给郭洵倒了一杯茶水。

郭洵看了姚谦一眼，微微一笑，端起茶水来慢慢品了一口：“茶是好茶，只不过老朽虽然垂垂老矣，但是多少有点公务，如果今日贤侄找老夫只是为了品茶的话，那老夫可是待不住的。”

姚谦心中暗骂了一声“老狐狸”，脸上却笑意盈盈：“小侄知道世叔您公务繁忙，如果不是要紧的事情，哪里敢劳动世叔大驾？实不相瞒，今日请世叔前来，是有一件事情想请世叔帮忙。”

“哦？”郭洵淡淡地看了姚谦一眼，“不知道是什么事情啊？老朽年纪大了，有些事情可是承担不起的。”

“其实只是小事一件。”姚谦微微一笑，“我想请世叔在陛下面前说一句话。”

“什么话？”郭洵好奇地问道。

姚谦凑到郭洵耳边，低声嘀咕了几句。

“咦？”郭洵一愣，惊讶地打量了姚谦几眼，然后哈哈一笑，“贤侄不愧师出名门，老朽明白了。”

“敢问世叔，这件事……？”姚谦笑眯眯地问道。

郭洵一笑，举起茶杯说道：“喝茶，喝茶！”

“不错，世叔，喝茶。”姚谦也举起茶杯来，向着郭洵一敬，两人将杯中茶汤一饮而尽。

七月，一份奏报呈到了柴荣案上，这封奏折乃是西征诸将的联名上书，言天气酷热，军需供应不畅，以至于战事陷入僵局，军中诸将向柴荣请命罢兵，暂且回朝，择日再战。

柴荣紧锁眉头，仔细把奏折又看了一遍，然后吩咐身边的内侍：“去，将户部、兵部当值的主官找来，还有，再请赵将军过来。”

“是！”那名内侍领命而去。

没过多久，几名官员匆匆而来，向柴荣行礼，赵匡胤也在其中。

“免了！”柴荣摆了摆手，然后把手中的奏折递给了身边的内侍，“拿下去让诸位爱卿传阅。”

内侍双手捧过奏折将它交给前来的官员，众人看了一遍之后，最后又摆回了柴荣的桌案上。在众人传阅的时候，柴荣留心看了一下他们的表情有的紧锁眉头，有的欲言又止，有的眼睛飘来飘去，唯独赵匡胤目光一凝，撇了撇嘴。

柴荣不动声色地在这奏折上敲了敲：“诸位爱卿，你们怎么看？”

“陛下。”户部主官连忙上前，“户部真的已经将军需用度如实拨付，并且已经送往前方，一应物资调配都没有丝毫耽误，请陛下明鉴。”

“嗯。”柴荣微微颔首，对于这一点，他还是相信的，这个当口，没有人愿意拿自己的官帽，甚至是小命来开玩笑。

“陛下。”兵部的主官上前一步，脸色有些难看，“兵部已经竭尽全力维持军需运输，奈何四州荒芜，地广人稀，而且民风彪悍，不但找不到足够的民夫押送军需，反而还屡屡遭到盗匪骚扰，将士们苦不堪言。臣觉得，可否暂且休兵罢战，从长计议？”

“不可！”这兵部主官话音刚落，一边的赵匡胤便大吼了一声。

“嗯？”柴荣微一皱眉，看向了赵匡胤。

“陛下恕罪。”赵匡胤连忙行礼说道。

“无妨。”柴荣摆了摆手，“不过，既然元朗你开了口，那有何想法便说来听听吧。”

“遵命。”赵匡胤应了一声，然后朗声说道，“陛下，此次西征事关重大，四州之地困于孟蜀之手，对我大周来说乃是如鲠在喉，直接威胁了我大周侧翼，来日不管我们要如何，这四州之地都是关键。古人云，一鼓作气，再而衰，三而竭。我大周将士此前士气正盛，正该一鼓作气，为陛下夺取四州之地。如果稍微遇挫，便要退兵还朝，那这仗还不如不打。”

“嗯。”柴荣微微颔首，“那么，依你看应该如何？”

“陛下明鉴。”赵匡胤回答道，“虽然前方将士回报，说是军需不畅，但并未说军需全无。以末将看来，军需是有的，但是有多少却要实地去看一看，如果军需确实到了无以为继的地步，倒可以后退一步，积蓄粮草，如果军需尚可支撑，那么末将建议继续攻伐，一举拿下四州之地比较好。”

“唔，你说得有理。”柴荣颔首微笑，“不错，元朗现在有勇有谋，日后堪当大用了！”

“多谢陛下夸奖。”赵匡胤喜滋滋地行了一礼说道。

“恭喜陛下，贺喜陛下。”旁边的兵部主官向前一步，笑呵呵地说道，“赵将军原本就勇武过人，现如今又多了几分谋算，如此有勇有谋之人，日后必为陛下股肱，为陛下掌军抚民，前途无量啊！”

“嗯？”柴荣微微一愣，看了那兵部主官一眼，又深深地看了一眼面前的赵匡胤，突然哈哈一笑，“不错，不错，朕有元朗，天下指日可待！”

旁边的几位文臣纷纷开口夸奖，不过几名武将看着赵匡胤的眼神却有些不善了。

不过柴荣好似并不在意，伸手向下压了压，然后说道：“虽然军情紧急，但是大军进退乃是大事，今日诸位暂且回去，待朕思量一阵，稍后再议吧。”

众人应了一声，一起退了出去，殿中再次恢复了安静，而柴荣脸上的笑容也慢慢收敛，变得有几分冷肃，他的手指在桌案上轻轻敲了几下，口中喃喃说道：“能文能武，掌军抚民？”

犹豫了片刻之后，他摊开纸张，写了两份诏书，然后将诏书封好，喊了一声：“来人！”

一名内侍听命向前，柴荣指了指那两份诏书：“拿着这两份诏书，先去大相国寺附近的袁爱卿处，如果赵将军在那里的话，你便把第一份诏书念给他们二人听。如果赵将军不在那里，你便去寻赵将军，然后将第二份诏书说与他听。听明白没有？”

“遵旨。”那名内侍手捧两份诏书，恭恭敬敬地回答道。

第四十三章　简在帝心

大相国寺附近，袁松的住处。

“妹婿，妹婿！”赵匡胤就像是回到自己家一样，一把推开了院门，“别藏着了，快些出来！”

“别喊了！”袁松坐在树荫下，满脸苦笑，“你一来，这满树的夏蝉都不叫了，再说，我哪里有躲？在这里好好地坐着呢。说吧，有什么好事？”

“你怎知有好事？”赵匡胤笑呵呵地在袁松身边坐下，然后问道。

“自然知道。”袁松看了他一眼，“如果是好事，你一进门，便会‘妹婿妹婿’地喊个不停。如果是坏事的话，你就换了一副嘴脸，‘先生先生’地叫个没完。我算是看透了，只有有好事的时候，你才认我这门亲戚。”

“瞧你说的！”赵匡胤伸手在袁松肩膀上一拍，“无论好坏，你这亲戚我是认定了，我要是不认的话，我那妹子岂不是要把我活活吃了？”

“别拍，别拍！”袁松龇牙咧嘴地喊道，“你的力气那么大，想生生拍死我啊！”

“啧，你这人哪里都好，就是这身子骨太弱。”赵匡胤摇头说道，“回头应该让我那妹子好好地操练你一番，免得像树枝似的，一碰就断。”

袁松满脸苦笑，也不好说什么，只得说一句：“今日得了陛下夸奖了？”

“嚯？你还真有点神机妙算的意思。”赵匡胤哈哈笑道，“不错，此前你与我说过西征战事，果然如你所说，军需供应不畅，暂时陷入了僵持。今日陛下向我等问计，我脱口而出，大获陛下赞赏。”

“陛下赞赏就赞赏你了，你到我这里欢喜什么？”袁松懒洋洋地翻了翻眼睛。

“哪里的话？”赵匡胤变戏法一样从后面提出一个大号的酒壶来，“这件事多亏了你，我也是吃水不忘挖井人，今日你我一起喝个痛快。”

袁松顿时哭笑不得：“你这哪里是找我喝个痛快？分明是酒瘾犯了！”

“话不能这么说，酒自然要喝，但是事情也要问。”赵匡胤一边说话，一边把桌上的两个茶杯拿起来，将里面的茶水倒掉，换上了美酒，“来，喝了这杯，我向你请教点事情。”

“慢着！”袁松把脸一板，按住了桌上的酒杯，“你先说找我何事，再喝酒不迟，否则的话，一杯又一杯地喝下去，谁知道你又会出什么馊主意。”

“你这分明是以，以……以小人之心度君子之腹！”赵匡胤不满道，“我就是想要请教你，接下来，我该如何去做？”

“如何去做？”袁松表情古怪，上下打量了赵匡胤几眼，“连之后如何都没想好呢，你就开口与陛下说了？”

“那是自然！”赵匡胤扬扬得意地说道，“反正得了陛下的夸赞，这便值了，其他的再说，陛下难道还能怪罪我不成？总归是好事！”

“这倒是。”袁松一笑，“不过既然你把这事情提了出来，搞不好陛下会让你去西征军。”

“去西征军？”赵匡胤一愣，顿时大喜，“真的？难不成还能领军？整日在这军中训练禁军，当真要闲出毛病了。”

“你想得倒好。”袁松嗤笑道，“放心好了，陛下不会让你领军的，西征军中自有大将任职，不过陛下十有八九会让你去查看，看看是否能继续西征。”

“原来如此。”赵匡胤叹了口气，看模样有几分失望。

“不错了！”袁松哈哈一笑，“那……”

他话还没说完，一阵敲门声响起，紧接着听到有人在外面问道：“屋中可有人在？”

袁松和赵匡胤一愣，互相看了一眼，一直在旁边守着的李用连忙走到门口，冲着外面问了一句：“谁啊？”

“杂家自宫中而来，请速速开门。”门外那人说道。

“宫中？”李用微微一愣，下意识地回头看了一眼袁松。

袁松微微一皱眉，然后向李用点头，李用这才打开院门，果然门口站着一名宫中内侍，在他身后还有几位侍卫跟着。

那内侍见院门打开，笑嘻嘻地问道：“敢问一句，赵将军可在此处？”

“赵将军正在饮酒，您……”李用小心问道。

“那就好了。”内侍笑道，“省得还要多跑一趟，还请赵将军快快接旨吧。”

“陛下有旨意？”赵匡胤一惊，连忙站起身来。

袁松也跟着站了起来，但是却眉头紧锁：这陛下旨意为何会下到此处？

这时，那内侍已经举着圣旨走进了院里，先对着赵匡胤和袁松点了点头，然后打开圣旨缓缓念了起来，等到念完之后，又笑着把手里的圣旨捧了过去：“两位，请接旨吧……”

袁松伸手在赵匡胤腰眼上捅了一下，赵匡胤顿时回过神来，谢恩过后，接过了圣旨。送走了那名内侍，赵匡胤将圣旨仔细看了一遍，疑惑地问道：“受益，你看这圣旨究竟是怎么回事？确实如你所说，陛下让我去西征军勘察，禀报军中现状。却委任你去西征军任军中司马，参赞军务。这，这确实让人有点摸不着头脑。”

袁松微微眯了眯眼睛，突然开口问道：“今日你见陛下之时，都说了什么？详细与我说说。”

“啊？”赵匡胤一愣，连忙点头，接着把今日见到陛下之时说过的话都说了一遍。

袁松琢磨了一下，又问道：“那周围人说了什么？”

“没说什么特别的。”赵匡胤皱着眉头说道，“只是跟着陛下赞了我几句，说什么能文能武，必为陛下股肱，可以为陛下掌军抚民之类的……”

“等等！”袁松一惊，拉着赵匡胤问道，“当时有人说你可为陛下掌军抚民？”

“呃……”赵匡胤呆了呆，然后点头，“确实有人说了，这有什么不妥吗？”

“没有。”袁松讪笑一声，“未有不妥，只是觉得他们可能夸得过了点。”

“本将军英明神武，他们夸得再多也不会过。”赵匡胤玩笑道，“这事和让你到西征军参赞军务有什么关系吗？”

“很简单，这是陛下在表明他的态度。”袁松淡淡笑道。

“陛下的态度？”赵匡胤不是笨人，稍一寻思便明白了其中的意思，“知道了，意思就是，西征还要继续，不然的话，也不会让我去勘察西征军的同时，让你去当这个军中司马。”

“不错，就是如此。”袁松笑道，“这也是好事，毕竟在家赋闲久了，算是有了个差事，不用在家坐吃山空了。”

“呵呵，你坐吃山空？”赵匡胤毫不客气地嘲笑道，“你在此处过得比我还滋润，别以为我不知……”

“可以了，大兄。”袁松伸手拉住赵匡胤的胳膊，笑吟吟地说道，“你确实什么都不知道。”

“呃……”赵匡胤一愣，明白了过来，缓缓点头说道，“不错，我的确是什么都不知道。”

“不过……”赵匡胤话锋一转，继续问道，“此次西征军之事，你是怎么看的？”

“简单。”袁松笑道，“此前让向训、王景两位将军统率西征军，但是二位将军统率的只是京中本部人马，对于其他各处厢军，威信不足以服众，以至于现在军需稍有迟缓，军中便上书请求推迟西征，说来说去，不过是军中的一场争斗而已。我们此去西征军，先要看看情况如何，如果不妨碍征伐的话，便要为两位将军请命，让陛下放权了。”

“放权？”赵匡胤问道，“给向训、王景两位将军？”

“不错，有了陛下授予的权柄，两位将军才能服众，继续西征。不过这权该放多少，就不是你我应该过问的了。”袁松淡淡说道。

“明白了。”赵匡胤应了一声，“既然如此，你我应该尽快动身，莫要耽误了陛下的大事。”

“好，大兄先回去收拾东西，与家人告别，我收拾一下，随后便到。”袁松点头说道。

赵匡胤雷厉风行，点点头就离开了院子。袁松目送赵匡胤离去，陷入了思索脸上的表情渐渐凝重。

“此一番算计，应该是出自我那师兄的手笔，难不成是要离间我与陛下之间的关系？”袁松皱着眉头自言自语道，“不对，我现在尚不足以让陛下心忧，离间一事根本无从谈起。既然如此，又为的什么？”

突然，袁松一惊，抬起头来，看向院门：“难不成是为了要分开我与大兄？可这又是为了什么呢？”

次日清晨，一行人马慢慢出了京城，上了官道。

赵匡胤顶盔掼甲，带着一群家将走在前面，但队伍里最引人瞩目的却不是他，而是一团火红的人影。

赵凝还是一身红衣，骑着马跟在袁松身边，嘴里反反复复地嘱咐道：“到了尽快给我写信！”

“知道了。”袁松苦笑着点头。

“不许敷衍，要真的写！”赵凝认真地说道。

“是，小生遵命。”袁松点头说道。

“还有，要尽快回来。”赵凝又说道。

“这个我可不敢保证。”袁松苦笑道，“我这次是去就职，什么时候回来是陛下说了算。”

“不管，反正如果你能回来的话，一定要尽快回来。”赵凝说道。

“好好，我一定尽快回来。”袁松点头道。

“还有……”赵凝眼珠转了转，“你要把这段时间的战事都记在心里，回来要说与我听。”

“你听这个做什么？”袁松苦笑道。

“我只是说不去，却没说不听！”赵凝瞪着眼睛说道，“反正你要说与我听才行。”

“好，好，我记下了，到时肯定详详细细地说给你。”袁松只好点头答应。

“我说，你们二人要卿卿我我到什么时候？”这时，赵匡胤戏谑的声音在一旁响起，“小妹，难不成你要把我们一直送到西面去？”

“你以为我不敢？”赵凝瞪着眼睛问道。

“你敢，你当然敢，可是我不敢。”赵匡胤苦笑道，“你还有什么不敢的？不过送君千里终须一别，你还是赶紧回去，不然京城又要谣传我赵家姑娘找不到婆家，急急慌慌地自己送上门。”

“呸！”赵凝的脸红得像一块红布似的，“这群人别的本事没有，就知道在背后嚼舌头根子！”

“别说别人，你自己好歹也要注意一下吧。”赵匡胤颇为无奈，“你若不给他们口实，他们能到哪里嚼舌头去？好了，好了，你先回去吧，不然就没完没了了。我和受益又不是一去不归！”

“呸呸呸！”赵凝对着地上狠狠地啐了几口，“平白无故说这种不吉利的话。哼，当本姑娘愿意送你们似的！”

说完之后，赵凝拨转马头，纵马跑得没了影子。

赵匡胤看着她的背影摇头苦笑：“这丫头，当真是越来越野了。”

“随性自然，没什么不好。”袁松笑道，“我倒是喜欢她这种风风火火的模样，可能我从小在山上长大，也是个野小子吧？”

“果然只有你能管得住她。”赵匡胤哈哈大笑，接着他压低声音对袁松说道，“受益，等你西征回来，便和凝儿把事情办了吧？凝儿也老大不小了，再这么拖下去，就要变成老姑娘了。”

袁松笑了笑，脸上的模样有几分尴尬。

赵匡胤看着好笑，用胳膊肘在袁松身上顶了一下：“行不行你给个痛快话！”

“咳咳……”袁松装模作样地干咳了两声，“一切还请大兄做主。”

“哈哈，好！”赵匡胤鼓掌笑道，“既然如此，那我们便一言为定！一切等到西征之后再作计较。”

“是。”袁松神色微微一变，不过还是点头答应了下来，“对了，大兄，我还有一件事。”

“什么事？”赵匡胤随意问道。

“我要向你推荐一个人。”袁松看着前方，慢慢说道。

“推荐一个人？”赵匡胤一愣，惊讶地看着袁松，“什么意思？”

“大兄你现在日益权重，颇受陛下信用，可是你身边除了厮杀的武将，就是上阵的粗汉，日后参赞军务种种，恐怕没人商量，所以我少不得要为你谋算一番，推荐几个人用用。”袁松淡淡地说道。

“不对。”赵匡胤微一皱眉，“为何突然说起此事？难不成你以后不再帮我了？”

“大兄如果有事，我当然要倾力相助。”袁松低声笑道，“只是日后大兄如果征伐江南，我未必会与你同往，这样一来，多有不便，说到底，大兄你身边还是应该有几个得用的人才行。”

赵匡胤眯起眼睛看了袁松一眼，然后微微颔首：“有理，既然如此，你要推荐何人与我？我可丑话说在前头，整日与你相处，我现在的眼光可是高了几分，若是那没什么本事的人，你还是不要送来了，免得我看不上，还让你丢了面子。”

袁松苦笑道：“大兄放心，其他也就罢了，这种事情我哪敢坑你？不然回头凝儿那一关我便过不去。”

“哈哈哈！”赵匡胤大笑了几声，“不错，不错，你知道就好。那你说说看，要推荐谁人与我？”

“此人乃是大兄的本家，姓赵名普字则平。”袁松低声说道。

“唔，是你们门中人？”赵匡胤低声问道。

“不错。”袁松也不隐瞒，微微点头，“而且此人十分了得，身负两家之长，既是平门弟子，又是诡门弟子，才华不凡，只是仕途坎坷。”

说着，他从袖中拿出一封信来，递给了赵匡胤：“大兄，这是此人生平，里面还有我的修书，来日你若要与此人联系，可以遣人携带书信与他见面。”

“明白了。”赵匡胤笑吟吟地点了点头，把那封书信接过来塞进了怀里，“我回头就派人去。”

“嗯。”袁松微微点头，“而且此人一直在南面供职，对南方的形势颇有见地，大兄来日若是随陛下出征南方，此人正得用。”

“好好！”赵匡胤闻言大喜，“受益有心了，我正为此事发愁呢，这人来得正是时候。”

袁松微微一笑，不再说话，而是回头向远处张望，只见京城外的一处土丘上似乎有人站在那里。袁松向着那土丘的方向挥了挥手，跟着大队人马西行而去。

在土丘上，姚谦负手而立，看着远去的队伍，脸上带着一丝若有若无的古怪笑意。这时，一个人影慢慢地走到了他身边，这人一身便装，头戴一顶斗笠，遮住了半张面孔，他走到姚谦身边，低声说道：“如何？贤侄满意否？”

姚谦看了一眼，来到他身边的正是郭洵，他轻笑一声，开口问道：“世叔何出此言？”

“贤侄，莫要如此了。”郭洵微微一笑，“今日你那师弟西行而去，难道没有你的功劳？老夫还没有老到糊涂的地步，你此前托老夫让人说的那句话是什么意思，我还是明白的。贤侄好算计，只是轻轻一句，就把你的师弟调出了京城。”

姚谦笑了笑，并未说话。

郭洵看了他一眼，淡淡说道：“不过，老夫不信，此事你没有后手。我问你一句，就算你把他调走了，只要他简在帝心，早晚还是要回来的。搞不好届时还要更上一层楼，到那时，贤侄你要如何应对？”

“世叔说得不错，那时确实有些麻烦。”姚谦看了郭洵一眼，“不过，此时天下未定，到那时还不知是几许时候，况且世叔您这里不是还有后手吗？”

郭洵心中一跳，脸上却不动声色：“贤侄说的什么话？老朽实在是有些听不明白。”

“世叔如果不明白的话，不如让家中的那位客人来与我聊聊？”姚谦嘴角一勾，“实不相瞒，我对他可是慕名久矣。”

郭洵脸色一沉，半晌没有说出话来，随后他哈哈一笑，对姚谦说道：“贤侄的消息果然灵通，本来老朽还想着过些时日再与贤侄你引荐。既然如此，找个时间老夫来做东，大家一起来喝酒谈天，聊聊风月如何？”

姚谦的笑容意味深长，微微点头说道：“既然如此，那便有劳世叔了。”

两人相视一笑，似乎达成了某种默契。

太原城中，新皇登基之后的繁乱已经渐渐理出了头绪，各级官员按部就班，各司其职，整个朝政慢慢步入正轨。今上和先皇不同，是个绵软的性子，而且爱惜民力，颇有点仁君的意思，所以整体上刘汉还算安定。只是刘汉毕竟偏居一隅，底子如此，就算再努力也难有太大的起色。

即便如此，街面上也比之前繁华了不少，在一处小胡同里有一家小酒馆，酒馆比较简陋，只有几张旧桌椅，不过里面倒是坐满了客人。这些人一看就不是什么有钱人，穿的衣服都是旧的，有的甚至破破烂烂，每个人面前都有个小酒杯，这些人一口一口地抿着喝，喝进嘴里之后还要捂着嘴，生怕跑了酒气。待在这里的人都是穷苦力，有人要招人，只需要到这里喊一声就能凑够。

在这小酒馆最里面，有一张小桌子，小桌子只能坐两个人。和别处不一样的是，这里除了有酒之外，竟然还有两碟小菜，虽然只是最简单的卤菜，可是周围的人还是露出了羡慕的目光。谁都看得出来那人是等人的，只是不知道等的是什么人，竟然奢侈地点了酒菜。

坐在小桌边的那人一直将自己的面孔隐藏在阴影里，所以大家看不清他的长相，不过有人经过小酒馆的时候，他总要飞快地探出头来，向外张望一眼，发现不是自己要等的人，便失望地缩回头来。也就是这个时候能看清他的长相，这人面容憔悴，颧骨高耸，不过却不是个丑陋的人。

小酒馆外面，两个人推着一辆车走了过来，车上摆着几样常见的菜蔬，前面一个老汉拉着车，后面一名村妇推着车，独轮车在小酒馆外面停下，老汉吆喝着开始卖菜。

酒馆角落里的那人警觉地探头看了一眼，那老汉的吆喝声字正腔圆，而且有不少人过来买菜，老汉应对自如，一看就是做惯了买卖的。只看了几眼，那人就缩回阴影里，不再多看。

那村妇从车头取下一个装了水的葫芦，仰头喝了几口，同时不动声色地向酒馆里的那个角落瞄了一眼。虽然那村妇皮肤黝黑，容颜平常，但是眼中那一瞬间冒出的精光还是能让人心中一寒。只看了一眼，那村妇就收回了目光，然后压低声音对那老汉问道："就是他？"

"是的，小姐，化成灰我都认得出来。"那老汉脸上带笑，可是说出来的话却满是恨意，"他就是少爷当年的亲随，那次事情之后就销声匿迹了，原本我以为他已经死了，谁知道竟然还活着。看来当年的事情，他逃不脱干系！"

"对。"那村妇也压低声音说道，"我得到的消息说……"

说到这里，村妇一顿，眼中闪过一丝神伤。

"小姐，怎么了？"那老汉低声问道。

"没事。"村妇轻叹一声，"想起了一点事情，不说这个了。我接到的消息说，此人本来已经逃遁，但是最近又在太原出现。"

"小姐的消息果然了得，我查了那么久也没找到的线索，竟然被别人找到了。"那老汉低声说道，"不知何人有这般本事？"

"那人已经不在了。"村妇淡淡地说道，"那人虽然是个能人，却也是个傻子，一个不知道自珍自爱的傻子。"

老汉听到这话沉默了下来，突然他急促地低声说了一句："有人来了。"

那村妇立刻变了个模样，把推车上的菜一样一样地摆好，动作利索，丝毫看不出有什么不妥。

来的这人是个中年人，长相普通，穿着一身便装，背着手走进了小酒馆。他这身衣服虽然不是新衣，却也算不上太旧，再加上此人的气度和酒馆里其他人不一样，所以他一进来就引起了不少人的注意。但是注意归注意，却也没有人凑过去自讨没趣。

来人站在酒馆门口环视了一遍小酒馆，微微皱眉，带着满脸的厌恶向着最里面的那张小桌走了过去。

一看到他过来了，阴影里的那人连忙起身，点头哈腰，那谄媚的模样让人看着都好笑。可来人连个正眼都没有给他，自顾自地往那一坐，连话都没说一句。

阴影里的那人自讨了个没趣，却又不敢说什么，只好讪笑了两声，坐到了椅子上。

“为何要来寻我？”来人不等对方坐稳，便冷哼一声问道，“我不是告诉过你，不要回来了吗？”

“阿东啊，不到万不得已，我真不愿意来寻你。”那人苦笑道，“原本我在一处小地方落脚，那地方虽然偏僻，但我好歹有些积蓄，吃喝不愁。”

“那你为何要从那里出来？”阿东低声喝问道。

“阿东，我也是迫不得已啊。这几年战乱连连，就连那偏僻的地方也遭了兵灾。”那人哭丧着脸说道，“先皇南征，没能把那伪周如何，反而大败。结果散兵游勇跑得到处都是，就连那地方也没能躲过去，被一群溃兵袭了村子。我出门躲过了一劫，可是回去之后发现，之前攒的那点积蓄荡然无存，我也是实在过不下去了，才变卖了最后一点东西前来寻你。我也不求别的，只求您能看在此前那事的份上，打发我两个银钱，或者赏我一口饭吃……”

“不许提这事！”阿东低吼了一声。

“啊？”那人顿时一惊，脸色有些发白，“怎，怎么了？”

“我不是让你把这事忘了吗？”阿东咬着牙问道。

那人吞了口口水：“这么多年过去了，不是说已经风平浪静了吗？”

“哼！”阿东冷哼了一声，“风不风平浪静，不是你说了算，也不是我说了算，明白吗？”

“是，是。”那人额头已经见了汗水，动作僵硬地点了点头，随即他又抬起头来，面带难色地看着阿东，“我只想讨口饭吃。”

阿东上下打量了那人几眼，冷冷地说道：“这件事倒不是不行。这样吧，明日你再来此处。差事什么的是不用想了，想必你自己也知道。但是好歹能给你一点钱财，让你渡过难关。”

“多谢，多谢！”那人满脸喜色，对着阿东连连点头。

“好了，我先走一步，记住了，明日此时，还来此处！”阿东再次强调。

“是，是。”那人忙不迭地答应下来，然后斟了一杯酒，又指了指桌上的酒菜，有些为难地问道，“那，阿东，既然来了，何不一起喝上一杯？”

“不了。”阿东有些嫌弃地看了一眼桌上的酒菜，“你自己吃喝吧，我还有事。”

说完，阿东头也不回地走出了小酒馆。

看到阿东离开，那人脸上的笑容渐渐收敛，低声嘟囔了一句：“牛气什么？当初如若不是我，你哪能获得如此功劳？现在反倒瞧不起我这穷亲戚了。”

说着，他重新坐下，给自己倒了一杯酒，然后一饮而尽，又夹了一筷子菜塞进嘴里，看得出来，他已经有日子没有喝酒吃菜了，所以吃得津津有味。

阿东出了酒馆，回头看了一眼里面那人，脸上露出了一丝狞笑，然后转身，离开了这里。

卖菜的两人把这一切看在眼里，那村妇低声说道："德叔，安排人手，要最精锐的，跟上刚才那个人。"

"明白。"德叔轻轻颔首，然后貌似不经意地举起手来，打了几个古怪的手势，几名看似聊天胡扯的闲汉，不动声色地点了点头，其中一个笑嘻嘻地离开，无声无息地跟上了那个阿东。

而那村妇似乎对这一切并没有特别关注，而是默默地看着留在小酒馆里，正在往自己嘴里填东西的那人，轻轻叹了口气："这条线怕是要断了。"

德叔微微颔首："这人太蠢了，继续躲下去搞不好还能留下一条性命，可是现在贸然出头，就是在找死。不过，如果不是蠢材，当年怎么会办下那种事情？"

那村妇点了点头："只是不知道这人要命丧何处，我们还有没有机会从他口中套出话来？"

她的话音刚落，酒馆中的那人突然一顿，紧接着慢慢地倒在了桌子上，这一幕并没有引起周围人的注意，还以为他只是喝醉了酒而已。

可是在外面一直盯着那人的村妇和老汉脸色同时一变。

"这么快？"村妇一惊，"刚才来的那人下的毒？"

"小姐别动，我让人去看看。"德叔低声说道，然后又打了个手势。从街角转出一个人来，径直走进了小酒馆，直奔那人。

到了那人身边，他拍了拍那人的肩膀，嘴里喊道："张玉，张玉，你果然在这里，真是的，你父亲到处找你呢，你竟然还在此处吃酒！"

说话的同时，他仔细查看了那人，发现那人已经脸色发青，口吐白沫了。他身子微微一歪，挡住了周围人的视线，用手快速地将桌上的酒杯放进了自己的袖口里，接着又动作熟练地把那人全身上下搜了一遍，从里面取出几样东西放进怀里。

做完这一切之后，他叹了口气："怎么又喝成这个模样？沾酒就醉，当真是无可救药。"

说着他把那人抬起来，扛在肩膀上向外走去，同时帮那人结算了酒钱。酒馆中人以为有人喝醉，亲友来寻，压根就没有意识到刚才究竟发生了什么事情。

出了酒馆就有人过来帮手，两个人将那人带到了一处僻静地方，那村妇和老汉已经在那里等着了。

"小姐。"他们把那人放下，到村妇和老汉面前行了一礼，"人已经不行了。"

“嗯。”那村妇微微点头，“我看看。”

说着，她来到那人身边，仔细观察了一下，此时，那人已经脸色发青，没了呼吸，显然已经死透了。只是除了这些，那人身上再没有其他征兆，看起来就像是得了急症而死。村妇仔细检查了一遍，最后掰开了那人的眼皮，发现眼白上有黑紫色的斑块，这些斑块被眼皮遮挡，很难察觉，但是真正看到了，却十分骇人。

那村妇脸色凝重：“是中毒而亡没错。只是这毒十分诡异，吃下去之后并没有立刻发作，而是过后发作，看起来就像是得了急症而亡。德叔，你此前听过这种毒药没有？”

“没有。”那老汉苦笑一声，“小姐，咱们黄石一脉长于细作和打探消息，下毒不是我们的强项。”

“嗯。”那村妇点了点头，“他身上有什么东西吗？”

“都在这里。”扛人出来的那位连忙从怀里掏出几样东西摆在地上。

那村妇仔细看了一下，几枚铜钱、一点干粮、火石火镰和杂七杂八的零碎物品，并没有什么值得注意的东西。她把视线放在了最后的那两个酒杯上。她拿起来，仔细地闻了一下，结果发现其中一个酒杯里有一股淡淡的腥味，这种腥味十分淡，如果不仔细分辨的话，几乎无法察觉。

“来人应该是在自己的酒杯里下了毒。”那村妇冷笑道，“此人贪婪，觉得那一杯酒不喝可惜，结果就中了招。看来，来人对他的性格十分了解，不然也不会布下这种手段。”

“嗯。”那老汉深表赞同，“我们派出去的人不知道能不能查到什么。”接着他轻轻叹了口气，“只可惜时间紧迫，而且条件有限，在这太原城里，我们的人手不足啊。”

“已经可以了。”那村妇轻叹一声，“这些年如果不是德叔一直在暗中筹谋，我们连这点力量都没有。不管怎么说，现在已经有了一丝曙光……”

那老汉犹豫了一下，摆了摆手，让其他人离开，然后低声问道：“小姐，请恕老朽问一句不该问的话。这些年来，老朽觉得您好像一直在提防着什么，究竟提防的是什么，可否让老朽知道？”

“德叔……”那村妇轻轻咬了一下嘴唇，“我也希望，我担心的都是假的……”

那老汉闻言，微微点头，不再追问了。

那村妇站起身来拍了拍手，说道：“走吧，此处多留无益。”

几人迅速离开了这里，在这偏僻的角落里，只剩下一具已经僵硬的尸体。在这乱世之中，尤其是风雨飘摇的太原，街上多一具尸体实在算不得什么大事。

第四十四章　佳期已定

而此时，赵匡胤作为钦差，已经抵达西征军，经过详细查看，他将军中情况如实上奏。未几日，今上下诏，提拔王景兼西南面行营招讨使，向训兼西南面行营都监。而袁松则出任军中司马，随军参赞军务。赵匡胤返京，另有任用。

离别之时，袁松一路将赵匡胤送出军营。赵匡胤来时和袁松一起，走时却形单影只，略有几分冷清。

“受益。”赵匡胤拉着袁松的手说道，“等到西征结束，你便回京吧，与我那妹子把喜事办了，莫要耽误时间，再耽误下去，我那妹子就要成老姑娘了。”

“此事你已经说了多遍了。”袁松苦笑道，“大兄，你是有多害怕凝儿嫁不出去啊？”

“胡扯！”一听这话，赵匡胤的眼睛顿时瞪了起来，“我赵家的女子，岂会嫁不出去？天下间的好男子多了，我那班兄弟一个个排着队等着迎娶我家妹子呢。你若是不要，有的是人要！”

“当然要！”袁松没好气地说道，“我若是不要，先不说你那班兄弟，便是凝儿就能让我身首异处！”

“你知道就好！”闲聊了几句，赵匡胤的心情好了许多。

“大兄。”袁松低声嘱咐道，“莫要忘了我与你推荐的那人！”

“记住了，赵普赵则平嘛！”赵匡胤低声说道，“放心，我自会留意的。”

说罢他向袁松拱了拱手，拨转马头，带领麾下家将扬长而去。

袁松站在营门口，一直目送着赵匡胤离开，他知道，赵匡胤恐怕也隐约感觉到了什么。

最后，他摇了摇头，转身回营。不管如何，此事都是难免的，不论对自己还是对赵匡胤来说，都是好事。

袁松在营中有自己的一座军帐，等他进去之后，李用早已在里面等待多时了。见到袁松进来，他便开口问道：“赵将军已经离开了？”

“离开了。”袁松点了点头，往椅子上一坐，懒洋洋地问道，“现在你可以把那份密诏念给我听了。”

“什么密诏？”李用讪笑着问道。

“莫要在此装傻。”袁松撇了撇嘴，“莫非你以为我是蠢材？”

“相公若是蠢材，这天下就没几个聪明人了。”李用苦笑道，“其实也不算是密诏，只是陛下的口谕。”

说到此处，李用神情凝重，低声说道：“陛下命相公你在西北随军参赞军务，同时要时刻留意北方动态。陛下曾说相公那先北后南的策略既然可行，那来日我朝大敌必是那契丹。既然如此，那谋划之事便交与相公，务必仔细准备，来日功成之时，相公当为首功。”

“嗯！”袁松微微点头，“既然陛下信重我，那我必不负陛下所托！”

“所以……”李用表情一变，嬉皮笑脸地说道，“既然如此，那就要委屈相公在此处待上几年了。不过，相公的终身大事还是要顾及的，陛下特意提过，等到西征事毕，赶紧回去成亲。”

袁松已经不知该说什么才好了，自己这点事情尽人皆知，连陛下都过问了，想躲看来是躲不开了。不过想到赵凝，袁松心中一热，脸上露出了一丝淡淡的笑容。

太原城的国师府虽然换成了宰相府的招牌，但是整个太原人都知道，不管换成什么招牌，此时那府中的主人，就是整个刘汉除了国主之外，最有权势的一位。

宰相府的一间房间中点着檀香，浓郁的香气充满了整个房间。虽然身为宰相，上朝要穿朝服，但是在家里，郭无为还是穿着一身道袍，盘膝坐在蒲团之上，微微闭着双眼，听面前的弟子说话。

“师尊，师兄已经从伪周传回消息，他已经顺利接触到了要找的人，只是乌夜啼的细作经过连番打压，已然溃不成军，无法再用了。师兄言道，若想要让乌夜啼再起作用，恐怕投入巨大，而且很有可能得不偿失。”弟子未名在郭无为面前恭敬地说道。

“乌夜啼还是完了。”郭无为轻叹了一声，“这些年来虽然乌夜啼做了不少事情，可惜伪周气运旺盛，我们日渐衰败，就算乌夜啼有通天之能，也是回天乏术。”

“师尊说得是。”未名说了一句。

“我问你，你师兄可曾找到乌夜啼歌主的下落？”郭无为问道。

“未曾找到，师兄说乌夜啼连番失败，尤其是策反左羽林大将军孟汉卿失败之后，歌主就不知所踪，有传说歌主或许已经遭遇不测。”未名说道。

“呵呵。”郭无为轻笑一声，摇了摇头，“哪有那么容易。罢了，让你师兄留心查看，如果有她的消息，立刻通知我。”

“是。”未名应了一声，站在原处，一副欲言又止的模样。

郭无为端起桌上的清茶品了一口，抬眼看了未名一眼，突然说道：“你是否对我这般布置心存疑虑？”

“啊！”未名一惊，连忙低下头来，“师尊智计无双，劣徒不敢揣摩师尊心意。”

“无妨。”郭无为淡淡一笑，“你与宏昌都是我身边亲近之人，是我黑绶一脉的嫡传弟子，有些事情让你们知晓也并无不妥。”

说着，他放下了手中的茶盏，笑着说道：“须知这天下的万事万物都是有其价值的，这国朝也是如此。此前先帝南侵是刘汉最后的一次机会，如若功成，我黑绶一脉继续为刘汉效命也并无不可。可惜啊，先皇志大才疏，高平一败，彻底断送了刘汉的气数，现在不过是苟延残喘罢了。既然如此，我们为何不趁此机会，将此处卖个好价钱呢？”

未名微微点头，若有所思。

不过，接下来未名又低声说道：“师尊，弟子还有一事要向您禀报。”

“说吧。”郭无为应了一声。

“今天弟子接到消息，靳东似乎与什么人见了一面。”未名低声说道。

“靳东？”郭无为闻言，脸色顿时一变，“怎么回事？”

未名连忙低下头来，看都不敢多看郭无为一眼，自己这位师尊，无论什么时候都是一副气定神闲的模样。但是这个靳东让他有些失控了，在未名的记忆中，这可是极其少见的。

未名虽然也不知道自己的师尊为什么要让自己盯住靳东，但是很显然，这件事非同小可，因此他连忙低声说道：“启禀师尊，您一直让弟子盯紧靳东，此前一直没有什么事情发生。他的人际往来都有据可查，并没有不妥之处。只是今天，弟子突然接到消息，说靳东今日去见了一个人，两个人约在了一处小酒馆里。他们谈的是什么无人知晓，只知道靳东回来之后脸色异常难看。而与靳东见面的人是谁，现在还不知道。”

“该死！”郭无为暗骂了一句，“蠢货！怎会如此？”

未名心里一跳，他很少见自己师尊如此失态，甚至忍不住骂人，未名愈发肯定，此事事关重大。

“去查！”郭无为猛地转过身来，对未名说道，“查出他见的那个人究竟是谁！不管是死是活，都要查出来。”

“是。”未名应了一声，不敢停留，立刻退出了房间。

空荡荡的房间里只剩下郭无为一个人，他脸色阴沉，背着手在房间里走了几圈，突然低声嘟囔了一句：“那贱婢突然失踪，莫非和此事有关？”接着又摇了摇头，“不会！应该不会，这是多少年前的往事了，而且当时做得天衣无缝，怎么能……”

他的话还没说完，便用力一跺脚：“罢了，不管如何，这件事必须有个终结，不能露出破绽来。此时正是成大事的关键时期，万不能出任何差池！”

而在太原城的那处院落里，白若也在听取自己手下的汇报。

“小姐。”一名身穿便装，相貌普通的汉子在白若面前恭敬地说道，“属下已经查明了，今日那人名叫靳东，在太原城里小有名气。”

“小有名气？他是做什么的？”白若问道。

“此人是一处香会的会主。”那汉子回答道，“香会的名号叫汇祥云。”

所谓香会，就是太原地界的一种民间组织，尤其是近些年战乱频繁，时日艰难，这种香会也愈发兴旺。大家聚集在一起求神拜佛，祈求平安，而且会主还号称法师，能为人施舍符水，念经驱邪，每每有婚丧嫁娶，都少不了这些香会的出没。

“那人是法师？”白若一皱眉头，脸色微微一变。

“正是。”那汉子点头说道，“靳东就是汇祥云的法师，也是会主，据说他能掐会算，法力高强，而且手眼通天，颇有门路，所以在这太原城中颇有几分名气。不仅仅是平民百姓，就连一些官面上的人物也经常给他的香会捧场。”

“这倒不足为奇。”白若冷笑一声，“天下纷乱，太原更是风雨飘摇，别说百姓了，便是那些官员过得也是有一日没一日，拜拜神佛，求个心安，倒也不是什么奇怪的事情，只是……”

她微微一皱眉，喃喃说道：“香会？竟然是香会。”

“小姐……”那汉子好奇地看着白若问道，“那香会有何不妥？”

“无妨。”白若摆了摆手，“你立刻安排人手，盯住那家香会，尤其是盯住靳东。不管有何事，速速来报！”

“是！”那汉子转身要走。

“等一下！”白若喊了一声。

“小姐还有何吩咐？”那汉子连忙转身问道。

“如果有人想要害他，想办法保护他。”白若说道。

“是。”那汉子应了一声，又等了一会儿，见白若再没有吩咐，这才退了出去。

“香会，竟然是香会。”白若脸色难看，喃喃自语。

这时，一直站在白若身后的德叔突然开口："小姐，香会的话，难不成是黑绥？"

"不知道。"白若轻叹一声，"我心中有些烦乱，现在也不知该如何是好，如果真是黑绥的话，该怎么办？"

"如果真是黑绥的话，想必与那人脱不了干系。"德叔轻轻咬牙说道。

"果真如此的话，事情就不好办了。"白若轻叹一声，然后一咬牙，"不行，德叔，我要亲自去看看。"

第二日乃是汇祥云开香会的日子，到了这一天清晨，各处的善男信女蜂拥而至，将汇祥云的大门堵了个水泄不通。这些人大部分都是穷苦人，但是也有不少人一看就是家境富裕的，但所有人都是一脸虔诚，手持三根长香，对着那朱漆的大门念念有词。

眼看吉时已到，有人从边门走了出来，手持铜锣，用力敲了三下，随着这三声锣响，那人吆喝了一声："吉时已到，开天门！"

有人缓缓将那朱红大门向两边推开，在门后面是一处大院落，中间摆放着香炉，两侧则有四尊木制天王像，脚踏祥云，面容威武。正对着香炉的则是一间大屋，大屋的门紧紧关着。随着院门开启，手持长香的信众一拥而入，很快挤满了整个院落，所有人聚集在香炉前面，对着香炉虔诚叩拜，然后将手中的长香插在香炉里。

很快，空空如也的香炉里就布满了香火，青烟淼淼，直上青天。

旁边有身穿法衣的徒众手持铜锣看着日晷，眼看时辰差不多了，他举起铜锣连敲了三下，喊了起来："祥云下界，法师临凡，仙人指路喽！"

按照规矩，要连喊三遍，正对着香炉的那间大屋的门便会无风自开，然后香主法师就会从云雾之中走出，看着就像腾云驾雾，刚刚降临凡间似的。

但是今天似乎有点不对，铜锣响了三通，那敲铜锣的等了好一阵，大门还没有打开的意思，他以为里面的人没听到，连忙举起手里的铜锣又敲了三下，用最大的声音喊道："祥云下界，法师临凡，仙人指路喽！"

连喊了三遍，里面还是没有一点动静，眼看着下面的信众已经开始窃窃私语，那敲铜锣的感觉到情况好像有点不对劲。他也顾不得许多了，向着旁边的几名徒众使了个眼色，有人点了点头，一溜小跑来到了那房门前面，先用手敲了几下，然后喊道："法师，仙人，开门降世了！"

可是不论他怎么敲，里面都没有一点回应，外面的人感觉到情况有点不对，于是几个人一起用力，硬生生拉开了那带着机关的房门，砰的一下，里面的机关被激活，房间里顿时烟雾缭绕。在这烟雾之中，隐约有个人影呆坐在中间，等到烟雾散尽，外面的人才看出来，里面坐着的正是汇祥云的香主，法师靳东。

只是靳东此时两眼呆滞地望着前方，脸色发青，这么大的动静都没动一下。

外面的徒众看到这一幕更加觉得不对，有人伸手轻轻碰了碰靳东，他身子一歪，瘫倒在座位上。

旁边的几名徒众顿时慌了，有人伸手试探了一下靳东的鼻息，顿时惊呼：“法师没气了！没气了！”

有那资格老的徒众一巴掌抽在那人脸上：“胡说八道，什么叫没气了？法师这是升天了！”

“啊，对，对，法师升天了！”那徒众连忙点头。

等到这个消息传开，整个香会顿时乱成一团。

而此时在人群中，有两个人脸色凝重，其中一名像是普通的妇人，另一名则是一名老者，看着和普通的香客无异，不过听说靳东死了之后，两个人顿时一惊，迅速从人群中退出来，躲到了院落的一角。

“动作好快！”那老者表情冷森地说道，“竟然已经动手了。”

“一有不对，立刻断尾，着实心狠手辣，而且肆无忌惮。”那女子冷冰冰地说道，“很像那个人的作风。”

“小姐，我们现在怎么办？”老者低声问道。

“昨天刚出的事，今天就对靳东下了手，对方行事果断，果然了得。”那女子冷笑一声，“只是动作太快必然有所疏忽，现在这么乱，正是我们的机会。走，我们去后面！”

“是。”那老者微微点头，同时向着人群打了个古怪的手势，这才和那女子一起，绕过慌乱的人群，向后面走去。而在他们身后，两名年轻男子也分开人群，跟在了后面。

这个院落并不算太大，正面就是一处大院落，设置了香炉神殿，后面就是几处厢房，供此处的徒众居住。因为不大，前面闹哄哄的情形早就惊动了后面的人，几名徒众从厢房里急匆匆地跑了出来，向前面张望，不知道发生了什么事。

这时有人发现了过来的几个人，一脸疑惑地问道：“你们是什么人？”

那女子和老者并不惊慌，老者向前一步说道：“是东来师父吧？您快去看看吧，前面已经乱了套了。香主那边好像出了事，诸位师父也乱了方寸，西见师父让我来喊您，赶紧带人去看看，好歹维持一下秩序，那么多香客聚在那里，千万别出了岔子。”

那个东来听到老者准确地叫出了自己的名号以及自己师兄的名号，顿时放下了戒心，紧张地问道：“前面出了什么事？香主怎么了？”

“香主可能是遇到了急病，突然在神殿里升天了，您赶紧去看看，今日可是大法会，出了乱子，谁都担待不起啊！”老者说道。

“什么？”东来惊呼了一声，“香主升天了？我去看看！”

东来说完也顾不得许多，向着前面就跑了过去。他身边的其他徒众一听到这个也待不住了，纷纷跟着一起赶了过去，整个后院顿时空了。

看到这场面，那女子抿嘴一笑：“德叔好手段，短短时间里，就把这里里外外的事情都摸了个通透。”

“小把戏而已。”老者轻笑一声，接着面容一肃，“时间紧迫，小姐不要耽误了。前面最大的那间就是靳东的住处，从来不许别人进去。我在这里盯着，您赶紧进去看看。”

“嗯。”那女子点头，紧走几步，一闪身进了靳东的房间。

这间房间乍一看非常简单，里面没有太多的家具，只有一张床榻，一张书桌，还有一面书架，除了这些，正对房门的位置上有一个神龛，但是神龛里面却没有神像。

那女子看到神龛的模样一皱眉头，向前一步仔细查看了一下，然后伸手在那神龛上一抹，发现中间位置没有灰尘，周围有一层薄灰，这说明之前这里是有神像的，但是已经被人拿走了，而且是刚拿走不久。

“动作好快。”那女子低声嘟囔了一句，然后仔仔细细地把屋里各处检查了一遍，在检查到床榻的时候，她眼睛一亮，用手在一块雕花上按了一下，那雕花往里一陷，弹开一块板子来。这床上竟然有一处暗格，可以藏一些东西。

那女子看了一眼，发现里面金光闪闪，晃得人眼睛发花，竟然是不少黄金。看来这里是靳东藏私房钱的地方，只是这里大概有三分之一的位置是空的，似乎之前放了什么东西，可是此时已经没有了。

那女子脸色微微一变，如果真的有人先她一步取走了这里面藏着的东西，那就说明取走这些东西的人，并不是为了钱财而来，不然的话，为何要留下这么多金银？这只能说明，那人是故意留下这些东西的，为的就是让靳东的徒众发现。那些人如果看到了这些金银，势必要起贪念，贪念一起，其他事情就顾不得了，这里的一切就都会被人破坏。想要再查出什么来，就难上加难了。

那女子仔细地看了一遍里面的东西，突然眼睛一亮，伸手进去，从里面取出了一样东西。

她取出来的并非黄金白银，而是一朵珠花，这珠花做工精致，用料考究，一看就价格不菲。这珠花出现在一堆金银之中，似乎有点怪怪的。

那女子还想细看，这时院子里面已经有了动静，那老汉的声音从远处传来：“都守着这里，莫要让人进去了，今天来了这么多人，出了乱子，法师在天上是要怪罪的！”

听到这声音，那女子立刻合上那个暗格，同时顺势将那珠花插在头上，从容地走了出去。

出去后她才看到，不少徒众已经向这里摸了过来，一个个鬼鬼祟祟的，一看就不安好心，恐怕打的也是浑水摸鱼的主意，想要到这里来看看能不能捞点油水。

可是到了这里却被那老者带着人拦住了。

“你们想干什么？”那老者大喝一声，顿时镇住了这些人。

他们搞不清楚那老者的来头，一下子不知该如何是好。

好半天才有人壮着胆子对着那老者色厉内荏地喝问了一句：“你是何人？”

“哼！”那老者冷哼一声，“我还想问你们是何人呢？现在前面慌乱，西见师父让我在此处照看，怕的就是有人借机生事，哄抢物品。怎么着？你们莫不是也为此而来？”

那几人闻听此言，脸色微微一变，领头的那人讪笑了一声：“这位老丈误会了，我们也是此处的徒众，听说前面闹起来了，所以到后面来看看情况，现在看到此处未乱，心里便放心多了，既然此处无事，我们走就是了。”

说着，这些人悻悻而去，和之前兴冲冲而来判若两人。

眼看这些人离开，那老者冷笑一声，如果不是自己这边也有几名壮汉跟随，就凭自己这个老头是无论如何也镇不住这些人的。

“德叔。”那女子无声无息地来到老者身后，“走吧。”

“小姐，已经查完了？”那老者低声问道。

“有人先来一步，此处已经没什么好查的了。”那女子低声说道，“此处凶险，我们还是快点离开为妙。”

“好！”那老者打了个手势，带着人迅速离开了这里。从他们到后院，再到离开，前后不过一炷香的工夫。

那女子就是白若，那老者就是德叔，两个人顺着小巷迅速撤离，最后到了一处隐蔽的地方。

“小姐，那里面究竟如何？”等所有人稳下来之后，德叔立刻问道。

“我说了，有人比我们先行一步。”白若皱眉说道，“里面有价值的东西已经被拿走了，不过我在里面找到了这个。”

说着，她从头上把那朵珠花摘了下来，托在手上：“这是靳东所藏之物，我在一处暗格中发现的，看着颇新，应该是最近做成。那暗格里除了金银，就只剩下这朵珠花，其他的东西已经没了。这个可能就是我们现在唯一的线索。”

“唔。”德叔微微点头，“小姐的意思是，这朵珠花应该是靳东要送给某人的，只是还未来得及送出去？”

“是的。”白若微微点头。说完，她仔细查看了一遍这朵珠花，最后在珠花的背面发现了一个图案，是一片柳叶，柳叶上刻着一个“青”字。

“柳叶？青？”白若微微一皱眉头，“德叔，我近些年来并不在太原，这个柳叶和青字有什么意义，您知道吗？”

“不知道。”德叔苦笑了一声，“不过，既然是一朵珠花，那就应该和女子有关。对了！”

“小姐稍等片刻。”他拍了拍额头，然后回头向身边一名亲随吩咐道，“去把刘宝喊来。”

那亲随立刻出去，没多久就带着一个汉子走了进来。那汉子四十来岁，相貌普通，满面风霜，老实巴交，属于扔到人堆里哪怕你仔细看都不容易发现的那种人。他进来之后向白若和德叔行了一礼。

“小姐，德叔，请问有什么吩咐？”

“小姐，刘宝是当年老爷和少爷的亲信暗线，这一次汇祥云的详细情况都是他传回来的。”德叔说道。

“刘宝。”白若立刻问道，“我问你，你可知晓与靳东过从甚密的女子？和柳叶、青字有关的？”

“唔，小姐，靳东表面上道貌岸然，但背地里可是没少和妇人往来。”刘宝说道，“和他往来密切的女子差不多有五六个，大部分都是汇祥云的香客。柳和青的话……”

刘宝皱着眉头想了一下，眼睛突然一亮：“我记得其中有一个叫刘青儿的，好像很受靳东宠爱，而且靳东还专门为她置办了外宅。这些都是秘密，连汇祥云里的人都不清楚。”

“刘字和柳字谐音。”白若低声说道，“很有可能就是她！你知道她的住处吗？”

“知道。”刘宝点头道。

白若立刻转头看着德叔说道：“德叔，你召集几个好手。刘宝，你来带路，去那个刘青儿的住处，现在就走，对方行事果断，我担心那里已经被人盯上了。”

“好！”德叔应了一声，立刻开始召集人手。

没多久，白若带着三五个人跟着刘宝出了门。

几个人分成前后两股，在大街小巷中穿行，一直来到了一处宅院外面。这宅院坐落在一处小巷之中，在太原城中算是中等人家，不大不小，而且位置僻静，哪怕是大白天，附近也没什么人影。

白若带人到了院子的门口，伸手想要推门，谁知道手往门上一搭，那门竟然被推开一条缝。白若心里顿时一沉，对着身后的人打了个手势，两名好手立刻从左右翻墙而入，而白若则带着人直接进了大门。院子里空空荡荡，看似一切正常，但是等到白若到了那屋子的门口时，一股浓郁的血腥味从里面飘了出来。

白若脸色顿时一变，伸手一指，两名好手立刻破门而入，冲进了屋里，白若紧随其后。一进那屋子的正厅，就看到一具女尸躺在地上，脖颈被人切开，胸口也中了一刀，鲜血正从她的伤口流出来。

尸体的血还未流尽，这说明她刚刚遇害！此时，旁边屋中突然传来一阵声响。白若身边的两名好手立刻抽出暗藏的利刃，冲了进去。

房间里顿时一阵乱响，几个人在里面呼喝搏斗，最后伴随着一声闷哼，归于沉寂。

门帘一挑，刚才冲进去的那两人从里面走了出来，其中一个人脚步踉跄，被人搀扶着才能勉强行走，在他的胸口有一道很严重的伤口。

“小姐！”另外一人脸色凝重，“是死士！厮杀起来根本就不求活，只寻死，眼看不敌，竟然想要和我兄弟同归于尽，幸好我们本事扎实，我又在旁边，不然的话就麻烦了。”

“快带他下去，全力救治！”白若表情凝重地说道，“莫要耽误了！”

“是！”那人应了一声，搀扶着自己的同伴走了出去。

白若带着剩下的人进了隔壁房间，一具尸体躺在地上，表情狰狞，胸口要害位置有一道创口，如果换成普通人，恐怕立刻就能毙命，但是这人竟然在胸口要害位置被刺穿的同时，试图与对手同归于尽，光是这一份凶残和狠劲就足以让人不寒而栗。

白若脸色凝重地查看了一番尸体，发现尸身上并没有明显的徽记，也没有任何能证明身份的物品，根本没什么有价值的东西。她立刻放弃了查看尸体的举动，转而开始搜索房间。在仔细地查看了几处地方之后，白若在一个隐蔽的壁橱里发现了几样东西：几个小瓷瓶，一些小玩意，还有一条黑色的丝带。在黑丝带的一角，用黄色的线绣了一个七星图。

一看到这东西，白若脸色难看到了极点，她迅速把这些东西收进怀里，然后打了个手势，带着人撤离了宅子。

白若带人离开之后，立刻赶回住处。一进门，德叔就迎了上来，低声问道：“小姐，事情如何？”

“立刻撤离！马上走！”白若脸色难看，“这里不能待了，对方恐怕已经知道有人盯住了这件事情，继续滞留在太原太过危险。德叔，你现在立刻安排人手，把我们的人分散出去，我先行撤离，在秘密地点会合。”

“这么糟糕？”德叔一惊，低声问道。

“非常糟糕。”白若脸色发白，“这件事靠我们自己很难办到。走吧，先找一处落脚点，然后再想想该如何处理这件事。”

六天之后，山中一处偏僻村落的院子里，几个人正在此处卸下行李。白若则在屋中端着一杯早已冷却的茶，眉头紧锁。这村落是一处坞堡结构，村落中有几十户人家。乱世之中，这样的村落有很多，既可防范土匪，又可防范流寇和溃兵。

“小姐，德叔回来了。”这时有人进来禀报。白若立刻站起身来，迎了出去。

白发苍苍的德叔从外面走了进来，先向白若行了一礼。

“德叔不必多礼。”白若连忙将他搀扶起来，“怎么样了？”

“已经安排好了。”德叔说道，“所有的线人全部潜伏下来了，所有的财物也进行了转移。”

接着，他心有余悸地说道：“幸好小姐行事果断，您走之后的第三天，就已经有人盯上了我们，幸好事情已经安排得差不多了，老夫一看不对，迅速撤离，这才甩掉了尾巴。”

白若闻言，长出一口气：“这就好！”

“小姐。”德叔低声问道，“此前事情紧急，我还未来得及问，做下此事的人究竟是谁？”

“其实德叔您已经猜出一二了，不是吗？”白若苦笑道。

“难道真是他？”德叔惊呼一声。

“虽没有十足的把握，但是绝对和他脱不了干系。”白若脸色凝重，然后把那条丝带拿了出来，“您看看这个……”

德叔看了一眼那条丝带，脸色顿时变得铁青：“竟然真是他们！”

“对。”白若点了点头，“这丝带是我在刘青儿那里找到的。除了这个，我还在刘青儿那里找到了不少瓶瓶罐罐。我早来几天，已经试过了，那些瓶瓶罐罐里面都是各种稀奇古怪的药物。天下间除了他们，有几个能搞出来这些？”

“不错，他们经常使用丹药之类的东西糊弄人，因此门中有不少人也擅长炼丹，弄出这些药物来绝非难事。”德叔脸色铁青，“当年那事果然和他脱不了干系。”

白若面色凄苦地点了点头。

“小姐，那现在我们怎么办？”德叔低声问道。

“我们现在要找人帮忙。”白若脸色凝重地说道，“我们诡门中人毕竟只是军师，哪怕我们黄石一脉也只是长于运用细作而已。我们就像那藤蔓，如果没有大树依附，凭借自己是无法成事的。”

“可是那人现在权势滔天，我们怎么与他对抗？”德叔急道。

“未必没有……”白若自言自语地说道，“但是我要好好想想才行。”

自柴荣提拔王景和向训，给他们放权之后，西征之事开始步上正轨，柴荣又对军需物资的运输特意关注，军需补给也充足了许多。自此之后，大周西征军诸事顺畅，连战连捷，闰九月，西征军大破后蜀军，秦、成、阶三州相继归附，只余凤州一处的蜀军尚在负隅顽抗。只是明眼人都看得出来，他们只是苟延残喘罢了。西征到了现在，基本上已经进入了尾声。

而袁松在参赞了几次军务之后，很受王景和向训的看重，尤其是闰九月大破蜀军之战，他更是出谋划策，立下了大功，王景和向训联名为他向朝廷请功。

不过此时，袁松并未关注那份请功折子上写了什么，对自己的封赏也不甚关心，无论是他还是柴荣都知道，让他在西征军参赞军务只是旁枝末节，他真正要做的，就是盯紧北方。就连王景和向训也多少知道袁松身负密诏，另有重用，所以不但给他单独安排了住处，而且对他的一切绝不过问，偶尔有用到他的时候也是十分客气。袁松不倨傲，但也不过分亲热，和那两位西征主帅保持着若即若离的距离。

当然，此前那段悠闲的日子自然是一去不复返了，袁松这段时间也是忙得不可开交，北面的种种消息都向他涌来。袁松经过分析研究，然后制作成种种奏报、记录，或者存档保留，或者向柴荣报告。他有时候觉得，自己就好像是一只趴在蜘蛛网上的蜘蛛，蛛网上每一下的颤动，都会让他立刻做出反应。

袁松自己也是乐此不疲，而且有点如鱼得水的意思。在这里，他可以尽情地发挥平生所学，诡门之中势略术三道，观势乃是分析，观天下大势，也就是分析天下的形势，所谓的分析，也不过就是抽丝剥茧，因势利导，正是袁松现在所做之事。

就在袁松全力处理手中事物的时候，门口人影一闪，有人走了进来。

袁松连头都没抬，此时不加通报就能进来的只有一人。

果然，屋里响起了李用的声音："相公，方才有一份传书送到。"接着，他又压低声音说道，"朱砂！"

袁松听到这话，脸色微微一变。朱砂就是红色，是朝廷内极为机密的密报，权限极高，究竟是谁发出来的也只有袁松一个人知道。

他立刻伸手："拿来！"

李用连忙将手中的密报递到他手上，密件采用的是阴符经的形式，用密语书写，上面点了一个朱砂红点，显示这封密信的级别。

袁松低头看了几眼，又拿出一份阴符秘录来对照了一下，然后微微皱眉，低声嘟囔了一句："奇怪……"

"相公，发生了何事？"李用好奇地问道。

"少问！"袁松一瞪眼睛，"知道那么多做什么？"

李用一缩脖子，哭丧着脸说道："果然人一升了官，就什么都不一样了，此前你我两人什么都好，有说有笑，这才刚刚升了官，就翻脸不认人了，什么都不与我说。"

袁松哭笑不得，笑骂道："被你这般一说，就好像我有多少事情瞒着你似的！"

“既然如此，此事为何不能让我知道？”李用笑嘻嘻地问道。

“你果真要知道？”袁松冷笑一声，看着李用说道，“你要知晓，此事事关机密，迄今为止，只有我与陛下两人知道，我再问一遍，你真的想要知晓吗？”

李用闻言，一缩脖子，讪笑着说道：“相公莫怪，我只是闲来嘴贱，这种事情事关机密，哪里是我能知晓的？您继续，继续。”

“什么时候都改不了你这油嘴滑舌的调调。”袁松笑骂道，接着微微一皱眉头，“不过这一次，的确是出了蹊跷之事，究竟是什么事呢？”

这一次李用学乖了，不敢打搅袁松，老老实实地站在一边伺候着。过了一阵，袁松轻叹一声：“罢了，想来想去也不得头绪，暂且观之吧。”

说完之后，袁松让李用取过火烛来，把这份消息点燃，然后再次投入到那紧张又忙碌的生活中。

第四十五章　前尘往事

又过了几日，袁松正在处理几份公文，李用表情古怪地从外面走了进来，一副欲言又止的模样。

袁松抬头看了他一眼，开口问道："又有何事让你摆出这副面孔来？"

"相公。"李用嘿嘿一笑，"这次的事情确实有几分蹊跷，我也不知道该怎么办才好了。"

"哦？"袁松一愣，放下手中的公文问道，"你这厮又在闹什么？到底是何事？"

"嘿嘿，这事不太好说啊。"李用干笑了一声，"有人来找相公了。"

"有人找我？"袁松一愣，"找我便找我好了，你有什么不能说的？"

"相公，来人是个女子。"李用笑吟吟地说道，"口口声声说要求见相公，但看着可不是赵家小姐。小人斗胆问上一句，相公以前可曾欠下过什么情债？如若有的话，还劳烦相公您早点告知与我，免得以后见到赵家小姐，一不小心说漏了嘴。"

"去！"袁松没好气地骂道，"狗嘴里吐不出象牙！"

接着他一皱眉头："来人果真是个女子？"

"那还有假？"李用笑道，"虽然轻纱遮面，看不清相貌，但是看身段那是非常婀娜，绝对是美人无疑。哎呀呀，相公你也真是可以，明明都有赵家小姐了，竟然还藏着这么一手。佩服，当真是佩服啊！"

"去去！"袁松摆了摆手，"少在这里聒噪，这种事情哪里是可以乱开玩笑的？我问你，那女子你此前见过没有？"

“唔……”李用先是一愣，然后微微皱起眉头，“相公这么一说，我才发觉，看那女子的姿态，貌似有几分眼熟，可就是想不起来在何处见过了。”

袁松思索了一阵，然后开口问道：“她说有什么事了吗？”

“没有，她只说有要事要求见相公。还说如果相公不见她的话，恐怕要后悔一辈子。”李用顿了顿，表情更加古怪了，低声说道，“而且那女子还说，如果相公不见她的话，她便要去京城求见赵家小姐了……”

“呃……”袁松面容一滞，接着苦笑一声，看来此人对自己可以说是相当了解，而且还做足了准备，连赵凝都被抬了出来，自己如若不见的话，还真不知会发生何事。

“既然如此，请她进来吧。”袁松叹道。

“好嘞。”李用笑嘻嘻地答应了一声，转身就欲离开。

“等一下！”袁松在他身后喊了一声。

“相公还有何吩咐？”李用笑问道。

“等一下她进来之后，你在我身边守着。”袁松皱着眉头说道。

“这不太好吧？”李用犹豫道，“这是你们二人的事情，小人我掺和进来，恐有不妥！”

“莫要与我来这套！”袁松没好气地骂道，“看你那贼眉鼠眼的模样，我若不让你在旁边守着，你自己也要在外面偷听，与其如此，还不如让你在身边守着，万一有点意外，还能有个照应。”

“咳咳，小人如何是那般人物？”李用讪笑道。

“啊呸！你是哪般人物，我如何不知？”袁松啐了一口，“莫要在此啰唆了，去把人请进来！”

“是。”李用干笑一声，转身离开。

过了没多久，门一开，李用先一步进到屋中，用手一引，口中说道：“小娘子这边来，我家相公就在此处。”

随着一阵香风，一个妖娆的身影慢慢走进了屋中，站在了袁松面前。

袁松上下打量了几眼面前的女子，接着眉头一皱，那女子身穿一身素色长裙，头戴一顶斗笠，斗笠上的轻纱放下来遮住了相貌，让她的容貌模模糊糊，但是绝对是个美女无疑。而且他的感觉和李用一样，觉得这女子似乎有些熟悉，但偏偏想不起在何处见过，两个人之间好像笼罩着一层吹不开，散不掉的薄雾。

“见过姑娘。”袁松起身行了一礼，“不知姑娘从何而来，为何要见在下呢？”

接着，他又上下打量了那女子几眼，开口问道：“在下与姑娘此前见过吗？”

那女子用手轻轻掩口，发出一阵银铃般的笑声，然后才开口说道：“公子好狠的心啊，你我分别不过几月时间，就把奴家忘了，当真是只见新人笑，不见旧人哭啊。”

她开口这么一说话，那种熟悉的感觉就更甚了，可奇怪的是，袁松仍然想不起到底在何处见过那女子。

“姑娘，莫要玩笑。”袁松苦笑道，“如果你我真是旧相识，还请姑娘告知。”

那女子一笑，伸手慢慢掀开了挡住面孔的轻纱，轻纱下面果然是一副精致的面孔。袁松越看越眼熟，却怎么也想不起来她究竟是何人。

那女子看着袁松皱眉的样子，轻笑一声，终于决定不再逗他了，而是面向袁松行了一礼：“小女子再次见过公子！”

袁松一看她的礼数，脸色顿时一变，这正是诡门中女弟子才用的礼节，而这个礼节，自己的确在数月之前见过一次！

“啊！”袁松苦笑一声，伸手拍了拍自己的额头，“竟然是姑娘你啊！”

袁松缓缓坐下，目光炯炯地盯着面前的女子：“真是没想到，竟然能在此处见到姑娘。”

“公子好定力。”那女子微微一笑，在旁边的一张椅子上一坐，随意得就像是在自己家中一样，然后白了一眼一边早就看糊涂了的李用，“喂，你还愣着做什么？每次见你不是油嘴滑舌，便是呆呆傻傻的，就没有一次有用的时候。”

“呃……”李用目光呆滞，有点不知所措。

“还愣着干什么？”袁松瞪了他一眼，“还不赶紧给白姑娘上茶！”

“白姑娘？”李用呆呆地问了一句，“哪个白姑娘？”

“还能是哪个白姑娘？”那女子抿嘴一笑，“自然是话本里面说的那白骨精喽。”

“白骨精？”李用苦笑道，“姑娘玩笑了，哪有姑娘这样的白骨精啊？”

“莫要啰唆，赶紧去倒茶！”袁松说道，“不然，白若白姑娘就要嫌弃我们怠慢客人了！”

李用还是没明白过来：“白若？哪个白若？”

白若抿嘴一笑：“李兄，莫非贫尼换了一身打扮，你便忘却了故人吗？”

“故人？”李用脑海中电光火石般闪过一个人的名字，他勃然变色，惊骇地指着白若说道，“你，你是，可你为何这般相貌？”

“不过是一点普通的障眼法罢了。”白若淡淡地说道，“为的是省点麻烦。”

“相公！”李用转头看着袁松道，“她……”

“不得无礼！”袁松不待他说完便把脸一沉，冷冰冰地说道，“不管白姑娘以前如何，今日到了这里，便是你我的客人，快快上茶！要最好的茶！”

李用回头仔细看了袁松几眼，发现他并没有多余的动作，这才一脸疑惑地转身出去。

“白姑娘见谅。”袁松对着白若拱了拱手，“毕竟此前种种误会，李用还有些转不过弯来。”

白若轻笑一声：“无妨，既然到了此处，我便做好了各种准备，李用这副模样已经算是不错了，毕竟不可能人人都有相公这般的定力。”

“见笑，见笑。”袁松拱了拱手，“不过白姑娘此次前来，倒是解开了我的一个疑惑。”

“哦？”白若柳叶眉一挑，“不知公子有何疑惑？”

“此前我得到线报，太原城里不知为何掀起了一阵狂风暴雨。”袁松淡笑着说道，“据说街面上突然多出了不少人等到处查找几个人，找的是什么人，没人知道，这些人是什么人，也没人知道。只知道这些人就连官府都不敢多管，任由他们为所欲为。一夜之间，太原城中有几家人销声匿迹，不知所踪，也不知道是死于非命了呢，还是狼狈而逃了呢。”

白若脸色微微一变，勉强笑了一下：“公子好灵通的消息。”

“尚可。”袁松含笑说道，“比之无孔不入的乌夜啼还是差了不少，我可远远赶不上歌主。”

“歌主？”白若脸色稍变，轻叹一声，“往事已成过眼烟云，不提也罢。”

“好吧。”袁松点头，“既然如此，那我便称您为白姑娘吧，黄石白姑娘。”

“多谢公子。”白若微微颔首道谢道。

这时，李用端着茶盘走了进来，他的表情十分严肃，一双眼睛死死地盯着白若，全身紧绷，似乎只要稍有不对，就要奋起抵挡。

“你这厮做的什么样子？”袁松笑骂道，“平白吓坏了我的客人，还不快点把茶端上来。”

李用勉强笑了一下，但还是满脸严肃地把手里的茶给白若端了过去，又给袁松也端了一杯。

“白姑娘尝尝，此乃御赐的团茶。”袁松笑道，“如果是旁人来了，看都别想看到，也只有白姑娘至此，我才舍得拿出来借花献佛。”

白若抿嘴一笑：“陛下果然对公子您青睐有加，当初我第一次见到公子之时，就知公子绝非一般人，现如今看来，果真如此！”

说着，白若低头品了一口茶，微微点头：“不错，唇齿留香，口舌生津，确实是一等一的好茶！”

袁松笑了笑，放下手中的茶杯：“白姑娘今日至此，不会是真的要与我品茶聊天的吧？”

“公子觉得呢？”白若扫了袁松一眼，轻声笑道。

袁松知道她乃是有意考校，也不说破，只是轻笑一声，说道：“在下说了，姑娘此次前来，倒是解了我的一个疑惑，此前我还道为何太原闹成这般模样。后来听说，此事与宰相府有关，而且还牵扯到一桩旧事。这桩旧事呢，则是和当年的一家权贵有关。此次搜查，令出丞相府，可走的却不是官面上的路子，而是派出了丞相府的人马，除了诡眼兵没有出动之外，其他人手都派了出去。可见那位对此事是如何的重视！”

听到这里，白若脸色微变，表情凝重地看着袁松。

袁松自顾自地说道：“而更让我惊讶的是，宰相府如此大动干戈，出动了这么多人马，却什么也没查到。据说，宰相府的人查到了十六条线索，可顺着线索往下追查，却总是误入歧途，最后空手而归。就算抓到了人，也是毫无价值。啧啧，我还道是何人能有这种本事，将郭丞相的人马戏弄得团团转，现在才明白，也只有白姑娘这样的人才能办得到。您执掌乌夜啼多年，而且乌夜啼与郭无为关系密切，熟知他的种种行事手法，这才有可能将他戏弄于股掌之间。”

“唉……”白若长叹一声，“我此前就知道，公子乃是我生平大敌。现在看来，果然如此！幸好乌夜啼已经不复存在，我也不再是那个歌主了，不然一想到要与公子作对，恐怕连觉都要睡不好了。您何止是消息灵通，竟然连那边的一举一动都了如指掌。”

袁松一笑，端起茶杯来敬了一下：“彼此，彼此。”

“请！”白若端起茶杯来，向袁松遥遥一敬，两个人相视一笑，将杯中茶饮了一口。

放下茶杯之后，白若轻声说道：“不错，这次太原骚动，宰相府要找的人就是我。只是事情没有像公子说得那般简单，我可没有那般轻易地将郭无为玩弄于股掌之间，几次我都是险象环生。也是刘汉现在势弱，不然的话，恐怕会更加麻烦。”

袁松微微点头，这件事中的细节他也有所了解，知道白若所言不虚，那郭无为哪里是那么容易对付的。但他却没有插言，而是静静地等着白若继续说下去。

白若转过头来，盯着袁松说道：“方才公子说，此事与一桩陈年旧事有关，确是如此，而且此事不但涉及一家权贵，而且还与乌夜啼有所关联。”

袁松神色一肃，知道白若已经准备向他敞开所有，他听到的不但是一桩旧时秘闻，而且还是白若的投名状！

白若没有注意袁松，她呆呆地看着前方的房梁，整个思绪已经离开了此处，回到了那久远的过去。

“此事，大概是在十年前。”白若喃喃说道，“那时正是前汉朝，我不过七八岁模样，我父亲白井乃是前汉重臣，我兄白秦也颇受先皇看重，身居要职，可是我们白家在朝中却名声不显。公子，你可知为何？”

袁松先是一愣，紧接着神色一动，想起一件事来，立刻脱口而出：“黄石？”

白若眼中闪过一丝赞赏的神色，微微点头，说道：“不错，公子果然聪慧！我们白家传承了诡门黄石一脉，乃是黄石一脉的嫡系传人！”

白若顿了顿，继续说道：“公子师出鬼谷，当对我黄石一脉并不陌生。”

“不错。”袁松微微点头，“黄石一脉师传黄石老人，先祖便是大汉开国元勋——张侯子房公。相传他得黄石老人授予《太公兵法》，谋略出众，机敏过人，乃是我诡门中不世出之英才！”

白若抿嘴一笑：“公子此言，不过是大路货色，我这一门的路数，难道公子真的不知晓吗？”

“略知一二。”袁松苦笑一声，然后说道，“在诡门之中，黄石一脉的影响与我鬼谷一脉不分上下。鬼谷一脉在战国时期颇为兴盛，初步创立了诡门的框架，并且根据诸子百家分工不同，将幕人分为平诡两门，诡门也因我们鬼谷一脉而得名。但是你们黄石一脉并非弱者，只是起于汉初，那时幕人已然成型，平诡两门已经确立，所以只能归于诡门之下。其实说起来，黄石一脉才是幕人先祖太公望的真正传人，子房公传承的《太公兵法》便是先祖所著，而且子房公的黄石一脉，更是影响了其后的颍川、水镜等诸多门派，在诡门之中，绝对是一等一的名门。”

白若神色不动，继续问道：“还有呢？”

袁松微一错愕，然后苦笑道：“姑娘当真是刨根问底，非要掏出我肚子里那点东西啊。”

“公子莫怪。”白若展颜一笑，“公子也是门中之人，应当知道，奴家总要明白公子的斤两，才能决定应该说几成与公子知道。而且听公子脱口而出的话，小女子便知公子知道的绝对不限于此。”

“姑娘还真是……”袁松不知该说什么，只得摇了摇头，继续说道，“据我所知，黄石一脉其实最擅长的是细作！当年汉高祖曾言子房公运筹帷幄之中，决胜千里之外，其实说的就是子房公运用细作的本事。这项本领在诡门中也是数一数二的。”

“不敢当。”白若微微一笑，“其实鬼谷一脉也不遑多让，不然那阴符经是哪来的？”

袁松轻笑了一声，没有说话，但是脸上的神色却颇有几分自得和自信。

“不过公子说得不错，我们黄石一脉的确是长于运用，训练细作，而那件往事也和这细作有关。”白若的神情颇有几分惆怅，“我父兄掌握的就是前朝最大的细作组织——锦绣段。”

“美人赠我锦绣段，何以报之青玉案。”袁松脱口问道。

“就是如此。”白若含笑点头。

“倒是颇有几分雅意。”袁松笑道，“与乌夜啼有异曲同工之妙。”

白若先是一笑，然后轻叹一声：“正因为我父兄执掌锦绣段，所以虽为朝廷重臣，却名声不显，位高权重，却不常涉足朝堂。原本事情会继续这么下去，如同黄石一脉的许多人那样，看那潮起潮落。直到一个人的出现，改变了这一切。”

“郭无为？”袁松一皱眉头，开口问道。

“不错，正是他。”白若微微点头，然后怔住了，似乎沉浸在那已经逝去的岁月中。

过了良久，袁松仍不见她开口说话，便轻轻咳嗽了一声。

白若身子一颤，回过神来，对着袁松歉意一笑：“抱歉，虽然往事已矣，但稍不注意，便会浮上心头，忍不住感怀一番。”

“无妨。”袁松微微一笑，“人之常情。”

“当初，郭无为还只是山中的一名隐士，后来因缘际会，与家父交好。家父钦佩他的学识，将他引为知己，并且将他推荐给了当时的陛下。”白若继续说道，“只是郭无为的心思并不在朝中，对陛下的招揽似乎也并不在意，在他心中，应该另有一番谋划。”

“黑绶一脉便是如此。”袁松苦笑道，“他们心思深沉，从不安于现状，时刻都准备改天换日，另立乾坤！”

“不错，正是如此！”白若轻轻一拍巴掌，感叹道，“不愧是鬼谷一脉，果然有独到之处。现在看来，黑绶一脉果然就是如此，而且他们的眼光也十分独到。那时，郭无为对陛下的招揽不以为意，反而有意接近当时的朝中重臣、大周的开国国主郭威。起先，郭威待他十分恭敬，处处以先生相称，但是后来不知为何，两人分道扬镳，郭威将他拒之门外，并且绝口不提此人。而郭无为没有得到郭威重用，怀恨在心。后来先皇突然驾崩，太子继位，郭无为便开始处处针对郭威，最终将郭威逼反。这其中必定是郭无为做了手脚。”

“听你这么一说，确实有这种可能！”袁松眉头紧皱，微微点头，“以郭无为的本事，这么做确实不意外。”

“后来，郭无为与家父的关系更为密切，简直无话不谈，两个人谈天说地，通宵达旦。家父甚至让我拜了郭无为为义父，因此我也跟随他，学了一点黑绶一门的东西。”白若继续说道。

“嘶！”袁松闻言倒吸了一口冷气，惊讶地说道，“怪不得姑娘如此了得，竟然是身负两家所长！”

“我倒宁愿不如此。”白若苦笑一声，“就在不久之后，家父突然病故，好在家兄一直协助家父处理锦绣段的事务，家父病故之后，他便接手锦绣段。可是好景不长，家兄突然遭遇意外，他与身边亲随全部身亡。而恰好在不久之后，郭威与皇上的冲突日渐尖锐，新皇逼反了郭威，家兄的死也落在了郭威的头上。锦绣段连死两名首领，顿时乱成一团，一时间丧失了作用，导致所有情报事宜瘫痪，否则的话，郭威绝不会如此轻易便拿下开封，篡夺了皇位。”

“时也，命也，运也……”袁松轻叹一声，“不过如是。”

“没错。”白若微微点头，“因为家父与家兄接连身故，郭无为便把我推了出来，继承了锦绣段。只是那个时候，大汉已经回天乏术，郭无为不知什么时候又与刘崇搭上了关系，以太原为都，另立了新朝。而郭无为则成了国师，以天命为名，为刘崇造势。锦绣段则进行了全面的整肃，成了后来的乌夜啼，而我便成了乌夜啼的歌主。”

袁松微一皱眉：“如此说来，当初先帝被逼反，也有可能是郭无为的手段？”

“不错。”白若微微点头，“我后来分析，皇帝之所以逼反郭威，很有可能就是郭无为从中做了手脚，目的就是……”

“刘崇？”袁松和白若同时说出了这个名字。

“公子果然不凡。”白若赞赏地看了袁松一眼，“此事很有可能与刘崇有关，原本郭无为的计划应该是利用郭威逼死那时的皇帝，然后借助郭威造反之后，人心不稳，利用乌夜啼和刘汉老臣反手除掉郭威，最后将刘崇扶持上位！”

“好计谋！”袁松轻轻一拍巴掌，接着一笑，“不过，他未曾料到，先帝不是吃素的，而且刘崇此人也不是个成大事的人。先帝攻入开封之后，未得朝中大臣拥戴，不敢立刻即位。但是却让冯道迎接刘崇之子、徐州节度使刘赟入京，表示要立其为帝。当时刘崇本欲举兵南下，如果真如此，当时朝局不稳，鹿死谁手尚未可知，可刘崇闻听自己的儿子要成为皇帝，竟然喜而罢兵，错过了时机。这才给了先帝时间，建立了后周。刘崇悔之晚矣！”

“正是！”白若点头说道，“就因为刘崇如此，才令郭无为的谋划破产。不过，这野心也葬送了我的父兄。原本我对此事不敢确定，一直都在追查。但是前些时日，有人给我送来消息，说是找到了当年的一名知情人……”

袁松神色一动：“可是吴兄？”

白若沉默了片刻，点头说道：“是他。他原本是颍川一脉的传人，与我家关系默契，原本他有大好的前程，却加入了乌夜啼，供我驱策……”

“吴兄当真是性情中人。”袁松长叹一声，“此生只恨与他相识太晚了……”

白若又是一声轻叹：“正是因为他，我才找到了一丝线索，正好乌夜啼土崩瓦解，我便顺势离开了周境，回到了太原，这次太原的骚乱便是因我而起。”

“白姑娘找我可是因为郭无为？”袁松问道。

“不错，他现如今在太原权势滔天，你当知道，我诡门中人便如藤蔓，需要依附大树才能得以一展抱负。可如今刘汉与郭无为近乎一体，我实是无能为力。”白若淡淡地说道。

“所以白姑娘至此，是要寻求帮助？”袁松微笑着问道，“你欲与我联手，一起对付郭无为？”

“如何？你不同意？”白若看着袁松问道。

袁松微微皱眉，似乎在心中掂量此事。

“诡门同气连枝，互为敌时各为其主，同有难时互为帮持。”白若缓缓说道，“当今大势在大周，能对付郭无为的，也只有大周，所以我来了！况且，我至此处，与你也有莫大的好处。我知你在西北所为何事，此前听说大周朝廷有消息传出，欲先平定南方，再挥师北向。那时我还奇怪，大周陛下乃是一代雄主，不应如此短视，刘汉勾连契丹，雄踞北方，俯视中原，如若扫平南方之后再挥师北上，师老兵疲，未必能一战而定之。届时刘汉有燕云十六州，居高临下，则中原之地永无宁日。直到听说你坐镇于此，我才明白这一切不过是障眼法而已。大周陛下攻下西北四州，然后接下来当是挥师南向，攻到江边，为大周拓展纵横之地，顺便磨合手下精兵，然后再与契丹决战。既然如此，刘汉和郭无为便是你们绕不去的一道坎。既然如此，你我利益一致，当可同心协力。虽然乌夜啼已经分崩离析，可是仍有残留，如果郭无为重新联系上他们，对大周来说仍是个麻烦，况且……”

说到此处，白若突然探身向前，笑吟吟地对袁松说道：“我黄石一门的细作，哪里有简单的？先不说太原，便是那契丹，你怎知我们未曾布下细作？”

袁松心头一跳，刚才他思考的便是此事，黄石一脉长于细作，而身为黄石一脉传人的白家，又累世经营着细作密探，其中必然有一些触角伸向了契丹，而且以黄石一脉的本事，这些触角绝非等闲，说不定会有大用。

白若看他模样，便知袁松已经心动，于是她接着说道：“总之，你我合作，大周绝不吃亏，我们要对付的是共同的敌人，所以绝不会有所冲突。我必然会全心全力地帮持你，不会留一点私心，毕竟帮助你们，就是为了对付刘汉，对付郭无为。”

袁松长叹一声：“白姑娘，你确实说动我了！不过，你当知此事事关重大，并不是我能定夺的。”

“我自然知道。”白若一笑，“若是你此时大包大揽，我必然拂袖离去，反倒是如此，让人放心不少。你为我安排一处住处，我与我的家仆可以暂住此处，你自可以给陛下上书，让他定夺。不过，依我之见，陛下乃是英明之主，当会看得清楚明白。”

“不错。”袁松点头笑道，“我也相信陛下会看得清楚明白。不过话虽如此，这书我还是要上的。李用，李用……”

旁边的李用已经听得目瞪口呆，袁松连喊了两声他才回过神来：“相公，您喊我？”

袁松无奈地摇了摇头，说道：“你别在此处愣着了，还不赶紧为白姑娘安排住处？我这就为陛下上书，一切看陛下如何定夺吧。”

“是。”李用应了一声，表情古怪地打量了白若几眼，然后恭敬地说道，“白姑娘请到这边来，我这就为您安排住处。”

“有劳了。”白若淡笑一声，站起身来，便要跟着李用离开。

“白姑娘且慢！”袁松在她身后喊了一声，“这几日，还要委屈姑娘一下……”

白若一笑：“公子放心，我明白，这几日我会深居简出，少为公子惹麻烦。”

袁松点头，不再言语。

第四十六章　叔侄之谋

十一月，西征军攻克凤州，四州之地尽入大周之手，西征军功德圆满。十二月，命起居郎陶文举征残租于宋州。文举本酷吏也，宋民被其刑者凡数千，冤号之声闻于道路，有悼髦之辈不胜其刑而死者数人，物议以为不允。

不过这一切已经与袁松没有关系，西征军攻克凤州之后，袁松便不再随军参赞军务，而是坐镇秦州，掌握弓卫，打探消息。

十二月，袁松收到柴荣密令，允许他收留前乌夜啼歌主白若，用白若之能，监控契丹和刘汉，同时将乌夜啼可用之人纳入弓卫之中，为今上所用。

对于这一点，袁松早有预料，今上并不是一个小气之人，虽然心中对白若或多或少有点介怀，但是这恨意远比不上他的大业重要。而且袁松也知道，今上对白若也是欣赏的，白若之能有目共睹，靠着刘汉那微薄之力，乌夜啼就能让大周头疼许久，其中少不了白若的功劳。有了白若，可以说对契丹、对刘汉的情报事宜，便有了一个质的飞跃。收留白若，好处甚多，坏处无非就是心中那一点介怀罢了，相比之下，根本不足挂齿。

因此，袁松看完诏书之后，立刻让李用将白若请来。白若这一阵子一直都被袁松监视，形同软禁，但是她却没有任何慌张或生气的意思，始终是一副悠然自得的模样，就好像不是被人软禁，而是到这里做客似的。

这一次见袁松，白若已经恢复了原貌，进了房中，她微微一笑，脸上一副了然的神情："可是陛下有消息传来？"

"不错。"袁松微微颔首，"陛下已经首肯你归于我的麾下，只是因为你身份特殊，不方便给予官职，但是一应供奉，朝廷绝不会亏待。"

“你当知道，我在意的并不是那些许供奉。”白若看着袁松说道。

“在下知道。”袁松一笑，“不过白姑娘应当也知道，这供奉你是必须要的，这是你的态度，接受了这些，才能说明你果真已经改换门庭。”

“当然。”白若微微点头，“我并不是那种不知礼数的人。”

“既然如此，姑娘房中的神像也该换换了。”袁松故作轻松地说道。

“那是自然。”白若笑吟吟地说道，“师祖虽好，但是规矩就是规矩，既然认主，就要换上一换了，小女子早已准备好了。”

“我就知道姑娘办事妥帖。”袁松哈哈一笑，然后他表情一肃，“还有一件事，我想姑娘应当知晓，但是在下作为主官，还是要提醒一二。陛下留下姑娘，这只是一个开始，若想让陛下彻底放心，姑娘你就要拿出自己的价值来。不然的话，无论是对于你，还是对于举荐你的我来说，都不是好事。”

“自然。”白若微微点头，“关于此事，小女子早有准备。”说着她笑吟吟地对着袁松挤了挤眼睛。

看到白若这俏皮的模样，袁松不禁心中感慨，这女子当真是千变万化，让人有些捉摸不透，当她是慧音师太的时候，就是一副无欲无求、超然物外的世外高人模样，而此时变回了白若，又时不时地露出一些小女人模样，让人实在是有点应接不暇。

就在这时，有人在外面轻轻敲门。

“谁？”袁松问道。

“相公，是我。”李用的声音从外面传了进来。

“进来吧！”袁松喊了一声。

这时，白若站起身来欠了欠身：“如若公子无事，小女子先走一步了。”

“姑娘请便。”袁松一抬手，做了个请的姿势。

这时李用正好打开房门，白若向他微微点头，飘然而去。李用进屋之后，则是一副鬼鬼祟祟的模样，一双眼睛滴溜乱转，四处张望。

袁松看着好笑，忍不住骂道：“你这厮在看什么？”

“咳咳，没，没看什么。”李用讪笑了一声。

“一肚子糟粕，见不得人。”袁松笑骂了一句，“有什么事？”

“有一封家书。”李用笑嘻嘻地将手中的信递了过来，“刚送来的，是赵家小姐的，早知道白姑娘在此，我就晚点送来了。”

袁松瞪了他一眼，慢慢打开了手中的信笺，口中说道：“我二人发乎情止乎理，顶多有点惺惺相惜的意思，哪有你想得那般龌龊？”

说着，他低头看了一遍手中的信笺，接着眉头微微一皱。

“相公，出什么事了？”李用笑呵呵地问道，“可是赵家送信来讨论婚期？”

“是在讨论婚期，但却不是好事。赵家家主，凝儿之父，身染重病。而陛下已经定下来年出征南唐，大兄将要随军出征，凝儿需要照顾赵老将军，这段时间实在不宜婚配，她来信说婚期延后，待赵老将军身体好转再议婚事。”袁松沉重地说道。

“赵老将军病了？”李用低呼一声。

“嗯。”袁松微微点头，然后长叹一声，“多事之秋啊！”

京城，姚府。

姚谦静坐在书房之中，桌上放着一壶酒，屋里点着炭盆，虽然外面已经白雪纷飞，可是屋中却仍然温暖如春。这种时候，按理说应该正是饮酒赏雪的时候，可是姚谦却默然不动，只是静静地注视着外面的白雪。

最近京中颇有点风起云涌的意思，当今陛下不愧为雄主，做事大刀阔斧，雷厉风行，先是一举拿下了科举，掐断了世家望族垄断官职的渠道，然后又利用整肃禁军的机会，剥夺了许多老将的军权，削弱了世家在军中的影响力。这一步步，如泰山压顶，压得人几乎喘不过气来。

就算有人想有所动作，可是先是西征，而后现在又在筹备南征，大军云集此处，行的是军令军法，他人就算有些打算，又能掀起什么风浪来？

可以说，京城中所有的世家望族，以及地方的乡绅豪强，此时的心里恐怕要比外面的天气还要冷上一些。

姚谦的心，此时却有些迷茫，若是以诡门论，他自然知道当今陛下做出的这些举措乃是英明之举，定的乃是天下大势！可若以姚家论，则陛下这些举措着实是诛心之举，没了这些，姚家还能是姚家吗？族人亲眷从今以后该当如何？昔日王谢堂前燕，当真要飞入寻常百姓家吗？论大义容易，谁不能说出几句天下为重的话来，可这天下大义落到你头上之时，还有几人能舍弃一切，去追寻所谓的大义？就算有这样的人，成了倒好，说不定还能在史书上留下几段虚言，若是败了，史笔如钩，钩烂的可不仅仅是肚肠，还有千秋之后的名声。

想到此处，姚谦长叹一声，心中颇有几分彷徨。他不是不知道那郭洵的身后颇有几分不清不楚，可姚谦还是要与他牵扯往来，这其中玄妙，便是他自己也说不清道不明。

就在这时，敲门声把姚谦从沉思中拉扯了回来。

姚谦一愣，回头问道：“何人？”

“大人，有客人来访。”门外传来姚正的声音。

紧随着，另一个声音响起：“出璋，是我！”

听到这个声音，姚谦先是一愣，然后慌忙起身，几步来到门前，打开房门。只见门外站着一名老者，这名老者眉宇之间与姚谦颇有几分相像，只是须发皆白，脸上皱纹堆积，显然已经年岁不小了。姚正垂首站在这名老者身边，表情十分恭敬。

一看到这老者，姚谦不敢怠慢，连忙行了一礼，口中说道：“原来是叔父至此，侄儿未曾出迎，还请叔父恕罪。”

“罢了，罢了！”那老者看着姚谦，脸上有着掩饰不住的欣赏之情，手捻须髯，笑吟吟地说道：“老朽此次来，本就不想惊动旁人，你何罪之有？”

姚谦点了点头，让开一步：“叔父里面请！”

那老者微微颔首，迈步走进屋中。

姚谦书房的摆设极为简单，一个书架，一张书桌，一道屏风，还有一处供奉着关羽的神龛，既没有装饰古玩字画，也没有镶金带银，极尽奢华，看起来很有一种古朴的味道，那老者看着连连点头，眼中的赞赏之色更浓了几分。

一边的姚正搬来了一把椅子请老者坐下，姚谦垂手侍立一边。

“出璋啊，莫要拘谨。来，一起坐吧。”老者说道。

“不敢。”姚谦连忙摇头，“叔父在此，哪里有小侄的座位？”

“不必如此。”老者摆了摆手，“今日我来此处，是有事要与你商量，你且坐下来，你我叔侄二人聊聊。”

姚谦闻听此言，这才在一边的椅子上坐下。

姚谦自幼丧父，是这位叔父看他聪敏好学，是可塑之才，才对他多加扶持，不但在族中对他青睐有加，后来更是贴了脸面，四处求人，这才拐弯抹角地让他拜进了鬼谷一脉。可以这么说，这位叔父对姚谦恩同再造，没有这位叔父，就没有姚谦的现在。

这时，姚正为两个人奉上茶来，然后轻手轻脚地退出了房间，关上了房门，屋中只剩下姚谦与他的叔父两人。

两个人都没有说话，房间里的气氛此时略有几分压抑。这时，姚谦的叔父端起香茗，慢慢地品了一口，然后放下手中的茶盏，看了姚谦一眼，开口问道：“出璋，关于当今陛下的作为，你有什么看法？”

姚谦虽然对叔父的来意已经有了几分猜测，但是这么直截了当的问话，还是让他微微一愣。不过姚谦很快就回过神来，沉吟了片刻，缓缓开口：“陛下乃是英明之主，所作所为，无不是英明之举。”

叔父微微一笑：“出璋现在果然圆滑了许多，此处只有你我二人，老朽此时只是想与你开诚布公地谈一谈。陛下是英明之主不错，可是他的所作所为，于我等来说，该当如何？”

姚谦看了叔父一眼，垂下眼皮，缓缓说道：“于国家而言，确有几分可取之处，但是于我等来说，应变稍有不对，恐怕结局难料。”

“非是结局难料，恐怕是大祸临头！”叔父长叹一声说道，“天子与士大夫共治天下，此乃古律。可当今天子咄咄逼人，有时不是我等不愿退让，而是我等实在是退无可退。”

叔父顿了顿，继续说道：“观当今天子之言行，就知他有断我等根基之心。不说其他，就说此前发的诏书，近览诸州奏闻……私度僧尼，日增猥杂，创修寺院，渐至繁多……宜举旧章，以革前弊……诸道州县镇村坊应有敕额寺院一切仍旧，其无敕额者并抑停废。仅是今年一年，便已废去寺院三万有余，强令僧尼还俗者大约六万众，除几处古刹之外，一律停废。禁私度僧尼，禁僧俗舍身，并下诏毁铜佛像以铸钱。佛门如此遭遇，为何？无非是占地、拥丁、敛财三件罪状而已。而我等士族当真能强于佛门？因人思己，佛门之变，来日未尝不会触于己身啊！”

听完叔父的话，姚谦忍不住打了个寒战，额头已经隐约见了汗水。叔父所说之事，当真绝无可能吗？不，以他对当今陛下的了解，此事极有可能发生！只不过世家士族盘根错节，同气连枝，势力根深蒂固，牵一发而动全身，陛下为了不影响平天下的大计，用的方法不似对佛门那般激烈罢了。尽管如此，收拢了举荐之权，编练禁军，已经有了针对世家士族的苗头。现如今天下未平，陛下尚不能如何，可万一有朝一日，天下大势已定，陛下会如何行事？以陛下的手段，再来一场禁佛之事，也未尝可知……

看着姚谦连变的神色，他的叔父轻叹一声，自己的这位侄儿天资聪慧，而且师出名门，绝对是英才中的英才，只是身在局中，不愿去想罢了。自己这一番话算是彻底把他点醒了。

“出璋。”叔父语重心长地说道：“虽然我也知陛下乃是英明之主，所作所为皆为明主之为。然则，这位英明之主操之过切，而且也容不下我等这些与他不容之人啊！”

姚谦轻叹一声，却不知该如何回答。

叔父淡淡一笑，继续说道：“出璋，我知你此前一直对陛下忠心耿耿，而且以诡门中的规矩，认主之后便要各为其主。可这世上诸般事情，脱不了‘天理人情’四个字，你虽然身为诡门中人，但是能达到今天这个地位，也少不了家中扶持。当年，若不是我家拼死为先皇打开了京城大门，让先皇得以入京，鹿死谁手，尚未可知，而你也未必能得到先皇和陛下的信重。”

叔父顿了顿，又继续说道：“况且，据我所知，现如今陛下是否真的信重于你，也是两可之间。你的那位师弟便与陛下关系密切，而且还有与陛下关系亲近的赵家与之互为扶持，有朝一日，他的成就未必在你之下。毕竟只要你还姓姚，背后还有我们姚家，陛下必然会对你有几分提防之心，除非……”

说到这里，叔父慢慢站起来，在姚谦面前挺起胸膛：“你大义灭亲，彻底斩断与我们姚家的联系！”

“啊！”姚谦一愣，惊讶地看着自己的叔父，接着他慌忙从座位上站起，诚惶诚恐地说道，“叔父您说的哪里话？出璋哪里敢啊！”

“有何不敢？”叔父冷笑一声，“成大事者不拘小节，若无这般胆量，还成就什么大事？我们姚家种种作为，想必你是最清楚不过了。只要将我们姚家的罪状交于陛下，将我们姚家一举拔除，届时你必将受到陛下重用！而我们姚家也在你这一支中留下了血脉，等到大周一统天下之时，我们姚家借助你还有起复之日！”

“不，这，这……”姚谦用力摇头，额头隐约已经看到了汗水。

“为何不敢？”叔父逼问了一句，“莫非你还担心什么吗？你应该知道，这是你的一条出路！”

“不行！”姚谦突然冷静了下来，大喝一声，接着他冷冷地说道，“叔父此言差矣！虽然此举看似与姚家切断了关系，可是后患无穷，这般无情无义之人，谁人敢用？不仅如此，以陛下之能，日后哪还有世家的立足之地？既然我姓姚，来日陛下即便得了天下，也会对我多加防备，谁敢说没有万一之事？”

叔父看着姚谦，赞赏地点了点头，“出璋能有此言，我就知道，我们姚家必然没有把这条路走绝。不错，既然你姓了姚，而陛下现如今又做出了这般举措，日后之事，便难说了。倘若你真的与我们姚家割裂，试图倒向陛下，其结果也是两边不讨好罢了。”

“叔父所言极是。”姚谦微微眯着眼睛，微微点头，然后他突然对叔父一笑，“小侄多谢叔父点醒。不过，叔父此次前来，应该不只是为了点醒小侄吧？”

“哈哈哈！”叔父看着姚谦的模样，忍不住哈哈大笑，“这般模样才不愧为我姚家的俊杰！不错，此次我到你这里来，其实是代表了几家世家与你接触的。虽然我们这些世家家大业大，但是年轻一辈位高权重者，无人出你之右，所以他们想要听听你的意见。”

“恐怕是因为我手中握着他们的命门吧？”姚谦轻笑一声说道。

叔父微微一笑，淡淡说道：“不仅如此，我也希望你能好好考虑此事，毕竟这件事事关我们姚家的兴衰，容不得半点疏忽。如果你与我的看法相同，那么我们姚家便由你来做主，一切事宜，随你安排。”

姚谦动了动，微微一拱手：“多谢叔父信任。”

接着，他又小声问道：“敢问叔父，对于此事，诸家可有定议？”

“我们的意思是，校先皇事。”叔父低声说道。

“嘶……”虽说心中早有预料，但是此时听到这话，姚谦还是忍不住一皱眉头，他仔细寻思了一阵，又开口问道，“可有人选？”

“有一个。”叔父点头说道，“不过，需要你先去见一个人。”

“嗯。”姚谦微微点头，“还请叔父安排，只是要务必小心，莫要让人窥见。”

“这个我自然晓得。”叔父一笑，“陛下虽然志向不凡，但摊子铺得太大，西征刚刚结束，此时又要开始南征。再加上废佛之事，朝堂中已经有了几分混乱，只要出璋你不出手，保密事宜，还是可以确保的。”

姚谦一笑，点了点头：“一切有劳叔父了。”

等到姚谦的叔父离开之后，这间书房重新恢复了安静，姚谦背着手在屋中转了几圈，最后轻叹了一声，来到了那神龛前面，恭恭敬敬地把上面供奉的武圣关羽请了下来，又从神龛下面的箱柜中，取出一件用红布包裹的东西，里三层外三层地打开，里面是一尊幕人先祖太公望的神像，神像端坐石上，手持钓竿，姿态悠闲。姚谦将这尊神像请上了神龛，然后点燃三根檀香，恭恭敬敬地拜了三拜，插在神像前方香炉上。

姚谦做完了这一切，看着神龛上的太公望神像，目光渐渐变得冰冷。

太原城中，在一片空地中，官府的人早早地赶走了聚集在这里的小贩，并且在这里搭起了一座法台。

法台搭起来之后，便有几名道童至此，在几个方位站定，插下一面杏黄旗。此后，便有官府派人，日夜巡守，不让人靠近此处。

不过往来的百姓并没有对此不满，反而有不少善男信女还专程到这里来，远远地对着那法台拜上一拜，看起来极为虔诚。

因为整个太原城中的人都知道，这处法台乃是为此前的国师、现在的宰相所搭建的。现在已是十二月，眼看便要开春了，新年初一一清早，宰相便要在此处登台做法，为举国上下祈福。

这时，一队人马缓缓地向这里走来，结果到了路口就被人拦下。

负责开路的人骑在高头大马上，手执马鞭对拦路之人断喝：“好大的胆子！你可知来的是谁？竟然敢拦住我们的去路。”

拦路的那名小官一脸苦涩，对着这人又是鞠躬又是作揖，口中说道：“这位大人，这怪不得小人啊！实在是上官有令，此处已经搭建好法台，只待几日后，国师便要登台做法，为举国上下祈福，万不可让人从此处通过，以免冲撞了此地福祉。那时，小人可担待不起啊！”

“国师？”开路的那名骑士脸色微微一变，“当真如此？”

“大人，此事小人怎敢开玩笑？”那小官苦笑道，“这里当真是为了他老人家安排的。您想想，这太原城里，除了国师，谁还能有这般排场，能搭起这么高的法台？”

那骑士脸色连连变化，最后拨马回转，到后面的一辆马车边轻声说了几句话。

接着，那马车门帘一挑，从里面下来一个人，他先是上下打量了几眼那高高的法台，然后冷哼一声：“那郭无为到底想要作甚？搞出这么大的排场，阻人去路，成何体统？”

那小官没想到那人下来就敢直呼宰相的名号，在整个太原城里，敢这么做的也没有几个，他抬头看了一眼，那颗心就是一跳，慌忙低下头来，不敢再看了。

出来的不是别人，正是当今陛下的义子刘继恩。陛下膝下无子，只有义子两名。如无意外的话，刘继恩当继承皇位，也就是说，刘继恩可是刘汉的太子爷。也怪不得他敢直呼当今宰相的名号，换成别人，哪里有这般胆量？

刘继恩看到自己出来，周围围观众人纷纷低头，那小官更是抖成一团，心中得意，嘴里却冷哼一声：“哼，别人怕那郭无为，我却不怕！今日，我倒要看看，究竟何人敢来拦我？”

那小官脸色发苦，垂着头不敢说话，这当真是神仙打架，小鬼遭殃，不管今日这事如何处理，回头搞不好这罪名就要落在自己这小人物头上，为两位大人背这个黑锅。

就在这时，从另一辆马车上下来一人，这人急匆匆地来到刘继恩身边，伸手拉住他，低声说道：“王兄，究竟何事在此耽误？”

“哼！”刘继恩冷哼了一声，“还不是那郭无为！竟然在此地摆下什么法台，说是要登台做法，提前几日就把这路封了。当真是胆大妄为！”

“王兄。”后来那人连忙说道，“国师这也是为了我大汉福祉啊，再说法台已经搭好，我们绕路就是了，何必在此惹是生非？”

刘继恩一皱眉头，不满地说道：“王弟你何出此言？那郭无为不过是我刘家的朝臣，就算身为宰相又能如何？当街占道如此嚣张之事，如何能忍？你我身为刘汉皇族，哪能向他低头？”

“王兄……”那人苦着脸还要劝，可是刘继恩不由分说地一甩袍袖：“王弟，你不必多言，今日此地，我是过也要过，不过也要过！”

“这，这，何必如此？何必如此啊！”那人苦着脸说道。

说话间，一名道士慢悠悠地从一侧的巷子里走了出来，先打量了一下刘继恩和他身边那人，然后一笑，来到二人身边，稽首作礼：“未名见过两位王子。”

来人正是郭无为身边的弟子未名。

看到未名出来，刘继恩重重地冷哼了一声：“终于出来了，孤还在想，你要在一旁躲到何时！”

“王子殿下何出此言？”未名满脸惊讶地问道。

刘继恩冷哼了一声，并未作答，旁边有人来到未名身边，低声言语了几句。

“哎呀呀，罪过罪过！”未名连忙行礼道，“家师确实要在此搭台祭天，为国家祈福，但是却未曾想要拦住诸位贵人的路，想必是下面的人会错了意。”

说着，他脸色一沉，对一边脸色发苦的小官冷哼了一声："没有眼色的东西，两位王子殿下的去路你也敢拦着？你究竟长了几个脑袋？"

那小官脸色一白，一下跪倒在地："大师恕罪，大师恕罪啊！"他也不敢多言，只是一个劲地求饶。

刘继恩冷哼了一声："莫要做此姿态，赶紧让开路，孤要从此过去，这一次不会再拦住孤吧？"

"不敢！"未名微微行了一礼，抬脚踢了那小官一下，"没用的东西，还不赶紧让路。"

刘继恩冷笑了一声，转身回到了马车里，而他身边那人，他的弟弟刘继元则轻叹了一口气，也回到了自己的车中。等他们各自回去之后，那小官已经带人疏通了道路，队伍再次缓缓而行，通过了此处。

未名脸上带笑，一直盯着刘继恩的马车，等他过去之后，未名脸色渐渐变冷，最后轻轻冷笑了一声。

而在刘继元的车中，此处的主人已经换了一副面孔，和刚才判若两人，他脸上带着一丝得色，不屑地撇了撇嘴，说道："那莽夫就是如此，不计后果，肆意而为，当真是不可救药。"

车中突然有人开口接道："殿下何必管他？终有一日，会有他后悔之时。殿下只需要演好自己便成了。"

"不错。"刘继元并不惊讶，反而微微点头，"如何，今日孤的演技可观否？"

"在下拜服。"车中人轻声笑道。

第四十七章　暗中勾连

大周京城之中，某一处僻静的屋子里，一张桌子摆在屋子中间，上面摆着几样简单的酒菜。郭洵端坐正位，微微闭着眼睛，不发一言。在他身边还有两名老者，这两人就没有郭洵这般淡定了，而是时不时地向外张望，显然有些心神不宁。

“两位，何至于此？”郭洵微微睁开眼睛，看了那两人一眼。

“郭兄，我二人的定力可不如你。”其中一人苦笑道，“他今日果真会来吗？”

郭洵轻笑了一声：“两位何出此言？此事是谁出面，两位难道不知？既然是他，又有何忧心之处？”

“对此我们二人当然信得过，只是……”另外一人想要说什么，可是张了张嘴，又不知该说什么才好。

就在这时，房门被人轻轻敲了两下，然后向里推开，一名老者迈步走了进来，向着郭洵行了一礼，低声说道：“老爷，贵客来了。”

郭洵一笑，和那两位老者一起站起身来。

门口人影一闪，姚谦身着便衣，面带笑容从外面走了进来，一边走一边抱拳拱手：“诸位世叔，小侄姗姗来迟，请诸位莫要怪罪。”

“无妨。”郭洵哈哈一笑，“南征在即，你诸事缠身，我等老朽无所事事，等一下也是应该的。”

“严重了，严重了。”姚谦连忙说道，“待会儿小侄定当罚酒三杯，向几位世叔赔罪。”

“好好，这可是你说的。”郭洵笑道，“来，贤侄，请入座吧！”

“不忙！”姚谦含笑摇头。

郭洵目光一闪：“贤侄这是何意？莫非还有什么事吗？”

“世叔。”姚谦一笑，“贵客还未落座，我怎敢入席饮酒？”

郭洵先是一愣，然后哈哈笑道：“贤侄，这话我就不明白了，此地就只有我们几人，莫非贤侄你还带了其他客人不成？”

“世叔此言差矣。”姚谦淡淡笑道，“你这里明明有贵客，却不引出来与我见面，这未免有些不合情理吧？”

郭洵一愣，上下打量了姚谦几眼：“贤侄何出此言，我确实不大明了。”

“世叔，你我在此兜圈子岂不无聊？”姚谦脸上的笑容渐渐敛去，“在下既然已至此处，就已经表达了我的诚意，莫非世叔还想欺瞒于我吗？依我之见，还是请贵客出来相见，大家共饮一杯，自己孤身一人躲于后室，岂不无聊？”

郭洵仔细看了姚谦几眼，最终长叹一声：“果然，我们寻贤侄来此是对的，整个京城之中的诸般事宜，没有几件能瞒过贤侄你的眼睛。”

说罢，他回头向身后喊道：“先生，请出来吧。”

他喊完之后，从屏风后面绕出一人，这人一身道袍，相貌堂堂，但是却带着几分苦笑，一出来便向姚谦作揖道：“姚大人见谅，在下身份不便，不敢见于人前，所以只能躲于后室，现在想来，确实对公子多有不敬，罪过，实在是罪过！”

“姚某见过先生！”姚谦不以为意，抱拳还礼道，“早就知道先生来到京城，一直不得相见，今日有缘，终于得见，稍后定要与先生多饮几杯，以解相思之苦……”

那人脸色微微一变，接着苦笑道：“不敢当，不敢当。”

一边的郭洵一直看着姚谦，听他说完这番话，眼中精光闪烁，然后哈哈笑道：“贤侄莫急，今日既然见到了宏昌先生，以后我们有的是机会盘桓，到时再谈天说地，岂不快哉？来来，现在客人齐了吧？贤侄入座，快快入座！”

姚谦微微一笑，坐了下来。，桌子上的酒菜都是难得一见的珍馐美味，只是在座的几人并不是来喝酒吃菜的，所以大家只是稍稍尝了尝，便停下不动了。

姚谦放下手中餐具，看了一眼在座的诸位，微微一笑，说道：“在下年纪尚幼，诸位世叔都是我的长辈。其实大家都知道，今日至此，并不是为了喝酒吃菜的，可如若谁都不开口说话，这酒菜更是索然无味。既然如此，不如小侄开这个头好了。”

“宏昌先生，”姚谦看着宏昌，微微一笑，淡然问道，“先生乃是从北面来的吧？”

“姚大人，”宏昌微一欠身，苦笑道，“当真是什么事都瞒不过大人。”

“不敢。”姚谦摆了摆手，“不过，我有一事想要请教宏昌先生，据我所知，北面不说已经苟延残喘，却也相差无几，此时北面未灭，不过是当今陛下需要一处屏障而已。你们现如今还有什么本钱来与我等相商呢？”

这一番话可谓相当不客气，以至于宏昌脸色变了又变，最后长叹一声：“姚大人当真是一针见血，让人无法抵挡。”

“这是自然。”姚谦目光冰冷，“我等不是来此处虚言客套，而是要共谋大事的！如果绕来绕去，谁知何时才能商量明白？既然如此，还不如开诚布公。”

“正是如此。”一边的郭洵点头说道，“贤侄所言极是，此事事关重大，需要我等精诚合作才行，再藏着掖着，只会害人害己。”

“诸位所言极是。”宏昌微微点头，“既然如此，那在下便开诚布公了。”

他目光闪烁，看了一眼郭洵和姚谦，又看了一眼旁边的两人，然后低声说道：“诸位，北面就是我等的筹码！”

“筹码？”姚谦一皱眉头，“我说过，如不是陛下需要屏障，拿下北面也不过是举手之劳。”

“这我自然知晓，不但我知晓，家师自然也晓得。”宏昌低声说道，“可是诸位，你们想要的是一个什么样的北面？劳师远征，在太原坚城之下撞个头破血流，让契丹捡个便宜好呢，还是轻取太原，轻松拿下这件功劳比较好？”

姚谦闻言，微微点头，眉头皱得更深了。

“毕竟太原城坚，又有契丹相助，仓促之间，恐怕难以一举攻下，而且北面毕竟是一国，欲灭一国，恐怕也不是那么简单吧？”宏昌微微一笑说道。

姚谦寻思了片刻，突然笑了，看着宏昌说道：“先生说得虽然不错，可这事与我等有何关系？兵不血刃拿下太原也好，大战一番拿下太原也罢，好处都是今上的，与我等有何干系？”

宏昌一笑：“不错，这好处都是今上的，但是这功劳，大家却未必不能分润一下。”

宏昌顿了顿，继续说道：“这功劳我家师尊可以献出来，但是却不能献与当今陛下！”

姚谦看了他一眼：“你待如何？”

“天下之功莫大者，不过废立而已！”宏昌幽幽说了一句。

“嘶……”听到宏昌如此赤裸裸的话，姚谦倒吸了一口冷气，脸色变得无比严肃，“先生何意？”

“姚大人。”宏昌不慌不忙地说道，“你怎会不知我为何意？今日大家聚于此处，不就是为了这件事吗？莫非，你们真的想让大周陛下获得这一场大功？”

姚谦看了一眼旁边的郭洵，郭洵微微闭着眼睛，向他轻轻点了点头。

“哈哈！”姚谦突然笑了，对宏昌说道，“先生果然爽快，既然话已经说开，那便好办了，我只问一句……”

他慢慢收敛了笑容，看着宏昌说道：“先生这边可有人选？”

“有！”宏昌回答得相当干脆，“家师确有人选，此人乃是家师好友，曾与家师交情不错，而且是军中宿将，位高权重，家师以为他是个合适的人选。”

“是谁？”姚谦低声问道。

宏昌压低声音，说出了一个名字。

姚谦先是一愣，然后皱眉揣测了片刻，突然展颜笑道：“可行！”

倒是一边的郭洵脸色微变，压低声音对姚谦说道：“贤侄，此人与你的师弟关系莫逆，如若是他的话，此事……”

“世叔……”姚谦微微一笑，“正因他与我的师弟相交莫逆，所以此事才有几分把握。”

接着，姚谦轻叹一声：“实不相瞒，若论本领，我的师弟着实在我之上，且看他初来乍到，不过一年左右，便已受到陛下的信重，就知他的手段绝非等闲。如此人物，岂能等闲视之？如果不是此人，以我的师弟之能，胜算尚未可知，就因为此人与我的师弟关系莫逆，才会让我的师弟有所疏忽，正所谓灯下黑，便是如此。”

郭洵略一思索，立刻明白了，鼓掌笑道：“好好，贤侄不愧是俊才！果然了得！仔细想来，确是如此。”

姚谦矜持一笑，并未有任何得意之色：“况且，现在也正是我等下手的最好时机，看陛下之意，似乎也并不希望我的师弟与此人走得太近，把我的师弟调往西北，用意便是如此。这样一来，此人身边岂不是任由我等施展手段？”

“不错。”宏昌点头笑道，“不愧是姚大人！既然如此，姚大人对此事可有想法？”

“有！”姚谦微微眯起眼睛来，“此人乃是陛下身边股肱之臣，深受信重，这种关系看似牢不可破，实则大有可为。仔细想想，此人受到陛下信重，最重要的一点是什么？”

宏昌与其他几人互相看了一眼，微微摇头。

“贤侄，有话便说吧。”郭洵催促道，“莫要卖关子了。”

“当然要说。”姚谦冷冰冰地说道，“只是接下来的事情，可是担着掉脑袋的风险，各位敢为否？”

“贤侄。”郭洵轻笑一声，“莫非你以为，进了这屋里之人，还不算死罪吗？”

姚谦轻笑一声：“不错，既然如此，那我便说了。”说完，姚谦压低声音，说出一番话来……

“啊？”他刚刚说完，旁边的两位老者顿时惊呼了一声。

“怎么？”姚谦笑吟吟地看着那两人，“两位觉得在下所言有何不妥吗？”

那两人脸色连变，急忙摇头道：“没有，没有！”

郭洵则是目光闪烁，对着姚谦一挑大拇指：“贤侄，后生可畏！”

“不敢！”姚谦一笑，然后看向一边的宏昌，开口问道，“我知道黑绶一脉有许多不同寻常的手段，不知此事……”

宏昌一笑，拱手说道：“此计甚妙，宏昌拜服，此事便交由我来办吧。”

“如此甚好！”姚谦哈哈一笑，然后低声说道，“想必诸位都知道，此事事关重大，稍有泄露，便是族灭。今日出得此门，千万莫要泄露出去。”

郭洵眼中闪过一丝冷意，点头说道：“贤侄放心，我自然晓得，今日之事只有我们几人知道，如果有人泄露，天诛地灭，不得超生！”

最后几个字几乎是从郭洵的牙缝里挤出来的，听得周围几人浑身一颤。

倒是姚谦微微一笑，轻轻点头：“如此甚好！”

显德三年一月，柴荣下诏，发丁夫十万城京师罗城，亲征南唐，李谷、李重进、赵匡胤等战将随行出征。大军浩浩荡荡出了京师，杀奔南方。

而在西北，袁松的驻地，白若向他递上了一份折子。

“这是何物？”袁松抬头看着白若，开口问道。

白若还是一身素雅的衣裳，这女子无论何时，都有一股淡淡的雅致味道。见袁松问起，她抿嘴一笑：“上官何须多言？看看便知了。”

她顿了顿，又笑吟吟地说道：“上官放心，我们黄石一脉虽然长于细作，但是却没有什么阴损手段，不会在这上面做手脚的。”

“不，我不是这个意思。”袁松苦笑一声，伸手把那折子拿了过来，仔细看了起来，没看多久，袁松脸色顿时一变。

白若也不说话，在旁边坐着，招手让李用为她上了一杯茶，端着茶盏，慢慢品着。李用有些哭笑不得，这位姑奶奶当真把这里当成自己家了，说话行事，神态自若，一点也看不出有什么拘谨的地方。

足足看了有小半个时辰，袁松才把手中的折子放下，目光炯炯地盯着白若说道：“白姑娘，当初陛下的决定果然没错！白姑娘一人，抵得上精兵十万！”

“公子客气。”白若微微欠身，淡笑道，“其实，这其中也有公子的功劳，若不是公子极力举荐，陛下又怎会启用我这个曾戏弄他之人？”

“我身为陛下臣子，为陛下举荐贤才乃是理所应当之事，白姑娘若没有这般本事，我又怎会举荐你？”袁松笑道。

“公子过谦了，我……”白若还待说话，一边的李用实在是看不下去了。

“两位！”李用苦笑道，“依我看来，你们二位都是贤才，陛下用你们是理所应当的事情，不必为此让来让去，只要专心办事，陛下必然重用！”

“是了。”袁松哈哈笑道，“李用这厮平时说话不甚中听，此时倒是一语中的。”

接着，袁松表情一肃，敲了敲手中的折子，问道：“白姑娘，你奏折上所言之事是否属实？”

“不敢隐瞒上官。”白若听到正事，神色也是一敛，表情严肃地说道，“这些事情都是此前细作传回来的只言片语，然后经过属下总结之后才递交上来的。属下估摸，其中有八九成非常可信。”

“这么说，耶律璟果真如此？”袁松摸着下巴，若有所思地说道。

“正是！”白若点头说道，“耶律璟虽然多次下诏减免赋税，礼敬臣下，实则为人暴虐，只是这份暴虐上不及大臣，下不及百姓，只向着身边亲近人等，以至于他身边内侍，人人自危，生怕自己有去无回。再加上耶律璟荒耽于酒，畋猎无厌，赏罚无章，朝政不视，虽然臣下、百姓对他并无太多怨言，但是契丹权贵却暗中愤恨，他登基之后，已经连续发生数起夺权之事。先有太尉忽古质谋反，事败被诛。国舅政事令萧眉古得、宣政殿学士李澣等密谋南奔，事情泄露，诏令公布其罪状。政事令耶律娄国、林牙耶律敌烈、侍中耶律神都、郎君耶律海里等密谋叛乱，被拘捕。眉古得、娄国等伏诛，李澣杖责后被释放。时隔一年不到，又有耶律李胡子耶律宛、郎君耶律嵇干、耶律敌烈谋反，事情败露，供词中牵涉到太平王耶律罨撒葛、林牙耶律华割、郎君耶律新罗等，于是全部被拘捕，耶律华割、耶律嵇干等伏诛，耶律宛及耶律罨撒葛被释免。连续两年，契丹政局都混乱不堪，岌岌可危，但是都被耶律璟用铁腕手段压下，这才没有掀起太大的风浪。”

袁松听到此处，突然开口问道：“这都是何时发生的事情？”

白若赞赏地看了袁松一眼，然后说道：“太尉忽古质谋反之事发生于四年前，而耶律李胡之事则是三年前的事。”

“也就是说，三年以来，契丹境内再未发生过谋反之事？”袁松眼睛一亮，开口问道。

“不错！”白若笑吟吟地点头，“目前契丹境内看似风平浪静。”

“实则暗潮涌动！”袁松开口说道，“契丹权贵虽然被他用铁血手段压制，但是因为耶律璟本人荒废政事，其实私底下必然是暗潮涌动，然而因为此前的事件，这些人并不敢轻举妄动，他们在等待一个时机！”

“正是！”白若点头说道，“他们需要一个时机，一举成功，彻底把耶律璟拖下那个位置。”

“而我们，也需要这个时机！”袁松微微眯起眼睛，“只要契丹乱起来，不论谁胜谁负，都是我朝的机会！”

“公子睿智！”白若微微一欠身。

“姑娘客气了。”袁松拱了拱手，然后说道，“只是这个时机，不能来得太早！现在陛下刚刚发动南征，要彻底打掉南唐的锐气，才能正式北伐。如果太早，这个机会我们无法利用不说，还给了耶律璟几年的机会！”

袁松背着手在屋中走了几圈，然后突然转过身来，对白若说道：“此事就交给姑娘你了！”

白若闻言顿时一愣，指着自己的鼻子，惊讶地问道："公子，你是说我？"

"不错！"袁松点头说道，"我们在契丹虽然有些力量，但是中间隔着刘汉，我等鞭长莫及，再加上我大周立朝不过两代五年时间，布局不堪重用。倒是姑娘之前的锦绣段和乌夜啼布局多年，若论在契丹的力量，比我们可靠得多！如此一来，还不如将我们手中的力量与姑娘合并，由你来专职处理契丹事宜，这才是正理。"

"公子……"白若轻轻咬了一下嘴唇，突然变得有些紧张，她犹豫了一阵，才缓缓开口，"你就不怕我暗中动什么手脚？"

袁松闻言，哈哈大笑："如果大名鼎鼎的黄石一门要动手脚，那当真是防不胜防，我便是盯着你也是无用的。再说了，正所谓疑人不用，用人不疑！姑娘乃是大才，放开手脚才会对你我有利，束手束脚反而落了下乘！况且……"

袁松微微一笑："我大周不是刘汉，我们输得起！"

白若身子微微一颤，深深地看了袁松一眼，长叹一声："不错，大周不是刘汉，天下大势在大周，我们诡门中人争的不就是这个吗？"

袁松微微点头，没有说话。和刘汉不同，大周现如今可谓蒸蒸日上，如果白若真的要做手脚的话，那无疑是自绝退路，大周输得起，可白若却未必输得起。作为诡门中的佼佼者，这个道理，袁松明白，白若也同样明白！

不过即便如此，能这般轻描淡写地将如此重要的事情交给当初的敌手，这样的胸襟气度，也不是寻常人能有的。

白若又是一笑："既然如此，这件事便包在我身上，安插在契丹的细作已经传回消息，说是契丹王子耶律敌烈似乎对耶律璟有所不满，有谋反之意，只是他行事不够缜密，容易被耶律璟察觉。既然如此，那我们便帮他一把，让他暂且隐忍几年。"

"不错！"袁松点头道，"待陛下北伐之时，再为他创造时机吧。"

说罢，两人相视一笑，其间谁也没有提郭无为之事，两个人都知道，郭无为就是两个人之间的契约，等到陛下北伐刘汉之时，便是契约完成的时候。

显德三年，柴荣亲征南唐，初时战事僵持，柴荣发现随军的李谷怯懦，李重进则骁勇善战，遂调走李谷，任命李重进为淮南道行营指挥使，李重进就任之后，果然大败唐军，取滁、扬、秦、光、舒、蕲六州。前线捷报传来，京师一片欢腾，百姓更加放心，百业繁荣，丝毫未受前方战事影响。

在京师皇宫滋德殿中，皇后符氏手中拿着一方刺绣，呆呆地看着外面的天空。天空碧蓝如洗，让人心旷神怡。

这时，有人蹑手蹑脚地走进殿中，一直到了皇后身边，才惊动了皇后。她手一抖，绣针一下刺中了自己的指尖，符皇后吃痛，轻呼了一声。

旁边那人连忙过来，一脸焦急地问道："姐姐，伤到哪里了？要紧吗？"

符皇后转头一看，只见自己的妹妹小符氏站在自己身边，一脸的担忧。

陛下南征，符氏在宫中无聊，便时不时地让小符氏进宫来陪自己。小符氏的夫君赵匡胤也随军出征，两人同病相怜，互相聊聊天，倒也能排解寂寞。

“无妨。”符氏一笑，将手指伸进嘴里吸了一下，“我又不是那娇生惯养出来的。”

“姐姐，你贵为皇后，可不是娇生惯养？”小符氏笑道。

“现在是皇后不假，早年间可不是，再说了，陛下也不是那种拿架子的人，既然如此，那我还拿什么架子？难不成我这个皇后还能和陛下比金贵？”符氏笑道。

“姐姐说得倒是不错。”旁边有内侍搬来椅子，小符氏笑着坐下，“我听说南面传来捷报，陛下南征，势如破竹，看样子，不日就将功成了。”

符氏笑吟吟地说道：“这征战之事，我一个妇道人家也不懂，只盼陛下旗开得胜，平安归来就好。”

“是啊。”小符氏点头笑道。

“我听说你公公赵老将军身体染恙，现在如何了？”符氏又问道。

“大夫说公公是多年征战积攒下来的旧伤，恐怕很难治愈了。”小符氏神色一暗。

“唉……”符氏轻叹一声，伸手拍了拍自己妹妹的手，“生老病死，人之常事……”

就在两姐妹聊天的时候，一名内侍慢慢走进了殿中，他手里端着一个托盘，托盘里有一碗汤药。这内侍虽然看起来面无表情，波澜不惊，但是拿着托盘的手却微微发颤。他走到符氏身边，恭敬地将手中托盘奉上，口中说道：“娘娘，请用汤药。”

小符氏一愣，关心地问道：“姐姐，你这是？”

“哦，不碍事的，前日偶感风寒，御医说了，只要仔细调养，吃点汤药也就好了。”符氏笑道，然后端起那碗汤药一饮而尽，接着一皱眉头，道了一声“好苦”。

小符氏看着好笑，在一边说道：“姐姐，这世上的汤药哪有不苦的？良药苦口利于病嘛！”

“说得是。”符氏点头笑道。

两姐妹继续闲聊，而那内侍则端着碗退出了滋德殿，径自走到一处僻静无人的地方，然后从怀中掏出水囊来，仔细地把这空碗清洗了一遍，这才端着碗离开。

四五月间，南方雨季来临，大军攻伐不便，物资运转困难，柴荣遂令李重进继续围攻寿州，自己引兵回朝。征伐江南，水战不可或缺，五月间，柴荣征集工匠于开封城西汴水侧造战舰数百艘，命唐降士卒教北人水战，以便继续攻伐南唐。

就在南征之事紧锣密鼓，逐步推进的时候，京城皇宫之中却传来了噩耗。

滋德殿外，柴荣满面焦急，负手走来走去，过了一阵，殿门一开，一名须发皆白的医者背着药箱从里面走了出来。

一见他出来，柴荣立刻迎了上去，劈头盖脸地问道："如何？"

一看柴荣，那医者吓了一跳，连忙要行大礼。

"免了！"柴荣有些不耐烦地说道，"快告诉我，皇后如何了？"

"这，这个……"那医者脸色一变，支支吾吾说不出话来。

一看他的脸色，柴荣心里一沉，知道事情可能不妙，他深吸一口气，看着那大夫说道："说！朕赦你无罪！"

"是。"那医者这才心里一松，然后干巴巴地说道，"回禀陛下，皇后的情况，着实有些不妙。此前皇后偶感风寒，本来不是很重，但是近些时日可能是忧心陛下，又在那风寒的影响下，身体日渐虚弱，现在看来，不容乐观。"

柴荣脸色变了变："你如实告诉朕，你有几分把握？"

那医者在心里反复掂量了几遍，才犹犹豫豫地伸出三根手指："陛下，臣恐怕只有三成把握。"

"三成？"柴荣脸色一变。

"陛下恕罪，臣，臣实在是……"那医者身子一颤，结结巴巴地说不出话来。

"罢了，你先退下！"柴荣一摆手，"记住，全力救治皇后，不得有误！"

"是！"那御医长出一口气，在内侍的引领下离开了这里。

柴荣深吸一口气，勉强挤出一丝笑容，迈步走进了滋德殿。只见滋德殿的凤榻之上，符皇后仰面而卧，脸色惨白，气息虚弱。大概是听到了脚步声，她勉强睁开了眼睛，看到来的是柴荣，她眼中闪过一丝激动，挣扎着便要坐起身来。

"别动！"柴荣连忙上前，一把扶住了符皇后，"你莫要乱动！"

"是。"符皇后温柔地点头说道，"陛下何时来的？臣妾竟然不知。"

"朕也是刚刚进来。"柴荣笑道，"刚才御医说了，只要你好好地遵照医嘱，每日吃汤药，好好歇息，早晚会好起来的。"

"嗯。"符皇后微微点头，"臣妾这么一病，让陛下担心了。外面有这么多的军国大事要处理，陛下不必为臣妾担忧。"

"哪里的话。"柴荣鼻子一酸，险些哭出来，口中说的话却带着笑意，"哪有那么多的军国大事？此时此刻，朕最重要的事就是你了。"

符皇后嘤咛一声，把头靠在柴荣的怀中，柴荣握着符皇后的手，脸色凄然。

第四十八章　世事纷乱

此时，姚府之中，姚谦静坐在那间密室，姚正一脸恭敬地站在他身边，向他禀报宫中之事。

“大人，宫中传来消息，皇后身体日渐衰弱，情况很是不妙。”姚正低声说道。

“有确切的消息吗？”姚谦低声问道。

“确切的消息还未传出来，不过说是已经请太医诊治了，结果不容乐观。”姚正说道。

“有没有传出来是什么原因所致？”姚谦又问道。

“据说是思念陛下所致，再加上此前偶感风寒，以至于病情恶化，才变成现在这般模样。”姚正低声说道。

“唔……”姚谦目光闪烁，微微点头，“知道了，你先下去吧，若有消息，立即让我知晓。”

“是。”姚正答应了一声，慢慢退了出去。

等到姚正出去之后，姚谦默默地注视着室中一隅，良久之后，他长叹了一声，微微摇头道：“何至于此，何至于此啊！”

滁州城内，官衙后院，凉亭的石桌上摆着几样简单的小菜，旁边还有一壶水酒。赵匡胤与一名文士分坐石桌两侧，赵匡胤端着酒杯向对面的文士说道：“赵先生，请满饮此杯！”

“请！”对面那文士举杯还礼，两人将杯中酒一饮而尽。

赵匡胤放下手中酒杯，感慨地说道：“此前受益便与我提起过先生，并且极力向我举荐，本来我还想找机会见见先生，怎知南征事急，在下忙于军务，分身乏术，只能与先生书信相通。本以为还要有些时日才能与先生相见，怎知你我有缘，范相竟然调先生至滁州任军事判官。你我竟然在此得以相见。”

对面那人正是与袁松有过一面之缘的赵普，此时他已不是当年那副落魄文士的模样了，眉宇之间多了几分风采。

赵普闻言，微微一笑道：“赵将军，此事正说明了你我之间的缘分。可若没有袁兄为你我穿针引线，你我要一同饮酒，不知道要到何时了。”

“不错，不错！”赵匡胤哈哈笑道，“这事还真多亏了受益，不然的话，还真要错过先生这样的贤达之人了。”

说着，赵匡胤又给赵普和自己倒了一杯美酒，然后端起酒杯来对赵普说道：“这一杯酒，我要感谢先生，此前家父在此养病，先生朝夕侍奉汤药，代我这不孝之子尽孝，在下十分感激，还请先生同饮此杯！”

“不敢！”赵普连忙举起酒杯向赵匡胤敬了一下，两人把杯中酒一饮而尽。

“正所谓一笔写不出两个‘赵’字来。”赵普认真地说道，“世叔以宗族之情待我，我侍奉世叔乃是分内之事，此事不足挂齿，不必再提了。”

“是了，不提了，不提了！”赵匡胤哈哈笑道，“你我现在乃是宗亲，再说这些就远了。”

赵匡胤顿了顿，继续说道：“待来日我们京城相聚，你我一定要拉受益一起喝上一杯。”

“这是自然。”赵普含笑点头。

就在这时，一名亲兵急急忙忙地走进院子，向着赵匡胤行了一礼：“将军，京城有信送至！”

赵匡胤一愣，然后向那亲兵一伸手：“信在何处？拿来我看！”

那亲兵连忙拿出一封书信来，递给了赵匡胤。赵匡胤低头看了几眼，脸色一变，突然起身。

“将军，我是否应该回避一下？”赵普见状，连忙问道。

“不必，你我并非外人。”赵匡胤叹了口气，将手中的书信递给了赵普，同时挥手让那名亲兵离开，“来信的是家中发妻，言道宫中亲姐病危。”

赵普对赵匡胤的家事多少有些了解，闻言连忙问道：“可是皇后娘娘？”

“不错。”赵匡胤苦笑着点了点头，“多事之秋啊！”

赵普接过书信来，低头迅速看了一遍，然后一皱眉头，对赵匡胤说道：“将军，如果此事是真的话，在下便要奉劝将军一句了。”

“什么？”赵匡胤一愣，看着赵普问道。

“将军，还请早做准备！”赵普一字一顿地低声说道。

“早做准备？”赵匡胤神色一凝，压低声音问道：“此言何意？”

“将军以为，您何以有今日成就？”赵普低声问道。

“我与陛下相识多年，而且我战功尚可，能为陛下统兵？”赵匡胤小心地问道。

“的确有这些原因。”赵普点头道，“将军为陛下亲信之人，战功赫赫，确实深受陛下重用，可将军想过没有，将军能有今日，与陛下是连襟这事，可有联系？”

“这个……”赵匡胤一愣，微微皱起眉头。

“陛下身边所用之将，大部分都与陛下有些姻亲，这并不是说陛下任人唯亲，而是陛下信不过那些前朝将领。这些人中虽然不乏忠义之士，但是也有不少见风使舵的卑鄙小人。”赵普冷笑道，“陛下信不过他们，只能用自己的姻亲来制衡。您是陛下的连襟，再加上自身的本领，自然就受到了陛下的重用。”

赵匡胤仔细想了想，然后微微点头：“不错，先生所言极是，我受陛下重用，与我是陛下姻亲脱不了关系。”

“正是如此。”赵普点头说道，“现如今，这一层关系如果没了的话，那其后之事就不好说了。”

赵匡胤脸色阴沉，不发一声。

良久之后，赵匡胤才开口问道：“既然如此，先生有何教我？”

“不管如何，将军乃是陛下亲信，而且即使皇后故去，陛下心中或许对皇后有所愧疚，念着这一层关系，势必对将军您更加信重。但是，正因为如此，将军才更应该小心谨慎，不能有丝毫差错！”赵普表情严肃地说道，“须知，只要错一步，陛下身边再也没有人能为将军转圜了！”

赵匡胤寻思良久，拱手向着赵普行了一礼：“多谢先生教我，某必铭记于心！”

七月，已经进入了盛夏，开封城中热得吓人，可是滋德殿中，却有一股冷森森的气息。这股冷气不仅仅来自摆在殿中的几个冰盆，还有殿中弥漫着的一股淡淡的死气。

床榻上的符皇后脸色青白，气若游丝，都不用太医，只需来一个普通人看上一眼，就知道她命不久矣。

柴荣就坐在她的床榻边，紧紧地握住她的手，虽然没有泪水，却满脸的悲凄。

过了一会儿，床榻上的符皇后突然睁开眼睛，柴荣觉得手上一紧，只见符皇后挣扎着开口说道：“陛……陛下，照顾……照顾好我们的儿子，还有……还有我的……我的妹妹！”

“朕答应你，一定照顾好他们！”柴荣顷刻间泪流满面，用力点头说道。

听到这话，符皇后神色一松，脸上露出了一丝笑容，缓缓闭上了眼睛。七月，宫中传来消息，皇后符氏于滋德殿病逝，终年二十六岁，赐号宣懿皇后。

两月过后，赵家也传来噩耗，赵家家主，赵匡胤之父，检校司徒赵弘殷病故，各处亲朋齐来奔丧。

赵匡胤也得到了消息，连夜赶回。

赵家内外白装素裹，一片泣声，就连袁松也赶了回来，只是他在西北事属机密，而且契丹事宜已经进入正轨，受到柴荣的高度重视，因此他也只回来了一日，与赵凝和赵匡胤见了一面，便匆匆赶回了西北。

倒是赵匡胤，因为南方战事不急，所以被允许在家中多待几日。

这一日，赵匡胤从府中出来，来到了京城的街上。对于其父病故之事，其实全家早有准备，他虽然悲凄，却也不至于太过悲伤。毕竟赵家乃是将门世家，其父征战多年，现在能死于家中榻上，也算是得了个善终。

只是他现在走在这京城的街上，却有几分物是人非的感觉。

短短一年时间不到，皇后故去，家中老父也撒手人寰，自己也有些时日不曾回来了，因此站在这街上，赵匡胤颇有几分茫然之感。

就在他不知该往何处去的时候，旁边走过来一人，向着赵匡胤行了一礼，低声问道："敢问可是赵将军？"

赵匡胤一愣，扭头一看，只见自己身边站着一个人，这人一身便装，看到自己看向他，立刻摆出了一副讨好的笑容。

赵匡胤微微皱了皱眉，开口问道："你是何人？"

"赵将军莫要担心。"那人连忙说道，"小人只是代人传个话。"

接着，他向后退了半步，指了指身后："我家主人仰慕赵将军，想请赵将军喝一杯水酒。"

赵匡胤向那人身后看了一眼，在他身后是一间酒楼，二楼有一间房间挂着竹帘，竹帘后面是模模糊糊的人影，里面的人似乎感受到了赵匡胤的目光，向着他挥了挥手。

"你家主人是什么人？"赵匡胤冷冷地问道。

"也是京中之人，说起来，也是和赵将军同殿为臣。"那人笑吟吟地说道，"只是他不便与将军当街说话，所以请将军楼上一叙。"

"藏头露尾，算什么？"赵匡胤冷哼一声，一甩袍袖就要离开。

"将军莫走。"那人在后面喊了一声，却不追上赵匡胤，只是满脸笑容地对赵匡胤说，"我家主人确实只是想与将军饮上几杯水酒而已，请将军放心。他还让小人给将军递个话。"

"什么话？"赵匡胤微一皱眉，开口问道。

那人笑吟吟地说道：“我家主人说了，将军现在外有重臣，内无应者，正应该多认识几个朋友才对，须知这多个朋友多条路，正是人间正理。”

赵匡胤犹豫了片刻，转身对那人说道：“带路！”

那人一笑，伸手一引：“赵将军这边请。”

那人把赵匡胤引进了酒楼，带着赵匡胤顺着楼梯到了二层，把他带到一间雅间门外，用手做了个请的手势，自己却往门边一站。

赵匡胤看了那人一眼，走进了雅间。雅间中那人站起身来，对着赵匡胤抱拳拱手道：“赵将军见谅，在下与赵将军相见多有不便，只好出此下策，还请将军莫要见怪。”

赵匡胤连忙还了一礼，然后才仔细看了一眼面前之人，这一看，顿时让他一愣，脱口而出：“是你？”

“不错。”姚谦颔首微笑，“正是姚某。”

“你为何……”赵匡胤有些摸不着头脑，开口便道。

赵匡胤刚一开口，姚谦便抬手拦住了他：“赵将军，莫急，此时正是晌午时分，想来将军今日家中有事，恐怕没有用饭，不如我们坐下来，边喝边聊。”

赵匡胤上下打量了姚谦几眼，虽然袁松与姚谦矛盾重重，可是赵匡胤与姚谦之间却并无冲突纠缠，所以他稍一犹豫，便大马金刀地往那一坐。

姚谦看着赵匡胤，眼中满是激赏，对着赵匡胤一挑大拇指：“赵将军果然豪气！”

“什么豪气不豪气的？”赵匡胤笑道，“不过几杯水酒而已，有何吃不得的？”

“不错，不过几杯水酒而已。”姚谦笑吟吟地说道，同时在赵匡胤对面落座，亲自端起酒壶来，给赵匡胤斟了一杯酒。

“将军且来尝尝，这是我们姚家珍藏的美酒，虽然没什么名头，但是这味道，绝不是外面那些虚名之辈能比得了的。”姚谦举起酒杯说道。

“好！”赵匡胤端起酒杯来，与姚谦一敬，仰头将杯中酒一饮而尽。

“好酒！”赵匡胤一抹嘴巴，赞赏道，“果然是难得的好酒，这样的好酒外面哪里能寻得到？”

“正是。”姚谦又给赵匡胤倒了一杯，“将军如若喜欢，等一下多带几坛回去，算是姚某送给将军的礼物。来来，你我满饮此杯！”

“且慢！”赵匡胤伸手盖住自己的酒杯，上下打量了姚谦几眼，“姚大人，我赵某人乃是军中糙汉，直来直往惯了，拐弯抹角的话我是学不会的。敢问姚大人一句，今日你请我来，当真只是喝酒吗？如若有事，还请直说，不然这酒我是喝不下去的。”

姚谦微微一笑："赵将军此言差矣，姚某今日是真的想要交赵将军这个朋友。除此之外，再无他事！"

他顿了顿，又笑道："赵将军，其实说起来，你我二人往日无冤近日无仇，同殿为臣，从来没有起过什么冲突。只不过中间隔着我那师弟，才让我们的关系变得如此冷淡。这是何苦来的？"

"姚大人，你和受益之间的事情，我是不懂的。"赵匡胤微一皱眉道，"不过，既然我与受益情同手足，与大人您，恐怕就……"

"赵将军。"姚谦不等他说完，就表情严肃地说道，"不错，我与师弟之间是有些矛盾，但这矛盾并不会影响我与将军之间的关系。我也无意离间将军与我师弟，毕竟他以后是将军的妹婿。这疏不间亲是众所周知的道理，我岂能不知？今日，我与将军只是饮酒吃菜，再无其他。"

"当真？"赵匡胤皱眉问道。

"比珍珠还真！"姚谦笑道，"便是我那师弟知道了，也不会说什么。他的本事便是连我都要甘拜下风，看得清，摸得明！便是知道你我二人喝酒，他也懂得我的意思。"

"什么意思？"赵匡胤问道。

"很简单，我和师弟之间成见很深，但是我俩又都是陛下臣子，既然同殿为臣，按照诡门的规矩，哪怕是立场对立，彼此之间也要有一个缓解的渠道。"姚谦说到这里便停了下来，笑吟吟地看着赵匡胤。

"你是希望我做你们二人的渠道？"赵匡胤问道。

"正是如此。"姚谦微微点头，"我俩之间现在可以说是针锋相对，但是赵将军想过没有，我们两人为何会如此？"

"我听说是因为……"赵匡胤没有把话说出来，而是看了姚谦一眼。

"是有点同门之争的意思，其间也发生了一些事情。"姚谦倒是坦然，直接说道，"但是我俩能闹得如此不可开交，其实细说起来，这也是陛下的意思。"

"陛下？"赵匡胤一愣。

"不错。"姚谦含笑点头，"我们两个师出同门，又一起效忠陛下。鬼谷一脉乃是诡门中的翘楚，如我俩亲密无间的话，以陛下的心思，恐怕不想看到这一幕发生。"

说到这里，姚谦意味深长地看了赵匡胤一眼。

赵匡胤稍一寻思，顿时倒吸了一口冷气，猛地抬头看了姚谦一眼。可姚谦已经低头喝酒吃菜，就好像刚才那句话他从来没说过一样。

赵匡胤脸色变幻莫测，手里端着酒杯，紧锁眉头，没有说话。

倒是姚谦慢条斯理地喝完了杯中酒，用桌上的方巾稍稍擦拭了一下嘴角，这才微微一笑，开口说道：“其实，无论是我，还是师弟，都希望看到将军您平步青云。我等皆是为陛下效力之人，姚某与将军追随陛下的时间虽有先后之分，但是我等发迹皆因陛下，我等荣辱也与陛下息息相关。与朝中老臣比起来，我们仍根基浅薄，因此我们这些新人，才更要互相关照，这才能入陛下法眼。”

赵匡胤闻言，微微颔首，姚谦这一番话的确是说到自己心里去了。自己虽然作战勇猛，屡立战功，在高平之战中更是做出了扭转战局的一步，因此深受陛下信赖，可即便如此，在禁军之中，仍有张永德和李重进两位陛下的亲信将领顶在自己头上，与这两位比起来，自己无论是资历还是与陛下的情意都差了几分。就说这次征伐南唐，陛下就撤掉了李谷，换上了李重进。这般行事虽然并无不妥之处，可是同为禁军将领，赵匡胤心中若是没有妒意，那是绝不可能的。

赵匡胤犹豫了半天，突然开口问道：“为何是我？”

姚谦看到赵匡胤的神色，脸上的笑意更浓了：“因为将军值得！”

赵匡胤闻言，微微皱眉。

而姚谦则继续说道：“将军能为陛下编练禁军，这就足以说明陛下对将军极为信重，这是情。再者将军战功赫赫，威名远扬，这是名。而现在天下未平，观陛下之志，扫平天下是早晚之事，如此一来，战功当为重中之重！将军有情有名，还有机会获得战功，我此时不来寻将军，难不成要等将军功成名就之时再来寻将军吗？”

赵匡胤眼中闪过一丝精光，然后端起酒杯来，对姚谦说道：“喝酒！”

姚谦一笑，同样端起酒杯来，但是在喝酒之前，却压低声音对赵匡胤说了一句：“战事将起，望将军早做准备。在下先恭贺将军更上层楼！”

赵匡胤一愣，手中端着酒杯，惊疑不定地看着姚谦。

而姚谦却已经将杯中酒一饮而尽，脸上带着神秘的笑容，对着赵匡胤一亮杯底：“将军，请酒！”

十月，柴荣下诏葬宣懿皇后于懿陵，举国皆哀。

而赵匡胤丧期结束，准备返回前线。

小符氏脸上带着悲凄之意，为赵匡胤打理戎装。连续两位亲人去世，让小符氏精神不太好，脸色也十分难看。

“娘子！”赵匡胤拉住了小符氏的手，关心地说道，“这些琐事你就不必亲自打理了。这段时日苦了你了，你还是多歇息一下比较好。”

“无妨。”小符氏轻叹一声，握住赵匡胤的手，轻声说道，“交给别人，妾身不放心。只盼将军平安归来，莫要让妾身担心。”

“我晓得。”赵匡胤微微点头，低声说道。

就在这时，门外传来下人的声音：“将军，夫人，有军令到。”

“军令？”赵匡胤一愣，惊讶地看着外面，不知又有何事，只是他脑海中，不知为何浮现出姚谦那意味深长的笑容。

定武军节度使韩令坤下令攻打扬州，将扬州一举攻下，然则南唐却不甘扬州被夺，挥军反攻。韩令坤见敌军势大，上奏主张退兵。柴荣下令在京中的赵匡胤率兵两千驰援，赶往六合。

至六合处，赵匡胤下令：凡有扬州兵敢过六合者，斩其双足！并令亲兵手持大刀列于阵前，以证其言不虚。

韩令坤无奈，只得下令固守扬州。南唐军急切攻城不可得，于是绕过扬州，试图击溃赵匡胤麾下军兵，却被赵匡胤率军击败，斩杀万余人。南唐齐王李景达狼狈逃窜，扬州之围遂解，此次大捷让赵匡胤威名更甚！

此战过后，赵匡胤班师回朝，被任命为殿前都指挥使，不久又被加授为定国军节度使，正式跻身于周军大将之列。

而远在西北的袁松也收到了这份战报，另外还有一封家书。

家书是赵凝寄来的，小丫头虽然刚刚失去父亲，心中有掩不住的悲凄之意，但是对于其兄长的成就却异常骄傲，免不了向自己的心上人吹嘘几句。

那小儿女的娇憨口气，看得袁松嘴角一勾，露出一个笑容来。

恰逢白若到他这里汇报最近一段时日细作发回来的消息，看到他这笑容，忍不住笑问道：“可是从赵家来的书信？”

“呃……”袁松一愣，看着白若问道，“姑娘如何知晓？”

“这还不简单？”白若笑嘻嘻地说道，“只有从赵家来的书信，公子看完之后才会展颜一笑。其他的消息，公子看完不是紧锁眉头，就是像木雕泥塑一般没有表情。”

“咳咳……”袁松干咳了两声，脸上微微一热，讪笑着说道，“哪里有姑娘说的那般夸张。”

“恐怕比我说的还要夸张。”白若轻笑道，然后长叹了一声，“有人给你写信，真好。”

袁松看了一眼白若，只见她满脸落寞，知道这封信触动了她，于是连忙不动声色地把另外一封书信递了过去。这封书信是从京城送来的战报。

“姑娘看看这个，大兄转战南唐，立下了战功。”袁松说道。

“哦？”白若一笑，接过了那份战报，仔细看了几眼，然后说道，“我早就知道你这位大舅哥不同凡响，现如今看来，果然如此！这等战绩，漂亮。”

说着，她把手中的书信递了回去：“想来，刚才那封家书里，也提到这件事了吧？”

“不错。”袁松点头道，“确实提到了此事，只是……”

说到此处，袁松微微一皱眉：“这一场征战来得有些蹊跷，陛下麾下战将如云，京师之中更是如此，按理说，大兄乃是回家奔丧，但是陛下却立刻起用他，这事情透着那么一点让人看不透的东西。”

白若闻言，哈哈一笑：“你这人当真有趣！多少人都是盼着自家人出人头地而不可得，恨不得绞尽脑汁争取机会。你倒好，明明你那大舅哥入了陛下法眼，征战有功，一举成为大周军中数一数二的人物，可你偏偏还要患得患失，疑神疑鬼。”

“是了。”袁松点头笑道，“确是如此，我的确是有些疑神疑鬼了。先不说这个了，契丹之事进行的如何？”

“一切顺利。”一旦说起正事，白若立刻换了一副面孔，表情严肃，“我们的人已经与那契丹太子有了联系，并且开始暗中资助他，为他四处奔走。”

“注意分寸。”袁松沉声说道，“莫要让他太过张扬，发展太快！”

“这是自然。”白若得意一笑，“这其中的拿捏把握，公子放心便是。”

“是了，是了，这些事姑娘才是行家。”袁松哈哈笑道。

白若深深地看了袁松一眼：“公子过谦了，太原之事，公子了若指掌，有些私密之事竟然比我还要了解几分。幸好当初早早便分出了胜负，不然的话，和公子作对，小女子着实没有什么把握。”

袁松一笑，不再说话。

而在京城，姚府书房里，姚谦面前摆满了各式的奏报，他将这些奏报一一阅读，然后微微一笑，一副胸有成竹的模样。

而他的族叔此时就坐在一旁，但是在姚谦办公的时候，他的族叔始终一言不发，而是等到姚谦忙完了，他才开口问道：“如何？”

“一切顺利。”姚谦抬头看着族叔说道，“叔父做事果然稳妥。”

“哈哈……”族叔笑着摇了摇头，“你莫要往老朽脸上贴金了，我有几斤几两，我清楚得很，若不是你算无遗策，哪有这般作为？”

“叔父过奖了。”姚谦摇了摇头，然后轻叹一声，“不过，太原那位才是厉害，他看人的眼光确实毒辣。赵匡胤确实有过人之能，我们只是稍微顺水推舟做了个人情，赵匡胤便能做出这样一番作为来。了不得啊！”

“是啊，此前我等还未曾注意到赵匡胤，只是在高平之战后，他才开始崭露头角，谁曾想竟然有如此潜力。”族叔轻叹道。

“不仅仅是太原那位，在看人这一点上，连我那师弟都在我之上。”姚谦自嘲一笑，然后说道，“不过，那又如何？这京城，仍是我等的京城！现在我们要做的，就是创造机会抬起赵匡胤，他站得越高，对我们越是有利！”

“哦？”叔父目光一闪，“出璋，你已经胸有成竹了？”

姚谦一笑：“有些想法，叔父请看……”说着，他把一份奏报推到了叔父面前。

叔父低头看了一遍奏报，有些疑惑地问道：“出璋，这奏报我也看过，乃是寻常军报罢了，有什么不妥之处吗？”

“当然。”姚谦一笑，“乍看之下，此事并无不妥，然则此人性子张狂倨傲，与他人关系不甚和睦。可这次征伐南唐，今上却对他大肆提拔，已经高过了军中另外一位大将。这么做虽然有陛下的考量，却埋下了种子。我听说，另外那位将军在家中常常饮酒之后就痛骂一番，对此人颇多微词。这便是我等的机会……”

“哦？”叔父眼睛一亮，若有所思地看着姚谦问道，“你的意思是，离间？”

“不错！”姚谦微微点头。

“恭喜将军，贺喜将军。”赵普对着赵匡胤拱手笑道，“我果然没有看错，陛下对将军十分看重。此后，将军也是我们大周数一数二的战将了。”

“则平莫要笑我了。”赵匡胤笑着摆了摆手，“不过是立了些许功劳，圣上恩重，这才给了我这个机会罢了。”

“不管如何，将军声势日隆，来日前途不可限量。”赵普笑道。

“多谢先生吉言。”赵匡胤拱手笑道，“不过，我还是想请问先生一句，接下来我该如何去做？”

“某只有四字忠告。”赵普伸出四根手指来，低声说道，“亦步亦趋！”

赵匡胤微微一愣，随即明白过来：“对陛下？”

“不错，对陛下！”赵普微微颔首，“现如今战事已起，陛下看中的，一为军功，二是忠心。陛下编练禁军，就是因为旧军无论是忠心还是战力都不堪用。陛下要的，便是这两点！”

赵匡胤微微眯起眼睛，微微点头。

“还有一事，我想问问将军。”赵普突然又说道。

“请说。”赵匡胤点头道。

“我听闻，陛下麾下，张将军与李将军不和，可有此事？”赵普问道。

赵匡胤苦笑一声：“竟然连你都知晓了，这事情当真是闹得不可开交。”

“果然如此？”赵普问道。

“确实如此。”赵匡胤轻叹一声，“两人确实不和。”

“那将军与谁交好？”赵普问道。

“我与张将军关系甚好。”赵匡胤直言道。

“如此甚好，张将军德高望重，将军当与他多多交往。”赵普含笑点头。

“咦？”赵匡胤莫名其妙地看着赵普，“先生似乎话里有话。”

赵普微微一笑：“我只是觉得，时机正好！”

“咦？”赵匡胤惊讶地看着赵普。

“将军，敢问一句，现在战事已起，陛下麾下的两名重将矛盾不止，甚至有可能影响战事，而另外一人则只为陛下效力，任劳任怨，奋勇争先，换成是你的话，该信重谁？”赵普低声说道。

赵匡胤一惊，然后缓缓点头：“先生高见，我明白了！”

一声脆响，一个酒杯被摔在地上，张永德扶剑而起，满面怒容地瞪着对面的一人，“李重进，你刚才说什么？”

李重进依然不惧，怒哼一声站起身来：“我说某些人仗没打多少，就会在背后诋毁他人，当真是小人作为！”

“你说的是何人，把话给我说清楚！”张永德骂道。

“我说的是何人，那人心里自然清楚！”李重进冷笑道，“畏畏缩缩之徒，在这里耍什么威风？”

“好大胆！”张永德怒骂一声，“有本事你我二人校场上见一见真章！”

“有何不敢！”李重进冷笑道，“我李某人怕了你不成？”

眼看两人越吵越凶，旁边几名偏将连忙起来劝解，其中一名偏将拉着张永德低声说道：“将军莫要发怒，那李重进是什么人您岂能不知？就是个不知所谓的货色，走了狗屎运才让陛下多看了两眼，你理他作甚？”

那边也有人拉住李重进，低声劝解：“李将军，莫要如此，那张永德不过是个老匹夫而已，论战功本领，怎会是您的对手？且任他胡说两句，我们不要搭理，喝酒喝酒！”

两边的人不劝还好，这么一劝，反而让张永德与李重进二人火气更旺了，两个人指着对方破口大骂，场面一时间颇有点不可收拾的意思。

这时从一边闪出一个人来，直接挡在了两人之间，大声喝道：“住手，两位将军住手！”

李重进与张永德一看，挡在他们二人中间的，正是赵匡胤。

李重进指着赵匡胤喝骂道：“你莫要多事，让开，今日我非要给这个匹夫一个厉害瞧瞧！”

张永德也大声说道：“元朗你让开，今日还不知道是谁要教训谁呢！”

“二位，”赵匡胤苦笑道，“大家同殿为臣，何至于此啊？”

“同殿为臣？”李重进冷笑道，“我羞与其为伍！”

“巧了，某家也是！”张永德冷笑道。

眼看两人越吵声音越大，拉开架子又要冲到一起去，门口突然传来一声暴喝：“住手！”

听到这声，张永德与李重进两人脸色微微一变，连忙收敛了架势，垂首而立。

柴荣满面怒色地走进了屋中，他看了看张永德，又看了看李重进，最后冷哼一声："你们两个好大的胆子！这就是朕的朝廷重臣？不过是正月的一场饮宴，你二人就差点在这里打起来？难道要朕还未出征，便折损大将不成？好，好啊！南唐，孟蜀，还有刘汉都没有做到的事情，你们二人竟然差点做到了。"

张永德和李重进闻言脸色连变，拱手向柴荣道："臣等死罪！"

"死罪什么？"柴荣怒道，"难不成朕真的要治你们二人的罪不成？都给朕滚出去！"

张永德和李重进连忙低着头灰溜溜地跑了出去。

跟着一起出去的还有他们二人的亲信部下。大堂里只剩下赵匡胤自己，他连忙向柴荣行了一礼，告辞离去。只是他不知道的是，柴荣一直盯着他的背影，若有所思。一直等到赵匡胤离开，柴荣这才淡淡地向身边问了一句："今日究竟是何事？"

有人毕恭毕敬地把事情的经过讲述了一遍，柴荣沉吟片刻，开口问道："如此说来，元朗只是劝解？"

"是。"那人答道。

柴荣微微颔首，不再说话，不过看他的模样，心中似有定计。而不远处跟着柴荣的一名内侍把这一切默默记在心中，不久之后，这个消息就传到了姚谦那里。

"呵呵，这位赵将军身边也有能人啊。"姚谦得知此事，微微一笑，"轻重拿捏得恰到好处。"

"如此说来，一切顺利？"姚谦的叔父在一边问道。

"一切顺利。"姚谦轻笑一声，"来年南征，赵将军十有八九将为先锋。"

顿了顿，姚谦又说道："叔父，现如今我们把太多的精力放在这位赵将军身上了。我们是否也该蛰伏一下，让陛下安心了？"

叔父一愣，仔细看了姚谦一眼："贤侄又有何打算？"

姚谦一笑："先皇大行已近三年，虽然陛下连番征战，但是大周却日渐安稳。我觉得大周能有如此局面，先皇功不可没，是不是该为先皇立传了？"

叔父眼睛一亮，鼓掌哈哈大笑："不错，不错，还是出璋你想得周到！正该如此！"

第四十九章　断箭旧约

显德四年一月，柴荣诏天下见禁罪人，除大辟处，一律释放。同时准兵部尚书张昭上言，编修太祖实录及梁、唐二末帝实录。

二月，柴荣再次亲征南唐。赵匡胤随军出征，为柴荣所重用，征寿春期间，攻克连珠寨，乘势攻下寿州，夺了首功。此役歼灭唐军四万余人，缴获船舰数百艘，钱帛器械无数，车驾发下蔡还京。五月，柴荣封有功之臣，赵匡胤等战功卓著，柴荣拜其为义成军节度使、检校太保，仍任殿前都指挥使，赵匡胤更上层楼。

两次南征，赵匡胤步步登高，俨然已经成为柴荣麾下信重之臣，便连朝堂上原本的老臣也要敬重他几分。只是在家中时，赵匡胤并未如他人看来那般高兴，反而忧心忡忡，有点愁眉不展。

赵匡胤将酒杯重重地放在桌上，脸带愁容地呆坐在一张桌边，一个人喝着闷酒。

“元朗兄，为何一人在此枯坐饮酒？可否为我添一双碗筷？”这时，他身边突然有人说了一句。

赵匡胤一惊，连忙转头去看，只见赵普笑吟吟地站在他身侧，对他微微颔首。

“哎呀！”赵匡胤满脸惊喜，连忙起身，“原来是则平！你何时来的？”

“才到不久，一进来就看到元朗兄在这里自斟自饮，忍不住来讨一杯酒喝。”赵普笑着说道。

原来自从升官之后，赵匡胤脸上并不见多少喜意，虽然在外面一副欢喜无比，感恩戴德的模样，可是在家中却时不时愁眉不展。

家里的幼弟和赵凝年纪尚小，还不知愁滋味，所以并未留意。小符氏虽然知道自己夫君心中愁闷，却不知如何开解。唯有赵母感觉不对，先是给西北的袁松去了一封信，然后差人将赵普请过府来与赵匡胤一叙。有了袁松的引荐，以及赵老将军生前的推崇，赵普现在俨然已经是赵匡胤身边的谋主，遇到事情，赵老夫人除了想到袁松，便是他了。

听赵普把自己之所以到此处来的原因说了一遍，赵匡胤苦笑了一声："原来如此，某当真是不孝，竟然让母亲为我担心。"

"你是叔母之子，她老人家为你担心也是应当的。"赵普手持酒杯淡淡笑道，"只是我想知道，元朗你为何如此？"

赵匡胤张了张嘴，却没有说出话来。

赵普一笑："莫非元朗觉得此事不便与我知晓？如若果真如此的话，那便算了。"

"不是！"赵匡胤连忙道，然后长叹一声，"其实我正想寻人来聊上两句，但是话到临头，却不知从何说起。"

赵普沉吟了一下："可是因陛下为你加官晋爵之事？"

"虽不中，不远矣。"赵匡胤轻叹一声，"陛下待我不薄，待我赵家更是宽厚，正因陛下，才有我赵匡胤的今日。只是……"

他犹豫了一下，终于一咬牙，继续说道："只是越是高升，我这心中越是无底，不知该如何是好。"

赵普目光一凝："怎么说？"

"则平。"赵匡胤轻叹一声，"今上乃英明之主，南征北讨，战无不胜，料理政务也面面俱到。只是，这一次南征，我知道了一些事情，让我有些害怕。"

赵匡胤左右看了看，一副担惊受怕的模样，直到确认周围并无异常，他这才低声说道："此次南征，陛下巡营之时，但凡见到方面大耳、福泽深厚之相的人，陛下都暗中下手，将他们一一除掉了。"

赵普闻言脸色一变，惊诧地看着赵匡胤问道："将军此言当真？"

"如此大事，我安能胡言？"赵匡胤苦笑道，"此前我军中有一将佐，作战勇猛，乃是禁军中的悍将，而且生得方面大耳，相貌堂堂，我等常与他玩笑，道他这是称王之相，日后少不得平步青云。本来这只是一些玩笑话，谁知有一日陛下巡营，正好遇到这名将佐，当时陛下并未多言，但是过了几日，却派遣此人试探敌军，谁知便一去不复返，死于阵前。如只是此一人的话，尚未算得什么，许是我多疑罢了。可是此后又有两次，又有两名将官一一身死，俱是方面大耳，古传荣华称王之相。只是这两人不在我营中，而是我偶然知晓的。"

赵普脸色连连变化，压低声音对赵匡胤问道："将军此言还与谁人说过？"

"此事我与家中亲眷都不敢多言半分。"赵匡胤苦笑道，"终日只能憋在心中，这才在家中愁眉不展。我本想要写一封书信将此事告知受益，可是思来想去觉得不妥，便没有这么做。”

“将军如此甚是妥当！”赵普表情严肃地说道，“这件事事关重大，将军还是不要轻易说与他人。如果受益此时在京城的话，说与他倒也无妨。可是现如今受益远在西北，书信往来多有不便，稍不小心便会落入有心人之手。着实风险太大！”

“不错。”赵匡胤轻叹一声，“我也是如此想的。不过既然你来了，则平，你可有话说？”

赵普低头沉吟了片刻，低声对赵匡胤说道：“普唯有几句话说与将军。在己，居功莫要自傲，谨守本分，谨言慎行，千万莫要招惹是非。而对陛下，则要忠心耿耿，无论陛下如何吩咐，不要犹豫，尽管去做就是。一切的一切，都以简在帝心为首要目的。”

赵匡胤犹豫了一下，微微点头，只是看他的模样，想来心中还是有些惴惴不安。

赵普心中叹息，却也没有太好的办法，只能暂且观之。

其后，赵匡胤谨守赵普的吩咐，谨守本分，谨言慎行，比之其他诸将，在外界风评不错。

这一日，赵匡胤离开了府邸，去找军中的几名兄弟吃酒。他在外行事低调，轻易不愿意抛头露面，便是出来了，随从亲兵也不带上几个。一身便装走在街上，若不是知情人，谁能知晓他便是当朝威震南唐的赵将军？

“赵将军留步！”就在他从赵府出来，走到了街上之时，在同一处地方，再一次被人喊住。

赵匡胤一愣，回头一看，还是上次那人，甚至连穿着打扮都没有变化，正站在那里笑吟吟地看着他。

看到赵匡胤回过头来，那人向他拱了拱手：“赵将军，我家主人想请将军入内饮一杯清茶。”

赵匡胤皱了皱眉头，说道：“今日我已有约，多有不便，下次再说吧。”说罢便欲离开。

可是那人在他身后笑吟吟地说道：“莫非赵将军平步青云，便忘了好朋友吗？我家主人为赵将军高升可是出了力的。”

赵匡胤脸色一变，回过头来，表情阴沉地看着那人：“你说什么？”

“赵将军莫急。”那人连忙说道，“小人当不起将军的雷霆之怒。刚才说的，不过是我家主人让小人转达给将军的一句话而已，而且我家主人说了，一切由心，都看将军的意思。如果将军实在不愿去的话，下次也是可以的。”

赵匡胤犹豫再三，终于还是对那人说了一句：“前面带路。”

那人连忙引着赵匡胤进了此前的那间酒楼，还是同一间雅间。赵匡胤进去之后，果然看到姚谦早已等在里面了。看到赵匡胤进来，姚谦立刻起身相迎，抱拳拱手道："赵将军，我们又见面了。"

"姚大人。"赵匡胤拱了拱手，"不知这次找我有何事？还有你让人说与我听的那句话，究竟何意？"

姚谦笑着摇了摇头："将军莫要多想，我那仆人只是口不择言而已，我等虽然出了一点小小的力气，给将军争取了一点小小的机会，可若不是将军自己勇武过人，又怎么能把握住这些机会，平步青云呢？"

赵匡胤微微皱眉，深深地看了姚谦一眼，没再说话。

"我知道今日将军有约，不过看时间尚早，所以冒昧请将军至此，想为你介绍一个朋友。"姚谦笑吟吟地说道。

"朋友？"赵匡胤微微皱着眉头问道，"什么朋友？"

"说是将军老友，让我代为引荐。"姚谦笑道，"至于此人是谁，将军自己看看便知。"

赵匡胤不知姚谦葫芦里卖的什么药，但还是微微点了点头。

姚谦转身向后喊了一声："宏昌兄，请出来吧。"

姚谦话音刚落，从屏风后面转出一个人来，那人一身道袍打扮，看不出年纪，但是相貌堂堂，配上这一身道袍，很有点道骨仙风的意思。

但是赵匡胤看到那人却是一愣，因为他想了半天，也想不起自己究竟何时见过那人。

"宏昌见过将军。"那人一出来，便对着赵匡胤抱拳拱手，一躬到地，行了一记大礼。

赵匡胤连忙用手搀扶，然后一脸疑惑地上下打量了那人几眼："敢问这位道长为何行此大礼？某此前似乎并未见过道长你啊？"

"赵将军。"宏昌笑吟吟地说道，"赵将军此前虽未见过在下，可是您与家师乃是莫逆之交，因此来此处时，家师再三吩咐，见到将军时，务必要恭敬。"

听到这话，赵匡胤觉得更加莫名其妙了，忍不住问道："敢问一句，你的师尊是哪一位？"

谁知宏昌微微一笑，却并未答话，而是从怀里掏出一个小布包来，这个布包用的是上等的丝绸，宏昌里三层外三层地把布包打开，露出一样东西，宏昌手捧这件东西对赵匡胤说道："将军，家师说只要您见到这个，自然知道他是谁了。"

赵匡胤一愣，仔细一看，发现宏昌拿在手里的赫然是一支箭尖，这支箭尖明显是被人从箭杆上折下来的，后面还带着碎木，看着非常普通，但是箭尖上隐约可以看到一个"赵"字。这个"赵"字是赵家的徽记，赵匡胤的箭矢都会铭刻这么一个字作为标记，战时方便记功。

但是随后，赵匡胤脸色一变，他记得用这种箭尖来作为信物，自己只做过一次，而送的那人，便是刘汉当朝宰相郭无为。当年郭无为来投先帝郭威，郭威本欲把他留下，但是却受到周遭亲信的反对，最后不了了之，郭无为黯然离开，不知去向。而郭无为在军营的那段时间里，却与自己交情不错，当郭无为离开的时候，自己还颇为感慨，于是折箭为誓，将这箭尖赠予郭无为，说若是来日有事，可让人手持这箭尖前来寻找自己，能帮忙的话，自己必然全力相帮。

可是那时赵匡胤只是郭威帐下的一名普通将佐，而郭无为也不过是一名落魄的道人，自己把这支箭尖送与他，只是看他落魄，又觉得他有些本事，万一不得志的话，自己可以管他一口饭吃。但是现在，两个人一个贵为刘汉宰相，一个是大周重臣，立场地位已经天差地别，现在眼前这人手持这枚断箭来寻自己，难不成有什么企图？

一想到这里，赵匡胤身上的汗毛都竖了起来，最近一段时间他韬光养晦，低调行事，就是担心招上麻烦，失了圣宠，现在敌国的宰相找到自己头上来了。一想到陛下那多疑的性格，赵匡胤就头皮发麻，如果这事被陛下知道的话，自己当真是百口莫辩了。

因此，赵匡胤第一时间蹿了起来，拔出腰间长剑，锐利的剑尖直指宏昌，那从战场上拼死厮杀而来的杀气，顿时弥漫开来，连一边的姚谦都被逼得向后退了一步，直面这杀气的宏昌更是不堪，扑通一声坐倒在地，脸色白得像纸一样。

他挣扎着对赵匡胤喊道：“将军且慢，且慢啊！”被那杀气一刺激，宏昌觉得自己已经用了最大的力气喊叫出声，其实声音比蚊子的声音大不了多少。

一边的姚谦也忍不住脸上变色，那可怕的杀气让他以为赵匡胤真的要当场将宏昌斩杀。姚谦艰难地向前迈了半步，嘴里喊道：“剑下留人！”

赵匡胤的剑尖就在宏昌的咽喉前停了下来，那冰冷的触感让宏昌的脖子起了一层细碎的鸡皮疙瘩，只要赵匡胤的手向前微微一送，宏昌就会立刻送命。

“哼！”赵匡胤冷哼了一声，回头看了一眼姚谦，冷冰冰地问道，“姚大人，你这是何意？此人乃是刘汉奸细，他的师尊郭无为更是刘汉的宰相。此前在朝廷内外肆虐的乌夜啼也与郭无为脱不了干系。姚大人与乌夜啼争斗良久，莫非连这些都不清楚吗？”

“清楚，清楚。”姚谦满脸苦笑，生怕赵匡胤手一滑，那剑尖就刺进宏昌的咽喉，他赶紧解释道，“话虽如此，然则此事另有隐情，将军暂歇雷霆之怒，莫要如此啊！”

“哦？”赵匡胤仍是冷笑，“另有隐情？不知是何隐情，可否告知赵某？”

“请将军先把剑放下。”姚谦劝道。

“莫急，如果确实事出有因，赵某自然会放下手中剑，可如果是外通敌国之事，呵呵，那赵某正好当场将他诛杀，为陛下诛贼！”赵匡胤冷笑道。

姚谦看了赵匡胤一眼，发现他似乎并没有一剑刺死宏昌的意思，这才稳了稳心神，看着赵匡胤说道：“将军莫要如此，其实宏昌先生此次来，是要送一场大富贵与将军的！”

赵匡胤冷哼一声：“大富贵？他？难不成郭无为以为我会到刘汉去做契丹奴？”

“非也。”姚谦微微摇头，“宏昌先生此次来，是受了他恩师的托付，要将刘汉献与将军的！”

赵匡胤一愣，微微一皱眉头：“你此言何意？”

“将军……”姚谦笑吟吟地说道，“刘汉向将军请降，这还不是大功一件？”

“啊！”赵匡胤低呼了一声，手上微微一颤，险些刺伤了宏昌的喉咙。

宏昌惊呼一声，瘫倒在地……

“将军小心！”姚谦一见这个，顿时吓了一跳，“莫要伤了宏昌先生！”

赵匡胤连忙收了长剑，尴尬一笑，不过随后脸色一肃，对姚谦说道：“姚大人，烦请你将此事讲述清楚，到底是怎么回事？”

姚谦见宏昌并无大碍，这才长出了一口气，苦笑道：“将军，我方才已经说得很清楚了。郭无为让宏昌先生来联系赵将军，便是想要向将军献城，将这天大的功劳拱手相送。”

“献城？”赵匡胤一皱眉头，“既然如此，为何不去寻陛下，偏偏找上我来？”

“将军此话差矣！”姚谦笑道，“郭相虽然要献城，却要为以后多加考虑。虽然可以献城给陛下，但是献城之后呢？当时确是大功一件，但是一两年，这功劳也就淡了，便是有个虚高的爵位又能如何？朝中无人照应，恐怕日子要过得苦不堪言。因此，郭相派宏昌先生来此，就是想与将军联络，来日陛下北伐之时，将城献与将军，让将军也得上一份功劳。您二人此前乃是好友，彼此在朝堂上也能有所照应。”

“只是如此？”赵匡胤皱眉问道。

“不然将军以为如何？”姚谦哈哈大笑，“难不成郭相要把刘汉献与将军不成？将军敢要吗？”

赵匡胤讪笑一声，摸了摸鼻子，他不过是一名武将，哪敢要一国？

“况且……”姚谦突然压低声音说道，“在下觉得，将军现如今也缺这么一份功劳。”

“姚大人，何出此言？”赵匡胤皱眉问道。

“据我所知，大人近些时日来，似乎忧心忡忡啊。”姚谦一笑，“也是，军中凡有方面大耳者，皆死于非命，将军如何不会心惊胆战？”

赵匡胤脸色连变，惊疑不定地看着姚谦：“你……你在胡说什么？”

“将军莫要多说了。”姚谦笑着摇了摇头，“姚某又不瞎，还是有些手段的。”

赵匡胤深深地看了姚谦一眼，沉默了下来。

“有了这般功劳，起码能为将军在陛下面前固宠。”姚谦笑眯眯地说道，“届时只要将军兵不血刃地夺了太原，陛下自然是大功劳，将军就是小功劳，陛下欢喜之余，必不会忘了将军，这功劳与其别人拿去，还不如让与将军呢。将军觉得然否？”

这一日，赵匡胤都不知自己是如何回府的，脑子里翻来覆去想的就是姚谦与他说的那些事情，就连军中兄弟邀他喝酒之事都顾不得了，派人去告罪一声了事。这两日间，赵匡胤始终是神色恍惚，愁眉不展，就连小符氏、赵凝和赵老夫人连连相问，他也始终没有把这件事告知她们，只是推说军中有事。不过，他也始终没有把这件事禀报当今陛下，而是自始至终藏在心中。

显德四年十一月，柴荣再次率军三征南唐，赵匡胤得任前锋。大周军兵至濠州、泗州时，南唐在十八里滩扎下营盘。柴荣为破敌营，在军中议事，议定要用骆驼摆渡大军。赵匡胤身为先锋，率先单骑横渡而过，其部下紧随其后，南唐军立足未稳，猝不及防之下阵脚大乱。紧接着，赵匡胤又用缴获的南唐战舰乘胜攻克泗州，接连立下大功。

其后，南唐为阻止周军南征，又在清口驻扎大军。赵匡胤与柴荣两翼分兵，沿淮河东下，星夜奔袭山阳，俘获南唐保义军节度使陈承昭。随后，赵匡胤在迎銮江口大败南唐军，直抵南岸，烧毁其营寨，又在瓜步攻破南唐军，一举攻下淮南。

南唐中主李璟畏其威名，惶惶不可终日，有朝臣献离间计，派遣使臣密会赵匡胤，送其书信一封，馈赠白金三千两。赵匡胤采用赵普的建议，大开中门，迎南唐使臣入内，将此事搞得众人皆知，以示胸怀坦荡，又把所得白金尽数送入内府，南唐偷鸡不成蚀把米，离间计没起到任何作用。南唐濠州、涟水、亳州皆被周军攻下。

至此，柴荣对赵匡胤更为信重。显德五年，赵匡胤改任忠武军节度使，权势日重。

而此时，柴荣麾下张永德和李重进之间的冲突也越发激烈起来。

大周攻略南唐甚急，张永德与李重进二人皆领军驻扎在外，随时准备起兵征讨。而在休兵之时，又值寒冬，张永德闲来无事，时不时召集众将饮宴，每每饮酒之后，便要痛骂李重进一番。有一日，张永德更是在饮酒之后，声称李重进已经在营中屯兵密谋不轨，意图谋反。

军中诸将闻言大惊，李重进领军在外，手握兵权，如若当真谋反的话，后果不堪设想。

几日后，一封奏章摆在了柴荣面前。

“李重进有意谋反？”柴荣看到奏折后脸色一变，寻思片刻，他吩咐道，“去请姚大人过来。”

接到柴荣的诏令，姚谦不敢怠慢，立刻进宫面见柴荣，刚一见面，不等他行礼，柴荣便把手中的奏折让人递了过去。

“出璋，你看看这个。”柴荣淡淡说道。

姚谦恭敬地接过了奏折，低头看了几眼，眼中露出了一丝笑意，只是他低头看着手中奏折，没有任何人察觉到这个笑容。他看完了后，又恭敬地把这份奏折交了回去。

“出璋，此事你如何看？”柴荣问道。

“陛下，臣不敢妄言军中大将是非，但是箭卫奏报，前方并无不妥之处。”姚谦回答道。

“你确定？”柴荣追问，“要知道，现在大军驻扎在外，如果领兵重将有不轨之处，不但影响南征，恐怕还要动摇国本。”

“陛下，臣只敢确定，李重进军中并无不妥之处。”姚谦回答道，“若是陛下不放心，臣可以亲自去彻查一番。”

柴荣微微闭着眼睛，思索了一番，缓缓点头说道：“既然如此，那你就走一遭吧。若有什么事，立刻报与朕知晓！”

“遵旨！”姚谦躬身答应了一句，退了出去。

宫殿中只剩下柴荣一人，他扶着龙椅，皱眉思索了一阵，自言自语道：“看来抱一是心中有怨气啊。此次征伐南唐，抱一屡立战功，若是不舒缓一下他的怨气，恐怕要影响将来的北伐事宜……”

姚谦奉了皇命，立刻整理行李，离开了京城，赶往前线。到了李重进的驻地附近，他先联系了这里的箭卫细作，确定了李重进确实无事，然后暗中派人进了李重进的军营，将他约了出来。

李重进不知姚谦为何来此，心中疑惑。

两人在一处僻静的地方见了面。

“姚大人。”一见面，李重进便直截了当地说道，“你为何在此，还搞得这么神秘？”

“将军。”姚谦一笑，“刚来此处，何不先坐下饮两杯酒，歇息一下再……”

李重进不等姚谦把话说完，立刻一摆手说道：“姚大人，李某乃是一个急性子，现在心里有事，不愿理会这些虚套！你还是有话直说比较好。”

姚谦眼中闪过一丝冷意，不过他和李重进认识也不是一天两天了，早就知道他是这么一个性子，所以略一沉吟，他便哈哈一笑：“李将军，在下此次前来，其实是奉了皇命的。”

“奉了皇命？”李重进一惊，“既然是奉了皇命，为何要偷偷摸摸的？”

姚谦一笑：“将军莫怪，其实我也是有迫不得已的苦衷，因为我此次来，乃是为了将军。将军请看……”

说着，姚谦把一张纸拿了出来，递给了李重进。

李重进一头雾水地接过来，仔细看了两眼，脸色顿时就变了。

“匹夫安敢如此欺我！”李重进破口大骂，把那张纸用力摔在地上，“造谣言说某在军营中谋划造反也就罢了，竟然还把此事捅到了陛下处！，这分明是想要置我于死地！”

“将军莫要发怒！”姚谦连忙劝说道，“正所谓身正不怕影斜，哪怕那人说得再多，可将军是何许人陛下也是清楚的，因此特地派我来安抚将军。将军须知，现如今乃是南征的紧要关头，莫要因为这点小事坏了陛下的大业！不然的话，陛下怪罪下来，谁都吃罪不起！”

“难道你让某就这么算了？”李重进怒气冲天地质问道。

“在下并无此意！”姚谦连忙说道，“在下只是说，现在着实不合适，一切以南征为重，这等事情以后再说。”

“哼！”李重进脸色铁青，冷哼了一声。

“李将军。”姚谦拱了拱手，“在下言尽于此，还望将军以大局为重。还有，在下来此之事，还请将军莫要泄露出去，以防被有心人利用。”

说完，姚谦又与李重进说了些闲话，只是李重进心中有气，说不了几句便告辞离去了。

等到李重进离开，姚谦脸上露出一丝得意的笑容，给自己斟了一杯酒，仰头一饮而尽。

几日后，姚谦的奏报被送到了柴荣的桌案上，条条种种，言道李重进并无谋朝篡位，起兵谋反之心，柴荣这才放下心来。

年末，张永德攻克寿州之后还朝。柴荣下诏，升张永德为检校太尉，镇宁军节度使。虽然职司上仍与李重进同级，但是官职上已经压了李重进一头。据说李重进闻听此事，在营中摔了好几个杯子。

而这些朝中纷纷攘攘之事，暂时与袁松无关，此时在西北，针对契丹的诸般事宜，已经进入了关键时刻。

“公子请看！”白若将一份奏报放到了袁松面前，“契丹之事已经开始酝酿了。契丹王子耶律敌烈已经暗中联系了前宣徽使耶律海思及萧达干等人，这些人对耶律璟都有不满之意，经过耶律敌烈的劝说，已经有了几分意动。我们的人也在其中起到了很大的作用。”

袁松仔仔细细地看了一遍，眼中闪过一丝激赏，微微点头，说道：“辛苦姑娘了，也只有姑娘有如此本事。”

接着，他把手中情报一合，笑吟吟地看着白若问道：“敢问姑娘一句，你以为何时发动为好？”

“公子这是考校我呢！”白若抿嘴一笑，不过她略一思索，说道，“我以为当在后年。”

“为何如此说？”袁松笑着问道。

“很简单，陛下连续两年南征，已经扫平江北大片土地，如果所料不差的话，明年伊始，陛下当再度征伐南唐，荡平江北。那时陛下将再无后顾之忧，挥师北上是应有之事！”白若眼光闪动，轻声说道。

然后她对袁松微微一笑：“难道公子不是这么认为的吗？”

“英雄所见略同。”袁松一笑，然后突然站起身来，对着白若施了一礼，肃容道，“白姑娘，我等在西北苦熬，为的就是这一遭。如若此事功成，你我皆是大功一件，而姑娘之仇必能报之！想必姑娘也知道南唐与张抱一张将军之旧事吧？”

白若看着袁松，微微点头。

张永德之父张颖原为安州防御使，其性格严厉，又传闻其强娶部下之女，因而被其部下曹澄等人所害。其后，曹澄等人畏惧刑罚，叛离周境，逃进了南唐。

显德二年，柴荣出兵攻打南唐，张永德因杀父仇人皆在南唐，因而到御前请战，后随军出征，一征南唐时屡立战功，威名远播。显德二年，柴荣再征南唐，南唐刘仁赡用囚车将张永德的三名杀父仇人送至陛下行营之中，意在求和，柴荣下诏将此三人赐予张永德，张永德手刃仇人，得以复仇。

有了张永德报父仇之先例，白若自然明白，只要证明了自己的能力和忠心，哪怕仇人是刘汉的宰相，柴荣也能为她报仇。

袁松深吸一口气：“还有一年时间，一战功成，我等诡门中人求的不就是这个吗？”

白若抿嘴一笑：“诡门中人求的确是这个，然而白若求的却不全是这个。”

“两全其美之事，姑娘当欣喜之。”袁松淡笑道。

“我明白公子的意思。”白若看着袁松说道，“三年时间，都将在这西北度过，既无琴瑟之声，也无好友相伴，如不互相勉励，实在是过于煎熬。公子是在担心我。”

袁松讪笑一声，不置可否。

白若轻叹一声："其实公子不必担心我，和身处敌营，内忧外患，又要时时刻刻受着往事煎熬比起来，如今这段时日已经非常舒服了。"

说着，白若伸了个大大的懒腰，原本裹得厚厚的衣衫被绷紧，尽显她美好的身材。

袁松连忙低下头来，不敢多看。

白若却微微一笑："连忙几日，实在疲乏不堪，我这便沐浴休息去了，告辞。"

说完之后，白若飘然离去。

袁松深吸一口气，负手看向北方，眼中踌躇满志！

第五十章　再度北伐

显德五年一月，柴荣再征南唐，并且亲自率军攻打楚州。楚州防御使张彦卿誓死奋击，周军死伤惨重，奈何孤立无援，楚州终被攻克。大周斩伪守将张彦卿等，六军大掠，城内军民死者万余人，庐舍焚之殆尽。二月，车架从楚州出发继续南征，继而破扬州。三月，柴荣移驾泰州、广陵、迎銮江口，再次大破敌军。

西北的军报与朝中军报几乎同时抵达，袁松看过这份军报之后，却并不欣喜，反而紧皱眉头。

在他对面，白若摆弄着一副茶具，姿势优雅地沏了两杯香茶，然后把其中一杯摆在袁松面前："公子请尝尝吧，此前在佛门中习得此般清茶沏法，喝完之后通体舒畅，所以今日难得悠闲，便请公子也品上一杯。"

"能有姑娘沏茶，三生有幸。"袁松端起茶来品了一口，赞叹道，"好茶！"

白若端着茶杯轻轻吹了吹，品了一小口，这才开口问道："方才见公子似有些不喜，不知所为何事？我记得来的乃是捷报啊，莫非其中有什么不妥之处？"

袁松苦笑一声："当真是瞒不过姑娘。"

说着，袁松便把那份捷报递给了白若。

白若低头看了几眼，微微一皱眉头，轻叹了一声："陛下此举，用力过猛了。"

"未必是陛下所为。"袁松微微摇头，"虽然陛下励精图治，英明果决，可是冰冻三尺非一日之寒。从唐末以来，藩镇割据成风，文武桀骜不驯。这几年来，陛下为此下了不少功夫，但想要一下子扭转，并不现实。"

"是了。"白若微微点头，"此前攻克凤州，尽取四州之地后，今上命起居郎陶文举征残租于宋州。此人乃是酷吏，宋州之民受其刑法者不知凡几，冤号之声闻于道路，更有数位悼耄之辈不胜其刑而死，然则却不了了之。这其中未必没有今上乱世用重典之意，却也有朝中有人为陶文举上下通融的原因。此次之事也与这些积弊脱不了干系。”

“嗯。”袁松伸了个懒腰，“不过，乱世之中，有些事情是避免不了的。相信这些事情，我们清楚，陛下自然也清楚，待天下平定，或者局势稍稳之后，必有决断。”

白若端着茶杯微皱眉头，然后微微颔首：“理应如此！”

未过多时，南方又有战报传来。南唐主李璟遣陈觉奉表陈情，献贡品，被迫献四州之地，划江为界，岁输贡物十万，以求息兵。南唐国主被迫去帝号，只称江南国主，两国划江而治。柴荣悉平江北，得州十四，县六十，至此为北伐扫平了障碍。

四月，车驾发扬州还京。新太庙成，迁五庙神主入于其室。五月，下诏：“侍卫诸军及诸道将士各赐等第优给。应行营将士殉于王事者各与赠官，亲的子孙并量才录用，伤夷残废别赐救接。淮南诸州及徐、宿、宋、亳、陈、颍、许、蔡等州所欠去年秋夏税物并予除放。”六月，命窦俨参定雅乐。有司奏御膳料，柴荣批曰：“朕之常膳今后减半，余人依旧。”兵部尚书张昭等撰《周太祖实录》三十卷成。七月，颁行《大周刑统》。赐诸道节度使、刺史《均田图》。

十月，诏淮南诸州乡军，并放归农。均定河南六十州税赋。颁行《均田图》。诏曰：“言念地征，罕臻艺极，须并行均定，所冀永适轻重……”让地方官吏均定田赋，并派官吏巡行诸州，丈量土地，以据田亩，定税赋。十一月，诏翰林学士窦俨集文学之士撰集《大周通礼》《大周正乐》。

十二月，楚州兵马都监武怀恩擅杀降卒，楚州防御使张顺贪污榷税钱五十万，官丝二千两，柴荣震怒，下令将二人赐死。同时下诏重定诸道州府幕职令录佐官料钱，其州县官俸户宜停。

得到这个消息之后，袁松哈哈大笑，将手中奏报递给了一边的白若，笑言道：“如何？”

白若看后微微一笑，将奏报还给了袁松：“果然如公子所料，陛下手段了得。”

袁松一笑，看着白若说道：“眼下南唐已经不足为虑，大周周边再无能够威胁我等之处，陛下快要用兵了。白姑娘，请你准备一下吧，只等旨意一到，我们立刻动手！”

白若脸色一变，肃然起身行了一礼：“遵命！”

显德六年一月，柴荣下诏：“每年新及第进士及诸闻喜宴，宜令宣徽院指挥排比。”“礼部贡院今后及第举人，逐科等第定人数姓名，并所试文学奏文，候敕下发榜。”二月，发徐、宿、宋、单等州丁夫数万浚汴河。发滑、亳二州丁夫浚五丈河，东流于定陶，入济，以通青、郓水运之路。又疏蔡河，以通陈、颍水运之路。实则已经开始为北伐事宜暗中准备。

与此同时，一封书信送到了西北，接到书信的李用神色肃穆，迅速将这封书信送到了袁松手上。

袁松招来白若，检查了一下书信的火封，然后将书信打开，只见里面只有两个大字——履霜。

袁松微微闭上眼睛，吐出一口浊气，对一边的白若淡淡说道：“陛下有诏，履霜行动开始。白姑娘，让你手下人等动起来吧。”

《周易》曰：履霜，坚冰至，盖言顺也。《文言传》曰：坤道其顺乎，承天而时行。积善之家，必有余庆，积不善之家，必有余殃。臣弑其君，子弑其父，非一朝一夕之故，其所由来者渐矣！由辨之不早辨也。

白若整理衣衫，微微行了一礼：“遵旨！”

三月，辽国上京，一处府衙门前，有一人踉踉跄跄而来，然后一头栽倒在这府衙门外。

几名衙役上前查看，发现此人衣着华贵，却身负重伤，满身血迹，倒在那里气若游丝。几名衙役觉得不妙，立刻将此人带进府衙进行救治，并且从此人怀中找到一封书信，这封书信用羊皮纸书写，上面有王子耶律敌烈的印鉴。

衙役立刻将这封信呈交上官，结果发现，这封信乃是王子耶律敌烈与前宣徽使耶律海思之间的往来书信，信中所云，即是两人串联，意图谋反之事。官员顿时大惊，将这封书信连夜送进宫中。

耶律璟看后勃然大怒，下令彻查，耶律敌烈、耶律海思以及萧达干等人被拘捕审讯。

几日后，此事愈演愈烈，政事令耶律寿远、太保楚阿不与耶律敌烈勾结，因担心受罚，悍然发动叛乱，然则行事仓促，未掀起多大风浪便被一举荡平，耶律寿远、楚阿不等被诛杀。叛乱之事引得耶律璟暴怒，用石狻猊砸死了近侍古哥。而耶律李胡之子耶律喜隐参与谋反，又牵扯到耶律李胡，导致其被捕，死于狱中。

就在契丹上京因耶律敌烈谋反之事闹得不可开交之时，大周境内也并不安分。

先是西征孟蜀，然后南征南唐，当初柴荣召集军中悍勇之辈编练出来的禁军已然久经战阵，成了货真价实的精锐之师，已经具备了北伐的条件。

而在大周京中，从年初开始便有消息传出，说是陛下有意北伐，而且从种种迹象来看，陛下确有此意，军械、粮草大量运送至京城，禁军也频繁调动，出兵已成定局。

赵府中，赵普已是此处的常客，尤其是朝廷有大举动之时，赵普更是频繁出入此处，经常与赵匡胤通宵达旦讨论事情，已然成了赵匡胤的头号谋主。

赵府中，赵匡胤与赵普两人坐在一张小桌边，赵普对赵匡胤说道："去年一年，陛下南征并未动用将军，而是让将军留在此处，加紧训练禁军，同时留意北方局势，这说明今年陛下的确是有意北征了。"

"是了。"赵匡胤微微点头，"当年受益曾经向陛下献计，先北后南，陛下对此极为赞赏，之前出兵打败孟蜀，荡平江北，恐怕就是为了北伐做准备。现如今西北四州之地已经夺回，南唐畏缩江南，再无动作，陛下放开了手脚，终于要北伐了。"

赵普闻言，皱了皱眉，轻叹一声："将军，其实在我看来，陛下先北后南的选择有欠考虑，契丹乃是我朝劲敌，与之一战，不论胜负，都将大伤我朝元气，届时南唐、孟蜀之辈难说会不会有反复，倒不如先南后北，荡平江南、孟蜀，然后再挥师北上，与契丹决战。这才是当用之法！"

赵匡胤轻叹一声："不错！我也觉得该是如此。但是陛下的考量也有道理，趁着现在军心士气正盛，北伐而上，趁机夺回燕云十六州，则北方再无忧患，可以放心谋取天下。既然陛下定计，我等作为臣子，自然该为陛下分忧。"

"是了。"赵普点了点头，"既然如此，将军就要早做准备了。眼看着北伐在即，届时陛下必然会托将军以重任，莫要事到临头才手忙脚乱。"

"这是自然。"赵匡胤哈哈一笑，拿出一样东西摆在桌上，"则平，你来看看这个！"

"这是何物？"赵普好奇道。他仔细看了一遍赵匡胤手上的东西，发现那是一份燕云十六州的详细情报，不但涉及山川地形，而且还有各处关卡的兵力布防，以及守将的性格特点，事无巨细，都一一道来。

赵普越看脸上惊色越浓，看到后面，他猛地抬起头来，看着赵匡胤问道："将军，这是从哪里得来的？"

"哈哈！"赵匡胤得意地大笑，"这是我年初时去信与受益，受益专程派人送来的！"

听到这话，赵普眼中闪过一丝不自然的神色，这神色稍纵即逝，并未让赵匡胤察觉。

赵匡胤拿着这份情报，情绪高涨，继续说道："这东西陛下那里也有一份，其中有些内容比我这一份要全，不过能拿到这个已经很不容易了。这可是宝贝啊！"

"正是如此。"赵普笑道，"有了这份东西，将来攻伐燕云十六州，将军必定如虎添翼。在下先提前恭喜将军了。"

"还好，还好。"赵匡胤哈哈大笑，"多亏了受益帮忙，看来这几年他在西北可是没有闲着。”

两个人又说了几句闲话，赵普便告辞离去，赵匡胤则把那份情报仔细收好。袁松将这情报送来之时，曾经再三嘱托，千万莫要落入他人之手。赵匡胤也知道轻重，所以除了赵普，再没有与他人看过。

赵匡胤刚把东西收好，一阵轻轻的敲门声响起。

“谁？”他一皱眉头，警觉地问道。

“将军，有人送来一个口信。”门外有人说道，听声音是赵匡胤的亲兵。

赵匡胤打开房门，果然站在门外的就是他的亲兵。

“什么事？”赵匡胤问道。

“将军。”那名亲兵行礼道，“刚才有人送来了一个口信，让将军去老地方相见。”

“何人送来的口信？”赵匡胤问道。

“那人说乃是与将军常来常往之人。”亲兵恭敬地答道。

赵匡胤微微点头：“知道了，你先下去吧。”

等那亲兵离开，赵匡胤换了一身衣服，离开了赵家，一路来到了之前与姚谦相会的酒楼。这段时日，赵匡胤与姚谦来往十分密切，彼此之间交换了不少有用的消息，姚谦也帮他甚多，他到这里已经是轻车熟路了。

这酒楼其实就是姚谦这些人的产业，迎客的伙计一见赵匡胤，都不用吩咐，直接将他引到了二楼，进了那个熟悉的雅间。

果然，雅间里，姚谦已经等候良久了，在他身边则是郭无为的弟子宏昌。

两人见到赵匡胤进来，连忙起身相迎。

姚谦抱拳笑道：“将军来得好快，某还以为将军要耽误些时间呢。”

赵匡胤一笑：“既然姚大人有事相邀，某岂敢不来？”

说着，他轻车熟路地往桌边一坐，开口问道：“但不知姚大人唤我来，有何事情？”

“是有点小事。”姚谦轻笑一声，“这件事对将军也有莫大的好处。”

“哦？”赵匡胤一皱眉头，“姚大人说得如此郑重，想来事情不小，究竟是何事？”

姚谦看了赵匡胤一眼：“赵将军应当知道，陛下有北伐之心吧？”

“知道。”赵匡胤点头说道。这件事在京城高层中，并不是什么秘密。

“看情形，此事应当就在不久之后了？”姚谦又问道。

赵匡胤一笑，却并不回答，而是从桌上拿了一杯茶，低头喝了一口。

“将军还真是小心。”姚谦说道，“其实此事不敢说众人皆知，但知道的人也不少。而且，我还可以告诉将军一件事情……”

“哦？”赵匡胤眉毛一挑，“不知姚大人要告诉我什么事情？”

“刚刚得到消息，契丹上京内乱，王子敌烈等人谋反，有涉及其中的官员在京中举兵，虽然已经被一举扑灭，可上京仍然动荡不安，人心惶惶，政局极为不稳，说不定这一场动乱将会持续许久。”姚谦冷冷地说道，“现在，正是北伐的好时机！”

赵匡胤闻言顿时一惊，一双眼睛死死地盯着姚谦：“姚大人，此言当真？”

姚谦苦笑一声：“如此军机大事，姚某人有几个胆子敢胡说八道？就不怕陛下砍了我的脑袋吗？”

“天助大周，当真是天助大周啊！”赵匡胤欣喜若狂，忍不住激动地说道。周军历经几年的战事，已经淬炼成了一支强军。而此时辽国内乱，而且是辽国贵族的内乱，这期间必定应接不暇，如果扩大查捕，就连边关诸将也会人人自危。这样一来，大周的胜算将会大增，一举夺回燕云十六州不再是梦想，而是极有可能实现的现实。

“将军此言差矣。”姚谦轻叹一声，“非是天佑我大周。”

“嗯？”赵匡胤一愣，莫名其妙地看着姚谦问道，“难道其中另有隐情不成？”

“确实如此。”姚谦苦笑了一声，“传回来的消息说，此事乃是有人举报才败露的。而举报之人是耶律敌烈家中的奴仆，负责为耶律敌烈传递消息。既然是耶律敌烈的奴仆，又肩负如此重的责任，怎么会突然噬主呢？总之，这事情前前后后都透着一股诡异的味道。”

赵匡胤一皱眉头：“莫非其中有诈？”

“非也。”姚谦微微摇头，“不是其中有诈，而是姚某在其中看到了一些熟悉的东西。”

说到此处，他轻轻叹了一声：“如果姚某所料不差的话，这件事应该与我那师弟脱不了干系。我算是知道这两年来，他在西北究竟做什么了，竟然做出如此大事！”

“竟然是受益做下的？”赵匡胤惊呼了一声，紧接着脸现喜色，“是了，是了，他是有这个本事的。”

“我那师弟果然了得啊！”姚谦苦笑道，“到了今天，我是甘拜下风了。不过……”

姚谦脸色一肃，看着赵匡胤说道，“既然此事发生，也就说明陛下北伐迫在眉睫，而且有着必胜的信心。根据我的消息，此次北伐，陛下有意让将军担任水陆都部署，大权在握，恭喜将军了。”

“多谢。”赵匡胤拱了拱手。他倒是对姚谦消息为何如此灵通并不奇怪，此前种种已经证明，姚谦这些人在朝中盘根错节，手眼通天，确实很有本事。

“这一次，将军随陛下北上，斩将夺关，立下战功乃是寻常事矣，不过将军有没有想过借此机会更上层楼呢？”姚谦看着赵匡胤，压低声音说道。

“更上层楼？”赵匡胤一愣，莫名其妙地看着姚谦，“你这话是何意？”

“姚某的意思是……”姚谦一笑，“比如说，赵将军有没有意担任殿前都点检一职呢？”

“啊？”赵匡胤闻言一惊，脸色连变，豁然起身，死死地瞪着姚谦，“你这是何意？殿前都点检乃是抱一兄担任，我如何能担当此职？”

“将军莫要如此。”姚谦微微一笑，“我知道张抱一才是殿前都点检，但是他现在是，不代表他以后也会担当此职。我只问一句，将军对这个殿前都点检的位置有没有什么想法？”

“这，这个……”赵匡胤张口结舌，不知如何作答。若是说没有想法，就连他自己都骗不过自己去，若说有想法呢，难道面前这人有办法吗？

姚谦显然已经看明白了赵匡胤的心思，他淡淡一笑，对赵匡胤说道：“将军莫要怀疑，我既然已经与你说了，那便是有办法让你得到这个位置。”

说着，他从怀中拿出一只皮口袋放在桌上，对赵匡胤一笑：“将军请看，如无意外的话，过不了几日，这东西便会出现在陛下面前。”

赵匡胤疑惑地看了姚谦一眼，伸手拿过那个皮口袋，打开之后，将里面的东西拿了出来，只看了一眼，他脸色顿时一变，手一抖，手里的东西差点掉落在地上。

“将军拿稳了。”姚谦在一边笑着说道，“您久经战阵，为何此时却如此慌乱？”

“你，你这是何意？”赵匡胤把手中的东西放下，看着姚谦说道。

“何意？难道上面写得不清楚吗？”姚谦笑问道。

赵匡胤沉吟了片刻，缓缓开口说道：“陛下是不会中计的。”

“将军怎知不会？”姚谦哈哈一笑，“的确，此事乃是捕风捉影，陛下当然不会中计。但是将军可否记得，此前张抱一在军帐中饮酒，突然怒骂李重进即将谋反，陛下得知此事之后是如何处理的？”

赵匡胤微微一皱眉头，这件事在军中流传甚广，虽然说下面的军士未必会知道，但是对于他们来说，却不是什么秘密。最后陛下非但没有怪罪张永德，反而还给他升了官职。

“当时张抱一有错在先，可是战事紧张，陛下为了安抚他，便给他加了官职。这一次也是同样的道理，北伐乃是首要大事，陛下在北伐之时，突然看到这东西，他会如何去想？又会觉得是谁做的此事？”姚谦问道。

“李重进。”赵匡胤想都没想，脱口而出。

“正是如此！”姚谦一笑，“所以为了顺利北伐，安抚众将，说不得就会做出个样子来，去了张抱一的殿前都点检。而为了平衡，最有可能继承这个位置的，正是将军你啊。”

“但是……”赵匡胤犹豫了一下，开口问道，“若是如此，那用不了几日，张抱一必然会官复原职，届时岂不是空欢喜一场？”

“将军请放心。”姚谦笑吟吟地说道，“我等自有办法！”

赵匡胤虽然心中觉得蹊跷，却不知姚谦葫芦里卖的什么药，于是一头雾水地离开了这里。

等赵匡胤离开之后，姚谦嘴角一勾，露出一丝笑意来，对身边的宏昌说道：“这位赵将军还是天真啊，他当真以为此计就这么简单吗？”

“是啊。”宏昌笑着说道，“不过，这般计谋也只有大人这般人物才能想出来。在下佩服，佩服。”

“宏昌先生客气了。”姚谦微微一笑，“敢问先生一句，事情安排好了吗？”

“大人请放心，一切尽在掌握之中。”宏昌笑眯眯地说道。

“很好。”姚谦点头，与宏昌相视一笑。

从那家酒楼出来之后，赵匡胤没有走大街，而是在酒楼后面的小巷中穿行，为的就是避人耳目。这期间，他一直紧皱眉头，表情恍惚，刚才看到的那一幕让他心惊不已。姚谦等人的举动，已经超乎了他的预料。如果不出意外的话，之前张永德和李重进之间的冲突，就少不了他们从中作梗。如果真是这样的话，姚谦所为，当真是步步惊心，环环相扣，也就是在这个时候，他突然领略到了这些诡门中人的本事，身上竟然忍不住冒出一股寒意来。

就在此时，一个人影突然鬼鬼祟祟地摸到了他的身边，接着猛地一蹿，向着赵匡胤身后扑去！

赵匡胤正是神情恍惚之时，心中突显警兆，常年在战场上厮杀练出来的本事，让他立刻做出了反应，想也不想，回手对着来袭之人就是一拳。

“啊！”一声惊呼从赵匡胤身后传来，赵匡胤脸色顿时一变，可是这时再收手已经来不及了，这一拳狠狠地砸在那人身上，刚猛的拳风透体而入，那人惨叫一声，吐出一口鲜血，一头栽倒在地上。

官道之上，一行人正顺着大道向开封城进发。

这些人虽然看着衣着普通，但是前面引路的骑士高居马上，表情肃穆，身子紧绷，一副随时要出手的模样，显然是军中精锐，后面的一队人马也是个个威武不凡，显然不是凡人。这些人牢牢地护住一辆马车，以及一名骑在马上的年轻文士。如果有人接近的话，立刻就会被这群骑士们死死盯着，盯到落荒而逃，如果有那不识好歹的想要靠近一点，这些人就会按住腰间兵器，顷刻间杀气弥漫，只要那人敢向前一步，恐怕立刻就会被这些人斩杀。

沿途也不是没有人过来盘问，不过领头那人面带不屑地掏出一块腰牌来晃了晃，过来盘问的人立刻连声道歉，调头就走，绝不多看一眼。如此几次之后，就再也没有人来查看了。

袁松骑在马上，看着前后左右簇拥着自己，如临大敌的人马，满脸苦笑："几次去京城，唯独这一次最为威风。过了，实在是过了！"

他身旁的马车车帘一挑，露出白若那张如花似玉的容颜来，她对着袁松抿嘴一笑："公子此话说得有些假惺惺啊，富贵不还乡，如同锦衣夜行。这一次你奉诏回京，陛下派出这么多人来护卫你的安全，正说明陛下对你的爱护和关心之情。"

"话虽如此，可是……"袁松仍是满脸苦笑，"罢了，罢了，陛下如此安排，自然是要从命了。"

接着，他对白若说道："我等能有如此功劳，白姑娘居功至伟。我可不敢窃取你的功劳。"

"公子过谦了。"白若一笑，"这次履霜行动，很多细节都是公子亲自拟定的。这功劳公子你是躲不掉的。倒是我……"

白若说到此处，神色一黯，轻声言道："如非必要，实不愿再踏入此处。"

"姑娘放心，陛下不是那般心胸狭窄之辈，既然诏命姑娘回京，自然有陛下的考量。毕竟这次履霜行动是你我二人一同制定的，缺一不可。"袁松严肃地说道。

白若微微摇头："公子想岔了，我并非担心陛下，陛下乃是一代英明之主，心胸气度非比寻常，自打当初收留我在西北帮扶公子之后，我便知道陛下心中对我并没有过多记恨。只是……"

白若遥望着远处京城的方向，神色凄楚："只是此处乃是伤心之所，入此地时让人黯然神伤。"

袁松一愣，轻叹一声，也沉默了下来。

就这么走了一阵，突然前方有一人骑马向着这队伍飞奔而来，来势极快，转眼间已经到了队伍前方。

领队的骑士顿时紧张起来，有几人迎上前去，拦住了那名骑士的去路。

谁知那骑士到了这队伍前方，滚鞍下马，急匆匆地跑了过来，一边跑一边大声喊道："可是袁大人车架在此？我乃是赵府中人，有加急信笺面呈袁大人！"

"赵府？"袁松闻言顿时一惊，看着那人狼狈的模样，显然是快马送来书信，莫非是赵府中出了什么变故？

李用这时已经迎上前去，与那人交谈了几句，从他手里接过一封书信，然后交与袁松。

袁松查看了一眼信封上的火漆封口，然后迅速打开信，只看了几眼，只觉得眼前一黑，身子晃了晃，险些从马上坠落下来。

一边的李用眼疾手快，一把扶住了袁松，口中惊慌地问道：“相公，出了何事？”

“快，回京城！”袁松一把甩开李用的手，大吼了一声，然后不管不顾地在自己的马上狠抽了一鞭子。他胯下的马惊叫一声，如离弦之箭般飞奔了出去！

一群护卫顿时一惊，连忙纵马跟上，一行人向着京城疾驰而去。

马车中的白若好奇地看了一眼远去的袁松，在她印象中，袁松从来都是一副镇静自若、彬彬有礼的模样，不知究竟发生了何事，竟让他变得如此失魂落魄。

她皱眉寻思了片刻，却不得要领，赵匡胤最近屡立战功，风光无限，乃是今上麾下极受信重的大将，赵家也因此风光无两，这个时候，赵家突然告急，并且让袁松如此惊慌，究竟发生了什么呢？

突然间，白若心头一跳，发生在赵家，又让袁松如此惊慌，似乎也只有那人了……

白若轻叹一声，放下车帘，意兴阑珊地说道：“走吧，我们回京，先找一处住处住下吧。”

袁松快马加鞭地冲回了京城，一路来到了赵府门外，到了那里，他慌张地从马上滚落下来，重重地摔倒在地。

一边的李用惊呼一声，刚想过来搀扶，但是袁松已经挣扎着站起来，冲进了赵府。几名赵府的门房对袁松并不陌生，一看他回来了，立刻满脸悲色地迎了过来：“先生快快里面请。”

“凝儿她在何处？”袁松一把拉住一名门房的手臂，力量之大，捏得那门房胳膊生疼。

“先生，小姐就在后宅，就等先生回来呢。”那门房也不计较袁松的失态，指着里面说道。

袁松把他手臂一甩，跌跌撞撞地向后宅走去，失魂落魄之极，一路上赵家的家丁仆人看到袁松纷纷避让，脸上同样满是悲凄。

袁松就这样一路来到了赵凝的小院。赵凝的小院与其他女子的住所截然不同，没有假山亭台，香花绿草，有的只是一大片空地，上面摆了一排兵器架子。此时，这空地上站满了人，领头的正是赵老夫人，在她身后站着的则是小符氏，还有赵凝的姐姐。此时赵老夫人满脸悲容，正与一名须发皆白的老者说着话，那老者背着药箱，显然是一名大夫。

袁松踉踉跄跄地冲进院子，一下子引起了所有人的注意。赵老夫人一惊，回头来看，发现来的是袁松，脸上顿时露出了一丝捉摸不透的表情。

可这时的袁松已经分辨不出这些了，他踉踉跄跄地走了几步，到了赵老夫人面前，开口问道：“凝儿，凝儿在何处？”

声音嘶哑难听。

赵老夫人强忍悲色，伸手向屋里指了指。

袁松转身，冲进了屋里，屋里弥漫着一股浓烈的药味。他步履蹒跚地来到赵凝的床前，赵凝就静静地躺在那里。此时的赵凝已经没有了以前的活泼好动，她只是静静地躺在床上，脸色惨白。只有胸口的微微起伏，证明她还没有彻底咽气。

袁松呆呆地跪在赵凝的床前，想要伸手摸一下这个和以前完全不同的赵凝，但是伸出的手却又慢慢地缩了回来，似乎只要他一伸手，就会将面前的赵凝打碎。袁松看着赵凝，两行清泪顺着他的脸颊慢慢地滴落下来。

这时，一阵细碎的脚步声在袁松的身后响起。

袁松没有回头，只是呆呆地看着赵凝，口中却问道：“究竟是何事？为何突然如此？”

“受益，凝儿，凝儿也是突发疾病，我也是猝不及防，谁曾想事情竟然会变成这样……”赵老夫人在袁松身后说道，声音里有无法掩饰的疲惫，先是自己的夫君，接着又是自己的女儿，接二连三的打击已经让这位老夫人承受了巨大的痛苦。

袁松的喉头耸动了一下，他艰难地伸出手来，拉住了赵凝的手，这只曾经充满活力的手，此刻却凉得吓人。

袁松拉着这只手在脸上轻轻摩挲，眼泪再一次不受控制地流了下来。

“大夫如何说？”袁松艰难地问道。

“大夫说，说……”赵老夫人说着说着，就说不下去了。

不过袁松已经明白了赵老夫人的意思，他突然变得异常冷静。“老夫人，可否，可否让我陪凝儿待上一会儿？”袁松问道。

老夫人叹了口气，转身离开，回手关上了房门。

“凝儿啊……”袁松看着床上的赵凝，喃喃地说道，“为何如此？为何如此啊？我从山上下来，第一个走近我的女子是你，可你既然来了，为何又要离我而去？为何如此？为何如此啊？”

第五十一章　斯人已逝

和心急如焚的袁松纵马入城不同，白若入城要低调许多，她这一队人马人数不多，并不打眼。进城之后，这一队人马径直来到了一处僻静的住所。

这里是大周陛下亲自为白若选定的住处，为的就是隐瞒她的身份，不让别人查知。等到白若安顿好了之后，派出去打探消息的人也回来了。

“姑娘，已经打探清楚了，据说是赵府二小姐得了急病，命不久矣。”禀报消息的人说道。

尽管心中早有预料，但是闻听此言，白若还是轻轻叹了口气：“花开花谢，人来人往，我遇到的人是匆匆过客，你遇到的人竟也是匆匆过客。”

说到此处，白若又是一声叹息：“可怜，可惜，可叹……”

“姑娘……”回来那人轻声说道，“还有一事。”

“何事？”白若似乎有些出神，但还是随口问了一句。

“陛下送来消息，想请姑娘一叙。”那人说道，“请姑娘赏光。”

“赏光？”白若苦笑一声，“我现在乃是陛下臣子，何来赏光二字？我要去何处见驾？”

不多时，一辆普通的马车离开了这处住所，慢慢地来到京城的一处街道上，然后面罩轻纱的白若被引入了一间酒楼。如果袁松在这里的话想必就能认出来，此前柴荣招他相见就是在此处。

白若在那人的引领下，来到了楼上的一处雅间。雅间临街，虽然窗户放下了竹帘，外面看不清雅间里的模样，可是外面熙熙攘攘的声音却传了进来。

白若进去时，柴荣就坐在里面，用一种非常有兴趣的目光上下打量着白若。白若盈盈一拜，开口说道："小女子见过陛下。"

"不知朕该称呼你为慧音师父呢，还是称呼你为白姑娘？"柴荣笑吟吟地问道。

"陛下贵为天子，乃是天下共主，所以称呼我为慧音也好，称呼我为白若也罢，小女子欣然接受。"白若淡淡地说道。

"不愧是慧音师太，虽然多年不见，但是这一张巧嘴，还是让朕招架不得！"柴荣看着白若苦笑道。

柴荣的语气让白若心中一松，同时暗道了一声厉害，接着微微一笑："陛下乃是真龙天子，小女子只是一名小女子，陛下不是招架不得，乃是让着小女子。"

柴荣一笑，用手一引："坐！"

白若微微点头，在柴荣对面的座位上坐下。

柴荣上下打量了白若几眼，点了点头："不错，风采依旧，不，看着比以前更精神了几分。"

白若抿嘴一笑，没有说话，不过柴荣所言不虚，虽然西北苦寒，但是做的事情却颇为舒心，袁松智谋高绝，两个人在一起碰撞的时候，总是有茅塞顿开之感，有些事情往往自己只是开了个头，袁松便已明了，着实是舒心畅快，比之以前做劳心劳力，而且还要谨慎小心的歌主可是要畅快不少。

旁边有内侍端来了两杯热茶，柴荣端起茶来品了一口，淡淡说道："这次的履霜行动，你们二人做得不错。"

"陛下过奖了，若无陛下信重，我们二人断然做不了这些事情。"白若连忙道。

"你莫要如此。"柴荣一笑，"朕不是那种嫉贤妒能之人，你们的功劳，朕看得很清楚，也记得很明白。你们二人配合默契，行事缜密，无论是时机，手段，一桩桩一件件，当真是做得天衣无缝。契丹权贵现如今已经是人心惶惶。燕云十六州中，许多将佐主官或出自那几名乱臣门下，或者与他们有着千丝万缕的联系。这些人都已经成了惊弓之鸟！"

说到此处，柴荣脸上的笑意更浓了："不瞒你说，朕这里就已经收到了数封书信，都是燕云十六州来的，你来猜猜，都写的什么？"

白若抿嘴一笑："自然是陛下的捷报。"

"哈哈哈！"柴荣仰天大笑，"不错，当真是捷报！"

接着，他点指白若道："有你二人，当抵得上十万大军！此次北伐，你们二人当为首功！"

"多谢陛下。"白若连忙起身行了一礼。

"不必如此！"柴荣显然心情极好，摆手说道，"有功要赏，有过要罚，不过现如今还不是封赏你们的时候，等到北伐结束，夺回了燕云十六州，朕必有重赏。绝不会让你们二人失望！”

不等白若再次谢恩，柴荣摆了摆手，对她说道：“这些虚话先不要说了，你来与我说说，这一次履霜行动的前因后果，之前一直都是书信奏报，哪怕写得再细，也不甚了了，所以朕想听你们亲口说说此事。可惜……”

柴荣轻叹了一声：“袁卿家的事情朕已经知道了，出了这般事情，朕也不忍心立刻招他来此，既然如此，便由你来说与朕听吧。”

“是。”白若应了一声，接着神情一肃，缓缓道来，“履霜行动先要从辽国耶律璟此人说起……”

等到白若从酒楼出来时，天色已近黄昏，街上人来人往，脚步匆匆，她站在酒楼门口怅然若失地看了一阵子街上往来的行人，突然感觉有些失落，这些人来来去去，最后都有归处，却不知自己的归处会在哪里。

愣了许久，直到一旁的亲随忍不住开口催促了一声，白若这才回过神来，准备蹬车。

就在她上车之前，一个影子突然在街角一闪，引起了她的注意。白若立刻停下脚步，向那个方向张望，越看，她的眉头锁得越紧。

最后，她一招手，对身边的一人低声说道：“看到前面那穿青衣的人没有？”

那人顺着白若的方向看去，微微点头。

“盯住他。”白若低声说道，“看看他在何处落脚，然后报与我知。”

“是。”那人微微点头，应了下来，然后向后退了几步，不动声色地混进了来来往往的人群之中。

此人是白若带到西北的几名亲信之一，是德叔亲自训练出来的细作，已经加入了弓卫，最擅长的便是追踪打探，搜罗消息。

等到那人离开，白若这才迈步蹬车，没多久，马车一晃，缓缓地离开了这里。

…………

啪的一声轻响，屋中的烛火跳动了一下，崩出了一个火星。

袁松仍然呆呆地跪坐在赵凝的床前，他自己也不知道坐了多久，脑子里一片空白。外面的天已经完全黑了，赵老夫人也不知道来问过几次，可袁松仍是一动不动，就像一座石像似的跪坐在那里，而且也没有人知道他会继续在那里待多久。

猛然间，袁松感觉自己握住的玉手微微一颤，他一愣，眼中恢复了些许神采，原本他还以为自己产生了错觉，谁知道躺在床上的人身子颤了颤，慢慢睁开了眼睛。

袁松挣扎着想要站起来，可是因为跪坐得太久了，身子已经麻木，他只站起来一点点便重新跌倒下去。袁松只能挣扎着向前挪动了一下身体，让自己尽量凑到赵凝身边。

赵凝的眼睛已经慢慢睁开，看到坐在自己面前的袁松，脸上露出了一丝笑容，这笑容如此之美，却带着一丝无法抹去的死色，袁松的泪水禁不住流淌下来。

“你来了？”赵凝艰难地问道。

“你，你莫要说话。”袁松回答道，声音嘶哑得就连他自己都惊讶。

“真好。”赵凝嘴唇发颤，缓缓地说道，“我就知道你会回来的。”

赵凝说话的时候，有着一种袁松从未见过的、楚楚可怜的味道，可是袁松却宁可自己见到的还是那个活泼好动、敢爱敢恨的赵凝。

“答应我，莫要怪他……”赵凝突然对袁松没头没脑地说了一句话。

袁松一愣，还未等他明白过来，突然觉得手中的玉手一松，怀中人慢慢闭上了眼睛。

“凝儿！凝儿！”赵府中传来一阵声嘶力竭的喊声，听到的人莫不黯然垂泪。

显德六年，赵家二小姐因病去世，连续失去亲人，让赵家上下悲凄不已，但是朝廷大事却不会因为这些而改变。四月，柴荣点齐兵马，亲率诸军北伐契丹。赵匡胤担任水陆都部署，随同大军出征。

可是原本也要随军出征的袁松却并未随行，而是留在了京城。在出征之前，柴荣有意带袁松一同北上，毕竟袁松与白若在西北多年，专心研究燕云与契丹之事，对燕云十六州的将领部署十分了解。可是他召见了袁松一次，发现袁松神情恍惚，仍然十分悲伤。柴荣一方面感慨袁松乃是个重情之人，另一方面也不得不下令让袁松暂时在京城休养，反正北伐之事也不是一时半会就能结束的，只待来日再调往军中听命便是。

袁松的住处仍在大相国寺附近的那处小院之中，隐隐从远处的寺院中传出阵阵钟声。陛下虽然裁撤了诸多寺院，可大相国寺乃是京中著名的古寺，所以免了这一场劫难，只是寺中僧人还俗者众多，来来往往的香客也远不如之前，显得冷清了许多。便是那钟声，也透着几分萧瑟……

一辆不起眼的马车缓缓停在袁松的小院之外，车帘一挑，白若从车上下来，她抬头看了一眼远处的大相国寺，轻叹一声，伸手叩响了门扉。

不多时，房门一开，李用从里面探出头来，他显然没有料到来的是白若，看到时顿时一愣。

“怎么？”白若微微一笑，“不过些许时日不见，就与我生分了？难不成这小院已然不让人进了？”

“不敢。”李用苦笑了一声，连忙向旁边一让，“姑娘请进。”

李用把白若请进了院子，然后轻手轻脚地关上了房门，低声说道：“姑娘来了也好，相公这几日似乎有所不同，姑娘且……”

他的话还未说完，院中便有人开口说道：“李用，还不请客人进来，你在哪里嚼什么舌头根子？”

李用尴尬一笑，做了个请的手势。

白若一笑，向里走了两步，便看到了袁松。

袁松此时一身白衣，头发随意地散在身后，看容貌似乎有些憔悴，但是精神却似不错，在他面前的石桌上摆着一壶酒水，还有几样小菜。看到白若进来，袁松并未起身，只是坐在那里拱了拱手：“我还道是谁呢，此时陛下北伐，京中的旧友前辈大部分都跟随陛下出征了，怎会有人前来寻我？”

“陛下率军北伐，我乃女流之辈，岂能混迹军中，乱了陛下的名声？”白若微微一笑，走到袁松对面坐下，“正好这京中我也是故友难寻，只能到公子此处讨杯水酒了。”

“好好，正发愁没有酒友。哈哈……”袁松哈哈大笑，然后冲李用喊道，“李用，李用，赶紧再拿个酒盅来。还有，白姑娘最喜旁边的斋菜，买几样回来下酒。”

李用应了一声，赶忙去置办酒菜了。

白若坐在那里，上下打量了袁松几眼，满意地点了点头：“本来听说公子伤心过度，以至于无法随陛下北伐，我还有几许担心，现在看来，公子已经好了许多了。”

“逝者已矣，又能如何？”袁松眼中闪过一丝伤感，轻叹一声，然后苦笑道，“话虽如此，可是这几日我每每思来，仍是痛彻心扉，尤其是夜晚，醒来之时往往泪湿衣襟，可即便如此，又能如何？”白若神色一黯，微微点头：“我懂的，你说的我都懂。”

说完，她拿起桌上的酒杯，给自己倒了一杯酒，一饮而尽：“可就如你说的，逝者已矣，又能如何？”

“是啊，又能如何？”袁松轻叹一声。

两人突然失去了说话的兴趣，呆坐在石桌两边，不知看着何处出神。

过了一会儿，一阵清风吹过，袁松忍不住打了个寒战，他苦笑一声，本以为自己还算是洒脱之人，但是此时此景，还是有些按捺不住……

他勉强笑了一下：“不过，陛下宽容，让我在京中休养一段时间，若是真要让我此时随陛下北上，恐怕只能成为累赘，没有半点用处。”

白若抿嘴一笑：“你我都知道，北伐之初，其实并无大事。上京城中已经人心惶惶，而燕云守将也有不少人与那几名乱臣有着千丝万缕的联系。现如今陛下手中应是已经拿了不少的书信，兵不血刃连下几城恐怕不是问题。诸般关键，其实在幽州。”

“正是。”袁松微微点头，“幽州地处要冲，乃是整个燕云之地的核心，只要拿下幽州，大事可定矣。我只需在陛下准备攻下幽州之前，到军中听命即可，此时还是在京中休养几日为好。”

说到此处，袁松把玩着手中的酒杯，突然开口问道：“姑娘此次来，莫非真的只是来与我探讨敌情？”

白若看了他一眼：“公子以为呢？”

“不会。”袁松摇了摇头，“燕云之事，你我在西北已经讨论过许多次了，现在再聊此事又能如何？”

“公子所言极是。”白若含笑点头，“今日我来寻公子，其实是有另外一件事要告诉你。”

接着，她神色一肃：“前些时日，我在京城发现了一个人！”

“发现了一个人？什么人？”袁松一愣，看白若的模样，这个人必然不是寻常的闲人。

“此人叫宏昌。”白若深吸了一口气，一字一顿地说道，“公子可知他是什么人？”

袁松心里一动：“莫非与郭无为有关？”

“正是！”白若点点头，满脸赞赏，“此人乃是郭无为的入室弟子。”

袁松眉头一皱，入室弟子可是非同小可，据他所知，郭无为弟子众多，号称超过百人，可大都是挂名弟子，这些挂名弟子只是借用了郭无为的名头，真正继承他衣钵的只有入室弟子。

“姑娘看准了？”袁松问道。

“已经确定是他了。”白若微微点头，“郭无为一共只有两名入室弟子，一名叫未名，另外一名就是这宏昌。这两名弟子乃是他的衣钵传人，亲信中的亲信，寻常人等根本见不到。就连我在刘汉之时，也只见过几次他的这两名入室弟子。可是现在在这京城之中，就有这么一位！”

“姑娘是什么时候发现他的？”袁松问道。

“大概在刚刚入京之时就发现了。”白若说道，“那时因为……所以并未告知公子。”

袁松沉默不语，他自然知道白若说的是什么意思。

白若看了袁松一眼：“发现那人之后，我便私下里派人盯着他，想看看他究竟在筹谋何事。”

白若顿了顿，继续说道：“郭无为只有两名入室弟子，都是他亲近之人，能派其中一人到这京中，必然是筹谋大事！原本我以为，他是想要联系原本的乌夜啼成员，重建乌夜啼，但是却发现事情并非如此简单。”

白若的表情渐渐凝重："我查遍了京中原本属于乌夜啼的暗桩和线索，发现虽然有所改变，但是这种改变却极为凌乱，应该是这些暗桩已经脱离了乌夜啼，开始自谋生路，其他再无异常。这样一来，那宏昌为何到京城，就有些蹊跷了。"

袁松的表情也渐渐凝重起来："你的意思是，宏昌此行，所图甚大？"

"不错！"白若点头，"我的人暗中追查了一段时间，发现这京城之中，似乎有什么人在保护着宏昌。在他头上，始终笼罩着一层迷雾。事情到了现在还没有什么进展，我见公子恢复了些许，这才贸然上门来告知此事。"

"这件事的确很重要。"袁松微微点头，神色更为凝重了。

"嗯，他出现在这里，肯定另有所图，如果是郭无为有意投靠陛下，为何宏昌的行为却如此鬼祟？究竟是什么人在保护着他？他到底在这京城中策划着什么？实在是让人有些摸不着头脑。"白若说道。

袁松豁然起身，背着手来回走了几圈，脸色越发阴沉："倘若果真如此，这里面恐怕少不了一个人的协助。"

"谁？"白若皱眉问道。

"我那师兄姚谦。"袁松冷冷地说道。

"是了！"白若低呼一声，"你那师兄手里掌握着一支人马，号称箭卫。当初与我的乌夜啼你来我往，斗得不相上下。宏昌出现在京城，绝逃不过箭卫的眼睛。可是他现如今逍遥自在，四处出没，毫不忌讳，也就是说，箭卫对他的存在并没有在意。"

"嗯。"袁松点了点头，"既然如此，这件事就麻烦了。此人到了京城，究竟是为了什么？"

"宏昌出身黑绶。"白若说道，"黑绶一脉势略术三道之中精于术之一道，他们有着许多的阴损手段、诡异药物，简直令人防不胜防，他在这里，绝对是一个隐患。"

"把他的住处告诉我。"袁松说道，"我立刻派人去查，这件事很不简单，我有一种预感，郭无为这一次可能要搞一个大的！"

白若将获得的情报告知了袁松，袁松不敢怠慢，立刻让李用调用京中的弓卫暗中调查。虽然弓卫不少细作已经北上，作为北伐内应，京中的力量略有不足，可是想要查出一些线索，也算不得什么难事。过了不久，就有消息送到了袁松面前。

袁松看着这些传递回来的消息，脸上的表情越发凝重了。

"背后的人已经有些眉目了。"袁松将手中的消息递给身边的白若。

白若仔细翻看了一番，眉头一皱："郭洵？"

"不错。"袁松微微点头，"虽然说宏昌的住处看似和郭洵没有一丝关系，但是追根溯源，连拐几个弯之后，还是有他的影子，或者说……"袁松表情凝重，

“有郭家的影子！”

“郭家？”白若脸色微微一变，“麻烦了！”

“不错，麻烦了。”袁松点点头。从唐末以来，世家大族虽然经过战乱，有所削弱，但仍是根深蒂固，不可小觑的势力。从唐末至今，五代十国背后都有这些世家大族的影子，就连大周也是如此。此前大周建立，背后也少不了这些人的运作，太祖皇帝郭威之所以能顺利拿下京城，就是这些人为他打开了京城城门。

“陛下此前连番动作，都是针对这些世家的。这些世家纷纷偃旗息鼓，向陛下示弱，已经让陛下放下了戒心。可是现在看来，他们并不甘心啊！”白若将消息放在桌上，表情凝重地说道。

“到手的利益，如何能轻易放手？”袁松冷笑道，“现在我们要搞清楚的是，他们究竟在酝酿着什么。这个突破口，就落在了这个宏昌身上。”

“公子已经有计较了？”白若眼睛一亮，看着袁松说道。

袁松点了点桌上的情报：“你看这个……”

白若俯身看去，只见上面写着，宏昌虽然出去时一身便装，但是回到住处必然换上道袍，每日夜间都会在房中念诵经文，做一场法事，往往要一个时辰才会结束。

白若微微一皱眉头，抬头看着袁松，有些奇怪地问道：“公子，你是想要对此下手？据我所知，郭无为身边的黑绶都是如此，不管信或不信，每日都要念诵经文的。”

“不错。”袁松点头，“这人乃是郭无为亲信，心智非常人可比，就算将他拿住，严刑拷打也未必能问出什么来。现在是争分夺秒的时候，我们耽误不得。既然此人信鬼神，那我们便以鬼神诈之！”

“唔……”白若皱眉寻思了一阵，摇头说道，“不妥，这计策对付旁人倒有点用处，可是对付坚韧之人却稍显不足，搞不好便会弄巧成拙，这样岂不是更加糟糕？”

袁松一笑：“关于此事，我倒是有点门道，姑娘且看着就是了。”

夜色渐渐降临，几名精壮大汉悄无声息地逼近了京城的一处偏僻宅院。

这座宅院并不大，里外三进，周围是一条小巷，散落着三三两两的民居。

在小巷的巷子口，倒着两名乞丐。这两名乞丐虽然穿着破衣烂衫，满脸泥灰，但是仔细看的话，就会发现他们似乎并不专心于乞讨，而是躺在那里，时刻注意着周围的情况。

那几名靠近这宅子的大汉互相打了个手势，悄无声息地摸到了这两名乞丐身后，同时出手，一瞬间控制住了他们，将他们拖进了旁边的小巷。不多时，其中一人出来左右看了看，从怀里掏出一样东西，这东西在夜色中发出绿油油的光芒，恍若鬼火。

在鬼火闪烁之后不久，从一个隐蔽的角落里走出来几个人，其中就有袁松和白若。

“白姑娘。”袁松赞叹道，“这鬼火不但亮度刚好，适合隐藏，而且就算被人看到也容易被吓住，乌夜啼的手段果然了得。”

白若抿嘴一笑：“多谢公子夸奖，这些手段是从黑绥那边传来的，他们更擅长这些。”

“我料想也是如此。”袁松点点头，神色肃穆，“走吧，今日我们就来个以其人之道，还治其人之身。”

这处宅子虽然守卫还算严密，但是面对袁松手下的弓卫还是不值一提，未过多久就已经被悄无声息地掌控了，有人无声无息地打开了大门，袁松带着白若走了进去。

“大人。”开门那人低声说道，“宅院已经被控制住了。”

“可曾惊动那人？”袁松低声问道。

“按照大人的吩咐，不曾惊动于他。”开门人说道，“此刻他正在后面诵经。”

“很好。”袁松满意地点头，拿出来两块早已准备好的湿巾，其中一块递给了白若。

“这是……”白若一愣，有些莫名其妙地接过湿巾。

袁松一笑：“当年我在山上，发现山上有一种蘑菇，猕猴经常摘食，吃过之后摇摇晃晃宛若醉酒一般。那时我年幼，好奇之下就把那种蘑菇拿来烤熟，想要尝一口。谁知刚烤出香味来，眼前就一片迷乱，什么牛鬼蛇神都跑了出来，吓得我惊慌失措。幸好师尊听到动静，将我拖到上风口，过了一阵才缓过来。后来我才明白，那是一种毒蘑菇，吃得少了，或者闻到炙烤焚烧时散发出来的烟味，就会产生幻觉。如果吃得多了，就会丧命。”

白若顿时眼睛一亮：“这么说，公子你带着那种蘑菇？”

“当时贪玩，也有些好奇，就弄了一些，晒干了磨成粉保存了一点，下山的时候就带出来了，一直没想到该如何用，正好今日拿出来试试。”袁松说道。

白若一皱眉头：“若是不成呢？岂不是要打草惊蛇？”

“陛下已经北伐，时间紧迫，没有时间让我们抽丝剥茧，一点点地来了。”袁松表情一肃，“如果这一招不好用，那我们也只能用最下策，直接将宏昌劫走，带回去严刑逼供，务必要问个水落石出。”

白若微微点头，袁松说得不错，现在最缺的就是时间，如果此计不行，也只有将宏昌捕拿这一条路了。

大概是因为陛下北伐，放松了对这些人的警惕，所以这宅子被弓卫一举控制，甚至都没有惊动正在诵经的宏昌。

等到了宏昌诵经的屋子附近，袁松停下了脚步，从怀中拿出一个小纸包，递给了旁边的一名弓卫。那名弓卫拿着小纸包，无声无息地摸到了那屋子附近，从怀中掏出一个竹筒，将纸包里的药粉倒了进去，用准备好的火折子小心点燃，然后把燃烧的烟雾慢慢地吹进了那间屋子。

宏昌诵经的房间里点着檀香，浓郁的檀香味遮盖住了那一丝不易察觉的烟味，渐渐地，房间里的诵经声越来越慢，也越来越迟钝。觉得差不多了，守在外面的那名弓卫向外打了个手势。

袁松和白若两人带着人迅速靠了过去。到了房子近前，两人把身上披着的大氅解开，袁松里面穿着一身道袍，而白若则穿了一身彩衣。

这时，守在那屋子外面的弓卫已经小心地拨开了房门，两人用湿巾蒙住口鼻，就这么走进了屋里。

宏昌诵经的声音已经停了下来，两眼呆滞地看着前方，眼中没有焦点。

袁松和白若交换了一个眼神，白若从背后摘下一把琵琶，用手一拨。

宏昌身子微微一颤，呆呆地转过头来，看着袁松和白若。

“宏昌，你可知罪！”袁松表情冰冷地喝问道。

“你，你是何人？”宏昌表情突然变得有些扭曲，满脸惊恐地看着袁松，“为何在此处？”

“哼，我乃老君座下侍炉童子是也！”袁松看着宏昌说道，“今日奉师命，与仙子姐姐一起下凡，向你这门中败类问罪！”

在那蘑菇的影响下，袁松和白若在宏昌眼中已经变了一副模样，两个人威风凛凛，神光护体，脚下雾气氤氲，白若素手轻挥，扫着手中的琵琶弦，奏着一首缓慢悠扬的曲子，在宏昌听来，仿佛就是从九天之上传来的飘飘仙乐。

但是袁松的一声暴喝夹杂在这悠扬的乐声之中，顿时让宏昌身子一颤，脸上的惊恐之色更浓了。袁松和白若选择的时机很好，正好是宏昌诵经之时，日日诵经本身就说明他对天地鬼神有着敬畏之心，再配合那蘑菇的致幻效果，极大地撼动了宏昌的心神。

他一下子瘫倒在地上，惊恐地看着袁松和白若：“我，我没有！”

“没有？”袁松冷笑一声，“莫道你之所为无人知晓，须知举头三尺有神明。尔等的谋划已经被上天查知，若是其他人也就罢了，须知道这大周陛下乃是天上的紫薇星君转世，是真命天子！大周一统天下乃是天命所趋，岂容尔等乱了这命数？今日我奉老君之命，将你捉拿，投入十八层地狱，永世不得超生，以罚你乱命之罪！黑白无常何在？”

“在！”两道人影一闪，一左一右站在了宏昌身侧。这两人身穿黑衣，脸上煞白，吐着长长的舌头，正是黑白无常。

宏昌的脑门上已经见了汗，趴在地上抖成了一团，口中高呼道：“上仙饶命，上仙饶命啊！此事乃是我师尊谋划，我只是奉命而为啊！”

“奉命而为？”袁松冷哼一声，“事到如今你还敢狡辩？”

“不敢，小人不敢欺瞒上仙，此事果真是我师尊所为，小人不敢有半句虚言。”宏昌大声哀求道。

“咦？果真如此吗？”袁松装作一愣，“如果你当真是听命行事，那倒是情有可原，究竟如何，你说与我听！”

宏昌连连点头，竹筒倒豆子一般把来到京城之后的种种事宜说了一遍。不多时，袁松脸色铁青地从房中走了出来，白若就在他身边，脸色同样难看，身后则是扮成黑无常的李用。

“李用！”袁松突然暴喝一声。

“相公！”李用连忙向前一步。

“把这个宏昌关押起来，还有，给我备马，我要连夜北上，去寻陛下！”袁松大声说道。

李用也意识到了事态的严重性，连忙抱拳拱手，应了一声。

没多久，袁松手持令牌，从城墙上用吊篮吊落城下，外面有早已准备好的马匹，他跨上马匹，一甩鞭子，向北狂奔而去。

自北伐开始，周军一路势如破竹，几乎兵不血刃。上京的那场动乱，已经影响到了燕云十六州，周军至宁州，宁州刺史王洪献城投降。之后，周军水路并进，至益津关，契丹守将终廷晖献城投降。至瓦桥关，守将姚内斌献城。鄚州刺史刘楚信以州降。五月，瀛州刺史高彦晖以本城归顺。仅仅四十二日，连收三关三州，共十七县。

连战连捷，军中士气几乎已经达到了顶点。柴荣带营中诸将巡营时，只见军士们挺胸抬头，气势如虹，颇有不可一世的气概！

“如此雄兵在手，幽州之战，朕无忧矣！”柴荣用手中马鞭点指前方，向身边众将笑道。

“全赖陛下英明，兵不血刃，连收三关三州，众将士仰慕陛下威名，岂有气势不高之理？”赵匡胤身为水陆都部署，自然跟随在柴荣身边，闻言笑着开口应和了一句。

“呵呵，别人不知为何，你赵元朗安能不知？”柴荣对赵匡胤笑道，“如不是有你那好妹婿做出了那般大事，此次北伐怎会如此顺利？”

谁知听到这话，赵匡胤并未如何高兴，反而是神色一黯，脸上神情颇有几分复杂。

柴荣也意识到说错了话，轻叹一声，伸手拍了拍赵匡胤的肩膀：“元朗莫要再多想了，此乃天意，多想也是无用的。”

赵匡胤嘴角微微抽动了一下，脸上的表情更加复杂了。

看到赵匡胤如此，柴荣也没了兴致，带着诸将在营中随便巡视了一番便回到了自己的军帐。他乃天子，虽是率军北伐，可是每日仍需批复各处送来的奏折，待他回到军帐中时，书案上已经堆满奏折。柴荣神态自若地坐到了书案之后，随手拿起一份奏折来批阅。

渐渐地，桌上的奏折越来越少，就在批复到一多半之时，柴荣一伸手，竟然在那一堆奏折中摸到了一件东西。这东西的手感并不似文书，柴荣一愣，将那东西拿到眼前，发现赫然是一个皮口袋，里面鼓鼓囊囊放着什么东西。柴荣打开口袋，从里面拿出一块木牌来，只见上面写着几个大字——点检作天子。

“咦？”柴荣一愣，仔细地看了那块木牌几眼，皱眉沉思了一阵，然后把那块木牌又放回了皮口袋中，放置在书案一角，准备继续批阅奏折。

就在此时，外面突然狂风大作，军帐的帐帘被风吹得连连摆动，同时听到营中有人到处奔走，同时大喊道：“好大的风！”

柴荣心中一跳，站起身来，几步走出军帐，一阵大风刮来，险些将他吹倒，幸好几名亲信侍卫赶忙搀扶了一把，这才让柴荣站稳了脚跟。

这时突然听到有人高呼：“旗杆，旗杆倒了！”

柴荣脸色一变，连忙抬头看去，只见营中高耸的旗杆被这一阵猛烈的大风折断，缓缓地向地上倒去！

“糟了！”柴荣心中一沉，脸色铁青。

几乎所有人都被那根倒塌的旗杆吸引了注意，没有人看到一名内侍偷偷溜进了军帐，不多时又从里面走了出来，垂手侍立在柴荣身后。

到了傍晚，整个军营都在传旗杆倒塌这件事，之前高涨的士气为之一滞，所有人都觉得此乃不祥之兆，这次北伐恐怕凶吉难料。

赵匡胤挑开帐帘走进自己的军帐，往座位上一坐，紧锁眉头，刚才他巡营时发现，不但普通军士，就连一些将校都在讨论此事。不知为何，他突然想起了之前姚谦给自己看的那个皮口袋，还有皮口袋里面的东西。这一次袁松虽然未来，但是姚谦却随军出征，赵匡胤回想起来，今晨军议之时，姚谦也在帐中，他看向自己的眼神，似乎带着几丝说不清道不明的诡异。

“莫非这一切都互有关联？”赵匡胤低声嘟囔道。

就在这时，一阵急促的脚步声在帐外响起，接着有人在军帐外面低声说道：“将军，陛下召见！”

“嗯？”赵匡胤豁然起身，一种不祥的预感在他的心头愈发明显了。

“进来！”他喊了一声，军帐帐帘一挑，一人走进军帐，正是陛下身边的一名侍卫，只是此时，这名侍卫脸上却满是惶恐！

“出了什么事？”赵匡胤起身连忙问道。

“就在方才，陛下突然吐血昏倒，随军医者刚刚将陛下救醒，陛下请将军速速前去议事！”那名侍卫急促地说道。

“什么？”赵匡胤扑通一声，重新坐倒在椅子上。

袁松一路上快马加鞭，向北狂奔，这次从宏昌口中套出的事情太过惊世骇俗，如若真的让他们得手，则陛下危矣，大周恐怕也危在旦夕。

只是陛下已经攻入燕云之地，眼看就要抵达幽州，纵然袁松心急如焚，可一时之间也无法抵达。尤其是胯下的骏马，连续疾奔，显然已经耗尽了力气，以至于袁松不得不在沿途驿站更换马匹。在他出京之后的第三日，眼看就要到军中之时，却听到驿站中的驿卒在窃窃私语。

其中一名驿卒与同伴说道：“你可曾听说，陛下病危，北伐之事无以为继，大军不日即将南返？”

袁松闻听此言，大惊失色，立刻滚落下马，冲到那驿卒身边，一把抓住他的手臂。

驿卒顿时吓了一跳，一看袁松，虽然风尘仆仆，可是却有一种说不出的气度，连忙摆出一副笑脸来，点头哈腰地问道：“大人可有事吩咐？”

袁松顾不得其他，拉着那驿卒问道：“我问你，方才你说什么？”

“啊？”那驿卒也没想到袁松问起这个，一脸茫然。

“方才你说北伐大军不日即将南返？”袁松问道。

“回禀大人，正是如此。”那驿卒连忙说道，“之前传来消息，大军即将南返，我等需要做好一应事宜，接应大军。”

“为何南返？”袁松问道。

“此前并未有人告知，但是据说是陛下突然在军中发病，军心惶惶，只得南返。”那驿卒老老实实地说道。

“陛下发病？”袁松只觉得眼前一黑，身子晃了晃，差点栽倒在地上。

“大人！”那驿卒连忙一把拉住他，关心道，“大人，您，您没事吧？”

“有事如何？无事又如何？完了，一切都完了。”袁松长叹一声，神情恍惚地转过身来，跨上马匹，拨转马头，向来处缓缓而归。

第五十二章　春时来冬时别

几日之后，北伐大军自燕云而归，回到边境，柴荣在病榻上解除了张永德殿前都点检的职务，升赵匡胤为检校太傅、殿前都点检。立魏王符彦卿女为皇后。以皇长子柴宗训为特进左卫上将军，封梁王；以第二子柴宗让为左骁卫上将军，封燕国公。

这一连串的动作让朝野上下为之一肃，只要稍有一点头脑的人都能从这一连串的动作中品出一丝不祥的味道来。

而这朝野之中的纷纷扰扰，似乎并没有影响到袁松的那处小院子，远处大相国寺的钟声依旧，袁松仍然是一身白衣，坐在院中静静地喝着浊酒。

院门吱呀一开，有人从外面走了进来，来人是赵普，李用就跟在他身后，显得有些无精打采。

赵普站在袁松的石桌前面，默默地看着袁松。

袁松则对他微微一笑："恭喜则平兄，当年那一盏茶，今日终于遂了心愿。"

赵普脸上神色变幻，最终轻叹一声，坐到袁松对面，拿起桌上的一个空杯给自己斟满，把杯中酒一饮而尽。

"赵某能有今日，与受益脱不开干系，若不是你向将军举荐，此时我尚且不知在何处呢。"赵普苦笑道。他说得不错，如果没有袁松在中间穿针引线，他便是想要有一番作为，也不会如此之快，断不可能在仅仅几年时间中，就成了赵匡胤的谋主。

"则平兄莫要如此。"袁松洒脱一笑，"如若则平兄乃是平庸之辈，我也不会向赵将军举荐，现如今看来，无论是我，还是赵将军，都没有看错人。"

听到袁松喊出“赵将军”三个字来，赵普脸色微微一变，苦笑了一声：“受益，何至于此啊？”

袁松微微一笑：“可是他让你来的？”

赵普并未说话，低头看着桌上的酒杯出神。

袁松轻叹一声：“他不来此处，便足以说明许多了，这件事先不要谈了。”

袁松顿了顿，突然开口问道：“陛下是否已经危急？”

赵普沉吟了一下，最终还是点了点头。

“果然如此。”袁松轻叹一声，“世间风流人物，便是如此来来去去，反复无常。我本以为陛下乃是天将圣主，大势在周，可如今看来，我还是错了。”

赵普犹豫了片刻，突然开口说道：“其实受益你仍然可以……”

袁松不待他说完便一抬手，拦住了赵普：“则平莫要说下去了，不行的。”

赵普张了张嘴，最后还是不再说话了。

“不过，我倒是听说一件事。”袁松看着赵普说道，“他在军中与许多人交好，号称义社十兄弟，可有此事？”

赵普脸色顿时有些不自然了，讪笑了一声：“此乃坊间谣传，军中同僚相聚饮宴也是常有的事，其中几人受益你应该也是知晓的。”

“不错。”袁松一笑，微微点头，“那石守信等人我是认识的，此前赵将军与他们在殿前司共事时就多有往来，关系融洽，便是凝儿……”

说到此处，袁松突然顿了顿，眼中闪过一丝哀伤，接着勉强笑了一下：“也与他们相熟，只是我听说后来在征战之中，又结识了几位英雄，这才有了义社十兄弟的说法。不过……”

袁松看着赵普缓缓说道：“则平该当知道，这刀剑还是握在自己手中为好。义社之中，谁人堪为心腹手足，谁人心中自有一番打算，人心隔肚皮，谁能知晓呢？须知有人能让将军当上点检，便也能让他人也当上点检。”

赵普神色渐渐凝重，深深地看了袁松一眼，微微颔首：“受益所言极是。”

赵普来时，心事重重，待他走时，却也重重心事，只是走时的心事与来时的心事是否相同，也只有赵普自己心中知晓了。

等到赵普离开，袁松身后的房门缓缓打开，一袭白衣的白若从里面走了出来，她缓步来到袁松身边，对着他嫣然一笑：“果然如你所料，来的是赵则平。”

“来的应该是他，也只能是他。”袁松缓缓闭上眼睛，轻叹了一声，“如果来的果真是那个人的话，我倒是要高看他一分。可惜，来的是赵则平。”

白若沉默了片刻，突然开口问道：“你心意已决了？”

“不错。”袁松睁开眼睛看了她一眼，眼中闪过一丝悲色，“再留在此处，没什么用处了。你该知道，他身边有了赵则平，已经够用了。”

“我要听你的真心话。”白若坐到了袁松身边，开口问道。

袁松深深地看了白若一眼：“因为我们之间有一根刺，你应该知道的，只要有这一根刺在，我们两人难以同心。凝儿死于他手，虽然是误伤，但毕竟是事实。上下相忌，绝非吉兆。”

“这不是全部，甚至不是关键！”白若冷冰冰地说道。

“白姑娘……”袁松苦笑了一声，“果然什么都瞒不过你的眼睛。”

接着，他深吸了一口气，点头道：“不错，还有关键一点，他的气度不足。”

“气度不足？”白若一愣。

“是。”袁松点头道，“虽然他武将出身，屡立战功，可那是血勇之气，与陛下比起来远远不如。据我所知，无论是他，还是赵普，甚至是那义社十兄弟中的成员，想的都是先南后北，先易后难。因为南方繁华，北方苦寒，燕云十六州无利可图，实难引起他们的兴趣。而我等则知道，中原之敌来自塞外，若不能一举拿下燕云之地，到时候对付塞外铁骑，再无地势之利，便是拿下了南方与巴蜀，又能如何？到那时，师老兵疲不说，将士们恐怕还会被南地的浮华迷乱了双眼，哪里还有拿下燕云十六州的机会？”

白若皱了一下眉头：“若是来日积蓄力量，未尝不能……”

说到这里，白若突然说不下去了，沉默了下来。

“白姑娘，莫要自欺欺人了。”袁松轻叹一声，“历朝历代，兵势最强莫过于开国之时，若是不能以这般锐气一举平定燕云，那后世子孙便更无机会了！待到塞外铁骑蜂拥入关之时，连这江北的地盘也未必能保得住，少不得要学那南唐，偏居一隅，苟且度日了。”

白若闻言，跟着轻叹了一声，她知道袁松所言不虚，搞不好事情真有可能如此。

“道不同不相为谋……”袁松一声长叹，“诡门中人才智超群，可却各有谋略，而此处已经没有我的位置了。”

说着，袁松从一边拿出几页纸来，递给了身边的白若：“白姑娘，这个给你。”

“这是什么？”白若一愣，接过了那几页纸，低头翻看起来。

“原本我以为这次陛下北伐，能够犁庭扫穴，一举平定燕云，继而拿下刘汉也不在话下。那时郭无为之事自然有陛下为你做主。”袁松有几分伤感地说道，“可惜现如今，北伐已成泡影，而上京城中倾轧得也差不多了，几年之内再无变乱可能。想要再找到如此机会，难上加难了。如此一来，只能把这个交给你，相信以姑娘之能，除掉郭无为也并非难事。”

“咦！”正在看那几页纸的白若惊呼了一声，猛地抬起头来看着袁松，“高钟竟然已经投靠了你？我还以为他已经在高平战后被秘密除掉了！”

“这也是当初一招闲手。”袁松一笑，“高钟乃是你乌夜啼中鹊部首脑，但他不是个笨人，也没有什么愚忠之心，加上长久在军中任职，对大周认知明确。尤其是高平战后，他显然已经明白刘汉大势已去，被我查出他的身份之后，彻底倒向了我们。可惜那时你隐藏得很好，他并不知道你的真实身份。为了证明自己的价值，主动请缨，回到了刘汉。据他所说，刘汉国主刘承钧的养子之一刘继元曾与他有些关系，可以为我们搭上这条线。我请奏陛下之后，便放他北归。果然，他顺利地接触到刘继元，为我们搭上了线。”

“怪不得！”白若恍然大悟道，“起先我得到消息，刘继元与郭无为不睦，平时多有摩擦，但是等到新皇继位，刘继元突然转变了态度，与郭无为亲近了许多。原本以为他在新皇登基之后选择倒向了郭无为，现在看来，原来是你在暗中插手！”

“正是如此！”袁松含笑点头，“刘继元现如今与郭无为越走越近，其中高钟起了不少的作用。有了这条线，以姑娘的手段，想必除掉郭无为并非难事。毕竟将来虽不能尽夺燕云之地，可这刘汉却逃不出手心，郭无为与那人交好，届时当真要降的话，郭无为获得的好处最多，也最遭人眼红。刘继元对郭无为势必看不顺眼，而高钟若想在事后谋得好处，这郭无为就是摆在他面前的一处障碍。借助他二人之手……”

袁松突然不说了，笑吟吟地看着白若。

白若一笑，合上了手中的东西，伸了个大大的懒腰：“既然如此，那我就可以放心了。公子何时起程？小女子好赶紧去收拾一下东西。”

“咦？”袁松惊讶地看着白若，“姑娘此言何意？”

“呵呵，公子莫要装了。”白若拍了拍手中的那些纸张，“公子早已经料到，我一介弱女子，还是叛将出身，若不是陛下庇护，哪能在西北与公子合作？现在眼看变天在即，没了陛下的护佑，公子又心意已决，一心想要离开。难不成留我自己孤零零一个人应付朝中那些饿狼不成？我必然也是要走的，只是不甘心郭无为尚未伏诛而已。现在你把这些给了我，便是给了我一个机会，这样一来，我便可以走得无牵无挂了。既然如此，晚走不如早走，与公子合作这些年来，倒也算得上愉快，反正我也无处可去，倒不如一同启程。我听说鬼谷之中暗藏乾坤，风景秀丽，不知公子欢不欢迎我这客人一同前往？”

袁松上下打量了白若几眼，苦笑一声：“我就知道瞒不过姑娘，罢了罢了，我这便收拾一下，等最后一事了了，便离开此处吧？”

“你要见那人一面？”白若问道。

“不错。”袁松也不否认，目光中透着一股寒意，“有些事总要安排妥当才好。”

白若一笑，微微点头：“不错。”

接着她回头看着一边的李用问道：“你呢？”

“我？”李用苦笑一声，“我还有的可选吗？我乃是陛下侍卫，弓卫也是陛下的亲信，我们皆仰仗陛下得活。如果陛下去了，我们便成了无根浮萍，所以与其留在这动荡的开封城中，还不若与公子同去呢。”

“好了。”袁松伸了个懒腰，“既然如此，收拾东西，走吧，先出城去，越早越好！”

说完之后，他慢慢走回屋里，在神龛边沉默良久，然后轻叹一声，将上面的武圣请了下来，重新摆上了诡门祖师，恭恭敬敬地上了三支香。

两个时辰之后，一辆马车慢慢驶出了开封城，在马车旁边，袁松坐在马上，左右观瞧，只见周围有不少人等都在离开这座繁华所在。从唐末至今，动荡不止，不少人早早就嗅出了空气中那一股有些让人不安的味道。

袁松苦笑一声，摇了摇头，正待纵马离开。这时，城中突然一阵骚乱，他回头张望，只见几匹骏马正在向他疾驰而来，领头一人跨坐马上，身上还穿着衣甲，跑得大汗淋漓，正是赵匡胤。

袁松摆了摆手，让车队停到路边。不多时，赵匡胤已经追到了马车旁边，他径直来到袁松马前，一把拉住了袁松坐骑的缰绳。

“受益，为何如此啊？”赵匡胤满头汗水，中间还夹杂着扬起来的灰尘，显得异常狼狈，可是拉着缰绳的手却攥得紧紧的。

袁松轻轻叹了口气，伸手拍了拍赵匡胤的胳膊：“不必如此，天下没有不散的筵席……”

“休要再说了。”赵匡胤死死地盯着袁松，“现如今的形势，陛下危重，少主年幼，你应该留下来助一臂之力，怎能一走了之？”

袁松轻叹一声：“但不知要助谁一臂之力？”

赵匡胤脸色微微一变，张了张嘴，却说不出话来。

“莫要如此了。”袁松摇了摇头，“想必你也猜得出，那宏昌曾经被我抓住过。”

赵匡胤脸色再变，瞬间变得有些发白。

看到他这般模样，袁松微微一笑：“不过，你大可以放心，现在他已经说不了话，开不了口了。”

赵匡胤呆呆地看着袁松，张了张嘴，艰难地吐出几个字来：“受益，你……”

“大兄，这是我最后一次如此称呼你了。”袁松淡淡地说道，“从宏昌那里，我已经知道了很多事，该我知道的，不该我知道的，都已经知道了。既然如此，大兄还要留我吗？”

赵匡胤抬头看着袁松，眼中有几分挣扎：“受益，难道当真没有挽回的余地了吗？”

“大兄手下文武兼备，有我与否，并无不同。”袁松淡笑一声，“陛下与我有知遇之恩，时至今日，我亦不想留下徒留伤感。不过，临走之前，我有一件事要说与大兄听。”

“什么事？”赵匡胤一愣，茫然问道。

袁松凑到赵匡胤耳边，低声说道：“我听闻大兄有十兄弟义结金兰，不过其中哪些是大兄可以性命相托之人？我曾与赵普说过，既然大兄手握兵权，可以做到点检之位。来日未尝不能有其他人手握兵权，再次坐上这个位置。林中虎豹虽称王，哪有蛇蝎伤人多？”

赵匡胤身子微微一颤，沉默了下来。袁松从怀里又拿出一样东西来，塞进了赵匡胤手里。

“这是？”赵匡胤一愣，莫名其妙地看着袁松问道。

“这是从宏昌那里得到的东西。”袁松淡淡地说道，“我已经试过了，药性甚为霸道，无色无味，发作之时与普通病疾相仿，中者绝无解药，往往十数日就会身亡。先皇后与陛下都曾中此毒，想来是陛下身边就有那些人的内应。这些人自唐末以来，盘根错节，势力庞大，今日的陛下，未必不是来日的他人！”

赵匡胤脸色连连变幻，突然压低声音问道：“那以受益来看，该当如何？”

“断其根基，灭其党羽。”

“何为其根基？”赵匡胤又问道。

“其根基虽然盘根错节，可说白了，不过文武二字。对此，陛下其实早有作为，收拢科举，严查官吏，便是断其文，编练禁军，抽空厢军，便是断其武。只可惜陛下让那些人有了防备，明里偃旗息鼓，暗中却暗下毒手！”袁松低声说道。

赵匡胤脸色渐渐阴沉下来，一副若有所思的模样。

“有人觉得自己是棋手，其他人都是棋子。”袁松冷笑一声，“殊不知弄巧成拙的也是这样的人。”

“若是想要成为棋手，该当如何？”赵匡胤突然低声问道。

袁松微微一笑：“乱世之中，兵权才是重中之重，现如今看似大权在握的，其实四分五裂。若是有朝一日，杯酒以释之，则大有可为。”

说罢，袁松又凑到赵匡胤耳边，低声言语了几句，赵匡胤的眼睛越来越亮，轻轻点了点头。

“好了。”说完之后，袁松微微一笑，“送君千里终须一别，大兄莫要送了，咱们就此别过。”

“受益。”赵匡胤诚恳地看着袁松说道，“你当真不肯留下来吗？”

袁松看着赵匡胤，犹豫了片刻，终于摇了摇头：“大兄莫要再说了，我心意已决，无须再劝。况且，若我在此处，那些人岂能不提防一二？有我不如无我！大兄，该放手了。”

赵匡胤犹豫良久，终于还是慢慢放开了袁松的缰绳。

袁松一笑，拱了拱手：“大兄，山高水长，咱们后会有期。”

袁松一行人一直走出去很远，他回头张望，只见在远处一座山丘之上，仍然有人呆立在上，向这边张望。

袁松不由得苦笑一声，摇了摇头。

这时，马车车帘微微掀开一条缝隙，白若从缝隙中向那山丘张望了一眼，然后对袁松说道：“公子仍是不死心啊，最后那一番话，仍有几分试探之意。敢问一句，若是赵将军开口请你留下，公子该当如何？”

袁松一愣，脸上闪过一丝迷茫之色，微微摇头道：“我也不知该如何才好，当真不知该如何是好。”

白若轻叹一声：“难为公子了。可惜了，赵将军倒是个重情义之人，只是魄力有几分不足，与其为他守着这不完满的江山，劳心劳力，倒不如遁去好一些。况且……”

白若嫣然一笑：“刚才那一番话说完，你那师兄恐怕要大难临头了。”

“哼！”袁松冷哼一声，“为私利背主之人，管他作甚，鬼谷门人，出来的是两人，回去的，只会有一位，走吧。我们要尽快离开，不然等到我那师兄得到消息之后，恐怕又要生出几分事端来。”

白若微微点头，放下车帘。赶车的李用在马屁股上抽了一鞭子，马车陡然加速，袁松紧随其后，顺着官道扬长而去。

仿佛在印证袁松的话一般，过不多时，几名骑士纵马而来，在城门处徘徊良久，似乎在搜寻什么，一无所获之后，这才悻悻离去。

显德六年六月十九日，柴荣驾崩，终年三十九岁。上谥曰睿武孝文皇帝，庙号世宗。其子柴宗训柩前即位，时年七岁。范质、王溥、魏仁浦并相，执掌朝政。十一月，葬柴荣于新郑陵上村，名陵曰庆陵，以贞惠皇后刘氏附焉。

大周陛下故去之后的几个月中，京城中看似风平浪静，但是暗中却波涛汹涌，朝中大臣勾连密会者众多，文臣武将来往频繁，可大周幼主却只能靠着几名老臣来勉强掌控局面，整个朝堂中的形势，十分微妙。

在一处官邸之中，几个人会聚一处，其中就有姚谦、郭洵等人。

“这一次的事情，总算是有惊无险。”郭洵手捻须髯，淡笑着说道，“现在主上贫弱，剩下的，就看我们了。”

“诸位大人，莫要大意。”姚谦淡淡地说道，“正所谓行百里者半九十，剩下的诸般事宜就看我们的了，因此现在更应该多加小心才对！”

“贤侄还有什么顾虑？”有人问道。

“我对宏昌失踪之事甚为在意，整个宅子中的人一扫而空，再也没有半点影子，这件事让我心中有些忐忑。”姚谦皱眉道，“那宏昌究竟落入谁手中了？”

说到此处，他脑海中突然出现了一个人，正是已经离开京城的袁松。

“不管落到谁手里，现在已然无用了。”有人笑道，“现在大势已成，便是那宏昌招出什么来，又能如何？那朝堂上的诸位，难不成还想治我们的罪吗？他们再没有这个机会了！”

“世叔所言极是！不过，那宏昌终究是个隐患，为了避免麻烦，我们还是应该尽早行事才好。”姚谦说道。

“贤侄所言极是。”郭洵赞赏地看着姚谦说道，“此次之事，全凭贤侄谋划，才会如此。我们各家已经按照贤侄的安排混入禁军之中，并且与那赵匡胤刻意接触。现如今，那义社十兄弟之中，有数人乃是我们的人。”

“好！”姚谦面带笑容，点头说道，“那个位置终究只是虚位，那位坐上去之后，可以得到万般尊崇。而我们，要的就是他手下的兵权！”

“不错！”郭洵点头，笑着端起手中酒杯，“这件事还需贤侄手下人马协助。只要奏报一到，我等保证，出兵的，必然是那位！”

“请各位放心，我已安排好了，奏报不日便到！”姚谦也端起了手中酒杯，笑道，“诸位，我等共饮此杯！”

“干！”几个酒杯轻轻一碰，在座诸人相视一笑。

十二月，先皇下葬一月有余，有一封奏报从边关送抵京城。大周幼主当国，国事由宰相等协助处理，于是这一份奏报送到了当朝宰相范质手中。

奏报言明，契丹听闻先皇驾崩，新帝幼弱，于是联合刘汉南征，试图报此前燕云之仇。

拿到奏报之后，范质不敢怠慢，立刻入宫奏明太后，消息传出，顿时朝野震动。鉴于此前太祖驾崩之后，刘汉便有南侵先例，并无人怀疑此份奏报真假，朝野中更有传闻，说是联军势大，几处边关重镇已经被围，危在旦夕。

各种消息一日数遍，京城百姓惶惶不可终日，已经有人拖家带口离京，去往乡野躲避。

此时，有不少官员向太后和范质等人进言，能挡契丹者，唯有赵匡胤一人，应速派赵匡胤率军迎战。

正月初一，朝廷终于下了旨意，命赵匡胤统率大军北上迎战。

正月初三，大军浩浩荡荡离开了京城，缓缓北上。

当大军离开不久，京中突然流言四起，说什么出军之日当立点检为天子。此流言虽不知为何人所出，可是流传极快，虽然大多数人不信，但是朝中文武却已经有了耳闻，乱作一团。

此时又有流言传出，传说朝廷有意召赵匡胤回军，加以治罪。接着又是接二连三的流言，有的说朝廷已经准备调派他人为军中主将，赵匡胤以下一众亲信人等，都将押解回京。种种谣言遍布大街小巷，京中人等开始有些惶恐。同时，这流言迅速传入离京不远的军中，军中诸将听闻者，也多有惶恐。

大军此时已抵达陈桥驿，当夜色降临之时，一座军帐中，几个人围坐其中。

坐在首位的便是赵普和赵匡胤的亲弟赵匡义，下首则是军中赵匡胤的结义兄弟，所谓的义社十兄弟中的几位。

赵普环视了一番四周，所有人都面露肃容，正襟危坐，他满意地点了点头，这才开口说道："诸位，京中流言四起，想必各位已经听闻。现在朝中幼主暗弱，更有权臣当道，我等军旅中人早已被他们视作眼中钉，肉中刺。此时谣言四起，我听说，朝廷已经有意找回点检，重新派遣主帅。诸位乃是点检亲信手足，届时如何，恐怕难以预料。"

"砰！"旁边有人狠狠地砸了一下几案，正是赵匡胤的兄弟韩重赟，只见他满脸怒色，恶狠狠地说道："陛下刚刚驾崩，此刻敌情危机，这些蠢材不想着如何退敌，却偏偏想着如何内斗，如果这次果真随了他们心愿，我等当真没有好果子吃了！"

"不错！"坐在一侧的李继勋也开口怒骂道，"朝中如此作为，当真是不让人活了！"

"对！"刘廷让也骂道，"如此这般颠来倒去，莫非以为我等兄弟都是软柿子吗？"

韩重赟跟着说道："朝廷如此对待我等，早已让将士寒心。则平，你的主意最多，你说说，我等该当如何？"

赵普和赵匡义互视了一眼，缓缓开口道："我倒是确有一计，只看诸位有没有胆量了……"

当夜，军中将士议论纷纷，说今皇帝幼弱，不能亲政，我们为国效力破敌，有谁知晓，不若先拥立赵匡胤为皇帝，然后再出发北征。受到此前京中流言影响，军中将士早已经人心惶惶，此时再传出此言，很快将兵情绪便被煽动起来。整个军营中如沸水一般闹腾起来，便是有那觉得如此不妥的人，看到这情况也连忙偃旗息鼓，不敢再多说一句。

眼看时机成熟，赵普与赵匡义一起，率领将士向赵匡胤请命，侍卫推脱点检醉酒，无法面见众人，众军士不依，在赵普等人的带领下闯入军帐，将黄袍披在假装醉酒，伏在案上的赵匡胤身上，并皆拜于帐下，口呼万岁。

赵匡胤仿佛刚刚被惊醒一般，从桌案上抬起头来，惊慌地想要扯掉黄袍，同时说道："你们自贪富贵，立我为天子，能从我命则可，不然，我不能为若主矣。"

赵普抢步上前，拉住赵匡胤的手，泪流满面道："陛下莫要如此，我等皆从陛下所命！"

在赵匡义的带领下，帐下将士向上叩拜，口中高呼："必唯陛下之命是从！"

全军高呼，声动陈桥驿。

赵匡胤与赵普对视一眼，眼中闪过一丝得色，然后正色道："既然如此，我自会率尔等回师，只是有几条军令说与尔等知晓！回京之后，对太后和小陛下不得惊犯，对诸位公卿不得侵凌，对朝市府库不得侵掠，服从命令者重重有赏，违反者朕必将其族诛！"

众将士整齐应声："诺！"

于是，赵匡胤起兵回师京城，守备都城的禁军将领石守信、王审琦等人都是赵匡胤的结社兄弟，早已得到了消息，待大军抵达便打开了城门接应。禁军之中，唯有侍卫亲军马步军副都指挥使韩通试图率兵抵抗，但还没有召集军队，就被军校王彦升当场斩杀。

正月初四，周恭帝禅位于赵匡胤。由于赵匡胤在后周任归德军节度使，藩镇治所在宋州，遂以宋为国号，定都开封。周恭帝降为郑王。

两日之后，在某处停留的袁松便已得到了消息，他把此事奏报从头到尾看了一遍，轻笑了一声，递给了一边的白若，然后笑言道："难得！难得！此次谋朝篡位并没有引起兵乱。一回京城就下令军中将士各自归营，朝中官吏在有心人的策动下，对他都十分拥护，让他顺理成章地登基坐殿。此事必然为赵普手笔，当初我没有看错他，整件事行云流水，兵不血刃地就把事情办成了。"

白若仔细把奏报看了一遍，抿嘴一笑："其中倒是看到了熟人的手段，比如在京中散布谣言，还有伪造前线军报，事后朝廷百官拥戴，看着有点你那师兄的影子。"

"不错，他手中的箭卫功不可没。"袁松嗤笑一声，"当初陛下交予他手中的东西，终于变成了他求私利的道具。殊不知，他越是如此，麻烦越大。"

白若不置可否，合上那份奏报放到一边："此事大局已定，除了昭义军节度使李筠、淮南节度使李重进两人之外，再无他人能威胁于他了。"

"那两人不成的。"袁松撇了撇嘴，"此前陛下北伐，精兵强将会聚京师重地，篡位之后也都落到了赵匡胤的手中，有这些精锐禁军在手，那些人怎么可能是他的对手？无非就是苟延残喘多久罢了。"

白若点点头，表示赞同，犹豫了一下，又开口问道："既然你已离开，为何还要在此处滞留，不回鬼谷吗？”

“不成的。”袁松微微摇头，“鬼谷门中每代有弟子两人，只有一个能够回归鬼谷，或者为成就最大的那个，或者……”

袁松顿了顿，轻叹一声：“或者是活下来的那个……”

白若沉默了片刻，开口说道：“玩火者必自焚，早晚要回去的。”

“是啊，早晚要回去的……”袁松轻叹一声，点头说道。

赵匡胤改元建隆。建隆元年，昭义军节度使李筠、淮南节度使李重进二人先后起兵，试图反抗。太祖亲率大军弹压，先后扑灭两股叛乱，慑服诸藩，使其不敢妄动。大宋国政渐渐稳固，以宋代周，成为事实。

在朝政渐渐稳固之后，赵匡胤的心中始终未能平静，虽然高居殿上，目光所及之处，到处都是对他俯首帖耳的臣子，可是他始终觉得，有一双手就藏在这些朝臣身后，影响着他的天下。

此时，袁松离去时与他说的话，出现在他的脑海之中，徘徊不去，赵匡胤的目光渐渐变得冷峻起来。

建隆二年七月初九，晚朝结束之后，赵匡胤把石守信等禁军将领留下喝酒。诸将与赵匡胤的关系一直颇为密切，且朝后饮宴，也是常有的事，所以并未生出疑心来，纷纷谢恩留下。

而这时，一队人马已经由赵匡义带领，出了皇城，直奔一处隐秘所在而去。

皇宫之中，赵匡胤与诸将饮宴，酒意正浓之时，他突然屏退侍从，叹了一口气道：“我若不是靠你们出力，是到不了这个地位的，为此我从内心里一直念及你们的功德。然而，当天子太过艰难，还不如做节度使快乐，我整个夜晚都不敢安枕而卧啊！”

石守信等人惊骇莫名，忙问其故。

赵匡胤苦笑道：“为何如此？只因我这个皇帝的位置，恐怕很多人都想要啊。”

石守信等人听了，知道这话中有话，连忙叩头说：“陛下何出此言，现在天命已定，谁还敢有异心？”

赵匡胤说：“不然，你们虽然无异心，然而你们部下如果想要富贵，把黄袍加在你的身上，你即使不想当皇帝，到时候恐怕也是身不由己了。”

诸将闻听此言，脸色连变，知道自己已经受到了猜忌，再偷眼观瞧，发现帷帐之外人影憧憧，隐见刀兵，知道自己如果一个不慎，便会引来杀身之祸，一时都惊恐得哭了起来，恳请赵匡胤给他指明一条生路。

赵匡胤缓缓说道：“人生在世，像白驹过隙那样短促，所以要得到富贵的人，不过是想多聚金钱，多多娱乐，使子孙后代免于贫乏而已。你们不如放弃兵权，到地方去，多置良田美宅，为子孙立长远产业；同时多买些歌姬，日夜饮酒相欢，以终天年；朕同你们再结为姻亲，君臣之间，两无猜疑，上下相安，这样不是很好吗？”

石守信等人见赵匡胤已把话讲得很明白，再无回旋余地，几个将领别无他法，只得俯首听命，表示感谢陛下恩德。

赵匡胤哈哈一笑，与他人继续谈笑风生，喝酒饮宴，仿佛刚才什么也未发生一般。可是石守信等人却不敢再放浪形骸，一个个如坐针毡，却不得不强颜欢笑，勉强应付。

一直闹到深夜，赵匡胤这才放诸人离去，等到所有人都走了之后，他脸上的笑容渐渐收敛，看着空旷的大殿有些发呆。

一阵脚步声响，赵普从外面走了进来，到了赵匡胤身边，躬身一礼，口中道：“陛下。”

“则平，事情进行得如何了？”赵匡胤微闭眼睛，缓缓问道。

“一切顺利，已经有内侍手持陛下诏书，责令我们安排的将领接管了各军。”赵普说道。

“不错！”赵匡胤缓缓点头，“受益向来都是算无遗策，按照他的计策来，果然一切顺利。”

“受益之才，我不及也。”赵普苦笑道。

“则平不必如此。”赵匡胤缓缓睁开眼睛，淡笑道，“则平也是世间俊杰，受益虽然才华横溢，只可惜……”

说到此处，赵匡胤停了下来，沉默良久，接着他又问道：“廷宜那里，事情办得如何了？”

“已经封锁住那处居所，并无一人逃脱。”赵普说道。

“很好！”赵匡胤的表情渐渐变冷，“莫要走脱一人！还有，将宫中内侍撤换一遍吧。”

“是！”赵普应了一声。

在京中一处宅院里，虽然已是深夜，可这里仍是歌舞升平，觥筹交错，姚谦、郭洵，以及他们一派的党羽都聚集于此。

“贤侄，来，请酒！”郭洵的一张老脸满面红光，端着酒杯对姚谦说道，“多亏贤侄谋划，才有今日！”

“世叔过奖了，请酒。”姚谦一笑，端起酒杯与郭洵轻轻一碰。两人一饮而尽，相视一笑。

郭洵伸手一抹沾在胡须上的酒渍，对姚谦笑道：“虽然那人已经登基坐殿，可是禁军中我等已经安插了人手，便是他那义社十兄弟中也有我等内应，朝中又有不少官员倒向我等，朝局尽在我等手中！即便他扫平了李重进、李筠的变乱，可是那些藩镇也只是表面上臣服，其实暗中倒向了我们。有了这样的局面，再过些时日，朝纲自然由我们一举把持，贤侄居功至伟啊！”

“世叔过奖了。”姚谦一笑，颇有几分得意，“总之，不管登基坐殿的是何人，这朝廷，终究是我们的天下！”

“不错，不错！”郭洵哈哈大笑，“想他一介武夫，懂得什么朝政？还不如交予我等，他做个悠闲皇帝比较好！”

众人闻听此言，顿时哈哈大笑。

就在这时，突然有人撞开了大门，跌跌撞撞地跑了进来，房中诸人顿时一惊，正在奏乐的歌姬吓了一跳，乐声顿时停了下来。

郭洵顿时脸色一沉：“什么人擅闯此处？难道不懂规矩吗？”

跑进来那人是一名仆人，只见他脸色发白，惊慌失措地喊道：“老……老爷，不……不好了！外面来了一队官兵，已经将此处围住了！”

“什么？”郭洵脸色大变，“谁人敢如此？他们怎知道这个地方？”

有人惊慌大叫：“快快派人出去，向外求援！”

姚谦呆坐在那里，脸色惨白，死死地攥住手中的酒杯，艰难地开口：“晚了，军中诸将此刻都被那位留下来饮宴，群龙无首，便是有人求助，谁又敢在京中动兵？”

此前赵匡胤连番宴请军中诸将，虽然他手下的箭卫已经查知，可是却未见赵匡胤有所动作，一来二去便失去了警惕，没曾想赵匡胤不动则已，一动便是雷霆万钧之势。

闻听此言，屋中的诸位更加慌张了，场面十分混乱……

姚谦满脸苦笑，喃喃自语道：“新朝刚立，又借助平叛掌握了兵权，再加上慈悲手段平复了朝中诸臣的恐惧，民心所向，也不愿此时生乱。天时地利人和，看似简单，却把握得天衣无缝，这般作为，师弟，是你的手笔吧？”

他缓缓闭上眼睛，轻叹一声：“我终究还是输了你一筹……”

在宅院外面，赵匡义手下的一队军兵已经围住了这处宅院，他目光冰冷，向前一挥，冷冰冰地说道：“去，攻下宅院，莫要走脱了一人！”

身边军兵齐声应道，迅速冲进宅院！

次日，石守信等纷纷上表声称自己有病，要求解除兵权。赵匡胤欣然同意，令罢去禁军职务，地方任节度使，并废除了殿前都点检和侍卫亲军马步军都指挥司。同时任命了一些资历尚浅之人担任禁军将领，将兵权牢牢地控制在手中。

在某处大狱之中的姚谦得知此事，绝望地闭上了眼睛。

是年，几处权贵涉嫌与叛军勾结，赵匡胤只是将几家灭族之后便不再深究。

此事只是在京中引出了几番言语之后，就湮没在赵匡胤南征的传言中，再无一丝波澜。

某处的袁松得知了这个消息，沉默良久，没有说话……

白若在他身边轻轻说道：“公子早已知道结局如此，不是吗？”

“是啊，我早知如此，所以只是有几分感慨罢了。”袁松淡淡一笑，“你可知为何我们诡门中人的至高成就，就是辅佐一代明主成就一番霸业吗？”

白若一愣，若有所思。

袁松不待她回答，缓缓说道：“只因那皇图霸业由不得他人染指半分，为明主者，实乃是真正的孤家寡人。倘若真是明主，若以才智辅佐之，则名垂青史有望，若以才智摆布之，则必然反噬自身，死无葬身之地。这度，靠的是诡门中人自己掌握。一进一退，皆有天数，其实从祖师爷开始，便希望我们退上一步，若想进一步的话，太难，太难了。”

白若轻叹一声：“话虽如此，然则这世上潮起潮落，又有几人能看透呢？”

“是啊。”袁松点头，“看透的，功成名就，看不透的……”

“不过如此……”他将手中的那一页薄纸随手一丢，接着伸了个大大的懒腰，“世间事了，到了我该回山之时了。白姑娘，你我就此别过吧。”

白若突然对他嫣然一笑：“为何别过？难道公子所居之处太过窄小，容不下一名漂泊女子吗？”

袁松一愣，转头望去，白若淡然自若，嘴角却微微翘起，自有一番说不出的韵味。

尾声 闲言

开宝初年，刘汉国主刘承钧病故，刘继恩继位，然郭无为对此并未出力，只是冷眼旁观，刘继恩与他早有宿怨，为此欲将郭无为逐出朝堂。奈何郭无为布局多年，此事未果。而刘继元在高钟的建言之下，与郭无为交往越发紧密，郭无为遂暗下决心。

同年，刘继恩突然被侍从夏侯霸所杀，刘汉上下暗传此乃郭无为所指使，意图篡位称帝。

郭无为为此暴跳如雷，流言越传越广，朝廷上下的压力也越来越大，为了表示自己绝无称帝之心，遂迎立刘继恩之弟，与他交好的刘继元为帝。

然则刘继恩死得蹊跷，刘继元又在高钟的挑拨之下，对郭无为十分忌惮。表面上恭敬如常，实则暗中积蓄力量，准备对他动手。

正苦无机会之时，得知刘继元继位，赵匡胤派遣李继勋等人前来讨伐，同时暗许郭无为担任邢州节度使。于是郭无为在酒宴之上向刘继元请命，自告奋勇带兵夜袭宋军。刘继元为其拨付以前精锐，并派杨业、郭守斌二人为他的副手，并且亲自率百官将其送至延夏门，实则待郭无为出城之后，立刻开始动手铲除郭无为在城中的羽翼。

郭无为本就无意袭击宋军，而是准备与宋军联络之后，与自己留在太原城中的诡眼兵里应外合，拿下太原城。未曾想出城之后，消息泄露，杨业被宋军活捉。而郭守斌则胡乱跑了一通，便败退归来。郭无为与宋军联络不成，只得带着残兵败将返回太原城。哪知刚一进城，便有宦官卫德贵向刘继元禀报郭无为里通外军，意图投降。刘继元立刻下令捉拿郭无为，此时城中郭无为的内应党羽尽数伏诛，郭无为回天乏术，被刘继元当众绞杀。一代枭雄，死于非命。当夜，郭无为尸身被盗，不知所踪。

开宝九年十月壬午夜，赵匡胤大病，招晋王赵光义议事，左右不得闻。席间有人看见宫内烛影摇动，仿佛赵光义离座退避。又过片刻，听到斧子戳地击物的声音。当夜，赵匡胤驾崩，宋皇后让王继恩去叫秦王赵德芳来。但在这时，王继恩忽然叫道："晋王来了！"宋皇后见赵光义，大吃一惊，对光义乞求道："吾母子之命，皆托于官家。"赵光义哭着回答道："共保富贵，勿忧也！"

晋王光义继位，史称太宗，改元太平兴国。

事后，朝中多有传闻，道此烛光斧影之举，颇似当年乌夜啼操鬼弄影之旧事，然则不几日后，赵光义下诏彻查谣言，遂止。

悠悠深山之中，雾气弥漫，一阵山风吹过，雾气四散，显出一块巨石，上书一个硕大的"鬼"字，两个人影携手从巨石旁飘然而过，走入后方幽深的山谷之中，再无声息。